Richard K. Morgan

Kara fantazi türündeki ünlü *A Land Fit For Heroes* serisinin ve 10 bölümlük Netflix dizisine uyarlanan *Değiştirilmiş Karbon* ile başlayan ödüllü Takeshi Kovacs üçlemesinin yazarıdır. Marvel'dan çıkan iki *Black Widow* cildinde ve *Crysis 2* ve *Syndicate* gibi oyunların senaristliğini de yapan Morgan, yine *Crysis*'ın grafik romanının da yazarlığını yaptı.

Yazarın *Market Forces* adlı eseri 2005'te John W. Campbell Ödülü'nün sahibi oldu. *Black Man* adlı eseri ise 2007 senesinde Arthur C. Clarke Ödülü'ne, *The Steel Remains* ise Gaylactic Spectrum ödülüne layık görüldü. Devam kitabı olan *The Cold Commands* de Kirkus Reviews ve NPR'ın Yılın En İyi Bilimkurgu/Fantazi Kitapları listelerinde kendine yer buldu.

Değiştirilmiş Karbon
Richard K. Morgan

Orijinal Adı
Altered Carbon

İthaki Yayınları - 1298

Yayım Sorumlusu: *Alican Saygı Ortanca*
Editör: *Alican Saygı Ortanca*
Düzelti: *Ömer Ezer*
Kapak Tasarım: *Hamdi Akçay*
Kapak İllüstrasyon: *Abel Chan Arce*
Sayfa Düzeni ve Baskıya Hazırlık: *B. Elif Balkın*
3. Baskı, Mart 2018, İstanbul (10.000 adet)

ISBN: 978-605-375-759-7

Sertifika No: 11407

İthaki™ Penguen Kitap-Kaset Bas. Yay. Paz. Tic. Ltd. Şti.'nin yan kuruluşudur.
Caferağa Mah. Neşe Sok. 1907 Apt. No: 31 Moda, Kadıköy - İstanbul
Tel: (0216) 330 93 08 – 348 36 97 Faks: (0216) 449 98 34
editor@ithaki.com.tr – www.ithaki.com.tr – www.ilknokta.com

Kapak, İç Baskı: Deniz Ofset Matbaacılık
Gümüşsuyu Cad. Topkapı Center, Odin İş Merkezi No: 403/2 Topkapı - İstanbul
Tel: (0212) 613 30 06 - Faks: (0212) 613 51 97
Sertifika No: 40200

RICHARD K. MORGAN

DEĞİŞTİRİLMİŞ KARBON

BİR
TAKESHI KOVACS
ROMANI

Çeviren
Aslıhan Kuzucan

Bu kitap annem ve babam için:

JOHN'a

zorluklar karşısında çelik gibi oluşu
ve sonsuz yüce gönüllülüğü için

&

MARGARET'a

sevgisinin içinde yatan
ve pes etmesine asla izin vermeyen
o güçlü öfke için

GİRİŞ

Günün ağarmasına henüz iki saat vardı. Boyası dökülen mutfakta oturmuş, Sarah'nın sigaralarından birini içerek girdabı dinliyor, bekliyordum. Millsport uzun süre önce uykuya dalmıştı ama Reach akıntıları sığlıkları dövmeye devam ediyor, kıyıya vuran ses ıssız sokakları kolaçan ediyordu. Burgaçtan yayılan ince sis tıpkı bir tülbent gibi şehrin üstüne çökmüş, mutfak pencerelerini karartmıştı.

Kimyasal teyakkuz nedeniyle o gece bütün silahları çizik içindeki ahşap masaya yayıp elli kez saydım. Sarah'nın Heckler & Koch misket tabancası loş ışığın içinde bütün donukluğuyla parlıyordu ve kabzası, şarjörü doldurulmak üzere açılmıştı. Bu bir suikast silahıydı; kompakt ve tamamen sessiz. Fişekler tabancanın hemen yanındaydı. Sarah, mühimmatı öne çıkarmak için her birini izolasyon bandıyla kaplamıştı; yeşil olan uyku, siyah olan ise örümcek zehri içindi. Şarjörlerin birçoğu siyah banda sarılmıştı. Önceki gece Sarah, Gemini Biosys'teki güvenlik görevlilerini sarmak için epey miktarda yeşil kullanmıştı.

Benim elimdekiler ise daha hafifti: büyük, gümüş bir Smith & Wesson ve kalan son dört halüsinojen el bombası. Her kapsülün etrafındaki ince kırmızı çizgi, metal kovandan sıyrılıp sigaramdan tüten duman kıvrımlarına karışmak üzereymiş gibi hafifçe ışıldıyordu. O akşamüstü rıhtımda çektiğim tetrametin yan etkileriydi bunlar. Genelde ayık olduğumda sigara içmem ama nedense tetramet bende her zaman bu isteği tetikliyor.

Derken, girdabın uzaklardan gelen homurtularının arasından rotor kanatlarının geceyi telaşla yırtışını duydum.

Kendimden bıkmış bir ifadeyle sigarayı söndürerek yatak odasına girdim. Örtünün altında uyuyan Sarah, alçak frekanslı bir sinüs eğrisini andırıyordu. Kuzguni saçları yüzünü örtmüş, uzun parmaklı eli yatağın kenarına düşmüştü. Öylece durup onu izlerken gece bir anda yırtılıverdi. Harlan'ın yörünge muhafızlarından biri, Reach'e doğru deneme atışı yapıyordu. Sarsılan gökyüzünde yankılanan gök gürültüsü pencereleri titretti. Kadın yatakta kıpırdanıp gözlerine düşen saçları geriye attı. Sıvı kristal bakışlarını üstüme kilitledi.

"Neye bakıyorsun öyle?" Uyku mahmuru sesi boğuktu.

Hafifçe gülümsedim.

"Sırıtıp durma, neye baktığını söyle."

"Sadece bakıyorum. Gitme vakti geldi."

Başını kaldırdığında helikopterin sesini fark etti. Yüzündeki uyku bir anda uçup gitmişti. Yatağın içinde doğrulup oturdu.

" 'Mal' nerede?"

Bu bir Kordiplomatik şakasıydı. Eski bir dostu görmüşüm gibi gülümseyerek odanın köşesindeki bavulu işaret ettim.

"Tabancamı getir."

"Emredersiniz *hanımefendi*. Siyahı mı, yoksa yeşili mi?"

"Siyahı. Bu pisliklere ancak streç bir kondoma güvendiğim kadar güvenirim."

Misket tabancasını mutfakta doldurduktan sonra kendi silahıma baktım. Onu olduğu yerde bırakarak el bombalarından birini aldım. Yatak odası kapısının eşiğinde durdum ve en ağır olanı bulmaya çalışırcasına iki silahı da elimle şöyle bir tarttım.

"Fallik aletinizle ilgili bir sorun mu var hanımefendi?"

Sarah, alnına dökülen siyah saçların altından baktı ve uzun, yün çoraplarını baldırlarına kadar çekti.

"Tak, uzun namlulu olan seninki."

"Önemli olan boyu değil..."

İkimiz de aynı anda dışarıdaki koridordan iki kez gelen metalik çat sesini duyduk. Odanın karşısında göz göze geldik ve saniyenin çeyreği kadar hızlı bir şekilde Sarah'nın yüzünde kendi şaşkınlığımın yansımasını gördüm. Dolu parçalayıcı silahını ona fırlattığımda elini kaldırıp havada yakaladı. O sırada yatak odasının duvarı büyük bir patlamayla yerle bir oldu. Patlamanın etkisiyle köşeye savrulup yere düştüm.

Vücut ısısı sensörleriyle yerimizi bulduktan sonra bütün duvarı mıknatıslı mayınlarla döşemiş olmalıydılar. Bu kez işlerini şansa bırakmamışlardı. Gaz saldırısı teçhizatları içinde yıkılan duvardan gelen komando, bir sineği andırıyordu. Eldivenli elleriyle tuttuğu küt namlulu kalaşnikofunu havaya kaldırdı.

Hâlâ yerdeydim ve kulaklarım çınlıyordu. Komandonun üstüne el bombası attım. Bomba patlamamıştı ve gaz maskesi karşısında hiçbir işe yaramazdı zaten. Yine de aniden üstüne gelen bu silahın ne olduğunu tahmin edecek zamanı yoktu. Bombayı kalaşnikofunun dipçiğiyle savurdu ve geriye doğru yalpaladı. Maskesinin cam panelleri ardından görünen gözleri kocaman açılmıştı.

"*Patlayacak.*"

Sarah yatağın hemen yanına, yere çökmüştü ve kollarıyla başını korumaya çalışıyordu. Bağırışı duymuştu ve oynadığım oyunun kazandırdığı birkaç saniyede yeniden doğrularak parçalayıcı silahına davrandı. Duvarın ardında el bombasının patlamasını bekleyen insanların birbirlerine sokulduklarını görebiliyordum. Sarah, komandoya üç el ateş ederken monomoleküler parçaların sinek vızıltısını andıran sesini duydum. Parçalar görünmez bir şekilde saldırı giysisinin içinden geçerek etine saplandı. Örümcek zehri pençelerini sinir sistemine batırdığında, komando ağır bir şey kaldırmaya çalışıyormuş gibi bir ses çıkardı. Gülümseyerek ayağa kalkmaya çabaladım.

Sarah namlusunu duvarın ardında duran siluetlere doğru çevirdiğinde gecenin ikinci komandosu mutfak kapısında belirdi ve piyade tüfeğiyle Sarah'yı geri püskürttü.

Hâlâ dizlerimin üstündeydim ve Sarah'nın kimyasal bir kararlılıkla öldüğünü gördüm. Her şey o kadar yavaş cereyan etmişti ki, sanki bir videoyu durdurarak izliyor gibiydim. Komando, kalaşnikofunu ününü borçlu olduğu o aşırı hızlı seri atış sırasında geri tepmemesi için sıkıca kavrayarak aşağı doğru nişan aldı. Kurşunların ilk hedefi olan yatak, beyaz kaz tüyleri ve lime lime olmuş örtülerle havaya uçtu. İkinci hedef ise arkasına döndüğü sırada fırtınanın ortasında yakalanan Sarah'ydı. Bir dizinin hemen altından et parçacıklarının fışkırdığını gördüm. Daha sonra kurşunlar bedenine saplandı ve ateş perdesine düşerken soluk böğründen yumruk büyüklüğünde kanlı dokular koptu.

Suikast tüfeği nihayet durduğunda ayağa kalkmıştım. Sarah, mermilerin tahribatını saklamak istercesine yüzüstü yatmıştı ama ben kırmızı tülün ardından her şeyi görebiliyordum. Durduğum köşeden bilinçsiz bir şekilde çıktığımda komando kalaşnikofuna davranmakta geç kaldı. Bel hizasından saldırdım, tabancasını devredışı bırakarak adamı mutfakta yere serdim. Tüfeğin namlusu kapının sövesine takılınca dipçiğini elinden bırakmak zorunda kaldı. Mutfak zeminine kapaklandığımızda tüfeğin yerle temas ettiğinde çıkardığı sesi duydum. Tetrametin verdiği hız ve çeviklikle bacaklarımı iki yana ayırarak adamın üstüne çıktım. Zedelenen kolunu kenara iterek başını iki elimle kavradım ve tıpkı bir hindistancevizi gibi yer karolarına çarpmaya başladım.

Maskenin altından görünen gözleri aniden odağını kaybetti. Adamın başını yeniden kaldırarak bir kez daha yere vurdum. Darbenin etkisiyle kafatasının avuçlarımda kontrolsüzce sallandığını hissettim. Hiç bırakmadan yeniden kaldırdım ve yere çarptım. Kulaklarımda çınlayan kükremeler girdabı andırıyordu. Bir yerlerden müstehcen çığlıklar attığımı duyabiliyordum. Tam dördüncü ya da beşinci darbeyi indireceğim sırada bir şey kürek kemiklerimin arasına bir tekme indirdi ve sihirli bir şekilde önümdeki masanın bacağından dört bir yana kıymıklar saçıldı. İki tanesi yüzüme saplandığında acıyı hissettim.

Nedense öfkem bir anda buharlaşıp gitmişti. Komandonun başını nazik sayılabilecek şekilde bıraktıktan sonra titrek elimi yanağımdaki acı veren kıymıklara doğru götürdüm. Tam o sırada vurulduğumu ve merminin göğsümden geçerek masanın bacağına saplanmış olduğunu fark ettim. Şaşkınlık içinde üstüme baktığımda gömleğimde koyu kırmızı lekenin oluştuğunu gördüm. Vurulduğuma hiç şüphe yoktu. Bu, golf topunu içine alabilecek kadar büyük bir çıkış deliğiydi.

Bunu fark etmemle acıyı hissetmem bir oldu. Sanki biri göğüs boşluğumdan içeri aniden bir çelik pamuğu sokmuştu. Kafam karışmıştı. El yordamıyla deliği buldum ve iki orta parmağımı içine daldırdım. Parmak uçlarım yaranın içindeki kırık kemiğin sertliğiyle buluştuğunda zarımsı bir şeyin zonkladığını hissettim. Mermi kalbimi ıskalamıştı. Homurdanarak kalkmaya çalışsam da homurtularım öksürüğe döndü ve ağzıma kan tadı geldi.

"*Sakın kıpırdayayım deme orospu çocuğu.*"

Şokun etkisiyle çatallaşan sesin çıktığı boğaz, genç bir adama ait olmalıydı. Yaramın üstüne doğru kapaklanarak usulca arkama baktım. Kapının eşiğinde polis üniformalı genç adam, az önce beni vurduğu silahını iki eliyle kavramıştı. Titremesi gözden kaçacak gibi değildi. Yeniden öksürerek masaya geri döndüm.

Göz hizasında duran gümüş Smith & Wesson, hâlâ iki dakika önce bıraktığım yerde parlıyordu. Belki de Sarah hayattayken onunla geçirdiğim kısa ama hoş zaman beni cesaretlendirmişti. Daha iki dakika önce silahı almak aklıma geldiğine göre bunu şimdi de yapabilirdim. Dişlerimi gıcırdattım, parmaklarımı göğsümdeki deliğe daha sıkı bastırdım ve ayaklanmaya çalıştım. Kan, bütün sıcaklığıyla boğazıma doluyordu. Boştaki elimle masanın kenarına tutundum ve polise baktım. Dişlerini sıkan, yüzünü ekşiten ifadenin yerini yavaş yavaş dudaklarımda beliren bir gülümsemeye bıraktığını hissedebiliyordum.

"*Beni bunu yapmaya zorlama Kovacs.*"

Masaya bir adım daha yaklaştıktan sonra kalçamı dayayarak yaslandım. Islık sesi çıkararak dişlerimin arasından alıp verdiğim nefesim boğazımda düğümleniyordu. Çizik içindeki ahşap masada duran Smith & Wesson, pirit gibi parlıyordu. Reach'te ise yörünge muhafızı güç kullanıyor, mutfağı mavinin her tonuna buluyordu. Girdabın beni çağırdığını duyabiliyordum.

"*Sana ne dedim...*"

Gözlerimi kapadım ve masanın üzerinde duran silahı aldım.

BİRİNCİ KISIM

TRANSFER

(Zoraki İndirme)

BİRİNCİ BÖLÜM

Dirilmek her zaman kolay olmayabilir.

Kordiplomatik'te depolamadan önce sakin olmanız öğretilir. Her şeyi akışına bırakmak gereklidir. İlk ders budur ve eğitmenler bunu size ilk günden belletirler. Sert bakışlı Virginia Vidaura, biçimsiz Kordiplomatik üniformasıyla dengelenmiş dansçı vücuduyla önümüzden geçerek celp odasına girdi. *Endişelenmeyin,* dedi, *her şeye hazır olacaksınız.* On yıl sonra onunla Yeni Kanagawa'daki mahkemenin bir hücresinde yeniden buluştum. Ağır silahlı soygunlar ve bedensel hasarlar nedeniyle seksen ila yüz yılla yargılanıyordu. Onu hücresinden çıkardıklarında bana söylediği son söz, "*Endişelenme evlat, depolayacaklar,*" olmuştu. Sonra sigara yakmak için başını eğdi, dumanı artık umursamadığı ciğerlerine çekti ve can sıkıcı bir toplantının yolunu tutar gibi koridorda yürümeye başladı. Mağrur tavrını hücre kapısının daracık açısından görebildiğim kadarıyla izledim ve son sözlerini bir mantrayı ezberler gibi kendi kendime fısıldadım.

Endişelenme, depolayacaklar. Sokakların bu bilgeliğinin iki anlamı vardı: Ceza sistemine karşı beslenen iç karartıcı inanç ve psikozun kayalıklarından kaçmanız için ihtiyaç duyulan ruh halinin tarifsizliğine dair ipucu. Sizi depoladıkları sıradaki hisleriniz, düşünceleriniz ve kimliğiniz, dirildiğinizde sizi yeniden bulacaktır. Eğer büyük bir endişeye kapılırsanız başınıza bela alırsınız. Teslim olun gitsin. Boş verin ve akışına bırakın.

Tabii eğer zamanınız varsa.

Tankın içinden bir elim göğsümde, yara izlerimde; diğeri ise olmayan silahımı tutarak geldim. Ağırlık beni çekiç gibi arkaya itince kendimi yüzme jelinin içinde buldum. Cansiperane kollarımı sallarken dirseğimle tankın bir kenarına acı içinde de olsa tutunmayı başardım. Nihayet soluklanabildim. Ağzım ve boğazım jelle dolmuştu. Ağzımı kapadım ve yerleşkenin ağzına tutunmaya çalıştım ama jel her yerdeydi. Gözlerimi, burnumu ve boğazımı yakıyor, parmaklarımın arasından akıyordu. Ağırlığım beni tutunduğum yerden aşağı ittiriyor, g-kuvveti tatbikatı gibi göğsüme oturuyor, beni jelin içine geri bastırıyordu. Tankın sınırları içindeki vücudum şiddetli bir şekilde debeleniyordu. Yüzme jeli de nereden çıktı? Basbayağı *boğuluyordum.*

Birden sert bir şekilde kolumdan yakalanarak öksürükler içinde ayağa kaldırıldım. Neredeyse kalkar kalkmaz göğsümdeki yaraların kapandığını fark ettim. Biri yüzümü havluyla sertçe temizleyince nihayet etrafımı görebildim. Ama bu zevki daha sonraya saklamaya karar vererek boğazımdaki ve burnumdaki sıvıyı çıkarmaya koyuldum. Yaklaşık yarım dakika boyunca başım öne eğik oturdum ve öksürerek jeli vücudumdan atmaya çalıştım. Her şeyin neden bu kadar zor olduğunu anlamaya çalışıyordum.

"Bir eğitim için fazlaydı." Bu, bir erkeğin sert sesiydi. Böylesini mahkemelerde sık sık duyabilirdiniz. "Kovacs, sana Kordiplomatik'te ne öğrettiler?"

O an her şeyi anlamıştım. Kovacs, Harlan'da çok yaygın bir isimdir. Herkes nasıl telaffuz edeceğini bilir. Oysa bu adam bilmiyordu. Harlan Dünyası'nda kullanılan Amanglikan dilinin esnek bir şeklini konuşuyor ama ismimin sonunu Slav dilindeki "ç" sesi yerine sert bir "k" sesiyle bitirerek telaffuzu katlediyordu.

Ve her şey çok zordu.

Tıpkı bir tuğlanın buzlu camı paramparça etmesi gibi zihnimdeki bulutlar da bir anda dağılıverdi.

Artık Harlan'da değildim.

Dijitalleştirilmiş insan (d.i.) Takeshi Kovacs'ı alıp bambaşka bir yere taşımışlardı. Parıltı Sistemi'nde yaşamın olduğu tek biyosfer Harlan Dünyası olduğu için bu, yıldızsal bir zerkin yapılması gerektiğini...

İyi ama nereye?

Başımı kaldırıp baktım. Beton çatıda sert neon tüpler vardı. Donuk metal bir silindirin açık ağzında oturmuş, çift kanatlı uçağına binmeden önce giyinmeyi unutmuş eski bir pilot gibi dünyayı seyrediyordum. Benimki gibi duvara yaslanmış yaklaşık yirmi silindir daha vardı ve hemen karşısında kapalı, ağır bir çelik kapı görünüyordu. Hava soğuk, duvarlar çıplaktı. Oysa Harlan'da en azından kılıf odaları pastel tonlarda, görevliler ise güzel olur. Eninde sonunda borcunuzu topluma ödemelisinizdir. Yapabilecekleri en küçük şey, yeni yaşamınız için güneşli bir başlangıç sunmaktır.

Güneşli sözcüğü, önümde duran adamın kelime dağarcığında yoktu. Yaklaşık iki metre uzunluğundaydı ve sanki şimdiki kariyer fırsatını yakalamadan önce hayatını bataklık panterleriyle güreşerek kazanmış gibi bir hali vardı. Göğüs kasları epey şişkindi, kolları savaş zırhını andırıyordu ve kısacık kesilmiş saçlarının altından görünen sol kulağında şimşek şeklinde uzun bir yara izi göze çarpıyordu. Üstündeki geniş siyah giysisinin omuzlarında apoletler, göğsünde ise disket şeklinde bir logo vardı. Giysisiyle uyum içinde olan gözleri beni kararlı bir sakinlikle izliyordu. Oturmama yardım ettikten sonra talimat gereği birkaç adım uzaklaşmıştı. Bu işi uzun süredir yapıyordu.

Burun deliklerimden birine bastırarak diğerindeki tank jelini sümkürdüm.

"Bana nerede olduğumu söyleyecek misin? Haklarımı falan okumayacak mısın?"

"Kovacs, şimdilik hiçbir hakkın yok."

Başımı kaldırıp baktığımda adamın yüzündeki acımasız gülümsemeyle karşılaştım. Omuz silktim ve diğer burun deliğimi de temizledim.

"Bana nerede olduğumu söyleyecek misin?"

Bir anlık tereddütten sonra, sanki az sonra vereceği bilgiyi önce teyit etmek istercesine neon ışıklı çatıya baktı ve omuzlarını silkti.

"Elbette. Neden söylemeyeyim ki? Bay City'desin dostum. Bay City, Dünya." Yüzündeki gülümseme yeniden belirdi. "İnsan ırkının evinde. Medeni dünyaların en kadimi olan bu kentin tadını çıkar. Ta ta!"

"Bugünlük işin henüz bitmedi," dedim ağırbaşlı bir tavırla.

Doktor, beni zemini lastik tekerlekli sedyelerin izleriyle dolu uzun ve beyaz bir koridordan geçirdi. Hızlı adımlarına var gücümle yetişmeye çalışıyordum. Üstümde yalnızca gri bir havlu vardı ve hâlâ her yerimden tank jeli damlıyordu. Doktorun tavırları olağandı ama altında bir endişe yatıyor gibiydi. Kolunun altında kıvrılmış bir tomar belge tutuyordu ve daha yapması gereken yığınla iş vardı. Bir günde halletmesi gereken kaç tane kılıf olduğunu merak etmiştim.

"Yarın elinizden geldiğince dinlenmeye çalışın," dedi. "Ufak çapta ağrınız ve acınız olabilir ama bu çok normal. Uyku bütün sorununuzu çözecektir. Eğer tekrar eden şi..."

"Biliyorum. Bunu daha önce de yapmıştım."

İnsan ilişkileri için pek uygun bir ruh halinde değildim. Aklıma Sarah gelmişti.

Önünde durdukları yan kapının buzlu camında *duş* yazıyordu. Doktor beni içeri soktuktan sonra bir süre öylece dikilip bana baktı.

"İlk kez duş almıyorum," diyerek onu ikna etmeye çalıştım.

Başını sallayarak onayladı. "İşiniz bitince koridorun sonunda bir asansör var. Çıkış bir sonraki katta. Şey... polisler sizi bekliyor."

Talimatlar, yeni kaplanan kişiyi güçlü bir adrenalin şokundan sakınmanız gerektiğini söyler ama doktor muhtemelen dosyamı okumuş, polisle karşı karşıya gelmenin benim için olağandışı bir durum olmadığına karar vermişti. Ben de onun gibi hissetmeye çalıştım.

"Ne istiyorlar?"

"Bunu benimle paylaşmadılar." Bu sözcükler, doktorun benden saklaması gereken öfkesini açık etmişti. "Belki de ününüz sizden önce yayılmıştır."

"Haklı olabilirsiniz." Ani bir dürtüyle gülümsemeye başladım. "Doktor, bu benim buraya ilk gelişim. Dünya'ya yani. Daha önce polisinizle de hiç karşı karşıya gelmemiştim. Endişelenmem gerekir mi?"

Doktor bana baktığında gözlerinde başarısızlığa uğrayan insan dönüştürücüye karşı duyduğu korkuyu, şaşkınlığı ve hor bakışları gördüm.

"Sizin gibi bir adam karşısında," dedi sonunda, "endişelenmesi gerekenlerin onlar olduğunu düşünüyorum."

"Evet, doğru," dedim usulca.

Bir an tereddüt ettikten sonra eliyle işaret etti. "Soyunma odasında bir ayna var." Gösterdiği odaya doğru baktığımda bir ayna için henüz hazır olup olmadığımdan emin değildim.

Duşa girdim ve tedirginliğimi ahenksiz ıslığımla üzerimden atmaya çalıştım. Sabunu ve ellerimi yeni bedenimde gezdirdim. Protektora standartlarındaki kılıfım kırklarının başındaydı. Yüzücü kalıplarına sahip vücudunun sinir sistemi askeri sınıfa dahil olduğunun işareti olabilirdi. Hiç şüphesiz nörokimyasal bir iyileştirme söz konusuydu. Bana da bir kez yapılmıştı. Nikotin alışkanlığı nedeniyle ciğerlerimde darlık, kolumda ise birkaç güzel yara izim oluşmuştu ama bunun dışında hiçbir şeyden şikâyetçi değildim. Sonrasında ufak tefek marazlarınız olabiliyor ama akıllı davranırsanız bunlarla yaşamayı öğreniyorsunuz. Her kılıfın bir hikâyesi vardır. Eğer bu tür şeyler canınızı sıkıyorsa, Senteta'nın ya da Fabrikon'un önünde kuyruğa girebilirsiniz. Benim de üstümde sentetik kılıfım vardı; bu kılıf sık sık şartlı tahliye duruşmalarında kullanılırdı. Belki pahalı bir şey değildi ama esintili bir evde tek başına yaşıyormuşum hissi veriyordu. Üstelik tat devreleri hiçbir zaman düzgün şekilde ayarlanmıyordu. Yediğim her şeyin tadı körili talaştan farksızdı.

Soyunma kabinindeki bankın üzerinde düzgünce katlanmış yazlık bir takım vardı. Ayna ise duvara asılmıştı. Giysi yığınının üzerinde sıradan bir çelik saat, saatin altında ise üstünde adımın yazılı olduğu beyaz bir zarf duruyordu. Derin bir nefes alarak aynanın karşısına geçtim.

Bu, işin her zaman en zor kısmıdır. Bunu yaklaşık yirmi yıldır yapıyor olmama rağmen aynaya bakıp karşımda mutlak bir yabancı görmek beni hâlâ şaşkına çeviriyor. Otostereogramın derinliklerinden bir görüntü çekmekten farksız. İlk birkaç saniye boyunca görebildiğiniz tek şey, bir pencereden size bakan bambaşka biri oluyor. Sonrasında sanki odak noktası değişiyor ve bir anda maskenin öteki tarafına, dokunsal sayılabilecek bir şokla yapışıveriyorsunuz. Sanki biri göbek bağınızı kesiyor ve sizi ondan ayırmak yerine ötekini güçlendiriyordu. Kendinizi aynadaki yansımanıza bakarken buluveriyorsunuz.

Öylece dikilip yüzüme alışmaya çalışırken her yerimi kuruladım. Beyaz ırktandım ve bu benim için büyük bir değişiklikti. İçimdeki yorucu kuşku, hayatta kolay bir yol varsa da bu adamın o yoldan hiç geçmediğini söylüyordu. Uzun süre tankta kalmış olmanın verdiği karakteristik beniz solgunluğum bile aynadaki yüz hatlarının hırpalanmış görünmesine engel olamıyordu. Her yerde kırışıklıklar vardı. Kısa kesilmiş gür ve siyah saçlarının arasından beyazlar seçiliyordu. Gözlerinin mavisinde tehlikeli bir gölge vardı ve sol gözünün altındaki çentikli yara izi belli belirsizdi. Sol kolumu kaldırarak orada yazan hikâyeye baktım. Bu iki yara izinin arasında bir bağlantı olup olmadığını merak etmiştim.

Saatin altındaki zarfta tek bir kâğıt vardı. Basılı bir kopyaydı bu ve el yazısıyla imza atılmıştı. Çok tuhaftı.

Artık Dünya'dasın. Medeni dünyaların en kadiminde. Omuzlarımı silkip mektubu inceledikten sonra üstümü giydim ve mektubu da katlayarak yeni ceketimin cebine koydum. Aynaya son kez baktıktan sonra yeni saatimi taktım ve polisle görüşmek üzere dışarı çıktım.

Yerel saat dördü çeyrek geçeyi gösteriyordu.

Resepsiyondaki uzun ve kıvrımlı tezgâhın arkasında oturan doktor, bir monitörden görünen formları doldurmakla meşguldü. Hemen arkasında ince yapılı, sert bakışlı ve siyah giyimli bir adam duruyordu. Odada ikisinden başka kimse yoktu.

Etrafıma baktıktan sonra adama seslendim.

"Siz polis misiniz?"

Adam, "Polis dışarıda," diyerek kapıyı işaret etti. "İçeri girmeye yetkileri yok. Bunun için özel bir belgeye ihtiyaçları var. Bizim de kendimize göre birtakım güvenlik önlemlerimiz var."

"Peki ya siz kimsiniz?"

Yüzüme, doktorun alt katta takındığı karmaşık ifadeyle baktı. "Müdür Sullivan, şu anda terk etmekte olduğunuz Bay City hapishanesinin müdürüyüm."

"Benden kurtulduğunuza seviniyor gibi bir haliniz yok."

Sullivan keskin gözlerle bana baktı. "Kovacs, siz mükerrer hükümlüsünüz. Sizin gibiler için neden et ve kan harcandığını hiçbir zaman anlayamadım."

Göğüs cebimdeki mektuba dokundum. "Bay Bancroft sizinle aynı fikirde olmadığı için çok şanslıyım. Bana limuzin yollayacaktı, o da dışarıda mı?"

"Bakmadım."

Tezgâhın bir yerinden sinyal sesi yükseldi. Doktor, formların hepsini doldurmuştu. Yazılı kopyanın kıvrımlı kenarını yırtarak birkaç yerine paraf attı ve Sullivan'a verdi. Hapishane müdürü öne doğru eğilip kâğıdı gözlerini kısarak inceledikten sonra imzasını atıp bana verdi.

"Takeshi Lev Kovacs," dedi, ismimi tank odasındaki yardakçısı gibi yanlış telaffuz ederek. "BM Adalet Anlaşması'nın bana verdiği yetkiye dayanarak, altı haftayı geçmemek kaydıyla, sizi Laurens J. Bancroft'un sorumluluğuna teslim ediyorum. Bu sürenin sonunda şartlı tahliye durumunuz yeniden değerlendirilecek. Lütfen şurayı imzalayın."

Kalemi alıp ismimi müdürün parmağının hemen yanına, başkasının el yazısıyla yazdım. Sullivan kopyaların üst ve alt kısmını ayırarak bana pembe olanı verdi. Daha sonra doktorun uzattığı ikinci kâğıdı aldı.

"Bu, Takeshi Kovacs'ın (d.i.) Harlan Dünyası yargı idaresi tarafından sağ salim teslim alındığını ve bu vücutla yeniden kaplandığını belgeleyen bir doktor beyanı. Hem doğrudan hem de kapalı devre monitöründen buna tanıklık ettim. İntikalin ayrıntılarını ve tank bilgilerini içeren diskin kopyası dosyaya eklendi. Lütfen beyanı imzalayın."

Yukarıda kamera olup olmadığına baktım ama yoktu. Savaşmaya değmezdi. Yeni imzamı bir kez daha attım.

"Bu, bağlı olduğunuz kira sözleşmesinin bir kopyası. Lütfen dikkatle okuyun. Maddelerden birine bile uymazsanız cezanızı burada ya da yargının seçimine göre başka bir tesiste doldurmak üzere derhal depoya geri gönderilirsiniz. Bu şartları anlıyor ve kabul ediyor musunuz?"

Kâğıdı alarak hızla göz attım. Standart bir sözleşmeydi. Harlan'da beş altı kez imzaladığım şartlı tahliye anlaşmasının değiştirilmiş bir kopyasıydı. Dili biraz daha ağırdı ama içeriği aynıydı. Tam bir saçmalık. Düşünmeden imzaladım.

"Pekâlâ." Sullivan'ın güçten düşmüş bir hali vardı. "Siz şanslı bir adamsınız Kovacs. Bu fırsatı geri tepmeyin."

Bunu söylemekten bıkmazlar mı?

Tek kelime etmeden belgelerimi katladım ve cebimdeki mektubun yanına iliştirdim. Arkamı dönüp gitmeye hazırlandığım sırada doktor ayağa kalktı ve bana küçük, beyaz bir kart uzattı.

"Bay Kovacs."

Durdum.

"Ayarlarınızda bir sorun çıkacağını sanmıyorum," dedi. "Bu sağlıklı bir vücut ve siz de buna alışıksınız. Eğer önemli bir sorun *yaşarsanız* bu numarayı arayın."

Kolumu uzatıp küçük, dikdörtgen kartı daha önce fark etmediğim mekanik bir kararlılıkla kaldırdım. Nörokimya harekete geçmişti. Elim bu kartı da diğer belgelerle birlikte aynı cebe koyduktan sonra oradan ayrıldım. Resepsiyonu geçtim ve tek kelime etmeden kapıyı açarak dışarı çıktım. Belki kaba davranmıştım ama bu binadaki kimsenin henüz nezaketimi hak ettiğini düşünmüyordum.

Siz şanslı bir adamsınız Kovacs. Tabii ya. Evden yüz seksen ışık yılı uzaktayım ve altı haftalık kira sözleşmesi karşılığında başka bir adamın vücuduna büründüm. Polisin; copunun ucuyla bile dokunmak istemediği bir iş için buraya gönderildim. Başarısız olursam depoya geri dönerim. Kendimi öyle şanslı hissediyordum ki kapıdan çıkarken şarkılar söyleyebilirdim.

İKİNCİ BÖLÜM

Dışarıdaki salon devasaydı ve terk edilmişti. Evim olan Millsport'un tren istasyonuna hiç benzemiyordu. Uzun ve saydam panellerden oluşan eğik çatının örttüğü vitray zemin, öğleden sonranın güneşinin altında kehribar gibi parlıyordu. Birkaç çocuk çıkıştaki otomatik kapılarla oynuyor, duvarın gölgesi boyunca tek bir temizleme robotu çalışıyordu. Onların dışında hareket eden kimse yoktu. Eskimiş ahşap bankların parıltısında mahsur kalan ve etrafa yayılan insanlar, arkadaşlarının ya da ailelerinin değiştirilmiş karbon sürgünlerinden geri dönmelerini sessizce bekliyordu.

Yükleme Merkezi.

Bu insanların, artık yepyeni kılıflara bürünmüş olan sevdiklerini tanımaları imkânsızdı; sevdiklerinin gelip kendilerini bulmalarını beklemekten başka yapacak bir şeyleri yoktu. Bundan böyle sevmeyi öğrenecekleri yüzler ve vücutlar, onlar için soğukkanlı bir dehşet anlamına geliyordu. İki jenerasyon genç olduklarında ve silik birer çocukluk hatırası ya da aile efsanesi olan anne babalarını beklediklerinde bir sorun yaşanmıyordu. Kordiplomatikten tanıdığım bir adam olan Murakami, yüz yıl önce depolanan büyük büyükbabasının salıverilmesini bekliyordu. Eve dönüş hediyesi olarak bir litre viski ve bilardo istekasıyla Newpest'e gidiyordu. Kanagawa bilardo salonlarında büyükbabasının hikâyelerini dinleyerek büyümüştü. Adam, Murakami daha doğmadan depoya kaldırılmıştı.

Salona inerken karşılama komitemi gözüme kestirdim. Banklardan birinin etrafında toplanan üç uzun siluet, eğik güneş ışınlarının içinde huzursuzlanıyor, uçuşan toz zerreciklerinde girdaplar yaratıyorlardı. Bankta oturan dördüncü siluet kollarını birleştirmiş, bacaklarını öne uzatmıştı. Dördü de aynalı güneş gözlüğü takmıştı ve belli bir mesafeden bakıldığında aynı maskeden takmış gibi görünüyorlardı.

Çoktan kapıya doğru yönelmiştim ve yanlarına gitmek gibi bir niyetim yoktu. Yolu yarıladığım sırada beni fark ettiler. İçlerinden ikisi kısa süre önce karnını doyurmuş büyük kedilerin sükunetiyle yolumu kesmeye karar verdi. İri yarılardı, sert bakışlıydılar ve kırmızı Mohikan saçları düzgünce kesilmişti. İki metre önümden yoluma girerek beni durmaya ya da etraflarından dolanmaya zorladılar. Durdum. Henüz yeni geldiyseniz ve yeni kaplandıysanız, milis kuvvetlerini öfkelendirmenin hiç zamanı değil demektir. O gün ikinci kez gülümsemeye çalıştım.

"Size nasıl yardımcı olabilirim?"

İki Mohikandan daha yaşlı olanı söylediklerimi umursamadan bir rozet çıkarıp salladıktan sonra sanki açık havada solacakmış gibi hemen kaldırdı.

"Bay City polisi. Teğmen sizinle konuşmak istiyor." Adam sanki sonuna bir sıfat ekleme dürtüsüne engel olmaya çalışırcasına cümleyi apar topar kesti. Onlarla gidip gitmeme konusunu eni konu düşünüyormuşum gibi görünmeye çalıştıysam da beni yakaladılar. Eğer tanktan çıkalı sadece bir saat olduysa, yeni vücudunuzu kavgaya girmeye cesaret edecek kadar tanımıyorsunuzdur. Sarah'nın ölümüne dair kafamdaki bütün görüntüleri sildim ve oturan polise doğru götürülmeme boyun eğdim.

Teğmen, otuzlu yaşlarında bir kadındı. Güneş gözlüklerinin altın disklerinin altından görünen yanakları, Kızılderili atalarını ele veriyordu. Büyük ağzında alaycı bir gülümseme vardı ve gözlüklerinin üzerinde durduğu burnuyla teneke kutu açmanız mümkündü. Yüzünü çevreleyen kısa ve karman çorman saçları, yüzünün önünde diken diken uzanıyordu. Üzerine büyük gelen bir savaş ceketi giymişti ama alt kenardan görünen siyahlar içindeki uzun bacakları, giysisinin içindeki esnek vücudunun birer göstergesiydi. Kollarını göğsünde birleştirmişti ve bu şekilde hiç konuşmadan neredeyse bir dakika boyunca beni süzdü.

"Kovacs sizsiniz, değil mi?"

"Evet."

"Takeshi Kovacs mı?" Telaffuzu kusursuzdu. "Harlan'dan mı

geldiniz? Kanagawa depo tesisinden geçerek Millsport'tan buraya ulaştınız, yanılıyor muyum?"

"Devam edin. Yanılırsanız ben size söylerim."

Uzun bir süre aynalı gözlüklerinde tek bir kıpırtı olmadı. Teğmen kollarını çözdü ve eline baktı.

"Espri yapmak için izin belgeniz var mı Kovacs?"

"Affedersiniz. Evde unutmuşum."

"Dünya'ya gelmenizin nedeni nedir?"

Sabırsızlanmıştım. "Bunu zaten biliyorsunuz. Aksi takdirde burada olmazdınız. Bana bir şey mi söyleyeceksiniz? Yoksa bu çocukları buraya yalnızca eğitim amaçlı mı getirdiniz?"

Bir elin kolumu üstten kavrayıp sertçe sıktığını fark ettim. Teğmen başıyla belli belirsiz bir işaret verince arkamdaki polis kolumu bıraktı.

"Sakin olun Kovacs. Ben yalnızca sohbet ediyorum. Evet, Laurens Bancroft'un sizi çıkardığını biliyorum. Aslında buraya gelmemdeki amaç, sizi Bancroft'un evine götürmeyi teklif etmekti." Aniden ayağa kalkınca yeni kılıfımla hemen hemen aynı boyda olduğunu gördüm. "Adım Kristin Ortega. Bedensel Hasar Departmanı'ndanım. Bancroft dosyasını inceliyordum."

"Artık incelemiyor musunuz?"

Başıyla onayladı. "Dosya kapandı Kovacs."

"Bu bir uyarı mı?"

"Hayır, yalnızca gerçekler. İntihar olduğu gün gibi ortada."

"Bancroft hiç de öyle düşünmüyor. Öldürüldüğünü iddia ediyor."

"Evet, öyleymiş." Ortega omuzlarını silkti. "Buna hakkı var. Onun gibi bir adamın kendi kafasını kendinin uçurduğuna inanması güçtür."

"Onun gibi bir adamın mı?"

"Hadi ama..." Kendini durdurmayı başardı ve hafifçe gülümsedi. "Affedersiniz, hep unutuyorum."

"Neyi unutuyorsunuz?"

Yeniden sessizlik oldu ama bu kez Kristin Ortega bu kısa tanışıklığımız boyunca ilk kez dengesini yitirmişe benziyordu. Yeniden konuşmaya başladığında sesindeki endişe fark edilmeyecek gibi değildi. "Siz buralı değilsiniz."

"Yani?"

"Yani buralı olan herkes Laurens Bancroft'un nasıl bir adam olduğunu bilir. Hepsi bu."

İnsanın bir yabancı karşısında neden böylesine aptalca bir yalan söyleyeceğini merak etmiştim ve onu rahatlatmaya çalıştım. "Zengin bir adam," dedim cesaretimi toplayarak. "Güçlü bir adam."

Belli belirsiz gülümsedi. "Göreceksiniz. Şimdi sizi oraya götürelim mi, götürmeyelim mi?"

Cebimdeki mektuba göre bir şoför beni terminalde bekleyecekti. Bancroft bana polisten söz etmemişti. Omuzlarımı silktim.

"Bedava bir yolculuğa asla hayır diyemem."

"Güzel. O halde gidelim mi?"

İki polis, sürekli arkalarına dönüp etrafı kolaçan ederek önden ilerliyorlardı. Ben de Ortega ile birlikte arkalarından ilerliyordum. Dışarı çıktığımda sıcacık güneş ışığını yüzümde hissettim. Kamaşmamaları için yeni gözlerimi kıstım ve bakımsız bir pistin öteki tarafında bulunan çitlerin ardındaki köşeli binaları fark ettim. Bu arındırılmış, kırık beyaz binalar muhtemelen bin yıldan eskiydi. Tuhaf bir şekilde tek renge boyanmış duvarların arasından, gizli bir yerle bağlantıyı kuran demirden gri bir köprüyü kısmen görebiliyordum. Benzer şekilde donuk renklere sahip olan hava ve kara taşıtları dağınık bir şekilde park etmişlerdi. Rüzgâr aniden kuvvetli bir şekilde estiğinde pistteki çatlaklar boyunca çiçeklenen otların belli belirsiz kokusu burnuma geldi. Uzaklardan alışıldık bir trafik uğultusu yükseliyordu ama geri kalan her şey bir dönem filmini andırıyordu.

"...yalnızca *tek* yargıç vardır! Bilim insanlarına bakmayın siz..."

Çıkışın merdivenlerinden aşağı inerken vasat bir hoparlörün cızırtıları kulaklarımızı sağır etti. Piste baktığımda kalabalığın kasanın üstüne çıkmış siyah giyimli bir adamın etrafında toplandığını gördüm. Dinleyenler holografik pankartlarını coşkuyla havaya kaldırıyorlardı. 653 SAYILI ÖNERGEYE HAYIR!! *TANRI*'DAN

BAŞKA KİMSE YENİDEN DİRİLEMEZ!! D.İ.T. = Ö.L.Ü.M. Konuşmacı alkışlara boğuldu.

"Bu da nesi?"

"Katolikler," dedi Ortega, dudak bükerek. "Eski bir mezhep."

"Öyle mi? Hiç duymamıştım."

"Olabilir. Bir insanın ruhunu kaybetmeden dijitalleştirilmesinin mümkün olmadığına inanıyorlar."

"Pek yaygın bir inanış sayılmaz bu."

"Yalnızca Dünya'da var," dedi hüzünlü bir sesle. "Ben Vatikan'ın –esas kiliseleri bu– Starfall'a ve Latimer'a iki kriyogemi yolladığını düşünüyorum..."

"Ben Latimer'e gitmiştim ama hiç öyle bir şey görmedim."

"Kovacs, gemiler yüzyılın dönümünde oradan ayrıldılar. Yirmi yıl daha geri dönmezler."

Kalabalığın yanından geçtiğimiz sırada saçları sıkıca toplanmış genç bir kadın bana bir bildiri uzattı. Bu o kadar ani bir hareket olmuştu ki, kılıfım endişeye kapıldı. Kadını engelleyerek her şeyi kontrol altına aldıktan sonra gülümseyerek elindeki bildiriye uzandım.

"Buna hakları yok," dedi kadın.

"Ah, haklısınız..."

"Yalnızca Tanrı ruhlarımızı kurtarabilir."

"Ben..." Ama Kristin Ortega becerikli bir hareketle koluma girerek beni oradan sertçe uzaklaştırdı. En az onun kadar sert ama nazikçe kolumu çektim.

"Acelemiz falan mı var?"

"Bence ikimizin de yapacak daha iyi işleri var, evet," dedi. Dudaklarını sıkıp bildirileri savuşturmaya çalışan meslektaşlarına baktı.

"Belki de onunla konuşmak isteyecektim."

"Öyle mi? Bana daha çok gırtlağına yapacakmışsınız gibi geldi."

"Yalnızca kılıfım öyle görünüyor. Kılıfımın nörokimyasal bir koşullanması var ve kadın onu harekete geçirdi. Çoğu insan yüklemeden sonra birkaç saat dinleniyor. Ben de çok gerginim."

Elimdeki bildiriye baktım. BİR MAKİNE RUHUNUZU KUR-

TARABİLİR Mİ? diye soruyordu tumturaklı bir şekilde. "Makine" sözcüğü, eski bilgisayar çıktılarını andıracak şekilde basılmıştı. "Ruh" sözcüğünün stereografik harfleri ise sayfanın her yerinde dans ediyordu. Cevabı bulmak için bildiriyi evirip çevirdim.

HAYIR!!!!!

"O halde kriyojenik ertelemeyi kabul ederken dijitalleştirilmiş insan taşımasına karşılar. İlginçmiş." Coşkulu pankartlara bir kez daha bakıp düşündüm. "653 sayılı önerge ne?"

"BM Mahkemesi'nde tartışılan bir yasa önergesi," dedi Ortega kısaca. "Bay City savcılığı, depolama ünitesindeki bir Katoliği mahkemeye çağırmak istiyor. Önemli bir tanık. Vatikan onun çoktan öldüğünü ve artık Tanrı'nın avuçlarında olduğunu söylüyor. Bunun dine hakaret olacağını söylüyorlar."

"Anladım. Demek bağlılık duygunuzu kaybetmemişsiniz."

Durup bana döndü.

"Kovacs, o lanet ucubelerden nefret ediyorum. İki bin beş yüz yıldır bize eziyet ediyorlar. Tarihteki herhangi bir örgütten çok daha fazla sefaletten sorumlular. İsa aşkına, yandaşlarının *doğum kontrol*üne bile izin vermiyorlar ve son beş yüzyıldır anlamlı bütün tıbbi gelişmelerin karşısında durdular. Onların lehine söylenebilecek tek şey, d.i.t.'in onların insanlığın geri kalanıyla birlikte yayılmasını önlemiş olması."

Beni götürecekleri araç hurdası çıkmış ama kesinlikle havalı görünen bir Lockheed-Mitoma'ydı ve büyük olasılıkla polis renkleriyle süslenmişti. Sharya'dayken bu Lock-Mit'lerden kullanmıştım ama onlar radarları yansıtan donuk siyah renkteydi. Oysa şimdikinin kırmızı beyaz çizgileri, diğerleriyle karşılaştırıldığında oldukça parlak görünüyordu. Ortega'nın küçük çetesiyle aynı güneş gözlüğünden takmış bir pilot, kokpitte hareketsiz oturuyordu. Kruvazörün kapısı çoktan havaya kaldırılmıştı. Biz içeri geçerken Ortega kapıya vurdu ve türbinler fısıltıyı andıran bir sesle uyandı.

Mohikanlardan birinin kapıyı kapamasına yardım ettikten sonra tutunarak pencere kenarına oturdum. Hızla yükseldiğimizde aşağıdaki kalabalığı kaybetmemek için başımı uzattım. Araç yaklaşık yüz metre kadar yükseldikten sonra burnunu hafifçe düzleştirdi. Kendimi otokalıbın kollarına bıraktığım sırada Ortega'nın beni izlediğini fark ettim.

"Hâlâ merak ediyorsunuz, değil mi?" diye sordu Ortega.

"Kendimi turist gibi hissediyorum. Bir soruma cevap verir misiniz?"

"Cevabı biliyorsam, tabii."

"Eğer bu insanlar doğum kontrol yöntemlerini kullanmıyorsa sayıları çok fazla olmalı. Dünya bugünlerde pek işlek sayılmaz... Neden hakimiyeti ele geçirmiyorlar?"

Ortega'nın ve adamlarının yüzünde hoşnutsuz bir gülümseme belirdi. "Depolama," dedi solumda duran Mohikan.

Enseme bir şaplak attıktan sonra bu hareketin onlar için bir anlam ifade edip etmediğini düşündüm. Benim geldiğim yerde kortikal bellek için ense tercih edilirdi ama kültürel kodlar birbirini her zaman tutmayabiliyordu.

"Depolama. Elbette." Yüzlerine baktım. "Onlar için istisnai bir muafiyet yok mu?"

"Hayır." Nedense bu küçük sohbet hepimizin arkadaş olmasını sağlamış gibiydi. Artık hepsi rahatlamıştı. Aynı Mohikan ayrıntılara inmeye devam etti. "On yıl ya da üç ay depolanmalarının onlar için bir farkı yok. Ölüm cezası gibi. Depolarından hiç çıkmıyorlar. Çok şeker, değil mi?"

Başımla onayladım. "Çok iyi. Peki vücutlarına ne oluyor?"

Karşımda duran adam elini bir şey atıyormuş gibi salladı. "Satılıyor ya da organ nakli için parçalanıyor. Aileye bağlı."

Arkamı dönüp pencereden dışarı baktım.

"Bir şey mi oldu Kovacs?"

Yüzüme yeni bir gülümseme takınarak Ortega'ya baktım. Bunu yapmaya artık alışmıştım.

"Hayır, hayır. Yalnızca düşünüyordum. Sanki bambaşka bir gezegende gibiyim."

Bu onları epey güldürdü.

Suntouch House,
2 Ekim

Takeshi-san,
Bu mektup elinize geçtiğinde mutlaka kafanız karışacaktır. Bunun için özür dilerim ama bana Kordiplomatik'te gördüğünüz eğitim sayesinde bu durumla başa çıkabileceğiniz söylendi. Zaten bu kadar çaresiz kalmasaydım sizi bu meseleye dahil etmezdim.

Adım Laurens Bancroft. Benim de sizin gibi bir sömürgeli olmam, size bir şey ifade etmeyebilir. Dünya'da varlıklı ve güçlü bir adam olduğumu ve bunun sonucunda da düşmanlar edindiğimi söylemem yeterli olacaktır. Altı hafta önce öldürüldüm. Polis, kendi nedenlerine göre bunun bir intihar olduğuna karar verdi. Katiller en sonunda başarısızlığa uğradığı için beni yeniden öldürmeye kalkışacaklar ve polisin tutumunu göz önünde bulundurursak bu kez başarabilirler.

Elbette tüm bunların sizinle ne ilgisi olduğunu ve böyle bir meseleyle deponuzdan çıkarılarak yüz seksen altı ışık yılı öteye neden sürüklendiğinizi merak ediyorsunuzdur. Avukatlarım bana özel bir dedektif tutmamı tavsiye ettilerse de küresel toplum içinde önemli bir yerim olduğu için buradan kimseye güvenemezdim. Bana isminizi, sekiz sene önce Yeni Pekin'de birlikte çalıştığınız Reileen Kawahara verdi. Kordiplomatikler, talebimden iki gün sonra Kanagawa'daki yerinizi buldu ama yer değiştirmeniz ve sonrasında yaptıklarınız nedeniyle bana herhangi bir teminat sunamadılar. Anladığım kadarıyla kimsenin emrinde çalışmıyorsunuz.

Salıverilmenizi sağlayan şartlar şu şekildedir:

Altı hafta boyunca benim için çalışacaksınız. Sözleşme, bu süre sonunda gerekli görülürse uzatılacak. Bu süre boyunca soruşturmanızın doğuracağı tüm makul harcamalar tarafımdan karşılanacak. Ek olarak, bu süre boyunca kılıflama kiranızı ben ödeyeceğim. Soruşturmayı başarılı bir şekilde sonlandırırsanız Kanagawa'daki depo cezanızın geri kalanı –yüz on yedi yıl dört ay– iptal edilecek ve kendi seçtiğiniz kılıfla serbest bırakılmak üzere Harlan Dünyası'na geri gönderileceksiniz. Bunun yerine, Dünya'da şu an içinde olduğunuz kılıfın kirasını tamamen ödeyebilirim ve böylelikle BM vatandaşlığına kabul edilirsiniz. Her iki durumda da yüz bin BM doları ya da yerel parayla bu tutarın karşılığı hesabınıza aktarılacaktır.

Bu şartların cömert olduğunu düşünüyorum ama hafife alınmayacak bir adam olduğumu da eklemek isterim. Soruşturmanız başarısız olursa ve öldürülürsem, kaçmaya çalışır ya da sözleşmenizin yükümlülüklerini yerine getirmezseniz kılıf kirası derhal sona erdirilir ve cezanızı Dünya'da tamamlamak üzere deponuza geri gönderilirsiniz. Sizden kaynaklanan yasal müeyyideler de bu cezanıza eklenir. En başından sözleşmeyi kabul etmek istemezseniz de derhal deponuza geri gönderilirsiniz ama bu durumda Harlan Dünyası'na gönderilmenizin masraflarını ben üstlenemem.

Umarım bu anlaşmayı bir fırsat olarak görür ve benim için çalışmayı kabul edersiniz. Cevabınızı beklerken sizi depolama tesisinden alması için şoför yolluyorum. Adı Curtis ve en güvendiğim çalışanlarımdan biridir. Sizi tahliye salonunda bekliyor olacak.

Suntouch House'ta buluşmak üzere.

Saygılarımla,
Laurens J. Bancroft.

ÜÇÜNCÜ BÖLÜM

Suntouch* House'ın ismi çok doğru seçilmişti. Bay City'den güney kıyılarına doğru yaklaşık yarım saat uçtuktan sonra türbinlerin vızıltısı değişince varış noktamıza yaklaştığımızı anladık. O sırada sağ taraftaki pencereler güneşin denize vuran ışınlarıyla sıcacık bir sarıya dönmüştü. Alçalmaya başladığımızda dışarıyı seyretmeye koyuldum. Dalgalar adeta erimiş bakır, hava ise saf kehribar rengindeydi. Bu, bir kavanoz balın içine inmekten farksızdı.

Araç yan yan alçalırken Bancroft'un kıyı boyunca uzanan evini izleme fırsatım oldu. Etrafı yeşilin her tonuna sahip çakıllı bir bahçenin çevrelediği kiremit çatılı malikâne, küçük bir orduya yetecek kadar büyüktü. Duvarlar beyaz, çatı mercan rengindeydi. Eğer bir ordu söz konusuysa da o an ortalıkta yoktu. Bancroft'un güvenlik sistemleri oldukça gizli bir şekilde yerleştirilmişti. İyice alçaldığımızda evin bir tarafını çevreleyen çiti fark ettim. Bu belli belirsiz çit bir sisten farksız olduğu için evin görüntüsünü de bozmuyordu. Hiç fena sayılmazdı.

Pilot, kusursuz çimlerden beş altı metre yüksekteyken gereksiz bir şiddetle iniş frenini tekmeledi. Araç bir uçtan bir uca sarsıldı ve uçuşan çimlerin arasına iniş yaptık.

Ortega'ya sitemli bir bakış attım ama hiç oralı olmadı. Kruvazörün kapısını açarak dışarı çıktı. Bir süre sonra yanına, mahvolan çimlere doğru yürüdüm. Bir ayakkabımın ucuyla kopan çimleri dürttüm ve türbinlerin gürültüsüne rağmen bağırarak konuşmaya başladım. "Bütün bunlar da neyin nesiydi? Kendi intiharına inanmadığı için Bancroft'a mı sinirlisiniz?"

"Hayır." Ortega, evi alıcı gözle inceliyordu. "Hayır, Bay Bancroft'a sinirlenmemizin nedeni bu değil."

---

* (İng.) Güneş alan, güneş gören.

"Bana söyleyecek misiniz?"

"Dedektif olan sizsiniz."

Evin hemen yanından, elinde tenis raketiyle genç bir kadın belirdi ve çimlerden bize doğru yürüdü. Yaklaşık yirmi metre ötede durdu, raketini kolunun altına sıkıştırdı ve ellerini ağzına götürerek seslendi.

"Siz Kovacs mısınız?"

Güneş, deniz ve kum üçlemesinin içinde göz alıcı görünüyordu. Spor şortu ve mayosu bu güzelliğini iyice belirginleştirmişti. Hareket ettiğinde altın sarısı saçları omuzlarına dökülüyordu ve bana seslendiğinde süt beyazı dişleri gözümden kaçmamıştı. Alnında ve bileklerinde ter bandı vardı. Alnındaki damlalara bakacak olunursa bu bantları süs olarak takmamıştı. Bacakları epey kaslıydı ve kollarını kaldırdığında sıkı bisepsleri ortaya çıkmıştı. Dolgun göğüsleri mayosunun kumaşını geriyordu. Vücudunun onun olup olmadığını merak ettim.

"Evet," diye cevapladım. "Takeshi Kovacs. Bu öğleden sonra salıverildim."

"Sizi depolama tesisinden alacaklardı." Beni suçlar gibi bir hali vardı. Ellerimi iki yana açtım.

"Aldılar da."

"*Polis* almayacaktı." Gözlerini Ortega'dan ayırmadan ilerledi. "Siz. Sizi tanıyorum."

"Teğmen Ortega," dedi Ortega, bahçe partisindeymiş gibi. "Bay City, Bedensel Hasar Departmanı."

"Tamam, şimdi hatırladım." Sesinde düşmanca bir tını vardı. "Şoförün uydurma bir emisyon kontrolüne takılmasına siz neden olmuş olmalısınız."

"Hayır hanımefendi, onun sorumlusu trafik kontrol," dedi dedektif nazikçe. "O bölükte yetkim yok."

Kadın alaycı bir şekilde gülümsedi.

"Ah, eminim öyle olmuştur Teğmen. Hiçbir arkadaşınızın o bölükte çalışmadığından da eminim." Sesi gittikçe amirane bir havaya büründü. "Onu güneş batmadan salıvermiş olacağız."

Tepkisini görmek için Ortega'ya baktım ama yüzü ifadeden

yoksundu. Şahini andıran profili kayıtsızdı. Aklım daha çok diğer kadının gülümsemesine takılmıştı. Bu çirkin bir ifadeydi ve yaşlı bir yüze ait gibiydi.

Evin hemen yanında, omuzlarına asılı otomatik silahlarla iki iri yarı adam vardı. Geldiğimizden beri çatının saçaklarının altından bizi izliyorlardı. Şimdi ise gölgeden çıkıp bize doğru ilerlemeye başlamışlardı. Genç kadının hafifçe büyüyen gözlerine bakınca adamları dahili bir mikrofonla yanına çağırdığını tahmin ettim. Ustaca. Harlan'daki insanlar vücutlarına teçhizat yerleştirme konusunda hâlâ isteksizler ama görünüşe göre Dünya'da durumlar bambaşkaydı.

"Teğmen, burada sizi istemiyorum," dedi genç kadın buz gibi bir sesle.

"Ben de tam gidiyordum hanımefendi," dedi Ortega ağır bir edayla. Hiç beklemediğim bir anda omzuma vurdu ve sakince araca doğru ilerledi. Yolu yarıladığı sırada aniden durup arkasına döndü.

"Kovacs, neredeyse unutuyordum. Buna ihtiyacınız olacak."

İç cebinden küçük bir paket çıkarıp bana attı. Paketi refleks olarak yakaladım. Bu bir sigara paketiydi.

"Görüşmek üzere."

Araca binerek kapıyı sertçe kapattı. Camdan bana baktığını gördüm. Araç büyük bir hızla havalanarak tozu dumanı birbirine kattı. Çimlerde iz bırakarak okyanusun batısına doğru uçmaya başladı. Gözden kaybolana kadar aracı izledik.

"Güzel," dedi yanımdaki kadın, kendi kendine konuşur gibi.

"Bayan Bancroft siz misiniz?"

Arkasına döndü. Tıpkı Ortega gibi benim varlığımın da onu rahatsız ettiğini yüzünden anlayabiliyordum. Teğmenin dostluk işaretini görünce dudakları memnuniyetsizce seğirmişti.

"Bay Kovacs, kocam size bir araba yolladı. Neden beklemediniz?"

Bancroft'un mektubunu çıkardım. "Burada arabanın beni bekleyeceği yazıyor ama ortada araba falan yoktu."

Elimdeki mektubu almaya çalışınca mektubu havaya kaldırdım. Yüzü kıpkırmızı olmuştu. Öylece durup bana bakarken göğüsleri inip kalkıyor, dikkatimi dağıtıyordu. Bir vücut tanka hapsedildiğinde uykudaymış gibi hormon üretiyordu. Birden, dolu bir itfaiye hortumu gibi dimdik olduğumu fark ettim.

"Beklemeniz gerekirdi."

Bir yerlerden hatırladığım kadarıyla Harlan'daki yerçekimi 0,8 g idi. Kendimi nedensizce yeniden ağırlaşmış hissettim. Tuttuğum nefesimi bıraktım.

"Bayan Bancroft, arabayı beklemiş olsaydım da burada olacaktım. İçeri girebilir miyiz?"

Hafifçe büyüyen gözlerinde gerçek yaşını gördüm. Sonra başını eğerek kendini toparladı. Yeniden konuşmaya başladığımızda sesi yumuşamıştı.

"Özür dilerim Bay Kovacs. Kaba davrandım. Sizin de gördüğünüz gibi polisler hiç hoş davranmadı. Zor zamanlardan geçiyoruz ve hepimizin sinirleri bozuk. Bilseydiniz..."

"Açıklamanıza gerek yok."

"Ama çok özür dilerim. Aslında böyle biri değilimdir. Hiçbirimiz böyle değilizdir." Sanki, arkasında duran iki adamın elinde normalde silah yerine çiçek olduğunu söylemek istercesine onları işaret etti. "Lütfen özrümü kabul edin."

"Elbette."

"Kocam sizi deniz tarafındaki salonda bekliyor. Sizi hemen ona götüreceğim."

Evin içi aydınlık ve ferahtı. Verandanın kapısında bekleyen hizmetkâr Bayan Bancroft'un tenis raketini tek kelime etmeden elinden aldı. Gagarin ve Armstrong çizimleri, Konrad Harlan ve Angin Chandra'nın empatist yorumları gibi eğitimsiz gözüme eski görünen sanat eserleriyle döşeli mermer bir koridordan geçtik. Koridorun sonundaki kaidenin üstünde un ufak olmuş kırmızı taştan yapılmış gibi görünen dar bir ağaç duruyordu. Ağacın önünde durduğum sırada Bayan Bancroft sola dönmek yerine yanıma geldi.

"Beğendiniz mi?" diye sordu.

"Çok beğendim. Mars'tan, değil mi?"

Göz ucuyla yüz ifadesinin değiştiğini gördüm. Beni yeniden süzüyordu. Daha yakından bakmak için ona doğru döndüm.

"Çok etkilendim," dedi.

"Genelde öyle oluyor. Bazen de amuda kalkarım."

Gözlerini kısarak baktı. "Bunun ne olduğunu gerçekten biliyor musunuz?"

"Dürüst olmak gerekirse, hayır. Bir dönem yapısal sanatla ilgilenmiştim. Taşı resimlerden tanıdım ama..."

"Bu bir şanfilizi." Önüme geçti ve parmaklarını yukarı doğru uzanan dallardan birinin üstünde gezdirdi. Ağaç usulca iç çekti, havayı kiraz ve hardal parfümü kapladı.

"Canlı mı?"

"Bunu kimse bilmiyor." Sesinde aniden beliren coşku hoşuma gitmişti. "Mars'takiler yüz metre yüksekliğinde oluyor ve bazılarının kökleri bu ev kadar genişliyor. Şarkı söylediklerini kilometrelerce uzaktan duyabilirsiniz. Parfümü de her yere yayılıyor. Aşınma izlerine baktığımızda çoğunun en azından on bin yaşında olduğunu düşünüyoruz. Bu da Roma İmparatorluğu'yla aynı yaşlarda olmalı."

"Epey pahalıdır herhalde. Yani, onu Dünya'ya geri götürmek."

"Para sorun değildi Bay Kovacs." Yeniden maskesini takmıştı. İlerleme zamanı gelmişti.

Plan dışı molamızı telafi etmek için hızla soldaki koridora yürüdük. Attığı her adımda Bayan Bancroft'un göğüsleri mayosunun ince kumaşı altında sallanınca kendimi koridorun öteki tarafındaki sanat eserleriyle ilgilenmeye zorladım. Burada da empatist çalışmalar vardı: Angin Chandra'nın incecik eli fallik bir roketin üzerindeydi. İşe yaramıyordu.

Deniz tarafındaki salon, evin batı kanadının en sonundaydı. Bayan Bancroft beni mütevazı bir ahşap kapıdan geçirdiği anda güneş gözümüze vurdu.

"Laurens. Bu Bay Kovacs."

Elimle gözlerimi siper ettiğim sırada deniz tarafındaki salonun sürgülü cam kapılarından balkona çıkılan basamaklar olduğunu gördüm. Balkondaki adam öne eğilmişti. İçeri girdiğimizi duymuş olmalıydı. Bu durumda polis kruvazörün inişini ve bunun ne anlama geldiğini de biliyordu ama buna rağmen olduğu yerden kıpırdamadan denizi seyretmeye devam etti. Bazen dirilmek insanı böyle hissettiriyordu işte. Belki de bu kibirden başka bir şey değildi. Bayan Bancroft'un işaretiyle birlikte kapıyla aynı ahşaptan yapılan merdivenleri çıktık. O anda duvarların tavandan aşağı kadar kitap dolu raflarla kaplı olduğunu fark ettim. Güneş, kitapların sırtını turuncuya boyamıştı.

Balkona çıktığımızda Bancroft yüzünü bize doğru döndü. Parmaklarını arasına koyarak elindeki kitabı kapamıştı.

"Bay Kovacs." Elimi sıkmak için kitabı diğer eline aldı. "Sonunda sizinle tanıştığıma sevindim. Yeni kılıfı nasıl buldunuz?"

"Güzel. Rahat."

"Evet, ayrıntılarla çok ilgilenmem ama avukatlarıma... uygun bir şey bulmalarını söylemiştim." Ortega'nın ufukta yükselen kruvazörünü görmek istercesine arkasına baktı. "Umarım polisler fazla işgüzar davranmamışlardır."

"Şimdilik hayır."

Bancroft çok okuyan birine benziyordu. Harlan'da çok sevilen, Alain Marriott adında bir film yıldızı vardır ve Yerleşimin ilk yıllarındaki vahşi zorbalığın kökünü kazıyan gözü pek, genç bir Quellist filozofa hayat vermesiyle tanınır. Quelllistlerin ortaya konan bu tasviri tartışmaya açık olsa da film oldukça güzeldi. İki kez izlemiştim. Bancroft, o roldeki Marriott'un ihtiyar haline benziyordu. İnce yapılı ve zarifti. Beyazlayan saçlarını at kuyruğu yapmıştı ve siyah gözlerinde keskin bir bakış vardı. Elindeki kitap ve etrafındaki raflar, o gözlerden dünyaya açılan bir zihnin merkezinin tamamen doğal bir uzantısı gibiydi.

Bancroft karısının omzuna öylesine umursamaz bir tavırla dokundu ki, o anda içinde bulunduğum ruh halinin de etkisiyle neredeyse ağlayacaktım.

"Yine o kadın geldi," dedi Bayan Bancroft. "Teğmen."

Bancroft başıyla onayladı. "Onu kafana takma Miriam. Etrafı kokluyorlar. Bunu yapacağım konusunda onları uyarmama rağmen beni umursamamışlardı. Artık Bay Kovacs burada ve onlar da beni nihayet ciddiye almaya başladılar."

Bana doğru döndü. "Polis bu konuda bana pek yardımcı olmadı."

"Evet. Görünüşe göre burada olmamın nedeni bu."

Birbirimize bakarken bu adama kızgın olup olmadığıma karar vermeye çalışıyordum. Beni yerleşik evrenin öteki ucuna sürüklemiş, yeni bir vücudun içine hapsetmiş ve reddedemeyeceğim bir teklifle gelmişti. Zengin insanlar hep böyle yapar. Gücü ellerinde tutar ve kullanmamak için bir neden göremezler. Diğer her şey gibi erkekler ve kadınlar onlar için yalnızca birer maldır. Onları depolar, yeni kılıflara boşaltır, başka yerlere aktarırlar. Lütfen şurayı imzalayın.

Öte yandan, Suntouch House'ta adımı henüz yanlış telaffuz eden olmamıştı ve zaten seçeneğim de yoktu. Bir de paradan bahsetmek gerekiyordu. Yüz bin BM doları, Sarah ile Millsport vurgununda yapmak istediğimizden altı yedi kat daha fazla para demekti. En değerli para olan BM doları, Protektora dahilindeki herhangi bir dünyada tartışmaya açıktı.

Bu, öfkenizi bastırmanıza değerdi.

Bancroft aynı umursamaz tavırla karısının bu kez beline dokunarak itti.

"Miriam, bizi bir süreliğine yalnız bırakır mısın? Eminim Bay Kovacs'ın çok fazla sorusu vardır ve bu seni sıkabilir."

"Aslında ben Bayan Bancroft'a birkaç soru sormak istiyordum."

İçeri girmek üzere olan Bayan Bancroft söylediklerimi duyunca olduğu yerde durup başını arkaya çevirdi ve bir bana, bir Bancroft'a baktı. Kocası huzursuzlanmıştı. İstediği bu değildi.

"Sizinle daha sonra konuşsam da olur," diyerek toparlamaya çalıştım. "Ayrı olarak."

"Evet, elbette." Gözlerimin içine baktıktan sonra bakışlarını kaçırdı. "Laurens, ben harita odasında olacağım. İşin bitince Bay Kovacs'ı oraya yollarsın."

İkimiz de Bayan Bancroft'un arkasından baktık. Kapı arkasından kapandığında Bancroft balkondaki koltuklardan birine oturmamı işaret etti. Koltukların arkasında, toz içinde kalmış ve ufuk çizgisine göre ayarlanmış antika bir gök teleskobu vardı. Ayaklarımın altındaki tahta döşemeye baktığımda fazla kullanımdan eskidiğini gördüm. Yaş etkisi üzerime bir pelerin gibi çökmüştü. Tedirginlik içinde hafifçe ürpererek koltuğuma oturdum.

"Lütfen benim maço olduğumu düşünmeyin Bay Kovacs. Yaklaşık iki yüz elli yıllık evlilikten sonra Miriam ile olan ilişkim nezaketten daha fazlası değil. Onunla baş başa konuşmanız daha iyi olur."

"Anlıyorum." Bu, gerçeği pek yansıtmasa da yerinde bir cevaptı.

"Bir şey içmek ister misiniz? Alkollü bir şey?"

"Hayır, teşekkür ederim. Varsa biraz meyve suyu alırım." Yüklemeden kaynaklanan titremelerim kendini iyiden iyiye belli etmeye başlamıştı. Üstelik ayaklarımda ve parmaklarımda nikotin eksikliğinden kaynaklandığını düşündüğüm nahoş yangılar baş göstermişti. Sarah'dan otlandığım birkaç sigara dışında son iki kılıflamam boyunca sigara içmemiştim ve yeniden başlamaya da hiç niyetim yoktu. Özellikle de alkol beni mahvederdi.

Bancroft ellerini kucağında birleştirdi. "Elbette. Birazdan getirteceğim. Şimdi, nereden başlamak istersiniz?"

"Belki de sizin beklentilerinizle başlayabiliriz. Reileen Kawahara'nın size ne söylediğini ya da bu dünyadaki Kordiplomatik'in nasıl bir profile sahip olduğunu bilmiyorum ama benden mucize beklemeyin. Ben büyücü değilim."

"Farkındayım. Kordiplomatik kaynaklarını dikkatlice okudum. Reileen Kawahara'nın bana tüm söylediği, biraz müşkülpesent olsanız da güvenilir olduğunuzdu."

Aklıma Kawahara'nın yöntemleri ve benim bu yöntemlere verdiğim tepkiler geldi. Müşkülpesent. Evet.

Bay Bancroft'a herkese çektiğim standart konuşmayı çektim. Beni zaten kabul etmiş bir müşteriye kendimi tanıtmak çok eğlenceliydi. Suçlu insanların pek mütevazı oldukları söylenemezdi. Ciddi bir para kazanmak istiyorsanız yapacağınız tek şey, nasıl bir ün salmış olursanız olun, kendinizi şişirmektir. Bu, yeniden Kordiplomatik'te olmak gibi bir duyguydu. Cilalı uzun masalar ve timine fırça çeken Virginia Vidaura...

"Elçi eğitimi BM sömürge komando birlikleri için geliştirildi. Bunun anlamı..."

Bunun anlamı Kordiplomatik'teki her askerin komando olmadığı. İyi ama o halde asker ne demek? Özel güçlerin eğitiminin ne kadarı fiziksel ne kadarı zihinsel? İkisi birbirinden ayrıldığında ne oluyor?

Klişe tabirle uzay çok büyüktür. Yerleşik dünyaların en yakını, Dünya'dan elli ışık yılı uzakta. En uzağı ise bunun dört katı ve sömürge taşıyıcılarından bazıları hâlâ yolda. Eğer manyağın biri taktik nükleer bombalar ya da biyosferi tehdit edecek başka oyuncaklar yağdırmaya başlarsa ne yapacaksınız? Bilgiyi hiperuzay transferiyle iletebilirsiniz. Bu yöntem o kadar hızlı ki, bilim insanları hâlâ doğru terminolojiyi bulmaya çalışıyorlar. Ama Quellist Falcon söz konusu olduğunda bu hiçbir lanet tümeni yerleştirmeye yetmez. Bu sorun ayyuka çıktığında zırhlı asker aracını alışıldık yöntemlerle yola çıkardıysanız, denizciler bu savaşı kazananların ancak torunlarını soruşturmaya yetişebilir.

Bir Protektora bu şekilde yönetilmez.

Peki, bir muharebe timinin zihnini dijitalleştirip taşıyabilirsiniz. Uzun süredir savaşlarda büyük sayılar kullanılmıyor ve beş yüz yıldır askeri zaferlerin birçoğu küçük, seyyar gerilla güçleri tarafından kazanıldı. Hatta birinci sınıf d.i.t. askerlerinizi savaş şartlarına uygun, sinir sistemi iyileştirilmiş, steroitle şişirilmiş vücutlardan oluşan kılıflara doğrudan boşaltabilirsiniz. Sonra ne yapacaksınız peki?

Artık bilmedikleri vücutların içinde, muhtemelen daha önce hiç duymadıkları ve kesinlikle anlamadıkları nedenler yüzünden, tamamen yabancı oldukları bir gruba karşı tamamen yabancı oldukları bir grup için, hiç bilmedikleri bir dünyada savaşıyorlar. İklim farklı, dil ve kültür farklı, yaban hayat ve bitki örtüsü farklı, atmosfer farklı. Kahretsin, *yerçekimi* bile farklı. Hiçbir şey bilmiyorlar ve zihinlerini yerel bilgiyle doldursanız bile birkaç saat önce büründükleri yeni kılıfların içinde canlarını kurtarmak için savaşmaları gerekirken bu denli fazla bilgiyle başa çıkamazlar.

İşte Kordiplomatik burada devreye giriyor.

Nörokimya şartları, siborg arayüzleri, takviye... tüm bunlar *fiziksel*. Çoğu saf zihne dokunmuyor bile ve bambaşka bir dünyaya asıl taşınan, saf zihnin ta kendisi. Kordiplomatikler işte böyle başladı. Dünyadaki doğu kültürlerinin bin yıldır tanıdığı psikospiritüel teknikleri aldılar ve bunları öyle eksiksiz bir eğitim sistemine yaydılar ki, dünyaların çoğunda, mezunların siyasi ya da askeri görevlere getirilmesi kanunlarca yasaklandı.

Asker değiller, hayır. Pek sayılmaz.

"Ben içime çekerek çalışırım," diye bitirdim sözlerimi. "Karşılaştığım her şeyi içime çekerim ve yaşayabilmek için bu yöntemi kullanırım."

Bancroft oturduğu yerde kıpırdandı. İnsanları dinlemeye alışık değildi. Artık onunla ilgilenmenin zamanı gelmişti.

"Vücudunuzu kim buldu?"

"Kızım Naomi."

Biri aşağı odanın kapısını açınca aniden sustu. Hemen sonra Miriam Bancroft'u karşılayan balkonun basamaklarını çıktı ve elinde buz gibi bir sürahi ve uzun bardaklar taşıyan tepsisiyle belirdi. Görünüşe göre, Suntouch House'taki herkes gibi Bancroft'un da dahili bir mikrofonu vardı.

Hizmetkâr tepsiyi bıraktı, mekanik bir sessizlikle bardakları doldurduktan sonra Bancroft'un başını hafifçe eğmesiyle balkondan ayrıldı. Bancroft kısa bir süre kadının arkasından boş gözlerle baktı.

Yeniden dirilişin şakası yoktur.

"Naomi," diye tekrarladım nazikçe.

Gözünü kırptı. "Ah. Evet. Bir şey istemek için paldır küldür içeri girdi. Muhtemelen limuzinlerden birinin anahtarını isteyecekti. Ben anlayışlı bir baba olduğumu düşünüyorum. Naomi de en küçük çocuğum."

"Ne kadar küçük?"

"Yirmi üç."

"Çok mu çocuğunuz var?"

"Evet, öyle. Çok." Bancroft hafifçe gülümsedi. "Boş vaktiniz ve paranız varsa dünyaya çocuk getirmek eşsiz bir duygu. Benim yirmi yedi oğlum, otuz dört kızım var."

"Sizinle mi yaşıyorlar?"

"Naomi çoğunlukla benimle yaşıyor. Diğerleri gelip gidiyorlar. Çoğu artık kendi ailesini kurdu."

"Naomi nasıl?" Biraz daha alçak bir sesle konuşuyordum. Babanızı başsız bir şekilde bulmak güne başlamak için pek iyi sayılmaz.

"Psikocerrahide," dedi Bancroft kısaca. "Ama kurtulacak. Onunla konuşmanız gerekiyor mu?"

"Şimdilik gerekmiyor." Koltuktan kalkarak balkon kapısına doğru yürüdüm. "Buraya girdiğini söylediniz. Her şey burada mı cereyan etti?"

"Evet." Bancroft yanıma geldi. "Biri buraya girdi ve parçacık ateşleyiciyle kafamı uçurdu. Ateşleyicinin izlerini şu duvarda görebilirsiniz. Çalışma masasının hemen üstünde."

İçeri girip basamaklardan indim. Ağır masa aynaağaçtan yapılmıştı. Muhtemelen gen kodunu Harlan'dan getirtip ağacı burada yetiştirmişlerdi. Bu beni en az salondaki şanfilizi kadar etkilemişti; biraz daha sorgulanabilir bir zevkin ürünüydü. Aynaağaç, dünyanın üç kıtasındaki ormanlarda da yetişiyor ve Millsport'taki hemen hemen her su yolunun bar tezgâhı bu ağaçtan oyuluyor. Yalancı mermer kaplı duvarı incelemek için masadan uzaklaştım. Beyaz yüzey olukluydu ve ışın silahından çıktığı şüphe götürmez bir imzayla siyaha bulanmıştı. Yanık baş hizasından başlıyor kısa bir kavis çizerek aşağı doğru iniyordu.

Bancroft balkonda kalmıştı. Gölgelenmiş yüzüne baktım. "Odadaki tek silah izi bu mu?"

"Evet."

"Başka hiçbir şey zarar görmedi, kırılmadı ya da bir şekilde etkilenmedi mi?"

"Hayır. Hiçbir şey." Daha fazla ayrıntı vermek istese de işimi bitirene kadar sessiz kalmak istediği apaçıktı.

"Ve polis silahı sizin yanınızda mı buldu?"

"Evet."

"Bunu yapabilecek bir silahınız var mı?"

"Evet. Silah benimdi. Masanın altındaki kasada saklıyorum. Yalnızca parmak iziyle girilen bir şifreyle açılıyor. Polisler kasanın açık olduğunu görmüşler. Onun dışında hiçbir şeye dokunulmamış. İçine bakmak ister misiniz?"

"Şimdilik gerek yok, teşekkürler." Aynaağaçtan oyulmuş mobilyaları kıpırdatmanın ne kadar zor olduğunu geçmiş deneyimlerimden biliyordum. Masanın altındaki kilimin bir kenarını kaldırdığımda altındaki zeminde neredeyse gözle görülmez bir iz olduğunu fark ettim. "Kimin parmak izi bunu açabilir?"

"Miriam'ın ve benim."

Anlamlı bir sessizliğin ardından Bancroft, odanın karşısından duyulacak kadar yüksek sesle iç çekti. "Haydi Kovacs. Söyleyin artık. Diğer herkes söyledi. Ya intihar ettim ya da karım beni öldürdü. Başka hiçbir mantıklı açıklama yok. Beni Alcatraz'daki tanktan çıkardıklarından beri aynı teraneyi dinliyorum."

Yüzüne bakmadan önce odayı titizlikle inceledim.

"Bunun polisin işini kolaylaştırdığını kabul edersiniz herhalde," dedim. "Açık ve net."

Homurdanmaya başladı ve bir yandan da gülüyordu. Her şeye rağmen bu adamdan hoşlanmaya başlamıştım. Geri dönerek balkona açılan basamakları çıktım ve tırabzana yaslandım. Siyah giyimli ve silahlı biri çimlerin üzerinde bir oraya bir buraya yürüyüp duruyordu. Uzaktaki çit parıldıyordu. Bir süre o yöne doğru baktım.

"Birinin güvenliği geçip buraya girdiğine, yalnızca sizin ve eşinizin açabildiği bir kasayı açtığına ve hiçbir şeye zarar vermeden sizi öldürdüğüne inanmak güç. Siz akıllı bir adamsınız, olayların bu şekilde geliştiğine inanmak için nedenleriniz olmalı."

"Ah, evet. Çok nedenim var."

"Polisin görmezden gelmeyi seçtiği nedenler."

"Evet."

Yüzüne baktım. "Pekâlâ. Neymiş o nedenler?"

"Şu an zaten o nedenlere bakıyorsunuz Bay Kovacs." Önümde öylece duruyordu. "Buradayım. Geri döndüm. Kortikal belleğimi sökerek beni öldüremezsiniz."

"Uzaktan depolamanız var. Bu çok açık. Yoksa burada olamazdınız. Ne kadarda bir güncelleniyor?"

Bancroft gülümsedi. "Kırk sekiz saatte bir." Ensesine hafifçe vurdu. "Alcatraz'daki PsychaSec'te burama doğrudan enjeksiyonla korumalı bir bellek yerleştiriyorlar. Benim uğraşmama gerek kalmıyor."

"Klonlarınızı da orada donduruyorlar."

"Evet. Çoklu birimlerde."

Garanti ölümsüzlük. Bir süre oturup bunu düşündüm. Ne kadar hoşuma gideceğini merak etmiştim. Hoşuma *gidip gitmeyeceğini* merak etmiştim.

"Pahalı olmalı," dedim sonunda.

"Pek sayılmaz. PychaSec zaten benim."

"Hım."

"Kovacs, gördüğünüz gibi ne ben ne de karım o tetiği çekmiş olabiliriz. İkimiz de bunun beni öldürmeye yetmeyeceğini biliyoruz. Ne kadar imkânsız gibi görünse de bu bir yabancı *olmalı*. Uzaktan depolamadan habersiz olan biri."

Başımla onayladım. "Pekâlâ, peki bunu başka kim biliyordu? Açımızı daraltalım."

"Ailem dışında mı?" Bancroft omuzlarını silkti. "Avukatım Oumou Prescott. Ve onun birkaç yasal yardımcısı. PychaSec'in müdürü. Hepsi bu kadar."

"Elbette," dedim, "intihar genelde pek mantıklı bir hareket değildir."

"Evet, polis de öyle söylemişti. Teorilerindeki küçük pürüzleri anlatmak için de böyle söylemişlerdi."

"Nedir o küçük pürüzler?"

Bancroft'un az önce anlatmak istedikleri bunlardı. Bir anda gelişmişti. "Eve giden yolun son iki kilometresini yürümem, evime yürüyerek girmem ve sonrasında kendimi öldürmeden önce dahili saatimi yeniden ayarlamam."

Gözlerimi kırptım. "Anlamadım?"

"Polis, Suntouch House'ın iki kilometre uzağındaki bir arazide kruvazör izlerine rastladı ve bu mesafe evin güvenliğine yakalanmamak için yeterli. Üstelik görünüşe göre o saatte uydu koruması da yokmuş."

"Taksinin veri belleğini kontrol ettiler mi?"

Bancroft başıyla onayladı. "Ne olursa olsun ettiler, evet. Batı yakası kanunları taksi şirketlerine gidiş dönüş kayıtlarını saklama şartı koşmuyor. Elbette daha çok tanınmış firmalar bunu yapıyor ama yapmayanlar da var. Hatta bazıları bunu bir satış fırsatına bile çeviriyor. Müşteri gizliliği gibi şeylere mesela." Bancroft'un yüzünde aniden bir korku belirdi. "Bu bazı durumlarda, bazı müşteriler için kaçırılmayacak bir fırsat olabiliyor."

"Bu firmaları geçmişte kullandınız mı?"

"Bazen, evet."

Bir sonraki mantıklı soru havada, tam aramızda kalmıştı. Sormadım ve bekledim. Eğer Bancroft'un neden gizli bir taşıma istediğini söylemeye niyeti yoksa, ben de biraz daha bilgi edinene kadar ona baskı kurmayacaktım.

Bancroft boğazını temizledi. "Zaten söz konusu aracın taksi olmadığını düşündürecek bazı kanıtlar var. Polis alan etkisinin dağılımından söz ediyor. Bu da daha büyük bir araç ihtimalini akla getiriyor."

"Yere ne kadar sert indiğine bağlı."

"Biliyorum. Zaten benim izlerim aracın indiği alandan başlıyor ve görünüşe göre ayakkabılarımın durumu iki kilometre yürümüş bir ayakkabıyla örtüşüyor. Son olarak, öldürüldüğüm gece saat üçten hemen sonra bu odadan bir çağrı yapılmış. Saat doğrulandı. Hatta ses yok. Yalnızca birinin nefesi duyuluyor."

"Polis bunu da biliyor mu?"

"Tabii ki biliyorlar."

"Peki bu durumu nasıl açıkladılar?"

Bancroft hafifçe gülümsedi. "Açıklamadılar. Yağmurun içindeki yalnız yürüyüşün intiharla ilgisi olduğunu düşündüler ve görünüşe göre bir adamın kendi beynini uçurmadan önce dahili kronoçipini kontrol etmesinde bir tutarsızlık bulamadılar. Sizin de söylediğiniz gibi intihar mantıklı bir hareket değil. Polisin elinde bu türden eski dosyalar var. Belli ki dünya kendini öldürüp ertesi gün yeni bir kılıfın içinde uyanan beceriksizlerle dolu. Bana bu şekilde anlattılar. Bir bellek taşıdıklarını unutuyorlar ya da o sırada bu onlara hiç önemli görünmüyor. Bizim o çok değerli sosyal yardım sistemimiz, onları intihar notları ve taleplerine rağmen geri getiriyor. Bu, tuhaf bir hak ihlali. Harlan Dünyası'nda da durum aynı mı?"

Omuzlarımı silktim. "Hemen hemen. Eğer talep yasal olarak belgelenirse, buna karışamıyorlar. Aksi takdirde dirilişte karşılaşılacak bir başarısızlık, depolama suçudur."

"Akıllıca bir yöntemmiş."

"Evet. Katillerin cinayetlerini intihar olarak göstermelerinin önüne geçilmiş oluyor."

Bancroft tırabzana doğru yaslanarak gözlerimin içine baktı. "Bay Kovacs, ben üç yüz elli yedi yaşındayım. Sanayi ve ticaret faizlerinin çökmesi sonucunda kurumsal bir savaş yaşadım, iki çocuğumun gerçek ölümünü gördüm, en az üç büyük ekonomik kriz atlattım ve hâlâ buradayım. Kendi canımı alacak bir adam değilim ben. Öyle olsaydım bile bu şekilde yapmazdım. Ölmeyi kafaya takmış olsaydım, şu an benimle konuşuyor olmazdınız. Anlatabildim mi?"

Yüzüne, keskin bakışlı siyah gözlerine baktım. "Evet. Anladım."

"Güzel." Bakışlarını çevirdi. "Devam edelim mi?"

"Tamam. Polis diyorduk. Sizden pek hoşlanmıyorlar herhalde, değil mi?"

Bancroft acı bir şekilde gülümsedi. "Polisle benim bakış açımız farklı."

"Bakış açınız mı?"

"Evet." Balkon boyunca yürümeye başladı. "Buraya gelin, size ne söylemeye çalıştığımı göstereyim."

Peşinden gidip teleskobu kolumla yakalayıp yukarı doğru çevirdim. Yüklemenin yarattığı titremeler yeniden baş gösteriyordu. Teleskobun motoru huysuzca mızmızlandı ve baştaki alçak açısına geri döndü. Eski bir dijital hafıza ekranında yükseklik ve mesafe ayarları belirdi. Durup aletin kendini ayarlamasını izledim. Klavyenin üstündeki parmak izleri uzun yılların tozuna bulanmıştı.

Bancroft ya beceriksizliğimi fark etmemişti ya da nezaketen bir şey söylememişti.

"Sizin mi?" diye sordum aleti parmağımla göstererek. Boş gözlerle teleskoba baktı.

"Bir zamanlar ilgilenmiştim. Yıldızlar o zaman hâlâ izlenesiydi. Nasıl bir his olduğunu bilemezsiniz." Tüm bunları bilerek ya da kibrinden söylemiyordu. Sesi, tıpkı boğuk bir şanzıman gibi kısılmıştı. "O lensten en son yaklaşık iki yüzyıl önce baktım. O zamanlar hâlâ birçok sömürge gemisi uçuyordu. Başarıp başaramadıklarını öğrenmek için bekleyip dururduk. Işın demetlerinin bize dönmesini beklerdik. Tıpkı deniz fenerlerinin işaretleri gibi."

Beni kaybetmek üzere olduğunu fark edip onu yeniden gerçeğe döndürdüm. "Bakış açınız mı?" diyerek sohbetimizin nerede kaldığını nazikçe hatırlattım.

"Bakış açımız." Başıyla onayladı ve kolunu uzatarak bahçesini gösterdi. "Şu ağacı görüyor musunuz? Tenis kortlarının hemen arkasında."

Görülmeyecek gibi değildi. Ağaç, evden daha uzundu ve budaklı, yaşlı bir canavardan farksızdı. Gölgesi, tenis kortunu tamamen kılıflamaya yetecek kadar büyüktü. Başımla onayladım.

"O ağaç yedi yüz yaşından fazla. Burayı satın aldığımda bir tasarım mühendisiyle anlaştım ve adam ağacı kesmek istedi. Evi daha tepeye inşa etmek istiyordu ve ağaç manzarayı bölüyordu. Adamı işten çıkardım."

Bancroft söylediklerinin anlaşıldığından emin olmak için dönüp bana baktı.

"Bay Kovacs, o mühendis otuzlarında bir adamdı ve onun için ağaç engel teşkil ediyordu. Bakış açısı buydu. Ağacın adamın hayatının yirmi katından daha fazladır bu dünyanın bir parçası olması onun umurunda bile değildi. Hiç saygısı yoktu."

"O halde o ağaç sizsiniz."

"Öyle," dedi Bancroft yumuşak bir dille. "O ağaç benim. Polis de tıpkı mühendis gibi beni kesmek isterdi. Onlar için engel teşkil ediyorum ve saygıları yok."

Bu sözlerini sindirmek için yeniden koltuğuma oturdum. Kristin Ortega'nın tavrı sonunda anlamlı görünmeye başlamıştı. Bancroft iyi bir vatandaş olmanın normal şartları dışında bir adam olduğunu düşünüyorsa, bu pek üniformalı dost edinemeyeceği anlamına geliyordu. Bancroft'a Ortega için Kanun adında bir ağaç daha olduğunu ve ona göre Bancroft'un kanuna saygısızlık ettiğini anlatmanın gereği yoktu. Bu tür konuları her iki taraftan da gördüm ve atalarımın yaptığını yapmaktan başka bir çözüm yolu da yok. Kanunlardan hoşlanmadığınızda, size dokunamadıkları bir yere gidersiniz.

Ve yenilerini üretirsiniz.

Bancroft tırabzandan ayrılmadı. Belki de ağaçla sohbet ediyordu. Bir süreliğine bu sorguya ara vermeye karar verdim.

"Hatırladığınız en son şey nedir?"

"14 Ağustos Salı," dedi aniden. "Gece yarısı civarı yatağa gidiyordum."

"En son uzaktan güncelleme o tarihte yapılmıştı."

"Evet, enjeksiyon sabahın dördünde uygulanacaktı ama o saatte çoktan uyumuştum."

"Yani ölümünüzden tam tamına kırk sekiz saat önce."

"Korkarım öyle."

En kötüsü buydu. Kırk sekiz saat içinde hemen hemen her şey olabilir. Bancroft bu süre içinde Ay'a gidip dönmüş olabilirdi. Gözümün altındaki izi kaşırken yaranın nasıl olmuş olabileceğini düşündüm.

"O saatten önce birinin sizi neden öldürmek istediğini açıklayabilecek hiçbir veri yok."

Bancroft tırabzana yaslanmış, dışarıyı seyretmeye devam ediyordu ama nasıl gülümsediğini gördüm.

"Komik bir şey mi söyledim?"

Yeniden koltuğuna oturma nezaketini gösterdi.

"Hayır Bay Kovacs. Bunda komik bir şey yok. Ölmemi isteyen biri var ve bu hiç de hoş bir duygu değil. Ama benim durumumdaki bir adam için düşmanlığın ve hatta ölüm tehditlerinin günlük yaşamın bir parçası olduğunu anlamanız gerek. İnsanlar beni kıskanıyor ve benden nefret ediyor. Başarının bedeli bu."

Bu benim için yeni bir şeydi. İnsanlar birçok farklı dünyada benden nefret ediyor ve kendimi hiçbir zaman başarılı bir adam olarak görmedim.

"Kısa süre önce ilginç bir şey oldu mu? Yani ölüm tehdidi gibi."

Omuzlarını silkti. "Olabilir. Umursamıyorum. Bunlarla Bayan Prescott ilgileniyor."

"Ölüm tehditlerini dikkate almıyor musunuz?"

"Bay Kovacs, ben bir girişimciyim. Fırsatlar doğar, krizler çıkar ve ben hepsinin üstesinden gelirim. Hayat devam ediyor. Bunlarla ilgilenmeleri için işe aldığım müdürler var."

"Bu işinizi kolaylaştırıyor olabilir ama şartları göz önünde bulundurduğumda ne sizin ne de polisin Bayan Prescott'un dosyalarını dikkate almış olmasına inanamıyorum."

Bancroft elini salladı. "Elbette polis de üstünkörü bir soruşturma yürüttü. Oumou Prescott onlara da bana anlattıklarını anlattı. Yani son altı aydır olağandışı hiçbir şeyin olmadığını. Ona çok güvendiğim için hiçbir şeyi kontrol etmem. Muhtemelen dosyalara kendiniz de göz atmak isteyeceksiniz."

Bu eski dünyanın perişan ve kayıp ruhlarının tutarsız sözleri arasında yüzlerce metre yol kat etme düşüncesi beni yıldırmak için yeterliydi. Bancroft'un sorunlarına ilgimi tamamen kaybetmiş gibiydim. Bunun üstesinden gelmeyi öylesine ustalıkla başardım ki, Virginia Vidaura görseydi koltukları kabarırdı.

"Peki, zaten Oumou Prescott ile konuşmam gerekecek."

"Hemen bir görüşme ayarlayacağım." Bancroft'un gözlerine baktığımda dahili mikrofonla konuştuğunu anladım. "Saat kaç sizin için uygun?"

Elimi kaldırdım. "Bunu kendim halledersem muhtemelen daha iyi olur. Ona yalnızca onunla konuşmak istediğimi söyleyin. PsychaSec'teki kılıflama tesisini de görmem gerekecek."

"Elbette. Aslında Prescott'a sizi oraya götürmesini söyleyebilirim. Oranın müdürünü tanıyor. Yardımcı olabileceğim başka bir şey var mı?"

"Kredi limiti."

"Tabii. Bankam size DNA kodlu bir hesap açtı bile. Galiba Harlan'daki sistem de aynısı."

Başparmağımı yalayıp merakla havaya kaldırdım. Bancroft başıyla onayladı.

"Burada da aynı. Bay City'deki bazı bölgelerde hâlâ yalnızca nakit para kabul ediliyor. Neyse ki oralarda pek zaman geçirmeyeceksiniz ama geçirirseniz de herhangi bir bankadan para çekebilirsiniz. Silaha ihtiyacınız olacak mı?"

"Şimdilik hayır." Virginia Vidaura'nın temel kurallarından biri de her zaman *aletlerini seçmeden önce işinin içeriğini öğren* olmuştu. Bancroft'un yalancı mermer kaplı duvarındaki yanık izi rastgele nişan alma karnavalı olamayacak kadar nazik görünüyordu.

"Tamam." Bancroft, cevabım karşısında şaşkına dönmüşe benziyordu. Elini gömlek cebine sokmak üzereyken bir anda durmuştu. Yarıda kalan işini hantal bir şekilde tamamladı ve bana bir kart uzattı. "Bu benim silahçım. Onlara geleceğinizi söyledim."

Kartı alıp baktım. Süslü bir şekilde *Larkin & Green – 2203'ten beri silahçınız* yazıyordu. Tuhaf. Hemen altında ise rakamlar vardı. Kartı cebime koydum.

"Daha sonra ihtiyacım olabilir," dedim. "Ama şimdilik yumuşak bir iniş istiyorum. Arkama yaslanıp tozun dumanın dağılmasını bekleyeceğim. Herhalde bu ihtiyacımı anlayışla karşılarsınız."

"Evet, tabii. Nasıl isterseniz. Size güveniyorum." Bancroft ona baktığımı fark edip gözlerini üstüme dikti. "Anlaşmanızın şartlarını unutmayın. Size bir hizmet için para ödüyorum. Güvenimi kötüye kullananlara karşı tavrım sert olur Bay Kovacs."

"Bundan eminim," dedim yorgun bir sesle. Reileen Kawahara'nın iki hain yardakçının nasıl hakkından geldiğini hatırladım. Çıkardıkları hayvan sesleri uzun süre rüyalarıma girmişti. Reileen'in fonda bu çığlıklar yankılanırken elma soyarak geliştirdiği bahaneye göre, insanlar artık gerçekten ölmediği için cezanın işkence olması gerekiyordu. Bunu hatırladıkça şu an bile yeni yüzüm buruşuyor. "Ne olursa olsun, Kordiplomatik'in benimle ilgili verdiği bilgilerin hiçbir değeri olmadığını bilin. Önemli olan benim sözlerim."

Ayağa kalktım.

"Şehirde kalmak için tavsiye edebileceğiniz bir yer var mı? Sakin, merkezî bir yer."

"Evet, Vazife Caddesi'nde bu tür yerler var. Eğer hâlâ gözaltında değilse sizi götürmesi için Curtis'i yollayacağım." Bancroft yeniden ayağa kalktı. "Herhalde Miriam ile de görüşeceksiniz. Bu son kırk sekiz saate dair benden daha çok şey biliyor. Baş başa konuşmak isteyebilirsiniz."

Şişirilmiş ergen vücudunu ve ihtiyar gözlerini düşündüğümde Miriam Bancroft ile konuşma fikri midemi bulandırdı. Tam o sırada hissettiğim elin soğukluğuyla mideme kramplar girdi ve aniden kan hücum eden penisimin başı şişti. Bir bu eksikti.

"Ah, evet," dedim isteksizce. "Çok isterim."

DÖRDÜNCÜ BÖLÜM

"Hiç rahat görünmüyorsunuz Bay Kovacs."

Başımı hafifçe arkaya çevirerek önce beni buraya getiren hizmetkâra, ardından Miriam Bancroft'a baktım. Vücutları hemen hemen aynı yaştaydı.

"Hayır," dedim. Sesim istediğimden daha boğuk çıkmıştı.

Dudağını hafifçe büktükten sonra içeri girdiğim sırada incelediği haritaya geri döndü. Arkamda duran hizmetkâr harita odasının kapını ağır bir çat sesiyle kapadı. Bancroft bana karısının bulunduğu odaya kadar eşlik etmek istememişti. Kim bilir, belki de günde bir kez görüşmek onlara yetiyordu. Bay Bancroft ile deniz tarafındaki salonun balkon basamaklarını indiğimiz sırada hizmetkâr sanki sihirli lambadan fırlamış gibi bir anda beliriver-mişti. Bancroft, kadına önceki kadar dikkatle bakmıştı.

Odadan çıktığımda Bay Bancroft aynaağaçtan oyulmuş masanın yanında duruyor, duvardaki yalaz izine bakıyordu.

Bayan Bancroft haritayı tutup ustaca uzun bir rulo haline getirdi.

"Pekâlâ," dedi yüzüme bile bakmadan. "Sorularınızı sorun."

"Olaylar olurken siz neredeydiniz?"

"Yataktaydım." Bu kez gözlerimin içine baktı. "Lütfen bunu kanıtlamamı istemeyin, tek başımaydım."

Harita odası uzun ve ferahtı. Kemerli çatı illüminyum kiremitlerle döşenmişti. Harita rafları bel hizasındaydı, her birinin üstünde cam destek vardı ve tıpkı bir müzedeki sergi vitrinleri gibi sıralanmıştı. Yürüdüm ve raflar Bayan Bancroft ile aramda kalacak şekilde durdum. Kendimi gizleniyor gibi hissetmiştim.

"Bayan Bancroft, sanırım bir yanlış anlama söz konusu. Ben polis değilim; suçla değil, bilgiyle ilgileniyorum."

Katladığı haritayı yerine soktuktan sonra iki elini sırtında birleştirerek rafa yaslandı. Ben kocasıyla konuşurken güzel bir banyoda duş alıp tenis giysilerini çıkarmıştı. Şu anda üstünde siyah bir pantolon, smokinle korse arası bir şey vardı. Kollarını neredeyse dirseğine kadar gelişigüzel bir şekilde kıvırmıştı ve bileklerinde hiç takı yoktu.

"Bay Kovacs, sizce ben suçlu muyum?" diye sordu.

"Sadakatinizi hiç tanımadığınız birine kanıtlamak için erken davranıyorsunuz."

Güldü. Gırtlağının derinlerinden gelen sesi hoştu. Gülerken omuzları kalkıp indi. Kahkahasını sevebilirdim.

"Ne kadar da imalı konuşuyorsunuz öyle."

Önümdeki rafta duran haritaya baktım. Sol üst kenarındaki tarih, doğduğum günden dört yüz yıl öncesini gösteriyordu. Üzerindeki isimler, okuyamadığım bir el yazısıyla yazılmıştı.

"Benim geldiğim yerde net konuşmak erdem değildir Bayan Bancroft."

"Öyle mi? Peki nedir?"

Omuzlarımı silktim. "Nezaket. Kontrol. İnsanları utandırmaktan kaçınmak."

"Çok sıkıcı. Bence burada şok geçirebilirsiniz Bay Kovacs."

"Bayan Bancroft, ben size geldiğim yerde iyi bir vatandaş olduğumu söylemedim."

"Ah." Raftan uzaklaşarak bana doğru yürüdü "Evet, Laurens bana bundan biraz bahsetti. Görünen o ki, Harlan'da tehlikeli bir adammışsınız."

Yeniden omuzlarımı silktim.

"Rusça."

"Anlayamadım?"

"Yazı." Rafa doğru yaklaştı, yanımda durdu ve haritaya baktı. "Bu, Ay'a iniş alanlarının bilgisayar ürünü Rusça bir haritası. Nadir rastlanan türden. Müzayededen almıştım. Beğendiniz mi?"

"Çok güzel. Kocanızın vurulduğu gece yatmaya kaçta gitmiştiniz?"

Yüzüme baktı. "Erkenden. Söyledim ya, tek başımaydım." Konuşmasında herhangi bir vurgu yoktu ve sesi belli belirsiz çıkmıştı.

"Ah, Bay Kovacs, eğer bunun bir suç olduğunu düşünüyorsanız yanılıyorsunuz. Bu bir vazgeçişten başka bir şey değil. İşin içinde biraz da öfke var."

"Kocanıza öfkeli misiniz?"

Gülümsedi. "Vazgeçtiğimi söylediğimi sanıyordum."

"İkisini de söylediniz."

"Kocamı öldürdüğümü düşündüğünüzü mü söylemeye çalışıyorsunuz?"

"Henüz herhangi bir şey düşündüğüm yok. Ama bu da bir olasılık."

"Öyle mi?"

"Siz kasayı açabiliyorsunuz. Olay sırasında evin sınırları içindeydiniz. Şimdi de duygusal gerekçeleriniz olabilirmiş gibi konuşuyorsunuz."

Gülümsemeye devam ederek, "Bay Kovacs, kanıt mı topluyoruz?"

Yüzüne baktım. "Kalp de işin içine dahilse, evet."

Ellerime baktığımda Kristin Ortega'nın sigara paketini bilinçsizce çıkardığımı fark ettim. Paketten bir tane almak üzereyken yeni kılıfımın ihanetine uğradığımı hissederek paketi kaldırdım.

"Özür dilerim."

"Buna gerek yok. İklim denetimiyle ilgili. Buradaki birçok haritanın hava kirliliğine karşı duyarlı olduğunu bilemezdiniz."

Bunu anlamamak için geri zekâlı olmak gerektiğini ima eder gibi konuşmuştu. Soruşturmadaki hakimiyetimi kaybetmek üzere olduğumu hissettim.

"Polisin yaptığı..."

"Bunu onlara sorun." Arkasına dönerek sanki bir karar alır gibi uzaklaştı. "Bay Kovacs, kaç yaşındasınız?"

"Öznel yaşım mı? Kırk bir. Harlan'da geçirdiğim yıllar buradakinden biraz daha uzun ama çok sayılmaz."

"Ya nesnel olarak?" diye sordu dalga geçerek.

"Yaklaşık bir yüzyılı tankta geçirdim. Konuyu saptırıyorsunuz."

Yalandı. Tankta geçirdiğim her dönemi günü gününe biliyordum. Bir gece oturup hepsini hesaplamıştım ve çıkan sayıyı unutmam imkânsızdı. Tanka her girişimde, içeride geçirdiğim günleri bu sayıya ekliyordum.

"Kim bilir ne kadar yalnızsınızdır."

İç çektim ve en yakınımdaki harita rafını incelemeye koyuldum. Rulo haline getirilmiş her haritanın ucunda bir etiket vardı. İşaretler arkeolojikti. Syrtis Minor; üçüncü kazı, doğu yönü. Bradbury; Aborijin kalıntıları. Rulolardan birini açtım.

"Bayan Bancroft, konumuz benim nasıl hissettiğim değil. Kocanızın kendini öldürmeye kalkışması için bir neden var mıydı?"

Daha neredeyse sözümü bitiremeden bana doğru döndüğünde yüzü öfkeden gerilmişti.

"Kocam kendini falan öldürmedi," dedi donuk bir tavırla.

"Bundan çok emin görünüyorsunuz." Haritadan kafamı kaldırıp gülümsedim. "Yani, o sırada uykuda olan biri için."

"Haritayı bırakın," diye bağırdı üstüme yürüyerek. "Bunun ne kadar değerli olduğunu..."

Haritayı yerine koyduğumu görünce durdu. Yutkundu ve kendine hâkim olmaya çalıştı.

"Bay Kovacs, beni sinirlendirmeye mi çalışıyorsunuz?"

"Sadece dikkatinizi konuya çekmeye çalışıyorum."

Birkaç saniye birbirimize baktık. Bayan Bancroft bakışlarını kaçırdı.

"Size söyledim, olay sırasında uyuyordum. Başka ne anlatabilirim ki?"

"O gece kocanız nereye gitmişti?"

Dudağını ısırdı. "Emin değilim. O gün bir toplantı için Osaka'ya gitmişti."

"Osaka nerede?"

Şaşkınlık içinde yüzüme baktı.

"Ben buralı değilim," dedim sabırlı bir edayla.

"Osaka, Japonya'da. Ben sanmıştım ki..."

"Evet, Harlan'ı Doğu Avrupa'nın işgücünü kullanarak kuran da Japon bir *keiretsu*.* Uzun zaman önceydi ve ben buralarda yoktum."

---

* Japonya'da bir tür geleneksel şirketler grubu. *–çn*

"Özür dilerim."

"Gerek yok. Muhtemelen atalarınızın üç yüzyıl önce neler yaptığını da bilmiyorsunuzdur."

Durdum. Bayan Bancroft tuhaf gözlerle bana bakıyordu. Kendi sözlerimin ağzımdan çıktıktan sonra farkına vardım. Yüklemenin süresi doluyordu. Gerçekten aptalca bir şey söylemeden ya da yapmadan bir an önce uyumam gerekiyordu.

"Ben üç yüzyıldan yaşlıyım Bay Kovacs." Bunu söylerken dudaklarında ufak bir gülümseme oluşmuştu. Ayağına kadar gelen fırsata balıklama atlamıştı. "Görünüşe aldanmayın. Bu benim on birinci vücudum."

Duruşundan anladığım kadarıyla onu baştan aşağı süzmemi istiyordu. Slavlara has kemikli yanaklarına, dekoltesine, kalçasının kıvrımına, bacaklarının yarı örtülü hattına baktım. Ne ben ne de kısa süre önce tahrik olmuş olan kılıfım gördükleri karşısında etkilenmişti.

"Çok güzel. Bana göre biraz genç ama dediğim gibi, ben buralı değilim. Lütfen şimdi kocanıza geri dönebilir miyiz? Gün boyunca Osaka'daydı ama geri döndü. Orada fiziksel olarak bulunmadığını tahmin ediyorum."

"Tabii ki hayır. Orada dondurulmuş bir transit klonu var. O akşam altı gibi dönmesi gerekiyordu ama..."

"Ama?"

Hafifçe kıpırdanıp bana avucunu gösterdi. Sakinleşmeye çalıştığı hissine kapılmıştım. "Daha geç geldi. Laurens yaptığı anlaşmalardan sonra geç saatlere kadar dışarıda kalır."

"Peki kimse onun bu kez nereye gittiğini bilmiyor mu? Mesela Curtis?"

Yüzündeki gerginlik geçmemişti ve ince bir kar tabakasının altındaki kayaları andırıyordu. "Curtis'i çağırmamıştı. Galiba kılıflama istasyonundan taksiye bindi. Ben onun bekçisi değilim Bay Kovacs."

"Bu önemli bir toplantı mıydı? Osaka'daki yani?"

"Ah... hayır, sanmam. Bu konuda konuşmuştuk. Elbette hatırlamıyor ama kontratları incelemiştik ve bir süredir zaten her şeyin farkındaydı. Merkezi Japonya'da bulunan Pacificon adında bir deniz kalkınma şirketi. Kira yenileme gibi işlerle uğraşıyorlar. Genelde her şey Bay City'den yönetiliyor ama denetçilerin olağanüstü toplanması gerekti. Bu tür konuları her zaman merkezden yürütmek gerekir."

Usulca başımı salladım. Deniz kalkınma denetçisinin ne demek olduğuna dair en ufak bir fikrim bile yoktu. Bayan Bancroft'un gerginliğinin azaldığını fark ettim.

"Rutin işler mi yani?"

"Öyle sanıyorum, evet." Yorgun gözlerle gülümsedi. "Bay Kovacs, polisin elinde bu tür bilgiler olduğundan eminim."

"Bundan ben de eminim Bayan Bancroft. Ama bu bilgileri benimle paylaşmaları için hiçbir neden yok. Benim burada herhangi bir yetkim yok."

"Malikâneye geldiğinizde oldukça yakın görünüyordunuz." Sesinde aniden beliren bir şeytanlık vardı. Yüzünü çevirene kadar gözlerimi ayırmadan baktım. "Her neyse, Laurens'ın size ihtiyacınız olan her şeyi verebileceğinden eminim."

Bir arpa boyu yol gidememiştim. Başka yola saptım.

"Belki de bu konuyu onunla konuşsam iyi olur." Harita odasına baktım. "Ne çok harita var! Ne kadardır harita koleksiyonu yapıyorsunuz?"

Bayan Bancroft'un yüzündeki gerginliğin çatlak bir hazneden sızan yağ gibi boşanmasına bakacak olursam, soruşturmada sona yaklaştığımı hissetmiş olmalıydı.

"Hayatım boyunca," dedi. "Laurens yıldızları izlerken bazılarımız gözlerini yerden ayırmadı."

Her nedense, aklıma Bancroft'un balkonundaki terk edilmiş teleskop geldi. Gecenin kapladığı gökyüzüne çevrilmiş silueti gözümün önündeydi sanki. Zamanın ve geçmiş takıntıların sessiz bir tanığı, kimsenin istemediği bir hatıraydı. Onu çevirmeye çalıştığımda belki de yüzyıllar önceki programına sadık kalarak nasıl baştaki haline geri döndüğünü, Miriam Bancroft'un salondaki şanfilizini okşayarak uyandırması gibi nasıl uyandığını hatırladım.

Eskiydi.

Pis kokusu, Suntouch House'ın taşlarından çıkan nem gibi, ani ve boğucu bir baskıyla birden etrafımı sardı. Yaş. Aynı koku, gözümün önündeki bu imkânsız bir şekilde genç ve güzel kadından bile anlaşılıyordu. Boğazım düğümlendi. Bir tarafım koşmak, dışarı çıkıp temiz hava almak, hatıraları okulda öğretilen tarihi olaylardan bile eski olan bu yaratıklardan uzaklaşmak istiyordu.

"İyi misiniz Bay Kovacs?"

Yüklemenin süresi doluyordu.

Kendimi toparlamaya çalıştım. "Evet, iyiyim." Boğazımı temizleyip gözlerine baktım. "Bayan Bancroft, sizi daha fazla tutmayacağım. Bana zaman ayırdığınız için teşekkür ederim."

Bana doğru yürüdü. "Size eşlik..."

"Hayır, sorun değil. Kendim giderim."

Harita odasından çıkmam sanki sonsuza dek sürmüş gibiydi. Ayak seslerim kafatasımın içinde ani bir yankı yaratmıştı. Attığım her adımda, yanından geçtiğim her haritada o kadim gözlerin beni izlediğini hissedip ürperiyordum.

Kesinlikle sigaraya ihtiyacım vardı.

BEŞİNCİ BÖLÜM

Gökyüzünün eski gümüşleri andıran bir dokusu vardı ve Bancroft'un şoförü beni şehre geri götürdüğü sırada Bay City ay ışığıyla aydınlanmıştı. Büyük bir hızla deniz seviyesinden pas rengindeki eski bir asma köprüye doğru kıvrılıp yarımadadaki tepede kümelenmiş binaların arasına karıştık. Şoför Curtis, hâlâ polis tarafından aniden alıkonmasının etkisini üzerinden atamamıştı. Bancroft ondan beni geri bırakmasını istediğinde salıverileli henüz iki saat olmuştu. Yolculuk boyunca surat asmış, ağzını bıçak açmamıştı. Bu kaslı, genç adamın çocuksu bakışları oldukça dalgındı. Tahminime göre Laurens Bancroft'un çalışanları hükümet yardakçılarının işlerini bölmelerine alışık değildi.

Hiç söylenmedim. Benim ruh halim de şoförünkinden farksız sayılmazdı. Sarah'nın ölümünün görüntüleri aklımdan bir türlü çıkmıyordu. Her şey daha dün gece olmuştu. Öznel olarak.

Gökyüzünün geniş ve işlek bir caddesinde öyle keskin bir fren yaptık ki, üzerimizden geçen biri limuzine çarpmamak için öfkeli bir gürültüyle durdu. Curtis sinyali konsola vurarak kesti ve öfkeli yüzünü tavan penceresine çevirdi. Hafif bir sarsıntıyla yer trafiğinin içine daldık ve soldaki dar sokağa saptık. Dışarıda olan bitenler ilgimi çekmeye başlamıştı.

Sokaktaki yaşam her yerde aynıydı. Gittiğim bütün dünyalarda gösteriş, kibir ve alışveriş çılgınlığı vardı. Siyasi mekanizmaların dayatmalarının altından, insan davranışından damıtılmış bir öz sızıyordu. Dünya üzerinde bulunan ve medeni dünyaların en eskisi olan Bay City de diğerlerinden farksızdı. Tarihi binaların ön cephelerine kurulmuş devasa mağazalardan tutun da, kataloglarını sakar mekanik şahinler ya da kocaman tümörler gibi omuzlarında taşıyan sokak satıcılarına kadar herkes bir şeyler satıyordu. Kaldırımların kenarına arabalar yanaşıp duruyor, esnek vücutlar, arabaların icadından beri yaptıkları gibi, arabalardan içeri uzanıp pazarlık yapıyorlardı. Yemek arabalarından buhar ve duman tütüyordu. Limuzin ses ve yayınları geçirmese de camın ardından satıcıların bağırışlarını ve insanları tüketime iten sesten yavaş müzikleri sezebiliyordunuz.

Kordiplomatiklerde insanlığın altını üstüne getiriyorlar. Önce her şeyin aynı olduğunu ve olduğunuz yeri anlamanızı sağlayan temel tınıyı duyuyorsunuz, sonrasında ayrıntılardan yola çıkarak farkı oluşturuyorsunuz.

Para karşılığında istediğiniz türde bir tank alabilseniz de Harlan'daki etnik karışımın temelini Slav ve Japon ırkları oluşturmuştur. Buradaki tüm yüzlerin farklı bir şekli ve rengi vardı. Uzun boylu, sivri kemikli Afrikalılar, Moğollar, soluk benizli Kuzeyliler ve bir keresinde de Virginia Vidaura'ya benzeyen bir kız gördüm ama kalabalığın içinde kayboldu. Herkes nehrin kıyısındaki balıklar gibi kayıp gitmişti.

Sarsak.

Görüntü, kalabalığın içindeki kız gibi zihnimden geçip gitti. Kaşlarımı çatıp yakalamaya çalıştım.

Harlan'daki sokak yaşamının sade bir nezaketi vardır. Eğer alışkın değilseniz, nadir görünen hareketlenme size koreografi gibi gelebilir. Ben bunun içinde büyüdüğüm için yokluğunu hissedene kadar varlığının da farkına varmamıştım.

Bu nezaketi burada görememiştim. Limuzinin pencerelerinin dışında cereyan eden ticaretin gelgiti, tekneler arasındaki çırpıntılı suyu gibi niteliksizdi. İnsanlar birbirlerini itip kakıyor, fark edene kadar çok geç olan kalabalığa sıkı bir düğüm daha atarak aniden geri dönüyorlardı. Gerilimler patlak veriyor, boyunlar uzanıyor, kaslı vücutlar dikleşiyordu. İki kez tanık olduğum kavgalar kalabalığın içinde süpürülüp gitti. Sanki bütün bir sokak feromonu harekete geçiren bir spreyle kaplanmıştı.

"Curtis." Yan gözler ifadesiz yüzüne baktım. "Bir dakikalığına paravanı indirir misiniz?"

Dönüp yüzüme baktığında dudağının hafifçe kıvrıldığını gördüm. "Tabii."

Koltuğuma yaslanıp gözlerimi yeniden sokağa diktim. "Ben turist değilim Curtis. Hayatımı bu şekilde kazanıyorum."

Sokak satıcılarının katalogları, hezeyan dolu bir halüsinasyon gibi başımıza üşüştü ve kaldırım boyunca ilerlerken birbiri ardına arabanın içine doluştu. Bu, Harlan standartlarına göre çok fazlaydı. En çok göze batanlar pezevenklerdi; göğüslere ve kas sistemini cilalamak için dijitalleştirilmiş bir dizi oral ve anal davranış sergiliyorlardı. Fahişelerin ismi gırtlaktan gelen bir sesle fısıldanırken yüzleri sergileniyordu: cilveli küçük kızlar, sadist kadınlar, tüylü aygırlar ve bana tamamen yabancı gelen kültürlerinden birkaç çeşit kadın daha. Hepsinin ortasında ise kimyasal ürünlerin reklamları dolaşıyor, uyuşturucu ve implant ticaretine dair gerçeküstü senaryolar dilden dile geziyordu. Gözüme dağların arasındaki ruhani sükunete dair birkaç dini resim de takılmıştı ama bunlar ürün denizinin içinde boğulan insanlar gibiydi.

Tüm bu karmaşa yavaş yavaş anlam kazanmaya başladı.

"*Evlerden* ne demek?" diye sordum Curtis'e, aynı şeyi üçüncü kez duyduktan sonra.

Curtis sırıttı. "Ürünün kalitesini açıklıyor. Evler bir kartel oluşturmuş durumda; kıyı boyunca dizilen birinci sınıf, pahalı genelevleri kastediyorlar. Size istediğiniz her şeyi sunacaklarını vaat ediyorlar. Eğer bir kız bu evlerdense, çoğu insanın ancak rüyasında görebileceği şeyleri yapıyor demektir." Sokağı işaret etti. "Ama inanmayın, buradakilerden hiçbiri o evlerde çalışmamıştır."

"Peki ya *Sert*?"

Omuzlarını silkti. "Sokağın adı. Betatanatin. Çocuklar bu maddeyi ölüme yakın duyguları deneyimlemek için kullanıyor. İntihardan daha ucuz."

"Anlıyorum."

"Harlan'da betatanatin kullanmıyor musunuz?"

"Hayır." Kordiplomatik ile birlikte dünya dışında bir yerde iki kez kullanmıştım ama Harlan'da yasaktı. "Ama bizde de intihar var. Paravanı yeniden koyabilirsiniz."

Siluetler aniden kesilince başımın içi boş bir oda gibi ıssız kaldı. Bu hissin, çoğu artçı etki gibi kaybolmasını bekledim. Nihayet kayboldu.

"Burası Vazife Caddesi," dedi Curtis. "Sonraki iki sokak otel dolu. Sizi burada indirmemi ister misiniz?"

"Tavsiye edeceğiniz bir yer var mı?"

"Ne istediğinize bağlı."

Tıpkı onun gibi omuzlarımı silktim. "Aydınlık. Genişlik. Oda servisi."

Gözlerini kısarak düşünmeye başladı. "İsterseniz Hendrix'i deneyebilirsiniz. Ek olarak bir kuleleri var ve oradaki fahişeler temizdir." Limuzin kademeli olarak hızlandı ve iki sokak boyunca sessizce ilerledik. Aradığım şeyin o türden bir oda servisi olmadığını açıklamaya yeltenmedim. Curtis'in bundan istediği sonucu çıkarmasında bir sorun yoktu.

Miriam Bancroft'un terden ıslanmış dekoltesi gözümün önüne geldi.

Limuzin, bir binanın bilmediğim tarzdaki aydınlık ön cephesinde durdu. Araçtan indim, sol eliyle çaldığı beyaz gitarından yayılan müziğin heyecanı yüzünden okunan iri yarı zenciye baktım. Tabela, yeniden şekillendirilmiş iki boyutlu bir tabelanın yapay kenarlarına sahipti ve bu bakımdan eski görünüyordu. Bunun bir köhnelik değil, hizmet geleneği olduğuna inanmak istiyordum. Curtis'e teşekkür ettim, kapıyı kapadım ve uzaklaşan limuzinin ardından baktım. Hızla yükselmeye başladıktan kısa bir süre sonra hava trafiğinin içinde park lambalarının ışığı da gözden kaybolup gitti. Arkamdaki aynalı kapıya doğru döndüğümde içeri girmem için hafifçe iki yana açıldı.

Lobinin tabeladan geri kalır yanı olmasa da Hendrix kesinlikle ikinci beklentimi karşılayacak bir yerdi. Curtis buraya Bancroft'un limuzinlerinden üçünü ya da dördünü yan yana park edebilirdi ve yine de temizleme robotuna yer kalırdı. İlk beklentimden ise emin değildim. Duvarlar ve tavan, yaşamının yarısını çoktan doldurmuş olan gelişigüzel illüminyum çinilerle kaplanmıştı ve güçsüz ışıltıları kasveti lobinin ortasına kadar taşımıştı. Az önce geldiğim sokak, buradaki en güçlü ışık kaynağına sahip yerdi.

Lobi boştu ama uzaktaki duvarda bulunan resepsiyondan loş bir mavi ışık süzülüyordu. Oraya doğru yürümeye başladım. Alçak koltukların ve can yakmak için bekleyen metal kenarlı sehpaların yanından geçtim. Anlık bağlantı sorunu nedeniyle gömülü ekranda karlı bir görüntü vardı. Bir köşede duran kumandada İngilizce, İspanyolca ve Kanji karakterlerle şunu yazıyordu:

KONUŞ.

Etrafıma şöyle bir göz gezdirdikten sonra yeniden ekrana baktım.

Kimse yoktu.

Boğazımı temizledim.

Karakterler bulanıklaştı ve hareket etti: DİL SEÇİNİZ.

Yalnızca merakımdan Japonca konuşmaya çalışarak, "Oda istiyordum," dedim.

Ekran öyle çarpıcı bir şekilde canlandı ki geriye doğru bir adım attım. Dönüp duran çok renkli parçalar hızla bir bütün oluşturdu ve ortaya koyu renk yakalı, kravatlı, bronz bir Asyalı yüzü belirdi. Yüz gülümsedi, beyaz tenli bir kadına dönüştü ve biraz yaş aldı. Artık karşımda iş giysileri içinde, otuz yaşında sarışın bir kadın vardı. Bireylerarası idealimi yerine getirmiştim ve otel Japonca konuşamadığıma karar vermişti.

"İyi günler efendim. 2087 yılında kurulan ve günümüze kadar ayakta kalan Otel Hendrix'e hoşgeldiniz. Size nasıl yardımcı olabilirim?"

Talebimi bu kez Amanglikan dilinde yineledim.

"Teşekkürler efendim. Bütün odalarımız şehir bilgisi ve eğlence belleklerine bağlıdır. Lütfen kat ve büyüklük tercihinizi belirtiniz."

"Batıya bakan kule odalarından istiyorum. En büyüğü hangisiyse."

Yüz büzülüp küçülerek yerini odanın üç boyutlu görüntüsüne bıraktı. Odaların üstünde bir selektör yanıp köşelerden birinde durduktan sonra söz konusu odayı enikonu gösterdi. Ekranın bir tarafında oda bilgilerini gösteren bir sütun belirdi.

"Gözetleme Kulesi süiti, üç odalı, 13,87 metre..."

"Güzel, onu alayım."

Üç boyutlu harita, bir sihirbaz hilesi gibi kayboldu ve ekranı yeniden kadının görüntüsü kapladı.

"Kaç gece bizimle kalacaksınız efendim?"

"Belli değil."

"Depozito vermeniz gerekiyor," dedi otel çekingen bir tavırla. "On dört günü aşan süreler için altı yüz BM dolarını şu anda ödemelisiniz. On dört günden önce ayrılırsanız bu depozitonun bir kısmı size iade edilecek."

"Tamam."

"Teşekkürler efendim." Ses tonundan, bunun yeni bir uygulama olduğundan şüphelenmeye başladım. "Ödemenizi nasıl yapacaksınız?"

"DNA iziyle. Kaliforniya İlk Sömürge Bankası."

Ödeme ayrıntıları ekranda belirdiği sırada ensemde buz gibi bir metal hissettim.

"Demek ödemeni bu şekilde yapmak istiyorsun," dedi sakin bir ses. "Tek bir hatanda polisler kortikal belleğini haftalar boyunca duvardan kazımak zorunda kalır. Ben *gerçek* ölümden söz ediyorum dostum. Şimdi ellerini kaldır."

Söyleneni yaptım. Alışılmadık bir şekilde tüylerim diken diken olmuştu. Uzun zamandır gerçek ölümle tehdit edilmemiştim.

"Aferin," dedi sakin ses. "Şimdi ortağım üstünü arayacak. Sakın ani hareketler yapma."

"Lütfen DNA imzanızı ekranın yanındaki klavyeye giriniz." Otel, İlk Sömürge'nin veri tabanına girişe izin vermişti. Sakin bir şekilde beklerken, yüzünde kayak maskesiyle siyah giyimli ince bir kadın belirdi ve vızıldayan gri tarayıcısıyla beni baştan ayağa aradı. Silahı hâlâ ensemde hissetsem de artık soğuk değildi. Etim onu iyice ısıtmıştı.

"Temiz." Profesyonel bir sesti bu. "Temel nörokimya ama etkisiz. Teknolojik donanım yok."

"Gerçekten mi? Kovacs, bu kadar hafif mi yolculuk ediyorsun?"

Kalbim göğsümden çıkıp bağırsaklarıma inmişti. Bunun yalnızca yerel bir suç olduğunu umuyordum.

"Sizi tanımıyorum," dedim temkini elden bırakmadan. Başımı birkaç milimetre çevirdim. Silah ensemi iyice dürtünce durdum.

"Doğru, tanımıyorsun. Şimdi sana olacakları anlatayım. Dışarı doğru yürüyeceğiz..."

"Hesaba ulaşım izni otuz saniye içinde dolacak," dedi otel sabırla. "Lütfen DNA imzanızı hemen girin."

"Bay Kovacs'ın bu rezervasyona ihtiyacı kalmayacak," dedi arkamdaki adam, elini omzuma koyarak. "Hadi Kovacs, biraz dolaşalım."

"Ödeme almadan hizmet veremem," dedi ekrandaki kadın.

Tam arkama döneceğim sırada kadının ses tonu beni durdurdu ve gayri ihtiyarı öksürmeye başladım.

"Bu da..."

Öksürüğün etkisiyle öne doğru eğildim, elimi ağzıma götürerek başparmağımı yaladım.

"Ne bok yiyorsun sen Kovacs?"

Yeniden doğrularak elimi ekranın yanındaki klavyeye yapıştırdım. Tükürüğümün izleri donuk siyah alıcının üzerine çıkmıştı. Hemen sonra nasırlı bir avuç kafatasımın solunda patladı. Ellerimin ve dizlerimin üzerine düştüm. Yüzüme inen çizmenin etkisiyle yerle iyice yeksan oldum.

"Teşekkürler efendim." Başımın içindeki zonklamaya rağmen kadının sesini duymayı başardım. "Hesabınız işleme kondu."

Ayağa kalkmaya çalıştığım sırada ikinci çizme darbesi bu kez kaburgalarıma indi. Burnumdan halıya kan akıyordu. Silahın namlusu ensemdeydi.

"Bu hiç akıllıca değildi Kovacs." Sesi o kadar sakin değildi. "Polislerin gittiğimiz yeri bulacaklarını sanıyorsan, bellek yüzünden beynin durmuş demektir. Şimdi *ayağa kalk!*"

Adam beni çekiştirerek ayağa kaldırmaya çalıştığı sırada gök gürledi.

Hendrix'in güvenlik sistemini yirmi milimetrelik otomatik toplarla donatmasının nedenini anlamadıysam da iyi iş çıkarmışlardı. Göz ucuyla çift taret topunun tavandan kıvrılarak indiğini gördüm. Hemen sonrasında saldırgan üç saniyelik bir atışa maruz kaldı. Ateş gücü, küçük bir uçağı düşürmeye yeterdi ve çıkan gürültü kulakları sağır eden cinstendi.

Maskeli kadın kapıya doğru koştuğunda ateşin yankısı kulaklarımda çınlamaya devam ediyordu. O sırada taretin dönerek kadına yaklaştığını gördüm. Kadın, lobinin karanlığına doğru on adım kadar attıktan sonra kızıl bir lazer prizması sırtına çarptı. Yaylım ateşi bu kez lobide başlamıştı. İki elimle kulaklarımı kapadım, hâlâ dizlerimin üzerindeydim. Top mermilerinin vurduğu kadın et yığını gibi yere yığıldı.

Ateş durdu.

Barut kokusu her yanı sarmıştı ve hiçbir şey kıpırdamıyordu. Otomatik taret susmuştu, namlular aşağıya dönmüştü, top kuyruğundan duman tütüyordu. Ellerimi kulaklarımdan çekerek ayağa kalktım. Aldığım hasarı ölçmek için burnuma ve yüzüme bastırdım. Kanamam azalıyor gibiydi ve düşen bir diş fark etmesem de ağzımda boşluklar vardı. İkinci darbenin indiği kaburgalarım ağrıyordu ama kırık gibi değildi. En yakınımdaki cesede bakar bakmaz pişman oldum. Birinin buraları paspaslaması şarttı.

Solumdaki asansör kapısı belli belirsiz bir çan sesiyle açıldı.

"Odanız hazır efendim," dedi otel çalışanı kadın.

ALTINCI BÖLÜM

Kristin Ortega oldukça soğukkanlı biriydi.

Otelin kapısından geçerken attığı uzun adımların etkisiyle ceketinin ağır cebi kalçasına çarptı. Lobinin ortasına geldiğinde durdu ve dilini yanağına değdirerek cesedi inceledi.

"Kovacs, sık sık böyle şeyler yapar mısınız?"

"Bir süredir ara vermiştim," dedim usulca. "Ruh halim pek iyi değil."

Otomatik taret durduğu anda, otel Bay City polisini aramıştı ama ilk kruvazörlerin gökyüzü trafiğinden ayrılarak gelmesi yine de yarım saati buldu. Nasıl olsa beni yatağımdan çıkaracaklarını bildiğim için odama gitmedim. Polis otele geldiğinde Ortega'yı beklemem gerektiğine karar verildi. Bir sıhhiyeci üstünkörü bir şekilde beni muayene ettikten sonra şokta olmadığımdan emin olarak burun kanamam için geciktirici sprey verdi. Lobiye oturdum ve yeni kılıfımın teğmenin sigaralarından içmesine izin verdim. Yarım saat sonra Ortega geldi.

"Pekâlâ. Geceleri şehir hareketli oluyor," dedi Ortega.

Ona paketi uzattım. Sanki felsefi bir soru sormuşum gibi baktıktan sonra paketi alıp içinden bir sigara çıkardı. Paketin kenarındaki ateşleme yamasını umursamayarak ceplerine baktı ve bulduğu benzinli çakmağı yaktı. Sanki otomatik pilottaymış gibiydi; beyni yeni ekipmanları taşıyan adli tıp ekibini fark etmemişti. Çakmağı farklı bir cebe soktu. Lobi aniden işlerini yapan meşgul insanlarla dolmuştu.

"Evet." Sigaranın dumanını üfledi. "Bu adamları tanıyor musunuz?"

"Of, beni bir rahat bıraksana!"

"Yani?"

"Yani, daha depolamadan çıkalı altı saat oldu." Sesimin yükselmeye başladığını duyabiliyordum. "Yani, en son görüştüğümüzden beri üç kişiyle konuştum. Yani, hayatımda hiç Dünya'da bulunmamıştım. Yani, *biliyorsunuz işte*. Şimdi, bana doğru düzgün sorular soracak mısınız, yoksa yatmaya mı gideyim?"

"Peki, sakin olun." Ortega birden yorgun görünmüştü. Karşımdaki koltuğun içine gömüldü. "Çavuşa adamların profesyonel olduklarını söylemişsiniz."

"Öyleydiler." Bunun polisle de paylaşabileceğim tek bilgi olduğuna karar vermiştim. Nasıl olsa dosyalarını araştırırlarken kendileri de bunu fark edeceklerdi.

"Size isminizle mi hitap ettiler?"

Büyük bir endişeyle kaşlarımı çattım. "İsmimle mi?"

"Evet." Sabırsızca kıpırdandı. "Size Kovacs diye mi hitap ettiler?"

"Sanmıyorum."

"Başka bir isimle mi?"

Kaşımı kaldırdım. "Ne gibi?"

Yüzünü saran yorgunluk bir anda silindi ve keskin gözlerle bana baktı. "Her neyse. Otelin kayıtlarına baktığımızda görürüz."

Hay aksi.

"Harlan'da bunu yapmak için izne ihtiyacınız var."

"Burada da öyle." Ortega sigarasının ucundaki külü halıya silkti. "Ama sorun değil. Hendrix bedensel hasar nedeniyle ilk kez suçlanmıyor. Uzun süre önce de aynı şey yaşanmıştı ama arşivlerde vardır."

"Peki nasıl oldu da otel kapatılmadı?"

"Suçlandı dedim, suçlu bulundu demedim. Mahkeme suçlamayı reddetti. Meşru müdafaa olduğuna dair kanıt vardı." Taretin başında emisyon kontrolü yapan iki adli tıp yetkilisini işaret etti. "Elbette o sırada söz konusu olan elektrikle idamdı. Böyle bir şey değil."

"Evet, ben de bunu soracaktım. Böylesi bir teçhizatı otele kim sokmak istemiş?"

"Siz beni ne sanıyorsunuz? Arama motoru mu?" Ortega, beni hiç hoşuma gitmeyen şüphe dolu bir düşmanlıkla izlemeye başladı. Sonra aniden omuzlarını silkti. "Buraya gelirken arşivleri taradım. İki yüz yıl önce, kurumsal savaşlar kanlı bir hal aldığından beri kayıt tutulmuş. Anlamlı. İşler çığırından çıktığında birçok bina yenilenmek zorunda kalmıştı. Elbette, şirketlerin çoğu da ticari çöküş nedeniyle iflas bayrağını çekti. Bu nedenle kimse otelin kapanmasıyla ilgilenmedi. Hendrix kapanmak yerine yapay zekâ statüsüne yükseldi ve bütün hisselerini satın aldı."

"Akıllıca."

"Evet, konuşulanlara göre YZ'ler pazarın başına gelenleri anlayan tek kuruluşlar oldu. O dönemde bir kısmı büyük bir sıçrayış gerçekleştirdi. Bu sokaktaki otellerin çoğu YZ'dir." Dumanın arasından sırıttı. "O yüzden kimse bu otellerde kalmaz. Gerçekten çok yazık. Bir yerlerde, insanların sekse ihtiyacı olduğu kadar bu otellerin de müşteriye ihtiyacı olduğunu okumuştum. Çok sinir bozucu, değil mi?"

"Haklısınız."

Mohikanlardan biri yanımıza geldi. Ortega, rahatsız edilmek istemediğini belli eden gözlerle adama baktı.

"DNA örneklerinden çıkan sonuçlar bunlar," dedi Mohikan çekingen bir edayla. Elinde tuttuğu videofaks kopyasını Ortega'ya uzattı. Ortega kopyayı alıp incelemeye koyuldu.

"Pekâlâ. Kovacs, yalnız değildiniz." Erkek cesedi işaret etti. "Kılıf, Dimitri Kadmin adına kayıtlı. İkiz Dimi olarak da biliniyor. Vladivostok'lu profesyonel bir suikastçı."

"Peki ya kadın?"

Ortega ile Mohikan birbirlerine baktılar. "Ulan Batur kayıtlarında var mı?"

"Bir tanesinde var, şef."

"O pisliği yakaladık." Yeniden canlanan Ortega ayağa fırladı. "Belleklerini kesip çıkaralım ve Otlak Sokak'a doğru yola çıkalım. Gece yarısından önce Dimi'nin yakalanmasını istiyorum." Bana baktı. "Kovacs, siz işimize yarayabilirsiniz."

Mohikan, sigara arayan bir adamın kayıtsızlığıyla, çift göğüslü ceketinin içinden ağır bir bıçak çıkardı. Ortega ile birlikte cesede yaklaşıp yanında diz çöktüler. Üniformalı meraklı görevliler kenara çekilip olan biteni izlemeye koyuldu. Kesilerek açılan kıkırdağın ıslak sesi yankılandı. Bir süre sonra ayağa kalkıp seyircilerin arasına katıldım. Kimsenin benimle ilgilendiği yoktu.

Bu hiç de biyoteknik cerrahiye benzemiyordu. Mohikan, kafatası köküne girebilmek için cesedin omurgasından bir parça kesti ve kortikal belleği bulmak için bıçağının ucuyla kurcalamaya başladı. Kristin Ortega iki eliyle cesedin kafasını tutuyordu.

"Belleği eskiye göre daha derine gömüyorlar," dedi. "Omurganın geri kalanına ulaşabilirsen, belleği bulabilirsin."

"Deniyorum," diye homurdandı Mohikan. "Sanırım burada bir büyüme var. Noguchi'nin bahsettiği antişok contalardan biri... Siktir!! Buldum sanmıştım."

"Hayır, bak, yanlış açıyla çalışıyorsun. Ben deneyeyim." Ortega bıçağı aldı, sabitlemek için bir dizini kafatasının üzerine yerleştirdi.

"Lanet olsun, neredeyse bulmuştum şef."

"Tamam, tamam, bütün gece oturup senin cesedi kurcalamanı izleyecek değilim." Başını kaldırıp baktığında onu izlediğimi gördü. Başını hafifçe salladıktan sonra bıçağın tırtıklı ucunu cesede sapladı. Keskin birkaç hamleden sonra sırıtarak Mohikan'a baktı.

"Duydun mu?"

Cesede doğru eğildi ve parmaklarının arasında tuttuğu belleği çekip çıkardı. Darbeye dayanıklı kılıfı kan içindeydi ve ucundan sertçe çıkan mikrojakların burkulmuş telleri izmarit kadardı. Katoliklerin bunun insan ruhunun yerini neden alamayacağını düşündüklerini şimdi anlıyordum.

"Buldum Dimi." Ortega belleği ışığa doğru tuttuktan sonra bıçakla birlikte Mohikan'a verdi. Parmaklarını cesedin giysilerine sildi. "Tamam, kadındakini de çıkaralım."

Aynı yöntemleri bu kez kadının üzerinde deneyen Mohikan'ı seyrederken Ortega'ya yaklaşarak bir şeyler fısıldamaya başladım.

"Bunun kim olduğunu da biliyor musunuz?"

Aniden bana doğru döndü. Ya şaşırmıştı ya da ona bu kadar yaklaşmamdan rahatsız olmuştu. "Evet, bu da İkiz Dimi. Komik, değil mi? Kılıf Ulan Batur'a kayıtlı ve bu şehir Asya'daki karaborsa kılıfın başkenti. Dimi kimseye güvenen biri değil. Ona arka çıkacağından emin olduğu insanlarla haşır neşir oluyor. Dimi'nin çevresindeki insanlar arasında bir tek kendine güvenebilir."

"Bu bana tanıdık geldi. Dünya'da kendini kopyalamak kolay bir şey mi?"

Ortega yüzünü buruşturdu. "Gittikçe kolaylaşıyor. Günümüz teknolojisinde kılıf işlemcisi bir banyo büyüklüğünde. Kısa sürede asansör büyüklüğüne erişir. Daha sonra da bir bavula bile sığabilir." Omuzlarını silkti. "İlerlemenin bedeli."

"Harlan'da bunun tek yolu yıldızlararası ulaşıma başvurmak, yolculuk süresini kapsayan bir sigorta yaptırmak ve yolculuğu son anda iptal etmektir. Sahte bir ulaşım sertifikası aldıktan sonra kopyasının geçici olarak yüklenmesini talep edebilirsiniz. Bu adam başka bir dünyada ve şirketi iflas etmek üzere. Ulaşım istasyonunda orijinalinden yükleme yapabilir, sonra başka bir yerde sigorta şirketinden aynı yüklemeyi talep edebilir. İlk kopya istasyondan yasal bir şekilde çıkar. Ama adam gitme fikrinden vazgeçmiş. Çoğu insan aynı şeyi yapar. İkinci kopya yeniden depolama için sigorta şirketine asla bildirilmez. Maliyet epeyce yüksek olur. Birçok kişiye rüşvet vermeli, yolculuk için çok zaman çalmalısınız."

Mohikan kaydı ve bıçak parmağını kesti. Ortega gözlerini devirip gergin bir tavırla iç çektikten sonra bana döndü.

"Burada işler daha kolay," dedi kısaca.

"Öyle mi? Nasıl oluyor?"

"Şöyle..." Sanki benimle neden konuştuğunu sorgularcasına tereddüt etti. "Bunu neden merak ediyorsunuz?"

Gülümsedim. "Meraklı bir insanım galiba."

"Tamam Kovacs." İki eliyle kahve fincanını kavradı. "Şöyle oluyor: Bir gün Bay Dimitri Kadmin en büyük geri kazanım ve yeniden kılıf işleriyle uğraşan sigorta şirketlerinden birine gidiyor. Yani *gerçekten* çok saygın olan bir tanesine. Lloyd's ya da Cartwright Solar gibi mesela."

"Burada mı?" Odamın pencerelerinden görünen köprü ışıklarını işaret ettim. "Bay City'de mi?"

Mohikan, polis Hendrix'ten ayrılırken otelde kalmayı tercih eden Ortega'ya şaşkın gözlerle bakmıştı. Mohikan'a Kadmin'i yüklemesini nasihat ederek dolaşmaya yolladıktan sonra yukarı çıkmıştık. Ortega, otelden uzaklaşan polis kruvazörlerini seyretmemişti bile.

"Bay City, batı yakasında, hatta Avrupa'da bile olabilir." Ortega kahvesini yudumlarken isteği üzerine içine eklenen viski nedeniyle yüzünü buruşturdu. "Önemli değil. Önemli olan şirketin kendisi. Yükleme icat olduğundan beri çalışan bir şirket bu. Bay Kadmin bir R&R polisi almak istiyor ve ayrıcalıkları hakkında uzun bir konuşmadan sonra da alıyor. Bakın, bunun iyi görünmesi gerekiyor. Bu büyük bir dolandırıcılık ama tek bir farkla: biz paranın peşinde değiliz."

Pencereye yaslandım. Gözetleme Kulesi süiti, isminin hakkını veriyordu. Üç oda da hem kuzeyden hem de batıdan şehre ve okyanusa bakıyordu. Salondaki pencere pervazı saykodelik renkli yastıklarla süslenmişti. Ortega ve ben karşılıklı oturmuştuk ve ortamızda bir metre boşluk vardı.

"Tamam, bir kopya bu şekilde. Peki ya sonra?"

Ortega omuzlarını silkti. "Ölümcül bir kaza gerçekleşiyor."

"Ulan Batur'da mı?"

"Evet. Dimi olanca hızıyla bir işaret kulesine mi koşuyor, otelin penceresinden mi düşüyor, öyle bir şey işte. Belleği Ulan Batur'lu bir nakliye şirketi buluyor ve yüklü bir rüşvet karşılığında kopyasını çıkarıyor. Daha sonra geri kazanım ilamıyla olaya Cartwright Solar ya da Lloyd's dahil oluyor, Dimi'yi (d.i.) klon bankalarına geri götürüp sırada bekleyen kılıfa yüklüyorlar. Çok teşekkürler efendim. Sizinle çalışmak güzeldi."

"Bu sırada..."

"Bu sırada nakliye şirketi karaborsa bir kılıf satın alıyor. Kılıfın asıl sahibi muhtemelen yerel bir hastanede yatan koma halindeki bir hasta ya da fiziksel olarak fazla hasar almamış bir uyuşturucu kurbanı. Ulan Batur polisi hastaneye getirildiğinde çoktan ölmüş olan insanların arasından böyle korkunç bir ticarete imza atıyor. Şirket kılıfın zihnini boşaltıp içine Dimi'nin kopyasını yüklüyor ve kılıf hiçbir şey olmamış gibi yürüyerek oradan ayrılıyor. Yörüngesel uçuşla gezegenin öteki tarafına ulaşıp oradan Bay City'ye ulaşıyor."

"Bu türde insanlarla sık sık karşılaşmıyorsunuzdur herhalde."

"Hemen hemen hiç karşılaşmıyoruz. Ölü de ele geçirseniz, BM kapsamındaki bir ağır suç nedeniyle tutuklasanız da önemli olan iki kopyanın da aynı anda ele geçirilmesi. BM hukukçuları olmadan canlı bir vücuttan yükleme yapmaya yasal bir hakkınız yok. Kazanma ihtimali olmayan bir durumda, ikiz onu yakalayamadan ensesindeki kortikal belleği havaya uçurur. Bunu daha önce yaşadım."

"Bu çok acımasızca. Cezası ne?"

"Silme."

"*Silme* mi? Bunu burada mı yapıyorsunuz?"

Ortega başıyla onayladı. Dudaklarında değil ama etrafında ufak ve sert bir gülümseme belirmişti. "Evet, burada yapıyoruz. Şaşırdınız mı?"

Biraz düşündüm. Firar ya da savaş emrine itaatsizlik gibi bazı suçların Kordiplomatik'teki cezası silmeydi ama uygulandığını hiç görmemiştim. Kaçma koşullarıyla ters düşüyordu. Üstelik Harlan'da silme ben doğmadan on yıl önce kaldırılmıştı.

"Biraz eskide kalmış bir ceza, değil mi?"

"Dimi'nin başına geleceklere üzülüyor musunuz?"

Dilimin ucunu ağzımın içindeki kesiklerde gezdirdim. Ensemde hissettiğim soğuk metali düşünerek başımı iki yana salladım. "Hayır. Ama bu ceza onun gibi insanlara da uygulanıyor mu?"

"Başka büyük suçlar da var ama genelde depoda iki yüzyıl geçirmeye mahkûm ediliyorlar." Ortega'nın yüzü, bunun harika bir fikir olduğunu düşünmediğini gösteriyordu.

Kahvemi bırakıp sigarama uzandım. Hareketlerim otomatik gibiydi ve durduracak gücüm yoktu. Ortega uzattığım paketi geri çevirdi. Sigaramı paketin üzerindeki ateşleme yamasına sürterken gözlerimi kısarak Ortega'ya baktım.

"Kaç yaşındasınız Ortega?"

Bu kez gözlerini kısarak bakan o oldu. "Otuz dört. Neden?"

"Hiç dijitalleştirilmediniz mi?"

"Evet, birkaç sene önce psikocerrahi operasyonu geçirdim. Beni iki gün boyunca uyuttular. Bunun dışında, hayır. Ben suçlu değilim ve bu tür yolculuklar için param da yok."

Sigaranın ilk dumanını üfledim. "Bu konuda biraz hassassınız galiba, değil mi?"

"Söylediğim gibi. Ben suçlu değilim."

"Hayır." Aklıma Virginia Vidaura'yı son görüşüm geldi. "Öyle olsaydınız, iki yüz yıllığına ortadan kaybolmanın sıradan bir ceza olduğunu düşünmezdiniz."

"Ben öyle bir şey söylemedim."

"Söylemenize gerek yoktu." Ortega'nın kanunun ta kendisi olduğunu neden unuttuğumu bilmiyorum ama *bir şey* bana bunu unutturmuştu. İkimizin arasındaki boşlukta bir şeyler inşa oluyordu. Statik yük gibi bir şeydi bu. Kordiplomatik eğitimim yeni kılıfımın içinde bu kadar körelmeseydi üstesinden gelebileceğim bir şey. Bu şey her neydiyse, odadan çıkıp gitmişti. Omuzlarımı dikleştirip sigaramdan büyük bir nefes aldım. Uykuya ihtiyacım vardı.

"Kadmin pahalı, değil mi? Böyle masraflar ve tehlikeler karşısında pahalı olması mantıklı."

"Vuruş başına yirmi bin dolar."

"O halde Bancroft intihar etmedi."

Ortega kaşını kaldırdı. "Buraya henüz yeni gelmiş biri için fazla hızlı bir karar bu."

"Ah, yapmayın." Ciğer dolusu dumanı yüzüne doğru üfledim. "Eğer bu bir intiharsa, kim işimi bitirmesi için ona yirmi bin ödedi?"

"Çok mu seviliyorsunuz?"

Öne doğru eğildim. "Hayır, birçok yerde sevilmem ama beni sevmeyenler bu tür bağlantıları ya da böyle bir parası olan insanlar değil. O seviyede düşmanlar edinecek kadar havalı değilim. Kadmin'i peşime her kim taktıysa, Bancroft için çalıştığımı biliyor demektir."

Ortega sırıtmaya başladı. "Ama size isminizle hitap etmediklerini söylemiştiniz, değil mi?"

Köşeye sıkıştın Takeshi. Virginia Vidaura'nın parmağını bana doğru salladığını görebiliyordum. *Kordiplomatikler yerel kanunla parçalanamaz.*

Elimden geldiğince bu çıkmazdan sıyrılmaya çalıştım.

"Kim olduğumu biliyorlardı. Kadmin gibi adamlar turistleri soymak için otellerde takılmaz. Hadi ama Ortega."

Bana cevap vermeden önce öfkemin dinmesini bekledi. "O halde Bancroft öldürüldü mü? Olabilir. Yani?"

"Soruşturmayı yeniden başlatmanız gerek."

"Beni dinlemiyorsun Kovacs." İpucu arayan silahlı adamları durdurmak için gülümsedi. "Dosya kapandı."

Yeniden duvara yaslandım ve bir süre dumanın ardından Ortega'yı izledim. En sonunda, "Bu gece temizlik manganız geldiğinde içlerinden biri bana rozetini uzun uzun gösterdi. Kartal ve kalkan yakından bakınca epey göz alıcı görünüyor. Etrafındaki yazı da öyle."

Elini, konuyu kapamak istercesine savurdu. Söndürmeden önce sigaramdan bir nefes daha çektim.

"*Korumak ve hizmet etmek?* Bence teğmen olduğunuzdan beri buna inanmıyorsunuzdur."

İlgisini çekmeyi başarmıştım. Gözünün altındaki kas seğirdi ve yanakları sanki acı bir şey emiyormuş gibi gerildi. Bana öyle bir bakış attı ki, fazla ileri gittiğimi düşündüm. Sonra omuzları düştü ve iç çekti.

"Of, beni rahat bırakın. Hem siz bu konuda ne bilirsiniz ki? Bancroft sizin ve benim gibi biri değil. O lanet bir Met."

"Met mi?"

"Evet. Met. *Metuşelah toplam dokuz yüz altmış dokuz yıl yaşadıktan sonra öldü.* İhtiyar bir adam o. Yani, fazlasıyla ihtiyar."

"Teğmen, bu bir suç mu?"

"Suç olmalı," dedi Ortega acımasız bir sesle. "O kadar uzun süre yaşadığınız zaman değişiyor, kendinize hayran olmaya başlıyorsunuz. En sonunda da Tanrı olduğunuzu düşünüyorsunuz. Bir anda otuzlu, kırklı yaşlarındaki küçük insanların sizin için hiçbir önemi kalmıyor. Bütün toplumların doğup öldüğünü görüyor, hepsinin dışında kaldığınızı hissediyorsunuz. Olan biten size bir şey ifade etmiyor. Ayaklarınızın dibindeki insanları, tıpkı papatyalara yaptığınız gibi ezmeye başlıyorsunuz."

Tüm ciddiyetimle onu izliyordum. "Bancroft'ta böyle bir şey sezdiniz mi hiç?"

"Ben Bancroft'tan bahsetmiyorum," diyerek sabırsızlıkla itiraz etti. "Ben onun *türünden* bahsediyorum. Onlar da YZ'ler gibi. Bambaşka bir türler. İnsan değiller; bizler böceklere nasıl davranıyorsak, onlar da insanlığa öyle davranıyor. Bay City polis departmanıyla başa çıkmaya çalıştığınızda, bu tür bir tavır aleyhinize dönebilir."

Aklıma birden Reileen Kawahara'nın aşırılıkları geldi ve Ortega'nın gerçeklerden uzaklaşıp uzaklaşmadığını merak ettim. Harlan'daki çoğu insan en azından bir kez yeni bir kılıfın bedelini karşılayabilirdi ama çok zengin olmadığınız sürece hayatınızı ve yaşlılığınızı sona erdirmeniz gerekirdi. Antisenesans tedavisi olsanız bile bu çok yorucu bir işti. İkinci kez dirilmek daha kötüydü, çünkü neler yaşayacağınızı bilirdiniz. Bunu iki kereden fazla yapacak kadar güçlü olan pek az insan vardı. Çoğu, dirilişten sonra gönüllü olarak depoya giriyordu ve ailevi nedenlerle geçici kılıflara bürünüyordu. Elbette bu kılıflar bile zaman geçtikçe ve yeni nesiller ortaya çıktıkça eskiyordu.

Yaşamdan yaşama, kılıftan kılıfa devam eden, devam etmek *isteyen* tek bir türde insan vardı. Farklı olmanız, yüzyıllar geçtikçe neye dönüşeceğinizi umursamamanız gerekiyordu.

"O halde Bancroft bir Met olduğu için kandırıldı. Özür dileriz Laurens, siz kibirli ve yaşlı bir pisliksiniz. Bay City polisinin sizi ciddiye almaktansa yapacağı daha önemli işleri var."

Ama Ortega artık oltaya gelmiyordu. Kahvesini yudumladı, beni susturmak istercesine elini savurdu. "Bakın Kovacs. Bancroft hayatta ve bu vaka nasıl sonuçlanırsa sonuçlansın, kendini güvende hissetmesi için yeterince çalışanı var. Adalet yerini bulmazsa kimse bundan acı duymayacak. Polis departmanı mali olarak desteklenmiyor, personeli az ve iş yükü fazla. Sonsuza dek Bancroft'un hayaletlerinin peşinden gidecek kadar kaynağımız yok."

"Ya onlar hayalet değilse?"

Ortega iç çekti. "Kovacs, ben o malikâneye adli tıp ekibimle birlikte üç kez gittim. Boğuşma izi yok, çevre savunmasının içine girilmemiş ve güvenlik kayıtlarında da hiçbir davetsiz misafir görünmüyor. Miriam Bancroft gelişmiş bütün poligraf testlerinden geçmeye gönüllü oldu ve hepsini hiç tökezlemeden başardı. Kocasını ne o ne de malikâneye zorla giren biri öldürdü. Laurens Bancroft, ondan başka kimsenin bilmediği nedenlerden dolayı kendini öldürdü, hepsi bu. Aksini ispatlamanız gerektiği için üzgünüm ama iyi dilekler gerçeği değiştirmeye yetmez. Bu dava kolayca sonuçlandı bile."

"Peki ya telefon görüşmesi? Bancroft'un uzaktan depolanmışken intihar etmesi için hiçbir nedeninin olmaması? Birinin peşime Kadmin'i takacak kadar beni önemli görmesi?"

"Kovacs, sizinle tartışmayacağım. Kadmin'i sorguya alacağız ve bildiklerini öğreneceğiz. Gerisi beni ilgilendirmiyor ve artık canımı sıkmaya başladı. Bize Bancroft'tan çok daha fazla ihtiyacı olan insanlar var. Bellekleri patlatıldığında uzaktan depolaması olmadığı için gerçek ölümün pençesine düşmüş kurbanlar var. Katolikleri, depolardan hiçbir zaman çıkıp onları durduramayacaklarını bildikleri için katleden katiller var." Parmaklarıyla çetele tutan Ortega'nın gözlerinden yorgunluk akıyordu. "Devlet birinin suçluluğunu kanıtlamadığı sürece yeni bir kılıfı karşılayamayacak olan bedensel hasar vakaları var. Günde on saatten fazla bu sorunlarla cebelleşiyorum. Özür dilerim ama dondurulmuş klonları, yüksek makamlarda tanıdıkları ve ailesinden ya da ekibinden biri bizimle konuşmak istemediğinde ortaya çıkan hukukçuları olan Bay Laurens Bancroft'a harcayacak zamanım yok."

"Bu sık sık oluyor, değil mi?"

"Oldukça sık ama hiç şaşırmayın." Soğuk bir edayla gülümsedi. "O pis bir Met. Hepsi aynı."

Ortega'nın bu yüzünü hiç sevmemiştim. Bu tartışmaya girmek istemiyordum ve Bancroft'un bu özelliğine ihtiyacım yoktu. Üstelik bütün sinir uçlarım uyku için yalvarıyordu.

Sigaramı söndürdüm.

"Teğmen, bence gitseniz iyi olur. Tüm bu önyargılar başımı ağrıttı."

Gözünde bir anda parlayıp sönen o ışığı anlamlandıramadım. Omuzlarını silkti, kahve fincanını masaya koydu ve bacaklarını pervaza doğru uzattı. Ayağa kalktı, omurgasından ses gelene kadar gerindi ve arkasına bakmadan kapıya doğru yürüdü. Ben olduğum yerde kalmış, şehrin pencereye yansıyan ışıklarının arasından Ortega'yı izliyordum.

Kapıya ulaştığında durup arkasına baktı.

"Kovacs."

Yüzüne baktım. "Bir şey mi unuttunuz?"

Başını salladı. Sanki oynadığımız bir oyunu kaybetmişçesine dudaklarını bükmüştü.

"Kendinize bir başlangıç noktası belirlemeniz için size bir tüyo vermemi ister misiniz? Siz bana Kadmin'i verdiğinize göre ben de size bunu borçluyum."

"Ortega, siz bana hiçbir şey borçlu değilsiniz. Bunu yapan Hendrix'ti, ben değil."

"Leyla Begin," dedi. "Bu isimden Bancroft'un saygın avukatlarına bahsedin ve neler olacağını görün."

Kapı kapandığında odanın içinde şehrin ışıklarının yansıması dışında hiçbir şey kalmadı. Bir süre dışarıyı izledim, sonra bir sigara yakıp izmaritine kadar içtim.

Bancroft intihar etmemişti, bu kadarı apaçık ortadaydı. Bu dosyayla ilgileneli henüz bir gün bile olmamıştı ama sırtıma çoktan iki yük binmişti. İlki, Kristin Ortega'nın üniformalı haydutları, ikincisi ise Vladivostok'lu suikastçı ve onun yedek kılıfı. Miriam Bancroft'un tuhaf tavırları da cabası. Hepsi birleşince, tahmin ettiğimden çok daha çamurlu bir su ortaya çıkıyordu. Ortega bir şeyler istiyordu, Dimitri Kadmin'i kiralayan kişi bir şeyler istiyordu ve görünüşe göre, istedikleri şey Bancroft dosyasının bir daha açılmamasıydı.

Bu, benim elimdeki seçeneklerden biri değildi.

"Misafiriniz otelden ayrıldı," dedi Hendrix, beni daldığım düşüncelerden geri çağırarak.

"Teşekkürler," dedim kayıtsız bir tavırla. Sigaramı küllükte söndürdükten sonra, "Kapıyı kilitleyip bu katın asansörünü devre-dışı bırakabilir misiniz?" diye sordum.

"Elbette. Otele girişlerden haberdar olmak ister misiniz?"

"Hayır." Yumurtayı midesine indirmeye çalışan bir yılan gibi esnedim. "Bu kata çıkmasınlar, yeter. Yedi buçuk saat boyunca çağrıları da kabul etmiyorum."

Uykunun dalgalarına teslim olmadan önce giysilerimi çıkarmam gerekiyordu. Bancroft'un yazlık takımını katlayarak koltuğa bıraktım ve kocaman, kırmızı çarşaflı yatağa sürünerek girdim. Yatağın yüzeyi birden dalgalandı, vücut ağırlığıma ve boyuma göre ayarlandı ve beni su gibi taşımaya başladı. Çarşaflardan hafif bir tütsü kokusu yayılıyordu.

Mastürbasyon yapmak için isteksizce bir girişimde bulundum. Aklım Miriam Bancroft'un şehvetli kıvrımlarındaydı ama kalaşnikofun ateşiyle enkaza dönen Sarah'nın solgun bedeni gözümün önünden gitmiyordu.

Nihayet uykunun kollarına teslim oldum.

YEDİNCİ BÖLÜM

Gölgelerin arasında kaybolmuş harabeler var ve kan kırmızısı güneş uzak tepelerin ardından batıyor. Başımızın üzerindeki yumuşak karınlı bulutlar, zıpkını gören balinalar gibi ufka doğru pürtelaş koşuyor. Rüzgâr, aç parmaklarını sokak boyunca sıralanmış ağaçların arasında gezdiriyor.

İnnenininenninineninnin...

Burayı biliyorum.

Yıkıntıların arasında yol alırken harap haldeki duvarlara değmemeye çalışıyorum; çünkü ne zaman değsem, sanki bu şehri yerle bir eden çatışma geriye kalan taşların arasında yeniden can bularak sessizce ateş ediyor, çığlık çığlığa bağırıyor. Bir yandan da hızla hareket ediyorum; çünkü duvarlara değmekten çekinmeyen bir şey beni takip ediyor. Silah sesleri ve dehşet çığlıkları sayesinde ilerleyişini takip edebiliyorum. Yaklaşıyor. Hızlanmaya çalışıyorum ama boğazımdaki ve göğsümdeki yumru yoluma taş koyuyor.

Jimmy de Soto, bir kulenin enkazının arkasından çıkıveriyor. Onu burada gördüğüme çok şaşırdığımı söyleyemesem de mahvolmuş yüzünü görünce ürperiyorum. Yüz hatlarından geri kalanlarla gülümseyip elini omzuma koyuyor. Korkmamaya çalışıyorum.

"Leyla Begin," diyor ve çenesiyle geldiğim yeri işaret ediyor. "Bancroft'un avukatlarına ondan bahsetmelisin."

"Bahsedeceğim," diyorum hızlanıp onu ardımda bırakırken. Ama elini omzumdan çekmemesi, kolunun sıcak bir ağda gibi uzadıkça uzadığı anlamına geliyor. Ona acı verdiğimi düşünüp üzülerek duruyorum ama hâlâ omzumun dibinde. Yeniden hareket etmeye başlıyorum.

"Dönüp savaşacak mısın?" diye soruyor sohbet etmeye çalışır gibi. Pek çaba sarf etmeden soluğu yanımda alıyor.

"Neyle?" diyorum, boş ellerimi açarak.

"Silahlanmalısın dostum. Hem de hemen."

"Virginia silahlarla kendimizi yormamamızı söyledi."

Jimmy de Soto alaycı bir edayla güldü. "Ya, tabii. Ama bak, o aptal sürtüğün sonu ne oldu. Seksen ila yüz yılla yargılanıyor."

"Bunu bilemezsin," dedim dalgın gözlerle. Arkamdaki takip sesleri ilgimi daha çok çekmişti. "Sen bundan yıllar önce öldün."

"Ah, yapma ama, bugünlerde kim gerçekten ölüyor ki?"

"Bunu bir Katoliğe söyle de gör. Hem sen öldün Jimmy. Hatırladığım kadarıyla telafi edilemez şekilde öldün."

"Katolik ne demek?"

"Sonra anlatırım. Sigaran var mı?"

"Sigara mı? Koluna ne oldu?"

Bu yersiz soru sarmalından çıkarak koluma bakıyorum. Jimmy haklı. Kolumdaki izler yeni açılmış bir yaraya dönmüştü ve akan kan elime kadar ulaşmıştı. Tabii ki...

Sol gözümü ellediğimde altının ıslak olduğunu fark ediyorum. Parmaklarım kana bulanmış.

"Şanslıymışsın," diyor Jimmy de Soto eleştirel bir dille. "Göz çukurunu ıskalamışlar."

Neyden bahsettiğinin farkında. Kendi sol göz çukuru da bir kan çukurundan ibaret. İnnennin'deyken gözünü parmaklarıyla oymuştu. O sırada kimse nasıl bir halüsinasyon gördüğünü anlamadı. Jimmy'yi ve İnnennin'e yapılan saldırıdan sağ çıkan d.i.'leri bulup psikocerrahiye aldıklarında, virüs zihinlerini geri dönüşü olmayacak şekilde yok etmişti bile. Bu program o kadar öldürücüydü ki, klinik incelemek için belleklerinden kalanları kabul etmeye bile yanaşmamıştı. Jimmy de Soto'nun belleğinden kalanlar, üzerinde kırmızı harflerle BOZUK VERİ yazan bir diskte kayıtlı ve bu disk Kordiplomatik Kumanda Merkezinin bodrum katında duruyor.

"Bu konuda bir şey yapmalıyım," diyorum biraz keyifsiz bir tavırla. Takipçimin duvarlarda yarattığı sesler tehlikeli bir şekilde yaklaşıyor. Güneşin son ışınları da tepelerin ardından batıyor. Kolumdan ve yüzümden kan damlıyor.

"Kokuyu duydun mu?" diye soruyor Jimmy. Çenesini kaldırıp soğuk havayı kokluyor. "Değiştiriyorlar."

"Ne?" Daha soruyu sorar sormaz kokuyu ben de alıyorum. Bu ferah ve canlandırıcı koku, Hendrix'teki tütsü kokusuna hiç benzemiyor. Çok farklı, içime çekerek uykuya daldığım koku kadar sert değil...

"Gitme vakti," diyor Jimmy. Tam nereye gideceğini sorarken beni kastettiğini anlıyorum ve

Uyanıyorum.

Gördüğüm ilk şey otel odasının saykodelik duvar resimleri oldu. Yeşil çimlerin, sarı ve beyaz çiçeklerin süslediği bir bahçenin etrafında kaftan giymiş, evsiz görünümlü zayıf bedenler vardı. Kaşlarımı çatıp kolumdaki sertleşen yara dokusuna dokundum. Kanamadığını fark edince tamamen uyandım ve kocaman, kırmızı yatağımda doğrularak oturdum. Kahvenin ve taze ekmeğin kokusuyla üzerimdeki uyku mahmurluğundan tamamen sıyrıldım. Hendrix'in koku yayan uyandırma servisiydi bu. Pencerenin polarize camındaki çatlaktan loş odama ışık sızıyordu.

"Ziyaretçiniz var," dedi Hendrix'in sesi aniden.

"Saat kaç?" dedim boğuk bir sesle. Sanki boğazım aşırı soğutulmuş bir yapıştırıcıya bulanmış gibiydi.

"Yerel saatle onu on altı geçiyor. Yedi saat kırk iki dakika uyudunuz."

"Ziyaretçim kim?"

"Oumou Prescott," dedi otel. "Kahvaltı istiyor musunuz?"

Yataktan çıkıp banyoya yöneldim. "Evet. Sütlü kahve, beyaz et, iyi pişmiş ve meyve suyu. Prescott'u yukarı yollayabilirsiniz."

Kapı çaldığı sırada duştan yeni çıkmış, yaldızlı, yanardönerli mavi bornozuma sarınıyordum. Kahvaltımı servis kapağından aldıktan sonra tepsiyi tek elimle taşıyarak kapıyı açtım.

Oumou Prescott uzun boylu, etkileyici bir Afrikalı kadındı. Benim kılıfımdan birkaç santim daha uzundu. Örgülü saçlarında en sevdiğim renklerde yedi sekiz boncuk takılıydı ve elmacık kemiklerinde bir tür soyut bir dövme vardı. Üzerinde gri bir takım ve yakaları kıvrılmış uzun, siyah bir ceket vardı. Şüphe dolu gözlerle beni süzdü.

"Bay Kovacs."

"Evet, içeri gelin. Kahvaltı etmek ister misiniz?" Tepsiyi dağınık yatağın üzerine bıraktım.

"Hayır, teşekkür ederim. Bay Kovacs, ben Prescott, Forbes ve Hernandez vasıtasıyla Laurens Bancroft'un baş yasal temsilcisiyim. Bay Bancroft bana bazı bilgiler verdi ve..."

"Evet, biliyorum." Tepsiden bir parça ızgara tavuk aldım.

"Bay Kovacs, sorun şu: PsychaSec'te Dennis Nyman ile bir görüşmemiz var..." Gözleri retinal saatine kaydı. "Otuz dakika sonra."

"Anlıyorum," dedim, yavaşça çiğneyerek. "Bunu bilmiyordum."

"Sabah sekizden beri arıyorum ama otel çağrımı size iletmeyi reddetti. Bu kadar geç saate kadar uyuyacağınızı düşünmemiştim."

Tavuk dolu ağzımla sırıttım. "O halde yanlış bilgilendirilmişsiniz. Enjeksiyonum daha dün yapıldı."

Bu duyduğu karşısında biraz öfkelenmişti ama büyük bir profesyonellikle kendine hâkim oldu. Odanın içinde yürüdü ve pencere pervazına oturdu.

"Geç kalacağız," dedi. "Galiba kahvaltı etmeniz gerekiyor."

Körfez soğuktu.

Ototaksiden inip parlak güneş ışığının ve sert rüzgârın ortasında yürümeye başladım. Gece boyunca yağmur yağmıştı ve gri kümülüs bulutları denizden gelen esintiye karşı bütün somurtkanlıklarıyla direniyorlardı. Yazlık takımımın yakasını kaldırdım ve yeni bir ceket almam gerektiğini aklıma yazdım. Pahalı bir şey istemiyordum. Kalçamın ortasına kadar uzanması, yakasının ve içine ellerimi sokabileceğim kadar büyük ceplerinin olması yeterliydi.

Prescott, ceketinin içinde oldukça terlemişe benziyordu. Başparmağını bastırarak parasını ödediği taksi yeniden gökyüzüne yükseldi. Türbinlerden gelen sıcak hava ellerime ve yüzüme çarptı. Kendimi kum ve toz fırtınasından korumak için gözlerimi kırpıştırdığımda Prescott'un incecik kolunu kaldırıp yüzünü kapadığını gördüm. Taksi uçup gitmiş, anakaranın üzerindeki gökyüzünün karmaşasına karışmıştı. Prescott arkamızda yükselen binaya doğru dönüp başparmağıyla işaret etti.

"Buradan."

Ellerimi ceketimin daracık ceplerine sokup arkasından ilerledim. Rüzgâra karşı hafifçe eğilerek PsychaSec Alcatraz'a çıkan uzun ve dönemeçli basamakları tırmandık.

Karşıma büyük güvenlik önlemlerinin çıkacağını düşünmüştüm ve hayal kırıklığına uğramadım. PsychaSec, bir dizi iki katlı modülden ibaretti. Modüllerin derine gömülü pencereleri, askeri bir yer altı sığınağını andırıyordu. Bu tesisteki tek istisna, içinde uydunun bulunduğunu düşündüğüm ve batı tarafında yer alan kümbetti. Her yer granit grisi, pencereler ise turuncuydu. Holoekran ya da herhangi bir pano yoktu. Hatta girişteki blokun eğimli taş duvarındaki lazerle kazınmış plaka dışında doğru yere geldiğimizi gösteren tek bir iz bile yoktu. Plakada ise şöyle yazıyordu:

PsychaSec S.A.

D.İ.T. Geri Kazanımı ve Klonik Kılıflamaların Güvenli Muhafazası

Plakanın üzerinde, ızgaralı hoparlörle birlikte küçük, siyah bir objektif vardı. Oumou Prescott kolunu objektife doğru kaldırdı.

"PychaSec Alcatraz'a hoşgeldiniz," dedi ses. "Lütfen on beş saniyelik güvenlik zamanı sınırları içinde kendinizi tanıtın."

"Oumou Prescott ve Takeshi Kovacs. Müdür Nyman ile görüşmek istiyoruz. Randevumuz var."

Cılız ve yeşil bir lazer ışığı ikimizi de baştan aşağı inceledi. Duvarın bir kısmı usulca açılınca ardındaki koridor ortaya çıktı. Rüzgârdan kurtulduğuma sevinerek çabucak içeri girdim. Prescott da turuncu ışıklarla bezenmiş bu kısa koridor boyunca arkamdan geldi ve nihayet resepsiyona vardık. Koridor bitip kendimizi resepsiyonda bulunca, devasa kapı gümbürdeyerek arkamızdan yeniden kapandı. Güvenlik sağlamdı.

Sıcak bir ışıkla aydınlatılmış olan resepsiyon daire şeklindeydi ve banklarla döşenmişti. Sehpalar ise dört ana yöne yerleştirilmişti. Kuzeyde ve doğuda oturan küçük insan grupları kısık sesle sohbet ediyordu. Tam ortadaki yuvarlak masada çalışan resepsiyonist, bir sürü sekreterlik ekipmanının arkasında oturuyordu. Burada yapay ses yoktu; karşımızdaki gerçek bir insandı. İnce yapılı, genç bir adamdı ve yirmilerine henüz girmiş olmalıydı. Ona doğru yaklaştığımızda zeki gözlerle bize baktı.

"Girebilirsiniz Bayan Prescott. Müdürün ofisi merdivenleri çıkınca sağdan üçüncü kapı."

"Teşekkürler." Prescott yeniden öne geçtikten sonra aniden arkasına döndü ve resepsiyonistten uzaklaşır uzaklaşmaz bir şeyler fısıldamaya başladı: "Burası inşa edildiğinden beri Nyman kendine hayran ama aslında iyi biridir. Onun canını sıkmaktan kaçının."

"Tabii."

Resepsiyonistin talimatlarına uyduk. Bahsi geçen kapıya ulaştığımızda durup kendimi gülmemek için zor tuttum. Muhtemelen Dünya zevklerine uygun yapılmış olan Nyman'ın kapısı baştan aşağı aynaağaçtandı. Askeri güvenlik sisteminden ve kanlı canlı bir insan olan resepsiyonistten sonra kapının yarattığı etki, Madam Mi'nin genelevinin vajina şekilli tükürük hokkaları kadar kurnazcaydı. Gördüklerimin beni eğlendirdiğini çok belli etmiş olacağım ki, Prescott kapıyı çalarken kaşlarını çatarak bana baktı.

"Gelin."

Uyku, zihnim ve yeni kılıfım arasındaki arayüzde harikalar yaratmıştı. Kiralanmış yüz hatlarımı toparlayarak Prescott'un ardından odaya girdim.

Nyman masasının başında, grili yeşilli bir holoekranda çalışıyordu. İnce yapılı, ciddi görünümlü bir adamdı. Çelik çerçeveli harici lensleri, pahalı siyah ceketi ve kısa, şekilli saçlarıyla uyumluydu. Lenslerin ardından görünen yüz ifadesi hafif kırgın gibiydi. Prescott onu taksiden arayıp geç kalacağımızı söylediğinde durumdan hiç hoşnut olmamıştı ama geçe sarkan randevuyu disiplinli bir çocuğun katı rızasıyla kabul ettiğine göre, Bancroft onunla iletişime geçmiş olmalıydı.

"Bay Kovacs, madem tesisimizi gezmek istediniz, o halde başlayalım. Önümüzdeki iki saat boyunca ajandamda boşluk yarattım ama bekleyen müşterilerim de var."

Nyman'ın tavırlarını gördüğümde aklıma Müdür Sullivan geldi ama bu adam Sullivan kadar hırçın değil, ondan daha yumuşaktı. Nyman'ın ceketine ve yüzüne baktım. Müdür Sullivan suçluların depolanması yerine süper zenginlerin depolanmasında kariyer yapsaydı, şu anda bu adam gibi görünüyor olacaktı.

"Tamam."

Sonrası oldukça sıkıcı geçti. PsychaSec, çoğu d.i.t. deposu gibi, klimalı devasa bir depoydu. Bodrum katında bulunan ve 7 ila 11 derecede soğutulmuş odaları gezdik. Bu, değiştirilmiş karbon üreten firmaların tavsiye ettiği dereceydi. Otuz santimetrelik genişletilmiş formatlı disklere baktım, depo duvarları boyunca uzanan geniş tırabzanlarda hareket eden geri kazanım robotlarını hayranlıkla izledim. "Çift katlı bir sistem," dedi Nyman gururla. "Her müşteri, binanın farklı bölümlerinde, iki ayrı diskte depolanıyor. Tesadüfi kod dağıtımı yapılıyor ve yalnızca merkezi işlemci her iki kodu da bulabiliyor. Sistemdeki kilit, iki kopyaya aynı anda girilmesini engelliyor. Gerçekten zarar vermek istiyorsanız depoya gizlice girmeniz ve bütün güvenlik sistemlerinden iki kez geçebilmeniz gerek."

Nazik gürültüler çıkardım.

"Uydu bağlantımız, on sekiz güvenli yörüngesel platformdan oluşan bir ağ vasıtasıyla yönetiliyor ve bu platformlar tesadüfi şekilde dizilmiş bulunuyor." Nyman kendi satış konuşması içinde kaybolmuşa benziyordu. Prescott'un ve benim PsychaSec'in hizmetlerinden satın almaya gelmediğimizi unutmuştu. "Hiçbir yörünge, tek seferde yirmi saniyeden fazla kiralanmıyor. Uzaktan depolama güncellemeleri transferle geliyor ve güzergahı önceden bilmenin hiçbir yolu yok."

Açık konuşmak gerekirse bu doğru değildi. Yeterli bir yapay zekânız varsa, er ya da geç bu güncellemelere kavuşurdunuz ama bu boşa çabalamak olurdu. Size ulaşmak için YZ kullanan düşmanların beyninizi uçurmak için bir parçacık ateşleyiciye ihtiyacı yoktu. Yanlış yöne bakıyordum.

"Bancroft'un klonlarına girebilir miyim?" diye sordum Prescott'a aniden.

"Yasal bir yolla mı?" Prescott omuzlarını silkti. "Bildiğim kadarıyla Bay Bancroft'un talimatları size tam yetki veriyor."

Tam yetki mi? Prescott sabahtan beri bana bundan söz etmişti. Sözlerin bende yarattığı etki, ağır bir parşömen kâğıdının tadıyla neredeyse aynıydı. Bu duyduklarım, Alain Marriott karakterinin Yerleşim yıllarına ait bir filmde söyleyeceği türden şeylerdi.

Artık Dünya'dasın. Dönüp, isteksizce başını sallayan Nyman'a baktım.

"Bazı prosedürler var," dedi.

Bay City'deki yeniden kılıf tesisine hiç benzemeyen koridorları takip ederek yeniden zemin kata döndük. Burada hiç sedyelerin kauçuk lastik izlerinden yoktu –kılıf taşıyıcıları hava yastıklı araçlardı– ve koridor duvarları pastel tonlara boyanmıştı. Pencereler ve depoların gözetleme delikleri çerçevelenmişti ve iç taraftan Gaudí tarzında dalgalarla süslenmişti. Hepsini eliyle birer birer temizleyen bir kadının yanından geçerken şaşkınlığımı gizleyemedim. Abartının sonu yoktu.

Yüzümdeki ifade Nyman'ın gözünden kaçmamıştı. "Robotların asla beceremediği bazı işler oluyor," dedi.

"Bundan eminim."

Klon bankaları sol tarafımızdaydı. Çeliğe eğim verilip şekillendirilmiş ağır, kilitli kapılar, süslü pencereleri andırıyordu. Bir tanesinin önünde durduk. Nyman retina taramasından geçti. Bir metre kalınlığındaki tungsten çeliğinden kapı, dışarı doğru usulca açıldı. İçeride dört metre uzunluğunda bir oda vardı ve odanın sonundaki kapı, giriş kapısıyla aynıydı. İçeri girdiğimizde dış kapı yumuşak bir gümbürtüyle kapanınca kulaklarım havayla doldu.

"Burası hava geçirmez bir oda," dedi Nyman ağdalı bir dille. "Klon bankasına bulaşıcı bir hastalık sokmadığımızdan emin olmak için sonik temizlikten geçeceğiz. Korkacak bir şey yok."

Tavandaki ışık mor ışınlar saçarak hareket edince toz temizleyicisinin çalışmaya başladığını anladık. Sonra ikinci kapı da ilk kapı kadar bir ses çıkararak açıldı. Bancroft'un aile mahzenine girdik.

Daha önce de böyle bir yer görmüştüm. Reileen Kawahara'nın Yeni Pekin'deki transit klonları için böyle küçük mahzeni vardı ve elbette Kordiplomatik'te de bunlardan bol bol bulunuyordu. Yine de hiçbiri bunun yanından geçemezdi.

Bu oval mahzenin tavanı kümbet şeklindeydi ve tesisin iki katı boyunca yükseliyor olmalıydı. Devasa alan, geldiğim yerdeki tapınaklar kadardı. Aydınlatma loştu ve uyuşuk bir turuncuydu. İçerisi vücut ısısındaydı. Her yer klon çuvallarıyla doluydu ve aydınlatmayla aynı renk olan damarlı, yarı saydam hücreler tavana tel ve besleyici tüplerle asılmıştı. İçlerindeki klonlar pek görünmüyordu. Kolları ve bacakları cenin pozisyonundaydı ama tamamen büyümüşlerdi. Ya da en azından çoğu büyümüştü; kümbetin tepesine doğru çıktığımda yeni eklemelerin filizlendiği daha küçük çuvallarla karşılaştım. Çuvallar, rahmin sertleştirilmiş birer analoğuydu ve içlerindeki ceninle birlikte büyüyordu. Tüm bunlar seyyar bir deli gibi öylece asılı duruyor, bir esintinin onları hareket ettirmesini bekliyordu.

Nyman boğazını temizledi. Prescott ile ben de kapının eşiğindeyken üzerimize çöreklenen şaşkınlıktan sıyrılmaya çalıştık.

"Gözünüze karmaşık gelebilir," dedi, "ama bu alan bilgisayardan yönetiliyor."

"Biliyorum." Başımla onaylayarak daha alçakta duran çuvallardan birine yaklaştım. "Bu fraktal türev, değil mi?"

"Ah, evet." Nyman bunu bildiğime sinirlenmiş gibiydi.

Çuvalın içindeki klona baktım. Miriam Bancroft'un benden santimetreler uzaklığındaki yüz hatları, zarın altındaki amniyotik sıvının içinde rüya görüyordu. Kolları, kendini korumak istercesine göğsünde birleşmişti ve elleri de çenesinin altında yumruk olmuştu. Ağla kaplanmış saçları başının üzerinde kalın ve tortop olmuş bir yılanı andırıyordu.

"Bütün aile burada," diye mırıldandı Prescott, arkamdan. "Karı koca ve altmış bir çocukları. Birçoğunun yalnızca bir ya da iki klonu varken Bancroft ve karısının altışar tane var. Çok etkileyici değil mi?"

"Evet." Kendimi tutamadım ve elimi uzatarak Miriam

Bancroft'un yüzünün üzerindeki zara dokundum. Sıcak ve yumuşaktı. Besleyici sıvıların ve boşaltım borularının girdiği noktaların etrafında yara izleri vardı. İğnelerin doku örneği aldığı ya da damar yoluyla katkı maddeleri enjekte ettiği yerlerde ufak kabarcıklar oluşmuştu. Zar daha sonra kendi kendine iyileşiyordu.

Bakışlarımı rüya gören kadından Nyman'a doğru çevirdim.

"Bütün bunlar harika ama Bancroft geldiğinde buradan klon çıkarmıyorsunuzdur herhalde. Tanklarınızın da olduğunu tahmin ediyorum."

"Şuradan." Nyman onu takip etmemizi işaret ettikten sonra odanın duvara yerleştirilmiş başka bir zırhlı kapının bulunduğu kısmına doğru yürüdü. Biz geçerken en alçakta duran çuvallar korkutucu bir şekilde sallanınca kafama çarpmamaları için eğildim. Nyman'ın parmakları zırhlı kapının klavyesinde kısa bir tarantella çaldıktan sonra girdiğimiz uzun ve alçak odanın klinik aydınlatması, ana mahzenin rahim ışığından sonra gözlerimizi aldı. Dün içinde uyandığıma benzeyen sekiz metalik silindir duvara yaslanmıştı. Benim doğum tüpümün sık kulanım nedeniyle boyasının atmış olmasına, her bir yanının milyonlarca küçük lekeyle kaplanmasına rağmen bu silindirlerin üzerindeki krem renkli boya yepyeni görünüyordu. Saydam gözlem panoları ve işlevsel çıkıntılar sarı renkle çerçevelenmişti.

"Bunlar, yaşam destekli erteleme odaları," dedi Nyman. "Hücreleri sakladığımız yerle aynı koşullara sahip. Bütün kılıflama işlemleri burada yapılıyor. Henüz hücresinin içinden çıkmamış olan yeni klonları buraya getirip yüklemeyi gerçekleştiriyoruz. Besleyici sıvıların hücre duvarını kıran enzimleri var. Böylelikle dönüşüm travma geçirmeden tamamlanıyor. Klinik çalışmalar, sentetik kılıflar içindeki çalışanlar tarafından yürütülüyor. Böylelikle bulaşma riski ortadan kalkıyor."

Göz ucuyla Oumou Prescott'un gözlerini kızgınlıkla devirdiğini gördüm. Dudağımın kenarında bir gülümseme belirdi.

"Bu odaya kim girebiliyor?"

"Ben. İzin verilen personel günlük kod alarak girebiliyor. Elbette bir de sahipleri."

Sıra sıra dizilmiş olan silindirleri gezdim, eğilerek her birinin ayağındaki bilgi ekranını inceledim. Altıncısında Miriam'ın klonu, yedincisi ve sekizincisinde Naomi'nin iki klonu vardı.

"Kızlarının iki klonu mu var?"

"Evet." Nyman şaşırmış görünüyordu. Sonra bu şaşkınlığı hafifçe arttı. Bu, fraktal türev karşısında kırılan gururunu tamir etmesi için bir şanstı. "Şu andaki durumundan haberiniz yok mu?"

"Evet, psikocerrahide," diye geveledim. "Bu, neden iki klonu olduğunu açıklamıyor."

"Pekâlâ." Nyman yeniden Prescott'a baktı. Sanki yasal boyutlara dair biraz daha bilgi vermek ister gibi bir hali vardı. Avukat boğazını temizledi.

"Bay Bancroft'un PychaSec'e verdiği bazı talimatlar var ve buna göre, tesiste her zaman onun ve ailesinin aktarıma hazır klonları bulunduruluyor. Bayan Bancroft Vancouver psikiyatrik belleğine bağlıyken, iki kılıf da burada muhafaza ediliyor."

"Bancroftlar kılıflarını değiştirmeyi seviyor," dedi Nyman bilgili bir şekilde. "Müşterilerimizin çoğu da eskiyip yıpranmaması için aynı şeyi yapıyor. İnsan vücudu düzgün saklandığı takdirde yeniden onarılabiliyor. Biz de elbette büyük hasarlar için klinik onarım sağlayan bütün bir paket sunuyoruz. Ücret de oldukça makul."

"Öyle olduğuna hiç şüphem yok." Son silindirden geri dönüp yüzüne bakarak sırıttım. "Yine de kafa buharlaşınca yapabileceğiniz pek bir şey yoktur herhalde, öyle değil mi?"

Bir anda oluşan kısa sessizlik boyunca Prescott tavanın köşesine baktı, Nyman ise dudaklarını neredeyse anüse benzeyecek kadar sıktı.

"Bu söylediğinizin bir zevksizlik örneği olduğunu düşünüyorum," dedi müdür en sonunda. "Bay Kovacs, daha önemli bir sorunuz var mı?"

Miriam Bancroft'un silindirinin yanında durup içine baktım. Gözlem plakasının buğulu etkisine ve jele rağmen içerideki donuk varlık insanın içine dokunuyordu.

"Sadece bir tane var. Kılıfların ne zaman değişeceğine kim karar veriyor?"

Nyman, söyleyeceklerine yasal bir destek arıyormuşçasına Prescott'a baktı. "Bir istisna söz konusu olmadığı sürece, her dijitalleştiğinde transferi gerçekleştirme yetkisi bana bizzat Bay Bancroft tarafından verildi. Şu durumda da bir istisna söz konusu değil."

İçinde bulunduğum bu alanda bir şeyler Kordiplomatik antenimi bozuyordu. Bunun ne olduğunu somut olarak bulmak için henüz erkendi. Etrafıma bakındım.

"Buranın girişi izleniyor, değil mi?"

"Elbette." Nyman'ın ses tonu hâlâ buz gibiydi.

"Bancroft'un Osaka'ya gittiği gün çok fazla hareketlilik var mıydı?"

"Olağandışı bir şey yoktu. Bay Kovacs, polis bu kayıtları zaten inceledi. Bu yaptığınızın..."

"İzin verin," dedim yüzüne bakmadan. Kordiplomatik'in sesime yansıyan etkisi, ağzını şalter gibi kapattırdı.

İki saat sonra, Alcatraz'dan havalanıp Bay City'nin üzerinden yol almaya başlayan başka bir ototaksinin penceresinden dışarıyı izliyordum.

"Aradığınızı buldunuz mu?"

Oumou Prescott'a bakarken içimdeki hayal kırıklığını hissedip hissetmediğini merak ettim. Bu kılıfın hiçbir duygumu açık etmeyeceğini sanmıştım ama bazı avukatların mahkemeye çıkan tanıklarının ruh hallerine dair bilinçaltı ipuçlarını yakalamak için empati yeteneklerini geliştirdiklerini duymuştum. Dünyada ise Oumou Prescott'un tamamen kızılötesi sesaltı bir vücudu ve o güzel, siyahi başının içine yerleştirilmiş ses tarama paketi olduğunu öğrensem, hiç şaşırmazdım.

Bancroft mahzenindeki 16 Ağustos Perşembe tarihli giriş çıkışlar, bir salı öğleden sonrası Mishima Alışveriş Merkezi'ne giriş çıkışlardan farksızdı. Sabah sekizde Bancroft iki asistanıyla birlikte gelmişti, üzerini çıkarıp bekleyen tankın içine girmişti. Asistanlar Bancroft'un giysilerini alıp oradan ayrılmıştı. On dört saat sonra dönüşüme uğrayan klonu yanda bulunan tanktan çıkmış, asistanlardan biri ona havlu getirmiş ve Bancroft duş almaya gitmişti. Şakalaşmalar dışında hiçbir şey konuşulmamıştı. Hiçbir şey.

Omuzlarımı silktim. "Bilmiyorum. Henüz ne aradığımı tam olarak bilmiyorum."

Prescott esnedi. "Eksiksiz Özümseme mi?"

"Evet, doğru." Daha yakından baktım. "Kordiplomatik konusunda çok şey mi biliyorsunuz?"

"Biraz. BM davaları hakkında makaleler yazdım. Terminolojiyi biliyorum. Söyleyin bakalım, şimdiye kadar neler özümsediniz?"

"Otoritelerin yanmadığını söylediği bir şeyden çok fazla duman çıktığını. Soruşturmayı yürüten teğmenle hiç görüştünüz mü?"

"Kristin Ortega. Elbette. Onu unutmak mümkün değil. Hafta boyunca bir masanın ardından birbirimize bağırıp durduk."

"İzlenimleriniz?"

"Ortega hakkındaki mi?" Prescott şaşırmış gibiydi. "Bildiğim kadarıyla iyi bir polis. Çok sert olmasıyla bilinir. Bedensel Hasar Departmanı, polis departmanının en sıkı adamlarından seçilir. Yani onun gibi ün salmak hiç de kolay değildir. Soruşturmayı oldukça etkili bir şekilde yürütüyor..."

"Bancroft bundan pek hoşnut değil."

Sessizlik. Prescott endişeli gözlerle bana baktı. "Etkili dedim. İnatla demedim. Ortega işini yaptı ama..."

"Ama Met'lerden hoşlanmıyor, değil mi?"

Bir sessizlik daha. "Dedikodulara fazla kulak asmışsınız Bay Kovacs."

"Terminolojiyi biliyorsunuz," dedim mütevazı bir tavırla. "Sizce Bancroft Met olmasaydı, Ortega soruşturmaya devam eder miydi?"

Prescott bunu bir süre düşündü. "Bu çok rastlanan bir önyargı," dedi yavaşça. "Ama Ortega'nın dosyayı bu yüzden kapatacağını sanmam. Bence dosyaya geri dönüşünün sınırlı olacağını hissetti. Polis departmanının, çözülmüş dosya sayısına kısmen bağlı bir terfi sistemi var. Kimse bu dosyada hızlı bir çözüm göremedi. Bay Bancroft hayattaydı ve..."

"Yapacak daha iyi işler vardı, öyle mi?"

"Evet. Öyle bir şeyler işte."

Bir süre daha pencereden dışarı baktım. Taksi, çok katlı ince binaların tepesinde ve trafikle dolup taşan boşluklarda uçuşuyordu. Şu andaki sorunlarımla hiçbir ilgisi olmayan eski bir öfkenin içimde yeniden kendini hissettirmeye başladığını fark ettim. Kordiplomatik'te geçirdiğim yıllar boyunca artan bir duyguydu ve ruhumda izler bırakmıştı. *Virginia Vidaura, İnnenin'de kollarımda ölen Jimmy de Soto, Sarah*... Neresinden baksanız, bir kaybedenin kataloğu gibiydi.

Her şeyi kilitledim.

Gözümün altındaki yara kaşınıyordu ve nikotin eksikliğini parmak uçlarımda hissediyordum. Yarayı kaşıdım. Sigaraları cebimde bıraktım. Bu sabah, kararsız bir noktada, sigarayı bırakmaya karar vermiştim. Bir anda aklıma gelen bir fikirdi bu.

"Prescott, bu kılıfı benim için siz seçtiniz, öyle değil mi?"

"Affedersiniz?" Subretinal projeksiyonla bir şey incelediği için bana yeniden odaklanması birkaç saniyesini aldı. "Ne söylediniz?"

"Bu kılıfı siz mi seçtiniz?"

Kaşlarını çattı. "Hayır. Bildiğim kadarıyla bu seçimi Bay Bancroft yaptı. Biz yalnızca ona özelliklerini içeren kısa bir liste verdik."

"Hayır, bana bununla avukatlarının ilgilendiğini söyledi. Kesinlikle."

"Ah." Alnındaki kırışıklar ortadan kayboldu ve hafifçe gülümsedi. "Bay Bancroft'un çok avukatı var. Muhtemelen bu işi başka bir ofise vermiş olmalı. Neden soruyorsunuz?"

Homurdandım. "Bir şey yok. Bu vücut eskiden sigara içen birine aitmiş ve ben içmiyorum. Gerçekten çok can sıkıcı."

Prescott'un yüzündeki gülümseme büyüdü. "Sigarayı bırakacak mısınız?"

"Zaman bulabilirsem. Bancroft'un anlaşmasına göre dosyayı çözebilirsem, hiç para harcamadan yeni bir kılıfa kavuşabilirim. Bu yüzden sigara konusu uzun vadede çok önemli değil. Ama her sabah boğazımda bir avuç dolusu bokla uyanmaktan nefret ediyorum."

"Sizce başarabilir misiniz?"

"Sigarayı bırakmayı mı?"

"Hayır. Dosyayı çözmeyi."

Anlamsız gözlerle ona baktım. "Avukat Hanım, gerçekten başka bir seçeneğim yok. İşe alınma şartlarımı okudunuz mu?"

"Evet. O şartları ben yazdım." Prescott boş gözlerle bana baktığında bu bakışların altında, taksiye ulaşmamı ve burun kemiğini bir el hareketiyle beynine gömmemi engellemek için ihtiyacım olan huzursuzluğun izleri vardı.

"Pekâlâ," dedim ve yeniden pencereden bakmaya koyuldum.

YUMRUĞUMU KARININ AMINA SOKACAĞIM VE SEN DE BENİ İZLEYECEKSİN, SİKTİĞİMİN MET'İ

Kulaklığı çıkarıp gözlerimi kırpıştırdım. Metinde basit ama etkili görsel grafikler ve başımı ağrıtan bir sesaltı vardı. Masanın öteki tarafında duran Prescott beni şefkatle izliyordu.

"Böyle bir şey mi?" diye sordum.

"Bazen daha tutarsız oluyor." Masanın üzerinde uçuşan holograf ekranı işaret etti. Dosyaların simgeleri ekranda mavi ve yeşil renklerde beliriyordu. "Ö&T bellek olarak adlandırdığımız şey bu. Öfkeli ve Tutarsız. Aslında bu adamlar gerçek bir tehdit oluşturmuyorlar ama buralarda bir yerlerde olduklarını bilmek hiç hoş değil."

"Ortega onlardan birini getirdi mi?"

"Bu onun işi değil. Yeterince yüksek sesle bağırdığımızda Taşıma Suçları Bölüğü ara sıra bu adamlardan yakalıyor ama teknolojinin durumuna bakacak olursak, bu yaptıkları dumanın üzerine ağ atmaktan farksız. Hem adamları yakalasanız bile, alacakları en büyük ceza depolamada birkaç ay geçirmek olur. Zaman kaybından başka bir şey değil. Bancroft silmemizi söyleyene kadar bu mesajları genelde bir süre saklıyoruz."

"Peki son altı aydır yeni bir şey yok mu?"

Prescott omuzlarını silkti. "Radikal dindarlar olabilir. 653 sayılı önerge nedeniyle Katolik trafiği epey arttı. Bay Bancroft'un BM Mahkemesi'nde gizli bir etkisi var. Bu az çok bilinen bir gerçek. Ah, arkeolojik bir Marslı tarikat da, Bay Bancroft'un salonda yetiştirdiği şanfilizi nedeniyle yaygara koparıyordu. Geçen ay, basınçlı elbisesinde meydana gelen sızıntı yüzünden şehit olan kurucularının ölüm yıldönümüydü. Ama hiçbirinde Suntouch House'ın güvenlik çemberini aşacak kadar donanım yok."

Koltuğumu geri yaslayıp tavana baktım. Üzerimizden gri bir kuş sürüsü güneye doğru uçuyordu. Kendi aralarında ötüşleri bize gelmiyordu. Prescott'un ofisi çevreci bir bakış açısıyla yapılmıştı ve içerideki altı yüzey sanal görüntüler yansıtıyordu. Gri, metal masası uyumsuz bir şekilde yokuş bir çayırın üzerine konmuştu. Güneş, bu çayırın üzerinden batmaya başlamıştı. Uzaklardan küçük bir sığır sürüsünün sesi geliyor, ara sıra kuşlar ötüşüyordu. Görüntülerin çözünürlüğü, şu ana kadar gördüklerimin en iyilerindendi.

"Prescott, bana Leyla Begin hakkında ne anlatabilirsiniz?"

Bir anda ortaya çıkan sessizlik karşısında gözlerimi yere diktim. Oumou Prescott, çayırın bir köşesine doğru bakıyordu.

"Herhalde size bu ismi Kristin Ortega vermiştir," dedi yavaşça.

"Evet." Doğruldum. "Böylelikle Bancroft hakkında bir fikrimin oluşacağını söyledi. Aslında tepkinizi görmek için bu ismi sizin yanınızda telaffuz etmemi önerdi."

Prescott bana doğru döndü. "Bunun elimizdeki dosyayla ne ilgisi olduğunu anlayamadım."

"Bana bırakın."

"Peki." Bunu söylerken dilini şaklattı. Yüzünde küstah bir ifade vardı. "Leyla Begin bir fahişeydi. Belki hâlâ öyledir. Bancroft elli yıl önce onun müşterilerinden biriydi. Bir dizi boşboğazlık sonucunda bu durum Miriam Bancroft'un kulağına gitti. İki kadın San Diego'da buluştu ve görünen o ki, banyoya tuvalete birlikte gitme konusunda anlaştılar. Miriam Bancroft, Leyla Begin'i komalık etti."

Masanın karşısında duran Prescott'un yüzünü şaşkınlıkla izledim. "Bu kadar mı?"

"Hayır, bu kadar değil Kovacs," dedi yorgun bir ifadeyle. "Begin o sırada altı aylık hamileydi. Darp sonucu bebeğini kaybetti. Fiziksel olarak bir cenine spinal bellek yerleştirilemediği için bu gerçek ölüme neden oldu. Muhtemelen otuz ila elli yıl ceza alır."

"Bebek Bancroft'tan mıydı?"

Prescott omuzlarını silkti. "Bu tartışılabilir bir konu. Begin, ceninden DNA testi yapılmasını reddetti. Babanın kimliğinin önemsiz olduğunu söyledi. Muhtemelen babası belirsiz bir bebeğin, basında, babasının kim olduğu belli olan bir bebekten daha çok ilgi çekeceğini düşündü."

"Ya da aklını yitirmiş olamaz mı?"

"Yapma Kovacs ya." Prescott elini sabırsızca salladı. "Bu kadın Oakland'lı bir fahişe."

"Miriam Bancroft depolamaya girdi mi?"

"Hayır, Ortega'nın devreye girdiği yer de işte burası. Bancroft herkesi satın aldı. Tanıklar, basın... Hatta sonunda Begin'e de para verdi ve davadan el çektirdi. Verdiği para, Lloyd'un klonlama sözleşmesini imzalayarak oyundan çekilmesine yetecek türdendi. Son duyduğum şey, Brezilya'nın bir yerlerinde ikinci kılıfıyla gezdiğiydi. Ama bu yarım yüzyıl önceydi Kovacs."

"Siz var mıydınız?"

"Hayır." Prescott masaya doğru eğildi. "Kristin Ortega da yoktu. İşte bu yüzden onun bu konuda mızmızlandığını duymak beni hasta ediyor. Ah, geçen ay soruşturmadan çekildiklerinde de bunu yeterince duydum. Ortega, Begin ile bir kez olsun görüşmedi bile."

"Bence bu bir prensip meselesi olabilir," dedim nazikçe. "Bancroft hâlâ düzenli aralıklarla fahişelere gidiyor mu?"

"Bu beni ilgilendirmiyor."

Parmağımı holografik ekrana bastırıp dosyaların renklerinin yayılışını izledim. "Avukat Hanım, bence bu sizi ilgilendirse iyi olur. Cinsel kıskançlık, cinayet için oldukça sağlam bir gerekçe sonuçta."

"Miriam Bancroft'un bu soru sorulduğunda poligraf testini başarıyla geçtiğini belirtmek isterim," dedi Prescott sert bir dille.

"Ben Bayan Bancroft'tan bahsetmiyorum." Ekranla oynamayı bırakıp önümde duran avukata bakmaya başladım. "Ben diğer milyonlarca delikten söz ediyorum. Hatta bir Met tarafından becerilmekten hoşlanmayan sayısız ortaktan ve akrabadan da. Tüm bunların içinde hiç kelime oyunlarına girmeden güvenlik sistemini aşmayı başaracak insanlar da vardır. Hatta aralarından birkaç psikopat bile çıkabilir. Kısacası, Bancroft'un malikânesine girip ona saldıracak biri elbet çıkar."

Uzaklardaki ineklerden biri kederli bir şekilde möledi.

"Peki Prescott." Elimi holografa doğru salladım. "KIZ ARKADAŞIMA, KIZIMA, KIZ KARDEŞİME, ANNEME YAPTIKLARIN İÇİN GEREKSİZ İFADELERİN ÜZERİNİ ÇİZİN diye başlayan bir şey yok mu?"

Bana cevap vermesi gerekmiyordu. Cevabı yüzünden okuyabiliyordum.

Güneş, masanın arkasından eğri ışınlarını saçıyor, çayırın ardındaki ağaçların arasından kuşlar şakıyordu. Oumou Prescott veritabanı klavyesine doğru eğilip ekranda yeni ve mor bir holografik ışık çizdi. Bu dikdörtgen ışık, bir orkidenin Kübist yorumlaması gibiydi. Arkamdan başka bir ineğin dargın sesi duyuldu.

Yeniden kulaklığımı taktım.

SEKİZİNCİ BÖLÜM

Şehrin adı Ember'dı. Haritada, Bay City'nin sahil yolunun iki yüz kilometre yakınlarında bulmuştum. Hemen yanındaki denizde asimetrik ve sarı bir sembol vardı.

"*Serbest Ticaret Koruyucu,*" dedi Prescott, arkamdan bakarak. "Uçak taşımak için. Bu, şu ana kadar inşa edilmiş en son ve en büyük savaş gemisiydi. Salağın teki, sömürge yıllarının başında bunu karaya oturttu ve şehir bunun etrafında oluşarak turistler için bir cazibe merkezine dönüştü."

"Turist mi?"

Bana baktı. "Bu büyük bir gemi."

Prescott'un ofisinden iki mahalle uzaktaki perişan görünümlü bir bayilikten eski bir kara taşıtı kiraladım ve pas rengindeki asma köprüden kuzeye doğru ilerledim. Düşünmek için zamana ihtiyacım vardı. Sahil yolu bakımsızdı ama neredeyse bomboş olduğu için yolun ortasındaki sarı çizgiden ilerleyerek yüz elli kilometre hızla yol almaya başladım. Radyodan sesi yayılan bir dizi istasyonun kültürel içeriğini anlayamamıştım. En sonunda, kimsenin devreden çıkarmaya zahmet etmediği bir uydudan yayınlanan ve Neo-Mao propagandası yapan bir DJ buldum. Siyasi duygular ve şeker karaoke parçalarının karışımı karşı konulmaz türdendi. Açık pencereden içeri denizin kokusu giriyor, yol önümde uzanıp gidiyordu. Bir an için Kordiplomatik, İnnennin ve o zamandan beri olup biten her şey aklımdan uçuvermişti.

Ember'a inen uzun ve kıvrımlı yola çıktığımda güneş *Serbest Ticaret Koruyucu*'nın uçuş güvertesinin ardından batıyor, son ışınları enkazın gölgesinin her iki yanında pembe izler bırakıyordu. Prescott haklıydı. Bu büyük bir gemiydi.

Etrafımda yükselmeye başlayan binaları dikkate alarak hızımı düşürdüm. Bu kadar büyük bir gemiyi kıyının dibine sokacak kadar nasıl aptal olduklarına şaşırmıştım. Bancroft bunun nedenini biliyor olabilirdi. Muhtemelen o dönemlerde hayattaydı.

Ember'ın en önemli caddesi deniz boyunca uzanıyor, şehri bir uçtan bir uca dolaşıyordu. Cadde devasa palmiye ağaçlarıyla ve Neo-Viktorya stili ferforje tırabzanlarla çevriliydi. Palmiyelerin gövdelerine sabitlenmiş holograf tabelaların yansıttığı aynı kadın yüzünde şöyle yazıyordu: ANCHANA SALOMAO & RİO VÜCUT TİYATROSU. Tabelaların önündeki küçük insan grupları ekranda yazanları merakla okuyordu.

Kara taşıtımı birinci viteste kullanıyor, binaların dış cephelerini inceliyordum. En sonunda, aradığımı deniz kenarına yakın bir yerde buldum. Elli metre kadar daha ilerledikten sonra arabamı yavaşça kenara çektim ve beş dakika boyunca bekledim. Bir şey olmadığını gördükten sonra arabadan çıkıp caddede yürümeye başladım.

Elliott Bilgi Bağlantı Brokerliği, endüstriyel ve kimyasal ürünler satan bir dükkânla martıların eski madeni eşyaların arasında cirit attığı boş bir alanın arasına sıkışmış dar bir binaydı. Kapısı, çalışmayan bir ekranla açık pozisyonda sabitlenmişti ve doğrudan operasyon odalarına gidiliyordu. İçeri girip etrafıma bakındım. Uzun ve plastik bir resepsiyon tezgâhının hemen arkasında sırt sırta verilmiş dört konsol vardı. Konsolların arkasındaki kapılar, duvarları cam kaplı bir ofise açılıyordu. Uzaktaki duvara yerleştirilmiş yedi monitörde anlaşılmaz veri satırları yukarıdan aşağıya akıyordu. Ekranların arasındaki boşluk, kapı tamponunun eskiden orada olduğunun bir işaretiydi. Aparatlar çıkarıldıktan sonra boya zedelenmişti. Boşluğun hemen yanındaki ekran, sanki ilkini öldüren şey bulaşıcıymış gibi titriyordu.

"Nasıl yardımcı olabilirim?"

İnce yüzlü ve kaç yaşında olduğunu çıkaramadığım bir adam, konsolun kenarından başını uzatmıştı. Ağzında yanmamış bir sigara, sağ kulağının arkasında ise arayüze bağlı bir kablo vardı. Teni sağlıksız ve solgundu.

"Evet, ben Victor Elliott'ı arıyorum."

"Dışarıda." Geldiğim yolu işaret etti. "Tırabzandaki ihtiyar adamı görüyor musunuz? Enkazı seyreden hani? O işte."

Kapının ardındaki akşama baktığımda tırabzanda tek başına duran adamı fark ettim.

"Buranın sahibi o, değil mi?"

"Evet. Bu da onun laneti." Veri faresi gülerek etrafı gösterdi. "İşler tıkırında olduğu sürece ofiste olmasına gerek yok."

Teşekkür edip dışarı çıktım. Hava kararmaya başlamıştı ve Anchana Salomao'nun holografik yüzü, loş ışıkta yeni bir hakimiyet kurmuştu. Tabelalardan birinin altından geçerek tırabzandaki adamın yanına gittim ve ellerimi siyah demirin üzerine koydum. Varlığımı hissedince bana doğru döndü ve başını hafifçe salladıktan sonra, denizle gökyüzü arasındaki lehimde bir çatlak ararcasına ufka bakmaya devam etti.

"Çok kötü park etmişler," dedim enkazı işaret ederek.

Cevap vermeden önce şüpheci gözlerle bana baktı. "Teröristlerin işi olduğu söyleniyor." Sesi, sanki bir zamanlar bu gemimizi kullanmak için çok çaba sarf etmiş ve bir şeyler kırılıp dökülmüş gibi ruhsuz, ilgisizdi. "Ya da fırtınada sonar bir arıza olmuş olabilir. Belki ikisi de."

"Belki de sigorta için yapmışlardır," dedim.

Elliott, bu kez daha keskin gözlerle baktı bana. "Siz buralı değilsiniz herhalde, öyle değil mi?" diye sordu. İlgisini biraz olsun çekmeyi başarmış gibiydim.

"Hayır. Yalnızca geçerken uğradım."

"Rio'dan mı geldiniz?" Bunu söylerken bir yandan da Anchana Salomao'yu işaret etti. "Sanatçı mısınız?"

"Hayır."

"Ah." Bir süre susup düşündü. Sanki sohbet, onun için çoktandır unuttuğu bir yetenek gibiydi. "Sanatçı gibi davranıyorsunuz."

"Sayılır. Askeri nörokimya."

Kim olduğumu anlamıştı ama şaşkınlığı gözkapağında ufak bir seğirme olmaktan ileri gitmedi. Beni baştan ayağa yavaşça süzdükten sonra yeniden denize döndü.

"Benim için mi geldiniz? Sizi Bancroft mu yolladı?"

"Olabilir."

Dudaklarını yaladı. "Beni öldürmeye mi geldiniz?"

Yazılı kopyayı cebimden çıkarıp ona uzattım. "Size birkaç soru sormaya geldim. Bunu siz mi ilettiniz?"

Uzattığım kopyanın üzerinde yazanları tek kelime etmeden okurken dudakları sessizce kıpırdandı. Zihnimde, yeniden canlandırdığı o sözleri okuyabiliyordum: ... *kızımı benden aldığın için... kafanı koparacağım... saat kaçta ve hangi gün olacağını asla bilemeyeceksin... hayat boyu hiçbir yerde güvende hissetmeyeceksin...* Bunlar pek orijinal cümleler olmasa da içten geliyordu ve Prescott'un Öfkeli & Tutarsız belleğinde gösterdiği iğneleyici sözlerden çok daha endişe vericiydi. Üstelik Bancroft'un ölümüne dair ipuçları da veriyordu. Kafatasını alazlayan parçacık ateşleyici, içindeki bütün parçaları duvara yapıştırmıştı.

"Evet, o benim," dedi Elliott sakince.

"Geçen ay Laurens Bancroft'un öldürüldüğünü biliyorsunuzdur."

Kopyayı bana geri verdi. "Öyle mi? Benim duyduklarıma göre, o pislik herif kendini kafasını kendi yakmış."

"Bu da ihtimaller dahilinde tabii," dedim kopyayı alıp sahildeki çöp kutusuna fırlatarak. "Ama beni bu ihtimalin peşine düşmem için işe almadılar. Maalesef Bancroft'un ölüm nedeni sizin yazdıklarınızı işaret ediyor."

"Onu ben öldürmedim," dedi Elliott soğuk bir sesle.

"Böyle söyleyeceğinizi biliyordum. Size inanabilirdim bile ama Bancroft'u her kim öldürdüyse, yüksek güvenlik önlemlerini atlatmayı başarmış. Siz de eskiden çavuştunuz. Harlan'dan bildiğim bazı taktikler var ve bazıları suikastçıların gerçek kimliklerini deşifre etmeye yarıyor."

Elliott meraklı gözlerle bana baktı. "Siz çekirge misiniz?"

"Ne miyim?"

"Çekirge. Başka dünyadan mı geldiniz?"

"Evet." Elliott ilk başta benden korktuysa bile, bu korkusunu hızla yendi. Kordiplomatik kartımı oynamayı planlamıştım ama buna değmeyecekti. Adam hâlâ konuşuyordu.

"Bancroft'un başka bir dünyadan adam getirtmesine ihtiyacı yok. Sizin bu soruşturmadaki göreviniz ne?"

"Özel sözleşmem var," dedim. "Katili bulacağım."

Elliott öfkeli bir kahkaha patlattı. "Ve siz de katilin ben olduğumu düşündünüz."

Öyle düşünmemiştim ama sesimi çıkarmadım. Bu yanlış anlaşmanın ona verdiği üstünlük hissi, konuşmaya devam etmesini sağlıyordu. Gözlerinde bir kıvılcım yandı.

"Siz Bancroft'un malikânesine girmeyi başarabileceğimi mi düşünüyorsunuz? Giremeyeceğimi biliyorum, çünkü araştırdım. Eğer oraya girmenin bir yolu olsaydı, bir sene önce girerdim ve siz de o adamın bir zerresini bile bulamazdınız."

"Kızınız yüzünden mi?"

"Evet, kızım yüzünden." Öfkesi onu canlandırmıştı. "Kızım ve tüm onun gibiler. O daha çocuktu."

Bir anda sessizliğe bürünerek yeniden denizi seyretmeye başladı. Bir süre sonra *Serbest Ticaret Koruyucu*'yi işaret etti. Ufak ufak yanmaya başlayan ışıklar, uçuş güvertesine kurulan sahneye ait olmalıydı. "İstediği buydu. Tüm istediği. Vücut Tiyatrosu. Anchana Salomao ve Rhian Li gibi olmak. Bay City'ye gitti. Orada bir bağlantı bulmuştu, ona yardım edebilecek..."

Aniden durup yüzüme baktı. Veri faresi onun yaşlı olduğunu söylemişti. Bunun nedenini şimdi anlıyordum. O sağlam çavuş cüssesinin ve hiç yağlanmamış bel çevresine rağmen yaşlı görünen yüzü, uzun süredir çektiği bu acının etkisiyle kırışmıştı. Ağlamak üzereydi.

"Başarabilirdi de. Çok güzeldi."

Cebinde bir şeyler aradı. Sigaramı bulup ona ikram ettim. Hemen aldı, paketin ateşleme yamasıyla yaktı ama ceplerini karıştırmaya devam etti. En sonunda küçük bir Kodakristal çıkardı. Bunu gerçekten hiç görmek istemesem de daha ağzımı açmama fırsat kalmadan aktive etti ve küp şeklindeki küçük fotoğraf bir anda açığa çıktı.

Haklıydı. Elizabeth Elliott çok güzel bir kızdı. Sarışındı, atletik yapılıydı ve Miriam Bancroft'tan birkaç yaş küçüktü. Fotoğraftan vücut tiyatrosu için gereken kararlılığa ve atlara has bir dayanıklılığa sahip olup olmadığı belli olmasa da en azından şansını deneyebilirdi.

Elizabeth, Elliott ile kendisinin ihtiyar hali olan başka bir kadının arasında duruyordu. Üçü de çimlerle örtülü bir yerde, parlak güneş ışığının altında duruyordu. Annesinin yüzünde fotoğrafı çeken kişinin gölgesi vardı. Kompozisyondaki hatayı fark etmiş gibi kaşlarını çatmıştı ama bu çok küçük bir mimikti. Yalnızca kaşlarının arasında hafif bir pürüz vardı. Mutlulukları bu ayrıntıyı silip atıyordu.

"Gitti," dedi Elliott. Sanki dikkatimi neyin çektiğini anlamış gibiydi. "Dört sene önce. Düzmece ne demek, bilir misin?"

Başımı iki yana salladım. *Yerel renk*, diye fısıldadı Virginia Vidaura kulağıma. *Her şeyi emer.*

Elliott başını kaldırdığında Anchana Salomao'nun holosuna baktığını sandım ama onun gözleri gökyüzüne çevrilmişti. "Orada," dedi ve kızının gençliğinden söz ederken olduğu gibi bir anda sessizliğe boğuldu.

Bekledim.

"Orada haberleşme uyduları var. Veriler yağıyor. Bazı görsel haritalarda görebilirsin. Sanki biri dünyaya bir şal örüyor gibi görünür." Islak gözlerini bu kez bana çevirdi. "Irene öyle söylemişti. Dünyaya şal örmek. Bu şallardan bazılar insanlardır. İki vücut arasında yolculuk eden dijitalleşmiş zengin insanlar. Rakamlar halinde anı, duygu ve düşünce çileleri."

Şimdi ne söyleyeceğini biliyordum ama tek kelime etmedim.

"Eğer onun kadar iyiyseniz ve donanımınız varsa, o sinyalleri alabilirsiniz. Bunlara zihin lokması deniyor. Bir moda evi prensesinin kafasındaki anlar, bir parçacık teorisyeninin fikirleri, bir kralın çocukluğundan anılar. Bunun için kurulu bir pazar var. Ah, sosyete dergileri bu tür insanların hayatlarından kesitler sunuyor ama hepsi kısıtlanmış ve arındırılmış. Halkın tüketimi için kesilip biçilmiş. Utanç verici anlar yok, birini zedeleyecek ya da popülaritesini tehlikeye düşürecek hiçbir şey yok. Sayfalara tek bastıkları, her şeyin üzerindeki o kocaman, plastik gülüşler. İnsanların gerçekten istediği bu değil."

Bu konuda şüphelerim vardı. Magazin dergileri Harlan'da da çok revaçtaydı ve bu dergileri okuyanların tek itirazları, konu edilen insanlardan birinin insani bir zayıflığının deşifre olmasıydı. Sadakatsizlik ve kaba bir dil, halkın öfkelenmesine neden olan en büyük etkendi. Mantıksız da sayılmazdı. Kendi kafasının dışında zaman geçirmek isteyecek kadar acınası olan biri, hayran olduğu insanlarda aynı temel insani gerçeklerin yansımasını görmek istemezdi.

"Zihin lokmaları sayesinde sansüre yer olmuyor," dedi Elliott. Bunu söylerken yaşadığı garip coşkunun, karısının fikirlerinden kaynaklandığından şüphelenmiştim. "Şüphe, pislik, insanlık. İnsanlar bunun için bir serveti bile gözden çıkarıyor."

"Ama bu yasadışı değil mi?"

Elliott, kendi adını taşıyan dükkânı işaret etti. "Veri pazarı düşüşteydi. Çok fazla simsar vardı ve artık buna doyulmuştu. Karım ve ben, bir de Elizabeth için ödemememiz gereken klon ve yeniden kılıflama ücreti vardı. Emekli maaşım yetersizdi. Ne yapabilirdik ki?"

"Ne kadar aldı?" diye sordum yumuşak bir sesle.

Elliott denize doğru baktı. "Otuz yıl."

Bir süre sonra, gözlerini ufuk çizgisinden ayırmadan, "Altı ay boyunca duruma katlandım," dedi. "Sonra ekranı açtım ve bir şirket delegesinin Irene'in vücudunu giydiğini gördüm." Hafifçe bana doğru döndü ve kahkahayı andıran bir şekilde öksürdü. "Şirket bu kılıfı doğrudan Bay City depolama tesisinden almıştı. Elimdekinin beş katını ödemişler. Sürtüğün bu kılıfı yalnızca iki ayda bir giydiğini söylediler."

"Elizabeth bunu biliyor muydu?"

Başını, tıpkı bir balta gibi iki yana salladı. "Bir gece benden öğrendi. Bütün gün veri kaynaklarında gezerek iş aramıştım. Nerede olduğumu ya da neler olduğunu bilmiyordum. Ne söylediğini duymak ister misiniz?"

"Hayır," diye mırıldandım.

Beni duymadı. Demir tırabzanları tutan ellerini iyice sıkmıştı. "*Endişelenme baba. Zengin olduğumda annemi geri satın alacağız.*"

Olay çığırından çıkıyordu.

"Bakın Elliott, kızınıza üzüldüm ama edindiğim bilgilere göre, Bancroft'un gittiği türde yerlerde çalışmıyormuş. Jerry'nin Yakın Mesafeleri ile Evler aynı şey değil, öyle değil mi?"

Eski deniz taktikçisi, hiç uyarmadan bana doğru döndüğünde gözlerinde ve kurumuş ellerindeki kör cinayeti sezdim. Onu suçlayamazdım. Bana baktığında gördüğü tek şey, Bancroft'un adamıydı.

Ama bir Kordiplomatı atlatamazsınız. Şartlar buna izin vermez. Bu saldırının yaklaştığını, daha kendisi ne yapacağını bilmiyorken gördüm ve bir saniye sonra ödünç kılıfımın nörokimyası çevrimiçi oldu. Üzerimde bulunduğunu zannettiği gardın altına vurdu. Yumruk darbeleriyle kaburgalarımı kırmak istiyordu. Gardım falan yoktu. Hatta ben de yoktum. Yumruklarının içinden geçtim, ağırlığımla dengesini bozdum ve bacağımı bacaklarının arasına soktum. Tökezleyerek tırabzana doğru geri geri gittiği sırada solar pleksusuna acımasız bir aparkat indirdim. Şokun etkisiyle yüzü griye döndü. Üzerine çullanıp adamı tırabzana yapıştırdım ve boğazına yapıştım.

"Yeter," diye çıkıştım kararsız bir ses tonuyla. Kılıfın nörokimyası, geçmişte kullandığım Kordiplomatik sistemlerindekinden daha sertti ve aşırı yüklendiğimde kendimi bir çuval kümes teline dolanmış gibi hissediyordum.

Elliott'a baktım.

Yüzü, benimkinden bir karış uzaktaydı ve boğazına yapışmış olmama rağmen hâlâ öfkeyle yanıyordu. Dişlerinin arasından soluyarak beni bertaraf edecek gücü kendinde bulmaya çalışıyordu.

Adamı tırabzandan geri çektim ve temkini elden bırakmadan kendimden uzağa savurdum.

"Bakın, kimseyi yargılamıyorum. Ben sadece öğrenmek istiyorum. Neden onun Bancroft ile bir bağlantısı olduğunu düşünüyorsunuz?"

"Çünkü bunu bana o *söyledi*, aşağılık herif." Tıslar gibi konuşuyordu. "Bancroft'un yaptıklarını anlattı."

"Ne yapmış peki?"

Hızlıca gözlerini kırptı. Akıtamadığı öfkesi gözyaşına dönüşmüştü. "İğrenç şeyler," dedi. "Bancroft'un bunlara *ihtiyacı* olduğunu söyledi. Hem de geri dönecek kadar çok. Bedelini ödeyecek kadar."

Geçim kaynağı. *Endişelenme baba. Zengin olduğumda annemi geri satın alacağız.* Gençken böyle hatalar yapılır.

"Bu yüzden mi öldüğünü düşünüyorsunuz?"

Mutfak zemininde zehirli bir örümcek görmüş gibi başını çevirip bana baktı.

"O ölmedi, bayım. Biri onu öldürdü. Biri bir jilet alıp onu parçalara ayırdı."

"Mahkeme kayıtları bunu müşterilerden birinin yaptığını söylüyor. Bancroft yapmamış."

"Nereden bilecekler?" dedi donuk bir sesle. "Bir vücuttan söz ediyorlar ama o vücudun içinde kim olduğunu nereden bilebilirler? Vücudun parasını kimin ödediğini nereden bilebilirler?"

"Adamı bulamadılar mı?"

"Biyokabin fahişelerinin katilini mi? Sizce?"

"Elliott, söylemek istediğim bu değil. Bancroft ile Jerry'nin Yakın Mesafeleri'nde tanıştığını söylüyorsunuz ve buna inanıyorum. Ama bu hiç Bancroft'luk bir hareket değil gibi. O adamla tanıştım. Fahişelerle düşüp kalktığını sanmıyorum." Başımı iki yana salladım. "Bana hiç öyle gelmedi."

Elliott arkasına baktı.

"Et," dedi. "Bir Met'in etinde ne görüyorsunuz?"

Hava neredeyse zifiri karanlıktı. Savaş gemisinin güvertesindeki gösteri başlamıştı. İkimiz de bir süre ışıkları izledik, müziğin parlak tınılarına kulak verdik. Sanki kapıları bizim için sonsuza dek kapalı olan bir dünyaydı bu.

"Elizabeth hâlâ depoda," dedim usulca.

"Evet, ne olmuş? Yeniden kılıflama sözleşmesi, dört sene önce, elimizdeki bütün parayı Irene'in dosyasını açıklığa kavuşturacağını söyleyen bir avukata döktüğümüzde zaman aşımına uğradı." Ofisinin loş ön cephesini işaret etti. "Her an çok zengin olabilecek bir adam gibi mi görünüyorum?"

Bunun üzerine söyleyecek hiçbir şey yoktu. Yanından ayrılarak arabaya doğru yürüdüm. Küçük şehre doğru yola çıktığımda hâlâ orada, ışıkları izliyordu. Etrafına bakmadı.

İKİNCİ KISIM

REAKSİYON

(İzinsiz Müdahale)

DOKUZUNCU BÖLÜM

Arabadan Prescott'a seslendim. Göstergenin tozlu, ufak ekranına yansıyan yüzü öfkeliye benziyordu.

"Kovacs. Aradığınızı bulabildiniz mi?"

"Hâlâ ne aradığımı biliyor sayılmam," dedim neşe içinde. "Sizce Bancroft biyokabinlere hiç girmiş midir?"

Yüzünü buruşturdu. "Ah, yapmayın."

"Peki, bir sorum daha var. Leyla Begin hiç biyokabinde çalıştı mı?"

"Gerçekten hiçbir fikrim yok Kovacs."

"Peki, o zaman bunu bir öğrenin. Ben beklerim." Sesim buz gibiydi. Prescott'un soylu umursamazlığı ve Victor Elliott'ın kızı için duyduğu ıstırap aynı ölçüde değildi.

Avukat ekrandan kaybolduğu sırada ben de parmaklarımı direksiyona vuruyor, bir yandan da Millsport balıkçıları gibi rap söylüyordum. Kıyı, gecenin karanlığında boylu boyunca uzanıyordu ama denizin kokusu ve sesi bir anda tuhaflaştı. Çıt çıkmıyordu ve rüzgârda bellaflordan hiç iz yoktu.

"İşte geldik." Prescott arkaya, telefon tarayıcının hizasına oturdu. Pek rahat görünmüyordu. "Begin'in Oakland kayıtları, San Diego Evleri'nden birinde kadroya alınmadan önce biyokabinlerde çalıştığını gösteriyor. Bir yetenek avcısının oltasına takılmadıysa, bir şekilde giriş hakkı kazanmış demektir."

Bancroft istediği kişiyi istediği yere sokabilirdi. Bunu söylememek için kendimi zor tuttum.

"Sizde hiç resmi var mı?"

"Begin'in mi?" Prescott omuzlarını silkti. "Yalnızca iki boyutlu bir resmi var. İsterseniz size göndereyim."

"Lütfen."

Eski araba telefonu, gelen sinyale göre vızıldayarak değişti ve parazitin içinden Leyla Begin'in yüz hatları belirdi. Ekrana doğru eğilerek gerçekleri aradım. Bulması bir iki dakikamı alsa da başardım.

"Tamam. Bana Elizabeth Elliott'ın çalıştığı yerin adresini bulabilir misiniz? Jerry'nin Yakın Mesafeleri. Mariposa adındaki sokakta."

"Mariposa ve San Bruno'nun kesiştiği yerde." Prescott'un bedenini terk etmiş sesi Leyla Begin'in somurtan yüzünün ardından. "Tanrım, eski ekspres yolun hemen altında. Bu, güvenlik ihlalinden başka bir şey değil."

"Bana köprüden itibaren güzergâhı gösteren bir harita gönderebilir misiniz?"

"Gidecek misiniz? Bu gece mi?"

"Prescott, bu tür yerler gün boyunca çok yoğun olur," dedim sabırla. "Elbette bu gece gideceğim."

Hattın öteki tarafında hafif bir tereddüt vardı.

"Kovacs, oralar pek tavsiye edilen bir bölge değil. Dikkatli olmanız gerek."

Bu kez kendimi tutamayıp bir kahkaha patlattım. Bu, birilerinin bir cerraha dikkatli olmasını ve ellerini kana bulamamasını söylemesi gibi bir şeydi. Beni duymuş olmalıydı.

"Haritayı gönderiyorum," dedi sert bir tavırla.

Leyla Begin'in ekrandaki yüzü kayboldu ve bir anda bulunduğu sokakların görüntüsü geldi. Artık ona ihtiyacım yoktu. Saçları kıpkırmızıydı, boğazı çelik bir kolyeyle sıkılmıştı ve göz makyajı ürkütücüydü ama yüzünü aklımdan çıkaramıyordum. Bu hatları, Victor Elliott'ın kızının Kodakristalinde de görmüştüm. Bu, abartmaya gerek olmayan ama inkâr edilemez bir benzerlikti.

Miriam Bancroft.

Şehre döndüğümde havada yağmur kokusu vardı ve kararan gökyüzünden ince bir çisenti dökülüyordu. Jerry'nin mekânının karşısındaki sokağa park ettikten sonra, kara taşıtımın ön camından süzülen damlaların arasından kulübün yanıp sönen neon tabelasını izledim. Ekspres yolun çimento kemiklerinin hemen aşağısında bulunan karaltının içinde, bir kadın holografı kokteyl kadehinin içinde dans ediyordu ama muhtemelen bir hata nedeniyle bu dans asla son bulmuyordu.

Kara taşıtımın ilgi çekmesinden endişe etmiştim ama görünüşe göre şehrin çok doğru bir bölümündeydim. Jerry'nin mekânının etrafındaki araçların çoğu uçmuyordu; tek istisna, ara sıra yolcu indirip bindirmek için yere indikten sonra insandışı bir hızla yeniden yükselen ototaksilerdi. Farları ve mavi, beyaz, kırmızı renkteki sinyal lambalarıyla, çamura bulanmış kaldırımlara yanaşırken, başka dünyadan gelmiş ziyaretçileri andırıyorlardı.

Bir saat boyunca dışarıyı izledim. Kulüp iyi iş yapıyordu; her türden müşteriler çoğunlukla erkekti. Kapıdan girerken, ana kapıyı tutmuş bir ahtapota benzeyen güvenlik robotu tarafından kontrolden geçiriliyorlardı. Bazılarının, büyük olasılıkla silah olan ve üstlerinde bulundurdukları gizli maddeleri çıkarmaları gerekmişti. Bir iki tanesi ise geri çevrildi. İtiraz eden çıkmıyordu – bir robotla tartışamazdınız. Dışarıda park eden, arabaya binip inen insanları bu mesafeden pek fark edemiyordum. Bir keresinde, iki adam ekspres yolun iki destek sütununun arasındaki karanlıkla birbirlerine bıçak çektiler ama olay uzun sürmedi. Kavgacılardan biri kesilen kolunu tutup topallayarak oradan ayrılırken, diğeri, sanki dışarıya sadece hava almak için çıkmış gibi yeniden kulübe döndü.

Arabadan indim, alarmın çalıştığından emin olduktan sonra sokakta biraz dolandım. İki torbacı bir arabanın kaportasına bağdaş kurarak oturmuş, ayaklarının arasına koydukları statik itme ünitesiyle yağmurdan korunuyorlardı. Onlara yaklaştığımı görünce dikkat kesildiler.

"Disk ister misin adamım? Ulan Batur'dan harika parçalar geldi."

Adamlara bakıp yavaşça başımı iki yana salladım.

"İçki?"

Başımı bir kez daha salladım ve soluğu robotun yanında aldım. Robot, üzerimi aramak için çoklu kollarını çözdü. Sentetik ve ucuz sesiyle "temiz" dediğini duyunca kapıya doğru yürümeye çalıştım. Kollarından biri, göğüs hizama denk gelecek şekilde nazikçe sırtıma dokundu.

"Kabin mi istiyorsunuz, bar mı?"

Bir an durup düşündüm. "Barın olayı ne?"

"Ha ha ha." Robota programlanan kahkaha, şurubun içinde boğulan şişman bir adamı andırıyordu. Kahkaha aniden kesildi. "Barda *bakabilir* ama asla *dokunamazsınız*. Para alışverişi yok, eller de tezgâhın üzerinde olmalı. Kural bu şekilde. Diğer müşteriler için de aynı şey geçerli."

"Kabinler," dedim, bu mekanik çığırtkandan bir an önce uzaklaşmak istiyordum. Arabanın üzerindeki torbacılar, bu robota kıyasla çok daha sıcak kanlıydı.

"Merdivenlerden inip sola sapın. Yığının içinden bir havlu alın."

Metalik merdivenlerden inip sola dönünce karşıma, tavandaki dönebilen kırmızı ışıkların aydınlattığı bir koridor çıktı. Bu, ototaksilerdeki aydınlatmanın aynısıydı. Durmaksızın çalan berbat müzik, insanı tetramete maruz kalmış kocaman bir kalbin odacıklarındaymış gibi hissettiriyordu. Robotun söz ettiği beyaz havlu yığını cumbanın içinde duruyordu ve hemen arkasında kabinlere açılan kapılar yer alıyordu. Yanından geçip gittiğim ilk dördünün ikisi doluydu. Beşinciye girdim.

Yaklaşık üçe iki metrelik zemin saten bir cilayla kaplanmıştı. Lekeli bile olsa, tıpkı koridordakine benzeyen, dönen kırmızı aydınlatma nedeniyle göze çarpmıyordu. İçerisi havasız ve sıcaktı. Işığın hareketli yansımalarının altında, köşede duran konsol mat siyaha boyanmıştı ve hemen üzerindeki dijital ekranda kırmızı LED göstergeler vardı. Ekrana, kart ve nakit ödemeler için bir yuva yapılmıştı. DNA ödemesi kabul edilmiyordu. Dipteki duvar buzlu camdandı.

Bunun olacağını bildiğim için yolda gördüğüm bir otobanktan para çekmiştim. Plastikleştirilmiş banknotların arasından yüksek meblağlı bir tanesini çektikten sonra ekrandaki yuvaya yerleştirdim. Başlama düğmesine bastım. Kredim kırmızı LED göstergeler halinde yandı. Kapı arkamdan yavaşça kapanınca dışarıdan gelen müzik kesildi. Ortaya aniden bir vücut çıktı ve buzlu cama yapıştı. İrkildim. Ekrandaki dijital göstergeler bir bir yandı. Şimdilik harcamam asgari düzeydeydi. Cama yapışan vücudu inceledim. İri memeleri dümdüz olmuştu. Kadının kalça ve bacak hatları belli belirsizdi. Gizli hoparlörlerden inlemeler yükseldi.

"Beni görmek ister misin, ister misin, ister misin...?"

Ses kodlayıcıdan ucuz bir yankı duyuldu.

Yeniden düğmeye bastım. Camın buzları çözüldü ve öteki taraftaki kadın bir anda görünür oldu. Dönüp durarak kaslı vücudunu ve yapılı göğüslerini sergiledi. Öne eğilerek dilinin ucuyla camı yaladı. Cam, nefesinin buğusuyla kaplandı. Gözlerini gözlerimden ayırmıyordu.

"Bana dokunmak ister misin, ister misin, ister misin...?"

Kabinlerde sesaltı bir sesten mi kullanılıyordu, bilmiyordum, ama vücudum kesinlikle tepki vermeye başlamıştı. Penisim sertleşip kalktı. Zonklamasını durdurmaya çalıştım ve tıpkı bir savaşçı gibi kanın geri gidip yeniden kaslarıma nüfuz etmesini sağlamaya çalıştım. Bu sahne için kendimde olmalıydım. Yeniden kredi düğmesine bastım. Cam ekran kenara kaydı ve kadın, tıpkı duştan çıkan birinin edasıyla kabine girdi. Bana doğru yaklaşarak vücuduma dokunmaya başladı.

"Bana ne istediğini söyle tatlım," dedi. Derinlerden gelen sesi sert ve ses kodlayıcı etkisinden uzaktı.

Boğazımı temizledim. "Adın ne?"

"Anenome. Neden bana bu ismi verdiklerini öğrenmek ister misin?"

Eli yeniden hareket etti. Arkasındaki sayaç usulca çalışmaya devam ediyordu.

"Burada çalışan bir kız hatırlıyor musun?" diye sordum.

Eli artık kemerimdeydi. "Tatlım, burada çalışan bir kız benim yaptıklarımı yapamaz. Şimdi, söyle bakalım..."

"Adı Elizabeth'ti. Gerçek ismi buydu. Elizabeth Elliott."

Ellerini bir anda çekti ve tahrik edici maskesi bir anda, sanki altında yağ varmış gibi, kayıp düştü.

"Bu da ne demek oluyor şimdi? Sen Sia'dan mısın?"

"Sia mı?"

"Sia. Polisler." Ses tonu gittikçe yükseliyordu. Benden uzaklaştı. "Biz..."

"Hayır." Ona doğru bir adım yaklaşınca kendini korumak istercesine eğildi. Yeniden geri giderek alçak bir sesle konuşmaya başladım. "Hayır, ben onun annesiyim."

Mutlak sessizlik. Dikkatli gözlerle bana baktı.

"Saçmalık bu. Lizzie'nin annesi depoda."

"Hayır." Elini yeniden kasığıma götürdüm. "Hisset. Burada hiçbir şey yok. Beni bu kılıfın içine koydular ama ben kadınım. Bilmiyorum, yapamadım..."

Yavaşça ayağa kalkmaya başladı. Ellerini isteksizce üzerimden çekti. "Bana oldukça kaliteli bir kılıf gibi geldi," dedi tereddüt içinde. "Madem şartla salıverildiniz, neden kemik torbası bir müptelanın kılıfında değilsiniz?"

"Şartla salıverilmedim." Kordiplomatik'teki gizli görevler bir jet filosu gibi zihnime akın etti, ardında iz bırakarak inandırıcılık ve eksik ayrıntıların kenarından geçip gitti. Görev zamanının geldiğini hissettikçe keyiflenmiştim. "Neden düştüğümü biliyor musun?"

"Lizzie zihin lokmalarından bahsetmişti..."

"Evet. Düzmece. *Kimi* düzdüğümü biliyor musun peki?"

"Hayır. Lizzie o kadar çok konuşmazdı..."

"Elizabeth bilmiyordu. Hiçbir yerde de dillendirilmedi."

Büyük memeli kız ellerini kalçalarına koydu. "Peki kim..."

Gülümsedim. "Bilmesen daha iyi. Güçlü biri işte. Beni depodan çıkarıp bunu verecek kadar nüfuzlu biri."

"Ama vajinalı bir vücut bulduğuna göre pek de güçlü sayılmazmış." Anenome'un sesinde hâlâ şüphe vardı ama ikna olması uzun sürmeyecekti. Kayıp kızını aramaya çıkmış peri masallarındaki bu anneye inanmak *istiyordu*. "Neden trans-kılıf oldunuz?"

"Bir sözleşme imzaladım," dedim, daha inandırıcı olmak için gerçeğin kenarından geçerek. "Bu... kişi... beni dışarı çıkardığı için benim de buna karşılık bir şey yapmam gerekti. Bir erkeğin vücudunu gerektiren bir şey. Eğer bunu yaparsam, benim ve Elizabeth'in yeni kılıfları olacak."

"Öyle mi? Peki neden buradasın?" Ses tonundaki sertlik, anne babasının onu aramak için asla buraya gelmeyeceğini söylüyordu. Ve bana inandığını. Yalanın son parçalarını da ortaya döktüm.

"Elizabeth'i yeniden kılıflama konusunda bir sorun var. Birisi prosedürü engelliyor. Bunu yapanın kim olduğunu ve neden böyle bir şey yaptığını öğrenmek istiyorum. Onu kimin yok ettiğini biliyor musun?"

Başını öne eğip iki yana salladı.

"Buradaki birçok kızın başı belaya girer," dedi usulca. "Ama Jerry'nin sigortası var. Bu konuda gerçekten iyidir. İyileşmemiz uzun sürecekse, bizi depolamaya bile alır. Ama Lizzie'ye bunu her kim yaptıysa, buranın müdavimlerinden değildi."

"Elizabeth'in müdavimleri var mıydı? Önemli biri mesela? Tuhaf biri?"

Yüzüme baktığında gözlerinde merhamet vardı. Irene Elliott rolünü kusursuz oynuyordum. "Bayan Elliott, buraya gelen herkes tuhaftır zaten. Öyle olmasalardı, buraya gelmezlerdi."

Yüzümü ekşitmek için kendimi zorladım. "Herhangi biri. Önemli biri?"

"Bilmiyorum. Bakın Bayan Elliott. Ben Lizzie'yi severdim. Keyfim kaçık olduğunda birkaç kez bana çok nazik davranmıştı ama hiçbir zaman samimi olmadık. O Chloe ile yakındı ve..." Durdu ve hemen ardından aceleyle ekledi, "O ve Chloe... ve Mac, bir şeyler paylaşırlardı. Sohbet falan ederlerdi."

"Onlarla konuşabilir miyim?"

Sanki açıklanamaz bir gürültü duymuş gibi kabini gözleriyle kolaçan etti. Köşeye sıkışmış gibiydi.

"En iyisi... konuşmamanız. Jerry, bilirsiniz işte, o bizim insanlarla konuşmamızdan pek hoşlanmaz. Eğer yakalarsa..."

Kordiplomatik'te edindiğim bütün ikna yeteneğimi ortaya koydum. "Belki benim için rica edebilirsin..."

Kızın yüzündeki çaresizlik ifadesi iyice derinleşmişti ama sesi şimdi daha sert çıkıyordu.

"Elbette. Soracağım. Ama hayır, şimdi olmaz. Gitmeniz gerek. Yarın aynı saatte yine gelin. Aynı kabine. O saatimi boş bırakacağım. Randevu aldığınızı söyleyin."

Elini avuçlarımın arasına aldım. "Teşekkür ederim Anenome."

"Adım Anenome değil," dedi aniden. "Louise. Bana Louise deyin."

"Teşekkür ederim Louise." Elini bırakmadım. "Bunu yaptığın için teşekkürler..."

"Bakın, ben hiçbir şeyin sözünü vermiyorum," dedi sert görünmeye çalışarak. "Dediğim gibi, sadece soracağım. Hepsi bu. Şimdi gidin. Lütfen."

Ödememin geri kalanını nasıl iptal edeceğimi gösterdikten sonra kapı hemen açıldı. Para üstü yoktu. Başka bir şey söylemedim. Ona yeniden dokunmaya çalışmadım. Açık kapıdan çıktığımda kollarını göğsünde birleştirmiş, başını öne eğerek, sanki ilk kez görmüş gibi, kabinin saten cilalı zeminini izliyordu.

Işıklar kırmızıydı.

Sokakta değişen bir şey yoktu. İki torbacı hâlâ oradaydı ve arabanın kaportasına yaslanmış, ellerinin arasındaki bir şeye bakan iri yarı Moğol ile derin bir sohbete dalmışlardı. Ahtapot, bana yol vermek için kollarını kaldırınca kendimi çisentinin altında buldum. Yanlarından geçerken Moğol başını kaldırıp bana baktı. Beni bir yerlerden hatırlamış gibiydi.

Durdum ve hafifçe arkama döndüm. Adam başını çevirip torbacılara bir şeyler fısıldadı. Nörokimya, soğuk su ürpertisi gibi birden aktive oldu. Arabaya doğru ilerlerken üç adamın arasındaki sohbet bir anda kesildi. Ellerini ceplerine soktular. Moğol'un bakışlarıyla ilgisi olmayan bir şey beni adeta itiyordu. Bu, kanatlarını kabinin sefaleti üzerine açmış karanlık ve Virginia Vidaura'nın beni paylamasına neden olacak kontrolsüz bir şeydi. Jimmy de Soto'nun kulağıma fısıldadığını duyabiliyordum.

"Beni mi bekliyorsun?" diye sordum Moğol'un arkasından. Kaslarının nasıl gerildiği gözümden kaçmadı.

Torbacılardan biri böyle bir tepki vereceğimi biliyor gibiydi. Boştaki elini ortamı yatıştırmak istercesine kaldırdı. "Bak dostum," dedi zayıf bir sesle.

Adama göz ucuyla bakınca sustu.

"Dedim ki..."

İşte fitil o an ateşlenmiş oldu. Moğol arabanın kaportasından kükreyerek uzaklaştı ve domuz budu boyutundaki koluyla bana bir yumruk savurdu. Hedefi tutturmayı başaramasa da tökezleyerek geri geri gittim. Torbacılar yağmurun altında tüküren ve tıslayan, siyahlı grili, ölümcül, metal silahlarını çıkardılar. Moğol'u kendime siper ederek ateş çemberinin dışına çıktım ve elimin ayasıyla adamın çarpık suratına vurdum. Çatırdayan kemik sesleri duyuldu ve torbacılar hâlâ nerede olduğumu görmeye çalışırken arabanın etrafından dolandım. Ben nörokimya sayesinde hızla hareket ederken, onların hareketleri yoğun bir balın yavaş akışından farksızdı. Üzerime doğru gelen silahlı yumruğun metali saran parmaklarını savurduğum tekmeyle kırdım. Elin sahibi acıyla inlemeye başladığı sırada diğer torbacının şakağına vurdum. İki adam da arabanın kaportasına yığıldığı sırada biri hâlâ inliyordu. Diğeri ise ya hissizleşmiş ya da ölmüştü.

Moğol koşarak kaçtı.

Kara taşıtının tavanından atladım ve hiç düşünmeden adamın peşine düştüm. Beton zemine sertçe indiğimde her iki bacağım da acı içinde titredi ama nörokimya durumu hemen dengeledi. Adamın on metre kadar arkasındaydım. Doğrulup hızla koşmaya başladım.

Moğol, görüş alanımda kendini takip eden ateşten kaçmaya çalışan bir savaş jeti gibi zikzaklar çiziyordu. Bu boyutlardaki bir adama göre oldukça hızlıydı. Ekspres yolun destek sütunlarının arasından geçip gölgelerin arasına karıştı. Artık aramız yirmi metre kadar açılmıştı. İyice hızlanınca göğsüme keskin acılar saplandı. Yağmur yüzüme vuruyordu.

Lanet sigara.

Sütunların atından çıkıp, trafik ışıklarının saçma sapan bir düzenle yerleştirildiği bomboş bir kavşağa vardık. Moğol'un geride bıraktığı ışıklardan biri hafifçe sallanıyor, ışıkları değişiyordu. Yeniden bunak bir robot sesi kulaklarımda çınladı. *Şimdi geçebilirsiniz. Şimdi geçebilirsiniz. Şimdi geçebilirsiniz.* Geçmiştim zaten. Yankılar sokak boyunca yalvarırcasına arkamdan geldi.

Yıllardır durdukları kaldırım kenarından kıpırdamamış olan hurda araçların yanından geçtim. Dükkânların muhtemelen gündüz kaldırılan kepenkleri kapalıydı. Sokağın bir kenarındaki ızgaradan tüten buhar canlı gibi görünüyordu. Ayaklarımın altındaki taşlar yağmurdan ıslanmıştı ve çürümeye yüz tutmuş çöplerden gri bir pislik süzülüyordu. Bancroft'un yazlık giysisiyle birlikte gelen ayakkabıların tabanı inceydi ve kayıyordu. Düşmememi tamamen nörokimyaya borçluydum.

Moğol, iki hurdanın arasından geçerken başını çevirip arkasına baktı. Hâlâ peşinde olduğumu görünce son aracı geçer geçmez sola saptı. Arabalara kadar koşmama gerek kalmadan adamın önünü kesebilmek için güzergâhımı gözden geçirmeye çalıştım ama avım kaçışını iyi hesaplamıştı. Henüz ilk arabadaydım ve doğru zamanda durmaya çalıştım. Paslanan aracın kaportasından atlayıp bir kepengine çarptım. Metal kepenk tangırdamaya başladı ve hırsızlara karşı konmuş düşük frekanslı akım ellerimi yaktı. Sokağın karşı tarafına baktığımda, Moğol'un arayı on metre daha açtığını gördüm.

Gökyüzünde aksi bir hava trafiği vardı.

Sokağın öteki tarafındaki kaçmakla meşgul olan Moğol'u gözlerimle seçtikten sonra Bancroft'un silah teklifini reddetme aptallığıma lanet ederek yeniden peşine düştüm. Bir ışın silahım olsaydı, bulunduğum mesafeden Moğol'un bacaklarını yerden kesmeyi bilirdim. Çaresiz, adamın peşine takıldım ve mesafeyi kapamak için akciğer kapasitemi sonuna kadar zorladım. En azından belki telaşlandırıp yavaşlamasını sağlayabilirdim.

Hiç de öyle olmadı ama amacıma epey yaklaştım. Solumuzdaki binalar, yerinden çıkacak gibi duran bir çitle çevrelenmiş bomboş bir alana açılmıştı. Moğol yeniden arkasına bakıp ilk hatasını yaptı. Durdu, çitin üzerinden atladı, yere düştü ve karanlığın içinde sürünerek ilerlemeye çalıştı. Sırıtarak arkasından gittim. En sonunda zaman lehime işliyordu.

Belki de karanlığın içinde gözden kaybolacağını ummuş ya da tümsekli zeminde bileğimi burkmamı beklemişti. Ama karanlığa dalar dalmaz Kordiplomatik eğitimim sayesinde göz bebeklerim büyüdü ve tümsekli zeminde yıldırım hızıyla hesaplamalar yaptı. Nörokimya sayesinde ayaklarım süratli bir şekilde görsel haritayı takip etti. Zemin, ayaklarımın altında, tıpkı rüyamda Jimmy de

Soto'nun ayaklarının altından kaydığı gibi hızla kayıyordu. İyileştirilmiş bir görsel haritası olmadığı sürece, yüz metre sonra yeni arkadaşıma yetişecektim.

İkimiz de çite vardığımızda bu ıssız alandan artık ayrılmış olacaktık. Aramızdaki mesafe yeniden on metreye düşmüştü. Adam çitin üzerinden tırmanıp yere atladıktan sonra koşmaya başladı. Ben hâlâ çiti aşmakla meşguldüm. Tam o sırada adam aniden topallamaya başladı. Çitin üzerine çıkıp hafifçe yere atladım. Buna rağmen sesimi duymuş olmalıydı; ellerinin arasında tuttuğu şeyi hiç bırakmadan dönüp arkasına baktı. Silahın ağzını havaya kaldırınca kendimi yere attım.

Sert bir düşüş olmuştu. Ellerim soyuldu ve yuvarlanmaya başladım. Gecenin karanlığı bir şimşekle delindi. Ozon kokusu her yerimi sırılsıklam etti. Havadaki çatırtı kulakları sağır eden cinstendi. Yuvarlanmaya devam ederken parçacık ateşleyici yeniden ateş aldı ve tam omzumun üzerinden geçti. Ateşin süpürdüğü ıslak sokaktan buhar yükseliyordu. Sığınacak bir yer aradımsa da bulamadım.

"SİLAHLARINIZI BIRAKIN!"

Yukarıdan titreşimli bir ışık kümesi dikey olarak aşağı indi ve bir robot tanrınınkini andıran ses, gecenin karanlığını yırttı. Sokakta aniden yanan ışıldak, bizi beyaz ışığına boğdu. Yattığım yerden gözlerimi kısıp baktığımda polis aracını gördüm. Araç, beş metre uzakta devriye geziyordu ve bu gelen farlarının ışığıydı. Türbinlerinden yayılan yumuşak fırtınaya kapılan tüm kâğıt ve plastikler, yakınlarda bulunan binaların duvarlarına ölümle cebelleşen gece kelebekleri gibi yapıştı.

"OLDUĞUNUZ YERDE KALIN!" diye gürledi ses bir kez daha. "SİLAHLARINIZI BIRAKIN!"

Moğol, parçacık ateşleyiciyi yakıcı bir daire çizerek kaldırdı. Polis aracı ilerlerken sürücüsü de ışına temas etmemeye çalıştı. Silahın değdiği türbinden alevler çıktı ve araç kötü bir şekilde yana kaydı. Polis, aracın motorundan çıkan otomatik ateşle karşılık verse de Moğol sokağın karşısına ulaşmayı başardı ve ateşleyiciyle yaktığı kapıdan geçerek dumanın içinde gözden kayboldu.

Bir yerlerden çığlık sesleri yükseliyordu.

Yavaşça yerden kalktım ve bir metre kadar yükselen aracı seyrettim. Otomatik yangın söndürücü, için için yanan türbini soğuttu ve sokağın birkaç metre karelik kısmı beyaz köpüğe boğuldu. Sürücü penceresinin hemen arkasındaki kapı vızıldayarak açıldı. Gelen oydu: Kristin Ortega.

ONUNCU BÖLÜM

Polis aracı, beni Suntouch House'a götüren aracın sadeleştirilmiş bir versiyonuydu. İçi oldukça gürültülüydü. Ortega, türbinlerin içinden sesini duyurabilmek için bağırmak zorunda kalıyordu.

"Ortamı koklaması için bir birlik göndereceğiz ama eğer iyi kontakları varsa, şafak sökmeden vücudunun kimyasal imzasını değiştirebilir. Daha sonra elimizde yalnızca şahitlerin ifadeleri kalır. Taş Devri yöntemleri. Hem de şehrin bu kesiminde..."

Araç dönünce Ortega aşağıdaki sokakların kalabalığını işaret etti. "Şuna bakın. Buraya Licktown diyorlar. Eskiden adı Potrero'ydu. Güzel bir yer olduğu söylenir."

"Peki ne oldu?"

Ortega, çelik kafesli koltuğunun üzerinden omuzlarını silkti. "Ekonomik kriz. Bilirsiniz. Bir gün ev sahibisinizdir, kılıf sözleşmen ödenir, ertesi gün sokaklara düşersiniz ve önünüzde yalnızca tek bir yaşam kalmıştır."

"Çok acı."

"Değil mi?" dedi dedektif umursamaz bir tavırla. "Kovacs, Jerry'nin mekânında ne halt ediyordunuz?"

"Keyfime bakıyordum," diyerek söylendim. "Kanunlara karşı mı geldim?"

Bana baktı. "Jerry'nin mekânında keyif yapmış olamazsınız. İçeride sadece on dakika kaldınız."

Omuzlarımı silkerek yüzüme özür dilercesine bir ifade takındım. "Eğer size bir erkek vücudu verilmiş olsaydı, bunun ne demek olduğunu anlardınız. Hormonlar. Her şey çok çabuk olup bitiyor. Jerry'ninki gibi mekânlarda performans sorun olmuyor."

Ortega'nın dudaklarına tebessümü andıran bir ifade yerleşti. Bana doğru eğildi.

"Saçmalıyorsunuz Kovacs. Saçmalık bu. Millsport'tayken dosyanızı okudum. Psikolojik profilinizi biliyorum. Buna Kemmer eğimi deniyor ve sizin eğiminiz o kadar dik ki, kaldırmanız için pitonlara ve ipe ihtiyacınız var. Yaptığınız her şeyde performansınız sorun olacak."

"Pekâlâ." Bir sigara çıkardım ve bir yandan konuşmaya devam ederken bir yandan sigaramı yaktım. "On dakika içinde bazı kadınlar için yapabileceğiniz çok şey olduğunu biliyor musunuz?"

Ortega gözlerini devirdi ve yüzüne doğru içen bir sineği kovar gibi yaptığım yorumu bertaraf etti.

"Peki. Bancroft'un verdiği krediden güç alarak, bana paranızın yettiği en kaliteli yerin Jerry'ninki olduğunu mu söylüyorsunuz?"

"Sorun para değil," dedim. Bancroft gibi insanları Licktown'a getirenin bu olup olmadığını merak ediyordum.

Ortega başını pencereye dayayıp yağmuru izlemeye başladı. Bana bakmıyordu. "Av üzerindeydiniz Kovacs. Siz Jerry'nin mekânına, Bancroft'un orada çevirdiği bir dolabı su yüzüne çıkarmak için gittiniz. Zamanla bunun ne olduğunu öğreneceğim ama bunu doğrudan si söylerseniz, işimi kolaylaştırmış olursunuz."

"Neden? Siz bana Bancroft dosyasının kapandığını söylediniz. Şimdi konu neden ilginizi çekiyor?"

Bu duydukları karşısında yüzünü yeniden bana çevirdi. Gözlerinde adeta bir ışık vardı. "Benim ilgimi çeken konu, huzurun bozulmaması. Fark etmemiş olabilirsiniz ama görüştüğümüz her an, ağır kalibreli silahlar patlıyor."

Ellerimi iki yana açtım. "Silahsızım. Tek yaptığım soru sormak. Sorulardan bahsediyorum... Eğlence başladığında nasıl oldu da bir anda ortaya çıktınız?"

"Sadece şanslıydım herhalde."

Üzerine gitmedim. Ortega beni ölçüp tartıyordu, orası kesindi. Bu da, Bancroft dosyasının kabul etmek istediğinden daha önemli olduğunu gösteriyordu.

"Arabama ne olacak?" diye sordum.

"Aldıracağız. Kiralama şirketini uyarın. Birini gönderip arabayı çekildiği yerden aldırtabilirler. İstiyorsanız tabii."

Başımı iki yana salladım.

"Kovacs, bana bir şey söyleyin. Neden kara taşıtı kiralamak istediniz? Bancroft'un size verdiği parayla o arabalardan satın alabilirsiniz." Yanındaki bölmeye vurdu.

"Karada gitmem gereken yerler var," dedim. "Bu şekilde mesafeleri daha iyi hissedebiliyorum. Harlan'da hava trafiğine pek girmeyiz."

"Gerçekten mi?"

"Gerçekten. Bakın, az önce neredeyse sizi gökyüzünden yakacak olan adam..."

"Pardon?" Tek kaşını kaldırdı. Bunun onun tescilli bir yüz ifadesi olduğunu düşünmeye başlamıştım. "Eğer yanılıyorsam beni düzeltin ama az önce postu deldirmediyseniz, bu bizim sayemizde. Silahın yanlış ucunda olan sizdiniz."

Elimi savurdum. "Her neyse. Adam beni bekliyordu."

"Sizi mi bekliyordu?" Aklından tam olarak ne geçiyordu, bilmiyorum ama Ortega'nın yüzünde büyük bir kuşku vardı. "Torbacılar adamın uyuşturucu satın aldığını söylediler. Eski bir müşterileriymiş."

Başımı iki yana salladım. "Beni bekliyordu. Onunla konuşmaya gittiğimde adam tabanları yağladı."

"Belki de yüzünüzden hoşlanmamıştır. Torbacılardan biri, galiba kafatasını kırdığınızdı, birini öldürmek için arandığınızı söyledi." Yeniden omuzlarını silkti. "İlk siz başlatmışsınız ve görünüşe göre de bu kesinlikle böyle."

"O halde neden beni tutuklamıyorsunuz?"

"Ah, hangi suçlamayla?" Hayali bir dumanı üfledi. "İki tane torbacıya bedensel hasar (cerrahiyle düzeltilebilir) vermekle mesela? Polisin malını tehlikeye atmakla? Licktown'ın huzurunu bozmakla? Kovacs, bana biraz izin verin. Bu tür şeyler Jerry'nin mekânının kapısında her gece olur. Rapor yazmak için çok yorgunum."

Polis aracına bindim ve yükseldikçe pencerenin ardından Hendrix'in kulesinin loş siluetini seyredaldım. Ortega'nın beni eve bırakma teklifini, Suntouch House'a polis aracıyla götürülme teklifini kabul ettiğim andaki aynı coşkuyla –çünkü beni nereye götüreceklerini merak etmiştim– kabul etmiştim. Kordiplomatik bilgeliği işte... Kendini akıntıya bırakıp nereye varacağını görmek gerekiyordu. Ortega'nın gideceğimiz yer konusunda bana yalan söylemesi için bir neden olmasa da bir parçam kuleyi görünce şaşırmıştı. Elçiler güven konusunda çok kuşkucu olurlar.

İniş izni için Hendrix ile tartıştıktan sonra pilot bizi kulenin tepesindeki pis görünümlü bir noktaya bıraktı. Hafif aracın inerken rüzgârın etkisiyle savrulduğunu hissettim. Kapı yukarı doğru açıldığında içerisi buz kesti. İnmek için ayağa kalktığım sırada Ortega'nın oturduğu yerden, tuhaf gözlerle beni izlediğini fark ettim. Dün gece hissettiğim ağırlık yeniden çökmüştü. Söylemek istediklerimi, hıçkırık tutar gibi içimde tutuyordum.

"Kadmin ile nasıl gidiyor?"

Oturduğu yerde kıpırdandı, uzun bacaklarından birini uzatıp, çizmesini az önce oturduğum koltuğa dayadı. Yüzünde ince bir gülümseme vardı.

"Sistem onu un ufak ediyor," dedi. "Oraya gideceğiz."

"İyi." Rüzgârın ve yağmurun içine indim. "Beni bıraktığınız için teşekkür ederim," dedim sesimi yükselterek.

Başını salladıktan sonra arkasındaki pilota bir şey söylemek üzere başını uzattı. Türbinlerden bir vızıltı yükseldiğini duyunca kapanmaya başlayan kapıdan aceleyle uzaklaştım. Geriye doğru bir adım attığım sırada araç yerden yükseldi. Farları açıktı. Yağmur damlalarıyla kaplanmış kabin penceresinden Ortega'nın yüzünü son kez gördüm. Rüzgâr, bu küçük aracı tıpkı bir sonbahar yaprağı gibi havalandırdı ve kulenin aşağısındaki sokaklara doğru alçalarak yol aldılar. Saniyeler içinde, geceleyin gökyüzünü dolduran binlerce diğer aracın içinde çoktan kaybolmuşlardı bile. Arkama dönüp rüzgâra karşı yürüyerek kulenin kapısına ulaştım. Üstüm başım sırılsıklam olmuştu. Bay City'nin berbat havasına rağmen Bancroft'un bana neden yazlık giysiler verdiği bir muammaydı. Harlan'da kış öyle uzun sürer ki, gardırobunuz konusunda kararlar vermek zorunda kalırsınız.

Hendrix'in üst katlarına hâkim olan karanlık, sönmekte olan illüminyum çinilerin parıltısıyla yer yer bölünüyordu. Otel, yolumu neon tüplerle aydınlatmıştı ve ben geçtikten sonra hepsi birer

birer sönüyordu. Bu çok tuhaftı; elimde mum ya da fener var gibi hissediyordum.

"Ziyaretçiniz var," dedi otel, tam asansöre bindiğim sırada.

Kapılar çoktan kapandığı için acil düğmesine bastım. Avucumun soyulan kısmı alev alev yandı. "Ne?"

"Ziyaretçiniz..."

"Tamam, duydum." YZ'nin ses tonuma bozulup bozulmadığını merak ettim. "Kimmiş ve nerede?"

"Adının Miriam Bancroft olduğunu söyledi. Şehrin arşivleri kılıf kimliğini doğruladı. Silahsız olduğu ve sabah hiçbir eşya bırakmadığınız için odanızda beklemesine izin verdim. İçecekler dışında hiçbir şeye dokunmadı."

Gittikçe öfkelenmeye başladığımı hissedince asansör kapısının metalindeki küçük çukura odaklanarak kendimi sakinleştirmeye çalıştım.

"Çok ilginç. Bütün müşterileriniz adına böyle kararlar verir misiniz?"

"Miriam Bancroft, Laurens Bancroft'un karısı," dedi otel diklenerek. "Odanızın bedelini o ödüyor. Bu nedenle tansiyonu gereksiz yere yükseltmenin akıllıca olmayacağını düşündüm."

Asansörün tavanına baktım.

"Siz benim hakkımda araştırma mı yaptınız?"

"Geçmiş taraması yapmak benim işimin bir parçası. Elde ettiğim bilgiler tamamen gizlidir. Tabii BM'nin 231.4 sayılı yönergesi el koymadığı sürece."

"Öyle mi? Peki başka neler biliyorsunuz?"

"Teğmen Takeshi Lev Kovacs," dedi otel. "Mamba Lev, El Parçalayan, Buz Tutacağı olarak da tanınır. Harlan Dünyası'ndaki Newpest'te, sömürge takvimine göre 35 Mayıs 187 tarihinde doğdu. 11 Eylül 204 tarihinde BM Protektora güçlerine katılarak 31 Haziran 211 tarihinde Koridplomatik'e seçildi ve..."

"Tamam." YZ'nin bu bildikleri karşısında içten içe şaşırmıştım. Çoğu insanın kayıtları, dünyadan ayrılır ayrılmaz silinip gider. Yıldızlararası transfer pahalıdır. Hendrix, Müdür Sullivan'ın kayıtlarının şifresini kırmadığı sürece tabii, ki bu yasadışı. Aklıma birden

Ortega'nın otelin önceki kayıtları hakkındaki yorumları geldi. Bir YZ ne tür bir suç işlemiş olabilirdi ki?

"Üstelik Bayan Bancroft'un buraya, sizin de soruşturmanızın konusu olan, kocasının ölümüyle bağlantılı bir konu dahilinde geldiğini tahmin ettim. Sizin de onunla konuşmak isteyeceğinizi düşündüm. Lobide bekleyecek hali yoktu."

İç çektim ve elimi asansörün durdurma düğmesinden çektim.

"Hayır, elbette yoktu."

Miriam Bancroft pencere kenarına oturmuş, buzla dolu büyük bir bardağın tadını çıkararak aşağıdaki trafiğin ışıklarını izliyordu. Odanın karanlığını bozan tek şey, servis kapısının yumuşak parıltısı ve üç renkli, neon çerçeveli içki dolabıydı. Bu ışık, iş pantolonunun üzerine giydiği şalı ve vücuda yapışan mayosunu görmek için yeterliydi. Odaya girdiğimde başını çevirip bana bakmadı, ben de görüş alanına girene kadar, odanın ortasına doğru yürüdüm.

"Otel burada olduğunuzu söyledi," dedim. "Şaşkınlıktan kılıfımı çıkarmamamın nedeni bu."

Başını kaldırıp bana baktıktan sonra yüzüne düşen saçlarını arkaya savurdu.

"Çok komik Bay Kovacs. Alkışlayayım mı?"

Omuzlarımı silktim. "İçecek için teşekkür edebilirsiniz."

Bir an bardağına düşünceli gözlerle baktıktan sonra yeniden bana döndü.

"İçecek için teşekkür ederim."

"Rica ederim." Dolaba gidip şişeyle dolu rafa baktım. On beş yıllık bir single malt şişesi bana adeta göz kırptı. Şişeyi açıp kokladıktan sonra kendime bir kadeh seçtim. Gözlerimi, kadehi dolduran ellerimden çekmeden, "Çok beklediniz mi?" diye sordum.

"Yaklaşık bir saat. Oumou Prescott, Licktown'a gittiğinizi söyledi. Geç döneceğinizi tahmin etmiştim. Başınıza bir şey gelmedi ya?"

Viskiden ağız dolusu bir yudum aldım ve Kadmin'in çizmesiyle vurduğu yerde açılan kesiklerin yanışını hissettim. Ağzımdakini hızla yuttuktan sonra yüzümü ekşittim.

"Neden böyle bir kanıya vardınız Bayan Bancroft?"

Elini nazikçe savurdu. "Bir nedeni yok. Bu konuda konuşmak istemiyor musunuz?"

"Pek sayılmaz." Kırmızı yatağın dibindeki kocaman pufa oturup yüzümü Miriam Bancroft'a döndüm. Odaya sessizlik hâkimdi. Pencere kenarındaki Bancroft'un arkası aydınlık olsa da yüzü karanlıkta kalmıştı. Sol gözü olduğunu tahmin ettiğim belli belirsiz ışığa odaklandım. Bir süre sonra kıpırdandı ve bardağının içindeki buz tıngırdadı.

"Pekâlâ." Boğazını temizledi. "Ne hakkında konuşmak istiyorsunuz?"

Bardağımı ona doğru salladım. "Buraya gelme nedeninizle başlayalım."

"Ne kadar ilerleme kaydettiğinizi öğrenmek istedim."

"Yarın sabah size bir ilerleme raporu verebilirim. Dışarı çıkmadan önce Oumou Prescott ile bir rapor hazırlayacağım. Hadi ama Bayan Bancroft. Bu geç saatte buraya gelmenizi açıklayacak daha iyi bir neden bulabilirsiniz."

Bir an çekip gideceğini düşündüm ama sonra bardağını iki eliyle tuttu, ilham ararcasına öne doğru eğildi ve uzun bir süre sonra yeniden başını kaldırıp bana baktı.

"Artık soruşturmayı bırakmanızı istiyorum," dedi.

Bu söylediklerinin karanlık odanın içine sinmesini bekledim.

"Neden?"

Hafifçe gülümsediğini gördüm. Dudaklarını aralarken bir şapırtı sesi duyuldu.

"Neden olmasın?" dedi.

"Peki." İçkimden bir yudum aldım, hormonlarımı bastırmak için alkolü ağzımın içindeki kesiklerde gezdirdim. "Öncelikle, söz konusu kişi sizin kocanız. Kaçmamın sağlığım açısından hiç iyi olmayacağını bana kanıtladı.

"Üstelik ortada yüz bin dolarlık bir para var. Dahası, verilmiş sözleri yok sayamam. Dürüst olmak gerekirse, bu soruşturma merakımı da celp etti."

"Yüz bin çok da fazla bir para değil," dedi dikkatlice. "Protektora da büyük. Size paranızı ben verebilirim. Laurens'in sizi asla bulamayacağı bir yere gidin."

"Tamam. Ama ya verdiğim söz ve soruşturmaya olan merakımı ne yapacağız?"

İçkisine doğru eğildi. "Bay Kovacs, dürüst olalım. Laurens sizinle sözleşme imzalamadı, sizi buraya sürükledi. Kabul etmekten başka seçeneğinizin olmadığı bir duruma zorladı sizi. Bunu onur meselesi yapacak bir durum yok ortada."

"Merakım hâlâ baki."

"Merakınızı giderebilirim belki," dedi usulca.

Biraz daha viski içtim. "Öyle mi? Bayan Bancroft, kocanızı siz mi öldürdünüz?"

Sabırsızca bir el hareketi yaptı. "Sizin dedektiflik oyununuzla uğraşacak zamanım yok. Sizin merak ettiğiniz şey... başka bir şey, değil mi?"

"Anlayamadım?" Kadehimin kenarından ona baktım.

Miriam Bancroft abartılı bir titizlikle bardağını bırakıp ellerini masanın üzerine koydu. Omuzları havaya kalkınca göğüslerinin şekli de değişti ve mayosunun ince kumaşının altındaki hareketleri göze görünür oldu.

"Füzyon 9'un ne olduğunu biliyor musunuz?" diye sordu. Biraz huzursuzlanmış gibiydi.

"Bir tür empatin mi?" Bu kelimeyi bir yerlerden hatırlıyorum. Harlan'dan tanıdığım, Virginia Vidaura'nın da arkadaşı olan silahlı bir soygun çetesiydi bu. Küçük Bok Böcekleri. Soygunları Füzyon 9 etkisinde yapıyorlardı. Bu füzyonun onların daha sıkı bir ekip olmasını sağladığı söylenirdi. Psikopatlardan oluşmuş bir çeteydiler.

"Evet, empatin. Satiron ve Gedin ile karıştırılmış bir tür empatin. Bu kılıf..." Kendini işaret ederken parmaklarıyla kıvrımlarına dokundu. "Nakamura Laboratuvarları'nda üretilmiş, gelişmiş bir biyokimya teknolojisi. Ben tahrik olduğumda... Füzyon 9 salgılıyorum. Terimde, tükürüğümde, vajinamda bu füzyondan var Bay Kovacs."

Doğrulduğu sırada şalı omuzlarından ayaklarının dibine düştü. Üzerine basarak bana doğru yaklaştı.

Bir yanda, sayısız kılıfında saygın ve güçlü bir adam olan Alain Marriott, bir yanda da gerçekler vardı. Ve bu gerçeklerde, bedeli her ne olursa olsun, kaçamadığınız şeyler vardır.

Odanın tam ortasında karşı karşıya geldik. Vücut kokusundan ve nefesindeki su buharından çıkan Füzyon 9 havaya çoktan yayılmıştı. Derin bir nefes aldım ve kimyasal tetiklerin midemde tel gibi titrediğini hissettim. İçkim bir yerlere kaldırılmış ve ortadan kaybolmuştu. Kadehimi tutan el, Miriam Bancroft'un dolgun göğüslerindeydi artık. İki eliyle başımı kendine doğru çektiğinde, dekoltesinden yavaşça süzülen terinde Füzyon 9'un kokusunu aldım. Mayosunun dikişlerine dokunup içine sıkışmış göğüslerini serbest bıraktım. Dudaklarımla, göğüs ucunu yakaladım.

Ağzını yeniden açtığını fark ettiğimde, empatinin kılıfımın beynine etki ederek uykuda olan telepati içgüdülerini uyandırdığını ve kadının ürettiği yoğun cazibe aurasına tepki verecek antenler yolladığını hissettim. Artık benim dudaklarımdan kendi göğüslerinin tadını da alacaktı. Bir kez harekete geçen empatin, alevlenen bir duyu merkezinden diğerine, tıpkı bir tenis topu gibi çarpıp duruyordu. Ta ki füzyon dayanılmaz bir doruk noktasına ulaşana kadar.

Miriam Bancroft inlemeye başlamıştı. Kendimizi yere bıraktık. Göğüslerinin arasından ileri geri giderken bir yandan da göğüslerinin esnek dayanıklılığını yüzüme sürtüyordum. Büyük bir açlıkla tırnaklarını göğsüme ve bacaklarımın arasında zonklayan acıya geçiriyordu. Ateşli bir şekilde giysilerimizi yırttık. Titreyen dudaklarımız birbirine sanki muhtaçtı. Üzerimizdeki her şeyi çıkardıktan sonra altımızdaki halı tenimizin ateşiyle adeta kavruldu. Kadının üzerine çıktım ve sakallarımı yumuşacık göbeğinde gezdirdim. Aşağı doğru kayarken dudaklarımla ıslak yuvarlaklar çizdim. Dilimi vajinasının kıvrımlarına soktuğumda ağzıma tuz tadı geldi. Füzyon 9'un içinde bulunduğu bütün sıvılarını emdim ve klitorisinin küçük tomurcuğuna bastırdım. Dünyanın diğer ucunda bir yerde, penisim avucunda zonkluyordu. Başını ağzına alıp nazikçe emmeye başladı.

Birbirimize karışan şehvetimiz gittikçe artıyordu. Füzyon 9'un karışan sinyalleri öylesine bulanmıştı ki, kadının parmaklarının arasındaki penisimin şiddetiyle içinde gezinen dilimin basıncı arasındaki farkı algılayamaz oldum. Başımı bacaklarının arasına aldı. Birden duyulan hırıltının kimin boğazından geldiği belli bile değildi. Tansiyon gittikçe tırmanıyordu. Derken yüzüne ve ellerine boşalan sıcak, tuzlu sıvıya gülmeye başladı. O zevkin doruklarına çıkarken, ben de kalçalarını iyice sıktım.

Bir anda birbirimizden titreyerek uzaklaştık. Tenlerimiz ayrılırken canımız acımıştı. Kılıfım uzun bir süre tankın içinde beklediği ve aklıma Anenome'nin biyokabine yapışmış terli görüntüleri geldiği için penisim yeniden sertleşmeye başladı. Miriam Bancroft penisime burnuyla dokundu, dilini etrafında ve her yerinde gezdirdi, pürüzsüzleşene kadar bütün sertliğini yaladı ve yanağına sürttükten sonra bacaklarını iki yana açarak üzerine yerleşti. Dengede kalabilmek için tutunduktan sonra uzun bir iniltiyle üzerine oturdu. Göğsüme doğru eğilirken göğüsleri sallanıyordu. Uzanıp bu küreleri uzun uzun emdim. Vücudumun iki yanında duran bacaklarına dokundum.

Ve devam ettik.

İkincisi daha uzun sürdü. Empatin sayesinde, cinsel olmaktan daha çok estetik olan bir havaya kapılmıştık. Duyu merkezimin sinyallerini takip eden Miriam Bancroft, yavaşça kalçasını sallamaya başladı. Kontrolsüz bir şehvetle sıkı karnını ve şişkin göğüslerini izledim. Hendrix, nedenini anlamadığım bir şekilde, derin bir ragga ritmi çalmaya başladı. Üzerimizdeki tavanda kırmızı ve mor ışıklar dans etmeye başladı. Işıklar tam üzerimize geldiğinde aklımın başka yerlere kaydığını hissettim. Üzerimde yalnızca Miriam Bancroft'un kalçası vardı. Vücudu ve yüzü, yer yer renkli ışıkların gölgesine bürünüyordu. Nihayet boşaldığımda, ortaya çıkan patlamanın benim kılıfımdan çok kadının titremeleriyle ilgili olduğu hissine kapıldım.

Daha sonra yan yana uzandık. Ellerimiz, artık hissiz kalan girintilerimiz ve çıkıntılarımıza dokunup duruyordu. "Hakkımda ne düşünüyorsunuz?" diye sordu.

Elinin vücudumda durduğu yere bakıp boğazımı temizledim. "Bu hileli bir soru mu?"

Güldü. Bu gülüş, Suntouch House'ın harita odasındakiyle aynıydı.

"Hayır. Öğrenmek istiyorum."

"Önemli mi?" Her ne kadar bu soruyu sert bir dille sormamış olsam da, Füzyon 9 yine o gürültülü ses tonlarını açığa çıkarmıştı.

"Sizce Met olmak böyle bir şey mi?" Bu kelime dudaklarında eğreti durmuştu. Kendinden bahsetmiyor gibi bir hali vardı.

"Sizce genç olan hiçbir şey bizim için önemli değil mi?"

"Bilmiyorum," dedim dürüstçe. "Böyle bir bakış açısı olduğunu duymuştum. Üç yüz yıl yaşamak bakış açısını da değiştiriyor."

"Evet, doğru." Parmaklarımı yavaşça içine sokarken nefesi kesildi. "Evet, öyle. Ama insanın hep umurunda oluyor. Her şeyi görüyorsunuz. Her şey üzerinizden geçip gidiyor. Ve istediğiniz tek şey, her şeyi durduracak bir şeye tutunmak."

"Bu doğru mu?"

"Evet, doğru. Peki benim hakkımda ne düşünüyorsunuz?"

Üzerine doğru eğilip genç kadının vücudun baktım. Yüz hatları ve gözleri yaşlıydı. Hâlâ Füzyon 9'un etkisi altındaydım ve içinde hiçbir çatlağa rastlayamamıştım. Hayatım boyunca gördüğüm en güzel şey oydu. Tarafsız olmak için verdiğim çabayı bir kenara bırakıp göğsünü öptüm.

"Miriam Bancroft, siz bir mucizesiniz ve size sahip olmak için ruhumu satarım."

Miriam Bancroft kıkırdamaya başladı. "Gerçekten benden hoşlandınız mı?"

"Bu nasıl bir soru böyle?"

"Ciddiyim." Bu sözcüklerin etkisi empatinden daha güçlüydü. Kendimi kontrol etmeye çalışarak gözlerinin içine baktım.

"Evet," demekle yetindim. "Sizden hoşlandım."

Sesi sanki derinlerden geliyor gibiydi. "Yaptığımızdan zevk aldınız mı?"

"Evet, yaptığımızdan zevk aldım."

"Daha da fazlasını ister misiniz?"

"Evet, isterim."

Karşıma oturdu. Elini üzerimde daha sert ve daha talepkâr bir şekilde gezdirmeye başlamıştı. Buna uygun olarak sesi de şimdi daha sert çıkıyordu. "Bir kez daha söyleyin."

"Daha da fazlasını istiyorum."

Eliyle göğsüme bastırarak beni ittikten sonra üzerime eğildi. Penisim yeniden erekte olmuştu. Yavaş ve keskin hareketlerle okşamaya başladı.

"Batıda bir ada var," diye mırıldandı. "Kruvazörle yaklaşık beş saat sürüyor. Ada bana ait. Kimse de gitmez. Uyduyla korunan elli kilometrelik bir sınır var ama çok güzeldir. Orada bir tesis inşa ettim. İçinde klon bankası ve yeniden kılıflama olanakları var." Sesine yine tanımlanamaz bir ton gelip yerleşmişti. "Bazen klonları boşaltırım. Kendi kılıf kopyalarımı da. Tamamen oynamak amaçlı. Size ne teklif ettiğimi anladınız mı?"

Homurdandım. Az önce, aynı zihin tarafından yönetilen ve kendisininkine benzeyen bir grup vücudun dikkat merkezi olduğuna dair verdiği izlenim, beni iyice sertleştirmişti. Elini penisimin üzerinde, tıpkı bir makine gibi, bir aşağı bir yukarı gezdirdi.

"Neydi o?" diye sordu, bana doğru eğildi ve göğüs uçlarını göğsüme değdirdi.

"Bu cazibe merkezi daveti ne kadar zaman geçerli olacak?" diye sormayı başardım nihayet, Füzyon 9'un mide kaslarımda meydana getirdiği etkiye rağmen.

Baştan aşağı şehvet kokan bir edayla gülümsedi.

"Sınırsız etkinlik," dedi.

"Ama sınırlı bir zaman için mi geçerli?"

Başını iki yana salladı. "Hayır, beni anlamıyorsunuz. Orası bana ait. Bütün ada, adayı çevreleyen deniz ve adanın üzerindeki her şey. Bana ait. İstediğiniz kadar kalabilirsiniz. Sıkılana kadar."

"Bu çok uzun sürebilir ama."

"Hayır." Bu kez başını sallarken gözlerinde keder var gibiydi. Başını hafifçe öne eğdi. "Hayır, sürmez."

Penisimdeki elini yavaş yavaş gevşetti. Söylenerek elini yeniden penisime götürdüm. Bu hareketim içindeki ateşi yeniden yakmış olacak ki, büyük bir şevkle yeniden harekete geçti. Bir hızlanıyor, bir yavaşlıyordu. Eğilerek beni göğüsleriyle besliyor ya da dokunuşlarını penisimi emerek ve yalayarak renklendiriyordu. Zaman algım kaybolmuş, yerine, yavaş yavaş zirveye doğru tırmanan sonsuz hisler bırakmıştı. Uzaklardan bir yerlerden uyuşturulmuş bir ses tonuyla yalvardığımı duyabiliyordum.

Orgazm sırasında parmaklarını kendine batırdığını, beni yönetirken sergilediği yeteneğiyle çelişen kontrolsüz bir tutkuyla kendini okşadığını Füzyon 9'un etkisi nedeniyle fark etmedim. Füzyon 9 sayesinde benden birkaç saniye önce orgazm oldu ve ben boşalmaya başlar başlamaz kendi sıvısını yüzüme ve titrek vücuduma bulaştırdı.

Beyaz körlük.

Çok sonra uyandığımda, Füzyon 9'un ortadan kalkan etkisi, tıpkı bir kurşun ağırlığı gibi üzerime çökmüştü. Miriam Bancroft ortadan kaybolmuştu.

ON BİRİNCİ BÖLÜM

Hiç dostunuz olmadığında ve bir gece önce yattığınız kadın sizi zonklayan bir kafayla tek kelime etmeden bıraktığında, elinizdeki seçenekler sınırlıdır. Daha genç olduğum zamanlarda kendimi Newpest sokaklarına atıp karışacak bir kavga arardım. Sonuç olarak iki adam bıçaklanırdı ve ben kazasız belasız kavgadan sıyrılmayı bilirdim. Harlan'daki çetelerden birinde (Newpest'te) uzmanlaşmam bu şekilde gerçekleşmişti. Daha sonra bu yeteneğimi askeriyeye katılarak taçlandırdım. Artık bir amaç uğruna dövüşüyordum ve silahlarım çok daha profesyonel ama bir o kadar acımasızdı. Bunda şaşırılacak bir şey yoktu. Deniz piyade teşkilatına personel alımı yapan yetkililerin tek istediği, şu ana kadar kaç dövüşü kazandığımdı.

O günlerde genel kimyasal hastalıklara karşı daha çok palazlanmıştım. Hendrix'in yer altı havuzunda kırk dakika yüzdüm ama Miriam Bancroft'a duyduğum ihtirası ya da Füzyon 9'un akşamdan kalmalığını üzerimden atamadım. Ben de donanımına sahip olduğum tek şeyi yapmaya karar verdim. Oda servisinden ağrı kesici sipariş ettikten sonra alışverişe çıktım.

Nihayet kendimi sokaklara vurduğumda, Bay City çoktan hareketlenmişti bile. Ticaret merkezi yayalarla dolup taşıyordu. İki dakika boyunca bir kenarda bekledikten sonra kalabalığın içine dalarak vitrinlere bakmaya başladım.

Dünyadayken, Serenity Carlyle adındaki –ki bu alışılmadık bir addı– sarışın bir deniz astsubay bana nasıl alışveriş yapmam gerektiğini öğretmişti. Bundan önce, her zaman "kararlı alışveriş" tekniğini uygulardım. Hedefi belirliyordunuz, mağazaya giriyordunuz ve ürünü alarak hızla dışarı çıkıyordunuz. Serenity, birlikte geçirdiğimiz zaman boyunca bu felsefemi değiştirerek beni bir tüketim delisi haline getirmişti.

"Bir düşün," dedi bana bir gün Millsport'ta bir kafede. "İsteselerdi, gerçek ve fiziksel alışverişi yüzyıllar önce aşamalı olarak bitirirlerdi."

"Kimler?"

"İnsanlar. Toplum." Elini sabırsız bir hareketle savurdu. "Her kimse. O zamanlar bunu becerebilirlerdi. Postayla sipariş, görsel süper marketler, otomatik borçlandırma sistemleri. Bunu başarabilirlerdi ama yapmadılar. Bu sence ne demek?"

Newpest'in sokak çetelerinden sonra deniz piyade teşkilatına girmiş yirmi iki yaşında bir insan olarak, bu söylediklerinden hiçbir şey anlamamıştım. Carlyle boş bakışlarımı görüp iç çekti.

"İnsanların alışverişi çok sevdiği anlamına geliyor. Bu, genetik anlamda temel, açgözlü bir ihtiyacı tatmin ediyor. Avcı toplayıcı atalarımızdan miras kalan bir şey. Ah, acil ev ihtiyaçları için açık olan otomatik dükkânlar, yoksul insanlara yemek dağıtan mekanik sistemler de var. Ama ticaret merkezleri mantar gibi çoğalıyor ve insanların fiziksel olarak *gitmek* zorunda oldukları, yalnızca gıda maddesi satan marketler de var. Bundan zevk almıyor olsalardı, bunu yaparlar mıydı?"

Havalı görünmek için yalnızca omuzlarımı silkmiş olmalıyım.

"Alışveriş yapmak fiziksel bir etkileşim, karar verme kapasitesi için etkili bir egzersiz, arzuyu tatmin etmek ve daha fazlasını istemeye duyulan itkidir. Düşündüğün zaman bu tamamen insanlara has bir durum. Tak, bunu öğrenmen gerek. Bu, bir adaya hiç ıslanmadan gitmekten farksız. Ama yüzme zevkinden seni mahrum da bırakmıyor. Tak, *iyi* alışveriş yapmayı öğren. Esnek ol. Belirsizliğin tadını çıkar."

Bu sabah bir şeyin tadını çıkaracak gibi hissetmiyordum ama Serenity Carlyle'ın söylediklerini yaparak esnek olmaya gayret ettim. Öncelikle su geçirmez bir ceket aramaya koyuldum ama en sonunda beni bir mağazaya girmeye iten şey, her zemine uygun yürüyüş botu oldu.

Botun ardından siyah bir pantolon ve su geçirmez sıfır yaka bir üst aldım. Daha önce Bay City sokaklarında bu giysinin farklı türlerini görmüştüm. Herkes birbirine benziyordu. Bu kadarı yeterliydi. Kısa bir süre düşündükten sonra alnıma sarmak için bir de kırmızı ipekten bandana aldım. Bu, Newpest çetelerinin tarzıydı. Amacım onlara benzemek değil, dünden beri içimde büyüyen öfkeye cevap vermekti. Bancroft'un yazlık giysisini çöpe atıp ayakkabıları da yanına bıraktım.

Bunu yapmadan önce ceketimin ceplerini karıştırdım ve elime iki kart geldi: bunlar Bay City'deki doktorun ve Bancroft'un silahçısının kartlarıydı.

Larkin ve Green, yalnızca iki silahçının ismi değil, aynı zamanda Rus Tepesi adıyla bilinen yapraklı bir yokuşta kesişen iki caddenin de adıydı. Ototaksinin bu bölge hakkında tanıtıcı bir kitapçığı vardı ama ilgilenmedim. *Larkin & Green, 2203'ten beri silahçınız* yazan dükkânın ön cephesi oldukça kuytu kalmıştı ve birbirine bağlı gibi görünen bir dizi binanın ortasındaydı. Bakımlı ahşap kapıları iterek serin ve yağ kokan dükkâna girdim.

İçerisi Suntouch House'daki harita odasına benziyordu. Genişti ve iki kat da yüksek pencerelerden süzülen ışıkla aydınlanıyordu. İlk kat ortadan kaldırılmış, onun yerine dört tarafı da zemin kata bakan geniş bir salon inşa edilmişti. Duvarlara düz vitrinler asılmıştı ve salonun altındaki alan, aynı işlevi gören camlı servis arabalarıyla süslenmişti. Havada hafif bir oda parfümü kokusu vardı. Yaşlı ağaçların kokusu, silahları yağlamak için kullanılan yağın kokusuna karışmıştı. Yeni botlarımın altındaki zemin, halıyla kaplıydı.

Salonun tırabzanlarında çelikten siyah bir yüz belirdi. Gözlerinin yerinde yeşil fotoreseptörler yanıyordu. "Size nasıl yardımcı olabilirim efendim?"

"Adım Takeshi Kovacs. Laurens Bancroft tarafından gönderildim," dedim. Karşımdaki bu mandroid bakışlarına, başımı hafifçe kaldırarak karşılık verdim. "Bir silah arıyorum."

"Elbette efendim." Bu ses pürüzsüz bir erkek sesiydi ve ticari bir sesaltı birim söz konusu değildi. "Bay Bancroft bize geleceğinizi söylemişti. Şu anda bir müşterim var ama kısa süre içinde yanınıza gelirim. Lütfen rahatınıza bakın. Solunuzda koltuklar ve bir de içki dolabı var. Lütfen çekinmeyin."

Kafa bir anda ortadan kayboldu ve içeri girerken duyduğum fısıltılar yeniden canlandı. İçki dolabının yanına gittim; alkol ve puro doluydu. Hemen kapağını kapadım. Ağrı kesiciler sayesinde Füzyon 9'un etkisi geçmişti ama daha fazlasına henüz hazır değildim. Günün yarısını sigara içmeden geçirdiğimi fark edince ufak bir şaşkınlık yaşadım. En yakınımdaki vitrine gidip samuray kılıçlarını inceledim. Kınlara tarih yazan etiketler iliştirilmişti. Bazıları benden yaşlıydı.

Bir sonraki vitrinde sergilenen kahverengi ve gri silahlar, fabrika üretimi değil de kendi kendine oluşmuş gibi görünüyordu. Namluları, nazikçe dipçiğe geri dönen kıvrımlı bir yuvanın içinden çıkıyordu. Bunların da tarihi geçen yüzyıldandı. Bir namlunun üzerindeki kıvrık kakmayı çözmeye çalıştığım sırada arkamdaki merdivenden metalik bir ses duydum.

"Beyefendi, zevkinize göre bir şey bulabildiniz mi?"

Arkama dönüp bana doğru yaklaşan mandroide baktım. Bütün vücudu cilalı top metalindendi ve arketipik bir erkek kas sistemiyle şekillendirilmişti. Yalnızca cinsel organları yoktu. Yüzü uzun ve inceydi. Hareketsizliğine rağmen yüz hatları akılda kalıcıydı. Kafası, arkaya taranmış gür saçları nedeniyle yol yol olmuştu. Göğsündeki efsane *Mars Expo 2076* damgası neredeyse silinmişti.

"Sadece bakıyordum," dedikten sonra silahlara baktım. "Bunlar ahşap mı?"

Yeşil fotoreseptör, ciddi bir ifadeyle yüzüme baktı. "Doğru efendim. Bunlar kayın ağacı melezi. Hepsi el yapımıdır. Kalaşnikof, Purdey ve Beretta. Burada bütün Avrupa markalarını bulabilirsiniz. Hangisi ilginizi çekti?"

Silahlara bir kez daha baktım. Tuhaf bir şiiri anımsatan şekilleri, işlevsel vahşilikle bedensel nezaket arasında okşanmak ya da kullanılmak isteyen bir yerdeydi.

"Bunlar benim için biraz süslü. Benim aklımda daha kullanışlı bir model var."

"Elbette efendim. Bu konularda biraz acemi olmadığınızı söyleyebiliriz sanırım."

Makineye bakarak güldüm. "Söyleyebiliriz."

"O halde belki bana geçmişteki tercihlerinizden söz edebilirsiniz."

"Smith & Wesson 11mm magnum. Ingram 40 misket bombası. Sunjet parçacık ateşleyici. Ama o zaman kılıfım bu değildi."

Yeşil fotoreseptör parladı ama mandroid hiç yorum yapmadı. Belki de Kordiplomatik'ten olanlarla yalnızca kısıtlı bir sohbet için programlanmıştı.

"Peki bu kılıftaki beyefendinin aradığı tam olarak nedir?"

Omuzlarımı silktim. "Hem kurnazca olan hem de olmayan bir şey. Mermi fırlatan bir silah. Bir de bıçağı olmalı. Smith gibi bir şey işte."

Mandroid sessizliğe gömüldü. Veri analizi yaptığını duyar gibiydim. Böyle bir makinenin nasıl olup da buralara düştüğünü merak etmiştim. Bu iş için tasarlanmadığı apaçık ortadaydı. Harlan'da fazla mandroidle karşılaşmazsınız. Sentetik olanlarıyla, hatta bir klonla bile kıyasladığınızda çok pahalıdırlar. Üstelik insan bedeninin gerektirdiği çoğu iş, bu organik alternatifleri tarafından daha iyi yapılıyor. Gerçek şu ki, robot insanlar, iki ayrı işlevin amaçsız bir birlikteliğinden başka bir şey değil. Bu iki işlevden biri ana sistemde çok daha iyi çalışan yapay zekâyken, siber mühendislerce tasarlanan dayanıklı bir üst yapı. Dünyada gördüğüm son robot, bir bahçe vinciydi.

Fotoreseptörler hafifçe parladı ve karşımdaki bu şeyin duruşu değişti. "Böyle gelirseniz, size tam aradığınız silahı gösterebilirim."

Makinenin peşinden gittim ve bir kapıdan geçtik. Kapı, duvarın dekoruyla öylesine bütünleşmişti ki, o ana kadar fark etmemiştim bile. Daha sonra kısa bir koridora çıktık. Koridorun ardında, boyasız duvarlarında fiberglas sandıklar bulunan uzun ve alçak bir oda vardı. İnsanlar odanın içinde sessizce çalışıyordu. Havaya, silahlarla haşır neşir olan uzman ellerden çıkan sesler hakimdi. Mandroid, beni üstü başı yağ lekesiyle dolu ufak tefek, kır saçlı bir adamın yanına götürdü. Adamın elektromanyetik bir sürgüyle uğraşmıyor da tavuk çeviriyor gibi bir hali vardı. Yaklaştığımızı hissedince başını kaldırıp bize baktı.

"Chip?" diye sordu makineye. Beni görmezden gelmişti.

"Clive, bu Takeshi Kovacs. Bay Bancroft'un bir dostu ve kendine uygun bir silah arıyor. Önce Nemex ve Philips silahlarını gösterin, daha sonra bıçaklı bir silah için onu Sheila'ya götürün."

Clive başını sallayarak onayladıktan sonra elektromanyetik sürgüyü bir kenara bıraktı.

"Buradan," dedi.

Mandroid hafifçe koluma dokundu. "Bana ihtiyacınız olursa, showroomdayım."

Yavaş yavaş eğilip selam verdikten sonra yanımdan ayrıldı. Clive'ın ardından giderek dizi dizi sandıkların önünden geçtim ve plastik konfeti yığınlarının üzerinde duran tabancalara doğru ilerledim. Bir tanesini seçip bana doğru döndü.

"Nemesis X, ikinci seri," dedi tabancayı uzatarak. "Nemex. Mannlicher-Schoenauer lisansıyla imal edilmiş. Druck 31 denen özel yapım bir sevk barutuyla ateşleniyor. Çok güçlü ve kusursuz. Şarjör, on sekiz mermi kapasiteli. Biraz ağır bir alet ama silahlı çatışma için biçilmiş kaftan. Ağırlığına bir bakın."

Tabancayı aldım ve elimde evirip çevirdim. Büyük, ağır namlulu bir tabancaydı. Smith & Wesson'dan biraz daha uzundu ama dengeliydi. İyice kavrayarak elimdeki varlığına alışmaya çalıştım ve hayali bir hedef belirledim. Clive, yanımda sabırla bekliyordu.

"Tamam." Tabancayı geri verdim. "Peki ya daha becerikli bir silahınız var mı?"

"Philips," dedi Clive. Açık bir sandığa uzanıp elini konfeti yığınına daldırdıktan sonra, Nemex'in hemen hemen yarısı kadar olan ince ve gri bir tabanca çıkardı. "Bu tabanca çeliktir. Elektromanyetik bir akseleratör kullanıyor. Tamamen sessiz, yaklaşık yirmi metre menzili var. Geri tepmez. Mermilerin hedefi vurması için dinamoda ters alan seçeneği bulunuyor. On mermi kapasiteli."

"Ya bataryası?"

"Kırk ila elli atış. Sonraki her atışta namlu çıkış hızı düşüyor. Fiyata iki yedek batarya ve ev içi prizlerle uyumlu şarj kiti de dahil."

"Burada poligon var mı? Silahı deneyebilir miyim?"

"Arkada. Ama bu iki bebeğin yanında sanal savaş atım egzersizi diski de veriyoruz. Gerçek performansları aratmıyor. Garanti bunu da kapsıyor."

"Pekâlâ." Eğer bir kovboy silahın beceriksizliğini fırsata çevirip kafatasıma sıkarsa, böyle bir garantiye sahip olmak epey işe yarar. Yeni bir kılıfa ihtiyacımın olacağını da söylemeye gerek bile yok. Ama şu anda başımın ağrısı, ağrı kesicilere rağmen kendini hissettirmeye başlamıştı. Belki de atış yapmak şu an için pek doğru bir karar olmamıştı. Fiyatını sormaya tenezzül etmedim. Nasıl olsa harcayacağım para benim param değildi. "Mühimmat?"

"İki silah için de beşli kutular halinde geliyor. Nemex ile bir de bedava şarjör veriyoruz. Yeni koleksiyonumuzdaki bütün silahlar için geçerli bir promosyon bu. Sizin için yeterli mi?"

"Pek sayılmaz. İki silah için de bana beşli kutulardan iki tane verin."

"Her biri için on şarjör mü istiyorsunuz?" Clive'ın sesinde şüpheci bir saygı vardı. On şarjör, bir tabanca için çok fazla olsa da bazen hedefi vurmaktansa havayı mermiyle doldurmak çok daha önemli oluyordu. "Bir de bıçak istiyorsunuz, değil mi?"

"Doğru."

"Sheila!" Clive, arkasına dönüp sandığın üzerinde bağdaş kurup ellerini dizlerine yerleştirmiş, iri yarı, kısa saçlı ve yüzünde gri bir maske olan kadına seslendi. Kadın, adını duyunca etrafına bakındı. Yüzündeki maskeyi hatırlayınca hemen çıkarıp gözlerini kırpıştırdı. Clive'ın onu yanına çağırdığını görünce sandığın üzerinden kalktı ve yavaş yavaş gerçekliğin içine geri döndü.

"Sheila, bu adam çelik arıyor. Onu yardım etmek ister misiniz?"

"Elbette." Kadın incecik elini uzattı. "Adım Sheila Sorenson. Ne tür bir çelik arıyorsunuz?"

Ben de elimi uzatıp kadınla tokalaştım. "Takeshi Kovacs. Acil bir durumda fırlatabileceğim bir şey arıyorum ama küçük olmalı. Önkoluma sıkıştırabileceğim bir şey."

"Tamam," dedi bütün nezaketiyle. "Buraya bakmayı bitirdiyseniz benimle gelin."

Clive bana bakıp başını evet anlamında salladı. "Bunları Chip'e götüreyim de paketlesin. Adresinize mi yollanmasını istersiniz, yoksa kendiniz mi alacaksınız?"

"Kendim alırım."

"Ben de öyle düşünmüştüm."

Sheila'nın beni götürdüğü dikdörtgen odadaki duvarların birinde iki mantar hedef, diğer üçünde ise hançerden palaya kadar bir dizi silah vardı. İçlerinden, gri metalden bıçağı yaklaşık on beş santim uzunluğunda olan siyah ve düz bir bıçak seçti.

"Tebbit bıçağı," dedi alakasız bir şekilde. "Çok sakattır."

Aynı umursamaz tavırla arkasına dönerek soldaki hedefi vurdu. Bıçak, havayı canlıymış gibi ikiye bölerek hedefteki siluetin kafasına gömüldü. "Tantal çelik bıçak, karbon bir kabzayla desteklenmiş. Ağır olması için topuzunda çakmaktaşı var ve elbette keskin uçla olaya müdahale edemediğiniz durumlarda, bu kabzayı kafalarına geçirebilirsiniz."

Hedefe yaklaşıp bıçağı aldım. Bıçak dardı ve her iki tarafı da jilet gibi bilenmişti. Ortasından sığ bir oluk geçiyordu ve oluğun üzerinde, girift karakterlerin oyulduğu ince ve kırmızı bir çizgi vardı. Ne yazdığını okumak için silahı kendime doğru çevirdim ama kodun ne olduğunu çözemedim. Gri metalin donuk yansıması gözümü aldı.

"Bu ne?"

"Ne?" Sheila yanıma geldi. "Ah, evet. Biyosilah kodu. Oluk, C-381 ile kaplı. Hemoglobinle temas ettiğinde siyanürlü bir bileşim ortaya çıkıyor. Oluk, kenarlardan çok uzak olduğu için kendinizi kesseniz de sorun olmaz ama kanlı bir şeye batırırsanız..."

"Harikulade."

"Size bunun yaman bir bıçak olduğunu söylemiştim." Sesindeki gurur dikkat çekiciydi.

"Bunu alıyorum."

Aldıklarımın ağırlığıyla sokağa çıktığım sırada, mühimmatımı saklamak için mutlaka bir cekete ihtiyacım olduğunu düşündüm. Ototaksi bulmak için etrafıma baktımsa da gökyüzü yeterince güneşli olduğu için yürüyebileceğime karar verdim. Akşamdan kalmışlığımın etkisinin sonunda azalmaya başladığını fark ettim.

Tepeye ulaşmama üç sokak kala takip edildiğimi anladım.

Kordiplomatik'te edindiğim koşullanma, Füzyon 9'un etkisini yenmeyi başararak beni uyarmıştı. Güçlendirilmiş mesafe sezgilerim sayesinde, kör noktamdaki en ufak bir titremeyi ve silueti hissedebiliyordum. Şimdi hissettiğim ise epey sağlamdı. Şehrin daha kalabalık bir köşesinde olsaydım kaçırabilirdim ama burada yayalar bile hiçbir şeyi saklamaya yetmeyecek kadar nadirdi.

Tebbit bıçağını, nöral yaylı yumuşak deriden yapılmış kınıyla birlikte sol koluma bağlamıştım ama her iki silahımı da silueti uyandırmadan kullanamazdım. İzimi kaybettirmeyi düşündümse de bu fikirden kolayca vazgeçtim. Burası benim şehrim değildi, kimyasallar yüzünden kendimi vıcık vıcık hissediyordum ve üzerimde epey yük vardı. Benimle alışverişe çıkmak isteyen bu siluete engel olmayacaktım. Biraz hızlandım ve gitgide ticaret merkezine ulaştım. Bu sırada dize kadar uzanan, kırmızı ve mavi renkli yün bir ceket buldum. Üzerinde Eskimolara has totem desenleri vardı. Tam olarak aradığım şey bu değildi ama kalındı ve bir sürü cebi vardı. Ödemeyi yaptığım sırada siluetin yüzünü gördüm. Gençti, Kafkasyalıydı ve koyu renk saçları vardı. Onu tanımıyordum.

Birlik Meydanı'nındaki 653 sayılı önerge gösterilerinin arasından geçtikten sonra insanlar seyrekleşmeye başladı. Sloganlar dağıldı, insanlar uzaklaştı ve hoparlörden yayılan ses boğuklaşmaya başladı. Kalabalığın içinde izimi kaybettirebilirdim ama artık umurumda değildi. Eğer siluetin beni izlemekten başka bir şey yapmaya niyeti olsaydı, ıssız ve yaprakla kaplı tepelerdeyken yapabilirdi. Burası bana saldırması için fazla kalabalıktı. Gösterinin uzantıları arasında ilerlerken bir yandan da bildirileri başımdan savuşturmaya çalıştım. En sonunda, güneyde bulunan Vazife Caddesi ve Hendrix'e doğru yürümeye başladım.

Vazife Caddesi'ne yaklaşırken yolum tesadüfen bir torbacıyla kesişti. Zihnim bir anda sayısız görüntüyle dolup taştı. Sapmak üzere olduğum geçit, çıplakken göstereceklerinden daha fazlasını sergilemek için tasarlanmış giysilerle dolaşan kadınlarla doluydu. Bacakları tüketim malzemesi bir ete dönüştüren çizmeler, yolu gösteren ok şeklinde bantlarla süslenmiş bacaklar ve ter içindeki dekolteleri süsleyen klitoris kolyeler... Kadınlar dillerini çıkarıp kiraz kırmızısına ya da mezar karasına boyadıkları dudaklarını yalıyorlardı. Dişleri ise renksizdi.

Bir anda esen serin rüzgâr nemli tutkumu alıp götürdü ve kadınların vücudunu kadınlığın soyut bir ifadesine çevirdi. Kendimi kabartıların açılarını ve çevresini, tıpkı bir makine gibi hesaplarken buldum. Kadınlar bir tür bitkiymiş gibi etlerinin ve kemiklerinin geometrisini çıkardım.

Betatanatin. Namıdiğer Biçici.

Bin yılın başlarında, yaklaşan ölüm üzerine yapılan araştırmalar için sağlanan kimyasal bileşen familyasının son türevi olan betatanatin, insan vücudunu, hücre kaybını mümkün olduğunca azaltacak şekilde ölüm haline sokuyordu. Biçici molekülünün kontrol uyaranları, aynı zamanda, zihnin klinik işlevini de içeriyordu. Bu klinik işlev sayesinde araştırmacılar, deneklerin veri algılarına zarar verecek duygu ve şaşkınlık hissiyle yorulmadan, yapay olarak uyarılmış ölümü deneyimlemelerini sağlıyordu. Düşük dozlar halinde alınan Biçici, acı, heyecan, neşe ve keder gibi hislere karşı derin bir umursamazlık üretiyordu. Erkeklerin yüzyıllardır çıplak kadın vücudu karşısında sergilemeye çalıştığı ilgisizlik, artık kapsül halindeydi. Ürün, ergen erkekler için özel siparişle yapılıp marketlerde satılıyordu.

Bu ayrıca kusursuz bir askeri ilaçtı. Biçici etkisinde olanı Godwin'in Rüyası'ndan vazgeçen bir keşiş, kadın ve çocuklarla dolu bir şehri ateşe verip alevlerin eriyen etlerden kemiklere sızmasını hayranlık dışında hiçbir şey hissetmeden izleyebilir.

En son, Sharya'daki sokak savaşları sırasında betatanatin kullanmıştım. Tam doz, vücut ısımı oda sıcaklığına düşürüp kalp atışlarımı yavaşlatmıştı. Sharya'nın örümcek tanklarındaki antipersonal detektörlerini atlatmak için gereken bir hileydi bu. Kızılötesi ışınlarda görünmediğiniz için yaklaşabiliyor, tırmanabiliyor ve ambar ağızlarını el bombasıyla havaya uçurabiliyordunuz. Sonrasında, şok dalgasıyla sarsılan ekip üyelerini katletmek, yeni doğmuş kedi yavrularını avlamak kadar kolaydı.

"İçkim var dostum," dedi boğuk bir ses durup dururken. Gözlerimi kırpıştırdığımda, kendimi gri kukuletasının altından soluk yüzü görünen bir Kafkasyalıya bakarken buldum. Ekranı omzundaydı ve küçük, kırmızı ışıklar yarasa gözü gibi titriyordu. Dünyada, doğrudan beyin diseminasyonunu düzenleyen çok sıkı yasalar var ve tesadüfi yayınlar bile, iskele barında oturan birinin içkisini dökmek gibi şiddet eylemleri doğurabilir. Torbacının göğsüne sıkı bir yumruk savurdum. Adam geriye doğru sendeleyerek mağazanın ön cephesine çarptı.

"Hey..."

"Benim canımı sıkma dostum. Böyle şeylerden hiç hoşlanmam."

Elini beline götürdüğünü görüp ne çıkaracağını tahmin ettim. Hedef değiştirip gözlerine hamle yaptım...

Karşımda, yaklaşık iki metre uzunluğunda, ıslak ve zarımsı bir etten yapılı, tıslayan bir öbek buldum. Dokunaçları bana doğru büküldü. Kalın ve siyah tüylerle çevrili balgamlı oyuğa elimi soktum. Midem allak bullak olmuştu. Ürpererek tüylerini ayırdığımda balçıklı etini hissettim.

"Eğer bunun ne olduğunu görmek istiyorsan, bu pisliğin üstesinden geleceksin," dedim.

Et yığını ortadan kayboldu ve ben yine torbacıyla baş başa kaldım. Parmaklarım hâlâ adamın göz kürelerindeydi.

"Pekâlâ dostum, pekâlâ." Ellerini havaya kaldırıp avuçlarını gösterdi. "Madem istemiyorsun, almazsın. Ben sadece para kazanmaya çalışıyorum."

Geri çekildim ve adamı yapıştırdığım mağaza vitrininden uzaklaşması için yol verdim.

"Benim geldiğim yerde, sokaktan geçen insanların önü kesilmez," dedim. Ama zaten kavgaya son verdiğimi hissetmişti. Başparmağıyla, müstehcen olduğunu tahmin ettiğim bir hareket yaptı.

"Nereden geldiğin sence umurumda mı? Lanet çekirge! Önümden çekil."

Adamı orada bıraktım ve kafamda sorularla, torbacı ve Miriam Bancroft'un kılıfına Füzyon 9'u koyan genetik tasarımcılar arasında hiçbir ahlaki fark yokmuş gibi caddenin öteki tarafına geçtim.

Bir köşede durup sigaramı yaktım.

İkindi olmuştu ve bugünkü ilk sigaramdı.

ON İKİNCİ BÖLÜM

O gece aynanın önünde giyinirken, birinin benim kılıfımın içinde olduğuna ve gözlerimin arkasında bulunan bir seyir vagonundaki yolcu rolüne razı edildiğime ikna olmuştum.

Buna psikobütünlük reddi deniyordu. Ya da parçalanma. Kılıf değiştirme konusunda deneyimli bile olsanız, titreme krizleri geçirmeniz işten bile değildir ama bu yaşadığım, yıllardan beri başıma gelen en kötü şeydi. Uzun süre, aynadaki adamın varlığımı fark edeceği korkusundan, düşüncelerimi ifade etme fikri beni dehşete düşürdü. Hiç hareket etmeden, Tebbit bıçağını nöroyay kınına koymasını, teker teker Nemex ve Philips silahlarını almasını ve her birinin dolu olup olmadığını kontrol edişini izledim. Tek kurşunluk bu yivsiz tüfekler, enzim sayesinde giysilere yapışan ucuz fiberden kılıflarla birlikte satılıyordu. Aynadaki adam Nemex'i sol kolunun altına koyarak ceketiyle gizledikten sonra Philips'i sırtına sıkıştırdı. İki kez silahlarını kılıflarından çıkararak aynadaki yansımasına doğrulttu ama buna gerek yoktu. Sanal alıştırma diskleri Clive'ın vaat ettiklerini karşılıyordu. Adam, iki silahıyla da birini öldürmeye hazırdı.

Gözlerinin arkasından kıpırdandım.

Silahlarını ve bıçağını gönülsüzce çıkarıp yeniden yatağın üzerine bıraktı. Sonrasında, mantıksız da olsa kapıldığı çıplaklık hissi geçene kadar öylece bekledi.

Silahların zayıflığı... Virginia Vidaura'nın tabiriydi bu. Kordiplomatik eğitiminin başlamasıyla birlikte bu zayıflığın pençesine düşmek en büyük günah kabul edilirdi.

Silah –herhangi bir silah– bir araçtır, demişti bize. Kollarında bir Sunjet parçacık silahı vardı. *Her araç gibi, silah da özel bir amaç için tasarlanmıştır ve yalnızca bu amaç doğrultusunda kullanılır.*

Sırf mühendis olduğu her yere şahmerdanıyla giden bir mühendisin aptal olduğunu düşünürsünüz. Mühendisler için verdiğim bu örnek, Kordiplomatik'te iki kat geçerlidir.

Jimmy de Soto bir kahkaha patlattı. Birçoğumuz onunla aynı şeyleri hissediyorduk. Kordiplomatik'in yüzde doksanı Protektoranın geleneksel güçlerinden oluşuyordu ve onlar için silahlar, oyuncak ve kişisel fetiş objeleri arasında bir yerdeydi. BM'nin deniz askerleri, izine çıktıklarında bile silahlı dolaşırlardı.

Virginia Vidaura kahkahayı duyunca Jimmy'nin gözlerinin içine baktı.

"Bay de Soto, Bizimle aynı fikirde değilsiniz herhalde."

Jimmy kıpırdanmaya başlamıştı. Bu kadar kolay enselenmesi karşısında şaşkındı. "Efendim, deneyimlerime dayanarak söylüyorum; etrafa verdiğiniz izlenim silahlar konusundaki uzmanlığınızla doğrudan ilintili."

Sıraların arasından belli belirsiz bir onaylama mırıldanması duyuluverdi. Virginia Vidaura, sesler kesilene kadar bekledi.

"Aslında," dedi ve iki eliyle parçacık ateşleyiciyi uzattı. "Bu... alet oldukça güçlüdür. Lütfen gelip alın."

Jimmy, bir anlık tereddüdün ardından ön sıralara doğru ilerleyerek silahı aldı. Virginia Vidaura, Jimmy'nin çömezlerin önündeki sahneye çıkabilmesi için geri çekilerek Kordiplomatik ceketini çıkardı. Bu şekilde zayıf ve kırılgan görünüyordu.

"Şarjın Test konumunda olduğunu göreceksiniz," dedi yüksek sesle. "Eğer beni vurursanız, birinci dereceden küçük bir yanık oluşur, daha fazlası değil. Yaklaşık beş metre uzağınızdayım. Silahsızım. Bay de Soto, beni vurmaya çalışın. Ne zaman isterseniz."

Jimmy şaşırmışa benziyordu ama Sunjet'i kaldırıp ayarlarını kontrol ettikten sonra yeniden indirip karşısında duran kadına baktı.

"Ne zaman isterseniz," diye tekrarladı Virginia Vidaura.

"Şimdi," dedi de Soto.

Takip etmesi neredeyse imkânsızdı. Jimmy, cümlesini bitirir bitirmez Sunjet'i salladı ve namlusunu yere yatay pozisyona bile getirmeden silahlı çatışmaya girmişçesine tetiğe bastı. Etraf, parçacık ateşleyicinin öfke dolu patırtısıyla yankılandı. Işın her yeri aydınlatmıştı. Virginia Vidaura orada değildi. Nasıl olduysa, ışının açısını kusursuz bir şekilde hesaplayarak kendini sakınmayı bilmişti. Nasıl olduysa, beş metrelik mesafeyi yarıya indirmişti. Sağ elindeki ceketle Sunjet'in namlusunu sardı ve silahı kenara doğru itti. Jimmy daha neler olup bittiğini anlamadan, Vidaura parçacık ateşleyicisini idman odasının uzak bir tarafına vurup yollamıştı. Jimmy'yi yere devirip elinin ayasını burnunun tam altına nazikçe geçirdi.

Yanımdaki adam dudaklarını büzüp uzun bir ıslık çalana kadar zaman durmuş gibiydi. Virginia Vidaura başını sesin geldiği yöne doğru hafifçe eğdikten sonra ayağa kalkarak Jimmy'yi de yanına çekti.

"Silah bir araçtır," diye tekrarladı. Nefes nefese gibiydi. "Öldürmek ve yok etmek için bir araç. Bir Kordiplomat olarak, öldürmek ve yok etmek zorunda kalacağınız zamanlar olacak. Böyle bir durumda ihtiyacınız olan araçlara karar verip onları edineceksiniz. Ama silahların zayıflığını unutmayın. Onlar yalnızca sizin bir uzantınızdır –katil ve yok edici olan *sizsiniz*. Onlarla ya da onlarsız, siz zaten bir bütünsünüz."

Eskimo ceketini giydikten sonra aynadaki adam kendi gözlerine bir kez daha baktı. Ona bakan yüz, Larkin & Green'deki mandroidden daha anlamlı değildi. Bir süre sakin bir şekilde baktıktan sonra elini kaldırıp sol gözünün altındaki yarayı kaşıdı. Son bir kez tepeden tırnağa süzdükten sonra, aniden kendimi kontrol altına almam gerektiği hissine kapılarak odadan çıktım. Artık aynadan uzaktım. Asansörle aşağı inerken yüzüme zoraki bir gülümseme takındım.

Korkuyorum Virginia.

Nefes al, dedi. *Hareket et. Kontrolü elden bırakma.*

Sokağa çıktık. Ana kapıdan çıktığım sırada Hendrix bana kibarca iyi akşamlar diledi ve beni takip eden adam sokağın karşısındaki çay evinden çıkarak bana doğru yürümeye başladı. Akşamın serinliğini hissederek iki sokak yürüdüm ve izimi kaybettirip ettiremeyeceğimi düşündüm. İsteksiz güneş ışığı günün büyük bir çoğunluğunda kendini hissettirmişti ve gökyüzü az çok bulutsuzdu. Yine de hava sıcak değildi. Hendrix'ten aldığım haritaya göre Licktown, onlarca ev güneydeydi. Bir köşede durup yukarıdan geçen ototaksiyi çevirdiğim sırada takipçimin de aynı şeyi yaptığını gördüm.

Artık canımı iyice sıkmaya başlamıştı.

Taksi güneye doğru kıvrıldı. Öne eğilip elimi ziyaretçi tanıtım paneline uzattım.

"Urbline'a hoş geldiniz," dedi yumuşak bir kadın sesi. "Şu anda Urbline merkezî veri yığınına bağlısınız. Lütfen nasıl bir bilgi aradığınızı belirtin."

"Licktown'da güvensiz yerler var mı?"

"Licktown bölgesinin tamamı genelde güvensiz olarak kabul edilir," dedi veri yığını sakince. "Yine de, Urbline size Bay City dahilindeki herhangi bir yere götürür ve..."

"Tamam. Licktown'daki en vahşi suçların işlendiği caddenin adını söyleyebilir misiniz?"

Veri yığını nadir kullanılan bilgileri tararken kısa bir sessizlik oluştu.

"Geçen sene, Missouri ve Wisconsin arasındaki Doksan Dokuzuncu Cadde'de elli üç bedensel hasar vakası yaşanmış. Yasak maddeler nedeniyle yüz yetmiş yedi kişi tutuklanmış. Hafif bedensel hasar nedeniyle yüz yirmi iki kişi tutuklanırken, iki yüz..."

"Yeterli. Burası Jerr'nin Kısa Mesafeleri'nden, Mariposa ve San Bruno'dan ne kadar uzak?"

"Bir kilometre."

"Haritanız var mı?"

Konsolda şehrin haritası belirdi. Jerry'nin mekânı ve cadde isimleri yeşille işaretliydi. Bir süre haritayı inceledim.

"Pekâlâ. Burada inebilirim. Doksan Dokuzuncu Cadde ve Missouri."

"Müşteri hizmetleri kalitemiz uyarınca, sizi buranın tavsiye edilmeyen bir bölge olduğu konusunda uyarmak zorundayım."

Arkama yaslandım ve bu kez kendimi zorlamadan gülümsediğimi hissettim.

"Teşekkürler."

Taksi daha fazla itiraz etmeden beni Doksan Dokuzuncu Cadde ile Missouri'nin kesiştiği yerde indirdi. Etrafıma bakınıp yeniden gülümsedim. Buranın tavsiye edilmeyen bir bölge olduğunu söyleyen makine, kesinlikle bulabildiği en hafif ifadeyi kullanmış olmalıydı.

Geçen gece Moğol'un peşinden koştuğum sokaklar şimdi bomboşken Licktown'ın bu kısmı capcanlıydı ve sakinlerinin yanında Jerry'nin müşterileri neredeyse sağlıklı görünüyordu. Ototaksinin parasını ödediğim sırada, onlarca kafa dönüp bana baktı ve hiçbiri tamamen insan değildi. Mekanik fotoçoğaltıcı gözlerin verdiğim paranın birimini o uzaklıktan bile seçebildiğini, hayaletleri andıran yeşil ışıklarıyla beni izlediklerini hissediyordum. Koku alma duyusu köpek genleriyle artırılmış burun delikleri, otel banyosunda kullandığım jelin kokusuyla titriyordu. Bütün kalabalık, Millsport'taki bir kaptanın ekranından balık sürüsünü görmesi gibi, caddelerindeki radara takılan serveti görüyordu.

İkinci taksi de arkamdan karaya indi. On metre uzakta loş bir geçit adeta beni çağırıyordu. Tam adımımı atacağım sırada bölge sakinleri oyuna girdi.

"Turist, bir şey mi arıyorsun?"

Üç kişiydiler. Konuşmacı, iki buçuk metrelik bir devdi ve üstü çıplak haliyle, Nakamura'nın yıllık kas implantlarının hepsini kollarına ve gövdesine uygulatmışa benziyordu. Göğüs derisinin altındaki kırmızı illüminyum dövmeler sönmekte olan kömür ateşini andırıyordu. Belinden karnına doğru, bir kobranın penisi andıran başı yükseliyordu. İki yanında duran elleri, törpülü birer pençe gibiydi. Kaybettiği kavgalar nedeniyle yüzü yara bere içindeydi ve tek gözünde ucuz bir protez vardı. Şaşırtıcı şekilde yumuşak sesinin kederli bir tonu vardı.

"Belki de bizi aşağılamaya gelmiştir," dedi devin sağındaki yaratık acımasızca. Genç ve ince biriydi. Uzun, ince saçları yüzünü gizliyordu. Titrek duruşu ucuz nörokimyasını ele veriyordu. En hızlıları o olmalıydı.

Karşılama komitesinin üçüncü üyesi hiçbir şey söylemediyse de köpek burnunu andıran dudaklarını gerdiğinde naklettirdiği yırtıcı dişleri ve fazlaca uzun dili açığa çıktı. Cerrahi müdahale gören başının altındaki bedeni, dapdar bir deriyle kaplamış bir erkeğe aitti.

Zaman daralıyordu. Takipçim taksi ücretini ödeyip yönünü bulacaktı. Tabii eğer risk almaya karar verdiyse. Boğazımı temizledim.

"Sadece geçiyordum. Akıllı davranıp bana izin verirsiniz herhalde. Şurada taksiden inen vatandaş daha kolay bir hedef."

Kısa ve şüpheci bir sessizlikten sonra dev bana doğru yaklaştı. Elini ittim ve geriye doğru çekildikten sonra aramızdaki boşluğa hızlı bir şekilde ölümcül darbeler indirdim. Üçlü donup kalmıştı. Köpeğe benzeyen, burnundan soluyordu. Derin bir nefes aldım.

"Dediğim gibi, akıllı davranıp bana izin vereceksiniz."

Dev, buna zaten hazırdı. Darmadağın yüzünden bunu okuyabiliyordum. Savaş eğitiminin kokusunu alacak kadar uzun süre dövüşmüştü ve ringlerde geçirdiği hayatı boyunca edindiği içgüdüler, ona durumun hiç dengeli olmadığını söylüyordu. Yanındaki iki kişi ondan daha gençti ve kaybetme konusunda pek bir şey bilmiyorlardı. Ağzını açmasına fırsat kalmadan, ucuz nörokimyalı ve soluk yüzlü çocuk elinde keskin bir şeyle ortaya atıldı. Köpek suratlı ise sağ koluma yapışmıştı. Muhtemelen daha pahalı olan ve etkisini hissettirmeye çoktan başlayan kendi nörokimyam ondan çok daha hızlıydı. Çocuğun kolunu yakaladım ve acı çektirerek dirseğinden çevirip kırarak iki arkadaşının üzerine ittim. Köpek kenara çekildiği sırada burnuna ve ağzına bir tekme indirdim. İnleyerek yere yığıldı. Çocuk dizlerinin üzerine çöktü ve bağırarak kırık dirseğini tuttu. Dev, öne doğru bir adım attığı sırada sağ elimin parmaklarını gözlerinden bir santim uzakta hissedince aniden durdu.

"Sakın," dedim usulca.

Çocuk yerde inliyordu. Onun arkasındaki köpek ise tekmenin savurduğu yerde kalakalmıştı. Dev, ikisinin arasına eğildi ve koca elleriyle onları sakinleştirmeye çalıştı. Başını kaldırıp bana baktığında beni sessizce suçladığını görebiliyordum.

Yaklaşık on metre kadar geri geri yürüdükten sonra önüme dönüp koşmaya başladım. Artık takipçim isterse arkamdan gelip beni yakalayabilirdi.

Dar sokak kalabalık bir caddeye açılmadan önce sağa kıvrılıyordu. Köşeyi döndükten sonra caddeye koşar adımlarla çıkmak için yavaşladım. Sola döndüğümde kendimi kalabalığın ortasında buldum ve gözlerim levha aramaya başladı.

Jerry'nin mekânının dışındaki kadın hâlâ kokteyl kadehini elinden bırakmadan dans ediyordu. Kulübün levhası ışıl ışıldı ve işler önceki geceye kıyasla daha yoğundu. Robotun esnek kollarının altından insanlar girip çıkıyordu ve Moğol ile kavga ederken yaraladığım torbacıların yerine yenileri gelmişti.

Caddenin karşı tarafına geçip robotun önünde durdum ve beni aramasına izin verdim. Sentetik sesiyle, "Temiz. Kabin mi istiyorsunuz, bar mı?" diye sordu.

"Bardaki seçenekler ne?"

"Ha ha ha," dedi resmî bir kahkahayla. "Barda yalnızca *bakabilirsiniz, dokunamazsınız*. Para veremezsiniz ve elleriniz tezgâhın üzerinde durmalı. Bu, bütün müşterilere uygulanan bir kuraldır."

"Kabin olsun."

"Merdivenlerden aşağı inip sola dönün. Yığının üzerinden bir havlu alın."

Merdivenlerden inip dönen kırmızı ışıkla aydınlatışmış koridordan geçerek yığının üzerinden kendime bir havlu aldım. İlk dört kabinin kapısı kapalıydı. Etrafa yayılan müziğin berbat ritmi kulak tırmalıyordu. Beşinci kabinin kapısını arkamdan kapadıktan sonra konsola birkaç banknot yatırdım ve buzlu cama doğru yaklaştım.

"Louise?"

Vücudunun kıvrımları belirdi ve göğüslerini cama yapıştırdı. Kabinin kırmızı ışığı üzerine vurmuştu.

"Louise, benim. Irene. Lizzie'nin annesi."

Cama yapışmış göğüslerinin arasında koyu bir leke belirdi. İçimdeki nörokimya birden uyandı. Daha sonra cam kapı yana kaydı ve kızın vücudu kollarımla buluştu. Omzunda geniş namlulu bir silah vardı ve başıma doğrultmuştu.

"Sakın kıpırdayayım deme pislik," dedi bir ses. "Bu bir silah. Tek bir yanlış hareketinde beynini uçururum."

Donup kalmıştım. Sesindeki telaş sezilmeyecek gibi değildi. Çok tehlikeliydi.

"İşte böyle." Arkamdaki kapı açıldı ve koridordaki müzik sesi içeri doldu. İkinci bir silah da sırtıma doğrultulmuştu artık. "Çok yavaş bir şekilde silahını yere bırak ve geri çekil."

Kollarımdaki bedeni saten kaplı yere bırakıp yeniden doğruldum. Kabin parlak bir beyaz ışıkla dolmuştu ve kırmızı ışık iki kez yandıktan sonra söndü. Arkamdaki kapı kapanınca koridordan gelen müzik de sustu. Dar ve siyah giyimli, uzun boylu, sarışın bir adam odanın ortasına doğru ilerledi. Elindeki parçacık ateşleyicinin tetiğini saran parmakları beyazlamıştı. Ağzını sıkıca kapamıştı ve büyümüş gözbebeklerinin etrafındaki beyazlık pasparlaktı. Sırtımdaki silah beni öne doğru itti. Sarışın adam, parçacık ateşleyicinin namlusu alt dudağımı sıyırıp dişime dayanana kadar üzerime gelmeye devam etti.

"Kimsin sen?" diye homurdandı.

Başımı, ağzımı açabilecek kadar yana çevirdim. "Irene Elliott. Kızım burada çalışıyordu."

Sarışın adam öne doğru bir adım attı. Silahının namlusu yanağımdan çenemin altına doğru ilerledi.

"Yalan söylüyorsun," dedi usulca. "Bay City mahkemesinden bir dostum, bana Irene Elliott'ın hâlâ depoda olduğunu söyledi. Bu orospuya söylediklerini de araştırdık."

Yerdeki hareketsiz vücudu tekmelemesini göz ucuyla izledim. Beyaz ışığın altında, kızın etindeki işkence izleri görülmeyecek gibi değildi.

"Her kim olursan ol, bir sonraki cevabını iyi düşünüp söylemeni istiyorum. Neden Lizzie Elliott'ı arıyorsun?"

Önce parçacık ateşleyicinin namlusuna, ardından namlunun öteki ucundaki gergin yüze baktım. Bu adam kesinlikle korkuyordu.

"Lizzie Elliott benim kızım, seni aşağılık herif. Şehirdeki depodan tanıdığını söylediğin arkadaşın depoya gerçekten girebiliyor olsaydı, neden kayıtlarda hâlâ ismimin geçtiğini söylerdi."

Sırtımdaki silah beni keskin bir hareketle öne doğru itti ama sarışın adam beklenmedik bir şekilde sakinlemiş görünüyordu. Dudaklarında uysal bir gülümseme belirdi. Silahını indirdi.

"Peki," dedi. "Deek, gidip Oktai'yi getir."

Arkamda duran kişi kabinden dışarı çıktı. Sarışın, silahını bana doğru salladı. "Sen. Köşeye otur." Sesinden kafasının karışmış olduğu belli oluyordu.

Sırtımdaki silahın çekildiğini hissedip itaat ettim. Saten zemine oturup elimde neler var, şöyle bir düşündüm. Deek gitmiş, üç kişi kalmıştı: sarışın adam; doğrulttuğu namlusunu hâlâ omurgamda hissettiğim, Asyalıları andıran sentetik kılıflı kadın ve görünüşe göre tek silahı demir bir boru olan iri yarı, zenci adam. On Dokuzuncu Cadde'de karşılaştığım türde adamlara hiç benzemiyorlardı. Tuhaf bir soğuklukları vardı ve Hendrix'teki Kadmin'in daha ucuz bir versiyonu gibiydiler.

Bir süre sentetik kadına bakıp düşündüm ama imkânsızdı. Kristin Ortega'nın sözünü ettiği parayı bulmayı başarıp kendine yeni bir kılıf edinmiş bile olsa, içindeki insan eninde sonunda Kadmin'di. Onu kimin işe aldığını ve benim kim olduğumu biliyordu. Biyokabinden bana bakan yüzler ise her şeyden habersizdi.

Böyle kalması en iyisi.

Gözlerim Louise'in hırpalanmış kılıfına takıldı. Sanki bacaklarına kesikler atılmış, daha sonra yaralar yırtılana kadar açılmış gibiydi. Basit, çiğ ve çok etkili. Muhtemelen acıyı korkuyla birleştirerek her şeyi ona izletmişlerdi. Vücudunuza böyle bir şeyin yapıldığını görmek mide bulandırıcıydı. Sharya'daki dindar polis bu yöntemi çok kullanmıştı. Louise'in bu travmadan kurtulmak için muhtemelen psikocerrahiye ihtiyacı olacaktı.

Sarışın, gözlerimin nereye kaydığını görünce, sanki bu suçta onun da parmağı varmış gibi sert bir ifadeyle başını salladı.

"Kadının beynini neden hâlâ dağıtmadığımı mı merak ediyorsun?"

Soğuk bir ifadeyle yüzüne baktım. "Hayır. Meşgul bir adama benziyorsun ama bir ara vaktin olur herhalde."

"Gerek yok," dedi sakin bir tavırla. "İhtiyar Anenome bir Katolik. Kızların söylediğine göre üçüncü ya da dördüncü nesil. Diskte yeminli ifadesi var. Vatikan ile kaydedilmiş bir vazgeçme yemini. Bunlardan çok var. Bazen işleri çok kolaylaştırıyor."

"Çok konuşuyorsun Jerry," dedi kadın.

Sarışın, kadına dönüp baktığında gözlerinin akı parladı. Vermeye hazırlandığı cevabı, Deek ve Oktai koridordan gelen berbat müzik eşliğinde küçücük kabine girdiğinde yutuverdi. Deek'i süzdüm ve onu borulu adamla aynı kas kategorisine koydum. Daha sonra Oktai'ya baktığımda onun da bana baktığını gördüm. Kalbim duracak gibi oldu. Oktai, Moğol'un ta kendisiydi.

Jerry başıyla beni işaret etti.

"Bu o mu?" diye sordu.

Oktai yavaşça başını salladığında geniş yüzünde muzaffer bir gülümseme belirdi. Kocaman ellerini sıkıp sıkıp gevşetiyordu. Baş etmeye çalıştığı öfkesi öylesine büyüktü ki, onu boğuyordu. Birinin kırık burnuna peçeteyle beceriksizce tampon yaptığını gördüm ama gözlerimin önündeki nefreti haklı göstermeye yetmiyordu.

"Pekâlâ Ryker." Sarışın hafifçe öne eğildi. "Hikâyeni değiştirmek ister misin? Neden benimle kafa bulmaya çalıştığını anlatır mısın mesela?"

Benimle konuşuyordu.

Deek, odanın bir köşesine tükürdü.

"Neden bahsettiğini bilmiyorum," dedim. "Kızımı bir fahişeye çevirdin ve sonra onu öldürdün. Bunun için seni öldüreceğim."

"Bunu başarabileceğini sanmıyorum," dedi Jerry, karşıma oturup gözlerini yere dikerek. "Kızın aptalın tekiydi. Beni etkileyebileceğini düşünüyordu ve..."

Durup başını kuşkucu bir edayla iki yana salladı.

"Kime, ne anlatıyorum ben? Seni köşeye kıstırdım ama hâlâ saçmalıklarını dinliyorum." Burnunu çekti. "Şimdi sana bir kez daha, nazikçe soruyorum. Belki seninle anlaşabiliriz. Daha sonra seni ilginç arkadaşlarımla tanıştıracağız. Ne demek istediğimi anlıyor musun?"

Bir kez, yavaşça başımı salladım.

"Güzel. Pekâlâ Ryker. Licktown'da işin ne?"

Gözlerinin içine baktım. Kendini dev aynasında gören küçük bir zavallıydı. Burada öğreneceğim herhangi bir şey yoktu.

"Ryker kim?"

Sarışın yeniden başını eğip gözlerini ayaklarımın arasındaki zemine dikti. Olacaklar konusunda endişeli gibiydi. En sonunda dudaklarını yaladı, kendi kendine hafifçe başını salladı ve dizlerinden güç alarak ayağa kalktı.

"Peki sert çocuk. Ama sana bir seçenek sunduğumu sakın unutma." Sentetik kadına doğru döndü. "Onu buradan çıkar. İz kalmasını istemiyorum. Gözlerine kadar yüklü olduğunu da onlara söyle. Bu kılıfın içinde ondan hiçbir şey alamazlar."

Kadın başıyla onayladı ve parçacık ateşleyiciyle ayaklarımı işaret etti. Louise'in cesedini ayakkabısının ucuyla dürttü. "Ya bu?"

"Kurtul şundan. Milo, Deek, siz de onunla gidin."

İri yarı olan zenci, belindeki silahını çekip yerdeki cesedi omuzlamak için eğildi. Hemen arkasındaki Deek, cesedin berelenmiş kalçasına şefkatle vurdu.

Moğol tuhaf bir ses çıkardı. Jerry, hafif bir tiksintiyle ona baktı. "Hayır, sen kal. Senin görmeni istemediğim yerlere gidecekler. Endişelenme, bir disk yapacaklar."

"Elbette dostum," dedi Deek başını hafifçe arkaya çevirerek. "Hemen geri döneriz."

"Peki, tamam," dedi kadın kaba bir tavırla. Bana doğru döndü. "Ryker, şimdi bir şeyi açıklığa kavuşturalım. İkimiz de nörokimyanın etkisindeyiz. Ve benimki Lockheed-Mitoma deneme pilotu sınıfından. Bana karşı hiçbir şey yapamazsın. Eğer yanlış bir hareket yapacak olursan, seve seve bağırsaklarını deşerim. Gittiğimiz yerde nasıl bir durumda olduğun kimsenin umurunda değil. Anlaşıldı mı Ryker?"

"Benim adım Ryker değil," dedim öfke içinde.

"Peki."

Buzlu cam kapıdan geçerek içinde makyaj masası ve duş bulunan dar bir alan gördük. Daha sonra kabinlerin paralelindeki koridora vardık. Buradaki aydınlatma yeterliydi, müzik yoktu ve koridor daha büyük, yer yer perdeyle gizlenmiş soyunma odalarına açılıyordu. Soyunma odalarındaki genç erkek ve kadınlar sigara içiyor ya da kiralanmamış sentetikler boşluğa bakıyorlardı. Eğer olan biteni gördülerse de hiç belli etmediler. Milo, omzundaki cesetle önden gidiyordu. Deek benim arkamdaydı ve sentetik kadın ise elindeki parçacık ateşleyiciyle en arkadan yürüyordu. Jerry'yi en son gördüğümde, koridorda ellerini kalçalarına koymuş, ev sahibi edasıyla bizi izliyordu. Deek'in enseme vurduğu şaplakla yeniden önüme döndüm. Louise'in sallanan, yaralı bacakları ben, kasvetli bir otoparka çıkardı. Burada simsiyah, dörtgen şeklinde bir hava arabası bizi bekliyordu.

Sentetik kadın aracın bagajını açıp silahıyla beni işaret etti. "Epey geniştir. Rahatına bak."

Bagaja bindiğimde haklı olduğunu gördüm. Daha sonra Milo, Louise'in cesedini yanıma koydu ve kapağı kapayarak ikimizi karanlığın içine baş başa bıraktı. Diğer kapıların da kapandığını duyduktan sonra hafif bir sarsıntıyla havalandık.

Hızlı bir yolculuktu ve kara yolculuğundan daha yumuşaktı. Jerry'nin arkadaşları aracı dikkatli kullanıyorlardı. Bagajda yolcu taşıyorsanız, sinyal vermeden şerit değiştirdiğiniz için polis tarafından kenara çekilmek istemezsiniz. Karanlık bagajın içi rahmi andırıyordu ama cesetten gelen dışkı kokusu berbattı. Louise, işkence sırasında bağırsaklarını boşaltmıştı.

Yolculuğun büyük bir kısmını kıza üzülerek ve Katolik çılgınlığa lanet okuyarak geçirdim. Louise'in belleğine zarar verilmemişti. Finansal korkular bir yana, kolayca hayata geri döndürülebilirdi. Harlan'da olsaydı, dava süreci için geçici olarak, muhtemelen sentetik bir kılıfa nakledilirdi ve mahkeme kararını verdiğinde, ailesinin elinde bulunan sözleşmenin yanı sıra, devlet tarafından bir de kurban desteği alırdı. On davadan dokuzunda, bu tür bir yeniden kılıflama işlemi için yeterli para sağlanıyordu. Ölüm, iğnen nerede?

Dünyada kurban desteği var mıydı, bilmiyordum. Kristin Ortega'nın iki gece önceki öfkeli monoloğundan anladığım kadarıyla böyle bir şey söz konusu değildi ama en azından bu kızı hayata geri döndürmenin bir yolu olabilirdi. Bu lanet gezegenin bir yerinde, gurunun biri böyle bir şey vadetmişti ve Anenome adıyla da bilinen Louise, daha birçok insanla birlikte bu deliliği destekliyordu.

İnsanoğlu. Onları hiç anlayamıyorum.

Alçalmaya başladığımız sırada araba sarsılınca ceset de üzerime doğru yuvarlandı. Pantolonumdan içeri ıslak bir şey süzüldü. Korku içinde terlemeye başlamıştım. Beni, şimdiki kılıfımın aksine, acıya dayanıklı olmayan bir etin içine yerleştireceklerdi. O etin içine hapsolduğum sırada, bana, fiziksel olarak öldürmek de dahil, birçok şey yapabileceklerdi.

Sonra yeni bir vücutla her şeye yeniden başlayacaklardı.

Ya da gerçekten tuhaflarsa, bilincimi, psikocerrahide kullanılan sanal matrislere benzeyen bir kılıfa aktararak elektronik yolla işkence edeceklerdi. Aslında bir farkı yoktu ama gerçek dünyada günler sürecek bir şey, dakikalar içinde halledilebilirdi.

Nörokimya sayesinde korkumu yenmeye çalışırken zar zor yutkundum. Elimden geldiğince nazik bir şekilde Louise'in soğuk varlığını yüzümden ittim ve neden öldüğünü düşünmemeye çalıştım.

Araba yere indi ve birkaç saniye ilerledikten sonra durdu. Bagaj açıldığında görebildiğim tek şey, ilüminyum parmaklıklarla çevrelenmiş başka bir kapalı otoparkın çatısıydı.

Beni profesyonel bir titizlikle arabadan çıkardılar. Kadın arkada duruyordu. Deek ve Milo kenara çekilip görüş alanını bozmamaya çalıştılar. Louise'in üzerinden geçerek siyah beton zemine ayak bastım. Etrafı gizlice incelerken yaklaşık on iki tane araç ve bu mesafeden okuyamadığım barkodlar gördüm. Arkadaki bir rampadan iniş pistine çıkılıyordu. Milyonlarca benzer yapının arasından pek seçilmiyordu. İç çekip doğrulurken bacağımdaki ıslaklığı bir kez daha hissettim. Giysilerime baktım. Bacağımda koyu bir leke vardı.

"Neredeyiz?" diye sordum.

"Yolun sonundasın," diye homurdandı Milo, Louise'i dışarı çıkarırken. Kadına baktı. "Bunu her zamanki yere mi götüreyim?"

Sentetik kadın başıyla onaylayınca, Milo çift kapıya doğru yöneldi. Tam arkasından gideceğim sırada kadın beni silahıyla durdurdu.

"Sen kal. Orası çöp bacası; dışarı çıkmanın en kolay yolu. Bacayı boylamadan önce seninle konuşmak isteyen insanlar var. Şuradan."

Deek sırıtmaya başlayıp arka cebinden küçük bir silah çıkardı. "Doğru Bay Kötü Polis. Şuradan."

Beni başka bir kapıdan geçirip ticari amaçlı bir asansöre bindirdiler. Duvardaki yanıp sönen LED ışıklara bakacak olursam, yirmi dört kat aşağı indik. Yolculuk sırasında Deek ve kadın asansörün karşılıklı iki köşesinde durarak silahlarını hiç indirmediler. Onları yok sayıp gözlerimi dijital sayaçtan ayırmadım.

Kapılar açılınca sedyeli bir sağlık ekibinin bizi beklediğini gördüm. İçgüdülerim adamları atlatmam gerektiğini söylese de hareketsiz kaldım. Mavi giyimli iki adam öne doğru gelip kollarımı tuttular. Kadın görevli boynuma hipodermik bir sprey sıktı. Buz gibi bir histi bu. Görüş alanım git gide daralmaya başladı. Gördüğüm son şey, bilincimi kaybedişimi seyreden sağlık görevlisinin kaygısız yüzü oldu.

ON ÜÇÜNCÜ BÖLÜM

Ezanın sesine uyandım. Caminin hoparlörlerinden yayılan bu çağrı, aksi ve metalik bir mızmızlanmayı andırıyordu. Bu sesi en son Sharya'da, Zihicce'nin semasında duymuştum ve hemen arkasından yağmacıların hava bombardımanı başlamıştı. Başımı kaldırıp baktığımda, süslü bir pencerenin demir parmaklıklarından içeri ışık süzüldüğünü fark ettim. Karnımdaki tuhaf ve tarif edilemez his, regl olacağımın habercisi gibiydi.

Ahşap zeminde oturup kendime baktım. Beni genç bir kadının vücuduna yerleştirmişlerdi. Yirmi yaşından büyük değildi, bakır tonda bir teni ve gür, siyah saçları vardı. Ellerimi saçlarına götürdüğümde, regl nedeniyle kirlendiğini ve cansızlaştığını hissettim. Tenim hafif yağlanmıştı ve bir süredir yıkanmadığım hissine kapıldım. Üzerimde, kılıfım için çok fazla büyük olan hâkî renkli bir gömlek dışında hiçbir şey yoktu. Gömleğin altından görünen göğüslerim şişmişti ve yumuşaktı. Çıplak ayaktım.

Ayağa kalkıp pencereye doğru yürüdüm. Cam yoktu ve baş seviyemin çok üzerinde kalıyordu. Ben de parmaklıklara tutunarak dışarı baktım. Güneşin soldurduğu kiremit kaplı çatılar alabildiğine uzanıyordu. Yer yer eski uydu antenleri göze çarpıyordu. Sol tarafta görünen minareler gökyüzüne doğru uzanıyordu. Gittikçe yükselen bir uçağın beyaz buharları ardında iz bırakmıştı. Sıcak ve nemli bir rüzgâr esiyordu.

Kollarım ağrımaya başladığı için kendimi yeniden yere bıraktım ve kapıya doğru ilerledim. Elbette kilitliydi.

Ezan sustu.

Sanallık. Hatıralarımı karıştırmış ve içinden bu sahneyi çıkarmışlardı. Sharya'dayken, insanların çektiği acılara dayalı yaptığım uzun kariyerim boyunca berbat şeyler görmüştüm. Sharya'nın dindar polisi, soruşturma yazılımı konusunda, Angin Chandra deneysel pornoda ne kadar tanınıyorsa o kadar tanınıyordu. Şimdi de, gerçeği kadar acımasız olan bu sanal Sharya'da beni bir kadın kılıfına sokmuşlardı.

Bir gece sarhoşken, Sarah bana şöyle söylemişti: *Tak, insan ırkı kadınlardan ibarettir. Erkekler kadınların yalnızca daha fazla kası ama daha az siniri olan bir mutasyonudur. Savaşan, lanet makinelerdir.* Her iki türdeki kılıflarım bu teoriyi doğruluyordu. Kadın olmak çok daha duyusal bir deneyimdi. Dokunuşlar ve doku çok derindi. Bu, erkek etinin çevreyle kuramadığı bir bağdı. Erkeklerin teni bir engel, bir koruma gibiyken kadınlar için bu, bir tür iletişim organıydı.

Elbette sakıncaları da vardı.

Kadınların acı eşiği erkeklere oranla daha yüksekti ama adet döngüsü onları ayda bir kez darmadağın ediyordu.

Nörokimya yoktu. Teyit ettim.

Savaşa koşullanmışlık yoktu, saldırganlık refleksi yoktu.

Hiçbir şey yoktu.

Genç bedenlerde nasır bile yoktu.

Kapı bir anda açılınca olduğum yerde sıçrayıverdim. Terlemeye başlamıştım. Sakallı, simsiyah gözlü iki adam odaya girdi. İkisi de sıcak yüzünden geniş keten giysiler giymişti. Bir tanesinin ellerinde yapıştırıcı bant, diğerinde ise küçük bir pürmüz lambası vardı. Panik refleksimi serbest bırakmak ve bu çaresizliğimi yenmek için adamların üzerine atıldım.

Elinde bant olan adam incecik kollarımı yakalayıp elinin tersiyle güçlü bir tokat savurdu. Yere düştüm. Yüzüm uyuşmuş gibiydi ve ağzımda kan tadı vardı. Bir tanesi kolumdan tutarak beni yeniden ayağa kaldırdı. Uzaktan, bana vuranın yüzünü gördüm ve ona odaklanmaya çalıştım.

"Pekâlâ," dedi. "Başlıyoruz."

Boştaki elimin tırnaklarıyla gözüne saldırdım. Kordiplomatik'te aldığım eğitim sayesinde oldukça atik davranmıştım ama kontrolü kazanamadım ve hedefi ıskaladım. Yine de iki tırnağımla yanağını kanatmayı başarmıştım. Adam irkilerek geri çekildi.

"Küçük orospu," dedi. Elini yanağına götürüp parmaklarındaki kana baktı.

"Ah, lütfen," dedim zar zor. Ağzımın uyuşmamış olan kısmıyla konuşmaya çalışıyordum. "Diyaloglar da önemli mi? Sırf üzerimde bu var diye..."

Bir anda durdum. Adamın keyfi yerine gelmiş gibiydi. "Irene Elliott *değil* o halde," dedi. "İlerleme kaydediyoruz."

Bu kez tam kaburgamın altına bir yumruk indirerek ciğerlerimi adeta felce uğrattı. Nefes almaya çalışarak yere yığıldım. Tek çıkarabildiğim, belli belirsiz bir cızırtı oldu. Adam, yapıştırıcı bandı diğerinin elinden alarak yirmi beş santim kadar çekti. Bu sırada deri yüzer gibi korkunç bir ses çıkmıştı. Bandı dişiyle koparak yanımda diz çöktü ve sağ bileğimi başımın üzerinden yere bantladı. Debelenmeye başlayınca, aynısını diğer koluma yapmak için epey çaba sarf etmesi gerekti. Bana ait olmayan bir sesle çığlık atacak gibi olduğum sırada kendimi tuttum. Bir işe yaramazdı. Gücümü korumalıydım.

Dirseklerimin yumuşak derisine değen zemin sert ve rahatsızdı. Bir şeyin gıcırdadığını duyup başımı çevirdim. İkinci adam iki tane tabure çekmişti. Beni döven bacaklarımı iki yana ayırarak bantlamakla meşgulken, seyirci taburelerden birine oturup sigara paketinden bir tane çekti. Yüzüme bakıp sırıtarak sigarasını ağzına götürdü ve pürmüz lambasına uzandı. Daha sonra, eserini izlemek için geriye doğru çekilen arkadaşına sigara ikram etti. Adam, sigarayı reddetti. Sigara içen ise bu hareket karşısında omuzlarını silkti ve pürmüz lambasıyla sigarasını yaktı.

"Bize her şeyi anlatacaksın," dedi dumanını üfleyerek. "Jerry'nin Yakın Mesafeleri ve Elizabeth Elliott hakkında bildiğin her şeyi."

Pürmüz lambası sessiz odanın içinde usulca tıslıyordu. Yüksek pencereden güneş ışığı süzülüyor, beraberinde insanla dolu bir şehrin sesini de getiriyordu.

İşe ayaklarımla başladılar.

Bir insanın boğazından çıkacağına inanamadığım çığlıklar gittikçe daha da tizleşiyor, kulak zarımı yırtıyordu. Gözlerimin önünde kırmızı lekeler vardı.

Inneninineninninenin...

Sunjet gitti. Görüntüye bir anda Jimmy de Soto giriyor. Kanlı elleri yüzünde. Tökezleyen bedeninden çığlıklar duyuluyor. Bir anlığına gürültüyü çıkaranın kontaminasyon alarmı olduğuna neredeyse inanıyorum. Refleks olarak kendi omzuma baktıktan sonra, tüm o acının içinde, ne olduğu anlaşılmayan bir kelime boğuk bir sesle yankılanıyor ve bunun o olduğunu anlıyorum.

Ayakta dururken bu bombardıman karmaşasında açık bir hedef haline geliyor. Açık alana doğru ilerleyip, onu da yıkılmış bir duvara gizliyorum. Sırt üstü yatırıp yüzüne ne olduğuna baktığım sırada hâlâ çığlık atıyor. Ellerini zar zor yüzünden çekiyorum ve sol gözünün çukuru bana doğru dönüyor. Parmaklarında göz mukozasının parçaları var.

"Jimmy, JIMMY, bu da nesi..."

Çığlıkların ardı arkası kesilmiyor. Var gücümle, henüz sağlam olan ikinci gözüne de saldırmaması için çabalıyorum. Neler olduğunu anlayınca tüylerim diken diken oluyor.

Viral saldırı.

Jimmy'ye bağırmayı kesip mikrofona bağırıyorum.

"Doktor! Doktor! Viral saldırı!"

Innenin'in kıyı başında kendi sesimin yankılandığını duyunca, dünya adeta başıma yıkılıyor.

Bir süre sonra seni yaralarınla baş başa bırakırlar. Bu her zaman böyledir. Sana yaptıklarını, daha da önemlisi, henüz neler yapmadıklarını düşünmen için zaman verirler. Başına daha nelerin geleceğini düşünmek, ellerindeki sıcak demir ve bıçak kadar önemli bir silahtır.

Geri döndüklerini duyduğunda, ayak seslerinin yankısının verdiği korkuyla midende kalan safrayı bile kusarsın.

Şehrin 1/10,000 ölçekli bir uydu fotoğrafının mozaik kopyasını düşünün. İç duvarları epey yer kaplayacaktır. Bir bakışta fark edeceğiniz bazı unsurlar söz konusudur. Bu planlı bir gelişme midir, yoksa organik mi? Hiç güçlendirilmiş midir? Denize kıyısı var mıdır? Yakından bakarsanız daha fazlasını öğrenebilirsiniz. Ana arterler, parklar, varsa astroliman nerede? Eğer haritalarda uzmansanız, nüfusun hareketlerini bile inceleyebilirsiniz: Şehrin cazibe merkezi neresi? Trafik sorunu nerede var? Bombardıman ya da ayaklanma varsa, şehrin en çok hangi bölgesinde yoğunlaşmış?

Ama bu resimden hiçbir zaman öğrenemeyecekleriniz de vardır. Ayrıntılara ne kadar inerseniz inin, suçun genel anlamda artıp artmadığını ya da vatandaşların saat kaçta uyuduklarını size söyleyemez. Belediye başkanının eski sokakları yıkmayı planlayıp planlamadığını, polis teşkilatının yozlaşıp yozlaşmadığını ya da Elli İki Numara, Melek Rıhtımı'nda ne dolaplar döndüğünü size söyleyemez. Mozaiği küçük parçalara ayırabilir, bir kutuya gezdirip her yerde gezdirdikten sonra herhangi bir yerde parçaları yeniden bir araya getirebilirsiniz. Bunlar, şehre gidip oranın sakinleriyle konuşarak öğreneceğiz türde şeylerdir.

Dijital İnsan Depolama soruşturmayı köhneleştirmedi, yalnızca temellerini yeniden canlandırdı. Dijitalleştirilmiş bir zihin, enstantaneden başka bir şey değildir. Bireysel düşünceleri, uydunun bireysel yaşamların fotoğrafladığı gibi fotoğraflayamazsınız. Bir psikocerrah, Ellis modeli üzerinden büyük travmaları iyileştirip neler yapılması gerektiğine dair birkaç temel tahmin yürütebilir ama eninde sonunda hastasına tavsiye edip kendisinin de gideceği sanal bir çevre üretmek zorunda kalır. Soruşturmayı yürütenlerin ihtiyaçları daha belirgindir ve onlar daha zor zamanlar geçirirler.

Dijitalleştirilmiş insan depolama, bir insana ölene kadar işkence etmeyi ve ölünce işkenceye yeniden başlamayı mümkün kıldı. Elde böyle bir seçenek varken, hipnoz ve nöroleptik bazlı soruşturmalar, uzun süre önce pencereden uçup gitmişti. Bu tür olayları mesleğin birer riski olarak görenler için, gerekli kimyasal ya da zihinsel karşı şartlandırmayı sağlamak çok kolaydı.

Bilinen evrende, sizi ayaklarınızın yanmasına ya da tırnaklarınızın çekilmesine hazırlayan hiçbir şartlandırma yoktur.

Ya da göğüslerinizde sigara söndürülmesine.

Ya da vajinanıza kızgın demir sokulmasına.

Acıya. Aşağılanmaya.

Hasara.

Psikodinamik/Bütünlük eğitimi.

Giriş.

Zihin, aşırı stres anlarında ilginç şeyler yapar. Halüsinasyon görür, yer değiştirir, inzivaya çekilir. Kordiplomatiklerde tüm bunlara karşı körlemesine tepkiler vermeyi değil, bunu bir oyun gibi düşünerek en akıllıca hamlelerin neler olabileceğini görmeyi öğrenirsiniz.

Kızgın metal etin içine girip deriyi polietilen gibi ayırır. Acı insanı tüketir ama en kötüsü de her şeyin gözünüzün önünde olmasıdır. Önceden inanamadığınız çığlıklarınız, artık kulaklarınıza çok tanıdık geliyordur. Bunun onları durdurmayacağını bilseniz de çığlık atarak yalvarmaya devam edersiniz...

"Berbat bir oyun, değil mi moruk?"

Çoktan ölmüş olan Jimm bana gülümsüyor. Hâlâ Innenin'deyiz ama burası oraya hiç benzemiyor. Onu götürürlerken hâlâ çığlık atmaya devam ediyordu. Gerçekte...

Yüzü aniden değişiyor, karamsarlaşıyor.

"Gerçekleri bir kenara bırak, sana göre bir şey değil. Boş ver. Ona yapısal bir zarar verdiler mi?"

İrkiliyorum. "Ayakları. Yürüyemiyor."

"Orospu çocukları," diyor sakince. "Onlara öğrenmek istediklerini neden anlatmıyoruz ki?"

"Ne öğrenmek istediklerini bilmiyoruz da ondan. Ryker denen o herifin peşindeler."

"Ryker da kim?"

"Bilmiyorum."

Omuzlarını silkiyor. "O halde Bancroft'u anlat. Yoksa onunla hâlâ bir onur meselen olduğunu falan mı düşünüyorsun?"

"Galiba zaten onlara anlattım. Ama umurlarında olmadı. Duymak istedikleri bu değil. Bu herifler çömez, dostum. Kasap bunlar."

"Sürekli anlatıp dur. Eninde sonunda sana inanacaklardır."

"Jimmy, önemli olan bu değil. Her şey bittiğinde kim olduğumun önemi olmayacak. Belleğimi çıkarıp vücudumu parça parça satacaklar."

"Evet." Jimmy parmağını boş göz çukuruna götürüp içerideki kan pıhtısını kaşıdı. "Anladım. Sanal bir durumda yapman gereken şey, bir sonraki ekrana ulaşmak. Öyle değil mi?"

Harlan'da, Sarsıntı adıyla bilinen dönem boyunca, Quellist Siyah Birlikleri'ndeki gerillalara cerrahi müdahaleyle, ihtiyaç halinde elli metre kare dahilindeki her şeyi küle çevirecek kadar güçlü, enzimle hareket eden yarım kiloluk patlayıcı yerleştiriliyordu. Bu, sorgulanabilir başarılar doğurmuş bir taktikti. Söz konusu enzim öfkeye bağlıydı ve silahı ateşleyecek şartlanma kesin değildi. İstemsiz patlamalar meydana geldiği oluyordu.

Yine de kimse Siyah Birlikleri'ni sorguya çekmek istemiyordu. En azından ilk üyelerinden sonra. Kadının adı...

Daha kötüsünü yapamayacaklarını düşünürdünüz ama demiri içinize sokup yavaş yavaş ısıtmaya başlarken bu konuyu yeni baştan düşünecek kadar zamanınız oluyordu. Yakarışlarınız artık bir fısıltıdan ibaretti...

Söylediğim gibi...

Kadının adı Iphigenia Deme'ydi ve henüz Protektora güçleri tarafından katledilmeyen arkadaşları ona Iffy derdi. Shimatsu Bulvarı, On Sekiz Numara'nın aşağı katındaki soruşturma masasında ettiği son sözleri şu olmuştu: *Bu kadar yeter!*

Daha sonra tüm bina patlamayla yerle bir olmuştu.

Bu kadar yeter!

Sıçrayarak uyandığımda son çığlıklarım hâlâ içimde yankılanıyordu. Bir anda yaralarımı hatırlayıp onlara dokundum ama elime gelen tek şey, tertemiz örtülerin altındaki genç ve sağlıklı bir et oldu.

Bir yerlerden belli belirsiz bir sallantı ve yakınlara vuran küçük dalgaların sesleri geliyordu. Başımın hemen üzerinde eğimli ve ahşap bir tavan vardı. Lombozdan içeri ışık süzülüyordu. Daracık yatakta doğruldum ve örtü göğüslerimin üzerinden kayıp düştü. Bakır renkli bu tepecikler pürüzsüz ve lekesiz, göğüs uçları tertemizdi.

Başlangıç noktasına geri dönmüştüm.

Yatağın hemen yanında, üzerinde beyaz bir tişörtle düzgünce katlanmış yelken bezinden bir pantolonun durduğu alelade, ahşap bir iskemle vardı. Yerde bir çift sandalet duruyordu. Küçük kabinde, üzeri dağınık bir başka yatakla kapı dışında ilginç hiçbir şey yoktu. Biraz acemice olsa da mesaj açıktı. Üzerimi giyip küçük balıkçı teknesinin güneşin aydınlattığı güvertesine çıktım.

"İşte, hayalperest de geldi." Kadın, teknenin kıçında oturmuş, ellerini birleştirmişti. Üzerimdeki kılıftan hemen hemen on yıl daha yaşlı görünüyordu. Pantolonumla aynı kumaştan yapılmış giysisinin içinde gizemli bir güzelliği vardı. Bez ayakkabı giymiş, güneş gözlüğü takmıştı. Kucağındaki eskiz defteri, şehrin planına benziyordu. Öylece dikilmiş dururken, kadın defterini bir kenara koyup beni karşılamak için ayağa kalktı. Hareketleri oldukça nazikti ve kendinden emin bir tavrı vardı. Kendimi onunla kıyasladığımda beceriksiz görünüyordum.

Mavi suya doğru baktım.

"Saat kaç oldu?" Sakin görünmeye çalışıyordum. "Beni köpekbalıklarına mı yem edeceksiniz?"

Kusursuz dişlerini göstererek güldü. "Hayır, şu aşamada buna gerek yok. Tek istediğim konuşmak."

Dizlerimin bağı çözülmüştü. "Konuşalım o halde," dedim.

"Tamam." Kadın, kıçtaki yerine yeniden oturdu. "Burnunuzu, üzerinize vazife olmayan işlere sokmuşsunuz ve sonucunda da acı çekmişsiniz. Benim amacımın da sizinkine benzediğini düşünüyorum. Yani, daha fazla bela istemiyorum."

"Benim amacım sizin öldüğünüzü görmek."

Hafifçe gülümsedi. "Evet, bundan hiç şüphem yok. Sanal bir ölüm bile muhtemelen sizi mutlu edecektir. Bu kurgunun siyah kuşak shotokan* uzmanlığı gerektirdiğini bilmenizi isterim."

* Bir tür karate. –*yhn*

Ellerindeki nasırları gösterdi. Omuzlarımı silktim.

"Dahası, her şeyin başına dönebiliriz." Suyun ardında işaret ettiği yere baktığımda, eskizini çizdiği şehrin ufuktaki manzarasını gördüm. Yansıyan güneş ışığından korunmak için gözlerimi kıstığımda minareleri fark ettim. Bu ucuz psikoloji karşısında gülümsemeye çalıştım. Tekne, deniz, firar. Bu çocuklar programlarını hayata geçirmişlerdi.

"Oraya dönmek istemiyorum," dedim açık açık.

"Güzel. O zaman bize kim olduğunu söyle."

Şaşkınlığımın yüzümden okunmaması için elimden geleni yaptım. Gizli görev eğitimim birden uyandı ve yalan üstüne yalan söylemeye başladı. "Bunu söylediğimi sanıyordum."

"Söyledikleriniz pek açık değildi ve kendi kalbinizi durdurarak soruşturmayı kısa kestiniz. Siz Irene Elliott değilsiniz, orası kesin. Yeniden eğitime alınmadığı sürece Elias Ryker da olamazsınız. Laurens Bancroft ile bağlantınız olduğunu, başka bir dünyadan geldiğinizi ve Kordiplomatik üyesi olduğunuzu iddia ediyorsunuz. Böyle bir şey beklemiyorduk."

"Bundan eminim," diye mırıldandım.

"Bizi ilgilendirmeyen konulara bulaşmak istemiyoruz."

"Bulaştınız bile. Bir Kordiplomatik üyesini kaçırıp işkence ettiniz. Kordiplomatik'in bu yüzden size neler yapabileceğine dair en ufak bir fikriniz bile yoktur. Sizi yakalayıp belleğinizi EMP'ye geçirecekler. Hepinizinkileri. Sonra sıra ailenize, iş ortaklarınıza, sonra *onların* ailelerine ve sonra bu işte parmağı olan herkese gelecek. Sizinle işleri bittiğinde esaminiz bile okunmayacak. Kordiplomatik'e bulaştıktan sonra, bu hikâyeyi anlatacak kadar uzun süre yaşayamazsınız. Sizi *yok ederler*."

Bu, şaşırtıcı bir blöftü. Kordiplomatik ve ben, öznel zaman düzleminde en az on senedir, nesnel zaman düzleminde ise en az yüz yıldır konuşmamıştık. Ama Protektorada Kordiplomatikler, gezegen başkanına bile savrulacak büyük bir tehdit demekti. Herkes onlardan, tıpkı küçük bir Newpest çocuğunun Yama Adam'dan korktuğu gibi korkardı.

"Kordiplomatik'lerin Dünya üzerindeki faaliyetlerinin, BM'nin mandasına geçilene kadar yasaklandığını biliyordum," dedi kadın sakince. "Belki de yakayı ele vererek kaybedeceğiniz çok şey vardır."

Bay Bancroft'un BM Mahkemesi'nde gizli bir gücü var ve bu güç, az çok herkesçe bilinen bir konuyla ilgili. Bir anda aklıma Oumou Prescott'nın söyledikleri geldi ve hemen savunmaya geçtim.

"Belki bunu Laurens Bancroft ve BM Mahkemesi ile görüşüp doğrulatmak istersiniz," diye öneride bulundum, kollarımı kavuşturarak.

Kadın bir süre öylece yüzüme baktı. Saçlarımı dağıtan rüzgâr, beraberinde şehrin belli belirsiz homurtusunu da getirmişti. En sonunda, "Belleğinizi silip, kılıfınızı izi bile kalmayacak şekilde paramparça edebileceğimizi biliyorsunuz. Sizden geriye hiçbir şey kalmaz."

"Sizi bulurlar," dedim, yalanımın içinde gerçeklik payının da bulunmasından duyduğum güvenle. "Kordiplomatik'ten saklanamazsınız. Ne yaparsanız yapın, sizi bulurlar. Şimdilik umut edebileceğiniz tek şey, uzlaşmaya varmak."

"Neyin uzlaşması?" diye sordu kadın, donuk bir ifadeyle.

Ağzımı açmadan hemen önce zihnim var gücüyle çalışmaya başladı ve söyleyeceğim her heceyi ölçüp tarttım. Bu, benim için bir kaçış penceresi gibiydi. Başka şansım olmayacaktı.

"Batı kıyıları boyunca ilerleyen bir biyokorsan operasyonu söz konusu," dedim dikkatlice. "Jerry'nin mekânı gibi yerleri kullanıyorlar."

"Ve Kordiplomatikleri mi çağırdılar?" Kadının sesinde alaycı bir eda vardı. "Biyokorsanlar için mi? Haydi ama Ryker. Elinizden gelenin en iyisi bu mu?"

"Ben Ryker değilim," diye çıkıştım. "Bu kılıf bir gizden başka bir şey değil. Bakın, haklısınız. Büyük bir ihtimalle bu konu bizi rahatsız etmez. Kordiplomatik, bu seviyedeki bir suçla uğraşmak için tasarlanmadı. Ama bu insanlar, asla dokunmamaları gereken şeylere; acil müdahale donanımlı diplomatik biyoeşyaya dokundular. Bunu görmüş olmaları bile fazla. Biri bu konuda çok sinirli –yani BM Başkanlık seviyesinde biri– ve bu nedenle bizi göreve çağırıyorlar."

Kadın kaşlarını çattı. "Peki ya uzlaşma?"

"İlk olarak benimle bağlarınızı koparacaksınız ve kimse bundan kimseye bahsetmeyecek. Buna profesyonel anlaşmazlık diyelim. Daha sonra benim için yeni kapılar açacaksınız. Bilgiler, sizinki gibi paralel bir klinikte kulaktan kulağa yayılacak. Belki işime yararlar."

"Önceden söylediğim gibi, biz bu işin içine girmek konusunda..."

En sonunda kendimi serbest bırakıp öfkemi belli ettim. "Benimle kafa mı buluyorsunuz? Siz bu işe zaten *girdiniz*. Hoşunuza gitsin ya da gitmesin, sizi ilgilendirmeyen bir pastadan kocaman bir ısırık aldınız ve lokmanızı ya çiğnersiniz ya da tükürürsünüz. Seçiminiz hangisinden yana?"

Denizden gelen esinti ve bir teknenin belli belirsiz sallantısı dışında ortama sessizlik hâkimdi.

"Bunu bir düşünelim," dedi kadın.

Suda parlayan ışık yok olup gitti. Kadının arkasına baktığımda parlaklığın dalgalardan ayrılıp gökyüzüne yükseldiğini gördüm. Şehir, nükleer bir parıltı gibi beyaza döndü, tekne sanki sise bürünüp gözden kayboldu. Kadın da gitmişti. Her şey süt limandı.

Dünyanın ayarlarının bittiği yerdeki sise dokunmak için elimi kaldırdığımda kolum sanki ağır çekimde hareket ediyordu. Sessizliğin içindeki statik tıslama, yağmurun sesi gibi giderek yükseldi. Parmak uçlarım saydamlaştıktan sonra, tıpkı şehrin parıltının altındaki minareleri gibi beyazlaştı. Hareket edemiyordum ve beyazlık bütün kolumu kaplamıştı. Nefesim kesildi, kalbim durdu. Artık...

Artık yoktum.

ON DÖRDÜNCÜ BÖLÜM

Bir kez daha uyandım. Bu kez üzerimde büyük bir uyuşukluk vardı ve sanki ellerimi deterjana ya da beyaz alkole buladıktan sonra yıkarken bütün vücuduma da bulaştırmışım gibi hissediyordum. Yeniden bir erkek kılıfının içindeydim. Zihnim yeni sinir sistemime uyum sağlar sağlamaz silkinerek kendime geldim. Klimanın serinliği çıplak tenimi okşadı. Üzerimde hiçbir şey yoktu. Sol elimle gözümün altındaki yara izine dokundum.

Geri dönmüştüm.

Tepemdeki tavan beyazdı ve güçlü spot ışıklarıyla döşenmişti. Dirseklerimiz üzerinde doğruldum ve etrafımı izlemeye koyuldum. Ameliyathanede olduğumu fark edince içim ürperdi. Odada kanın tahliyesi için üzerinde olukların bulunduğu çelik ameliyat masası ve hemen yanında örümceği andıran, kollarını kavuşturmak bir otocerrah vardı. Sistemlerin hiçbiri aktif değildi ama duvardaki küçük ekranlarda ve hemen yanımdaki monitörde STANDBY yazısı yanıp sönüyordu. Ekrana doğru yaklaştığımda sürekli akıp giden bir kontrol listesi olduğunu fark ettim. Beni parçalara ayırması için bir otocerrah programlamışlardı.

Yattığım yerden kalktığım sırada kapı açıldı ve sentetik kadın yanında iki doktorla birlikte içeri girdi. Parçacık ateşleyici belindeydi ve üzerindeki giysiler çok tanıdıktı.

"Giysiler." Kaşlarını çatarak giysileri bana doğru fırlattı. "Giyinin."

Doktorlardan biri elini kadının koluna koydu. "Prosedür gereği..."

"Evet," diye söylendi kadın. "Bizi kovacak değil ya. Yalnızca sıradan kılıfları yönetebileceğimizi düşünüyorsanız, Ray ile konuşup işlerimizi başkasına devretmesini isteyebilirim."

"Yeniden kaplanmaktan söz etmiyor," dedim pantolonumu giyerken. "Soruşturma travması için testten geçmek istiyor."

"Size soru soran oldu mu?"

Omuzlarımı silktim. "Nasıl isterseniz. Nereye gidiyoruz?"

"Biriyle konuşacağız," diyerek kestirip attıktan sonra doktorlara döndü. "Eğer gerçekten iddia ettiği kişiyse, travma sorun olmaz. Eğer yalan söylüyorsa, eninde sonunda buraya dönecek."

Elimden geldiğince sakin bir şekilde giyinmeye devam ettim. Henüz rahat değildim. Gömleğime ve ceketime hiç dokunulmamıştı ama bandanam ortada yoktu ve bu canımı epey sıktı. Onu henüz birkaç saat önce satın almıştım. Saatimi de göremedim. Bunu sorun haline getirmemeye karar verip çizmelerimi giyerek ayağa kalktım.

"Peki kiminle konuşacağız?"

Kadın yüzünü ekşiterek bana baktı. "Aptallıklarını bilen biriyle. Bana sorarsanız, sonrasında sizi parçalamak için buraya getireceğiz."

"Her şey bittiğinde," dedim, "çetelerden birini sizi ziyarete gelmeye ikna edebilirim. Siz gerçek kılıfınızın içindeyken tabii. Desteğiniz için size teşekkür etmek isteyeceklerdir."

Parçacık ateşleyiciyi kılıfından çıkarıp çenemin altına dayadı. Eli çok hızlıydı. Kısa süre önce yeniden kaplanan hislerim tepki vermeye çalışsa da çok geçti. Sentetik kadın burnumun dibine kadar girdi.

"Beni sakın tehdit edeyim deme, seni bok çuvalı," dedi usulca. "Palyaçoları korkutmayı başarıp onları sindirmeyi başarabilirsin ama bana sökmez. Anladın mı?"

Göz ucuyla kadına baktım. Daha fazla hareket edebilecek halde değildim.

"Anladım," dedim.

"İyi," dedi dişlerinin arasından. Parçacık ateşleyiciyi çekti. "Ray ile her şey yolunda giderse herkesle birlikte senden özür dileyeceğim. Ama o zamana kadar sen belleği için boş konuşan potansiyel bir et parçasından başka bir şey değilsin."

Hızlı adımlarla indiğimiz koridorları aklımda tutmaya çalıştım. Daha sonra beni kliniğe çıkaran asansörün bir benzerine bindik. Yeniden katları saymaya koyuldum. Otoparka indiğimizde gözlerim istemsizce Louise'i götürdükleri kapıya takıldı. İşkenceye dair hatırladıklarım silikti –Kordiplomatik eğitimi, travmayı atlatmam için yaşadıklarımı kasten gizliyordu– ama her şey birkaç gün önce olmasına rağmen, gerçek zamana göre yaklaşık on dakika geçmişti. Klinikte muhtemelen bir ya da en fazla iki saat geçirmiştim ve Louise'in bedeni hâlâ o kapının ardında bekliyor olabilirdi.

"Arabaya binin," dedi kadın kısaca.

Bu kez beni bekleyen araç daha büyük ve daha güzeldi. Bancroft'un limuzinine benziyordu. Şoförün üzerinde üniforması vardı ve saçları kazınmıştı. Sol kulağının hemen üzerinde, patronunun barkodu vardı. Bay City'nin sokaklarında onun gibileri görmüş, insanın böyle bir şeyi nasıl kabul ettiğini merak etmiştim. Harlan'da askeriye dışındaki kimsede otorite işareti olmazdı. Bu, Yerleşim zamanında yaşanan köleliğe benziyordu.

Arka kabinin kapısında ikinci bir adam duruyordu. Elinde canavar gibi bir makineli tüfek vardı. Onun da saçları kazınmış, kulağının üzerine barkod basılmıştı. Yanından geçerken gözlerimi kaçırıp araca bindim. Sentetik kadın şoförle konuşmak için eğildiği sırada kulak misafiri olmak için nörokimyayı devreye soktum.

"...başım bulutlarda. Gece yarısından önce orada olmak istiyorum."

"Sorun değil. Bu akşam kıyı akıntısı çok iyi..."

Doktorlardan biri kapıyı yüzüme kapayınca neredeyse kulaklarımın zarı patlayacaktı. Sessizce oturup kendime gelmeye çalışırken kadın ve makineli tüfekli adam her iki taraftan kapıları açarak yanıma oturdular.

"Gözlerinizi kapayın," dedi kadın, bandanamı çıkararak. "Birkaç dakikalığına gözlerinizi bağlayacağım. Eğer sizi bırakırsak, bu adamlar onları nerede bulacağınızı bilmenizi istemezler."

Pencerelere baktım. "Zaten camlar polarize."

"Evet ama nörokimyanın ne kadar güçlü olduğunu söylemeye gerek yok, değil mi? Şimdi kıpırdanmayı kesin."

Kırmızı bezi ustaca düğümledikten sonra bütün görüş alanımı kaplayacak şekilde gözlerimi bağladı. Arkama yaslandım.

"Birkaç dakika dayanın. Etrafa bakınmadan sessizce oturun. Gideceğimiz yere vardığımızda sizi haberdar ederim."

Araba havalandığı sırada yağmurun gürültüsünü duydum. Döşemeden yayılan deri kokusu, beni buraya getirirlerken oluşan dışkı kokusunu bastırmıştı. Oturduğum koltuk vücuduma göre şekil almıştı.

Sadece geçici süreliğine dostum. Jimmy'nin sesi kafamın içinde yankılanırken usulca gülümsedim. Haklıydı. Kiminle görüşeceğimiz konusunda bir şeyden emindim: bu, kliniğe gelmek istemeyen, hatta kliniğin yakınlarında bile görünmek istemeyen biriydi. Bu da saygınlığının ve dış dünyanın verilerine ulaşma gücünün bir göstergesiydi. Kısa süre içinde Kordiplomatik'in boş bir tehdit olduğunu, hemen sonrasında ise benim öleceğimi öğreneceklerdi. Gerçekten öleceğimi.

Ne yapman gerektiğini biliyorlar dostum.

Teşekkürler Jimmy.

Birkaç dakika sonra kadın bana gözlerimdeki bandanayı çıkarmamı söyledi. Bandanayı alnıma kadar kaldırdım. Yanımda oturan kaslı ve makineli tüfekli adam sırıtmaya başladı. Meraklı gözlerle ona baktım.

"Komik bir şey mi var?"

"Evet." Kadın konuşurken gözlerini şehrin ışıklarından ayırmadı. "Tam bir geri zekâlı gibi görünüyorsunuz."

"Geldiğim yerde öyle görünmüyorum."

Arkasına dönüp acıyan gözlerle bana baktı. "Geldiğiniz yerde değilsiniz. Dünya'dasınız. Ona göre davranın."

Bir kadına, bir de yanımdaki adama baktım. Adam sırıtmaya devam ediyordu. Sentetik kadının yüzünde ise nazik bir ifade vardı. Omuzlarımı silkip bandanamı çıkardım. Kadın yeniden altımızdaki şehrin ışıklarına daldı. Yağmur durmuş gibiydi.

Her iki tarafıma da delirmiş gibi vurmaya başladım. Sol yumruğum tüfekli adamın şakağına çarpıp kemiğini kırınca, adam homurdanarak yana düştü. Böyle bir darbe yiyeceğinden şüphelenmemişti bile. Sağ kolumu ise savurmaya devam ediyordum.

Sentetik kadın muhtemelen yetişemeyeceğim bir hızla öne eğildi ama beni yanlış anlamıştı. Kolunu kaldırıp darbeyi engellemeye ve başını korumaya çalıştıysa da başarılı olamadı. Elimi belindeki parçacık ateşleyiciye doğru uzatıp tetiği çektim. Işın bir anda harekete geçip aşağı doğru ateş aldı. Kadının sağ bacağının büyük bir bölümü parçalandıktan sonra güvenlik devresi silahı durdurdu. Kadın inliyordu. Bağırışları acıdan çok öfkeden gibiydi. Silahın namlusunu yukarı doğru çevirip vücudunu hedef alarak bir kez daha ateşledim. Silah, kadının gövdesinde ve yaslandığı koltukta bir karışlık bir oluk açmıştı. Kabinin içi kan içindeydi.

Silahın yeniden kendini durdurmasıyla ışın silahından çıkan ışık da kesildi ve kabin aniden karanlığa büründü. Yanımdaki sentetik kadın, ağzından köpükler çıkararak iç çekti. Daha sonra başıyla gövdesini birbirine bağlayan kısım sol yanına doğru düştü. Alnı, az önce dışarıyı seyrettiği pencereye yapışmıştı. Sanki alnını yağmur damlalarıyla lekelenmiş camda serinletmeye çalışıyor gibi bir hali vardı. Vücudunun geri kalanı hâlâ oturur vaziyetteydi ve devasa yarası ışın darbesiyle dağlanmıştı. Her yer pişmiş et ve kızarmış sentetik bileşenlerin kokusuyla dolmuştu.

"Trepp? *Trepp?*" Ses, şoförün dahili telefonundan geliyordu. Gözlerimdeki kanı silip ön bölmedeki ekrana baktım.

"Öldü," dedim şaşkınlık içindeki şoföre. Parçacık ateşleyiciyi gösterdim. "İkisi de öldü. Şimdi bizi derhal yere indirmezsen sen de öleceksin."

Şoför cesaretini topladı. "Körfez'den beş yüz metre yukarıdayız dostum. Üstelik arabayı kullanan benim. Bu konuda ne yapmayı düşünüyorsun?"

İki kabin arasındaki duvarın orta noktasını hedef alıp ateşleyicinin güvenliğini devredışı bıraktıktan sonra tek elimle yüzümü korudum.

"Hey, sen..."

Doğrudan şoförün bölmesine ateş ettim. Işın, yaklaşık bir santimlik delik açıp kabini kıvılcım yağmuruna tuttu. Işın şoförün kabinine doğru geçtikten sonra kıvılcımlar söndü. Ön taraftan kısa devreyi andıran bir ses geldiğini duyduktan sonra ateş etmeyi kestim.

"Bir sonraki hedefim doğrudan senin koltuğun olacak," diye söz verdim. "Bizi Körfez'den çıkardıktan sonra beni yeni bir kılıfa kavuşturacak dostlarım var. Sen ise bu lanet duvarın ardında paramparça olacaksın ve belleğini ıskalasam bile onun hangi parçanın içinde olduğunu bulmak için epey zaman harcamaları gerekecek. Şimdi beni derhal *yere indir.*"

Limuzin aniden yana yatarak irtifa kaybetmeye başladı. Tüm o ceset parçalarının arasında arkama yaslandım ve kolumla yüzümdeki kanı temizlemeye koyuldum.

"Aferin," dedim daha sakin bir tavırla. "Şimdi beni Vazife Caddesi yakınlarında indir. Eğer gizlice yardım çağırmak gibi bir planın varsa, bunu iyi düşün. Eğer yaylım ateşi açılırsa ilk sen ölürsün. Anladın mı? İlk sen ölürsün. Ben gerçek bir ölümden söz ediyorum. Beni yakalamadan önce yapacağım son şey bile olsa, belleğini bulup yakarım."

Ekrandan bana baktığında betinin benzinin attığını gördüm. Korkmuştu ama bu henüz yeterli değildi. Belki de korktuğu başka biriydi. Çalışanlarını barkodlayan biri merhametli biri olamazdı ve hiyerarşik itaat refleksi bazen ölüm korkusunu bastırabilirdi. Savaşlarda da böyle olurdu; askerler, savaş meydanında ölmektense safları terk etmekten daha çok korkarlardı.

En azından ben böyle biriydim.

"Şuna ne dersin?" dedim hızla. "Aşağı inerek trafik protokolünü ihlal ediyorsun. Sia durdurup yakalıyor. Hiçbir şey söylemiyorsun. Ben ortada yokum ve onların da trafik suçundan başka ellerinde hiçbir şey yok. Sen arabayı kullanırken arka koltuktaki yolcuların ufak bir tartışma yaşadığını, benim de seni yere inmeye zorladığımı anlatıyorsun. Bu sırada emrinde çalıştığın adam kefaletini ödeyerek serbest kalmanı sağlıyor ve sen de sanal hücreye tıkılmamış oluyorsun."

Gözlerimi ekrandan ayırmadım. Adamın yüz ifadesi değişti, zar zor yutkundu. Yeterince konuşmuştum, artık harekete geçme zamanıydı. Silahın güvenliğini yeniden etkin hale getirip şoförün görmesi için havaya kaldırdıktan sonra Trepp'in ensesine dayadım.

"Bence bu iyi bir anlaşma."

Çok kısa mesafeden ateşlenen ışın silahı omurgayı, belleği ve çevresindeki her şeyi buharlaştırdı. Ekrana döndüm.

"Neye karar verdin?"

Şoförün yüzü ekşidi ve limuzin gittikçe irtifa kaybetmeye başladı. Trafiğin akışını penceremden izledikten sonra öne eğilerek ekrana dokundum.

"İhlali unutma, tamam mı?"

Yutkunup başıyla onayladı. Limuzin, yoğun şeritlerin arasından dikey bir şekilde alçalıp yere sert bir iniş yaptı. Etrafımızdaki araçlar öfke içinde kornaya abandılar. Pencereden bakarken önceki gece Curtis ile geçtiğim sokakta olduğumuzu fark ettim. Hızımız iyice düşmüştü.

"Kapıyı aç," dedim ateşleyiciyi ceketimin altına gizleyerek. Adam yeniden başını sallayarak onayladı ve kapı aralandı. Tekmeleyerek sonuna kadar açtığım sırada yukarıdan bir yerlerden yayılan polis sirenlerini duydum. Ekranda şoförle göz göze gelip sırıttım.

"Akıllı adam," dedim ve kendimi araçtan dışarı attım.

Yayaların korku ve şaşkınlık dolu çığlıklarının arasında yuvarlanırken omzumu ve sırtımı kaldırıma çarptım. Bir kez daha yuvarlandım, sert bir şekilde binanın taş cephesine çarptım ve dikkatlice ayağa kalktım. Oradan geçen bir çiftin bana baktığını fark edince dişlerimi göstererek gülümsedim. Çift, bir anda diğer dükkânların daha ilginç olduğunu düşünerek hızla oradan uzaklaştı.

Trafik polislerinin aracı limuzinin peşine düştüğü sırada oluşan hava akımı yüzüme çarptı. Olduğum yerden kıpırdamadan, ortaya çıkışımın tuhaflığını meraklı gözlerle izleyen insanlara aynı şekilde baktım. Bundan sıkılmaya başladığım sırada onlar da polis kruvazörünün ışıklarını görüp birer birer uzaklaştılar. Kruvazör tehditkâr bir şekilde hareketsiz limuzinin arkasındaydı.

"Kontağı kapatıp olduğunuz yerde kalın," diye cızırdadı hoparlör sistemi.

Olan biteni görmek için toplaşmaya başlayan kalabalık, birbirini itekliyordu. Mağazanın vitrinine yaslanıp araçtan atlarken aldığım hasarı kontrol ettim. Omzumdaki ve sırtımdaki etkisi azalan uyuşmaya bakacak olursam, bu kez başarmıştım.

"Ellerinizi başınızın üzerine kaldırın ve aracınızdan uzaklaşın," dedi trafik polisinin metalik sesi.

Seyircilerin başlarının üzerindeki şoförün, kendisine söyleneni yaparak limuzinden çıktığını gördüm. Hayatta olduğuna sevinmiş gibiydi. Bir an, bu tür bir davranışın içinde bulunduğum ortamlarda neden daha popüler olmadığını düşündüğümü fark edip kendime şaşırdım.

Galiba her yerde çok sayıda intiharcı vardı.

Kalabalıktan sıyrılmak için birkaç metre geriye kaçtıktan sonra dönüp bu Bay City gecesinin parlak ışıklı anonimliğinde kayboldum.

ON BEŞİNCİ BÖLÜM

Kişisellik, herkesin söylemeye pek bayıldığı üzere, tamamen politiktir. Eğer beyinsiz bir politikacı, bir erk sahibi size ya da sevdiklerinize zarar veren bir politika izlemeye çalışırsa, BUNU KİŞİSELLEŞTİRİN. Öfkelenin. Adalet Çarkı hiçbir işinize yaramayacak – hem yavaş ve soğuk hem de onların tarafında. Yalnızca küçük insanlar adaletin ellerinde acı çeker; erk sahipleri tek bir hareketle her şeyden sıyrılmayı bilir. Eğer adalet istiyorsanız, bunun için savaşmalısınız. KİŞİSELLEŞTİRİN. Elinizden geldiğince zarar verin. MESAJINIZI HERKESE İLETİN. Böylece, bir dahakine daha çok ciddiye alınma şansınız olur. Sizin tehlikeli olduğunuzu düşünürler. Sakın hata yapmayın: Ciddiye alınmak ve tehlikeli görünmek, güçlüler ile küçük insanlar arasındaki TEK farktır. Güçlülerle anlaşma yapılır. Küçük insanlar tasfiye edilir. Zaman geçtikçe tasfiyenizi, yerinizden edilmenizi, işkencenizi ve bunun sadece iş, bunun sadece politika olduğunu, hatta dünyanın işleyişinin bu olduğunu, hayatın zor olduğunu ve KİŞİSEL BİR ŞEYİN SÖZ KONUSU OLMADIĞINI söyleyenlerle başa çıkmak zorunda kalırsınız. Onları siktir edin. Kişiselleştirin.

QUELLCRIST FALCONER
Şimdiye Kadar Öğrenmiş Olmam Gerekenler
İkinci Cilt

Licktown'a döndüğümde şehirde donuk mavi bir şafak sökmüştü ve kısa süre önce yağan yağmur nedeniyle her şey ıslak bir top metali gibi parlıyordu. Ekspres yolun sütunlarının gölgesinde durup bomboş sokakta bir hareket görmek için bekledim. Doğan günün soğuk ışığında bir şeyler hissedebilmem hiç de kolay değildi. Hızlı veri asimilasyonu yüzünden beynim zonkluyordu ve Jimmy de

Soto huzur vermeyen tanıdık bir şeytan gibi bilinçaltımda dolanıp duruyordu.

Nereye gidiyorsun Tak?

Biraz zarar vermeye.

Hendrix, götürüldüğüm klinikle ilgili bana herhangi bir bilgi verememişti. Deek'in Moğol'a işkence diskimi getireceğine dair verdiği sözü dikkate aldığımda, kliniğin Körfez'in öteki tarafında, muhtemelen Oakland'da olduğu fikrine kapılmıştım ama bu da bir YZ için bile pek yeterli bir bilgi değildi. Bütün Körfez bölgesi yasadışı biyoteknoloji etkinlikleriyle kaplanmıştı. Çok daha zorlu bir rota çizmem gerekiyordu.

Jerry'nin Yakın Mesafeleri.

Bu konuda Hendrix bana daha çok yardımcı olmuştu. Düşük dereceli birtakım güvenlik sistemlerini aştıktan sonra Hendrix, odamdaki ekrana biyokabinli kulübün bütün iç organlarını yansıttı: kat planı, güvenlik kadrosu, saat tarifeleri ve vardiyalar. Soruşturmamın verdiği gizli öfkeyle bütün gördüklerimi hafızama kazıdım. Arkamdaki pencereden baktığımda gökyüzünün kararmaya başladığını gördüm. Nemex ve Philips silahlarımı kılıflarına soktum, Tebbit bıçağımı belime taktım ve kendi soruşturmalarımı yürütmek üzere dışarı çıktım.

Otele girdiğimde takipçimden hiç iz görememiştim. Otelden çıktığımda da ortalıklarda görünmüyordu. Şanslıydı.

Şafak sökerken soluğu Jerry'nin Yakın Mesafeleri'nde aldım.

Geceleyin mekâna hâkim olan o ucuz, erotik ve mistik havadan şimdi eser yoktu. Neon ışıklar ve holo işaretlerin sönmüş hali, binanın üzerinde eski bir elbisenin gösterişli broşu gibi görünüyordu. Hâlâ kokteyl kadehinin içinde dans eden kıza sevimsiz gözlerle baktım. Aklıma, işkenceyle öldürülmüş ve dininin geri dönmesine izin vermeyeceği Louise, ya da diğer adıyla Anenome geldi.

Kişiselleştirin.

Nemex, alınmış bir karar gibi sağ elimdeydi. Kulübe doğru yürürken bıçağın doldurma mekanizmasını harekete geçirdim. Sabahın sessizliğinde mekanik bir ses yankılandı. Artık içim yavaş ve soğuk bir öfkeyle dolmaya başlamıştı.

Yaklaştığımı fark eden kapıdaki robot, beni engellemek istercesine kollarını salladı.

"Kapattık dostum," dedi sentetik ses.

Nemex'i kaldırdım ve robotun beynini yardım. Çelik zırh daha küçük kalibreli kovanları durdurabilirdi ama Nemex'in saçmaları robotu parçalara ayırdı. Aniden kıvılcımlar yükseldi ve sentetik ses bağırmaya başladı. Ahtapotun kolları spastikler gibi kıvranmaya başladıktan sonra bir anda duruldu. Tuzla buz olmuş gövdesinden duman tütüyordu.

Temkini elden bırakmadan dokunaçlarından birini Nemex ile kenara ittikten sonra üzerinden atladım ve gürültünün nedenini öğrenmeye gelen Milo'nun merdivenleri çıktığını gördüm. Beni görünce gözleri kocaman açıldı.

"Sen. Burada..."

Onu boğazından vurdum ve merdivenlerden yuvarlanışını izledim. Yeniden ayağa kalkmaya çalıştığında ise bu kez kurşunlarımın hedefi yüzü oldu. Milo'nun hemen ardından merdivenlerden indiğim sırada karanlığın içinden ikinci bir fedainin yaklaştığını gördüm. Adam Milo'nun cesedine şaşkın gözlerle baktıktan sonra elini belindeki hantal görünümlü ateşleyicisine attı. Parmaklarının silaha dokunmasına bile fırsat vermeden göğsüne iki el ateş ettim.

Son basamağı da indikten sonra durdum, sol elimde Philips'i kılıfından çıkardım ve bir süreliğine sessiz durarak silahın kulaklarımda çınlayan yankısının durulmasını bekledim. Jerry'nin mekânında karşılaşacağımı sandığım ağır müzik çalmaya devam ediyordu ama Nemex'in sesi epey gürültülüydü. Kabinlere giden koridor kırmızı ışıklarla aydınlatılmıştı. Sol taraftaki holo örümcek ağına takılmış sayısız sanal şişe vardı ve arkadaki siyah kapılarda BAR yazıyordu. Beynimdeki veriler, kabinlerin önünde ufak bir güvenlik olduğunu söylüyordu. Sabahın bu saatinde, kabinlerin önünde bekleyen en fazla üç, en az iki kişi olmalıydı. Milo ve merdivenlerdeki isimsiz cesedin icabına baktığıma göre, geriye tek kişi kalıyordu. Bar ses geçirmiyordu, ayrı bir ses sistemiyle donatılmıştı ve bar personelinin iki katı sayıda, iki ila dört kişilik silahlı fedailer vardı ve bar servisini de onlar yapıyordu.

Pinti Jerry.

Nörokimyanın etkisini hissederek etrafa kulak kesildim. Sola açılan koridordaki kabinlerden birinin kapısının açıldığını duydum. Daha sonra, yürümekten daha az ses çıkaracağı yanılgısına düşerek ayaklarını yerde kaydırarak ilerleyen birini fark ettim. Gözlerimi sağ taraftaki bar kapısından ayırmadan Philips'imi sola doğru çevirdim ve önüme bile bakmadan kırmızı ışığa doğru ateş ettim. Silahtan çıkan kurşunlar, ufak bir esintiyle sallanan ağaç dalları gibi hışırdadı. Boğuk bir homurtunun hemen ardından yere düşen bir vücutla silahın sesini duydum.

Barın kapısı kapalıydı.

Başımı uzattığımda, savaşın kaybeden tarafı olan tıknaz bir kadının, döner ışıkların kırmızı çizgilerinde tek koluyla kaburgasını tutarken, boştaki eliyle de yerdeki silahına ulaşmaya çalıştığını gördüm. Hızla silaha doğru koşarak sıkı bir tekme savurduktan sonra kadının yanına çömeldim. Kurşunlardan birçoğu hedefi vurmuştu; bacaklarında kan vardı ve gömleği de kan revan içinde kalmıştı. Philips'in namlusunu alnına dayadım.

"Jerry'nin güvenlik personelinden misin?"

Bu söylediğimi başıyla onaylarken gözlerinin beyazı parlıyordu.

"Tek bir şansın var. Jerry nerede?"

"Barda," diye tısladı dişlerinin arasından. Acısıyla savaşmaya çalışıyordu. "Masada. Arka köşede."

Başımı salladıktan sonra ayağa kalktım ve namluyu dikkatli bir şekilde gözlerinin arasına doğrulttum.

"Dur, sen..."

Philips iç çekti.

Hasar.

Örümcek ağı holosunun tam ortasındaydım ve bar kapısına doğru ilerliyordum. Tam o sırada, kapının aniden açılmasıyla Deek ile burun buruna geldim. Önünde dikilen hayalete tepki vermek için Milo'dan bile daha az zamanı olmuştu. Resmî bir şekilde selam vermek için başımı hafifçe öne doğru eğdikten sonra içimden yükselen öfkeyi serbest bırakarak, hem Nemex hem de Philips ile arka arkaya saldırdım. Sayısız darbe karşısında kapıya doğru geri geri tökezledi. Ateş etmeyi hiç bırakmadan adamı takip ettim.

Bar oldukça genişti. Spot ışıkları ve şimdi bomboş olan dans pistinin turuncu ışıklarla aydınlatılmıştı. Barın arkasındaki duvarda bulunan donuk mavi ışıklar, cennete inen bir merdiveni andırıyordu. Duvar bütünüyle pipo ve şişelerle doluydu. Bu tapınağın sahibi son kez Deek'e baktıktan sonra parçalanmış bağırsaklarını tutarak geri geri gitti ve neredeyse kutsal bir hızla barın altına tutunmaya çalıştı.

Yere düşen bardağın kırıldığını duyduktan sonra Nemex'i ateşleyerek adamı duvara mıhladım. Bu, doğaçlama bir çarmıha germe töreninden farksızdı. Adam, tuhaf bir şekilde zarif bir görüntü sergileyerek bir süre öylece kalakaldıktan sonra bir dizi şişeyi ve pipoyu beraberinde yere devirdi. Deek de yere düşmüştü ve hâlâ debeleniyordu. Dans pistinin kenarındaki loş, iri kıyım siluet öne atılarak belindeki silahı çekti. Nemex'im hâlâ bara dönüktü –onu başka yöne çevirip nişan alacak zamanım olmamıştı– ve hafifçe kaldırdığım Philips ile ateş ettim. Siluet inleyerek tökezlemeye başladı. Silahını düşürüp piste çarptı. Sol kolumu kaldırıp adamı başından vurarak dans pistine yapıştırdım.

Odanın içinde yankılanan Nemex'in sesi gittikçe sustu.

Artık Jerry'yi görebiliyordum. On metre uzağımda, bir masanın ardında ayağa kalkmaya çalışıyordu. Nemex'i kaldırdığımı görünce olduğu yerde donakaldı.

"Akıllı adam." Nörokimya iş başındaydı ve yüzüme adrenalin dolu bir tebessüm takınmıştım. Kafamda kırk tilki dolaşıyordu. Philips'te tek, Nemex'te ise altı kurşun kalmıştı. "Ellerini kıpırdatmadan otur. Parmağının bile kıpırdadığını görürsem bileğini keserim."

Söylediklerimi yaptı. Periferik tarama, bana odada hareket eden başka hiç kimsenin olmadığını söyledi. Bağırsaklarına kapanıp cenin pozisyonda inleyen Deek'in üzerinden dikkatli bir şekilde geçtim. Nemex'i Jerry'nin kasıklarının tam önündeki masadan ayırmadan, Philips'i yere doğru çevirdim ve tetiği çektim. Deek'in inlemeleri bir anda kesildi.

Jerry'nin aklı başından gitmişti.

"Sen manyak mısın Ryker? Kes şunu! Bunu yapamazsın..."

Ya Nemex'in namlusunu üzerine çevirmem ya da yüz ifadem onu bir anda susturmuştu. Ne pistin sonundaki perdelerin arkasında ne de barın arkasında kıpırdayan bir şey vardı. Kapı kapalıydı. Jerry'nin masasıyla aramda kalan son mesafeyi de kapadıktan sonra sandalyelerden birini ayağımla arkaya doğru çevirerek üzerine oturdum ve gözlerimi Jerry'ye diktim.

"Jerry," dedim sakince, "insanları dinlemen gerek. Sana adımın Ryker olmadığını söylemiştim."

"Her ne boksa. Ben yalnız değilim." Gözümün önündeki yüz öylesine zehirliydi ki, Jerry'nin bu zehirde boğulmamış olması mucizeydi. "Ben bu lanet makineye bağlıyım, anlıyor musun? Buna. Bunu ödeyeceksin. Pişman olup..."

"Hiç tanışmamış olmayı dileyeceğim, değil mi?" diyerek cümlesini tamamladım. Boş Philips'i fiber kılıfına koydum. "Jerry, ben zaten seninle tanıştığıma bin pişmanım. Senin o sofistike arkadaşların bu konuda yeterince sofistikeler. Ama sana yeniden sokaklara indiğimi söylememişler. Ray ile bu aralar pek aran yok herhalde, öyle değil mi?"

Yüz ifadesini incelerken bu isme tepki vermediğini fark ettim. Ya baskı altındayken serinkanlılığını koruyabiliyordu ya da gerçekten esas adamlardan değildi. Bir kez daha denedim.

"Trepp öldü," dedim sakince. Gözlerini hafifçe kırpıştırdı. "Trepp ve birkaç kişi daha. Neden hâlâ hayatta olduğunu merak ediyor musun?"

Dudakları kıpırdadı ama konuşmadı. Masaya doğru eğilip Nemex'in namlusunu sol gözüne dayadım.

"Sana bir soru sordum."

"Canın cehenneme."

Başımı bu söylediğini onaylarcasına salladıktan sonra yeniden sandalyeme oturdum. "Çok sertsin demek. O zaman sorunun cevabını ben vereyim. Jerry, bazı cevaplara ihtiyacım var. Bana Elizabeth Elliott'ın başına neler geldiğini anlatarak başlayabilirsin. Onu senin öldürdüğünü tahmin etmek hiç de zor değil. Daha sonra,

Elias Ryker'ın kim olduğunu, Trepp'in kimin için çalıştığını ve beni gönderdiğin kliniğin nerede olduğunu öğrenmek istiyorum."

"Canın cehenneme."

"Ciddi olduğuma inanmıyor musun? Yoksa polisin gelip belleğini kurtaracağını mı sanıyorsun?" Sol cebimdeki ateşleyiciyi çıkarıp pistteki ölü güvenliğin üzerine sıktım. Işın, tek bir darbeyle beynini dağıtmıştı. Alazlanan etten çıkan koku bütün odayı kapladı. Gözümü Jerry'den ayırmadan, omuz seviyesinden yüksekte olan her şeyi yakıp yıkana kadar ışın silahıyla her yeri taradım. Sonrasında durup silahı yere çevirdim. Jerry beni izliyordu.

"Seni pislik, o yalnızca *bir güvenlik görevlisiydi!*"

"Bildiğim kadarıyla bu meslek artık yasak. Deek ve geri kalan herkesin başına aynı şey gelecek. Senin de öyle. Tabii bilmek istediklerimi bana anlatmazsan." Işın silahını kaldırdım. "Tek bir şansın var."

"*Pekâlâ.*" Sesindeki çatlak hemen fark ediliyordu. "Pekâlâ, tamam. Elliott, saygın bir Met olan müşterisini kafalayabileceğini sandı. Aptal orospu beni de bu anlaşmanın bir ortağı yapmaya çalıştı ve Met'i öttürebileceğimi düşündü. Nasıl bir belaya bulaştığına dair en ufak bir fikri bile yoktu."

"Hayır." Soğuk bir ifadeyle yüzüne baktım. "Hiç sanmıyorum."

Bakışlarımı fark etti. "Bak dostum, aklından geçenleri biliyorum ama kazın ayağı öyle değil. Ben o orospuyu uyarmaya çalıştığım halde beni umursamadı. Bir Met'e bulaştı. Mekânımın yerle bir olmasını ve içine gömülmeyi isteyeceğimi düşünmüyorsundur. Onunla anlaşmaya çalıştım. Buna mecburdum."

"Onu dondurdun mu?"

Başını iki yana salladı. "Birini aradım," dedi sakin bir sesle. "Buralarda işler böyle yürür."

"Ryker kim?"

"Ryker bir..." Yutkundu. "Polis. Kılıf Çetesi için çalışıyordu. Daha sonra onu Bedensel Hasar Departmanı'na aldılar. O Sia'dan olan orospuyu beceriyordu. Hani Oktai'nin icabına baktığın geceki kadın."

"Ortega?"

"Evet, Ortega. Onu herkes tanıyordu. Bu şekilde terfi ettiği konuşuluyor. O yüzden yeniden sokaklara döndüğünü... yani onun sokaklara döndüğünü anladık. Deek seni Ortega ile konuşurken gördüğünde, Ortega'nın başka biriyle anlaştığını anladık."

"Yeniden sokaklara dönmek mi? Nereden?"

"Ryker pisliğin tekiydi." Artık adam ötmeye başlamıştı. "Seattle'da iki kılıf hırsızını GÖ'ye postalamıştı."

"GÖ?"

"Evet, GÖ." Jerry, sanki ona gökyüzünün rengini sormuşum gibi bir an afalladı.

"Ben buralı değilim," dedim sabırla.

"GÖ. Gerçek Ölüm. Adamların posasını çıkardı. Başka iki adam daha vardı ve onların belleğine bir şey olmadı ve Ryker onların belleğinin Katolik olarak kayıt altına alınması için epey para ödedi. Ya korsan kayıtta bir sorun çıktı, ya da Bedensel Hasar Departmanı'ndan biri her şeyi öğrendi. İki yüz yıla mahkûm oldu. Af yok. Söylenene göre, bu çetenin başında Ortega vardı."

Peki, peki. Nemex'i cesaret verircesine salladım.

"İşte böyle dostum. Tüm bildiklerim bunlar. Sokaklarda bunlar konuşuluyor. Bak, Ryker hiçbir zaman, Kılıf Çetesi'ndeyken bile burayı haraca bağlamamıştı. Burası temiz bir mekân. Ben o herifle hiç tanışmadım bile."

"Peki ya Oktai?"

Jerry coşkulu bir şekilde başını salladı. "Evet, Oktai. Oktai'nin Oakland'da yedek parçalarla ilgili bir işi vardı. Sen... Yani Ryker ona sürekli saldırırdı. İki yıl önce öldüresiye dövmüştü."

"O halde Oktai koşarak sana geldi..."

"Evet. Delirmiş gibiydi. Ryker'ın bir iş peşinde olduğunu söyledi. Biz de kabindeki ses kayıtlarını inceledik ve senin konuşmalarını..."

Jerry, konuşmanın nereye doğru gittiğini fark edince kendini toparladı. Ona yeniden silahımı gösterdim.

"Hepsi bu kadar." Sesinde hafif bir hayal kırıklığı seziliyordu.

"Pekâlâ." Hafifçe arkama yaslanıp ceplerimde sigara arandım ama sigaram olmadığını hatırladım. "Sigara içiyor musun?"

"Sigara mı? Sence ben geri zekâlıya mı benziyorum?"

İç çektim. "Neyse. Ya Trepp? Sana göre fazla kaliteli görünüyordu. Onu kimden ödünç aldın?"

"Trepp bağımsız çalışıyor. Kim isterse onunla çalışıyor. Bazen benim için çalıştığı da oluyor."

"Artık çalışamaz. Onun gerçek kılıfını hiç gördün mü?"

"Hayır. Çoğunlukla New York'taki bir depoda tuttuğu söyleniyor."

"Buradan uzak mı?"

"Yörüngealtıyla yaklaşık bir saatlik yol."

Bu, onun Kadmin ile aynı kulvarda olduğunu gösteriyordu. Küresel sınıf, hatta Gezegenler Arası bile olabilir. Üst Düzey.

"Peki artık kim için çalıştığı söyleniyor?"

"Bilmiyorum."

Ateşleyicinin namlusunu, bir Mars kalıntısına bakar gibi inceledim. "Evet, biliyorsun." Başımı kaldırıp can sıkıcı bir şekilde gülümsedim. "Trepp artık yok. Bellek de yok. Ondan korkman için bir neden yok. Korkman gereken kişi benim."

Kuşkucu gözlerle bir süre beni süzdükten sonra yere baktı.

"Evler için bir şeyler yaptığını duydum."

"Güzel. Şimdi bana klinikten söz et. Sofistike arkadaşlarından."

Kordiplomatik eğitimi sayesinde sesim oldukça sakin çıksa da, Jerry'nin bir şeyler sezdiğinden emindim. Dudaklarını ıslattı.

"Bak, bunlar tehlikeli insanlar. Sen uzaklaştığına göre artık bu işlerin peşini bıraksan iyi edersin. Onların nasıl tipler olduğuna dair en ufak bir..."

"Gayet güzel bir fikrim var." Ateşleyiciyi yüzüne doğrulttum. "Klinik."

"Tanrım, onlar sadece iş ilişkisi dahilinde tanıdığım insanlar. Bazen yedek parçaları kullanıyorlar. Ben de..." Yüz ifademi görünce birden taktik değiştirdi. "Bazen benim için çalışıyorlar. Sadece iş."

Aklıma Louise ya da namıdiğer Anenome geldi. Birlikte yaptığımız yolculuk dün gibiydi. Gözümün seğirdiğini hissettim. Elimden gelen tek şey, tetiği çekmemekti. Sesimi alçalttım. Kapıdaki robotun sesinden bile daha mekanik bir hal almıştı.

"Bir yolculuğa çıkacağız Jerry. Sadece sen ve ben. İş arkadaşlarını ziyaret edeceğiz. Sakın beni hafife alma. Körfez'in öteki tarafında olduğunu biliyorum. Üstelik yer hafızam da çok iyidir. Beni yanlış yönlendirmeye kalkarsan, gerçek ölümü sana tattırırım. Anladın mı?"

Anladığını yüzünden okuyabiliyordum.

Yine de emin olmak için, kulüpten çıkarken her cesedin yanında durup başını omuzlarından ayırdım. Yanan etlerden çıkan kekremsi koku, karanlıktan sabah güneşiyle aydınlanmış sokağa çıkana kadar, öfke dolu bir hayalet gibi bizi takip etti.

Millsport takımadasının kuzeyinde bir köy vardır. Bu köyde bir balıkçı boğulmaktan kurtulursa, kıyıdan yaklaşık beş yüz metre uzaktaki alçak bir resife kadar yüzmesi, okyanusa tükürüp geri dönmesi istenir. Sarah da bu köyden ve sıcaktan korunmak için kaldığımız ucuz bir bataklık otelinde otururken, bu geleneğin mantığını anlatmaya çalıştı. Tüm bunlar bana maçoluktan başka bir şey gibi gelmemişti.

Şimdi, kendi Philips'imin namlusu ensemde, kliniğin steril beyaz koridorlarında bir kez daha yürürken, o suda yüzmenin nasıl bir güç gerektirdiğini anlamaya başlamıştım. İkinci kez asansörle aşağı inerken tüylerim diken diken olmuştu. Jerry tam arkamdaydı ve silahını bana doğrultmuştu. Innenin'den sonra gerçek korkunun ne olduğunu neredeyse unutmuştum ama sanallık dikkate değer bir istisnaydı. Sanal dünyada kontrol sizde olmuyordu ve her şey olabilirdi.

Defalarca.

Kliniktekiler çok gergindi. Trepp'in barbekü haberleri onlara çoktan ulaşmış gibiydi. Jerry'nin gizlenmiş ön kapıdaki ekranda konuştuğu yüz, beni görünce kireç gibi bembeyaz kesildi.

"Biz düşündük ki..."

"Boş verin," dedi Jerry. "Şu lanet kapıyı açın. Şu pislikten kurtulmamız gerek."

Klinik, yüzyılın başlarında inşa edilmiş bir binada bulunuyordu ve neoendüstriyel tarzda elden geçirilmişti. Kapılara siyah ve sarı şeritler çizilmişti, cephelerde iskele vardı, balkonları sahte kablolar ve kaldıraçlar tutuyordu. Önümüzdeki kapı sessizce ikiye ayrıldı. Jerry, sabahın bu saatindeki sokağa son bir kez baktıktan sonra beni içeri çekti.

Giriş holü de neoendüstriyel tarzda dekore edilmişti. Duvarlarda daha da fazla iskele vardı ve tuğlaların üzeri kapanmamıştı. Holün sonunda iki güvenlik görevlisi bekliyordu. Yaklaştığımızı gören bir tanesi elini uzatınca Jerry öfke içinde adama çıkıştı.

"Benim yardıma falan ihtiyacım yok. Bu orospu çocuğunun kaçmasına siz neden oldunuz."

İki görevli birbirlerine baktı. Adam, az önce uzattığı elini sallayarak gerginliği yatıştırmaya çalıştı. Bizi, son gelişimde otoparktan çatıya çıkarken bindiğim yük asansörüne doğru götürdüler. Zemin kata vardığımızda asansörden inince, aynı tıbbi ekibin beklediğini gördüm. Sedatifleri çoktan hazır etmişlerdi. Oldukça bitkin görünüyorlardı. Gece vardiyasının son dakikalarıydı. Aynı hemşire beni uyutmak için öne doğru atıldığı sırada, Jerry yeniden söylenmeye başladı. Bu konuda çok iyiydi.

"Hiç gerek yok." Philips'i enseme daha sert bastırdı. "Hiçbir yere gidemez. Miller'ı görmek istiyorum."

"Ameliyatta."

"Ameliyat mı?" Jerry bir kahkaha patlattı. "Yani makineyi mi seyrediyor? Peki, o halde Chung ile görüşeceğim."

Ekip tereddüde düştü.

"Ne oldu? Bütün danışmanlarınızın bu sabah çalıştığını söylemeyin bana."

"Hayır ama..." En yakınımdaki adam söze girmişti. "Prosedür gereği onu bayıltmadan içeri alamayız."

"Bana prosedür masalları anlatmayın." Jerry, öfkeden patlamak üzere olan bir adam izlenimi yaratmıştı. "Bu pisliği elinizden kaçırıp mekânıma sızmasını da size prosedür mü söyledi? Bu da mı prosedürdü? Öyle miydi?"

Herkes suspus oldu. Jerry'nin belindeki ateşleyiciye ve Nemex'e bakarak açıları hesap ettim. Jerry yeniden yakama yapışıp silahını çenemin altına dayadı. Doktorlara baktıktan sonra dişlerini sıkarak sakince konuşmaya çalıştı.

"Bir yere gittiği yok. Anladınız mı? Bu saçmalıklarla kaybedecek zamanımız yok. Chung ile görüşeceğiz. Hadi, *kıpırdayın.*"

İkna oldular. İkna olmayacak birini de tanımıyordum. Baskıyı arttırdığınızda insanların çoğu emirlere uyar. Otoriteye ya da silahlı bir adama itaat ederler. Bu insanlar yorgun ve korkmuştu. Ayıldığım ameliyathaneye –ya da onun bir benzerine- giden koridordan hızla geçtik. Ameliyat masasının etrafında birkaç kişinin toplandığını gördüm. Otocerrah örümcek gibi hareket ediyordu. On adım kadar uzaklarındayken arkamızdan birinin geldiğini duyduk.

"Bir dakika." Konuşan kişi terbiyeli birine benziyordu. Doktorlar ve Jerry bir anda durdular. Arkamıza dönüp baktığımızda, ameliyat eldivenlerinden kan damlayan, maskesini çıkarmak üzere bir adamla karşılaştık. Maskenin altından çıkan yüz oldukça hoştu. Köşeli bir çenesi, bronz bir teni ve mavi gözleri vardı. Kaliteli güzellik salonlarının Yılın Adamı seçtiği tipleri andırıyordu.

"Miller," dedi Jerry.

"Burada tam olarak neler oluyor? Courault?" Uzun boylu adam kadın doktora döndü, "hastaları bayıltmadan içeri almamanız gerektiğini iyi biliyorsunuz."

"Evet efendim. Bay Sedaka bunun riskli bir durum olmadığı konusunda ısrar etti. Acelesi varmış. Müdür Chung ile görüşmesi gerekiyormuş."

"Onun acelesi beni ilgilendirmiyor." Miller, Jerry'ye doğru dönüp gözlerini şüphe içinde kıstı. "Sedaka, siz delirdiniz mi? Burayı ne sandınız siz? Ziyaretçi salonu falan mı? Burada müşterilerim var. Tanınabilecek yüzler. Courault, bu adamı derhal bayıltın."

Ah, pekâlâ. Kimsenin şansı sonsuza dek sürmüyor.

Çoktan harekete geçmiştim bile. Courault'nun anestezi spreyini bel çantasından çıkarmasına fırsat vermeden Jerry'nin belindeki Nemex'i ve ateşleyiciyi kaparak ateş açtım. Courault ve iki meslektaşı birçok yerinden yaralanarak yere düştüler. Arkalarındaki duvar kan içinde kalmıştı. Miller öfke içinde bağırdıktan hemen sonra Nemex ile ağzına ateş ettim. Jerry benden uzaklaşmaya başladı. Boş Philips hâlâ elindeydi. Ateşleyiciyi havaya kaldırdım.

"Bak, ben elimden geleni yaptım..."

Işın silahı beynini dağıttı.

Hemen sonrasında oluşan sessizlikte ameliyathaneye doğru yürüyüp kapıyı açtım. Küçük grup, üzerinde genç bir kadının bedeninin yattığı ameliyat masasından ayrılmış, yüzlerinde unuttukları maskelerin ardından şaşkınlık içinde bana bakıyorlardı. Yalnızca otocerrah istifini bozmadan çalışmaya devam ediyor, ufak kesikler atıp yaraları koterize ediyordu. Bedenin başındaki küçük, metal tabaklarda kırmızı et parçacıkları vardı. Sanki berbat bir ziyafet başlamak üzere gibiydi.

Masadaki kadın Louise'di.

Ameliyathanede beş erkek ve kadın vardı. Bana baktıkları sırada hepsini öldürmüştüm. Daha sonra otocerrahı da ateşleyiciyle paramparça ettikten sonra odadaki bütün ekipmanı ışın silahıyla yok ettim. Bütün duvarlardan alarm sirenleri yükseliyordu. Bu karmaşanın ortasında ameliyathanede hiç durmadan dolaşarak herkesi Gerçek Ölüm ile buluşturdum.

Dışarıdan daha fazla alarm sesi geliyordu ve tıbbi ekipten iki kişi hâlâ hayattaydı. Courault, ardında kan izi bırakarak on metre kadar sürünerek koridorda ilerlemeyi başarmıştı. Erkek meslektaşlarından biri kaçamayacak kadar zayıftı ve duvardan destek alarak kalkmaya çalışıyordu. Yer kaygan olduğu için sürekli kayıyordu. Onu görmezden gelip kadının peşine takıldım. Kadın, ayak seslerimi duyunca durdu, başını çevirip etrafa baktı, sonra yeniden telaşa kapılarak sürünmeye başladı. Onu durdurmak için ayağımla iki omzunun arasına bastırıp tekme savurarak sırtüstü yatırdım.

Uzun uzun birbirimize baktığımız sırada, bir gece önce beni bayıltırken takındığı o ruhsuz yüz ifadesini hemen hatırladım. Görmesi için ateşleyicimi havaya kaldırdım.

"Gerçek Ölüm," dedim ve tetiği çektim.

Olan biteni görüp benden kaçmaya çalışan diğer doktorların yanına doğru yürüdüm. Yere eğildim. Alarmların çığlıkları gittikçe yükseliyor, kayıp ruhlar gibi üzerimize çörekleniyordu.

"Tanrım," diye inledi, ateşleyiciyi yüzüne doğrulttuğumda. "Tanrım. Ben burada yalnızca çalışıyorum."

"Yeterli," dedim.

Alarmlar yüzünden ateşleyicinin sesi neredeyse hiç duyulmadı.

Hızla hareket ederek üçüncü doktorun da aynı şekilde icabına baktım. Miller ile daha çok zaman harcadım ve Jerry'nin başsız cesedinin üzerindeki ceketi çıkararak koltuk altıma sıkıştırdım. Daha sonra Philips'i elime alıp belime sokarak oradan ayrıldım. Kliniğin çığlıklarla yankılanan koridorlarından geçerken önüme çıkan herkesi öldürüp belleklerini yaktım.

Kişiselleştirin.

Ön kapıdan çıkıp sakince yürümeye koyulduğumda polis aracı çatıya iniyordu. Miller'ın, Jerry'nin ceketine sardığım kopmuş başından kan sızmaya başlamıştı.

ÜÇÜNCÜ KISIM

ANLAŞMA

(Uygulama Güncelleniyor)

ON ALTINCI BÖLÜM

Suntouch House'ın bahçesi sessiz ve güneşliydi. Havada yeni biçilmiş çim kokusu vardı. Tenis kortundan belli belirsiz bir maç gürültüsü geliyordu. Miriam Bancroft'un heyecan dolu sesini duyar gibi oldum. Parlak beyaz eteğin altındaki bronz bacakları gözümden kaçmamıştı. Rakibinin sahasına girip yere saplandığında pembe bir toz bulutu havalandı. Oturarak maçı izleyen seyirciler nazikçe alkış tuttular. Korta doğru yürümeye başladığımda, boş gözlerle etrafı seyreden silahlı güvenlik görevlileri de bana eşlik etti.

Korta vardığımda oyuncular mola vermişti. Sandalyelerine oturmuş, bacaklarını iki yana açmış, başlarını da öne eğmişlerdi. Kum sahaya ayak bastığımda, Miriam Bancroft birbirine karışmış sarı saçlarının arasından bana baktı. Bir şey söylemeden raketini tuttu ve dudaklarında ufak bir tebessüm belirdi. Rakibi de bana bakıyordu. İnce yapılı bir adamdı. Vücudu kadar kendi de genç görünüyordu. Onu bir yerlerden tanıyor gibiydim.

Bancroft, bir dizi şezlongun ortasında oturuyordu. Oumou Prescott sağındaydı. Solunda ise daha önce hiç görmediğim bir kadınla adam vardı. Yanına geldiğimde ayağa kalkmadı; aslında yüzüme bile baktığı yoktu. Tek eliyle Prescott'un yanındaki şezlongu işaret etti.

"Oturun Kovacs. Son oyun."

Hafifçe gülümsedim ve dişlerini eline vermemek için kendimi zor tutarak şezlonga oturdum. Oumou Prescott bana doğru eğilip kulağıma bir şeyler fısıldadı.

"Bugün Bay Bancroft'un polisle bir işi vardı. Umduğumuz kadar becerikli değilmişsiniz."

"Bunlar henüz ısınma turlarım," diye mırıldandım.

Miriam Bancroft ve rakibi havlularını bırakıp pozisyon aldılar. Arkama yaslanıp maçı izlemeye koyuldum. Gözlerim, beyaz pamuk giysilerinin altındaki kadının sıkı vücudundaydı. Çıplakkenki hali, altımda nasıl kıvrandığı aklımdan çıkmıyordu. Servis atışından önce ona baktığımı fark edince yüzünde hafif bir tebessüm belirdi. Hâlâ benden bir cevap bekliyordu ve şimdi o cevabı aldığını düşünmüştü. Maç, zor kazanılmış ama kaçınılmaz puanlarla bittikten sonra korttan ışık saçarak çıktı.

Onu tebrik etmek için yanına gittiğimde, tanımadığım o kadın ve adamla konuşuyordu. Geldiğimi görünce beni küçük grubuna dahil etmek için yüzünü döndü.

"Bay Kovacs." Gözleri hafifçe büyümüştü. "Maçı beğendiniz mi?"

"Çok beğendim," dedim bütün samimiyetimle. "Çok acımasızdınız."

Başını hafifçe yana eğip ter içindeki saçlarını havluyla silmeye başladı. "Yalnızca gerektiği zamanlarda," dedi. "Nalan ve Joseph ile tanışmadınız. Nalan, Joseph, bu beyefendi Takeshi Kovacs. Kordiplomatik'ten Laurens onu cinayeti aydınlatması için görevlendirdi. Bay Kovacs bu Dünya'dan değil. Bay Kovacs, bu hanımefendi Nalan Ertekin. BM Yüksek Mahkemesi'nin başyargıcı. Joseph Phiri ise İnsan Hakları Komisyonu'ndan."

"Memnun oldum." Başımı hafifçe eğerek ikisini de resmî bir şekilde selamladım. "Herhalde 653 sayılı önergeyi tartışmak için buradasınız."

İkisi birbirlerine baktıktan sonra Phiri başını evet anlamında salladı. "Bildiniz," dedi ciddi bir tavırla. "Kordiplomatik hakkında çok şey duydum ama hâlâ merak ediyorum. Tam olarak ne kadardır Dünya'dasınız?"

"Yaklaşık bir haftadır." Abartmıştım, çünkü bir gezegenin resmî görevlileri, Kordiplomatikler konusunda her zaman paranoyakça davranırlardı. Ben de bundan yararlanmak istemiştim.

"Bir hafta demek. Gerçekten etkileyici." Phiri tıknaz, siyahî bir adamdı. Görünüşe göre ellili yaşlarındaydı ve saçları beyazlamaya başlamıştı. Kahverengi gözleri kurnazca bakıyordu. Dennis Nyman gibi onun da göz sorunu vardı ama yüz hatlarını vurgulamak için çelik protez takan Nyman'ın aksine, bu adam dikkat çekmemek için gözlük takmıştı. Çerçeveleri oldukça ağırdı ve ona merhametli bir rahip havası katıyordu. Ne var ki gözlüğün ardındaki gözlerinden hiçbir şey kaçmıyordu.

"Soruşturmanızda gelişmeler kaydedebildiniz mi?" Soruyu soran Ertekin'di. Güzel ve Phiri'den yirmi yaş kadar daha genç bir Arap kadınıydı. Bu, onun en azından ikinci kılıfı olmalıydı. Gülümsedim.

"Gelişmenin açılımını yapmak oldukça zor hanımefendi. Quell'in de dediği gibi, *Bana gelişim raporlarıyla geliyorlar ama benim tek görebildiğim değişim ve yanmış cesetler.*"

"Ah, demek Harlan'dan geldiniz," dedi Ertekin nazikçe. "Ve kendinizi Quellist olarak görüyorsunuz, öyle mi, Bay Kovacs?"

Yüzümdeki gülümseme, yerini koca bir sırıtışa bırakmıştı. "Öyle de denebilir. Quell'in bir amacı olduğunu düşünüyorum."

"Aslını isterseniz, Bay Kovacs'ın işi başından aşkın," diyerek araya girdi Miriam Bancroft. "Laurens ile konuşacak çok şeyleri olduğundan eminim. Onları yalnız bıraksak hiç fena olmaz."

"Elbette." Ertekin başını hafifçe öne eğdi. "Belki daha sonra konuşma fırsatı yakalarız."

Üçü birlikte, Miriam'ın, raketini ve havlularını çantasına kederle yerleştiren rakibini teselli etmeye gittiler. Ne var ki, Miriam'ın tüm o diplomatik tavrına rağmen, Nalan Ertekin gitmeye o kadar da can atıyor gibi görünmüyordu. Bir anda Miriam'a hayran olmuştum. Bir BM yargıcına hatta bir Protektora görevlisine Quellist olduğunuzu söylemek, vejetaryen sofrasında hayvanların kesilmesine karşı olduğunuzu söylemekten farksızdı. Yeri ve zamanı değildi.

Arkama döndüğümde Oumou Prescott ile burun buruna geldim.

"Gidelim mi?" dedi sert bir dille, evi işaret ederek. Bancroft çoktan yola koyulmuştu bile. Fazla hızlı olduğunu düşündüğüm adımlarla biz de onun peşinden gittik.

"Bir sorum var," dedi nefes nefese. "O çocuk kimdi? Bayan Bancroft'un canına okuduğu."

Prescott sabırsız bir ifadeyle yüzüme baktı.

"Büyük bir sır mı?"

"Hayır Bay Kovacs, bu bir sır bile değil. Bence aklınızı Bancroft'un misafirleri dışındaki konularla meşgul etseniz iyi olur. İlle de öğrenmek istiyorsanız, diğer oyuncu Marco Kawahara'ydı."

"Öyle mi dersiniz gerçekten?" Yanlışlıkla Phiri gibi konuşmaya başlamıştım. Kişiselleştirme konusunda çift sayı yapmıştım. "Demek bana o yüzden tanıdık geldi. Annesine benziyor, değil mi?"

"Gerçekten bilmiyorum," dedi Prescott umursamaz bir tavırla. "Bayan Kawahara'yı hiç görmedim."

"Çok şanslısınız."

Bancroft, bizi evin denize bakan kanadındaki egzotik serada bekliyordu. Cam duvarların içinde adeta bir renk cümbüşü vardı. Aralarındaki aynaağaç ve sayısız şehitotu dikkatimden kaçmadı. Bancroft, şehitotlarından birinin yanında durmuş, üzerine dikkatlice beyaz bir metalik toz sıkıyordu. Şehitotuna dair, güvenlik aracı olarak kullanılması dışında hiçbir şey bilmediğim için bu tozun ne olduğuna dair de en ufak bir fikrim yoktu.

İçeri girdiğimizde Bancroft bize doğru döndü. "Lütfen sessiz konuşun." Bütün sesleri emen bu ortamda, kendisi de kısık sesle konuşuyordu. "Şehitotu, gelişiminin bu evresinde oldukça hassas oluyor. Bay Kovacs, eminim siz de biliyorsunuzdur."

"Evet." Bitki, adını el şeklindeki yapraklarında bulunan kırmızı lekelerden alıyordu. "Bunların yetişkin olduklarından emin misiniz?"

"Kesinlikle. Adoracion'da daha büyüklerini görmüş olabilirsiniz ama Nakamura'dan, onları kapalı mekâna uygun şekle getirmesini istedim. Bu, Nilvibe kabini kadar güvenli ve çok daha rahattır," diyerek şehitotunun yanındaki çelik çerçeveli üç sandalyeyi gösterdi.

"Beni görmek istemişsiniz," dedim sabırsızca. "Hangi konuda?"

Bancroft, üç buçuk yüzyıllık bakışlarını üzerime çevirdi. Bu, bir şeytanla bakışmaktan farksızdı. Met'in ruhu bir an dışarı baktığında, ateşe uçan pervaneler gibi ölümünü izlediği sayısız sıradan yaşamın gözlerindeki yansımasını gördüm. Reileen Kawahara ile tartıştığımda da böyle olmuştum; kanatlarımdaki sıcaklığı hissedebiliyordum.

Sonra her şey geçti. Bancroft bir sandalyeye oturup toz spreyini de yanındaki masaya bıraktı. Benim de oturmamı bekliyordu. Ayakta dikilmeye devam ettiğimi görünce ellerini birleştirip kaşlarını çattı. Oumou Prescott da aramızda duruyordu.

"Bay Kovacs, sözleşmemizin şartları gereği bu soruşturma sırasında ortaya çıkacak tüm makul harcamaları üstlendiğimin farkındayım ama bunu söylediğimde, Bay City'nin bir ucundan diğer ucuna gönüllü bir bedensel hasar izini sürmeyi beklemiyordum. Bu sabah, zamanımın büyük bir kısmını batı yakası çetelerine ve Bay City polisine rüşvet vermekle geçirdim. Üstelik her ikisi de, siz bu katliama başlamadan bile, bana yardım etmeye hiç de istekli durmuyorlardı. Umarım sizi hayatta ve deponun dışında tutabilmenin bana ne kadar pahalıya patladığının farkındasınızdır."

Seraya bakıp omuzlarımı silktim.

"Bence üstesinden gelebilirsiniz."

Prescott tepkisizdi. Bancroft'un ise yüzünde bir tebessüm belirdi.

"Bay Kovacs, belki de artık üstesinden gelmek istemiyorumdur."

"O halde o lanet fişi çekin." Şehitotu, adamın sesindeki bariz değişimle titreyiverdi. Umurumda bile değildi. Aniden, artık Bancroft'un o nazik oyunlarını oynayamayacak duruma geldiğimi fark ettim. Yorgundum. Klinikteki kısa süreli bilinç kaybımı hesaba katmazsam, otuz saatten fazladır uyanıktım ve nörokimya sistemim devamlı çalıştığı için sinirlerim laçkalaşmıştı. Silahlı çatışmaya girmiştim. Hareket halindeki bir hava arabasından atlamıştım. Çoğu insanın hayatı boyunca travmasını atlatamayacağı soruşturmalara tabi tutulmuştum. Birçok cinayet işlemiştim. Artık uyuyacağım sırada Hendrix, üstelik kimseyle görüşmek istemediğimi söylememe rağmen, çağrısını bana iletti. Bir gün, birinin otelin antika servis anlayışını elden geçirmesi gerekecekti. Bu sorunu Nemex ile halletmeyi düşünmüştüm ama Hendrix'e olan öfkem, Bancroft'a olan öfkemin yanında hiçbir şeydi. Bu öfkem beni uyanık tutmuş, önceki günden beri üzerimden çıkarmadığım buruşuk giysilerimle Suntouch House'a gitmemi sağlamıştı.

"Anlayamadım Bay Kovacs?" Oumou Prescott gözlerini üzerime dikmişti. "Teklif ettiğiniz şey..."

"Hayır Prescott. Teklif etmiyorum, tehdit ediyorum." Yeniden Bancroft'a döndüm. "Ben bu saçma gösteriye katılmak istemiyordum. Bancroft, beni buraya siz sürüklediniz. Beni Harlan'daki depodan çıkardınız ve sırf Ortega'yı sinirlendirmek için Elias Ryker'ın kılıfına soktunuz. Beni birkaç belirsiz ipucuyla oraya gönderdiniz ve karanlığın içinde eski kabahatlerinize çarparak tökezlememi seyrettiniz. Akıntı yükseliyor ve artık oynamak istemiyorsanız benim için sorun yok. Sizin gibi bir pislik için belleğimi tehlikeye atmak üzereyim. Beni kutuya geri koyabilirsiniz. Yüz on yedi yıl boyunca şansımı deneyeceğim. Belki şansım yaver gider ve ölmenizi isteyen her kimse, sizi gezegenden siler."

Ana kapıdan geçerken silahlarımı bırakmam gerekmişti ama konuşurken Kordiplomatik savaş ruhunun tehlikeli boşluğunun yavaş yavaş benliğimi sarmaya başladığını fark ettim. Eğer Met şeytanı geri döner ve kaçmayı başarırsa, sırf zevk için Bancroft'un hayatına hemen oracıkta son verecektim.

İşin tuhafı, bu söylediklerim karşısında kafası karışmışa benziyordu. Beni dinlemiş, sanki razı olur gibi başını öne eğmiş, sonra Prescott'a dönmüştü.

"Ou, bizi biraz yalnız bırakır mısınız? Bay Kovacs ile konuşmamız gereken şeyler var. Baş başa kalmalıyız."

Prescott şüphelenmişti. "Kapıya birini dikeyim mi?" diye sordu, bana sert bakışlar atarak. Bancroft başını iki yana salladı.

"Buna gerek kalmayacağından eminim."

Prescott, kafasındaki şüphelerle birlikte dışarı çıktığı sırada Bancroft'un sakin tavrına hayran kalmamak işten bile değildi. Depoya dönmekten mutlu olduğumu söylemiştim ve sabah öldürdüğüm kişi sayısını öğrenmişti. Buna rağmen tehlikeli olup olmadığımı kendi yargılarından çıkarabileceğine inanıyordu.

Oturdum. Belki de haklıydı.

"Bazı açıklamalarda bulunacaksınız herhalde," dedim. "Ryker'ın kılıfıyla başlayabilirsiniz. Bunu neden yaptınız ve neden benden sakladınız?"

"Saklamak mı?" Bancroft kaşlarını çattı. "Bunu tartıştık ya."

"Bana kılıf seçimini avukatlarınıza bıraktığınızı söylediniz. Bunu da epey vurguladınız. Oysa Prescott, seçimi sizin yaptığınız konusunda ısrar ediyor. Söyleyeceğiniz yalanlar konusunda onu bilgilendirmeniz gerekirdi."

"Pekâlâ." Bancroft durumu kabullenmişti. "Temkinli olmaya çalışıyordum. Gerçekleri söylemekten o kadar çok korktum ki, yalan söylemek alışkanlık haline geldi. Ama bunun sizin için bu kadar önemli olacağını düşünmemiştim. Yani Kordiplomatik'teki kariyerinizden ve depoda geçirdiğiniz onca zamandan sonra. Genelde giydiğiniz kılıfların geçmişine bu kadar takılır mısınız?"

"Hayır, takılmam. Ama buraya geldiğimden beri Ortega bulaşma önleyici bir plastik gibi her yanımı sardı. Bir şeyler saklamaya çalıştığını düşünüyordum. Daha sonra, erkek arkadaşı depodayken onun kılıfını korumaya çalıştığını öğrendim. Ryker'ın neden depoda olduğunu biliyor musunuz?"

Bancroft, bu kez elini umursamaz bir tavırla savuşturdu. "Rüşvet suçu. Gayri meşru bedensel hasar ve sahte kimlik girişimi. Anladığım kadarıyla bu onun ilk suçu değil."

"Evet, haklısınız. Aslında bu konuda nam salmış. Herkes onu tanıyor ve hiç sevilmiyor. Özellikle de sikinizin peşine gelip son iki günümü geçirdiğim Licktown gibi yerlerde. Bu konuya sonra geliriz. Ben bunu neden yaptığınızı öğrenmek istiyorum. Neden Ryker'ın kılıfındayım?"

Bancroft bu hakaret karşısında öfkelenmişti ama bunu saklayacak kadar iyi bir oyuncuydu. Temel diplomatik eğitimden bildiğim bir hareketle öfkesini savuşturup hafifçe gülümsedi.

"Gerçekten bunun size rahatsızlık vereceğini bilmiyordum. Size uygun bir zırh ve kılıf..."

"*Neden Ryker?*"

Bir anda sessizliğe gömüldü. Metler sözünü öylece kesebileceğiniz türden insanlar değildi ve Bancroft bu saygısızlıkla zor başa çıkıyordu. Aklıma tenis kortunun arkasındaki ağaç geldi. Ortega orada olsaydı beni alkışlardı.

"Bir hamle, Bay Kovacs. Bir hamle."

"Hamle mi? Ortega'ya karşı mı?"

"Evet." Bancroft arkasına yaslandı. "Teğmen Ortega eve adımını atar atmaz önyargılıydı. Hiç yardımcı olmaya çalışmadı. Saygısızdı. Bunu unutmadım ve skoru eşitledim. Oumou'nun bana verdiği son listede Elias Ryker'ın kılıfının olduğunu ve Ortega'nın tankın kirasını ödediğini görünce, hamlenin zamanının geldiğine karar verdim. Her şey bir anda gelişti."

"Sizce de bu yaptığınız çocukça değil mi?"

Bancroft başını eğdi. "Olabilir. Ama Innenin katliamından bir yıl sonra, özel jetinde bağırsakları deşilip kafası koparılan, Elçi Komutası'ndan Harlan'lı General MacIntrye'ı hatırlıyor musunuz?"

"Az çok." Hatırladıkça buz kesmiştim. Ama Bancroft kendine hâkim olabiliyorsa, ben de olabilirdim.

"Az çok mu?" Bancroft kaşını kaldırdı. "Bir Innenin gazisinin, bütün o bozgunu yöneten, gerçek ölümleri görmezden gelmekle suçlanan bir kumandanın ölümünü hatırlamaması imkânsız."

"MacIntyre, Protektora Sorgu Mahkemesi tarafından aklandı," dedim sakince. "Lafı nereye getirmeye çalışıyorsunuz?"

Bancroft omuzlarını silkti. "Mahkeme ne derse desin, görünüşe göre onu intikam almak için öldürdüler. Ölenleri geri getiremeyeceğine göre, bu gereksiz bir eylemdi. İnsanlar arasında çocuksu eylemler çok sık görülür. Belki de yargılama konusunda bu kadar aceleci davranmamalıyız."

"Belki de öyledir." Ayağa kalkıp seranın kapısına doğru yürüyerek dışarı baktım. "Sizi yargıladığımı düşünmeyin ama genelevlerde neden bu kadar çok zaman geçirdiniz?"

"Ah, Elliott mevzusu. Evet, Oumou bana bundan söz etmişti. Babasının benim ölümümle bir ilgisi olduğuna gerçekten inanıyor musunuz?"

Arkama döndüm. "Artık değil. Aslında ölümünüzle uzaktan yakından ilgisi olmadığını düşünüyorum. Ama bunu öğrenmek için çok zaman harcadım."

Bancroft sakince yüzüme baktı. "Bay Kovacs, bunu öğrenmeniz uygunsuz kaçtıysa özür dilerim. Doğru, gerek sanal, gerekse gerçek seks ticaretinde ya da sizin deyiminizle genelevlerde çok zaman geçiriyorum. Bunun soruşturma için önemli olacağı aklıma gelmezdi. Aynı şekilde, zamanımın bir kısmını küçük ölçekli kumar oyunlarında geçiririm. Bazen yerçekimsiz bıçak düelloları izlerim. Tıpkı yaptığım iş gibi, tüm bunlar da bana düşman kazandırdı. Yeni bir kılıf içinde olduğunuz yeni bir dünyadaki ilk gününüzde hayatımın ayrıntılarını dinlemek isteyeceğiniz aklıma gelmezdi. Nereden başlasam? Size ölümümün arka planını anlattım ve Oumou ile konuşmanızı önerdim. İlk ipucuna balıklama atlayacağınızı düşünmemiştim. Yolunuza çıkan her şeyi yerle bir edeceğiniz de aklıma gelmezdi. Bana Kordiplomatik'in *kurnazlık*la tanındığı söylenmişti."

Bu konuda haklıydı. Virginia Vidaura küplere binmiş olmalıydı. Muhtemelen Bancroft'tan sonra sıra ona gelecek, nezaketsizliğimden dolayı boğazıma yapışacaktı. Ama ne o ne de Bancroft, bana ailesinden bahsettiği o gece Victor Elliott'ın yüzüne bakmıştı. Sert bir cevap buldum ve bütün bildiklerimi aklımdan teker teker geçirirken, hangilerini söylemem gerektiğini düşündüm.

"Laurens?"

Miriam Bancroft seranın hemen dışındaydı. Boynunda bir havlu vardı ve raketini kolunun altında tutuyordu.

"Miriam." Bancroft'un sesindeki saygılı ton dışında bir şey sezemedim.

"Nalan'ı ve Joseph'ı öğle yemeği için Hudson'ın Salı'na götürüyorum. Joseph daha önce hiç suyun altında yemek yememiş. Biz de onu ikna ettik." Bancroft'a bakarken bir anda bana döndü ve sonra yeniden Bancroft'a baktı. "Bizimle gelecek misin?"

"Belki sonra," dedi Bancroft. "Nerede olacaksınız?"

Miriam omuzlarını silkti. "Pek düşünmedim. Sancaktaki güvertelerde oluruz. Benton'da belki."

"Tamam. Ben size yetişirim. Görürsen bana bir sarı kuyruk balığı yakala."

"Başüstüne." Elini başına götürerek verdiği selam, ikimizi de beklenmedik bir şekilde gülümsetti. Yüzünü bana çevirdi. "Deniz mahsulü sever misiniz Bay Kovacs?"

"Muhtemelen. Dünya'da damak tadımı sınamak için çok az zamanım oldu Bayan Bancroft. Şimdilik yalnızca otelin bana sundukların yiyebildim."

"Deniz mahsullerini severseniz, bir dahaki sefere belki sizi de aramızda görürüz."

"Teşekkür ederim ama pek sanmıyorum."

"Peki. Laurens, çok gecikmemeye çalış. Marco'yu Nalan'dan korumak için *biraz* yardıma ihtiyacım olacak. Marco burnundan soluyor bu arada."

Bancroft homurdanmaya başladı. "Bugünkü performansından sonra buna hiç şaşırmadım. Bir ara kasti yaptığını bile düşündüm."

"Son maçta değil," dedim ortaya konuşarak.

Bancroftlar bir anda bana baktı. Bay Bancroft'un ifadesini çözememiştim ama Bayan Bancroft'un bakışları tuhaf şekilde çocuksuydu. Kısa bir süreliğine gözlerinin içine baktım. Kuşkucu bir edayla elini saçlarına götürdü.

"Curtis limuzini getirecek," dedi. "Gitmem gerek. Bay Kovacs, sizi tekrar gördüğüme sevindim."

Bay Bancroft ile birlikte Miriam'ın çimlere doğru ilerleyişini izledik. Tenis eteği uçuşuyordu. Bancroft'un karısına karşı cinsel isteksizlik duyduğu apaçık ortadayken bile, Miriam'ın kelime oyunları bana çok patavatsız gelmişti. Sessizliği bölmeye karar verdim.

"Bancroft," dedim, gözlerimi gittikçe uzaklaşan Miriam'dan ayırmadan. "Bunu saygısızlık olarak addetmeyin ama onun gibi bir kadınla evliyken neden zamanınızı seks ticaretinde geçiriyorsunuz?"

Bay Bancroft'a döndüğümde, ifadesiz bir yüzle beni izlediğini gördüm. Birkaç saniye boyunca tek kelime etmedi. Konuşmaya başladığında temkinli davranmaya çalıştığı sesinden seziliyordu.

"Kovacs, hiçbir kadının yüzüne boşaldınız mı?"

Kordiplomatik'te geçirdiğiniz ilk zamanlardan itibaren, size kendinizi kültür şokundan nasıl koruyacağınız öğretilir ama bazen silahlar zırhınızı deler ve etrafınızı saran gerçekler, parçaları birbiriyle uyumsuz olan bir yapbozdan farksızdır. Bakışlarımı başka yöne çevirdim. Gezegenimdeki bütün insanlık tarihinden bile yaşlı olan bu adam, bana bu soruyu, sanki su tabancasıyla hiç oynayıp oynamadığımı soruyormuş gibi sakin bir şekilde sorabiliyordu.

"Ah. Evet. Eee, eğer..."

"Eğer karşınızdaki kadın için para ödediyseniz mi?"

"Yani, bazen. Özellikle öyle olmuyor tabii. Ben..." Ağzına ve çevresine boşaldığımda, spermlerim ellerinde patlatılmış bir şampanya şişesinden fışkıran köpükler gibi akarken karısının attığı o ıssız kahkahayı hatırladım. "Pek hatırlamıyorum. Böyle bir fetişim olduğu çok da söylenemez ve..."

"Benim de öyle," diyerek sözümü kesti önümdeki adam. "Örnek olarak söyledim sadece. Hepimizin içinde bastırmamız gereken bazı tutkular vardır. Ya da en azından, medeni bir bağlamda ifade edemediğimiz tutkular."

"Ben medeniyetle boşalmak arasındaki bağlantıyı kuramadım."

"Başka bir yerden geliyorsunuz," dedi Bancroft düşünceli gözlerle. "Aceleci ve genç bir sömürge kültüründen. Yüzyıllık geleneklerin dünyada nasıl şekillendiğini bilemezsiniz. Genç ve maceraperest ruhların hepsi gemilerle buradan ayrıldı. Onları terk etmeye zorladılar. Kalanlar duygusuz, itaatkâr ve sınırlıydılar. Olan biteni seyrettim ve o sırada durumdan memnundum. Çünkü kendi imparatorluğumu kurmamı kolaylaştırdı. Şimdi ödediğimiz bedele değip değmediğini merak ediyorum. Kültür, eski ve tanıdık normların altında kalarak çöktü. Sert bir ahlak ve sert yasalar. BM'nin bildirimleri fosilleşmiş bir küresel benzerlikten ibaret. Kültürlerüstü ve deli gömleği. Sömürgelere karşı duyulan içsel korku nedeniyle, gemiler hâlâ birer birer limandan ayrılırken, ortaya Protektora çıktı. İlk yolcuların gezegene ulaşmasıyla, depoladıkları insanlar hazır bir zorbalığa uyandı."

"Sanki siz her şeyin dışında kalmışsınız gibi konuşuyorsunuz. Vizyonunuz bu kadar genişken kendi yolunuzu çizemez misiniz?"

Bancroft hafifçe gülümsedi. "Kültür, kirli bir hava gibidir. İçinde yaşayabilmek için bir kısmını ciğerlerine çekmelisin. Eninde sonunda bu kirlilik sana da bulaşır. Hem bu bağlamdaki özgür bir adam ne yapabilir ki? Karımın yüzüne ve göğüslerine boşalmakta özgür bir adam ne yapabilir? Önümde mastürbasyon yapması, bedenini başka erkek ve kadınlarla paylaşması özgürlüğüne sahip biri ne yapabilir? İki yüz elli yıl çok uzun bir zaman Bay Kovacs. Pis ve aşağılık fantezileri gerçekleştirmek, giydiğiniz kılıfların hormonlarını tatmin etmek için uzun bir süre. Bu süre içinde daha nazik olan duygular gittikçe saflaşıp seyreliyor. Böyle uzun bir süre içinde duygusal bağlarınıza ne olduğunu biliyor musunuz?"

Ağzımı açtığım sırada elini kaldırıp beni susturdu. Israr etmedim. İki yüz yıllık bir ruhun içini dökmesi her gün karşılaştığınız türde bir olay değildir ve Bancroft kaptırmış gidiyordu.

"Hayır," diye cevapladı kendi sorusunu. "Nereden bileceksiniz? Kültürünüz Dünya'da yaşananları anlamanıza yetmeyecek kadar sığ ve hayat deneyiminiz muhtemelen aynı kişiyi iki yüz elli yıl boyunca sevmenin ne demek olduğunu açıklayamayacak kadar sınırlı. Eğer dayanırsanız, eğer sıkıntı ve hoşnutluk tuzaklarını atlatırsanız, sonunda elinizde kalan şey sevgi olmuyor. Bunun adına saygı diyebilirim. Peki bu sırada üzerinizde taşıdığınız kılıfın iğrenç tutkularını nasıl tatmin edeceksiniz? Ben söyleyeyim, edemeyeceksiniz."

"Bu yüzden mi fahişelerle yatıyorsunuz?"

Yüzündeki ince tebessüm yeniden belirdi. "Bay Kovacs, size kendimle gurur duyduğumu falan söylemedim. Ama bu kadar uzun yaşadığınızda, kendinizi en berbat yönlerinizle bile kabul etmeyi öğreniyorsunuz. Bu kadınlar pazarın ihtiyaçlarını karşılıyor, karşılığını alıyorlar. Ben de kendimi bu şekilde temize çekiyorum."

"Karınız biliyor mu?"

"Elbette. Uzun bir süredir biliyor hem de. Oumou, Leyla Begin'den haberdar olduğunuzu söyledi. Miriam o zamandan beri epey sakinleşti. Onun da birtakım maceralar yaşadığından eminim."

"Nasıl bu kadar emin olabiliyorsunuz?"

Bancroft öfke içinde elini salladı. "Bunun bir önemi var mı? Merak ettiğiniz bu ise, hayır, karımı takip falan ettirmiyorum. Ama onu tanıyorum. Tıpkı benim gibi onun da tatmin etmek istediği tutkuları var."

"Bu sizi rahatsız etmiyor mu?"

"Bay Kovacs, çok şeyler olabilirim ama ikiyüzlü değilim. Bu yalnızca beden, dahası değil. Miriam ve ben, bunu anlayabiliyoruz. Bu sorular hiçbir yere varmayacağına göre lütfen konumuza geri dönelim. Elliott dışında başka bir sorunuz var mı?"

Bilincin çok daha altına gizlenmiş bir mantıktan yola çıkarak içgüdüsel olarak bir karar verdim. Başımı iki yana salladım. "Henüz yok."

"Peki olacak mı?"

"Evet. Ortega'yı geçsek bile Kadmin var. O Ryker'ın peşinde değildi. Beni tanıyordu. Bir dolaplar döndüğünü düşünüyorum."

Bancroft, duydukları karşısında hoşnut olmuş gibi başını sallayarak onayladı. "Kadmin ile konuşacak mısınız?"

"Ortega izin verirse."

"Yani?"

"Polis, bu sabah Oakland'daki uydu kayıtlarını inceledi. Bu da muhtemelen beni klinikten çıkarken gördükleri anlamına geliyor. İşbirliğine yanaşacaklarını pek düşünmüyorum."

Bancroft, parça parça tebessümlerinden birini daha takındı. "Bu çok akıllıca Bay Kovacs. Ama korkacak bir şey yok. Wei Klinik çalışanları –klinikte pek kimseleri bırakmadınız gerçi– dahili video çekiminin yayınlanmasını istemiyor. Olası bir soruşturmadan sizden daha çok korkuyorlar. Elbette gizli misillemeler yapabilirler. Göreceğiz."

"Ya Jerry'nin mekânı?"

Omuzlarını silkti. "Aynı şey geçerli. Sahibi öldükten sonra orasıyla bir yatırımcı ilgilenmeye başladı."

"Güzel."

"Hoşunuza gittiğine sevindim." Bancroft ayağa kalktı. "Söylediğim gibi, yorucu bir sabah oldu ve pazarlıkların biteceği yok. Gelecekte etrafınıza daha az zarar verirseniz minnettar olurum. Yaptıklarınız pahalıya patladı."

Ayağa kalkarken bir an gözümde Innenin'deki ateş çemberi canlandı ve ölüm çığlıkları kulaklarımda çınlamaya başladı. Bancroft'un nazik konuşması şimdi bana mide bulandırıcı ve kaba geliyordu. Tıpkı General MacIntyre'ın hasar raporları gibi... *Inne-*

nin kumsalını güvenli hale getirmek için ödemeye değer bir bedel... Tıpkı Bancroft gibi MacIntyre da güçlü bir adamdı ve bütün güçlü adamlar gibi, o da ödemeye değer bedellerden bahsederken tek bir şeyden emin oluyordunuz.

Bedeli bir başkası ödüyordu.

ON YEDİNCİ BÖLÜM

Otlak Sokak'taki polis istasyonu, Mars Baroğu olduğunu tahmin ettiğim tarzdaki bir binadaydı. Polis istasyonu şeklinde mi tasarlanmıştı, yoksa inşa edildikten sonra polis istasyonu olarak kullanılmasına mı karar verilmişti, orası belli değildi. Burası bir kaleden farksızdı. Yakut rengindeki duvar taşlarının ve payandaların içindeki doğal nişlere yüksek vitraylar yerleştirilmişti. Pencerelerin altındaki pürüzlü kırmızı taşlar, sabah güneşini emen tırtıklı setler şeklinde tasarlanmıştı. Kemerli girişe çıkan basamaklar bilerek mi zımparalanmıştı, yoksa fazla kullanılmaktan mı aşınmıştı, anlayamadım.

İçerisi, pencerelerden süzülen ışıkla aydınlanıyordu ve tuhaf bir sessizlik hâkimdi. Tahminime göre sesaltları, banklarda itaatkâr bir şekilde bekleşen insanların susmasını sağlıyordu. Bu insanlar, tutuklanmış şüphelilerden ibaret olmalarına rağmen, şaşırtıcı bir pervasızlık içindelerdi ve bu umursamaz tavırlarının salonu süsleyen zen tablolarıyla uzaktan yakından ilgisi yoktu. Pencereden sızan renkli ışıkların arasından geçip, tutukevinden çok kütüphanedeymiş gibi sessizce kendi aralarında konuşan küçük bir insan kalabalığına doğru ilerleyerek resepsiyona ulaştım. Muhtemelen nöbetçi olan üniformalı bir polis, nazikçe yüzüme baktı – belli ki sesaltları ona da ulaşıyordu.

"Teğmen Ortega," dedim. "Bedensel Hasar."

"Kim geldi diyeyim?"

"Elias Ryker."

Bu adı duyan bir polis başını kaldırıp bana baktı ama bir şey söylemedi. Nöbetçi polis ise telefonda biriyle konuşup cevabı dinledikten sonra bana döndü.

"Birini gönderiyor. Üzerinizde silah var mı?"

Başımı evet anlamında sallayıp ceketimin altındaki Nemex'i aldım.

"Lütfen silahınızı dikkatlice bırakın," dedi polis nazik bir gülümsemeyle. "Güvenlik yazılımımız biraz hassastır. Eğer silah çektiğinizi zannederse harekete geçebilir."

Yavaşça hareket ederek Nemex'i tezgâha bıraktıktan sonra kolumdaki Tebbit bıçağını kılıfından çıkardım. İşim bittiğinde polis neşeli bir şekilde gülümsedi.

"Teşekkürler. Binadan ayrılırken hepsini teslim alabilirsiniz."

Sözünü tam bitirmişti ki, resepsiyonun en sonundaki kapıdan iki Mohikan çıktı ve hızla üzerime doğru yürüdüler. Yüzlerindeki boyalar nedeniyle, bana ulaşmalarına kadar geçen kısacık zaman içinde sesaltları onlara pek etki etmemişti. İkisi de koluma girdi.

"Buna gerek yok," dedim.

"Hey, adam tutuklu değil," dedi nöbetçi polis sakince. Mohikanlardan biri polise dönüp bitkin bir tavırla homurdandı. Diğeri ise bir süredir kırmızı et yememiş gibi bir iştahla yüzüme baktı. Ona gülümseyerek karşılık verdim. Bancroft ile olan görüşmemden sonra Hendrix'e dönmüş, neredeyse yirmi saat uyumuştum. İyi dinlenmiştim, nörokimyam tetikteydi ve bu otoriteden hiç hoşnut değildim. Quell bundan gurur duyardı.

Bunu epey belli etmiş olmalıyım ki, Mohikanlar beni rahat bırakmaya karar verdi. Üçümüz birlikte dört kat sessizce çıkarken duyulan tek ses, eski asansörün gıcırtısıydı.

Ortega'nın ofisinin camları da vitraydı. Daha doğrusu, bir tanesinin alt kısmı vitraydı ve bu pencere tavan tarafından yatay olarak kesilmişti. Geri kalan kısmı, yukarı kattaki ofisin zeminine kadar uzanıyor olmalıydı. Binanın orijinalinin, şimdiki kullanıma uygun olarak elden geçirildiğine dair kanıtlar bulmaya başlamıştım. Ofisin duvarları, okyanus ve adalar üzerinden batan tropik bir güneş ortamı yaratacak şekilde tasarlanmıştı. Vitray ve günbatımının buluşması, ofisin tüm tozlarını gösteren yumuşak bir turuncu ışığa boğulması anlamına geliyordu.

Ortega, sanki esir düşmüş gibi ahşap bir masanın ardında oturuyordu. Çenesini eline, dizini masanın kenarına dayamıştı ve biz kapıdan içeri girerken eski bir dizüstü bilgisayara dalıp gitmişti. Bilgisayar dışında masada duran tek şey, yıpranmış bir Smith &

Wesson ile plastik bir kahve fincanıydı. Başını sallayarak Mohikanları odasından gönderdi.

"Oturun Kovacs."

Etrafıma baktım, vitrayın altındaki sandalyeyi görüp masasına doğru çektim. Ofise dolan öğleden sonra güneşi insana yönünü şaşırtıyordu.

"Geceleri çalışıyor musunuz?"

Gözleri kocaman açıldı. "Bu nasıl bir soru böyle?"

"Ah, öylesine sormuştum." Loş ışığın içinde ellerimi havaya kaldırdım. "Sadece dekoru ona göre ayarladığınızı düşündüm. Dışarıda saatin sabahın onu olduğunu biliyorsunuzdur."

Ortega homurdandı ve yeniden bilgisayarın ekranına döndü. Tropikal günbatımında pek belli olmuyordu ama gözlerinin griyeşil olduğunu fark ettim. Tıpkı girdabı çevreleyen okyanus gibi. "Senkronizasyon hatası var. Departman bunu El Paso Juarez'de bir yerden ucuza almış. Bazen tamamen saçmalıyor."

"Zor iş."

"Evet, bazen. Ara sıra kapatıyorum ama neonlar..." Aniden başını kaldırdı. "Ben ne bok yiyorum... Kovacs, şu anda bir depoya ne kadar yakın olduğunuzun farkında mısınız?"

Sağ işaret parmağımla ve başparmağımı birleştirip içinden Ortega'ya baktım.

"Wei Klinik'in şahitliği kadar."

"Kovacs, sizi depoya koyabiliriz. Dün sabah saat yediyi kırk üç geçe ön kapıdan çıkmışsınız."

Omuzlarımı silktim.

"Met bağlantılarınızın sizi sonsuza dek kollayacağını sanmayın. Wei Klinik'in limuzininin şoförü soygun ve Gerçek Ölüm hakkında çok ilginç şeyler anlatıyor. Belki de sizin hakkınızda da bir şeyler anlatır."

"Adamın aracına el koymadınız ya?" diye sordum sakince. "Yoksa Wei sizin test etmenize fırsat vermeden aracı geri mi aldı?"

Ortega dudaklarını sıktı.

Başımı onaylarcasına salladım. "Ben de öyle düşünmüştüm. Bence şoför, Wei gırtlağına yapışana kadar hiçbir şey anlatmaz."

"Bakın Kovacs. Çabalamaya devam ettiğim sürece ortaya bir şey çıkacak. Her şey bir zaman meselesi. Kesinlikle öyle."

"Azminize hayranım," dedim. "Bancroft dosyasında da bu kadar azimli olmamanız çok yazık."

"Bancroft dosyası diye bir şey yok."

Ortega ayağa kalkmış, avuçlarını masaya dayamıştı. Gözlerini öfke ve tiksintiyle açtı. Tetikte beklerken, şüphelilerin Bay City'de kazara yaralanıp yaralanmadıklarını merak ediyordum. En sonunda Ortega, derin bir nefes aldı ve yavaş yavaş yeniden yerine oturdu. Öfkesi geçmişti ama tiksintisi hâlâ göz ve ağız kenarlarındaki ince çizgilerde kendini belli ediyordu. Tırnaklarına baktı.

"Wei Klinik'te dün ne bulduğumuzu biliyor musunuz?"

"Karaborsa yedek parçalar mı? Sanal işkence programları mı? Yoksa o kadar uzun süre kalmanıza izin vermediler mi?"

"On yedi ceset ve yanmış kortikal belleklerini bulduk. Silahsızlardı. On yedi ölü. Gerçek ölü."

Yüzündeki aynı tiksinti ifadesiyle bana baktı.

"Tepkisizliğimi mazur görün," dedim soğuk bir dille. "Üniformalıyken çok daha kötülerini görmüştüm. Aslına bakarsanız, Protektoranın savaşlarında görev alırken çok daha kötülerini *yapmıştım.*"

"O savaştı ama."

"Ah, *yapmayın.*"

Ortega hiçbir şey söylemedi. Masaya doğru eğildim.

"Ayrıca bana sizi endişelendiren konunun o on yedi ceset olduğunu da söylemeyin sakın." Kendi yüzümü işaret ettim. "Sizin sorununuz o. Onun parçalara ayrılmasını istemiyorsunuz."

Bir süre sessizce oturup düşündükten sonra masanın çekmecesinden bir paket sigara çıkardı. Hemen bana da ikram etti ama kararlı bir ifadeyle başımı iki yana sallayarak onu reddettim.

"Ben bıraktım."

"Öyle mi?" Şaşkınlığı sesinden belli oluyordu. Sigarasını ağzına götürüp yaktı. "Tebrik ederim."

"Evet, depodan çıktığında bu Ryker'ın da hoşuna gidecektir."

Duman örtüsünün arkasında bir anda durup paketi çekmeceye geri koydu.

"Ne istiyorsunuz?" diye sordu açık açık.

Nezarethane beş kat aşağıda, iki bölmeli bir zemindeydi ve orada hava sıcaklığını düzenlemek daha kolaydı. PsychaSec ile kıyaslandığında, burası tuvaletten farksızdı.

"Bunun bir şeyi değiştireceğini hiç sanmam," dedi Ortega, çelik rampa boyunca uyuşuk bir teknikerin ardından 3089b'ye doğru ilerlerken. "Kadmin size bize söylemediği ne söyleyecek?"

"*Bakın.*" Durup Ortega'ya döndüm ve ellerimi iki yana açtım. Daracık rampanın ortasında birbirimize oldukça yakındık. Bir anda aramızda kimyasal bir yakınlaşma oldu ve Ortega'nın yakın duruşu karşısında ağzımın kuruduğunu hissettim.

"Ben..." dedi.

"3089b," diye seslendi tekniker ve otuz santimlik koca diski havaya kaldırdı. "Teğmen, istediğiniz bu muydu?"

Ortega hızla yanımdan ayrıldı. "Bu, Micky. Bizi sanala bağlayabilir misin?"

"Elbette." Micky, başparmağını rampa boyunca aralıklarla dizilmiş spiral merdivenlerden birine bastırdı. "Beşe inin ve elektroda basın. Beş dakika kadar sürer."

Üçümüz çelik basamaklardan aşağı inerken söze girdim. "Siz Sia'yı temsil ediyorsunuz. Kadmin sizi tanıyor, profesyonel yaşamı boyunca sizinle uğraştı. Polise yalan söylemek işinin bir parçası. Ben ise bilinmeyen taraftayım. Eğer güneş sisteminin dışına hiç çıkmadıysa, daha önce Kordiplomatik'ten biriyle hiç karşılaşmamış olabilir. Gittiğim birçok yerde Kordiplomatik ile ilgili pis hikâyeler anlatılır."

Ortega şüpheci gözlerle bana baktı. "Onu *korkutacak mısınız?* Dimitri Kadmin'i yani? Hiç sanmam."

"Dengesini kaybedecek ve insanlar dengelerini kaybettiklerinde her şeyden vazgeçerler. Unutmayın, bu adam benim öldürülmemi isteyen biri için çalışıyor. Benden, en azından yüzeysel olarak korkan biri için. Bu korku Kadmin'in üzerine de sıçrayabilir."

"Peki bunun beni Bancroft'u birinin öldürdüğüne ikna etmesi mi gerekiyor?"

"Ortega, bana inanıp inanmamanızın hiçbir önemi yok. Bu konuyu zaten çoktan geçtik. Ryker'ın kılıfının mümkün olduğunca kısa bir sürede, hiç zarar görmeden, tanka geri dönmesini istiyorsunuz. Bancroft'un ölümüne dair ipuçlarına ne kadar çabuk ulaşırsak, tanka o kadar çabuk döner. Karanlığın içinde tökezlemezsem, önemli bir bedensel hasar da vermeyeceğim demektir. Yardımınız benim için çok önemli. Bu kılıfın bir başka silahlı çatışmada mahvolmasını istemezsiniz herhalde."

"*Bir başka* silahlı çatışma mı?" Ortega'ya yeni ilişkimizin anlamını kavratabilmem için yarım saat boyunca ateşli bir tartışmaya girmem gerekmişti. Üstelik içindeki polis hâlâ kaybolmuş değildi.

"Evet, Hendrix'ten sonra," dedim hızla. Yüz yüze dururken hissettiğimiz ve dengemi bozan bu kimyasal tepkimeye içimden lanetler yağdırıyordum. "Ciddi yaralar aldım. Daha da kötüsü olabilirdi."

Bu kez uzun uzun yüzüme baktı.

Zemin kattaki kabinlere sanal soruşturma sistemi kurulmuştu. Micky'nin bizi oturttuğu eskimiş otomatik kalıplı koltuklar, vücudumuzun şeklini almakta oldukça yavaştı. Elektrotları ve hipnofonları da yerleştirdikten sonra piyanistleri andıran bir hareketle makineyi çalıştırdı. Yanıp sönmeye başlayan ekranları inceledi.

"Sıkışıklıklar var," dedi ve tiksinmiş gibi yutkundu. "Komiser sanal bir konferansta olduğu için sistemi tıkıyor. Birinin aradan çıkmasını beklememiz gerek." Ortega'ya baktı. "Galiba Mary Lou Hinchley hakkında."

"Evet." Ortega etrafına bakıp beni konuşmaya dahil etmeye çalıştı. Bu, belki de yeni işbirliğimizin bir kanıtıydı. "Geçen sene kıyı polisi okyanustan bir çocuk çıkarmıştı. Adı Mary Lou Hinchley'di. Vücudundan geriye pek bir şey kalmamıştı ama belleğini buldular. Bilin bakalım hakkında ne öğrendiler?"

"Katolik miymiş?"

"Bildiniz. Şu Mutlak Emilim olayı işe yarıyor, değil mi? Evet, ilk tarama bize bilincin yasakladığı sinyalleri gönderiyor. Genelde bu noktada durulur ama El..." Bir anda sustu ve sonra yeniden devam etti. "Görevli dedektif soruşturmayı kapatmak istemedi. Hinchley onun mahallesinden bir kızmış ve dedektif onun çocukluğunu biliyor." Omuzlarını silkti. "Soruşturmayı kapatmıyor."

"Çok azimliymiş. Ya Elias Ryker?"

Başını onaylarcasına salladı.

"Bir ay boyunca laboratuvarlarla uğraştı. En sonunda cesedin bir hava taşıtından atıldığına dair kanıtlar bulundu. Bedensel Hasar biraz arka plan taraması yaptığında, kızın en fazla on ay önce din değiştirdiğini ve bilgi teknolojilerinde yetenekli olan Katolik erkek arkadaşının yemini bozduğunu öğrendiler. Kızın ailesi uçlarda yaşıyor. Hıristiyanlar ama tamamen Katolik değiller. Çok da zenginler. Kasaları, doğum ve evlilikler için ortaya çıkardıkları akrabalarıyla dolu. Departman, yıl boyunca bu akrabaların birçoğuyla sanal görüşmeler yapıyor."

"653 sayılı önerge de burada işin içine dahil oluyor, değil mi?"

"Evet."

Yatakların üzerindeki tavana baktık. Kabin, prefabrike bir balondan ibaretti ve tıpkı sakız gibi, polifiber bir küreden üflenmişti. Kapılar ve pencereler lazerle kesilmiş, sonrasında sentetik yapıştırıcıyla yeniden bir araya getirilmişti. Kıvrımlı gri tavanda kayda değer bir şey yoktu.

"Bana bir şeyler söyleyin Ortega," dedim bir süre sonra. "Salı günü, öğleden sonra alışverişe gittiğimde peşime taktığınız o adamdan bahsedin. Nasıl oldu da adam diğerlerinden çok daha kötü çıktı? Kör biri bile onu fark edebilirdi."

Önce biraz durakladı. Daha sonra homurdanmaya başladı. "Elimizde bir tek o vardı. Giysilerinizi bıraktıktan sonra sizi kısa süre içinde bulmalıydık."

"Giysiler." Gözlerimi kapadım. "Ah, olamaz. Ceketi işaretlediniz, değil mi? Bu kadar kolay mı?"

"Evet."

Ortega ile olan ilk görüşmemi hatırlamaya çalıştım. Mahkemeyi, Suntouch House'u... Her şey hızlı bir şekilde ileri sardı. Miriam

Bancroft ile güneşin aydınlattığı çimlerde duruyorduk. Ortega gidiyordu...

"Tamam!" diyerek parmaklarımı şaklattım. "Giderken omzuma dokunmuştunuz. Bu kadar aptal olduğuma inanamıyorum."

"Enzim sinyali," dedi Ortega sakince. "Sinek gözü kadar bir şey. Önümüz sonbahar olduğu için ceketinizi almadan pek bir yere gidemeyeceğinizi biliyorduk. Elbette, ceketi çöpe attığınızda bizi bozguna uğrattığınızı sandık."

"Hayır. İlgisi yok."

"İşte bu kadar," dedi Micky aniden. "Bayanlar ve baylar, omurganıza hâkim olun, bitmek üzere."

Bu, bir devlet dairesinden beklediğimden çok daha sert bir enjeksiyondu ama Harlan'da daha kötülerini de yaşamıştım. Önce hipnozun ses kodları yayılmaya başladı. Gri tavan aniden ışıl ışıl oldu. Lavabodan akan kirli su gibi, evrenden kopup ayrılmıştı sanki. Ben de...

Bambaşka diyarlardaydım.

Etrafımı dört bir yandan yepyeni bir evren kapladı ve buraya inerken kullandığımız rampanın spiral basamakları gibi ortadan kaybolmaya başladı. Zemin gri çeliktendi ve üzerindeki kabarıklıklar, sonsuza doğru uzanan meme uçlarını andırıyordu. Gri gökyüzündeki dalgalanmalar, demir parmaklığa ve antika kilitlere benziyordu. Tutuklanan suçluların bir kilidin neye benzediğini hatırlamadıkları düşünülürse, bu oldukça ilginç bir psikolojiydi.

Yerden biten mobilyalar, cıva havuzundan fışkıran heykeller gibiydi. Önce metal bir masa; sonra her iki yanında ve karşısında birer sandalye gördüm. Kenarları ve yüzeyleri oldukça pürüzsüzdü. Daha sonra yerden bağımsızlıklarını ilan ederek gerçek şekillerine ve sertliklerine kavuştular.

Ortega bir anda yanımda belirdi. Önce soluk bir kadın eskizinden farksızdı. Onu izlerken pastel renklere bürünmeye başladı ve hareketleri belirginleşti. Bana doğru dönüp bir elini ceketinin cebine soktu. Onu beklerken son renkleri de vücudundaki yerlerini aldı. Cebinden sigarasını çıkardı.

"Sigara?"

"Hayır, teşekkürler. Ben..." Sanal sağlık konusunda endişe duymanın ne kadar yersiz olduğunu fark edince teklifini kabul edip paketten bir tane sigara aldım. Ortega ikimizinkini de benzinli çakmağıyla yaktı. Ciğerlerime çektiğim ilk fırt, heyecan vericiydi.

Geometrik gökyüzüne baktım. "Bu standart mı?"

"Öyle sayılır." Ortega gözlerini kısarak uzaklara baktı. "Çözünürlüğü her zamankinden yüksek görünüyor. Micky'nin işidir."

Masanın öteki tarafında Kadmin belirdi. Sanal programın onu renklendirmesini beklemeden varlığımızı fark edip kollarını göğsünde birleştirdi. Hücredeki varlığım umduğum gibi dengesini bozduysa da bunu belli etmedi.

"Teğmen, yine mi?" dedi, program işini bitirdikten sonra. "BM kurallarına göre belirlenmiş sanal bir tutukluluk süresi var."

"Doğru. Bizim zamanımızın dolmasına da daha çok var," dedi Ortega. "Kadmin, sen de otursana."

"Hayır, teşekkürler."

"Otur dedim sana beyinsiz." Polisin sesinde ani bir sarsıntı oluşmuştu. Kadmin mucizevi bir şekilde yanıp söndü ve masada bu kez oturmuş pozisyonda belirdi. Öfkesi yüzünden okunuyordu ama sonra ifadesi kayboldu ve imalı bir tavırla kollarını iki yanına sarkıttı.

"Haklısınız, böyle daha rahat. Siz de bana eşlik etmeyecek misiniz?"

Alışılageldik şekilde sandalyelerimize oturduğumuzda gözlerimi Kadmin'e diktim. İlk defa böyle bir şey görüyordum.

O, Yama Adam'dı.

Çoğu sanal sistem, sizi hafızadaki kendi resimlerinizden yeniden yaratır ve çok etkilenerek yanılgılara düşmemeniz için sizi sağduyuyla donatır. Ben genelde, olduğundan daha uzun ve ince çıkarım. Şu anda içinde bulunduğumuz durumda sistem, Kadmin'in uzun kılıf listesindeki her şeyi birbirine karıştırmışa benziyordu. Bunun teknik olarak uygulandığına daha önce de şahit olmuştum ama çoğumuz içinde bulunduğumuz kılıfa bağlı olarak büyürüz ve önceki her şeyi siler atarız. Sonuçta hepimiz fiziksel dünyaya uygun olacak şekilde evrimleşiriz.

Kadmin bambaşkaydı. Kuzeyliye benziyordu ve benden yaklaşık otuz santim kadar daha uzundu. Ne var ki yüzü hayli ilginçti. Üst kısmı Afrikalılarınki gibi geniş ve esmerdi ama bu esmerlik, göz altlarında maske gibi sona ediyordu. Yüzünün alt kısmı burundan itibaren ikiye bölünmüş gibiydi; sol tarafı bakır rengindeyken, sağ tarafı ise kireç gibi bembeyazdı. Burnu hem etli hem de kemerliydi. Yüzünün alt ve üst kısmının tam ortasındaydı ama ağzının sağıyla solu birbiriyle uyumsuz olduğu için dudakları tuhaf bir şekilde çarpıktı. Uzun ve siyah saçlarını, tıpkı bir yele gibi, alnından geriye doğru taramıştı ve tek tarafında beyazlar vardı. Metal masanın üzerinde hareketsiz duran elleri, Licktown'daki dev dövüşçününkiler gibi pençeyi andırıyordu ama parmakları uzun ve hassastı. Böylesine kaslı gövdesindeki göğüslerinin iriliği tuhaftı. Esmer tenine gömülmüş gözleri, şaşırtıcı derecede yeşildi. Kadmin, alışılageldik fiziksel algıların tamamen dışındaydı. Belki de eskiden bir şamandı; şimdi ise teknoloji çağının etkisiyle bir şeytana dönüşmüştü. Elektronik bir şeytandı sanki. Değiştirilmiş karbonun içinde yaşayan, yalnızca ölüm saçmak için dışarı çıkan kötücül bir ruhtu.

Ondan iyi bir Elçi olurdu.

"Kendimi tanıtmaya gerek olmadığını düşünüyorum," dedim sakin bir dille.

Bunu duyan Kadmin sırıtınca, küçük dişleri ve ince uçlu dili ortaya çıktı. "Eğer teğmenin dostuysanız, yapmak istemediğiniz hiçbir şeyi yapmak zorunda değilsiniz. Yalnızca sersemlerin hakları sınırlıdır."

"Kadmin, bu adamı tanıyor musunuz?" diye sordu Ortega.

"Teğmen, bir itiraf falan mı bekliyorsunuz?" Kadmin başını geriye doğru çekip güldü. "Ah, ne büyük kabalık! Bu adamı mı? Belki de bu kadını soruyorsunuzdur, ha? Ya da, evet, sakinleştirici verilerek eğitilen bir köpek bir onun söylediklerini söyleyebilir. Aksi takdirde delirirler. Ama evet, bir köpek bile. Üçümüz, farklılık fırtınasının ortasında elektronik bir yağmurdan oyulmuşuz ve böylece oturuyoruz. Siz de kalkmış bana, ucuz bir dönem filmindeymiş gibi konuşuyorsunuz. Vizyonunuz çok dar teğmen, çok dar. Değiştirilmiş karbonun bizi vücut hücrelerimizden azat edeceğini söyleyen o ses nerede? *Melek* olacağımızı söyleyen o vizyon nerede?"

"Sen söyle Kadmin. Bu konuda nam salmış olan sensin." Ortega'nın sesindeki kayıtsızlık kendini belli ediyordu. Sistemden uzun bir çıktı alıp incelemeye başladı. "Pezevenk, mafya infazcısı, şirket savaşlarında sanal sorgulayıcı... Hepsi üst düzey işler. Oysa ben ışığı göremeyen ahmak bir polisten fazlası değilim."

"Teğmen, sizinle tartışacak değilim."

"Bir süre önce sen MeritCon için de çalışmış, Syrtis Major'deki arkeologları kaçırmışsın. Üstelik ailelerini de katletmişsin. Aferin." Ortega çıktıyı ortadan kaldırdı. "Boğazına kadar boka batmış durumdasın Kadmin. Otelin gözetim sisteminin dijital kayıtları, doğrulanabilir eşzamanlı kılıf, dondurulmuş iki bellek... Ceza yiyeceğine hiç şüphe yok. Avukatların makinelerde bir arıza olduğunu bile öne sürseler, depodan çıktığında Güneş kırmızı bir cüce gibi olacak."

Kadmin gülümsedi. "O halde burada işiniz ne?"

"Seni kim yolladı?" diye sordum usulca.

"Köpek konuşabiliyor!

Bu duyduğum bir kurt mu?
Yalnız sürüsüne uluyan,
Efendisiz yıldızların altında.
Kendini ne sanıyor,
Bir köpeğin havlamasında?

Kaç bin yıl sürdü,
Bütün bu işkenceler?
İnsanların gururunu
Ayaklar altına alıp da,
Başkasına ezdirmeler?"

Dumanı içime çekip başımı evet anlamında salladım. Çoğu Harlan'lı gibi, ben de Quell'in Şiirler ve Diğer Kaçamaklar'ını az çok ezbere biliyordum. Çocuklar için fazla radikal olan daha hararetli politik yazılar yerine, okullarda bu eser okutulurdu. Bu müthiş bir çeviri olmasa da anlatılmak istenenin özünü veriyordu. Asıl etkileyici olan, Harlan'lı olmayan birinin böylesi kasvetli bir alıntıyı biliyor olmasıydı.

Devamını ben getirdim.

"İki ruh arasındaki mesafeyi nasıl ölçebiliriz?
Ve kimi suçlayabiliriz?"

"Bay Kovacs, birini mi suçlamaya geldiniz?"

"Bu da nedenlerden biri tabii."

"Ne kadar üzücü."

"Başka bir şey mi bekliyordun?"

"Hayır," diye cevapladı Kadmin yeniden gülümseyerek. "Beklenti en büyük hatadır. Yani, sizin için üzücü olduğunu söylemek istedim."

"Olabilir."

Kocaman kel kafasını iki yana salladı. "Elbette. Benim ağzımdan tek bir isim bile alamazsınız. Eğer bir suçlu arıyorsanız, beni suçlayabilirsiniz."

"Çok cömertsin ama Quell'in dalkavuklar için söylediklerini biliyorsundur."

"*Onları öldür ama kurşunlarını iyi say, çünkü daha iyi hedeflerle karşılaşacaksın.*" Kadmin kendi içinden güldü. "Beni her yanı monitörlerle çevrilmiş bir polis deposunda mı tehdit ediyorsunuz?"

"Hayır, yalnızca her şeyi açıklığa kavuşturmaya çalışıyorum." Sigaramın külün silktikten sonra kıvılcımlar saçarak yere düşüşünü izledim. "Senin iplerin birinin elinde ve benim merak ettiğim de o kişi. Sen bir hiçsin. Seninle kaybedecek zamanım yok."

Kadmin başını geriye attı. Gökyüzünde, Kübist şimşekleri andıran güçlü bir titreşim vardı. Bütün yansıması, metal masanın donuk pırıltısına vurmuştu. Gözlerini yeniden bana çevirdiğinde, içlerindeki tuhaf ışığı gördüm.

"Kaçırılmanız imkânsız olmadığı sürece," dedi ruhsuz bir şekilde, "benden sizi öldürmemi istemediler. Ama şimdi öldürmek zorundayım."

Son hece dudaklarından dökülür dökülmez Ortega adamın üzerine atıldı. Masa bir anda ortadan kaybolmuştu. Ortega adama sıkı bir tekme savurarak onu sandalyesinden düşürdü. Adam kendini toparlayıp yeniden ayaklanırken, Ortega bir tekme de ağzına savurup adamı bir kez daha yere devirdi. Dilimi, ağzımın içindeki neredeyse iyileşen kesiklerin üzerinde gezdirdim. Kadmin'e hiç üzülmemiştim.

Ortega, Kadmin'i saçlarından çekip kaldırdı. Masayı ortadan kaldıran aynı sihirli sistem sayesinde, şimdi de elindeki sigaranın yerini acımasız bir cop almıştı.

"Doğru mu duydum?" diye tısladı dişlerinin arasından. "Sen kimi tehdit ediyorsun sik kafalı?"

Kadmin sırıtmaya başladığında kan revan içindeki dişleri göründü.

"Polis şiddeti..."

"Aynen öyle orospu çocuğu." Ortega elindeki copla adamın tam yanağına vurdu. Yanağı adeta ikiye ayrıldı. "Sanal polis monitörüne yansıyan polis şiddeti. Sandy Kim ve WorldWeb One çok eğlenecekler, değil mi? Ama biliyor musun? Bence senin avukatların bu özel kaydı izlemek istemeyecekler."

"Adamı bırakın Ortega."

Ortega bir anda kendine gelip geri çekildi. Derin bir nefes aldı. Masa yeniden belirdi ve Kadmin aniden ayağa kalktı. Ağzında artık hiçbir hasar yoktu.

"Bunu sen de izlemek istemezsin," dedi Kadmin usulca.

"Evet, tabii," dedi Ortega aşağılayıcı bir tavırla. Kendisine karşı da öfkeliydi. Nefesini kontrol altına almaya çalıştı, üstünü başını gereksiz yere düzeltti. "Dediğim gibi, eline hiçbir zaman böyle bir fırsat geçmeyecek. Belki de ben seni beklerim."

"Kadmin, seni her kim yolladıysa, buna değmez mi?" diye sordum usulca. "Yalnızca sözleşmeye sadık kalmak için mi sesini çıkarmayacaksın, yoksa korktun mu?"

Kompozit adam kollarını göğsünde birleştirdikten sonra bana baktı.

"Sözünün bitti mi Kovacs?" diye sordu Ortega.

Kadmin'in dalgın bakışlarını yakalamaya çalıştım. "Kadmin, ben çok güçlü bir adam için çalışıyorum. Bu, bizimle uzlaşman için son şansın."

Cevap gelmedi. Kadmin gözünü bile kırpmıyordu.

Omuzlarımı silktim. "Söyleyeceklerim bu kadar."

"Tamam," dedi Ortega sert bir dille. "Bu pislikle birlikte oturmaya daha fazla tahammül edemeyeceğim." Parmaklarını, Kadmin'in gözlerinin önünden geçirdi. "Seninle görüşeceğiz sik kafalı."

Bunu duyan Kadmin, Ortega'nın gözlerinin içine baktı. Dudaklarında ufak ve rahatsız edici bir gülümseme belirdi.

Oradan ayrıldık.

Dördüncü kata geri döndüğümüzde, Ortega'nın ofisinin duvarları, güneşin kavurduğu bembeyaz bir kumsala dönüşmüştü. Ben kamaşan gözlerimi kısarken, Ortega da masasının çekmecesine uzanıp hem kendisi hem de benim için birer güneş gözlüğü çıkardı.

"Bu yaşadıklarımızdan ne öğrendiniz?"

Burnuma düşen gözlük beni rahatsız etmişti. Fazla küçüktü. "Pek bir şey öğrenmedim. Tabii adama beni öldürme emri verilmemiş olması dışında. Birinin benimle konuşmak istediğini az çok tahmin etmiştim zaten. Sonuçta Kadmin, belleğimi Hendrix'in lobisinde de sökebilirdi. Ama yapmadı. Demek ki biri, Bancroft'u işin içine katmadan bir anlaşmaya varmak istiyor."

"Ya da biri sizi konuşturmak istiyor."

Başımı iki yana salladım. "Ne konuda? Ben daha yeni geldim. Ne anlatabilirim ki?"

"Kordiplomatik? Yarım kalan işler?" Ortega, tüm bu önerileri kart dağıtır gibi bir el hareketiyle önüme sundu. "Belki de bir kin söz konusudur."

"Hayır. Geçen gece birbirimize bağırırken bu konuyu konuşmuştuk. Öldürülmemi isteyen insanlar var ama hiçbiri dünyada yaşamıyor ve hiçbiri bunu yıldızlararası bir bağlamda gerçekleştirecek kadar güçlü değil. Üstelik Kordiplomatikler hakkında bir yerlerin veri belleğinde bulunamayacak hiçbir şey bilmiyorum. Bu bir tesadüften çok daha fazlası olmalı. Hayır, bu konu Bancroft ile ilgili. Biri adının tarihe geçmesini istiyor."

"Bu biri, onu öldüren kişi mi?"

Güneş gözlüklerinin üzerinden bakmak için başımı hafifçe öne eğdim. "O halde bana inanıyorsunuz."

"Tam olarak değil."

"Ah, hadi ama."

Ortega'nın beni dinlediği yoktu. "Benim bilmek istediğim," dedi, "Kadmin'in neden ağız değiştirdiği. Pazar gecesinden beri onu belki on kez sorguya çektik. Otelde olduğunu bile neredeyse ilk kez kabul edecekti."

"Avukatlarına bile mi?"

"Avukatlarına ne anlattığını bilmiyoruz. Onlar Ulan Batur'dan ve New York'tan gelmiş birer köpekbalığı. Bütün gizli ve sanal görüşmelerde konuşmaları gizleyen bir teknolojileri var. İstatistik dışında elimizde hiçbir veri yok."

Tek kaşımı havaya kaldırdım. Harlan'daki tüm sanal nezaretler monitörle kayıt altına alınırdı. Kaç para ederseniz edin, kayıt karıştırıcılar içeri alınmazdı.

"Avukatlar demişken, Kadmin'in avukatları Bay City'de mi?"

"Fiziksel olarak mı? Evet, Marin County'den birileriyle bir anlaşma yapmışlar. Ortaklardan biri burada geçirdiği zaman boyunca bir kılıf kiralamış." Ortega'nın dudakları kıvrıldı. "Fiziksel toplantılar bu aralar oldukça revaçta. Yalnızca alelade firmalar sanal görüşmeler düzenliyor."

"O avukatın adı ne?"

Bir süre durup adını düşündü. "Kadmin hassas bir konu. Anlaşmamız o kadar ileri gidecek mi, bilmiyorum."

"Ortega, bu işin sonuna kadar gideceğiz. Anlaşmamız bu şekildeydi. Yoksa Elias'ın o güzel yüzü yeniden tehlikeye girer."

Bir süre tek kelime etmedi.

"Rutherfold," dedi sonunda. "Rutherfold ile konuşmak ister misiniz?"

"Şu anda herkesle konuşmak istiyorum. Her şeyi açıklığa kavuşturabilmiş değilim. Elimde hiçbir ipucu yok. Bancroft, işin içine beni dahil etmeden önce bir buçuk ay bekledi. Elimdeki tek şey, Kadmin."

"Keith Rutherfold motor yağı gibi bir heriftir. Ondan Kadmin'den öğrendiklerinizden daha fazlasını öğrenemezsiniz. Üstelik sizi onunla nasıl tanıştıracağım Kovacs? Selam Keith, bu adam pazar günü müşterinizin öldürmeye çalıştığı eski bir Kordiplomat. Size birkaç soru sormak istiyor. Parası ödenmemiş bir orospunun bacak arasından çok daha çabuk kapanır."

Haklıydı. Bir süre denize bakarak bunu düşündüm.

"Pekâlâ," dedim yavaşça. "Onunla yalnızca iki dakika konuşmak benim için yeterli. Ona benim Bedensel Hasar'dan ortağınız Elias Ryker olduğumu söylemeye ne dersiniz? Sonuçta öyle sayılırım."

Ortega gözlüğünü çıkarıp bana baktı.

"Komik olduğunuzu mu sanıyorsunuz?"

"Hayır. Yalnızca pratik olmaya çalışıyorum. Rutherford'un kılıfı Ulan Batur'dan, değil mi?"

"New York'tan," dedi Ortega.

"New York. Tamam. O halde, muhtemelen Ryker ya da sizin hakkınızda hiçbir şey bilmiyordur."

"Muhtemelen öyle."

"O halde sorun ne?"

"Kovacs, sorun bu durumdan hoşlanmamam."

Bir süre ikimiz de konuşmadık. Başımı öne eğdim ve içimi çektim. Gözlüğümü çıkardım ve Ortega'nın yüzüne baktım. Her şey gözlerimin önündeydi. Kılıf ve doğuracağı sonuçlara karşı duyulan korku, paranoyakça bir esasçılık...

"Ortega," dedim nazikçe. "Ben o değilim. Onun gibi olmaya da..."

"Olamazsınız da zaten," diyerek kestirip attı.

"Yalnızca birkaç saat oymuşum gibi davranacağım."

"Hepsi bu mu?"

Sesi demir gibi soğuktu. Gözlüğünü öylesine sert bir tavırla geri taktı ki, ağlamak üzere olduğunu anlamak için yansıtmalı camların ardındaki gözyaşlarını görmeme gerek kalmadı.

"Pekâlâ," dedi sonunda, boğazını temizleyerek. "Sizi onunla tanıştıracağım. Hiç mantıklı gelmese de bunu yapacağım. Peki sonra ne olacak?"

"Bunu söylemek biraz zor. Duruma göre bakacağım."

"Wei Klinik'te yaptığınız gibi mi?"

Çekimser bir şekilde omuzlarımı silktim. "Elçi teknikleri büyük ölçüde yeniden faal hale geldi. Bir şey gerçekleşene kadar tepki veremem."

"Kovacs, bir kan banyosu daha istemiyorum. Şehir istatistiklerinde çok kötü görünüyor."

"Eğer bir şiddet yaşanacaksa, bunu başlatan ben olmayacağım."

"Bunun bir garantisi yok. Ne yapacağınıza dair *bir* fikriniz yok mu?"

"Konuşacağım."

"Sadece konuşacak mısınız?" Kuşku dolu gözlerle yüzüme baktı. "Hepsi bu kadar mı?"

Yüzüme hiç oturmayan güneş gözlüğünü yeniden taktım.

"Bazen konuşmak yetiyor," dedim.

ON SEKİZİNCİ BÖLÜM

İlk avukatımla on beş yaşındayken tanışmıştım. Bezgin görünümlü genç bir adamdı ve Newpest'te bir polis memuruna ufak bir bedensel hasar verdiğim için açılan davada beni korumuştu. Sabırlı bir şekilde pazarlık ederek şartlı salıverilmemi ve on bir dakikalık sanal psikiyatrik danışmanlık hizmeti almamı sağlamıştı. Çocuk mahkemesinden çıkarken, muhtemelen saf görünen yüzüme baktı ve sanki hayatının anlamına ilişkin en büyük korkularında haklı çıkmış gibi başını salladı. Daha sonra arkasına dönerek oradan uzaklaştı. Adını şimdi unuttum.

Bu olaydan kısa bir süre sonra Newpest çetelerine katılmam, yasal rastlantılarımın önünü tamamen kesmişti. Çeteler web konusunda çok iyiydiler ve kendi programlarını yazıyorlar ya da yarı yaşlarındaki çocuklardan, düşük kalitede sanal porno karşılığında satın alıyorlardı. Kolay kolay yakalanmıyorlardı ve bunun karşılığında Newpest polisi onları rahat bırakıyordu. Çete içi şiddet büyük ölçüde ritüelleştirilmiş durumdaydı ve çoğu zaman diğer oyuncuları dışarıda bırakıyordu. Dışarı taşarak sivilleri etkilediği nadir zamanlarda, hızlı ve cezai baskınlar oluyordu. Bunların sonucunda çete liderleri depoya alınıyor, geri kalan da ciddi anlamda hırpalanmış oluyordu. Neyse ki çete içindeki pozisyonum, depoya alınacak kadar yüksek olmadığı için bir sonraki mahkemeye çıkışım, ancak Innenin soruşturması sırasında gerçekleşti.

Orada gördüğüm avukatların, beni on beş yaşındayken koruyan o adamla, ancak makineli tüfeğin bir osurukla olduğu kadar ortak noktası olabilirdi. Soğuklardı, meslekî açıdan donanımlılardı ve kariyer basamaklarını hızla çıkıyorlardı. Üstlerindeki üniformalara rağmen yaylım ateşinin bin kilometre uzağında bile duramazlardı. Mahkemenin soğuk mermer zemininde köpekbalığı gibi bir oraya bir buraya yürürlerken, tek sorunları savaş (kendi üniforman dışında bir üniforma giymiş olan insanların toplu katli), meşru kayıp (kazanç sağlayarak kendi birliklerinin toplu katli) ve cezai ihmal (kazanç sağlamadan kendi birliklerinin toplu katli) arasındaki ince farkı görebilmekti. O mahkeme salonunda üç hafta boyunca oturup her şeyi karman çorman edişlerini izledim. Zihnimde çoktan oturmuş olan bütün bu farklılıklar, gittikçe birbirine girmişti. Galiba bu, işlerinin ne kadar ehli olduklarının bir kanıtı gibiydi.

Bunun hemen sonrasında, suç işlemek kaçınılmazdı.

"Sizi rahatsız eden bir şey mi var?" diye sordu Ortega. Kruvazörü, "Prendergast Sanchez – Avukatlar" yazan camla kaplı ofisin önündeki çakıl taşlı sahile indirdi.

"Bir şey düşünüyordum."

"Soğuk bir duş alıp içki içmeyi deneyin. Bende çok işe yarıyor."

Başımı onaylarcasına sallayıp parmaklarında çevirdiği ufacık metal boncuğu gösterdim. "Bu yasal mı?"

"Az çok. Kimse bir şey demez," diye cevapladı Ortega.

"Güzel. Şimdi sözlü bir kılıfa ihtiyacım olacak. Siz konuşurken ben susup dinleyeceğim. Daha sonra kaldığınız yerden söze girerim."

"Tamam. Ryker da böyleydi. Tek kelimenin yeteceği durumlarda asla iki kelime etmezdi. Çoğu zaman çöplere falan bakardı."

"Micky Nozawa gibi biri miydi?"

"*Kim?*"

"Neyse." Ortega kontağı kapattığında, aracın gövdesine vuran çakıl taşlarının çıtırtısı sustu. Koltuğumda gerindim ve kapımı açtım. Dışarı çıktığında iri yarı bir adamın ahşap basamaklardan bize doğru geldiğini gördüm. Omzunda kocaman bir silah, ellerinde ise eldiven vardı. Avukat olmadığı her halinden belliydi.

"Sakin olun," dedi Ortega aniden. "Biz bir görev için buradayız. Adam bir şey yapamaz."

Kaslı adam son basamaktan sahile atladığı sırada Ortega rozetini gösterdi. Adamın yüzünde bir anda büyük bir hayal kırıklığı oluşmuştu.

"Bay City polisi. Rutherford ile görüşmek için geldik."

"Buraya park edemezsiniz."

"Ettim bile," dedi Ortega sakince. "Bay Rutherford'u bekletecek miyiz?"

Rahatsız edici bir sessizlik oldu ama Ortega adamın notunu iyi vermişti. Adam homurdanarak bize merdivenleri işaret etti ve sonrasında hemen arkamızdan ilerledi. En üst basamağa ulaşmamız biraz zaman almıştı ama ulaştığımızda Ortega'nın nefesinin bana oranla çok daha fazla kesildiğini görünce mutlu oldum. Basamaklarla aynı ahşaptan yapılmış mütevazı bir terasa çıktık ve otomatik cam kapılardan geçerek oturma odası gibi tasarlanmış resepsiyona vardık. Yerdeki halılarda ceketimdeki motiflerden vardı. Duvarlar ise Empatist baskılarla süslenmişti. Oturmak için beş tekli koltuk konmuştu.

"Nasıl yardımcı olabilirim?"

Soruyu soran kesinlikle bir avukattı. Kadının sarı saçları düzgünce toplanmıştı. Bol bir etek ve odayla uyumlu bir ceketi vardı. Elleri ceplerindeydi.

"Bay City polisi. Rutherford nerede?"

Kadın, yan gözlerle yanımızdaki adama baktı. Adamdan onay alınca kimliklerimizi sormaya yeltenmedi.

"Keith şu anda meşgul. New York ile sanal bir görüşmede."

"O halde ona görüşmeyi sonlandırmasını söyleyin," dedi Ortega tehlikeli bir yumuşaklıkla. "Müşterisini tutuklayan polis memurunun onunla görüşmeye geldiğini söyleyin. Eminim ilgisini çekecektir."

"Bu biraz zaman alabilir."

"Hayır, almayacak."

İki kadın bir an birbirlerine baktıktan sonra avukat bakışlarını kaçırdı. İri yarı adama bakarak başını onaylarcasına salladı. Adam hayal kırıklığı içinde oradan ayrıldı.

"Neler yapabilirim, bir bakayım," dedi kadın buz gibi soğuk bir sesle. "Lütfen burada bekleyin."

Dediğini yaptık. Ortega yere kadar uzanan camın kenarındaydı ve sırtı resepsiyona dönük bir şekilde sahili seyrediyordu. Ben ise tabloları inceliyordum. Bazıları çok güzeldi. Monitörlü ortamlarla çalışmaya alışkın olduğumuz için ikimiz de on dakika boyunca tek kelime etmedik. Sonunda Rutherford içerideki özel odasından çıkıp geldi.

"Teğmen Ortega." Bu tuhaf ses, klinikteki Miller'ın sesini andırmıştı. Şöminenin oradaydım ve sesin geldiği yöne döndüğümde, Miller'ınkine az çok benzeyen bir kılıfla karşılaştım. Bu biraz daha yaşlıydı. Jüri üyelerini ve yargıçları etkilemek için saygın yüz hatlarıyla donatılmıştı. Ama atletik yapısı aynıydı. "Bu beklenmedik ziyareti neye borçluyum? Daha fazla sorun yaşamamayı umuyorum."

Ortega suçlamayı duymazdan geldi. "Dedektif Elias Ryker," dedi, beni işaret ederek. "Müşteriniz adam kaçırma suçunu kabul etti ve kayıt altındayken birinci dereceden bedensel hasar verme tehditleri savurdu. Kayıtları görmek ister misiniz?"

"Gerek yok. Bana neden burada olduğunuzu söyleyecek misiniz?"

Rutherford iyi görünüyordu. Göz ucuyla görmemiş olsaydım tepki bile vermediğini düşünürdüm. Aklım çok hızlı çalışmaya başlamıştı.

Ortega, koltuklardan birinin sırtına yaslandı. "Zorunlu bir silme vakasını müdafaa eden bir adama göre gerçekten hayal gücünüz çok zayıfmış."

Rutherford abartılı bir şekilde içini çekti. "Beni önemli bir toplantının ortasında çağırdınız. Eminim söyleyecek bir şeyleriniz vardır."

"Üçüncü parti retro-çağrışımsal suç ortaklığının ne demek olduğunu biliyor musunuz?" Soruyu, gözlerimi şöminenin üzerindeki çizimlerden ayırmadan sormuştum. Sonra başımı çevirdim ve Rutherford'un büyük bir dikkatle bana baktığını gördüm.

"Bilmiyorum," dedi sert bir tavırla.

"Çok yazık, çünkü Kadmin öterse, siz ve Prendergast Sanchez'deki diğer ortaklarınız kendinizi ateş hattının ortasında bulacaksınız. Ama elbette, böyle bir şey olursa..." ellerimi iki yana ayırıp omuzlarımı silktim, "...av sezon başlamış olacak. Aslında çoktan başlamış da olabilir."

"Tamam, bu kadarı yeterli." Rutherford elini kararlı bir şekilde yakasındaki vericiye götürdü. İri kıyım adam bize doğru yola çıkmıştı bile. "Sizinle oyun oynayacak vaktim yok benim. Öyle bir kanun yok ve artık bu yaptığınız tacize giriyor."

Sesimi yükselttim. "Rutherford, yalnızca program çöktüğünde hangi tarafta yer alacağınızı merak ediyorum. Böyle bir kanun var. BM'nin ağır suçlar kapsamında ve son olarak 4 Mayıs 2207 tarihinde uygulanmış. Bir araştırın. Bu kanunu bulmak çok zamanımı aldı ama hepinizin kuyusunu kazacak. Kadmin biliyor, bu yüzden epey sarsıldı."

Rutherford gülümsedi. "Ben hiç öyle düşünmüyorum dedektif."

Yeniden omuzlarımı silktim. "Çok yazık. Dediğim gibi, bir araştırın. Sonra da hangi tarafta yer alacağınıza karar verin. Teyide ihtiyacımız olacak ve bedelini ödemeye hazırız. Bunu siz yapmazsanız, Ulan Batur böyle bir fırsatı değerlendirmek için ağzına alacak avukatlarla dolu."

Yüzündeki gülümseme gittikçe kayboldu.

"Doğru, bir düşünün." Ortega'ya döndüm. "Teğmen gibi beni de Otlak Sokak'ta bulabilirsiniz. Elias Ryker, dünya dışı bağlantı. Size söz veriyorum, ne olursa olsun, her şey mahvolacak ve o zaman beni tanıdığınıza sevineceksiniz."

Ortega, sanki hayatı boyunca bunu yapmaya alışkınmış gibi ipucunu sezdi. Sarah da olsa böyle yapardı. Koltuğun arkasından kalktı ve kapıya yöneldi.

"Görüşeceğiz Rutherford," dedi kısaca. Yeniden terasa çıktık. İri kıyım adam arkamızdan sırıtıyordu. "Sakın aklından bile geçirme."

Ben ise Ryker ile özdeşleştiği söylenen sessiz bir bakışla yetindim ve merdivenlerden inen ortağımın peşinden ilerledim.

Kruvazöre döndüğümüzde Ortega bir ekrana dokunup kimlik verilerini incelemeye koyuldu.

"Nereye koydunuz?"

"Şöminenin üzerindeki tabloya. Çerçevenin köşesine."

Ortega homurdandı. "Onu çok kolay bulabilirler. Ve hiçbir sonuç da kanıt olarak kabul edilmez."

"Biliyorum. Bunu iki kez daha söylemiştiniz. Sorun bu değil. Rutherford şaşırırsa, önce o atlar."

"Şaşırdığını mı düşünüyorsunuz?"

"Biraz."

"Evet." Meraklı gözlerle bana baktı. "Peki üçüncü parti retro-çağrışımsal suç ortaklığı da neyin nesi?"

"Hiçbir fikrim yok. Uyduruverdim işte."

Kaşını kaldırdı. "Olamaz."

"Sizi de inandırdım, değil mi? Beni poligraf testine tabi tutsanız, ondan da geçerdim. Temel Elçi taktikleri. Elbette Rutherford kanunları araştırdığı an her şeyi öğrenecek ama en azından amacımıza ulaştık."

"Hangi amacımıza?"

"Alanı daralttık. Yalan söylemek rakibin dengesini bozar. Tanımadığınız bir yerde savaşmak gibidir. Rutherford şaşırdı ama Kadmin'in neden arıza çıkardığını söyleyince gülümsedi." Camdan üstümüzdeki eve bakarken içgüdülerim yerini mantığa bıraktı. "Bunu söylediğimde çok rahatladı. Normalde sırrını bu kadar açık edeceğini sanmıyorum ama blöfüm onu korkuttu ve bir konuda benden daha çok şey bilmek onu mutlu etti. Bu da Kadmin'in neden tavır değiştirdiğini bildiği anlamına geliyor. Gerçek nedenini biliyor yani."

Ortega homurdanarak beni onayladı. "Güzel. Kovacs, siz polis olmalıymışsınız. Kadmin'in yaptıklarına dair iyi haberler verdiğimdeki tepkisini fark ettiniz mi? Hiç de şaşırmadı."

"Hayır. Bunu bekliyordu. Ya da öyle bir şey."

"Evet." Bir anda durdu. "Siz gerçekten bu işi mi yapıyordunuz?"

"Bazen. Diplomatik görevler ya da gizli işler. Aslında..."

Dirseğiyle kaburgalarıma vurunca aniden sustum. Ekranda bir dizi kod, mavi ateşten yılanlar gibi süzülüyordu.

"İşte başlıyoruz. Zaman kazanmak için eşzamanlı görüşmeler yapıyor olmalı. Bir, iki, üç... Bu New York'a yapılmış. Büyük ortaklarla görüşmüş olmalı. Hay aksi."

Ekran bir anda karardı.

"Buldular," dedim.

"Evet. New York hattında muhtemelen bir tarayıcı var ve bağlantı sırasında yakınlardaki tüm iletişim sistemlerini bloke ediyor."

"Ya da bunu diğerlerinden biri yapıyor."

"Evet." Ortega ekrana vurup bütün çağrı kodlarına baktı. "Üçü de gizli. Yerlerini tespit etmemiz biraz zaman alacak. Bir şeyler yemek ister misiniz?"

Vatan özlemi, eski bir Kordiplomatik üyesinin itiraf etmek isteyeceği türden bir duygu değildi. Eğer aldığınız eğitim sizi hâlâ taşlaştırmadıysa, sürekli yeni kılıflara alışarak geçirdiğiniz yıllar bunun icabına bakar. Kordiplomatik üyeleri, Şimdi ve Burada devletinin vatandaşlarıdır. Bu devlet, çifte vatandaşlığa geçit vermez. Geçmiş, yalnız verilerde kayıtlıdır.

Vatan özlemi, Uçan Balık'ın mutfağına girdiğimizde ve Millsport'ta tattığım sosların aroması bana dost bir dokunaç gibi çarptığında hissettiğim bir duyguydu.

Teriyaki, kızarmış tempura ve miso. Aklıma o zamanlar gelince bir an öylece durdum. Gemini Biosys darbesi sonrasında Sarah ile gizlice gittiğimiz Japon barında bütün gözler haber yayınına çevrilmişti ve parçalanmış bir ekrana sahip videofon her an çalacak gibiydi. Pencereler buharla kaplanmıştı ve içeride bir grup Millsport kaptanı vardı.

Daha da eskilere gittiğimde, Newpest'te bir cuma gecesi, Watanabe'nin restoranının terasındaki, pervane istilasına uğramış kâğıt lambaları hatırladım. Güney ormanlarından esen rüzgâr nedeniyle genç tenim ter içinde kalmıştı. Rüzgârçanı aynalardan birine baktığımda gözlerimin tetrametten parladığını görmüştüm. Japon erіştesinden daha ucuz olan sohbetler, bizi bekleyen büyük darbelerle, yakuzalarla, kuzey ve daha uzakların biletleriyle, yeni kılıflar ve yeni dünyalarla ilgiliydi. İhtiyar Watanabe, bizimle birlikte terasta oturuyor, bütün konuşulanları hiç yorum yapmadan dinliyor, piposunu içip ara sıra aynadan kendi yüzünü izliyordu. Yüzünde her zaman ince bir şaşkınlık var gibiydi.

Bu kılıfı nasıl edindiğini bize hiçbir zaman söylemedi. Denizcilerle, Quell Anıt Tugayı ile ve Elçiler ile yaşadığı maceraları da ne inkâr ne kabul ediyordu. Bir keresinde eski bir çete üyesi bize Watanabe'nin Yüzde Yedi Melek ile dolu bir odayı, elinde piposuyla havaya uçurduğunu gördüğünü söylemişti. Bir keresinde de bataklık şehirlerinden bir çocuk, Yerleşim savaşlarına ait olduğunu iddia ettiği bir haber yayınıyla çıkagelmişti. Yayın iki boyutluydu ve saldırı timi gelmeden hemen önce aceleyle kaydedilmişti ama kayıtta konuşan teğmenin adı Watanabe'ydi. Soru sorulduğunda başını öylesine geri atıyordu ki, yüzünü bu sayede görebilmiştik. Ama Watanabe çok sık rastlanan bir isimdi ve Melekler'in havaya uçurulduğunu gördüğünü söyleyen kişi, Harlan ailesinin varisi bir kadınla nasıl yattığını da anlatıp dururdu ve hiçbirimiz *buna* inanmazdık.

Bir keresinde, Watanabe'nin restoranında tek başıma otururken, bütün ergen gururumu ayaklar altına alarak ihtiyar adamdan bir tavsiye istedim. Haftalardır BM'nin silahlı güçleriyle ilgili bir şeyler okuyordum ve birinin beni yönlendirmesine ihtiyacım vardı.

Watanabe, piposunun sapının ardından bana gülümsedi. "Benden nasihat mi istiyorsun?" diye sordu. "Beni bu günlere getiren bilgeliği mi merak ediyorsun?"

İkimiz de küçük bara ve ardındaki tarlalara baktık.

"Yani, şey, evet."

"Yani, şey, *hayır,*" dedi sert bir dille ve piposunu içmeye devam etti.

"Kovacs?"

Gözlerimi kırpıştırdığımda Ortega'nın merakla bana baktığını fark ettim.

"Bilmem gereken bir şey mi var?"

Usulca gülümseyip mutfağın parlayan çelik tezgâhlarına baktım. "Pek sayılmaz."

"Yemek güzel," dedi, bakışlarımı yanlış yorumlayarak.

"Hadi yiyelim o zaman."

Buharın içinden çıktım ve Ortega'nın peşinden restoranın rampalarından birine ulaştım. Ona göre Uçan Balık, yetkisi alınmış bir mayın gemisiydi ve okyanus enstitülerinden biri tarafından satın alınmıştı. Enstitü ya kapanmış ya da değişmişti ve körfeze bakan tesis boşaltılmıştı. Ama biri burayı restorana çevirerek Uçan Balık'ı açmış, tesisin beş yüz metrelik bağlantısını sağlamıştı. Bütün gemi periyodik olarak karaya çıkıyor, karnı doyan müşterileri indirip yenilerini alıyordu. Biz geldiğimizde hangarın her iki tarafında da kuyruk vardı ama Ortega rozetini göstererek öne geçti. Hava gemisi hangarın açık çatısından içeri girdiğinde ilk binen biz olduk.

Yastıklardan birine bağdaş kurarak oturdum. Masamız metalik bir kolla gövdeye bağlanmıştı. Rampa, içerisinin sıcaklığını ve rüzgârı ayarlayan bir güç ekranına bağlıydı. Izgaralı altıgen zemin sayesinde alttaki bir kilometrelik deniz manzaram hiç kapanmıyordu. Huzursuzluk içinde kıpırdandım. Yükseklerde olmak pek bana göre değildi.

"Balinaları falan takip etmek için kullanılıyordu," dedi Ortega, gövdeyi işaret ederek. "O zamanlar uydu yoktu tabii. Bilgi Günü ile birlikte, balinalar bir anda onunla konuşabilenler için büyük bir kazanç kapısı oldu. Bildiğiniz gibi, Marslılara dair Mars'taki dört yüzyıllık arkeolojik araştırmalardan öğrendiklerimizle balinalardan öğrendiklerimiz neredeyse eşit. Tanrım, balinalar Marslıların buraya gelişlerini hatırlıyor. Ne hafıza ama."

Durdu. "Ben Bilgi Günü doğmuşum," diye ekledi başka bir konuya atlayarak.

"Gerçekten mi?"

"Evet. 9 Ocak. Adımı, Avustralya'daki orijinal çeviri ekibinde çalışan bir balina bilimcisinden almışım."

"Ne güzel."

Ortega bir anda kimden bahsettiğini hatırladı. Omuzlarını silkti. "Çocukken olayları farklı görüyorsunuz. Ben adımın Maria olmasını istiyordum."

"Buraya sık sık gelir misiniz?"

"Pek sık sayılmaz. Ama Harlan'lı birinin burayı seveceğini düşündüm."

"Güzel tahmin."

Garson geldi ve holofeneriyle mönüyü ikimizin arasına yerleştirdi. Listeye kısa bir göz attıktan sonra rastgele vejetaryen bir seçim yaptım.

"Güzel seçim," dedi Ortega. Garsona döndü. "Ben de aynısından alacağım. Bir de meyve suyu. Siz ne içeceksiniz?"

"Su."

Seçimlerimiz bir anda pembeye döndü ve mönü ortadan kayboldu. Garson, zarif bir hareketle holofenerini göğüs cebine koyduktan sonra uzaklaştı. Ortega etrafına bakıyor, açacak konu arıyordu.

"Ee... Millsport'ta böyle yerler var mı?"

"Karada, evet. Havada pek gelişmiş sayılmayız."

"Öyle mi?" Her zamanki gibi kaşını kaldırdı. "Millsport bir takımada, değil mi? Hava gemilerinin daha çok..."

"Emlak kıtlığını çözer mi bu? Teoride haklısınız ama unuttuğunuz bir şey var." Gökyüzüne doğru baktım. "Yalnız Değiliz."

"Orbitaller mi? Onlar düşman mı?"

"Mmm. Kaprisli diyelim. Havada helikopterden daha çok yer kaplayan her şeyi vuruyorlar. Şu ana kadar kimse onları devreden çıkaracak kadar yaklaşamadığı ya da içine bile binemediği için, gerçek programlama parametrelerinin ne olduğunu tam olarak bilemiyoruz. Biz de tedbirli oluyoruz ve havada fazla dolanmıyoruz."

"Trafiği zorlaştırıyordur."

Başımla onayladım. "Evet. Gerçi pek trafik olmuyor. Sistemde yaşanabilir başka gezegen yok ve Harlan'da başka gezegenlerdeki yaşamı düşünemeyecek kadar meşgulüz. Birkaç keşif yapıldı ve savunma gemilerimiz de var. İki fırlatma penceremiz var: Biri Ekvator yönünde, diğeri ise kutuplara doğru. İki orbital çarpışarak yanmış gibi görünüyor." Durdum. "Ya da biri vurmuş gibi."

"Biri mi? Biri mi, yoksa Marslılar mı?"

Ellerimi iki yana açtım. "Neden olmasın? Mars'ta buldukları her şey ya yıkılmış ya gömülmüş. Ya da öyle güzel gizlenmiş ki, orada olduğunu öğrendikten sonra on yıllar boyunca aramamız gerekti. Yerleşik dünyaların çoğunda aynı durum söz konusu. Bütün kanıtlar orada bir çatışma yaşandığına işaret ediyor."

"Ama arkeologlar bunun bir iç savaş, bir sömürge savaşı olduğunu söylüyor."

"Evet, doğru." Kollarımı birleştirip arkama yaslandım. "Arkeologlar, Protektoranın söylediğini söylüyor. Marslıların alanının parçalanarak barbarlık yüzünden yok olması trajedisi bu aralar pek moda. Mirasçılar için önemli bir uyarı bu. Medeniyetinizin yok olmasını istemiyorsanız kanun koyuculara karşı gelmeyin."

Ortega gergin bir şekilde etrafına bakındı. En yakınımızdaki masalardan biri, sohbeti kesip bizi dinlemeye başlamıştı. Dinleyicilerimize dönüp gülümsedim.

"Başka bir konudan bahsetsek olmaz mı?" diye sordu keyfi kaçan Ortega.

"Elbette. Bana Ryker'dan bahsedin."

Rahatsızlığı, yerini buz gibi bir sessizliğe bıraktı. Ortega ellerini masaya koyup incelemeye başladı.

"Hayır, sanmıyorum," dedi sonunda.

"Öyle olsun." Bir süre boyunca, güç ekranında oluşan bulutu izleyerek altımdaki denizi unutmaya çalıştım. "Ama bence bahsetmek istiyorsunuz."

"Ne kadar da maçosunuz."

Yemeklerimiz geldi ve sessizce yemeye koyulduk. O sırada duyulan tek ses, geleneksel şapırtılardı. Hendrix'in kusursuz otoşef kahvaltısına rağmen kurt gibi acıkmış olduğumu fark ettim. Yemek, midemin ihtiyaç duyduğundan çok daha derin bir açlığı tetiklemişti. Ortega daha yarısına gelmeden, ben kâsemi sıyırmaya başlamıştım bile.

"Yemeği beğendiniz mi?" diye sordu arkama yaslandığımda, imalı bir şekilde.

Başımı evet anlamında sallarken Japon eriştesiyle ilgili anılarımı aklımdan silmeye çalıştım ama Kordiplomatik eğitiminin canlanarak karnımdaki doymuşluk hissini bozmasından korkuyordum. Yemek salonunun ve hemen ardındaki gökyüzünün metal çizgilerine bakarken, Miriam Bancroft beni Hendrix'te bitkin halde bıraktığından beri bu kadar mutlu olmadığımı fark ettim.

Ortega'nın telefonu kulak tırmalayarak çaldı. Son lokmasını çiğnemeye devam ederek telefonu cebinden çıkarıp cevap verdi.

"Evet? Hım... Hım... Güzel. Hayır, gideceğiz." Gözlerimin içine baktı. "Öyle mi? Hayır, onu da bırak. Acelesi yok. Evet, teşekkürler Zak. Bu iyiliğini unutmayacağım."

Telefonunu yeniden cebine koyup kâsesine geri döndü.

"Haberler iyi mi?"

"Bakış açınıza bağlı. İki yerel çağrının izini bulmuşlar. Bir tanesi Richmond'daki bir dövüş arenasına yapılmış ve orayı biliyorum. Gidip bir bakacağız."

"Peki ya diğer çağrı?"

Ortega başını kâsesinden kaldırıp bana baktı, çiğnemeye devam edip lokmasını yuttu. "Diğer numara özel mülk. Bancroft'un mülkü. Suntouch House. Buna ne diyorsunuz?"

ON DOKUZUNCU BÖLÜM

Ortega'nın dövüş arenası eski bir yük gemisiydi. Körfez'in kuzey ucunda, terk edilmiş ambarların kenarına demirlemişti. Gemi, başı ve kıçı arasındaki altı kargosuyla beş yüz metreden daha uzundu. Kıç taraftaki kargo açık gibi görünüyordu. Havadan bakıldığında, geminin gövde kısmı turuncuydu ve bunun muhtemelen pas olduğunu düşündüm.

"Sakın sizi kandırmasına izin vermeyin," diye homurdandı Ortega, geminin etrafını gezerken. "Gövdesini yirmi beş santimlik bir polimerle kapladılar. Denizin dibine batırmak için çukur imla hakkı gerek."

"Pahalıya patlar."

Omuzlarını silkti. "Arkaları sağlam."

Rıhtıma indik. Ortega motorları durdurup üzerimden uzanarak geminin bomboş görünen üst güvertesine baktı. Kendimi hafifçe geri çektim. Esnek gövdesinin baskısını kucağımda ve ağzına kadar dolu midemde hissetmek beni rahatsız etmişti. Geri çekildiğimi hissedince bir anda ne yaptığının farkına vardı ve aniden doğruldu.

"Kimse yok," dedi.

"Öyle görünüyor. Gidip bakalım mı?"

Araçtan inince Körfez'in her zamanki esintisini hissettik. Boru şeklindeki alüminyum iskeleden geçerek geminin kıç kısmına vardık. Burası, rahatsız edici şekilde açık bir alandı. Gözümü güvertenin korkuluklarından ve kulesinden ayırmadan ilerledim. Her şey hareketsizdi. Ucuz olanların birkaç günlük kullanımdan sonra düştüğünü bildiğim için, fiber kılıfın hâlâ orada olduğundan emin olmak için sol kolumu hafifçe böğrüme bastırdım. Nemex yanımdayken herhangi bir saldırıyı bertaraf edebileceğimden yeterince emindim.

Şu anda buna gerek yoktu. Kazasız bir şekilde iskelenin sonuna varmayı başardık. Açık durumdaki girişe ince bir zincir gerilmişti ve üzerinde el yazısıyla yazılmış bir işaret vardı.

PANAMA ROSE
BU GECE DÖVÜŞ VAR – 22.00
ÜCRET KAPIDA İKİ KATIDIR

İnce metal zinciri kaldırıp şüpheci gözlerle üzerindeki yazıya baktım.

"Rutherford'un buraya çağırdığından *emin misiniz*?"

"Daha önce de söylediğim gibi, sakın sizi kandırmasına izin vermeyin." Ortega zinciri çengelinden çıkardı. "Çok şıkmış. Bu aralar kabalık moda. Geçen sezon neon tabelalar modaydı ama şimdi işler değişti. Burası çok abartıldı. Gezegende bunun gibi yalnızca üç ya da dört yer var. Arenalarda dövüşlerin yayınlanmasına izin verilmiyor. Holograf yok, telegörsel bile yok. Geliyor musunuz, gelmiyor musunuz?"

"Tuhaf." Boru şeklindeki koridorda ilerleyen Ortega'nın arkasından yürüdüm. Bir yandan da gençken yaptığım ucube dövüşlerini düşünüyordum. Harlan'da bütün dövüşler yayınlanırdı ve en çok izlenen eğlence programı onlar olurdu. "İnsanlar bu tür şeyleri izlemeyi sevmiyor mu?"

"Evet, elbette seviyorlar." Seslerin koridorda yankılanmasına rağmen Ortega'nın sesindeki tiksintiyi duyabiliyordum. "Hiçbir zaman yetmiyor. Bu işler böyle yürüyor. Önce Öğreti'yi oluşturuyorlar..."

"Öğreti mi?"

"Evet, Saflık Öğretisi gibi bir şey işte. İnsanların sözünü kesmemeniz gerektiğini kimse öğretmedi mi size? Öğreti uyarınca dövüşü canlı izlemeniz gerek. Web'den izlemekten çok daha iyidir. Daha klastır. Sınırlı seyirci kapasitesine rağmen talep çok fazla. Bu, biletleri seksi bir hale getiriyor ve bunun sonucunda fiyatlar artıyor. Bu da onları daha da seksi bir hale getiriyor. Bu dövüşlerin yaratıcısı da köşe oluyor."

"Akıllıca."

"Evet, akıllıca."

Koridorun sonuna gelmiştik. Rüzgârın dövdüğü güverteye çıktık. Her iki tarafımızda da iki kargonun çatısı vardı ve iki devasa çelik kubbe gibi belimize kadar yükseliyordu. Arkadaki kargonun üzerindeki köprü gökyüzüne kadar yükseliyordu ve üzerinde durduğumuz gövdeyle bağlantısı yokmuş gibi görünüyordu. Bütün gemideki tek hareket, rüzgârın savurduğu yükleme vincinden geliyordu.

"Buraya en son, WorldWeb One'dan bir gazeteci müsveddesinin gizli kayıt yapmak için cihaz yerleştirmesi nedeniyle gelmiştim," dedi Ortega. Rüzgârla rekabet edebilmek için yüksek sesle konuşuyordu. "Adamı Körfez'e attıktan sonra cihazları penseyle söktüler."

"İyiymiş."

"Söylediğim gibi, burası klas bir yerdir."

"Bunlar ne güzel iltifatlar böyle, teğmen. Ne diyeceğimi bilemedim."

Ses, korkuluk boyunca dizilmiş iki metrelik direklerin üzerine yerleştirilen paslı hoparlörlerden gelmişti. Elim Nemex'in kabzasına gitti. Gözlerimle, acı veren bir süratle periferik tarama yaptım. Ortega, başını belli belirsiz bir şekilde iki yana sallayıp köprüye baktı. Üst güvertede bir hareket olup olmadığına baktık. Bilinçsiz bir şekilde işbirliği yapmaya çalışıyorduk. İçinde bulunduğumuz bu gergin ortama rağmen hesapta olmayan bu simetri karşısında tuhaf bir haz duyuyordum.

"Hayır, hayır. Buradan," dedi metalik ses. Bu kez kıçtaki hoparlörlerden geliyordu. Etrafıma bakınırken, yükleme vinçlerinden birinin üzerindeki zincir hareket etmeye başladı. Muhtemelen köprünün önündeki açık kargodan biri çıkıyordu. Elimi Nemex'ten ayırmadım. Başımın üzerindeki güneş, bulutların arasından süzülüyordu.

Zincirin sonunda kocaman demir bir kanca, kancanın ucunda ise bizimle konuşan adam vardı. Adamın bir eli tarih öncesi mikrofondayken, diğeri yükselen zincirdeydi. Üzerindeki biçimsiz gri giysi rüzgârda uçuşuyor, saçları aylak güneş ışığında parlıyordu. Daha iyi görebilmek için gözlerimi kısarak baktım. Sentetik. Ucuz sentetik.

Vinç, kargoların çatılarının üzerinde döndü, sentetik nazikçe çatıya inip bize baktı.

"Elias Ryker," dedi. Sesi hoparlördekinden daha yumuşak sayılmazdı. Birisi ses tellerinde ucuz bir iş çıkarmış olmalıydı. Başını iki yana salladı. "Sizi bir daha göreceğimizi hiç sanmıyorduk. Yasaların hafızası ne de kısaymış."

"Carnage?" Ortega, güneşten kurtulmak için elini gözlerine siper etti. "Siz misiniz?"

Sentetik hafifçe başını eğdi ve ceketinin içindeki mikrofonu susturdu. Kargonun eğimli çatısından aşağı inmeye karar verdi.

"Emcee Carnage, emrinizdeyim. Bugün ne yaptık acaba?"

Bir şey söylemedim. Anladığım kadarıyla Carnage denen bu herifi tanıyor olmalıydım ve şu anda bununla baş edecek durumda değildim. Ortega'nın söylediklerini hatırlayıp yaklaşan sentetiğe boş gözlerle baktım. Ryker'ı aratmıyor olduğumu umuyordum.

Sentetik, kargonun çatısının kenarına gelip aşağı atladı. Yaklaştıkça adi olan tek tarafının ses telleri olmadığını anladım. Karşımdaki bu vücut, Trepp'in kullandığından çok farklıydı ve aynı ismi hak etmiyordu. Bunun bir tür antika olup olmadığını merak ettim. Siyah saçları kabaydı ve emaye gibi görünüyordu. Yüzü silikonluydu ve mavi gözlerinin beyazına kazınmış bir logo vardı. Vücudu sağlam görünüyordu ama biraz fazla sağlam sayılabilirdi. Kollarında bir tuhaflık vardı ve uzuvdan çok yılana benziyordu. Elleri pürüzsüz ve kırışıksızdı. Sentetik, incelememizi istercesine çizgisiz avucunu uzattı.

"Evet?" diye sordu nazikçe.

"Rutin kontrol Carnage," dedi Ortega bana yardım ederek. "Bugünkü dövüşte bomba tehditleri vardı. Biz de şöyle bir bakmak için geldik."

Carnage, kulak tırmalayan bir sesle güldü. "Sanki çok umurunuzdaymış gibi."

"Söylediğim gibi," dedi Ortega sakince, "rutin kontrol."

"Ah, o halde benimle gelin." Sentetik, içini çekip beni işaret etti. "Onun sorunu ne? Depodayken konuşma yeteneğini mi kaybetti?"

Carnage'ın arkasından geminin kıç tarafına doğru ilerledik ve soluğu en sondaki kargonun açık kapağının oluşturduğu çukurun yanında aldık. İçine baktığımda dairesel, beyaz bir dövüş ringi gördüm. Dört tarafı plastik ve çelik oturaklarla doluydu. Ringin tavanına aydınlatma ekipmanı monte edilmişti ama telemetriyle ilgili küresel ünitelerden eser yoktu. Ringin orta yerinde biri diz çökmüş, matın üzerine çizim yapıyordu. Yanından geçerken dönüp bize baktı.

"Tematik," dedi Carnage, nereye baktığımı görünce. "Arapça bir şeyler yazıyor. Bu sezon temamız Protektora polisi. Bu akşamki ise Sharya. Tanrı'nın Şehitleri karşısında Protektora Denizcileri var. Göğüs göğse çarpışacaklar ve on santimden büyük bıçaklar kabul edilmiyor."

"Yani kan banyosu olacak diyebiliriz," dedi Ortega.

Sentetik, omuzlarını silkti. "Halk ne istiyorsa biz onu veriyoruz. On santimlik bir bıçakla ölümcül bir yara açmak mümkün ama çok zor. Gerçek bir yetenek testi. Beni takip edin."

Daracık bir güverte yolundan geminin gövdesine vardık. Ayak seslerimiz bize eşlik ediyordu.

"Herhalde önce arenaları görmek istersiniz," diye bağırdı Carnage, yankıların arasından sesini duyurabilmek için.

"Hayır, önce tankları görelim," dedi Ortega.

"Gerçekten mi?" Ucuz bir sentetik sesle konuşmak oldukça zordu ama Carnage'ın keyfi yerinde gibiydi. "Teğmen, gerçekten aradığınız şeyin bomba olduğundan emin misiniz? Arenanın bu iş için en uygun..."

"Carnage, saklayacak bir şeyiniz mi var?"

Sentetik, arkasına dönüp bir süre şüpheci gözlerle bana baktı. "Hayır, Dedektif Ryker. Peki, o halde tanklara gidelim. Bu arada sohbete hoş geldiniz. Depo soğuk muydu? Elbette, muhtemelen depoya gireceğiniz aklınızın ucundan bile geçmemiştir."

"Yeter." Ortega dayanamayıp araya girdi. "Bizi tanklara götürün ve konuşma açlığınızı geceye saklayın."

"Elbette. Biz yasaların uygulanmasından yanayız. Yasal olarak işbirliği..."

"Tabii, tabii." Ortega laf kalabalığını sabırsızlıkla geçiştirdi. "Bizi şu lanet tanklara götürün artık."

Yeniden tehlikeli bakışımı takındım.

Küçücük bir elektromanyetik trenle tankların bulunduğu alana doğru ilerledik. Tren, gövdenin tek bir tarafından ilerliyor, içinde iki dövüş ringiyle plastik oturakların bulunduğu iki kargodan geçiyordu. Diğer uca vardığımızda sonik arındırma kanalında indik. Burası PsychaSec'ten çok daha pisti. Görünüşe göre siyah demirden yapılmıştı ve ağır kapısı dışarı açıldığında bembeyaz iç kısım açığa çıkıyordu.

"Burada görünüşe önem vermiyoruz," dedi Carnage umursamaz bir tavırla. "Düşük teknoloji seyirciler için yeterli ama perde arkasına bakacak olursak, yani..." parıldayan ekipmanı işaret etti, "tavaya biraz yağ koymadan omlet yapamazsınız."

Kargo bölmesi devasa ve soğuktu. Aydınlatma oldukça loştu ve teknoloji epey ağırdı. Bancroft'un PsychaSec'teki loş rahim mozolesinin yumuşak ve seçkin bir gösterişi vardı. Bay City deposundaki yeniden kılıf odası da asgari muhatapları için asgari bir fona sahipti. Oysa *Panama Rose* ise buram buram güç kokuyordu. Her iki yanımızdaki depolama tüpleri, ağır zincirlere mayın gibi dizilmiş, pitonu andıran kalın, siyah kablolarla merkezî bir monitör sistemine bağlanmıştı. Monitör, sevimsiz bir örümcek tanrıya sunulan bir kurban gibi önümüzde duruyordu. Donmuş veri kablolarının yaklaşık yirmi beş santim üzerine kadar kaldırılmış metal iskeleden geçtik. İskelenin hemen arkasında, biri sağda biri solda olmak üzere devasa iki cam tank vardı. Sağdaki tankta yüzen kılıf, monitör kablolarıyla haç şeklinde bağlanmıştı.

Burası, Newpest'teki Andric Katedrali'ne benziyordu.

Carnage, merkezî monitöre doğru yürüdü, kollarını yukarıdaki ve aşağıdaki kılıf gibi açtı.

"Nereden başlamak istersiniz? Herhalde yanınızda sofistike bomba tarama ekipmanları getirmişsinizdir."

Ortega onu duymazdan geldi. Tanka doğru birkaç adım atıp

içindeki yeşil ışıklı girdaba baktı. "Bu gecenin orospularından mı?" diye sordu.

Carnage burnunu çekti. "Öyle de denebilir. Yine de kıyıdaki o pis mekânlarda satılanlardan farklı olduğunu anlamış olduğunuzu umuyorum."

"Ben de öyle," dedi Ortega. Gözlerini hâlâ tanktaki kılıftan ayıramıyordu. "Bunu nereden buldunuz o halde?"

"Ben nereden bileyim?" Carnage, sağ elindeki plastik tırnaklarını inceleyerek. "Ah, *ille de* bakmak isterseniz, fatura bir yerlerde olacaktı. Şöyle bir baktığımda Nippon Organics'ten aldığımızı tahmin ediyorum. Ya da Pacific Rim'den de olabilir. Bunun ne önemi var?"

Duvara doğru yürüyüp suda yüzen kılıfa baktım. İnce yapılıydı, sert bakışlı ve esmerdi. Çıkık elmacık kemikleri, Japonlarınki gibi çekik gözleri vardı. Gür ve siyah saçları, tankın içindeki suda yosun gibi yüzüyordu. Oldukça esnek ve hız dövüşüne uygun olarak kaslıydı. Uzun elleri, bir sanatçının ellerini andırıyordu. Bu, bir teknoloji ninjasının bedeni olmalıydı. On beş yaşındayken, Newpest'in yağmurlu günlerinde böyle bir bedenin hayalini kuruyordum. Bana Sharya savaşına gitmem için verdikleri kılıftan pek farklı sayılmazdı. Millsport'taki ilk maaşımla satın aldığım kılıfın bir benzeriydi. Sarah ile o kılıfın içindeyken tanışmıştım.

Bir camın altındaki kendime bakıyor gibi hissediyordum. Çocukluğumun hatıralarına geri dönen kendime... Aniden Kafkasyalı bedenimde, aynanın yanlış tarafında olduğumu fark ettim.

Carnage bana doğru yaklaşıp cama vurdu. "Dedektif Ryker, siz de benimle aynı fikirde misiniz?" Bir şey söylemediğimi görünce konuşmaya devam etti. "Eminim öylesinizdir. Dövüşlerden hoşlanıyorsunuz. Bu kılıfın özellikleri hemen göze çarpıyor. Güçlendirilmiş ana gövde, çoklu eklemlerle bağlanmış esnek kemikler, karbonla güçlendirilmiş tendonlar, Khumalo nörokimyası..."

"Bende nörokimya var," dedim, bir şey söylemiş olmak için.

"Dedektif Ryker, nörokimyanız olduğunu biliyorum." Kalitesizliğine rağmen sesindeki yumuşak ve yapış yapış neşeyi duyabiliyordum. "Dövüş arenası, siz depodayken bütün özelliklerinizi taradı. Sizi satın almaları söz konusu oldu. Fiziksel olarak yani. Kılıfınız bir aşağılama maçında kullanılabilirdi. Elbette sahtesinden söz ediyorum, gerçeğinden değil. Aksi, oldukça büyük bir suç olurdu." Carnage bir anda durdu. "Ama aşağılama maçlarının, eee, buranın ruhuna uymayacağına karar verildi. Büyük bir kalitesizlik örneği olurdu bu. Gerçek bir dövüş değil. Çok yazık. Edindiğiniz onca arkadaştan sonra buraya büyük bir kalabalık gelirdi."

Adamı dinlediğim yoktu ama Ryker'ın hakarete uğradığını fark edince Carnage'a imalı bir bakış attıktan sonra camdan uzaklaştım.

"Konuyu çok saptırdım," dedi sentetik, yumuşak bir dille. "Söylemek istediğim, benim sesim Anchana Salomao için ne demekse, sizin nörokimyanız da bu sistem için o demek. *Bu*," yeniden tankı işaret etti, "*Khumalo* nörokimyası ve patentini geçen sene Cape Neuronics aldı. Ruhani sayılabilecek oranlar için güzel bir gelişme. Sinaptik, kimyasal amplifikatörler yok, otomatik çipler ya da protez kablolar yok. Sistem, entegre bir sistem ve *doğrudan düşünceye* cevap veriyor. Bunu bir düşünün dedektif. Dünya dışından kimsede bu sistem yok. BM, on yıllık bir sömürge ambargosu planlıyor. Gerçi ben bundan biraz şüpheliyim..."

"Carnage." Ortega sabırsızlıkla adamın arkasından yaklaştı. "Diğer dövüşçüyü neden hâlâ yüklemediniz?"

"Yüklüyoruz teğmen." Carnage tek eliyle solundaki vücut tüplerini işaret etti. Arkalarından mekanik bir ses geliyordu. Karanlığın içine baktığımda konteynerlerin arasında ilerleyen otomatik forklifti gördüm. Olan biteni izlerken, forklift bir anda durdu ve tüplerden birini aldı. Ayrım tamamlanınca makine hafifçe geri çekildi ve boş tanka doğru yola çıktı.

"Sistem tamamen otomatiktir," dedi Carnage gereksiz yere.

Tankın aşağısında dairesel üç delik olduğunu fark ettim. IP zırhlısının boşaltma limanına benziyordu. Forklift, hidrolik pistonlarla hafifçe kalkıp tüpü yükledi. Tüpün görünen ucu yaklaşık doksan derece döndükten sonra çelik kapağı kapandı. İşi biten forklift hidrolik sistemle alçaldı ve motorları kapandı.

Tankı seyrettim.

Bana bir ömür gibi gelmiş olsa da, aslında bir dakika bile sürmemişti. Tankın dibindeki kapı açıldı ve yukarı gümüş renkli baloncuklar, baloncukların hemen ardından ise beden çıktı. Beden, bir süre cenin pozisyonunda kaldıktan sonra hava akımının oluşturduğu girdapların içinde bir o yana bir bu yana kaydı. Daha sonra kollarını ve bacaklarını, el ve ayak bileklerindeki monitör kablolarının yardımıyla çözdü. Khumalo kılıfından daha iyi kemikli, tıknaz ve kaslıydı ama ten renkleri benzerdi. İnce kablolar tarafından ayağa kaldırılırken, köşeli yüzü ve kemerli burnuyla bize doğru baktı.

"Tanrı'nın Şehitleri'nden bir Sharya'lı," dedi Carnage ışıldayarak. "Yani tam olarak öyle sayılmaz ama ırk olarak benziyor ve *Tanrı'nın Takdiri* olarak bilinen otantik sisteme sahip." Diğer tankı işaret etti. "Sharya'daki denizciler çok ırklıydı ama yeterince Japon tipli vardı."

"Çekişme bunun neresinde?" dedim. "Son teknoloji nörokimya, yüzyıllık Sharya biyomekaniğine karşı."

Carnage, silikonlu yüzüyle gülümsedi. "Bu, dövüşçülere bağlı. Bana Khumalo sistemine alışmanın biraz zaman aldığı söylendi. Dürüst olmak gerekirse, her zaman en iyi kılıf kazanacak diye bir şey yok. Bu, daha çok psikolojiye bağlı. Dayanıklılık, acıya tahammül..."

"Acımasızlık," diye ekledi Ortega. "Empati yoksunluğu."

"Bu tür şeyler," dedi sentetik. "Elbette her şeyi heyecanlı kılan da bu. Teğmen, dedektif, eğer bu gece gelirseniz, size arkalardan iki yer ayarlayabilirim."

"Maçı siz mi yorumlayacaksınız?" diye sordum. Carnage'ın kullandığı kelimelerin hoparlörlerden yankılandığını şimdiden duyabiliyor; ölüm ringinin beyaz ışıkla aydınlandığını, karartılmış oturma alanlarında bağıran kalabalığı görebiliyor; terin ve kanın kokusunu alabiliyordum.

"Elbette ben yorumlayacağım." Carnage, logolu gözlerini kıstı. "Yokluğunuz o kadar uzun sürmedi."

"Bombalara bakacak mıyız?" dedi Ortega yüksek sesle.

Kargoların içinde hayalî bombaları aramamız bir saatten fazla sürdü. Carnage, yaptıklarımız karşısında nasıl eğlendiğini gizleyemiyordu. Üstümüzdeki yeşil ışıklı, camlı tanklarda, arenada katledilecek olan iki kılıf vardı. Kapalı gözleri ve rüya gören yüzlerine rağmen varlıklarını taşıyamıyorlardı.

YİRMİNCİ BÖLÜM

Şehre gece çökerken Ortega, beni Vazife Caddesi'ne bıraktı. Arenadan dönerken, yol boyunca içine kapanmış ve ağzını bıçak açmamıştı. Ryker olmadığım gerçeği, onu yıkıma uğratmış olmalıydı. Kruvazörden inerken omzumun üstünü elimin tersiyle silkince birdenbire güldü.

"Yarın Hendrix'ten ayrılmayın," dedi. "Konuşmanızı istediğim biri var ama bu buluşmayı ayarlamak biraz zaman alacak."

"Tamam." Arkama döndüm.

"Kovacs."

Ortega'ya döndüm. Açık kapıdan bana bakmak için eğilmişti. Kruvazörün havaya kalkan kapısına kolumu dayayıp içeri baktım. Oluşan uzun sessizlikte, bedenimdeki adrenalin seviyesinin yükseldiğini hissettim.

"Efendim?"

Bir süre daha tereddüt ettikten sonra, "Carnage bir şeyler saklıyordu, değil mi?" diye sordu.

"Bu kadar gevezelik etmesine bakacak olursak, evet."

"Ben de öyle düşünüyorum."

Aceleyle kontrol konsoluna uzandı ve kapı kapanmaya başladı. "Yarın görüşürüz."

Kruvazörün gökyüzüne yükselmesini iç çekerek izledim. Ortega'ya açık yüreklilikle gitmenin iyi bir hamle olduğundan emindim ama her şeyin bu kadar karmaşık bir hal alacağını hiç hesap etmemiştim. Ryker ile ne kadar uzun süre birlikte olduklarını bilmiyordum ama kimyanın sonuçları oldukça yıkıcı olmuştu. Bir yerlerde okumuştum, vücutlar ne kadar bir arada kalırlarsa, aralarındaki feromon da onları birbirine o kadar çok bağlıyordu. Hiçbir biyokimyacı bu sürece akıl sır erdiremiyordu ama laboratuvarda birtakım deneyler yapmışlardı. Etkiyi hızlandırmak ya da kesmek çeşitli sonuçlar doğurmuştu ve bu sonuçlardan biri, empatinle türevlerini işaret ediyordu.

Kimyasallar. Hâlâ Miriam Bancroft'un kokteylinin etkisindeydim ve buna ihtiyacım yoktu. Kendime bunu kesin bir dille tekrarladım: *Buna ihtiyacım yoktu.*

Hendrix'in dışında, gelip geçenlerin başlarının hemen üzerinde, gitar çalan solak bir adamın holografı vardı. Yeniden iç çekip yürümeye başladım.

Yolu yarıladığım sırada yanımdan kocaman, otomatik bir araç geçti. Millsport sokaklarını temizleyen robotlara benzediği için dikkatimi çekmedi. Saniyeler sonra, makineden yayınlananlara şahit oldum.

...evlerden evlerden evlerden evlerden evlerden evlerden...

Kadın ve erkek sesleri homurtular ve fısıltılar halinde yükselmeye başladı. Sanki bir orgazm korosuydu bu. Geniş bir cinsel tercih skalasını kaplayan imgelerden kaçmak imkânsızdı. Kısacık süren duyusal belirtiler silsilesi gibiydi.

Gerçek...

Tastamam...

Duyusal üretim...

Ölçüye göre...

Bu son sözü doğrulamak istercesine, beliren imgeler heteroseksüel kombinasyonlar içinde akıp gitti. Bu seçenek karmaşasına tepkimi tespit etmiş olmalılardı ki, doğrudan yayın ünitesine bağlandılar. Adeta teknolojinin son örneğiydi.

Akış, ışıltılı rakamlar içeren bir telefon numarasıyla sona erdi ve uzun, koyu renk saçlı, kıpkırmızı dudaklarıyla gülümseyen bir kadın belirdi. Kadının elinde ereksiyon halinde bir penis vardı ve kameraya bakıyordu. Parmaklarını hissedebiliyordum.

Bulutlara çıkacaksın, diyerek iç çekti kadın. *Böyle bir his işte. Bulutlara çıkacak paran yoksa, buraya gel.*

Başını eğdi, dudakları penisin üzerinde kaymaya başladı. Sanki o penisin sahibi benmişim gibi hissediyordum. Daha sonra kadının uzun, siyah saçları bütün sahneyi kapadı ve resim ortadan kayboldu. Ter içinde sarsılarak sokakları arşınlamaya devam ettim. Araç, arkamdan yavaşça ilerliyordu. Onu gören bazı yayalar kenara çekildi.

Telefon numarasını net bir şekilde hatırladığımı fark ettim.

Terim, bir anda ürpertiye döndü. Omuzlarımı serbest bıraktım ve yürümeye başladım. Etrafımdaki insanların kem gözlerini görmezden gelmeye çalışıyordum. Olanca hızımla yürüdüğüm sırada önümdeki kalabalık bir anda kenara çekildi ve Hendrix'in ön kapısının önüne park etmiş olan uzun limuzini fark ettim.

Laçka olan sinirlerimin emirlerini yerine getirerek elimi Nemex'ime götürdüğüm sırada limuzinin Bancroft'unki olduğunu anladım. Derin bir nefes alıp limuzinin etrafını dolaştım ve şoför mahallinin boş olduğundan emin oldum. Hâlâ ne yapacağımı bilmez haldeyken arka kapı açıldı ve Curtis dışarı çıktı.

"Kovacs, konuşmamız gerek," dedi. Ses tonunu duyunca histerik bir şekilde gülmemek için kendimi zor tuttum. "Karar zamanı."

Baştan ayağa süzdüğümde, duruş ve tavırlarından o anda kimyasal olarak epey yükseldiğini gördüm ve suyuna gitmeye karar verdim.

"Elbette. Limuzinin içinde mi?"

"Limuzin çok dar. Odanıza çıkmaya ne dersiniz?"

Gözlerimi kıstım. Şoförün sesindeki saldırganlık, tıpkı tertemiz pantolonunun önündeki şişkinlik gibi dikkat çekiciydi. Şimdi inmiş olsa da bende de az önce aynı şişkinlikten vardı ama Bancroft'un limuzini sokaktaki araçlara karşı zırhlıydı. Bu adamın ereksiyonunun başka bir nedeni olmalıydı.

Otelin girişini işaret ettim.

"Tamam, gidelim."

Kapılar açıldı ve Hendrix yeniden canlandı.

"İyi akşamlar bayım. Bu akşam ziyaretçiniz yok..."

Curtis gülmeye başladı. "Hayal kırıklığına mı uğradınız Kovacs?"

"Telefon eden de olmadı." Otel, yumuşak bir ses tonuyla devam etti. "Bu beyefendinin ziyaretçi olarak kabul edilmesini istiyor musunuz?"

"Evet. Gidebileceğimiz bir barınız var mı?"

"*Sizin odanıza* gidelim demiştim," diye söylendi Curtis hemen arkamdan. Daha sonra bacağını lobinin metal kenarlı sehpalarından birine çarpıp acı içinde bağırdı.

"Bu katta Gece Yarısı Lambası var," dedi otel şüpheyle, "ama uzun süredir hiç kullanılmadı."

"Dedim ki..."

"Kapayın çenenizi Curtis. Kimse size ilk randevudan bu kadar aceleci davranmamanız gerektiğini söylemedi mi? Gece Yarısı Lambası güzel. Lütfen barı bizim için açın."

Lobinin karşısında, check in konsolunun hemen yanında, arkadaki duvarın geniş bir bölmesi gıcırdayarak kenara kaydı ve ışıklı bir bar bizi karşıladı. Curtis arkamdan söylenmeye devam ediyordu. Kapıya doğru yürüdüm ve Gece Yarısı Lambası'na inen kısa merdivene baktım.

"Güzelmiş. Hadi."

Gece Yarısı Lambası'nın iç dekorasyonu, hayal gücü epey geniş biri tarafından yapılmıştı. Gece yarısı mavisine ve mora boyanmış duvarlarda gece yarısını ya da birkaç dakika öncesini gösteren kadranlar vardı. Topraktan yapılmış tarih öncesi saatlerden enzim lambalarına kadar insanoğlunun kullandığı her türlü saati burada görmek mümkündü. Her iki duvar boyunca banklar yerleştirilmişti. Masalar saat kadranındandı ve orta yerde geri sayım kadranı şeklinde yuvarlak bir bar vardı. Tamamen saatten ve lambadan oluşan robot, kadranın on iki sayısının hemen yanında hareketsiz bekliyordu.

İçeride hiç müşteri olmaması, burayı daha da tuhaf kılıyordu. Robota doğru yürürken Curtis'in biraz olsun sakinleştiğini hissettim.

"Ne alırsınız beyler?" dedi makine beklenmedik bir şekilde. Sanki hiçbir ses çıkışı yok gibiydi. Yüzü, beyaz ve antika bir analog saat şeklindeydi. İncecik akrep ve yelkovan barok tarzdaydı. Saatler Roma rakamlarıyla yazılmıştı. Cesaretimi biraz yitirmiş bir şekilde Curtis'e döndüm. Curtis'in yüzünde gönülsüz bir ciddiyetin işaretleri vardı.

"Votka," dedi kısaca. "Buzlu olsun."

"Bir de viski. Odamdaki dolaptan alıp içtiğimden. Oda sıcaklığında lütfen. İkisini de bana yazın."

Saat surat hafifçe eğildi ve çok eklemli kolunu kaldırarak başının üzerindeki raftan kadehlerimizi aldı. Ucunda lamba olan diğer koluyla ise içkileri doldurdu.

Curtis kadehini alıp votkasından büyük bir yudum aldı. Dişlerinin arasından derin bir nefes alıp memnuniyetini belirten bir ses çıkardı. Bardaki şişelerin en son ne zaman açıldığından şüphe ettiğim için temkini elden bırakmadan viskimden bir yudum aldım. Korkularım yersiz çıkınca daha büyük bir yudum aldım ve viskinin mideme inişinin tadını çıkardım.

Curtis kadehini bıraktı.

"*Artık* konuşmaya hazır mısınız?"

"Pekâlâ Curtis," dedim yavaşça. Gözlerimi içkimden ayırmıyordum. "Galiba bana bir mesaj getirdiniz."

"Tabii. Hanımefendi, cömert teklifini kabul edip etmeyeceğinizi merak ediyor. Hepsi bu. Size düşünmeniz için zaman tanıyarak içkimi bitireceğim."

Gözlerimi, karşı duvardan sallanan Marslı kum lambasına diktim. Curtis'in ruh halini anlamaya başlamıştım.

"Alanınızı korumaya çalışıyorsunuz, değil mi?"

"Şansınızı zorlamayın Kovacs." Sesinde çaresiz bir ton vardı. "Yanlış bir şey söylerseniz..."

"Ne yaparsınız?" Kadehimi tezgâha koyup adamın yüzüne baktım. Nesnel yaşımın yarısı kadardı. Genç, kaslı ve kimyasal olarak tehlikeli olduğu yanılgısına kapılmıştı. Bana yirmili yaşlarımı hatırlatmıştı. Onu sarsmak istedim. "*Ne* yaparsınız?"

Curtis yutkundu. "Ben deniz kuvvetlerindeydim."

"Ne olarak? Pin-up kızı mı?" Onu göğsünden tutup itecek oldum ama hemen utanç içinde bundan vazgeçtim. Sesimi alçalttım. "Bakın Curtis. Bunu ikimize de yapmayın."

"Kendinizi çok güçlü mü sanıyorsunuz?"

"Bunun güçle ilgisi yok, C...urtis." İsmini söylemek yerine köpek dememek için kendimi zor tuttum. Sanki bir kısmım kavga etmek istiyor gibiydi. "Biz farklıyız. Size deniz kuvvetlerinde ne öğrettiler? Göğüs göğse çarpışmayı mı? Ellerinizle adam öldürmenin yirmi yedi yolunu mu? Böyle bile olsa, en nihayetinde siz hâlâ insansınız. Ben ise Kordiplomatik'tenim Curtis. İkisi aynı şey değil."

Adam üzerime atılıp dikkatimi dağıtmaya çalışırken, kafama doğru bir de döner tekme savurdu. Eğer ıskalamasaydı, kafatasımı çatlatacağına hiç şüphe yoktu. Neyse ki fazla heyecanlı davranmıştı. Belki de hata tamamen kimyasallara aitti. Aklı başında olan kimse, gerçek bir kavgada bel seviyesinden yukarı tekme atmaması gerektiğini bilir. Tek bir hareketle adamı savuşturdum ve ayağını yakaladım. Keskin bir hareketle bileğini çevirince Curtis tökezleyerek barın tezgâhına yapıştı. Yüzünü sert yüzeye çarptım ve saçlarından kavrayarak tezgâha bastırmaya devam ettim.

"Ne demek istediğimi anlıyor musun?"

Boğuk sesler çıkardı ve kadran suratlı barmen hareketsiz dikilirken boş yere kıvrandı. Kırılan burnundan akan kan, barın yüzeyini kaplamıştı. Nefesimin normal ritmine dönmesini bekleyerek akan kanı izledim. Sağ kolunu tutup arkasından kürek kemiğine kadar çektim. Tepinmeyi bıraktı.

"Güzel. Şimdi sakin durmazsan o kolunu kırarım. Böyle şeylerle uğraşacak durumda değilim." Konuşurken bir yandan da hızlıca ceplerine baktım. Ceketinin iç cebinde küçük, plastik bir tüp vardı. "İşte. Bu gece sistemine ne gibi mucizeler enjekte edildi acaba? Ereksiyonuna bakacak olursam, hormon güçlendiriciler almışsın." Tüpü loş ışığa doğru kaldırdığımda içinde binlerce küçük kristal şerit olduğunu fark ettim. "Askerî format. Bunu nereden buldun Curtis? Denizcilerin hediyesi mi?" Yeniden üzerini aramaya başlayınca, bu kez enjeksiyon sistemini keşfettim: sürgülü bir mekanizmayla manyetik bobini olan küçücük bir tabancası vardı. Kristalleri tabancanın haznesine koyduğunuzda, manyetik bobin onları sıraya diziyordu ve tabanca müthiş bir hızla kristalleri fırlatıyordu. Sarah'nın tüfeğinden çok farklı sayılmazdı. Savaş doktorları için hipospreylere oranla daha güçlü ve dolayısıyla daha çok tercih edilen bir seçenekti.

Curtis'i ayağa kaldırdım ve kendimden uzak tuttum. Tek eliyle burnunu tutup gözlerini yüzüme dikerek ayakta sabit durmaya çalıştı.

"Kanı durdurmak istiyorsan, başını geriye yaslamalısın," dedim. "Hadi, sana bir daha zarar vermeyeceğim."

"Orozbu cocuu!" dedi genizden gelen bir sesle.

Kristalleri ve küçük tabancayı havaya kaldırdım. "Bunları nereden buldun?"

"Canın cehennebe Kovacs." Curtis başını kademeli bir şekilde arkaya atarken, beni görüş alanında tutmaya çalışıyordu. Gözleri telaşlı bir atınki gibi dönüyordu. "Ağzıbdan teg bir kelime bile alabazsın."

"Peki." Kimyasalları tezgâhın üzerine koyup ciddi bir ifadeyle yüzüne baktım. "O halde ben bir şey söyleyeyim. Kordiplomatik'te nasıl bir eğitim verdiklerini merak ediyor musun? İnsanın içindeki şiddeti dizginleyen tüm içgüdülerini yakıyorlar. İtaat sinyallerini, hiyerarşi dinamiklerini, gruba sadakati... her şeyi. Bunların yerine bilinçli zarar verme arzusunu koyuyorlar."

Sessizce yüzüme baktı.

"Beni anlıyor musun? Seni öldürmek işin kolayına kaçmak olur. Bu çok daha kolay bir iş. Kendimi durdurmam gerekiyordu. Elçi olmak, işte böyle bir şeydir Curtis. Parçaları kastî olarak bir araya getirilmiş bir insan. Bir kurnazlık eseri."

Sessizlik sanki bir ömür sürdü. Söylediklerimi anlayıp anlamadığını bilmiyordum. Yüz elli yıl önceki Newpest'i ve genç Takeshi Kovacs'ı düşününce, beni anladığına dair umutlarım suya düşüyordu. Onun yaşında biri, tüm bunları bir güç rüyasının gerçeğe dönüşmesi gibi algılayabilirdi.

Omuzlarımı silktim. "Eğer hâlâ tahmin edemediysen ben söyleyeyim: hanımefendinin sorusunun cevabı hayır. İlgilenmiyorum. Bunu öğrenmenin bedelinin yalnızca kırık bir burunla kalmasına sevinmelisin. Gözlerine kadar kimyasalla dolmuş olmasaydın, bedeli bu kadar bile olmayacaktı. Ona teşekkürlerimi ilet ve teklifini nazikçe bulduğumu söyle ama burası, buradan ayrılmamı imkânsızlaştıracak kadar hareketli. Bundan zevk almaya başladığımı da ekle."

Barın girişinden belli belirsiz bir öksürük sesi duyuldu. Başımı kaldırdığımda takım elbiseli, kırmızı saçlı birinin merdivenlerde durduğunu gördüm.

"Sizi bölmüyorum ya?" diye sordu Mohikan. Sesi sakin geliyordu. Otlak Sokak'taki fedailerinki gibi değildi.

Barda duran içkimi elime aldım. "Hayır Memur Bey. Gelip partiye katılın. Ne içersiniz?"

"Yüksek alkollü bir rom," dedi polis. Bize doğru yürüdü. "Varsa tabii. Küçük bir kadehte."

Kadran surata işaret ettim. Barmen, bir yerlerden kare kesimli bir kadeh çıkarıp koyu kırmızı bir sıvıyla doldurdu. Mohikan, sallanarak Curtis'in yanından geçti, meraklı gözlerle yüzüne baktı ve kolunu uzatarak içkisini aldı.

"Teşekkür ederim." Bir yudum alıp başını eğdi. "Hiç fena sayılmaz. Kovacs, sizinle biraz konuşmak istiyorum. Baş başa."

İkimiz de Curtis'e baktık. Polis, nefret dolu gözlerle kendisine bakan şoförü görmezden gelerek çıkışa doğru döndü. Yaralı yüzünü tutarak bardan ayrılan Curtis'in gözden kaybolmasını bekledikten sonra bana döndü.

"Siz mi yaptınız?" diye sordu sakince.

Başımı evet anlamında salladım. "Beni tahrik etti. Olaylar kontrolden çıktı. Birini koruduğunu sanıyordu."

"Beni korumadığına sevindim."

"Dediğim gibi, olaylar biraz kontrolden çıktı. Fazla tepki verdim."

"Bana kendinizi açıklamanıza gerek yok." Polis bara doğru yaslanıp merakla etrafa baktı. Yüzünü hatırlamıştım. Bay City deposundandı. Rozetinin hızla kararmasından korkuyordu. "Kendini yeterince önemli görüyor. Şikâyetçi olursa, buranın kayıtlarını silmemiz gerekir."

"Ruhsatınız var, değil mi?" Soruyu, hiç hissetmediğim bir sakinlikle sormuştum.

"Sayılır. Yasal işler hep uzun sürer. Lanet YZ'ler. Bakın, Mercer ve Davidson'ın polis merkezindeki davranışları için özür dilemek istedim. Bazen tam bir pislik gibi davranıyorlar ama aslında iyi çocuklardır."

Kadehimi yana doğru salladım. "Önemli değil."

"Güzel. Adım Rodrigo Bautista. Dedektifim. Çoğunlukla Ortega ile birlikte çalışırız." Kadehini kafasına dikip sırıttı. "*Gevşek* bir bağımız vardır."

"Peki." Barmene kadehlerimizi yeniden doldurmasını işaret ettim. "Hepiniz aynı berbere mi gidiyorsunuz, yoksa bu ekibinizin bağlılığını gösteren bir şey mi?"

"Aynı berbere gidiyoruz." Bautista, kederli bir ifadeyle omuzlarını silkti. "Fulton'da bir ihtiyar var. Eski bir hükümlü. Görünüşe göre Mohikanlar onu depoya attıklarında bu saç şekli modaymış. Bildiği tek model bu ama iyi bir adam. Üstelik ucuz da. Bizden biri birkaç sene ona gitmeye başladı. Adam da bize indirim yaptı."

"Ortega oraya gitmiyordur herhalde?"

"Ortega kendi saçını kendi keser. Küçük bir holotarayıcısı var. Bunun uzamsal koordinasyonunu geliştirdiğini falan söylüyor."

"İlginç."

"Evet, öyledir." Bautista düşünceli bir tavırla durdu. Gözleri dalmıştı. Tazelenen içkisinden bir yudum aldı. "Onunla ilgili konuşmak için geldim."

"Anlıyorum. Bu dostane bir uyarı mı olacak?"

Bautista yüzünü ekşitti. "Dostane olacak. Burnumun kırılmasını istemiyorum."

Kendimi tutamayıp güldüm. Bautista da nazik bir tebessümle bana eşlik etti.

"Yüzünüzün bu ifadesi onu üzüyor. Ryker ile çok yakınlardı. Kılıfın bedelini bir senedir ödüyor ve polis maaşıyla kolay bir şey değil bu. Bancroft pisliğinin o kılıfı elde etmek için fahiş fiyat teklif edeceğini bilemezdi. Sonuçta Ryker ne çok genç ne de çok yakışıklıydı."

"Nörokimyası var," dedim.

"Evet. Nörokimyası var. Hiç denediniz mi?"

"İki kez."

"Balık ağında Flamenko yapmak gibi, değil mi?"

"Evet, biraz zor," dedim.

Bu kez ikimiz de güldük. Sakinleştiğimizde yeniden kadehine odaklandı ve ciddi bir ifade takındı.

"Size baskı yapmaya çalışmıyorum. Tek söylediğim biraz sakin olmanız. Şu an Ortega'nın ihtiyacı olan şey bu değil."

"Benim de öyle," dedim dürüstçe. "Burası benim gezegenim bile değil."

Bautista, beni anlıyormuş gibi baktı. Ya da yalnızca sarhoş olmaya başlamıştı. "Harlan buradan çok daha farklı olmalı."

"Doğru bir tahmin. Bakın, kabalaşmak istemem ama şu ana kadar Ortega'ya Ryker'ın cezasının gerçek ölümden farksız olduğunu kimse söylemedi mi? İki yüz yıl boyunca onu bekleyecek değil ya?"

Polis, gözlerini kısarak baktı. "Ryker'ın başına gelenleri biliyor musunuz?"

"İki yüz yıla mahkûm olduğunu biliyorum. Suçunu da biliyorum."

Bautista'nın eski acılarının kırıkları hâlâ gözlerindeydi. Çürümüş meslektaşlarınız hakkında konuşmak pek eğlenceli olmasa gerekti. Bir an söylediklerime pişman oldum.

Yerel renk. İçine çek.

"Oturmak ister misiniz?" diye sordu polis kederli bir ifadeyle. Bir bar taburesi bulmak için etrafına bakındı ama hepsi ortadan kaldırılmıştı. "Banklara da oturabiliriz. Biraz uzun sürecek de."

Kadran masalardan birine oturduğumuzda, Bautista cebinden sigarasını çıkardı. Aniden irkildim ama ikramını geri çevirdim. Ortega gibi o da bu hareketime şaşırdı.

"Ben bıraktım."

"Bu kılıfta mı?" Kokulu mavi dumanın örtüsü ardındaki Bautista, kaşlarını saygı dolu bir yüz ifadesiyle kaldırdı. "Tebrikler."

"Teşekkürler. Bana Ryker'dan bahsedecektiniz."

"Ryker," dedi polis, dumanı burun deliklerinden üfleyip arkasına yaslanarak. "Ryker, iki sene öncesine kadar kılıf Çetesiyle çalışıyordu. Onlar, bize kıyasla çok sofistike insanlardır. Bütün bir kılıfı hiç zedelemeden çalmak kolay iş değildir ve zekâ gerektirir. Bedensel Hasar ile, özellikle de vücutları parçalara ayırmaya başladıklarında, yetki paslaşması yaşıyoruz. Bu işlemleri Wei Klinik gibi yerlerde yapıyorlar."

"Öyle mi?" dedim tarafsızca.

Bautista başını evet anlamında salladı. "Evet, dün biri zamanımızın ve çabamızın boşa gitmemesini sağladı. Orayı yedek parça satışı için yeni baştan düzenledi. Ama bu konuda bir şey bilmiyorsunuzdur herhalde."

"Bu, ben oradan ayrıldıktan sonra olmuş sanırım."

"Evet, her neyse. '09 kışına dönersek... Ryker bir sigorta sahtekârlığının izini sürüyordu. Biliyorsunuzdur; sigorta, yeniden kılıf klonlarının tanklarının parasını öder ve daha sonra tankların boş olduğu ortaya çıkar. Vücutların nereye gittiğini kimse bilmez. Daha sonra vücutların güneydeki pis bir savaşta kullanıldığı ortaya çıkar. Büyük bir çürüme... Olaylar BM Başkanlığı'na kadar intikal etti ve Ryker kahraman oldu."

"Güzel."

"Kısa vadede, evet. Buralarda kahramanlar çok yüksek bir profile sahip olurlar. Ryker da aynısını yaşadı. WorldWeb One'a röportajlar verdi, Sandy Kim ile reklam aşkı bile yaşadı. Her şey unutulmadan önce Ryker, Bedensel Hasar'a transfer olmak istedi. Daha önce de Ortega ile çalışmıştı ve programı biliyordu. Departman onu reddedemedi. Özellikle de fark yaratabileceği bir yerde çalışmak istediğini söylediği o deli saçması konuşmasından sonra."

"Peki bunu yapabildi mi? Fark yaratabildi mi yani?"

Bautista yanaklarını şişirdi. "İyi bir polisti. Galiba. Bu soruyu ilk zamanlar Ortega'ya da sorabilirdiniz ama yaşadıkları ilişkiden sonra artık objektif bir cevap veremez."

"Bunu onaylamıyor musunuz?"

"Neyi onaylamam gerekiyor? Birine karşı bir şeyler hissedince artık objektif düşünemez olursunuz. Ryker'ın başı belaya girdiğinde, Ortega da onun peşinden gitti."

"Gitti mi?" Boşalan kadehlerimizi bara götürüp içkilerimizi tazelettim. Bir yandan da konuşmaya devam ediyordum. "Ben Ryker'ı Ortega'nın tutukladığını sanıyordum."

"Bunu nereden duydunuz?"

"Bir konuşma sırasında duymuştum. Pek güvenilir bir kaynak olduğunu söyleyemem. Bu doğru değil mi yani?"

"Hayır. İnsanlar dedikoduya bayılır ve birbirimizi ihbar etme fikri hoşlarına gitmiş olmalı. İç işleri, Ryker'ı Ortega'nın evinde yakaladı."

"Ahhh."

"Evet, çok zor zamanlardı." Bautista, kadehini uzatırken yüzüme baktı. "Ama duygularını hiç belli etmez. Olanlar sonrasında hiç zaman kaybetmeden iç işleri suçlamalarına karşı çalışmaya başladı."

"Ben de Ryker'ı yakaladıklarını duymuştum."

"Evet, kaynaklarınız size bunu doğru iletmiş." Mohikan, düşünceli gözlerle kadehine baktı. Sanki artık gitmesi gerektiğini düşünüyor gibiydi. "Ortega'nın teorisine göre Ryker, '09'da tutuklanan zengin bir pislik tarafından tuzağa düşürüldü. Ryker'ın birçok insanın rahatını kaçırdığına hiç şüphe yok."

"Ama siz buna inanmıyorsunuz galiba."

"İnanmak isterdim. Dediğim gibi, Ryker iyi bir polisti. Ama yine dediğim gibi, kılıf Çetesi zeki suçluların oluşturduğu bir çeteydi ve bu da dikkatli olmak gerektiği anlamına geliyordu. Zeki suçluların zeki avukatları olur ve onları istediğiniz gibi enseleyemezsiniz. Bedensel Hasar, en alttan en üst tabakaya kadar herkesle uğraşır. Genelde daha özgürüzdür. Sizin... Affedersiniz, Ryker'ın transfer olduğunda istediği de buydu." Bautista kadehini kafasına dikip masaya geri koyarken boğazını temizledi. Gözlerini kaçırmadan bana baktı. "Ben Ryker'ın kendini kaybettiğini düşünüyorum."

"Yani?"

"Yani, onun daha önce insanları nasıl sorguya çektiğini görmüştüm. Sınırları zorlar. Tek bir hata..." Bautista'nın gözlerinde eski bir korku vardı. Her gün bu korkuyla yaşıyordu. "Bu pisliklerden bazılarının karşısında soğukkanlı kalabilmek imkânsızdır. Bence o da kendini kaybetti."

"Kaynağım, Ryker'ın iki kişiyi gerçekten öldürdüğünü, iki kişiyi de belleklerine hiç dokunmadan öylece bıraktığını söylüyor. Bu, epey umursamaz bir tavır gibi görünüyor."

Bautista, duyduklarını onaylarcasına başını salladı. "Ortega'nın söylediği bu. Ama inandırıcı değil. Her şey Seattle'daki siyah bir klinikte oldu. Ryker'ın dokunmadığı iki kişi, nefes nefese binadan ayrıldı ve bir kruvazöre binerek uçtu. Ryker, uçuşa geçen kruvazöre yüz yirmi dört delik açtı. Hem de tam trafiğin ortasında. Bu iki kişi artık Pasifik'in derinliklerinde. Biri kontrollerde öldü, diğeri ise kruvazörün düşüşü sırasında. İki yüz metrelik sulara gömülmüşlerdi. Ryker haddini aşmıştı ve Seattle polisleri, başka bir şehirden gelip trafikte ateş açanlardan hoşlanmıyordu. Arama ekipleri, onu olay mahalline yaklaştırmadı.

"Belleklerin Katolik olduğu ortaya çıkınca herkes gerçekten şaşkına döndü. Seattle polisi buna bir türlü inanamıyordu. Bellekleri iyice incelediklerinde, Bilincin Nedenleri etiketlerinin sahte olduğunu anladılar. Bellek, gerçekten umursamaz biri tarafından düzülmüş."

"Ya da gerçekten acelesi olan biri."

Bautista parmaklarını şıklattı ve beni işaret etti. Artık biraz sarhoş olduğundan hiç şüphem yoktu. "İşte. İç işlerine göre, Ryker tanıkların kaçmasına izin vererek her şeyi berbat etmişti ve tek umudu belleklerine 'rahatsız etmeyin' etiketi yapıştırmaktı. Bu iki kişi geri getirildiğinde, ikisi de Ryker'ın yetkisi olmadan ortaya çıktığını, hile yaptığını ve kliniğe zorla girdiğini söyledi. İkili, Ryker'ın sorularına cevap vermeyince, Ryker da plazma tabancasıyla Sıradaki Kim oynamaya başlamış."

"Bu doğru muydu?"

"Yetki konusu mu? Evet. Ryker'ın orada olmaması gerekirdi. Ya diğer konular? Kim bilir?"

"Ryker ne söyledi?"

"İnkâr etti."

"Bu kadar mı?"

"Hayır, uzun bir hikâye anlattı. Kliniğe hileyle girdiğini ve bir anda içeridekilerin ona ateş açtığını söyledi. Muhtemelen birini vurmuş olabilirmiş ama kafasından değilmiş. Söylediğine göre, klinik iki çalışanını kurban etmiş ve Ryker daha gelmeden onları öldürmüş. Elbette hikâyenin düzmece kısmına dair bir şey bilmediğini iddia etti." Bautista uyuşuk bir şekilde omuzlarını silkti. "Düzmeceyi yapanı buldular. Adam, Ryker'ın bunu yapması için ona para ödediğini söyledi. Poligraf testinden geçirildi. Ama Ryker'ın kendisini aradığını, hiçbir zaman yüz yüze gelmediklerini de ekledi. Sanal bağlantılar."

"Ki biri kolayca kendini Ryker gibi tanıtmış olabilir."

"Evet." Bautista'nın keyfi yerine gelmiş gibiydi. "Ama bu adam daha önce Ryker için yüz yüze çalıştığını söylüyor. Bu konuda da poligraf testini geçti. Ryker'ın onu tanıdığına hiç şüphe yok. Elbette iç işleri Ryker'ın neden yardım almadığını merak etti. Ryker'ın manyak gibi her yere rastgele ateş açtığını, kruvazörü düşürmeye çalıştığını söyleyen tanıklar var. Seattle polis departmanının bu durumdan hiç hoşlanmadığını söylemiştim."

"Yüz yirmi dört delik," diye mırıldandım.

"Evet. Çok fazla. Ryker, o iki kişiyi yakalamak için çok çabalamış."

"Bu bir tezgâh da olabilir."

"Evet, olabilir." Bautista biraz olsun ayılmıştı. Sesi artık öfke dolu çıkıyordu. "Birçok şey olabilir. Ama konu, sizin, *kahretsin*, Ryker'ın çok ileri gitmiş olması."

"Ortega da bu tezgâha inandı ve Ryker'ın yanında yer alarak iç işlerine karşı geldi. Ryker kaybettiğinde..." Kendi kendime başımı salladım. "Ryker kaybettiğinde, Ortega, Ryker'ın vücudunun şehrin açık artırma salonuna düşmemesi için kılıfının kirasını üstlendi. Ve yeni bir kanıt bulmak için yola koyuldu, öyle mi?"

"Aynen öyle. Bir kez temyize gitti ama prosedürün işlemesi için, cezanın başlangıç tarihinden itibaren en az iki sene geçmesi gerek." Bautista derin bir iç çekti. "Dediğim gibi, bu Ortega'nın canını çok yakıyor."

Bir süre sessizce oturduk.

"Artık gitsem iyi olacak," dedi Bautista en sonunda. "Burada böyle oturup, Ryker hakkında Ryker'ın yüzüne konuşmak çok tuhaf bir duygu. Ortega'nın bununla nasıl baş ettiğini bilmiyorum."

"Modern çağ yaşamının bir parçası," dedim, içkimi masaya bırakarak.

"Evet, galiba öyle. Buna alışmış olmam gerekirdi. Hayatımın yarısını başkalarının yüzünü taşıyan kurbanlarla konuşarak geçirdim. Pisliklerden söz etmeye gerek bile yok."

"Ryker'ı nereye dahil ediyorsunuz? Pisliklere mi, kurbanlara mı?"

Bautista kaşlarını çattı. "Bu hoş bir soru değil. Ryker iyi bir polisti ve bir hata yaptı. Bu onun pislik olduğunu göstermez. Kurban da değil. Sadece her şeyi eline yüzüne bulaştırdı. Ben de bundan çok uzak sayılmam."

"Elbette. Üzgünüm." Yüzümü ovuşturdum. Elçi konuşmaları genelde bu şekilde devam etmezdi. "Biraz yorgunum. Ne demek istediğinizi anlıyorum. Galiba ben de yatacağım. Gitmeden bir içki daha isterseniz çekinmeyin. Benim hesabıma yazılıyor."

"Hayır, teşekkürler." Bautista kadehini kafasına dikti. "İhtiyar bir polis kuralı: Asla yalnız içme."

"Herhalde ben de ihtiyar bir polisim." Ayağa kalktığımda hafifçe sallanıyordum. Ryker tam bir sigara müptelası olsa da alkole karşı pek dayanıklı değildi. "Herhalde çıkışı kendiniz bulabilirsiniz."

"Tabii." Bautista ayağa kalkıp birkaç adım attıktan sonra arkasına döndü. Düşüncelere dalmış gibi kaşlarını çattı. "Ah, evet. Az kalsın unutuyordum. Ben buraya hiç gelmedim, tamam mı?"

"Buraya hiç gelmediniz," diyerek karşılık verdim.

Dalgın bir ifadeyle gülümsedi. Yüzü sanki bir anda gençleşmiş gibiydi. "Tamam. Güzel. Görüşürüz... muhtemelen."

"Görüşürüz."

Kapıya doğru ilerleyişini izledikten sonra Elçi kontrolünün buz gibi soğukluğunun afallamış bedenime karışmasına izin verdim. Artık istemesem de ayılmıştım. Curtis'in uyuşturucu kristallerini bardan aldıktan sonra Hendrix ile konuşmaya gittim.

YİRMİ BİRİNCİ BÖLÜM

"Sinamorfesterona dair bir şey biliyor musunuz?"

"Duymuştum." Ortega, çizmesinin ucuyla kumu kazıyordu. Kum, gelgit nedeniyle hâlâ nemliydi ve ardımızda bıraktığımız ayak izlerimiz kaybolup gidiyordu. Sahilin her iki tarafı da ıssızdı. Başımızın üzerinde geometrik uçuşlar yapan martılar dışında yapayalnızdık.

"Madem bekliyoruz, bana da bunun ne olduğunu anlatır mısınız?"

"Harem uyuşturucusu." Boş baktığımı gören Ortega, sabırsızlık içinde ofladı. Pek uykusunu alamamış gibi bir hali vardı.

"Ben buralı değilim."

"Bana Sharya'da bulunduğunuzu söylemiştiniz."

"Evet, askerî bir operasyon için. Kültürel farkındalık için pek zamanımız olmadı. İnsanları öldürmekle çok meşguldük."

Bu son söylediğim pek doğru sayılmazdı. Zihicce'nin yerle bir olmasından sonra, Elçiler Protektoraya uygun bir devlet kurmak zorunda kaldılar. Baş belalarından kurtulunmuştu, direniş hücreleri temizlenmiş ve yıkılmıştı, işbirlikçiler politik arenaya sızmıştı. Tüm bunlar olurken yerel kültüre ait çok şey öğrenmiştik.

Ortega gözlerini eliyle siper ederek sahilin her iki tarafına baktı. Hiç hareket yoktu. İçini çekti. "Sinamorfesteron, erkekler için bir tepki güçlendirici. Saldırganlık, cinsel beceri ve güven seviyesini yükseltiyor. Orta Doğu ve Avrupa sokaklarında buna Aygır diyorlar, güneyde ise Boğa. Burada pek yok ve bundan çok mutluyum. Duyduklarıma göre vaziyet çok çirkinleşebiliyormuş. Dün gece deneyimlemediniz mi?"

"Sayılır." Dün gece Hendrix'in veri tabanından öğrendiklerim bu kadardı ama daha kısa ve daha az kimya içeriyordu. Curtis'in tavırları, semptom listesi ve yan etkilerle noktası noktasına uyuyordu. "Eğer bundan bulmak istersem, nereden bulabilirim? Yani, kolayca..."

Ortega delici bir bakış attıktan sonra sahilin daha kuru kalmış kumlarına doğru ilerledi. "Dediğim gibi, burada pek bulunmaz," dedi durmadan kuma gömülen ayaklarıyla aynı hızda. "İnsanlara sormanız gerek. Yerel bağlantılardan daha fazlasına sahip insanlara. Ya da yerel olarak sentetikleştirmek gerekiyor. Ama bilmiyorum. Modifiye hormonları sentetikleştirmek, güneye gidip oradan satın olmaktan daha pahalıya patlayabilir."

Kumulun üzerine çıkıp etrafına bakındı.

"Hangi cehennemde bu?"

"Belki de gelmiyordur," dedim aksi bir ifadeyle. Ben de pek iyi uyuyamamıştım. Rodrigo Bautista gittikten sonra, Bancroft'un yapbozunun eksik parçalarını düşünüp durmuş, sigara içmemek için kendimle mücadele etmiştim. Kafamı yastığa koyacağım sırada Hendrix beni sabahın köründe uyandırarak Ortega'nın telefon ettiğini söylemişti.

"Gelecek," dedi Ortega. "Onunla doğrudan temasa geçildi. Çağrı, güvenlik engeline takılıp gecikmiş olabilir. Gerçek zamana bakacak olursak, henüz on saniyedir buradayız."

Kıyıdan esen soğuk rüzgârla irkildim ve bir şey söylemedim. Başımın üzerindeki martılar, geometrik uçuşlarını yineliyorlardı. Sanallık ucuzdu ve uzun süreler için tasarlanmamıştı.

"Sigaranız var mı?"

Soğuk kuma oturmuş, mekanik bir yoğunlukla sigara içiyordum. Tam o sırada körfezin en sağ ucunda bir şey kıpırdadı. Ayağa kalkıp gözlerimi kıstıktan sonra Ortega'nın koluna dokundum. Hareket, sahildeki dönemeçten geçip hızla yaklaşan bir kara taşıtının kum ya da su bulutuna gömüldü.

"Size geleceğini söylemiştim."

"Ya da biri elbette gelecekti," diye mırıldandım. Nemex'ime elimi attım ama orada yoktu. Çoğu sanal forum ateşli silahlara izin vermiyordu. Giysilerime yapışan kumları silkeledim ve durmadan burada zamanımı boşa harcadığımı söyleyip duran iç sesimi susturmaya çalışarak yürümeye başladım.

Araç, artık görüş alanımıza girecek kadar yaklaşmıştı. Ardında bıraktığı izlerin önünde kapkara bir noktayı andırıyordu. Martıların melankolik şikâyetlerinin arasından motorunun keskin sesini duyabiliyordum. Dönüp, yaklaşan aracı sessizce izleyen Ortega'ya baktım.

"Telefon çağrısına göre biraz fazla değil mi?" diye sordum.

Ortega omuzlarını silkti ve sigarasını kuma attı. "Zenginler zevk sahibi olacak diye bir şey yok," dedi.

Hızla ilerleyen nokta artık tek kişilik güdük ve pespembe bir kara jetine dönüşmüştü. Su kenarındaki sığlığın içinde yüzüyor, su ve kum sıçratıyordu ama pilot bizi birkaç yüz metre önce görmüş olmalıydı, çünkü daha derinlerdeyken bando etmiş, kendi yüksekliğinin iki katı kadar su fışkırtmıştı.

"*Pembe mi?*"

Ortega yeniden omuzlarını silkti.

Kara jeti on metre kadar uzakta karaya çıktı ve ıslak kumları üzerinden saçarak durdu. Yarattığı fırtına dindikten sonra aracın kapısı açıldı ve siyah giyimli, kasklı biri dışarı çıktı. Bunun bir kadın olduğu, vücudunu saran ve tabanı gümüş renkli çizmelerine kadar uzanan giysisinden belliydi.

İçimi çekerek Ortega'nın peşinden araca doğru yürüdüm.

Uçuş giysisi içindeki kadın sığ suya atladı ve kaskını çıkarmaya koyuldu. Yüz yüze geldiğimizde kaskını çıkardı ve uzun, bakır renkli saçları giysisinin omuzlarına döküldü. Kadın, başını arkaya yaslayarak saçlarını sallayınca iri kemikli yüzü, büyük ve akik renkli anlamlı gözleri açığa çıktı. Burnunda ince bir kemer vardı ve dudakları kalemle çizilmiş gibiydi.

Miriam Bancroft'un güzelliğinin ruhani dokunuşları silinip gitmişti.

"Kovacs, bu Leyla Begin," dedi Ortega resmî bir dille. "Bayan Begin, bu Takeshi Kovacs. Laurens Bancroft'un tuttuğu dedektif."

Kadının kocaman gözleri beni baştan ayağa süzdü.

"Siz buralı değil misiniz?" diye sordu.

"Değilim. Harlan'dan geldim."

"Evet, teğmen bundan söz etmişti." Leyla Begin'in sesinde iyi tasarlanmış bir boğukluk vardı. Aksanından, Amanglikan dilini konuşmaya alışık olmadığı anlaşılıyordu. "Açık fikirli olduğunuzu umuyorum."

"Neye açık?"

"Gerçeğe." Begin şaşkın gözlerle bana baktı. "Teğmen Ortega bana gerçeklerle ilgilendiğinizi söyledi. Biraz yürüyelim mi?"

Hiç cevap beklemeden deniz kıyısına paralel bir şekilde yürümeye başladı. Başparmağıyla yürümemi işaret etse de kendisi kıpırdamayan Ortega ile bakıştık. Birkaç saniyelik tereddüdün ardından Begin'in arkasından yürümeye başladım.

"Ne gerçeğinden söz ediyorsunuz?" diye sordum, Begin'in yanına vardığımda.

"Laurens Bancroft'u kimin öldürdüğünü öğrenmek için işe alındınız," dedi Leyla Begin, hiç etrafına bakınmadan. "Bancroft'un öldüğü gece olanların gerçeğini öğrenmek istiyorsunuz, değil mi?"

"Siz bunun bir intihar olduğunu düşünmüyor musunuz?"

"Siz?"

"Önce ben sordum."

Dudaklarında oluşan belli belirsiz gülümsemeyi gördüm. "Hayır, ben öyle düşünmüyorum."

"Tahmin edeyim. Bunu Miriam Bancroft'un yaptığına inanıyorsunuz."

Leyla Begin durdu ve süslü çizmesinin üzerinde arkasına döndü. "Bay Kovacs, siz benimle dalga mı geçiyorsunuz?"

Gözlerindeki bakışı görünce, hissettiğim tuhaf haz bir anda yok oldu. Başımı iki yana salladım.

"Hayır, sizinle dalga geçmiyorum. Ama haklıyım, öyle değil mi?"

"Miriam Bancroft ile görüştünüz mü?"

"Evet, kısa bir süreliğine."

"Onu çekici bulduğunuzdan hiç şüphem yok."

Kaçamak tavırlarla omuzlarımı silktim. "Bazen rahatsız edici olsa da genel olarak çekici, evet. Çekici diyebiliriz."

Begin gözlerimin içine baktı. "O kadın psikopatın teki," dedi ciddi bir ifadeyle.

Yürümeye devam etti. Ben de bir an duraksadıktan sonra peşinden gittim.

"Psikopatın tanımı artık çok geniş," dedim ağzımdan çıkan kelimelere dikkat ederek. "Yeri geldiğinde bütün kültürlerde kullanıldığına şahit oldum. Bugünlerde gerçeklik çok esnek bir kavram. Kimin gerçeklikten koptuğunu, kimin kopmadığını belirlemek çok zor. İkisi arasındaki farkın anlamsız olduğunu bile düşünebilirsiniz."

"Bay Kovacs." Kadının sesinde artık sabırsız bir ton vardı. "Ben hamileyken Miriam Bancroft bana saldırdı ve doğmamış çocuğumu öldürdü. Hamile olduğumu biliyordu. Bunu bilerek yaptı. Siz hiç yedi aylık hamile oldunuz mu?"

Başımı iki yana salladım. "Hayır."

"Çok yazık. En azından bir kez böyle bir deneyimi yaşamamız gerektiğini düşünüyorum."

"Yasalaştırılması çok zor."

Begin yan yan baktı. "Bu kılıfın içindeyken kayıplara alışık bir adam gibi görünüyorsunuz ama bu sadece yüzeyde kalıyor. Bay Kovacs, siz göründüğünüz gibi biri misiniz? Kayıplara alışık mısınız? Geri dönüşü olmayan kayıplardan söz ediyorum. Buna alışkın mısınız?"

"Galiba evet," dedim. Sesim, istediğimden daha sert çıkmıştı.

"O halde Miriam Bancroft'a beslediğim hisleri anlarsınız. Dünya'da, kortikal bellekler doğumdan sonra yerleştirilir."

"Benim geldiğim yerde de öyle."

"Ben o çocuğu kaybettim. Hiçbir teknoloji bunu geri getiremez."

Leyla Begin'in sesindeki duygu yoğunluğunun gerçek mi, yoksa sahte mi olduğunu anlayamadım ama zaten önemli olan da bu değildi. Başa döndüm.

"Bu, Miriam Bancroft'un kocasını öldürmesi için bir gerekçe değil."

"Bu basbayağı bir gerekçe." Begin yeniden yan yan bana baktı. Yüzünde acı bir gülümseme belirmişti. "Ben, Laurens Bancroft'un hayatında öylesine bir olay değilim. Sizce beni nereden tanıyor?"

"Duyduğuma göre Oakland'dan."

Gülümseme yerini kahkahaya bıraktı. "Güzel bir paravanmış bu. Evet, Oakland'da tanıştık. Eskiden Et Pazarı denen yerde. Pek klas bir yer olduğunu söyleyemeyeceğim. Bay Kovacs, Laurens'ın birilerini aşağılamaya ihtiyacı vardı. Bu onu tahrik ediyordu. Bunu on yıllardır yapıyordu ve daha sonra neden yapmayı kestiğimizi bilmiyorum."

"Yani Miriam aniden, *Bu kadar yeter* diyor ve onu serbest mi bırakıyor?"

"O, bunu yapabilecek kapasitede bir kadın."

"Bundan eminim." Begin'in teorisi, tıpkı esir düşmüş Sharyalı bir firari gibi delik deşikti ama bu ayrıntıları ona anlatacak değildim. "Sanırım Bancroft'a karşı iyi ya da kötü bir duygunuz yok."

Yeniden gülümsedi. "Bay Kovacs, ben fahişeydim. İyi bir fahişeydim. Ve iyi bir fahişe, müşterisi ne istiyorsa onu hisseder. Başka türlüsüne yer yoktur."

"Yani duygularınıza bu şekilde ket vurabildiğinizi mi söylüyorsunuz?"

"Siz ket vuramıyor musunuz yani?" diye karşılık verdi.

"Pekâlâ, Laurens Bancroft ne hissetmenizi istedi?"

Durup yavaşça bana baktı. Sanki ona vurmuşum gibi rahatsız hissettim. Hatırladıkları karşısında yüzüne bir maske takmıştı.

"Hayvanımı terk etmişim gibi," dedi sonunda. "Bir de umutsuz bir minnet. Paramı ödemeyi bıraktığı an, ben de bu hisleri bıraktım."

"Peki şimdi ne hissediyorsunuz?"

"Şimdi mi?" Leyla Begin, içinde yanan ateşe karşı rüzgârı hissetmeye çalışırcasına denize döndü. "Şimdi hiçbir şey hissetmiyorum Bay Kovacs."

"Benimle konuşmayı kabul ettiniz. Bunun için bir nedeniniz vardır elbet."

Begin, elini boş vermemi istercesine salladı. "Bunu teğmen istedi."

"Ne kadar da yardımseversiniz."

Kadın gözlerini yeniden bana çevirdi. "Düşük yaptıktan sonra neler olduğunu biliyor musunuz?"

"Size para ödenmiş."

"Evet. Kulağa hiç hoş gelmiyor, öyle değil mi? Ama öyle oldu. Bancroft'un parasını alıp çenemi kapadım. Çok para verdi. Ama ben nereden geldiğimi unutmadım. Hâlâ yılda iki üç kez Oakland'a giderim. Et Pazarı'nda çalışan kızları tanıyorum. Teğmen Ortega orada iyi bilinir. Kızların çoğu ona minnettardır. Eskiden edilen yardımların karşılığını verdiğim söylenebilir."

"Miriam Bancroft'tan intikam almak bunların içinde değil mi?"

"Ne intikamı?" Leyla Begin yeniden güldü. "Ben, teğmen istediği için size bilgi veriyorum. Miriam Bancroft'a bir şey yapamazsınız. O bir Met. Dokunulmaz biri."

"Kimse dokunulmaz değildir. Metler bile."

Begin, kederli gözlerle bana baktı.

"Siz buralı değilsiniz," dedi. "Ve bu çok belli oluyor."

Begin'in çağrısı, Karayipli bir simsar tarafından ulaştırılmıştı. Sanal zaman ise Chinatown'dan bir forum sağlayıcıya kiralanmıştı. *Ucuz*, dedi Ortega yolda, *ve muhtemelen her yer kadar güvenli. Bancroft gizlilik istiyor ve gizlilik sistemlerine yarım milyon harcıyor. Ben ise yalnızca kimsenin olmadığı bir yerde konuşmak istiyorum.*

Gittiğimiz yer, Budist tapınağı şeklinde bir bankayla pencereleri buharla kaplanmış bir restoranın arasındaydı. Resepsiyona ulaşmak için çelik bir merdivenden çıkıp tapınağın orta katmanının kanadında bulunan rampadan geçmek gerekiyordu. Yedi ya da sekiz metrekarelik zemin, erimiş kumla doldurulmuştu. Müşterilerin beklerken oturması için, ıskartaya çıkarılmış bir jetten sökülmüş gibi görünen iki koltuk konmuştu. Koltukların hemen yanındaki çoğu çalışmayan sekreterlik ekipmanının arkasında Asyalı yaşlı bir kadın oturuyordu. Kadın, binanın içine çıkan merdivenlerin hemen başını tutuyordu. Aşağıda kablo ve borularla dolu dar koridorlar vardı. Kabin kapıları da işte bu koridorlara açılıyordu. Yerden kazanmak için kabinlerin içindeki yataklar keskin bir açıyla dikine yerleştirilmişti ve etrafında yanıp sönen, tozlu paneller vardı. İçeri girdiğinizde, resepsiyondan aldığınız kodu bu panellere girmeniz gerekiyordu. Sonrasında makine gelip aklınızı çeliyordu.

Sahilin sanallığının geniş ufkundan geri dönmek tam bir şok etkisi yaratmıştı. Gözlerimi açıp başımın üzerindeki paneli gördüğümde, bir anda Harlan'ı hatırladım. On üç yaşındaydım ve ilk pornomdan sonra sanal bir pasajda uyanmıştım. İki dakikalık gerçek zamanlı bir forum, bana bir buçuk saatlik bir deneyim yaşatmış, yanına da pnömatik göğüslü, vücutları gerçek kadınlardan çok çizgi filmlerdekine benzeyen iki kadın bırakmıştı. Senaryo şeker kokan, pembe yastıklarla donatılmış ve yerini sahte postun süslediği bir odada geçiyordu. Pencerelerden bakıldığında şehir manzarası düşük çözünürlükte görünüyordu. Çetelerle takılıp daha çok para kazanmaya başladığımda bu çözünürlük artmıştı ve senaryolar artık daha hayalci olmuştu ama tabutun sıkışık duvarlarından yüzeye çıktığınızda teninizde hissettiğiniz berbat koku hiç değişmemişti.

"Kovacs?"

Gözlerimi kırpıştırdım ve kayışlara uzandım. Kabinden çıkmaya çalıştığım sırada Ortega'nın borularla çevrili koridora çoktan ulaştığını gördüm.

"Ne düşünüyorsunuz?"

"Bence pisliğin teki." Ortega'nın feveranının önüne geçmek için ellerimi kaldırdım. "Hayır, beni dinleyin. Ben Miriam Bancroft'un korkutucu olduğunu kabul ediyorum. Tamam. Ama katil olmaması için en az elli neden var. Ortega, siz onu poligraf testinden geçirdiniz."

"Evet, biliyorum." Ortega koridor boyunca beni takip etti. "Ama aklıma takılan da zaten bu. Teste girmeyi kendisi istedi. Yani, bu test şahitler için şart ama o, ben olaya dahil olur olmaz bu teste girmeyi kendi istedi. Ne ağlama ne de gözyaşı... acil durum aracına bindi ve kabloları sordu."

"Yani?"

"Yani, Rutherford ile görüşmenizde çevirdiğiniz dolapları düşündüm. Poligraf testinden geçeceğinizi ve hiçbir şeyi açık etmeyeceğinizi söylemiştiniz..."

"Ortega, bu Kordiplomatik eğitimimle ilgili. Açık zihin disiplini. Fiziksel değil. Kılıf pazarından böyle bir şey satın alamazsınız."

"Miriam Bancroft'un çok kaliteli bir Nakamura kılıfı var. Ürünlerini satmak için onun yüzünü ve vücudunu kullanıyorlar..."

"Nakamura, polis poligrafisini alt üst edecek bir şey yapıyor mu?"

"Resmî olarak değil."

"O halde..."

"Bu kadar anlayışsız olmayın. Özel yapım biyokimya diye bir şey duymadınız mı hiç?"

Resepsiyona çıkan merdivenlerin başında durup başımı iki yana salladım. "Ben buna inanmıyorum. Kocasını, yalnızca ikisinin ulaşabileceği bir silahla öldürmekten mi söz ediyorsunuz? Kimse bu kadar aptal olamaz."

Yukarı çıkarken Ortega da peşim sıra geldi.

"Bunu bir düşünün Kovacs. Önceden tasarlandığını söylemiyorum..."

"Ya uzaktan depolama hakkında ne düşünüyorsunuz? Amaçsız bir suçtu bu..."

"...mantıklı olduğunu söylemiyorum ama..."

"...ama katil bunu bilmeyen biri mi olmalı?"

"Tanrım! Kovacs!"

Ortega'nın sesi bir oktav artmıştı.

Çoktan resepsiyona varmıştık bile. Sol tarafta bekleyen kadın ve adam, büyük bir paketin ardında hararetli bir tartışmaya tutuşmuşlardı. Sağda ise kan vardı.

Asyalı yaşlı resepsiyonist boğazı kesilerek öldürülmüştü. Başı, önündeki masada kendi kanından oluşan havuzun içindeydi.

Elimi Nemex'ime götürdüğüm sırada Ortega'nın Smith & Wesson'ını ateşlediğini duydum. Soldaki iki müşteriye ve önlerindeki pakete baktım.

Zaman, sanki rüyadaymışız gibi akıp gidiyordu. Nörokimya, her şeyi imkânsızlık derecesinde yavaşlatmıştı. Zihnimdeki ayrı ayrı resimler, sonbaharda dökülen yapraklar gibi uçuşuyordu.

Paket açılmıştı. Kadının elinde kompakt bir Sunjet, adamda ise makineli tüfek vardı. Nemex'i çekip sıkmaya başladım.

Rampaya çıkan koridorun kapısı bir anda açıldı ve her iki elinde de tüfek olan bir siluet belirdi.

Ortega'nın Smith & Wesson'ı ateş aldı ve kapıdaki silueti, tersine işleyen bir film sahnesi gibi geri püskürttü.

İlk kurşunumla kadının oturduğu koltuğun başlığını paramparça ettim. İçindeki beyaz dolgu maddesi her yere saçılmıştı. Sunjet cızırdayarak ışın saçtı. İkinci kurşun, kadının kafasını parçalara ayırarak beyaz dolguyu kırmızıya boyadı.

Ortega öfke içinde bağırmaya başlamıştı. Periferik görüş yeteneğim sayesinde havaya sıktığını gördüm. Başımızın üzerindeki camı tuzla buz etmişti.

Elinde makineli tüfek olan adam ayağa kalktı. Yüzünü tanır tanımaz iki kurşun daha sıktım. Adam duvara doğru çekilirken silahını hâlâ bırakmamıştı. Kendimi yere attım.

Başımızın üzerindeki kubbe içeri doğru çöktü. Ortega bağırarak bir şeyler söyleyince ben de yana doğru yuvarlandım. Hemen yanıma bir ceset baş aşağı düşüverdi.

Makineli tüfek rastgele ateş ediyordu Ortega yeniden bağırıp yerle yeksan oldu. Ölü kadının dizlerine doğru yuvarlandım ve sentetik adama art arda üç kez ateş ettim. Silahım bir anda sustu.

Sessizlik.

Nemex'i sağa ve sola gezdirdim. Resepsiyonu, ön kapıyı ve başımızın üzerindeki tuzla buz olmuş kubbeyi izledim. Hiçbir şey yoktu.

"Ortega?"

"Evet, iyiyim." Ortega, odanın öteki tarafında, dirseğinin üzerinde ayağa kalkmaya çalışıyordu. Ses tonu, söylediklerini yalanlar gibiydi. Sallanarak ayağa kalktım ve kırık camlara basarak yanına gittim.

"Nerenize geldi?" diye sordum, oturmasına yardım etmek için eğilerek.

"Omzuma. Sürtük, Sunjet ile beni omzumdan vurdu."

Nemex'i kılıfına koyup yarasına baktım. Işın, Ortega'nın ceketinin arkasında uzun ve diyagonal bir yarık açmış, sol vatkasına isabet etmişti. Vatkanın altındaki eti yanmış, kemiğe kadar dar bir çizgi çizerek inmişti.

"Şanslıymışsınız," dedim, zorlama bir soğukkanlılıkla. "Eğilmeseymişsiniz, başınıza isabet edecekmiş."

"Eğilmemiştim, düşmüştüm."

"Olsun. Ayağa kalkmak ister misiniz?"

"Sizce?" Ortega sağlam kolundan destek alarak ayağa kalktı. Ceketi yarasına dokununca yüzünü ekşitti. "Siktir, acıyor."

"Evet, kapıda duran adam da böyle söylemişti."

Bana yaslanarak yüzüme baktı. Gözleri, benimkilerden birkaç santim uzaktaydı. Tepki vermedim. Bir anda kahkaha atmaya başladı. Yüzü, gündoğumu gibi aydınlanmıştı. Başını iki yana salladı.

"Tanrım, Kovacs, siz hasta bir pisliksiniz. Kordiplomatik'te size yaylım ateşi sonrası espriler de öğretiliyor mu, yoksa espriler size mi ait?"

Onu çıkışa doğru götürdüm. "Bana ait. Hadi, biraz temiz hava alalım."

Aniden bir gürültü koptu. Arkama dönüp baktığımda sentetik kılıfın ayağa kalkmaya çalıştığını gördüm. Kafasının kurşuna hedef olan kısmı ezilmiş, yüzü seçilmez hale gelmiş, kafatası açığa çıkmıştı. Silah tutan sağ eli kana bulanmış ve kasılmıştı ama sağlam olan kolunu yumruk yapmıştı. Sentetik adam koltuğa doğru yürüdü, doğruldu ve sağ bacağını sürüyerek bize doğru yürümeye başladı.

Nemex'i çekip üzerine çevirdim.

"Savaş bitti," dedim.

Adam, yarım suratıyla bana sırıttı. Zar zor bir adım daha attı. Kaşlarımı çattım.

"Tanrı aşkına, Kovacs." Ortega da silahına davrandı. "Kesin şunu."

Silahımı ateşledim. Mermi, sentetik adamı cam kırıklarıyla kaplı zemine düşürdü. Adam iki kez debelendikten sonra yavaş yavaş nefes alarak durdu. Ağzım açık bir şekilde olan biteni izlerken, adam afili bir kahkaha patlattı.

"Bu kadarı gerçekten yeter," dedi boğuk bir sesle. Bir kez daha kahkaha attı. "Kovacs? Bu kadarı gerçekten yeter."

Bir anlık şoktan sonra Ortega'yı da yanıma alarak kapıya doğru ilerledim.

"Bu da..."

"Dışarı. Dışarı çıkıyoruz." Ortega'yı iterek kapıdan çıkardıktan sonra dışarıdaki tırabzana dokundum. Ölen adam yerde yatıyordu. Ortega'yı yeniden itince cesedin üzerinden beceriksizce atladı. Kapıyı arkamdan çarparak koşar adımlarla Ortega'nın peşinden gittim.

Tepemizdeki kubbe cam ve çelik şelalesi gibi çağlayarak yere indiği sırada rampanın neredeyse sonuna gelmiştik. Kapının menteşelerinden fırladığını duydum. Patlamanın etkisiyle merdivenlerden uçarak kendimizi sokakta bulduk.

YİRMİ İKİNCİ BÖLÜM

Polisler geceleri çok daha etkileyici oluyorlar.

Öncelikle, herkesin yüzüne yanıp sönen coşkulu ışıklar vuruyor, aksi ifadeler suç kırmızısına ve puslu maviye boyanıyor. Daha sonra siren sesleri duyuluyor. Sanki bir asansör şehrin bütün katlarını geziyor, gıcırtısı bütün gizemiyle yankılanıyor. Loş ışıkta seçilmeyen iri yarı siluetler gelip gidiyor, şifreli konuşmalar duyuluyor, insanlar kanunların uygulanma teknolojisini seyrediyor. Bunun ötesinde izleyecek bir şey yok ve insanlar bunu hâlâ saatlerce izliyor.

Hafta içi, sabahın dokuzu bambaşka bir konu. Ortega'nın çağrısına cevap veren iki kruvazör vardı ama ışıkları ve sirenleri şehrin genel karmaşasının içinde fark edilecek gibi değildi. Üniformalı personel sokağın her iki tarafına güvenlik şeridi çekti ve müşterilerden binaları terk etmeleri istendi. Bu sırada Ortega, bankanın özel güvenliğini beni patlamanın suçlusu olarak görüp tutuklaması için ikna etmeye çalışıyordu. Görünüşe göre terörist başına epey ödül konmuştu. Neredeyse görünmeyen güvenlik şeridinin ardında bir kalabalık toplanmıştı ama çoğu geçmeye çalışan öfkeli yayalardan oluşuyordu.

Olayların gerçekleştiği sokağın karşısındaki kaldırıma oturup rampadan sokağa olan kısa uçuşumda aldığım yüzeysel yaraları kontrol ettim. Büyük bir kısmı yalnızca berelenme ve çiziklerden ibaretti. Resepsiyonun şekline bakıldığında, patlamanın büyük bir kısmının çatıya doğru yükseldiğini ve şarapnel parçalarının da aynı rotayı izlediğini söylemek mümkündü. Çok şanslıydık.

Ortega, bankanın önünde toplanmış olan üniformalı polis memurlarının yanından ayrılıp bana doğru yürümeye başladı. Ceketini çıkarmıştı ve omzundaki yaranın üzerindeki uzun, beyaz pansuman görünüyordu. Çıkardığı omuz askısını elinde tutuyordu ve üzerinde *Konuşmama Hakkına Sahipsiniz – Neden Bunu Bir Süre Denemiyorsunuz?* yazan beyaz, ince ve pamuklu tişörtünün altındaki göğüsleri sallanıyordu. Kaldırıma, hemen yanıma oturdu.

"Adlî tıp uzmanları yolda," dedi durduk yere. "Sizce bu enkazdan faydalı bir şeyler çıkarabilir miyiz?"

Kubbenin için için yanan enkazına bakıp başımı iki yana salladım.

"Cesetler çıkaracaklar. Hatta hiç zarar görmemiş bellekler de. Ama o herifler sokak çetelerinden basit tiplerdi. Tek söyleyecekleri, hepsini sentetiğin görevlendirdiği ve muhtemelen her birine yarım düzine tetramet ampulü verdiği olacak."

"Evet, adamlar tam ayak takımıydı, değil mi?"

Hafifçe gülümsedim. "Bir nevi. Ama ben onların aslında bizi öldürmeye niyetlendiklerini de sanmıyorum."

"Dostunuzu yok edene kadar bizi meşgul mü etmeye çalıştılar?"

"Öyle olsa gerek."

"Bence fünye, adamın yaşamsal işaretlerine bağlanmıştı. Adamı kokladığınız an bom, sizi de yanında götürüyor. Beni de. Ve o kiralık adamları da."

"Ve kendi belleğiyle kılıfını yok ediyor." Başımı onaylarcasına salladım. "Temiz iş, değil mi?"

"O halde ne gibi bir sorun çıktı acaba?"

Gözümün altındaki yarayı kaşıdım. "Beni küçük gördü. Onu hemen öldürecektim ama ıskaladım. Bu aşamada kendini öldürecekti ama makineli tüfeği durdurmaya çalışırken kolunu parçaladım." *Zihnimde silah taraklı parmaklarının arasından yere düşüyor ve kayıyor.* "Silahı da ulaşamayacağı kadar uzağa düşmüştü. Orada öylece yatıp ölmek için dua edeceği sırada gittiğimizi gördü. Kullandığı sentetiğin türünü merak ettim doğrusu."

"Bu adam her kimse, haftanın herhangi bir günü benden destek alabilirler," dedi Ortega neşe içinde. "Belki adlî tıp uzmanlarının işine yarayacak bir şey kalmıştır."

"Kim olduğunu biliyorsunuz, değil mi?"

"Size adınızla hitap..."

"Kadmin'di."

Kısa bir sessizlik oldu. Yerle bir olan kubbeden kıvrılarak yükselen dumanı izledim. Ortega nefes alıp verdi.

"Kadmin depoda."

"Artık değil," dedim yan gözle ona bakarak. "Sigaranız var mı?"

Tek kelime etmeden paketi bana verdi. İçinden bir tane alıp ağzıma götürdüm ve ateşleme yamasına sürterek derin bir nefes aldım. Bu, yıllar içinde edindiğim bir refleksti. Ciğerlerime dolan duman, eski sevgilinin parfümünü hatırlamak gibiydi.

"Beni tanıyordu," diyerek dumanı üfledim. "Quellist geçmişini de biliyordu. 'Bu kadarı gerçekten yeter', Iffy Deme adındaki Quellist gerillanın Harlan'daki Sarsıntı döneminde, sorgusu altında ölürken söylediği son sözlerdi. Dahili patlayıcılarla donatılmıştı ve bütün binayı patlattı. Kulağa tanıdık geliyor mu? Kadmin dışında kim, Millsport yerlileri gibi Quell sözleri biliyor?"

"Kovacs, o herif depoda. Birini depodan çıkarmak için..."

"YZ şarttır. Eğer yanınızda bir YZ varsa, her şeyi yapabilirsiniz. Ben buna şahit oldum. Adoracion'daki komuta savaş esirlerimizi bu şekilde çıkarmıştı." Parmaklarımı şaklattım.

"Bu kadar kolay mı?" diye sordu Ortega imalı bir şekilde.

İçime biraz daha duman çektim ve onu cevapsız bıraktım. "Kadmin ile sanal görüşme yaparken gökyüzündeki şimşekleri hatırlıyor musunuz?"

"Görmedim. Bir dakika, evet, doğru. Ben sistemde bir arıza olduğunu düşünmüştüm."

"Arıza değildi. Işık ona dokundu ve yansıması her yerden göründü. İşte o an beni öldürmeye söz verdi." Ortega'ya doğru dönüp pis pis sırıttım. Kadmin'in sanal bütünlüğünü dün gibi hatırlıyordum. "Harlan'dan birinci nesil bir efsane duymak ister misiniz? Başka bir dünyanın peri masalını merak ediyor musunuz?"

"Kovacs, bir YZ bile olsa..."

"Hikâyeyi duymak istiyor musunuz?"

Ortega omuzlarını silkti, irkildi ve başını salladı. "Tabii. Sigaramı geri alabilir miyim?"

Paketi atıp sigarasını yakmasını bekledim. Dumanını sokağa doğru üfledi. "Devam edin."

"Tamam. Benim geldiğim yer olan Newpest, eskiden tekstil şehriydi. Harlan'da bellaflor denen bir çiçek vardır. Bu çiçek denizde ve çoğu kıyı şeridinde yetişir. Bu çiçeği kurutup kimyasallarla bakarsanız, pamuk gibi şeyler üretebilirsiniz. Yerleşim dönemi boyunca Newpest, dünyanın bellapamuk başkentiydi. Değirmenlerdeki durum o zaman bile kötüydü. Quellist'ler şehri yerle bir ettiğinde ise her şey daha da kötüye gitti. Bellapamuk endüstrisi çöküşe geçti ve herkes bir bir işten çıkarıldı. Yoksulluk kol geziyordu ve düzene karşı gelenlerin elinden hiçbir şey gelmiyordu. Onlar devrimciydi, ekonomist değil."

"Aynı nakarat yani."

"Evet, hep aynı. O zamanlar tekstil mahallelerinde korkunç hikâyeler anlatılmaya başladı. Harman Döven Periler, Kitano Caddesi Yamyamı gibi şeyler."

Ortega sigarasından bir nefes çekip gözlerini kocaman açtı. "İlginç."

"Evet, kötü zamanlardı. Deli Terzi Ludmila hikâyesi de işte böyle ortaya çıktı. Bunu, çocukların ev işlerine yardım etmesi ve hava kararmadan eve dönmeleri için anlatırlardı. Deli Ludmila'nın işe yaramaz bir bellapamuk değirmeni varmış ve üç çocuğu ona hiçbir zaman yardım etmezmiş. Gece geç saatlere kadar sokaklarda gezer, şehrin kemerlerinde oynar, bütün gün uyurlarmış. En sonunda bir gün, Ludmila delirivermiş."

"Zaten deli değil miydi?"

"Hayır, yalnızca biraz gerginmiş."

"Ama adının Deli Ludmila olduğunu söylemiştiniz."

"Hikâyenin adı o."

"Ama ilk başlarda deli değilse..."

"Hikâyenin gerisini dinlemek istiyor musunuz, istemiyor musunuz?"

Ortega hafifçe gülümsedi. Sigarasını tuttuğu elini şöyle bir salladı.

"Bir akşam çocukları dışarı çıkmak için hazırlanırken Ludmila kahvelerinin içine bir şey atmış. Çocuklar bilincini kaybetmeye başlamışlar ama hâlâ ayıklarmış. Ludmila onları alıp Mitcham

Tepesi'ne gitmiş ve teker teker harman dövme tanklarının içine atmış. Çocukların çığlıklarının bataklığın öte yanından bile duyulduğu söylenir."

"Hımmmm."

"Elbette polis şüphelenmiş..."

"Gerçekten mi?"

"...ama hiçbir şey kanıtlayamamışlar. Çocuklardan ikisi zaten kimyasal meselelerine karışmışlar ve yerel yakuzayla başları dertteymiş. Ortadan kaybolduklarında kimse buna şaşırmamış."

"Bu hikâyeden çıkarılacak bir ders var mı?"

"Evet. Bakın, Ludmila o bir boka yaramayan çocuklarından kurtuldu ama bu bir işe yaramadı. Hâlâ şifa fıçılarını taşıyacak, bellafloru değirmenin basamaklarından çıkarıp indirecek birine ihtiyacı vardı ve hâlâ beş parasızdı. Daha sonra ne yaptı, biliyor musunuz?"

"Kan donduran bir şey herhalde."

Başımla onayladım. "Ezilen çocuklarının parçalarını harman dövme makinesinden çıkarıp dikerek üç metre uzunluğunda bir vücut oluşturmuş. Karanlık güçler için kutsal olan bir gece bir Tengu'dan yardım istemiş ve..."

"Neyden yardım istedi?"

"Tengu'dan. Bir tür şeytan diyebiliriz. Vücuda can vermesi için bir Tengu çağırmış ve onu da içine doldurmuş."

"Gerçekten mi? Tengu buna nasıl izin vermiş?"

"Ortega, bu bir peri masalı. Tengu'nun ruhunu vücudun içine dikmiş ama dokuz sene boyunca isteklerini yerine getirirse onu serbest bırakacağına söz vermiş. Harlan panteonlarında dokuz kutsal sayıdır. Bu nedenle Ludmila da Tengu gibi bu anlaşmaya uymak zorundaymış. Maalesef..."

"Ah."

"Tengular pek sabırlı sayılmazlar. İhtiyar Ludmila'nın birlikte çalışılabilecek bir insan olduğunu da sanmam. Bir gece, henüz üç sene bile dolmamışken, Tengu, Ludmila'ya saldırıp onu parçalamış. Bazıları bunun Kishimo-jin'in oyunu olduğunu, Tengu'nun kulağına korkunç şeyler fısıldayarak onu kışkırttığını söyler..."

"Kishimo Cin mi?"

"Kishimo-jin, çocukların kutsal koruyucusu. Ludmila'dan çocukların intikamını almaya gelmiş. Bazıları da hikâyeyi şöyle anlatır..." Göz ucuyla Ortega'nın yüz ifadesini fark edip sözü uzatmamam gerektiğini anladım. "Her neyse, Tengu kadını parçalara ayırmış ama anlaşmayı bozduğu için kendini büyünün içine kilitlemiş olmuş ve vücudun içinde mahkûm kalmış. Ludmila artık öldüğü, daha da kötüsü, ihanete uğradığı için vücut çürümeye başlamış ve bunun artık geri dönüşü yokmuş. Tengu yollara düşerek tekstil mahallesinin değirmenlerine gitmiş ve vücudunun çürüyen parçalarının yerine koyacak taze et aramaya koyulmuş. Sürekli olarak çocukları öldürüyormuş, çünkü çocuk ölçülerinde parçalara ihtiyacı varmış ama çoğu zaman vücuduna diktiği..."

"Dikiş de öğrenmiş yani, ha?"

"Tengular çok yeteneklidir. Çoğu zaman yeni etler bulabilse de, birkaç gün sonra bu etler çürümeye başlıyormuş ve Tengu yeniden ava çıkmak zorunda kalıyormuş. Ona tekstil mahallesinde Yama Adam diyorlarmış."

Sustum. Ortega sessiz bir şaşkınlık nidasından sonra sigarasının dumanını üfledi. Duman dağıldıktan sonra bana doğru döndü.

"Size bu hikâyeyi anneniz mi anlattı?"

"Babam. Beş yaşındayken."

Sigarasının ucuna baktı. "Güzel."

"Hayır. Babam iyi biri değildi. Ama bu başka bir hikâye." Ayağa kalktım ve güvenlik şeridinin başında toplanmış kalabalığa baktım. "Kadmin dışarıda ve kontrolünü kaybetmiş durumda. Önceden kimin için çalıştığını bilmiyorum ama artık kendisi için çalışıyor."

"Nasıl?" Ortega bıkkınlık içinde ellerini iki yana açtı. "Tamam, bir YZ Bay City polis departmanının deposuna sızabilir. Buna inanırım. Ama biz burada mikrosaniyelik bir sızıntıdan söz ediyoruz. Daha uzun sürerse buradan Sacramento'ya kadar bütün alarmlar çalar."

"Mikrosaniye onun için yeterli."

"Ama Kadmin depoda değil. Kadmin'in soruşturulacağını bilmeleri gerekirdi. Üstelik..."

Bir anda durdu.

"Üstelik bana ihtiyaçları var," diyerek cümlesini onun yerine bitirdim.

"Ama siz..."

"Ortega, bunu halletmek için biraz zamana ihtiyacım olacak." Sigaramı oluğa attıktan sonra ağzımın içinin tadını alıp yüzümü ekşittim. "Bugün, belki de yarın. Belleği kontrol edin. Kadmin ortalarda yok. Sizin yerinizde olsam, bir süre hiçbir şeye karışmam."

Ortega suratını astı. "Kendi şehrimde saklanmamı mı söylüyorsunuz?"

"Ben size hiçbir şey söylemiyorum." Nemex'in yarısı harcanmış şarjörünü çıkarıp ceketimin cebine koydum. "Yalnızca oyunun yeni kurallarını anlatıyorum. Bir yerde buluşmamız gerekecek. Hendrix olmaz. İzinizi sürebilecekleri herhangi bir yer de olmaz. Bana söylemeyin, yazın." Güvenlik şeridinin arkasındaki kalabalığı işaret ettim. "Uygun implantlara sahip herkes bu konuşmayı duyabilir."

"Tanrım." Ofladı. "Bu teknoparanoyadan başka bir şey değil Kovacs."

"İlgisi yok. Uzun süre hayatımı bu şekilde kazandım."

Bir süre düşündükten sonra kalemini çıkarıp sigara paketinin yanına bir şeyler karaladı. Cebimden yeni bir şarjör çıkarıp Nemex'e taktım. Gözlerim hâlâ kalabalıktaydı.

"İşte." Ortega paketi bana attı. "Bu, varılacak yerin gizli bir kodu. Körfez bölgesindeki herhangi bir taksiye verirseniz, sizi oraya götürür. Bu gece ve yarın gece orada olacağım. Daha sonra her zamanki işlerime döneceğim."

Paketi sol elimde yakalayıp numaralara kısa bir bakış attıktan sonra ceketimin cebine koydum. Nemex'in şarjörünü yerleştirdikten sonra kılıfına geri koydum.

"Belleği kontrol ettikten sonra bana haber verin," dedim ve yürümeye başladım.

YİRMİ ÜÇÜNCÜ BÖLÜM

Güneye doğru yürüdüm.

Başımın üzerindeki ototaksiler, programlanmış bir hiperverimlilikle trafiğin içinde süzülüyor, ara sıra müşteri bulmak için yere iniyordu. Trafiğin üzerindeki hava şartları değişmek üzereydi. Batıdan gri bulutlar hızla yaklaşıyordu ve bazen yukarı baktığımda yanağıma yağmur damlaları düşüyordu. Taksileri kendi haline bıraktım. İlkel olun, derdi Virgina Vidaura burada olsaydı. Peşinizde sizi öldürmek isteyen bir YZ varsa, tek umudunuz elektronik ortamdan kaçmaktır. Elbette, çamur kaplı ve arkasına saklanacağınız bir karmaşanın olduğu savaş meydanında bu çok daha kolay olurdu. Bombalanmamış modern bir şehir, bu tür bir kaçış için lojistik bir kabustur. Bütün binalar, bütün araçlar ve bütün sokaklar ağa dahildir ve bütün hareketleriniz iz bırakır.

Hurda görünümlü bir paramatik bulup gittikçe incelen banknot destemi yeniledim. Daha sonra iki sokak geri gidip telefon kulübesi görene kadar doğuya doğru yürüdüm. Cebimde bulduğum kartı çıkarıp numarayı çevirdim.

Ekranda hiçbir şey yoktu. Bağlantı sesi de duyulmadı. Bu, dahili bir çipti. Bomboş ekrandan aniden bir ses duyuldu.

"Kimsiniz?"

"Bana kartınızı vermiştiniz," dedim, "büyük bir sorunla karşılaşırsam aramam için. Doktor, artık konuşmamız gereken oldukça büyük bir sorun var."

Kadın sesli bir şekilde yutkunduktan sonra yeniden soğuk bir sesle konuşmaya başladı. "Görüşmemiz gerek. Komplekse gelmek istemeyeceğinizi sanıyorum."

"Doğru. Kırmızı köprüyü biliyor musunuz?"

"Onun adı Golden Gate," dedi duygusuzca. "Evet, biliyorum."

"Saat on birde orada olun. Kuzeye giden yolda. Yalnız gelin."

Bağlantıyı kestim ve bu kez başka bir numarayı aradım.

"Bancroft'un rezidansı. Kimle konuşmak istiyorsunuz?" Ciddi giyimli ve saçları Angin Chandra'ya benzeyen bir kadın, konuşmaya başladıktan hemen sonra ekranda göründü.

"Laurens Bancroft lütfen."

"Bay Bancroft şu anda bir konferansta."

Bu, işimi kolaylaştırmıştı. "Peki. Müsait olduğunda Takeshi Kovacs'ın onu aradığını söyler misiniz?"

"Bayan Bancroft ile konuşmak ister misiniz? Bıraktığı talimatlara göre..."

"Hayır," dedim hızla. "Yeterli olmaz. Lütfen Bay Bancroft'a birkaç günlüğüne buralarda olmayacağımı ama onu Seattle'dan arayacağımı söyleyin. Hepsi bu kadar."

Bağlantıyı kestim ve saatime baktım. Köprüdeki randevuma bir saat kırk dakika kalmıştı. Bir bar bulup oturmaya karar verdim.

Desteklendim ve depolandım
Yama Adam'dan hiç korkmadım
Aklıma bir anda çocukluğumun tekerlemesi gelmişti.
Ama bu kez korkuyordum.

Köprüye çıkan bağlantı yoluna girdiğim sırada yağmur hâlâ boşanmamıştı ama bulutlar toplanmıştı. Ön cama düşen damlalar, silecekleri harekete geçirmeye yetmeyecek kadar seyrekti. Boşanan yağmurun içinde beliren paslı köprüyü izlemeye koyuldum. Sırılsıklam olacağımı biliyordum.

Köprüde trafik yoktu. Asma kuleler, ıssız asfalt yolların ve tanımlanamaz döküntülerle kaplı yan yolların üzerinde devasa bir dinozorun kemikleri gibi yükseliyordu.

"Yavaşla," dedim, ilk kulenin altından geçtikten sonra. Ağır taşıt homurdanarak yavaşladı. Yan yollara doğru baktım. "Sakin ol. Sana söyledim, tehlikeli bir durum olmayacak. Yalnızca biriyle görüşeceğim."

Graft Nicholson, şoför koltuğundan kızarmış gözlerle bana baktı. Nefes alıp verdikçe etrafa alkol kokusu yayılıyordu.

"Evet, tabii. Her hafta şoförlere bu kadar çok para mı bağışlıyorsun? Onları Licktown barlarından hayrına mı topluyorsun?"

Omuzlarımı silktim. "İstediğine inan. Sadece yavaşla, yeter. Beni indirdikten sonra istediğin kadar hızlı gidebilirsin."

Nicholson, karışan kafasını iki yana salladı. "Bu çok saçma dostum..."

"Orada. Kaldırımda duruyor. Beni burada indir." Tırabzana yaslanmış, tek başına duruyor ve körfez manzarasını izliyordu. Nicholson kaşlarını çattı ve nam salmış geniş omuzlarını kamburlaştırdı. Hurda kamyon sakince olsa da hafifçe sarsılarak ilerledi ve sağ bariyerin yanındaki engebeli durakta durdu.

Dışarı çıktım ve etrafta birilerinin olup olmadığına baktıktan sonra kimsenin olmadığını görüp açık kapıdan yeniden içeri girdim.

"Tamam, beni dinle. Seattle'a en azından iki gün sonra gideceğim. Belki de üç. Şehrin sunduğu ilk otelde dur ve beni orada bekle. Ödemeyi nakit olarak yap ama rezervasyonu benim adıma yap. Sabah on ila on birde sana ulaşacağım. O saatlerde otelde ol. Geri kalan zamanda istediğini yapabilirsin. Sana sıkılmaman için yeterli parayı verdim."

Graft Nicholson, dişlerini göstererek gülümsedi. Seattle'daki zevk endüstrisi çalışanları için üzülmüştüm. "Beni merak etme dostum. İhtiyar Graft, memelerin arasında nasıl iyi zaman geçirileceğini gayet iyi biliyor."

"Sevindim. Ama fazla rahat olma. Aceleyle hareket etmemiz gerekebilir."

"Tamam, tamam. Paranın geri kalanı ne olacak dostum?"

"Sana söyledim. İşimiz bittiğinde alacaksın."

"Ya üç gün içinde ortaya çıkmazsan?"

"O zaman," dedim sakince, "bu öldüğüm anlamına gelir. Bu durumda birkaç haftalığına ortadan kaybolmak en iyisi. Seni aramakla zaman harcamazlar. Cesedimi bulmak onlara yeter."

"Dostum, ben..."

"Bir şey olmayacak. Üç gün sonra görüşürüz." Tekrar araçtan inip kapısını kapadım ve kapıya iki kez vurdum. Motor yeniden çalıştı ve Nicholson kamyonu yeniden anayola çıkardı.

Arkasından bakarken bir an gerçekten Seattle'a gidip gitmediğini merak ettim. Ona yüklü miktarda kredi vermiştim. Talimatlarıma uyduğu takdirde ikinci bir ödeme yapacağıma dair söz vermiş olmama rağmen aklı çelinebilir ve onu aldığım bara geri dönebilirdi. Belki de ürkek davranır, otelde oturup kapının çalmasını bekler ve üç gün dolmadan tabanları yağlayabilirdi. Onu bu olası ihanetlerle suçlayamazdım. Zaten benim de oraya gidesim yoktu. Ne yaparsa yapsın, benim için sorun olmazdı.

Sistem kaçaklarında, düşmanın varsayımlarıyla mücadele etmeli, dedi Virginia kulağıma. *Dikkatleri hiç durmadan dağıtmalı.*

"Bay Kovacs, bir arkadaşınız mıydı o?" diye sordu doktor. Uzaklaşan kamyona bakıyordu.

"Bir barda tanıştım," dedim dürüstçe. Yanına doğru yürüyüp tırabzana ulaştım. Manzara, Curtis'in beni Suntouch House'tan aldığı günküyle aynıydı. Kasvetli, yağmur öncesi ışığın altındaki hava trafiği, binanın üzerinden ateşböceği bataklığı gibi parlıyordu. Gözlerimi kısıp Alcatraz adasına baktım. PsychaSec AŞ'nin gri duvarlı ve turuncu pencereli sığınağı buradan görünüyordu. Adanın ardında Oakland vardı. Arkamda açık denizle kuzeye ve güneye uzanan boş bir köprü vardı. Ağır silahlar dışında burada beni hiçbir şey şaşırtamazdı. Doktora doğru döndüm.

Yüzüne baktığımda sanki biraz ürperdi.

"Sorun ne?" diye sordum usulca. "Tıbbî etikler mi?"

"Bu benim fikrim değildi..."

"Bunu biliyorum. Siz sadece tahliyeleri imzalayıp gözlerinizi kapadınız. Fikir kimindi peki?"

"Bilmiyorum," dedi tereddüt ederek. "Biri Sullivan'ı görmeye geldi. Yapay bir kılıftı. Asyalı olabilir."

Başımla onayladım. Trepp'ten söz ediyordu.

"Sullivan'ın talimatları neydi?"

"Kortikal bellekle nöral arayüzün arasına sanal bir lokalizatör yerleştirmek." Klinik ayrıntılar onu güçlendirmişe benziyordu. Sesi sert çıkıyordu. "Siz gönderilmeden iki gün önce ameliyatı yaptık. Omurgasındaki asıl bellek yerine mikroneşterle girildi ve doku nakli gerçekleştirildi. Bunu sanal dışında hiçbir yöntemle bulamazdık. Nöroelektrik bir sınav uygulamak gerekirdi. Siz nereden tahmin ettiniz?"

"Tahmin etmeme gerek kalmadı. Biri bunu, Bay City polisinin elindeki kiralık katilin yerini bulup onu kurtarmak için kullandı. Yardım ve yataklık. Siz ve Sullivan en azından yirmi sene depoda kalırsınız."

Boş köprüye baktı. "Bu durumda neden polis burada değil, Bay Kovacs?"

Günlük vukuat kaydımı ve askerî kayıtlarımı düşündüm. Bu kadın hepsini okumuştu. Benim gibi biriyle baş başayken neler hissettiğini merak ettim. Yavaş yavaş gülümsedim.

"Peki, çok etkilendim," dedim. "Şimdi bu lanet şeyin nasıl etkisiz hale getirileceğini anlatın."

Ciddi bir tavırla bana baktı. O sırada yağmur başlamıştı. Ceketinin omuzlarına düşen damlaları saçlarımda hissediyordum. İkimiz de gökyüzüne baktığımız sırada küfür etmekten kendimi alamadım. Hemen sonra doktor bana doğru yaklaştı ve ceketindeki ağır broşa dokundu. Hava parlaktı ve yağmur bir anda üzerime yağmayı bırakmıştı. Başımı kaldırıp baktığımda, damlaların üzerimizi kaplayan geri tepme kubbesine düştüğünü gördüm. Kaldırım taşları ıslanmış ama ayaklarımızın etrafındaki sihirli dairenin etrafı kuru kalmıştı.

"Lokalizatörü çıkarmak, takarkenkine benzer bir mikrocerrahi gerektirecek. Yoksa nöral arayüz ya da spinal sinir kanalları zarar görebilir."

Bu kadar yakın durmamız beni rahatsız etmişti. "Evet, anlıyorum."

"O halde yayın imzasını etkisiz hale getirmek için, bellek alıcısına karıştırma sinyali ya da ayna kodu girebileceğinizi de *anlamışsınızdır*," dedi aksanımla dalga geçerek.

"Tabii orijinal imza sizdeyse."

"Söylediğiniz gibi, orijinal imza sizdeyse." Cebinden küçük ve plastik kaplı bir disk çıkarıp avucunun içinde bana uzattı. "Artık sizde."

Diski alıp şüpheci gözlerle baktım.

"Bu gerçek. Nöroelektrik klinikler bunu doğrulayabilir. Şüpheleriniz varsa, size tavsiyem..."

"Benim için bunu neden yapıyorsunuz?"

Bu kez gözlerimin içine hiç ürpermeden baktı. "Bay Kovacs, bunu sizin için yapmıyorum. Kendim için yapıyorum."

Bekledim. Bir an bakışlarını Körfez'e doğru çevirdi. "Bay Kovacs, ben yozlaşmaya yabancı değilim. Uzun süre adalet kompleksinde çalışıp da bir gangsteri gözünden tanıyamayacak kimse yoktur. Sentetik bir gangsterdi. Müdür Sullivan bu insanlarla iletişim halindeydi. Polisin yetkisi, bizim kapılarımızdan içeri giremez. Üstelik idare maaşları da yüksek değildir."

Yeniden bana baktı. "Ben o insanlardan ne para aldım ne de şu ana kadar onlar için çalıştım. Aynı şekilde, onların karşısında da yer almadım. Kendimi işime verip neler olup bittiğinden habersizmişim gibi davranmak çok kolay oldu."

" 'İnsan gözü kusursuz bir cihazdır,' " dedim dalgın gözlerle, Şiirler ve Diğer Kaçamaklar'dan alıntı yaparak. " 'Küçük bir çabayla en büyük adaletsizliği bile görmezden gelebilir.' "

"Tam da söylediğiniz gibi."

"Benim sözüm değil. Peki ameliyatı nasıl yaptınız?"

Başını salladı. "Söylediğim gibi, şu ana kadar o insanlarla temas haline girmemeyi başardım. Sullivan beni Dünya Dışı kılıf birimine almıştı, çünkü orada çok iş yoktu ve Sullivan yerel kılıflarla ilgileniyordu. Bu, işleri ikimiz için de kolaylaştırdı. O çok iyi bir müdürdür."

"O halde benim gelmem yazık olmuş."

"Evet, sorun oldu. Sullivan, yerime daha uysal bir doktoru geçirmenin tuhaf görüneceğini biliyordu ve herhangi bir pürüz çıkmasını istemiyordu. Görünüşe göre bu lokalizatör konusu önemliydi." Tıpkı az önceki gibi yine aksanımla dalga geçmişti. "Üzerinde büyük bir baskı vardı ve her şeyin kusursuz ilerlemesi gerekiyordu. Ama aptal değildi ve bana küçük bir konuşma hazırlamıştı."

"Nasıl bir konuşma?"

Samimi gözlerle bana baktı. "Sizin tehlikeli bir psikopat olduğunuzdan söz etti. Kuduz olmuş bir ölüm makinesiymişsiniz. Elinizi kolunuzu sallayarak dolaşmanıza izin vermek hiç iyi bir fikir değilmiş. Gerçek dünyanın dışına çıktıktan sonra nereye gideceğinizi kimse bilemezmiş. Ben de bu anlatılanlara inandım. Sizi hakkınızdaki dosyaları gösterdi. Ah, aptal biri değildi o. Hayır. Aptal olan *bendim*."

Leyla Begin'i ve sanal sahilde psikopatlar hakkındaki konuşmamızı hatırladım. Aklıma kendi küstah cevaplarım gelmişti.

"Sullivan bana psikopat diyen ilk kişi değil. Buna inanan ilk kişi de siz değilsiniz. Elçiler..." Omuzlarımı silkip bakışlarımı kaçırdım. "Elçiler bir etikettir. Halkın tüketimine sunulmuş bir sadeleştirmedir."

"Görünüşe göre Elçilerin büyük bir kısmı karşı tarafı geçmiş. Protektoradaki ciddi suçların yüzde yirmisinin dönek Elçiler tarafından işlendiği söyleniyor. Bu doğru mu?"

"Yüzde hesabının doğru olup olmadığını bilmiyorum," dedim yağmura doğru bakarak. "Biz çok kalabalığız, evet. Kordiplomatik ile ilişkiniz kesildikten sonra yapacak fazla şey yoktur. Sizi güçlendirecek bir pozisyona ulaşmanıza asla izin vermezler. Çoğu dünyada devlet dairelerinde çalışamazsınız. Kimse Elçilere güvenmez ve bu da terfi alamayacağınız anlamına gelir. Beklentiniz kalmaz. Paranız yoktur. Krediniz yoktur."

Yeniden doktora doğru döndüm. "Eğitimini aldığımız şeyler suça çok yakındır. Hatta aralarında neredeyse bir fark olmadığını bile söyleyebilirim. Yalnızca suç işlemek daha kolay. Muhtemelen, çoğu suçlunun aptal olduğunu biliyorsunuzdur. Organize olmuş sendikalar bile Kordiplomatiklerle karşılaştırıldığında çocuk çetesi gibi kalır. Saygı duyulmak kolaydır. Hayatınızın son on yılını farklı kılıflarla, depolarda dondurulmakla ve sanal yaşamakla geçirdiyseniz, bir kanunların tehditleri size çok yavan gelir."

Bir süre sessizce durduk.

"Üzgünüm," dedi en sonunda.

"Üzülecek bir şey yok. Hakkımdaki dosyaları okuyan herkes..."

"Söylemek istediğim bu değildi."

"Ah." Elimde tuttuğum diske baktım. "Eğer düzeltmek istediğiniz bir hata varsa, artık bunu hallettiniz. Kimse tamamen temiz kalamaz. Depo dışında."

"Evet, biliyorum."

"Pekâlâ. Öğrenmek istediğim bir şey daha var."

"Evet?"

"Sullivan şu anda Bay City'nin merkezinde mi?"

"Ben çıkarken oradaydı."

"Bu akşam kaç gibi oradan çıkar?"

"Genelde yedi gibi çıkıyor." Dudaklarını sıktı. "Ne yapacaksınız?"

"Ona birkaç soru soracağım," dedim dürüstçe.

"Ya cevap vermezse?"

"Sizin de söylediğiniz gibi, o aptal bir adam değil." Diski ceketimin cebine koydum. "Yardımınız için teşekkür ederim Doktor. Size bu akşam yedi civarı komplekste olmamanızı tavsiye ederim. Teşekkürler."

"Bay Kovacs, söylediğim gibi, ben bunu kendim için yapıyorum."

"Söylemek istediğim bu değildi doktor."

"Ah."

Yavaşça koluna dokunup yağmurun içine doğru yürümeye başladım.

YİRMİ DÖRDÜNCÜ BÖLÜM

Bankın ahşabı, onlarca yıllık kullanımdan sonra eskiyerek rahat ve kalçaya uygun bir şekil almıştı. Kolçaklar da aynı şekilde oyulmuştu. Kıvrımların içine uzandım, çizmelerimi gözetlediğim kapıya doğru çevirdim ve ahşaba çizilen grafitiyi okudum. Uzun süre şehre yürüdüğüm için sırılsıklam olmuştum ama salon güzelce ısıtılmıştı. Yağmur, başımın üzerindeki eğik çatının uzun ve saydam panellerine usulca düşüyordu. Bir süre sonra köpek boylarındaki temizlik robotları, cam zeminde bıraktığım çamurlu izleri temizlemek için salona girdi. İşlerini bitirene kadar onları aylak gözlerle izledim. Banka yerleştiğime dair herhangi bir kanıt kalmamıştı artık.

Elektronik izlerimin de bu şekilde silinmesini çok isterdim ama bu tür bir kaçış, başka bir çağın efsanevi kahramanlarına aitti.

Temizlik robotu kayarak uzaklaşınca yeniden grafitiye döndüm. Büyük bir kısmı Amanglikan ya da İspanyolcaydı. Bu eski şakaları daha önce yüzlerce benzer yerde görmüştüm; *Carbon Modificado!* ve *Kılıf Kaçağı! Değiştirilmiş Yerli Buradaydı!* Ancak tüm bu öfkenin ve kırılmış gururun ortasında sakin bir göl vardı ve bu göl bankın arka kısmında, yukarıdan aşağıya doğru iniyordu. Kanji dilinde yazılmış tuhaf bir haikuydu bu:

Ödünç eldivenlerle yeni bir et giyin
Ve parmaklarını yak yeniden

Yazar, bunu ahşaba kazırken banka yaslanmış olmalıydı ama yine de her bir karakter büyük bir titizlikle kazınmıştı. Muhtemelen uzun bir süre boyunca kaligrafiye baktım. Harlan'a ait hatıralar, başımın içinde yüksek gerilim hattı gibi şarkı söylemeye başlamıştı.

Bir anda sağ taraftan gelen hıçkırık sesleri, beni daldığım hayallerden uyandırdı. Siyahi bir genç kadınla kendi gibi siyahi iki çocuğu kambur ve orta yaşlarında bir beyaz adama bakıyorlardı. Adamın üzerinde eskimiş bir BM üniforması vardı. Bu bir aile toplantısı olmalıydı. Genç kadının şaşkınlığı yüzünden okunuyordu. Henüz neler olup bittiğini anlamış gibi bir hali yoktu. En fazla dört yaşında görünen küçük çocuğun ise hiçbir şeyden haberi yoktu. Kadın beyaz adamın yüzüne bakıyordu ve dudakları sürekli *Babam Nerede? Babam Nerede?* Diye soruyordu. Adamın yüzü, çatıdan süzülen yağmurlu ışığın içinde parlıyordu. Tanktan çıkarıldığından beri yüzünde hep ağlamaklı bir ifade vardı.

Salonun boş olan dörtte birlik kısmına doğru döndüm. Babam yeni bir kılıfa büründüğünde onu bekleyen ailesinin yanından ve hayatımızdan geçip gitmişti. Babamızın hangisi olduğunu hiçbir zaman öğrenemedik. Yine de bazen annemin, babam yanımızdan geçerken tavrından ya da yürüyüşünden onu tanıyıp tanımadığını merak ederim. Belki yanımıza gelemeyecek kadar utanmıştı, belki de alkolden yıpranmış vücudundan daha iyisine kavuştuğu için fazla mutluydu ve çoktan başka şehirlerdeki genç kadınların hayaline dalmıştı. O zaman on yaşındaydım ve görevliler bizi kompleksin gece olduğu için kapanacağını söyleyerek dışarı çıkarmasıyla her şeyi öğrenmiştim. Öğlenden beri bekliyorduk.

Ekibin şefi ihtiyar bir adamdı. Uzlaşmacıydı ve çocuklarla arası çok iyiydi. Omzuma dokunmuştu ve bizi dışarı çıkarmadan önce nazikçe konuşmuştu. Annemin karşısında hafifçe eğilerek selam verdikten sonra annemin kendini toparlamasını sağlayacak sözler etmişti.

Her hafta bizim gibi birkaç aile görüyor olmalıydı.

Zihnimi meşgul etmek için Ortega'nın gizli adres kodunu hatırlamaya çalıştım. Daha sonra sigara paketini yırtıp yedim.

Sullivan, kompleksin dışarı açılan kapılarında belirip merdivenlerden inmeye başladığı sırada giysilerim neredeyse kurumuştu. Üzerinde uzun ve gri bir yağmurluk vardı ve şapkası siperlikliydi. Bunu Bay City'de uzun zamandır hiç görmemiştim. Siluetini, uzanıp V şeklinde birleştirdiğim ayaklarımın arasından izliyordum ve nörokimyanın etkisindeydim. Solgun ve yorgun görünüyordu. Pozisyon değiştirip parmaklarımı Philips'in kılıfına götürdüm. Sullivan bana doğru geliyordu. Bankta uzandığımı görünce kınayan gözlerle dudaklarını sıktı ve komplekse sığınmış bir evsiz olduğumu düşünerek adımlarını hızlandırdı. Yüzüme bakmadan yanımdan geçti.

Birkaç metre uzaklaştıktan sonra sessizce ayağa kalkıp peşinden gittim. Philips'i, ceketimin altındaki kılıfından çıkardım. Çıkışa ulaştığı sırada ona yetiştim. Kapılar açıldığında kaba bir şekilde sırtından itekledim ve peşinden hızla dışarı çıktım. Tökezleyerek arkasına döndüğünde yüzünde öfke vardı. Kapılar kapanmaya başladı.

"Siz kendinizi ne..." Kim olduğumu görünce sözlerini yuttu.

"Müdür Sullivan," dedim nazik bir şekilde. Ceketimin altındaki Philips'i gösterdim. "Bu sessiz bir silahtır ve keyfimin pek yerinde olduğunu söyleyemeyeceğim. Lütfen size söylediklerimi yapın."

Yutkundu. "Ne istiyorsunuz?"

"Trepp hakkında konuşmak istiyorum. Bunu yağmurun altında yapmak istemiyorum. Gidelim."

"Arabam..."

"Çok kötü bir fikir." Başımı salladım. "Yürüyelim. Müdür Sullivan, eğer yanlış bir kişiye kaş göz yapacak olursanız, sizi ikiye bölerim. Silahı siz bile göremediğinize göre kimse göremez. Ama silahım burada."

"Hata ediyorsunuz Kovacs."

"Pek sanmıyorum." Otoparktaki gittikçe azalan araçları işaret ettim. "Düz gidip sola sapın. Ben durmanızı söyleyene kadar da durmayın."

Sullivan bir şey söyleyeceği sırada Philips'in namlusunu göstererek onu susturdum. Otoparkın merdivenlerinden indikten sonra, ara sıra arkasına bakarak, yüzyıllar önce paslanmışa benzeyen çift kanatlı kapıya doğru yürüdü.

"Önünüze bakın. Ben buradayım. Endişelenecek bir şey yok."

Sokağa çıktığımızda aramızda yaklaşık on metrelik bir mesafe bıraktım ve onu tanımıyormuşum gibi davranmaya başladım. Sokak ıssız sayılırdı ve yağmurun altında yürüyen pek insan yoktu. Sullivan, Philips için bu mesafeden kusursuz bir hedefti.

Beş sokak yürüdükten sonra aradığım o camları buharla kaplanmış noddlecıyı buldum. Adımlarımı sıklaştırdım ve Sullivan'ın sokak tarafındaki omzunda bittim.

"Burası. Arka tarafa geçip oturun."

Sokağa göz atıp kimsecikler olmadığına emin olduktan sonra Sullivan'ın ardından içeri girdim.

Mekân boş sayılırdı. Gündüz müşterileri çoktan gitmiş, akşam müşterileri henüz ortaya çıkmamıştı. İki ihtiyar Çinli kadın, kurutulmuş çiçeklerin eskimiş nezaketiyle bir köşede oturuyordu. Restoranın öteki tarafındaki ipek giysili dört genç adam tehlikeli bir aylaklık içinde pahalı cihazlarıyla oynuyordu. Pencerelerden birinin yanındaki masada oturan şişman adam koca bir kâse chow mein çorbasını mideye indiriyor, aynı anda da çizgi holopornonun sayfalarında geziniyordu. Duvarlardan birine asılmış video ekranında ne idiği belirsiz bir yerel spor karşılaşması yayınlanıyordu.

Bizi karşılayan genç garsona çay siparişi verdikten sonra Sullivan'ın karşısına oturdum.

"Bu işten kurtulamayacaksınız," dedi inandırıcı olmayan bir ses tonuyla. "Beni öldürseniz bile, gerçekten öldürseniz bile, en yeni kılıf işlemlerine bakıp sizi er ya da geç bulurlar."

"Evet, belki ben gelmeden önce bu kılıfın gayri resmî şekilde ameliyat edildiğini de öğrenirler."

"Sürtük. O sürtük..."

"Siz tehditler savuracak durumda değilsiniz," dedim usulca. "Doğrusunu isterseniz, sorularıma cevap vermek ve bu cevaplara inanmamı umut etmek dışında herhangi bir şey yapabilecek durumda değilsiniz. Beni işaretlemenizi sizden kim istedi?"

Duvardaki ekrandan yayılan maç dışında çıt çıkmıyordu. Sullivan asık suratıyla bana baktı.

"Pekâlâ, işinizi kolaylaştıracağım. Yalnızca evet ya da hayır demeniz yeterli. Trepp adındaki bir yapay zekâ sizi görmeye geldi. Onunla ilk kez mi çalıştınız?"

"Neyden bahsettiğinizi bilmiyorum."

Ölçülü bir öfkeyle adamın ağzının ortasına vurdum. Adam yana doğru devrilirken şapkası da kafasından fırladı. Genç adamlar konuşmayı aniden bıraktı ama yan bakışlarımı görünce daha da büyük bir coşkuyla konuşmaya devam ettiler. İki ihtiyar kadın sert bir şekilde ayağa kalktılar ve arkadaki kapıdan dışarı çıktılar. Şişman adam holopornosundan başını kaldırmaya tenezzül bile etmedi. Masanın üzerinden karşıya doğru uzandım.

"Müdür Sullivan, olayın ciddiyetini kavrayamadığınızı görüyorum. Beni kime sattığını bilmek istiyorum. Müşteri gizliliği konusunda gösterdiğiniz titizlik yüzünden bu işin peşini bırakacak değilim. İnanın bana, size benden bir şeyler saklayabilecek kadar çok para vermemişler."

Sullivan, dudağının köşesinden akan kanı silerek oturduğu yerde doğruldu. Ağzının zarar görmemiş kısmıyla acı acı gülümsedi.

"Kovacs, sizce ben daha önce hiç tehdide maruz kalmamış mıyımdır?"

Ona vurduğum elime baktım. "Bence bireysel şiddet konusunda pek tecrübeli değilsiniz ve bu sizin aleyhinize. Öğrenmek istediklerimi derhal anlatmanız için size bir şans veriyorum. Sonrasında ses yalıtımı olan bir yere gideceğiz. Trepp'i kim yolladı?"

"Kovacs, siz bir haydutan başka bir şey değilsiniz..."

Sol gözüne sıkı bir yumruk geçirdim. Tokattan çok daha az ses çıktı. Sullivan şaşkınlık içinde homurdanıp darbenin etkisiyle geri çekilerek koltuğuna sindi. Kendini toplayana kadar sessizce onu izledim. İçimi, Newpest'in adalet kompleksinin banklarından doğup yıllarca tanık olduğum amaçsız hoşnutsuzlukla karışarak kıvama gelen buz gibi bir his kapladı. İkimizin de iyiliği için Sullivan'ın sert görünmeye çalışmaktan vazgeçmesi gerekiyordu. Yeniden ona doğru uzandım.

"Sullivan, dediğiniz gibi ben bir haydudum. Sizin gibi saygın bir suçlu değilim. Met değilim, iş adamı da değilim. Yerleşik bir ilgi alanım yok, sosyal bağlantılarım yok, satın alınmış bir saygınlığım da yok. Ben buyum ve siz de benim yoluma çıktınız. Şimdi baştan alalım. Trepp'i kim yolladı?"

"Onun bir şeyden haberi yok Kovacs. Zamanınızı boşa harcıyorsunuz."

Kapının önünde dikilen kadının sesi, kendini duyurabilmek için yüksek sesle konuşmasına rağmen yumuşak ve neşeli geliyordu. Ellerini paltosunun cebine sokmuştu. İnce yapılı, açık renk tenliydi ve kahverengi saçları kısacık kesilmişti. Tavırlarından dövüş yeteneğine sahip olduğu belli oluyordu. Paltosunun altındaki gri kapitone ceketi darbelere karşı dayanıklı gibi görünüyordu ve bileklerine kadar uzanan botlarının içine sıkıştırdığı iş pantolonuyla uyum içindeydi. Sol kulağında kullanılmayan kabloları andıran gümüş bir küfe vardı. Yalnız başına gibiydi.

Philips'i yavaşça indirdim. Kadın, bunu bir işaret olarak algıladı ve restoranın içine doğru yürümeye başladı. İpek giysili genç adamlar kadının her adımını izliyordu. Kadın, üzerindeki bakışların farkında bile olsa bunu belli etmedi. Masamıza beş adım kadar yaklaştıktan sonra meraklı gözlerle bana baktı ve ellerini yavaşça ceplerinden çıkardı. Başımı sallayarak onu onayladığımda avuçlarını ve siyah camlı yüzüklerle süslenmiş parmaklarını göstererek hareketin devamını getirdi.

"Trepp?"

"Doğru tahmin. Oturabilir miyim?"

Philips'imle karşımdaki, Sullivan'ın iki eliyle gözünü tutarak oturduğu koltuğu işaret ettim. "Ortağınızı biraz yana kaymaya ikna edebilirseniz tabii. Elleriniz masanın üzerinde olsun."

Kadın gülümseyip başını eğdikten sonra çoktan duvara doğru kayarak yer açan Sullivan'ı baktı. Ellerini yanında tutarak nazikçe oturdu. Hareketleri o kadar kısıtlıydı ki, küpesi bile sallanmıyordu. Oturduktan sonra iki elini masanın üzerine koydu.

"Böyle kendinizi daha güvende hissediyorsunuz, değil mi?"

"Evet," dedim. Siyah cam yüzüklerin, tıpkı küpesi gibi bir hile olduğunu fark ettim. Her bir yüzüğü, tıpkı X ışınları gibi, parmak kemiklerinin hayaletleri andıran mavi kısmını belli ediyordu. Trepp'in bu tarzını sevmeye başlamıştım.

"Ben ona hiçbir şey söylemedim," deyiverdi Sullivan.

"Bir şey bilmiyordun ki," diye karşılık verdi Trepp. Dönüp adamın yüzüne bile bakmamıştı. "Burada olduğum için şanslısın. Bay Kovacs, cevap olarak 'Bilmiyorum'u kabul edecek birine benzemiyor. Haklı mıyım?"

"Ne istiyorsunuz Trepp?"

"Yardım etmeye geldim." Restoranın içindeki hareketliliği sezen Trepp, hemen başını kaldırıp etrafı kolaçan etti. Garson, elinde büyük bir demlik ve iki kulpsuz bardakla gelmişti. "Bunu siz mi sipariş ettiniz?"

"Evet. Buyurun."

"Teşekkürler. Buna bayılıyorum." Trepp, garsonun her şeyi masaya bırakmasını bekledikten sonra demlikle uğraşmaya başladı. "Sullivan, sen de ister misin? Hey, bir bardak daha alabilir miyiz? Şimdi, nerede kalmıştım?"

"Yardım etmeye gelmiştiniz," diye cevap verdim.

"Evet." Trepp yeşil çayını yudumlarken bardağının kenarından bana bakıyordu. "Doğru. Ben bazı şeyleri açıklığa kavuşturmak için buradayım. Bakın, Sullivan'dan bilgi almaya çalışıyorsunuz ama onun bir bok bildiği yok. Benimle konuşun."

Gözlerinin içine baktım. "Geçen hafta sizi öldürdüm ben, Trepp."

"Evet, öyleymiş." Trepp çay bardağını bırakıp parmak kemiklerine eleştiren gözlerle baktı. "Ben elbette hatırlamıyorum. Aslında sizi tanımıyorum bile Kovacs. Hatırladığım son şey, bir ay önce tanka girdiğim. Sonrası tamamen silindi. Kruvazördeki ben öldü. O ben değildim. O yüzden vicdan azabı çekmemelisiniz."

"Trepp, uzaktan depolama yok mu?"

Homurdandı. "Benimle dalga mı geçiyorsunuz? Benim işim bu. Tıpkı sizin gibi. Ama daha fazlası değil. Her neyse, o uzaktan depoya kimin ihtiyacı olur ki? Bence işleri batırdığınızda bunun bedelini ödersiniz. Ben de sizinle ilgili konuda işleri batırdım, öyle değil mi?"

Çayımdan bir yudum alıp hava taşıtındaki arbedeyi bütün boyutlarıyla hatırlamaya çalıştım. "Biraz yavaştınız," dedim. "Biraz da umursamaz."

"Evet, umursamazdım. Bunu izlemem gerekiyordu. Yapay olduğunuzda her şey böyle gelişiyor. Çok anti-Zen bir durum. New York'ta bir *sensei* var. Yapaylar onu çıldırtıyor."

"Çok yazık," dedim sabırla. "Artık sizi kimin yolladığını söyleyecek misiniz?"

"Daha iyisini söyleyeceğim. Sizi patronla görüşmeye çağırıyorlar." Yüz ifademi görünce başını evet anlamında salladı. "Evet, Ray sizinle konuşmak istiyor ve bu kez yaka paça alınmayacaksınız. Görünüşe göre baskı size pek işlemiyor."

"Ya Kadmin? O da bu işin içinde mi?"

Trepp, dişlerinin arasından nefes aldı. "Kadmin... Kadmin konusu biraz sorunlu. Gerçekten utanç verici. Ama bu konuyu da aşabileceğimizi düşünüyorum. Gerçekten şu anda size daha fazlasını anlatamam." Çayını yudumlayarak konuşulanları dinleyen Sullivan'a yan yan baktı. "Başka bir yere gitsek daha iyi olur."

"Tamam." Başımı onaylarcasına salladım. "Sizle geleceğim. Ama gitmeden önce bazı kurallarda anlaşalım. Bir, sanal yok."

"Hadi gidelim o zaman." Trepp çayını bitirip masadan kalkmaya hazırlandı. "Aldığım talimatlara göre sizi doğrudan Ray'e götüreceğim. Bizzat kendisine."

Kolundan yakalayınca aniden durdu.

"İki. Sürpriz istemem. Beni olacaklardan haberdar etmelisiniz. Beklenmedik bir şey olursa *sensei*'yi bir kez daha hayal kırıklığına uğratırsınız."

"Tamam. Sürpriz yok." Trepp gülümsemek için kendini biraz zorladı. Bu, kolundan tutulmaya alışık olmadığının bir işareti gibiydi. "Restorandan çıkıp taksiye bineceğiz. Şimdilik bir sorun var mı?"

"Taksi boş olduğu sürece yok." Kolunu bırakınca doğruldu. Elleri yanlarındaydı. Cebimden iki tane plastik banknot çıkarıp Sullivan'a bıraktım. "Siz burada kalın. Eğer biz gitmeden bu kapıdan çıkacak olursanız, yüzünüzde koca bir delik açarım. Çaylar benden."

Trepp'in arkasından kapıya doğru yürürken garson elinde Sullivan'ın çay bardağı ve büyük bir beyaz mendille geldi. Bu, muhtemelen müdürün ezilen dudağı içindi. Kibar çocukmuş. Yolumdan çekilmek için neredeyse yere kapanacaktı. Bana bakışlarında tiksinti ve korkuyla karışık bir duygu vardı. Az önce içimi kaplayan buz gibi öfkenin ardından biraz da olsa yumuşamıştım.

İpek giysili genç adamlar, ölü bakışlı yılanlar gibi restorandan çıkışımızı izledi.

Yağmur hâlâ dinmemişti. Yakamı kaldırdım. Trepp, bir çağrı cihazı çıkarıp başının üzerinde sallamaya başladı. "Hemen gelir," dedi ve tuhaf gözlerle bana baktı. "Buranın kime ait olduğunu biliyor musunuz?"

"Bir tahminim var."

Başını iki yana salladı. "Burası soruşturma yürütmek için berbat bir yer. Yoksa tehlikeden mi hoşlanırsınız?"

Omuzlarımı silktim. "Benim geldiğim yerde, suçlular diğerlerinin kavgalarından uzak durur. Genelde hepsi ödlektir. Sağlam bir vatandaşın araya girdiği daha çok görülmüştür."

"Buralarda öyle olmuyor. Sağlam vatandaşlar, hiç tanımadıkları biri için kavgaya karışmayacak kadar sağlam oluyorlar. Siz Harlan'dansınız, değil mi?"

"Doğru."

"Belki de bu bir tür Quellist davranışıdır. Sizce?"

"Olabilir."

Cihazın çağrısına uyan bir ototaksi, yağmurun arasından süzülerek aşağı indi. Trepp, açık kapıya doğru yürüyüp içerinin boş olduğunu imalı bir şekilde gösterdi. Usulca gülümsedim.

"Önden buyurun."

"Nasıl isterseniz." Taksiye bindi ve bana yer açmak için yana kaydı. Karşısına oturup ellerine baktım. Nereye baktığımı fark edince sırıttı ve kollarını haç şeklinde arkaya doğru kaldırdı. Kapı kapandı.

"Urbline'a hoş geldiniz," dedi taksi usulca. "Lütfen adresi belirtin."

"Havaalanı," dedi Trepp. Koltuğuna yaslandı ve tepkimi ölçmek için gözlerini üzerime dikti. "Özel taşıyıcılar terminali."

Taksi havalandı. Trepp'in arkasındaki pencereye vuran yağmur damlalarını seyrettim. "Yereli bir seyahat olmayacak herhalde," dedim ruhsuz bir sesle.

Kollarını indirdi ve avuçlarını havaya kaldırdı. "Sanallıktan hoşlanmayacağınızı tahmin ettiğimiz için bunu daha zorlu bir yolla halletmemiz gerekti. Yörüngealtı. Yaklaşık üç saat sürüyor."

"Yörüngealtı mı?" Derin bir nefes alıp, kılıfın içindeki Philips'e hafifçe dokundum. "Uçmadan önce biri silahımı çıkarmamı isterse çok üzülürüm."

"Evet, biz bunu da tahmin ettik. Sakin olun Kovacs, özel taşıyıcılar terminali dediğimi duydunuz. Bu özel bir uçuş. Size özel. İsterseniz uçağa taktik nükleer bomba bile sokabilirsiniz. Anlaştık mı?"

"Nereye gidiyoruz Trepp?"

Trepp gülümsedi.

"Avrupa'ya," dedi.

YİRMİ BEŞİNCİ BÖLÜM

Avrupa'nın neresine indiğimizi bilmesem de havanın daha iyi olduğunu biliyordum. Boğucu ve penceresiz yörüngealtı aracımızı cam pistte bıraktıktan sonra ceketime rağmen vücudumda fiziksel bir baskı uygulayan güneş ışığının süzüldüğü terminale yürüdük. Gökyüzüne boylu boyunca keskin bir mavi hâkimdi ve hava kuruydu. Pilotun zaman çizelgesine göre henüz öğleden sonra bile olmamıştı. Ceketimi çıkardım.

"Bizi bir limuzin bekleyecekti," dedi Trepp başını hafifçe arkaya çevirerek.

Hiçbir formaliteyle karşılaşmadan terminale girdik ve palmiyelerle daha az tanınmış tropikal ağaçların tavanı kapladığı mikroiklim bölgesinden geçtik. Sulama sisteminden sisli bir yağmur boşanıyor, kuru havadan sonra etrafı güzelce nemlendiriyordu. Ağaçların arasındaki koridorlarda çığlık çığlığa oyun oynayan çocuklar vardı. İhtiyarlar ise ferforje bankların üzerinde uyukluyordu. İkisinin ortasında kalmış olan jenerasyon kahve stantlarının etrafında toplanmış, Bay City'de gördüğümden daha fazla jestle konuşuyorlardı. Terminal binalarının çoğunda önemli olan zamanlama, onların umurunda bile değil gibiydi.

Silahlarımı elimden geldiğince gizleyebilmek için ceketimi omzuma aldım ve ağaçlara doğru ilerleyen Trepp'i takip ettim. Palmiyenin altında duran iki güvenlik görevlisini ve koridorun kenarından bize doğru ilerleyen küçük kızı atlatacak kadar hızlı davranamamıştım. Trepp, harekete geçmeye hazırlanan güvenliğe kaş göz hareketi yapınca adamlar başlarını eğerek geri çekildiler. Belli ki bekleniyorduk. Küçük kız ise bu kadar kolay ikna olmayacağa benziyordu. Kocaman gözlerini üzerime diktiği sırada parmaklarımı tabanca şekline sokup ateş etme sesi çıkararak onu vurdum. Küçük kız bütün dişlerini göstererek sırıttı ve en yakınındaki bankın arkasına saklandı. Koridor boyunca ilerlerken arkamdan bana ateş edip durduğunu duydum.

Kendimizi yeniden dışarıda bulduğumuzda, Trepp bir yığın taksiye aldırış etmeden ilerlemeye devam etti ve bekleme alanı dışındaki siyah kruvazöre yöneldi. Klimanın serinlettiği, gri koltukların vücudun şeklini aldığı aracın içine girdik.

"On dakika," diyerek söz verdi Trepp, araç havalanırken. "Mikroiklim hakkında ne düşündünüz?"

"Çok güzeldi."

"Havaalanının her yerinde var. Hafta sonunda insanlar, günlerini geçirmek için şehir merkezinden çıkıp oraya geliyorlar. Tuhaf, değil mi?"

Bir şeyler geveledikten sonra bu koca şehrin helezonik yerleşim planını pencereden seyre daldım. Yol kat ettikçe, ufuk ve göz acıtan maviliğiyle gökyüzü tozlu bir ovaya dönüştü sanki. Sol tarafımda dağların nasıl yükseldiğini görebiliyordum.

Trepp, sohbete hiç meraklı olmadığımı fark edince ironik küpesiyle süslediği kulağının arkasına bir telefon cihazı takarak kendini oyalamaya karar verdi. Cihaz, dahili bir çipti. Çağrı başladığında gözlerini kapadı. Yanınızdakiler bu tür cihazlar kullandığında yaşadığınız o tuhaf yalnızlık hissiyle baş başa kalmıştım.

Yalnızlık bana çok yakışıyordu.

Doğrusu, yolculuğun büyük bir kısmında Trepp için kötü bir yol arkadaşı olmuştum. Geçmişime duyduğu bariz ilgiye rağmen kendi kabuğuma çekilmiştim. En sonunda Harlan Dünyası ve Kordiplomatikler hakkında anekdot anlatacağım umudundan vazgeçip, bildiği iki kart oyununu bana öğretmeye karar vermişti. Belki de kültürel nezaket hayaletinin baskısıyla onu geri çevirmedim ama kart oyunları iki kişilik değildi ve ikimiz de zevk almadık. Sessizce Avrupa'ya indik. İkimiz de jetin medya belleğinden kendi seçimlerimizi yaptık. Trepp'in rahatlığına rağmen, son yolculuğumuzun doğurduğu sonuçları unutmayı bir türlü başaramıyordum.

Aşağıdaki ova gittikçe yeşillenmeye başladı. Daha sonra görüntüye giren ormanlar, muhtemelen insanlar tarafından ekilmiş ağaçlardan oluşuyordu. Alçalmaya başladığımızda Trepp de cihazı fişten çıkarmaya başladı. Bu sırada devamlı gözlerini kırpıştırması, üreticilerin bu konuda uyarmalarına rağmen, bağlantıyı hâlâ kesmediği anlamına geliyordu. Belki de bunu bilerek yapıyordu, bilemiyordum. Zihnimin büyük bir kısmı, yanına indiğimiz şeye dalmıştı.

Bu, taştan kocaman bir haçtı. Daha önce gördüklerimden daha büyüktü ve yıllar içinde yıpranmıştı. Kruvazör yere inince, haçın kayadan kocaman bir payandanın üzerine inşa edildiğini, böylelikle emekli bir savaş tanrısı tarafından toprağa saplanmış devasa bir pala görüntüsü yansıttığını fark ettim. Etrafını çevreleyen dağlarla orantılıydı ve insan işi gibi görünmüyordu. Taş teraslar ve payandanın aşağısında bulunan anıt büyüklüğündeki binalar, bu eserin varlığının altında neredeyse hiçbir şey ifade etmiyordu.

Trepp, gözlerinde bir ışıltıyla beni izliyordu.

Limuzin, taş terasın üzerinde durunca aşağı indim ve güneşe karşı gözlerimi kırpıştırdım.

"Bu Katoliklere mi ait?" diye sordum.

"Eskiden öyleydi." Trepp, kayanın içindeki kule gibi yükselen çelik kapılara doğru yürümeye başladı. "İlk yapıldığında öyleymiş. Artık özel mülk."

"Bu nasıl oldu?"

"Ray'e sorun." Şimdi de sohbetle ilgilenmeyen Trepp olmuştu. Sanki bu yapı, kişiliğinin farklı bir bölümünü ortaya çıkarmıştı. Bir mıknatıs tarafından çekiliyormuş gibi yürüyordu.

Kapılar, güçlü menteşelerin donuk gıcırtısıyla yavaşça aralandı ve aralarında iki metrelik bir mesafe oluşunca durdu. Trepp'e önden girmesini işaret ettim. Omuzlarını silkerek kapının eşiğinden geçti. Girişin her iki tarafındaki loşluğa gömülmüş olan duvarlarda örümceğe benzer bir şey kıpırdadı. Bunun faydasız olduğunu bilsem de elimi Nemex'in kabzasına götürdüm. Artık devlerin ülkesindeydik.

Karanlığın içinden insan boylarında incecik silah namluları çıktı. İki güvenlik robotu üzerimizi kokladı. Robotlar, Hendrix'in lobisindeki koruma sistemiyle yaklaşık aynı kalibredeydi. Elimi silahımdan çektim. Otomatik ölüm makineleri sinek gibi vızıldayarak geri çekildi ve duvarlarındaki tüneklerine geri döndü. Yaşadıkları oyuğun en altında kılıçlı demir melekler vardı.

"Haydi." Trepp'in sesi, katedralin sessizliğinde oldukça yüksek çıkmıştı. "Sizce sizi öldürmek isteseydik, bütün bu yolu kat edip sizi buraya getirir miydik?"

Onu takip edip taş basamaklardan aşağı indim ve ana bölüme ulaştım. Burası, haçın altındaki kaya payanda boyunca uzanan kocaman bir bazilikaydı ve tavanı karanlığın içinde kaybolmuştu. Yukarıda, ışığın daha güçlü olduğu biraz daha dar bir bölüme çıkan bir merdiven daha vardı. Oraya vardığımızda, çatının kukuletalı gardiyanların taş heykellerinin üzerinde yükseldiğini fark ettim. Gardiyanların kafası kalın bir palanın üzerindeydi ve kibirli bir edayla gülümsüyorlardı.

Benim de onlara gülümsediğimi hissettim.

Bazilikanın sonuna geldiğimizde, havada sallanan gri şeyler gördüm. Bir anlığına daimi bir güç alanına gömülmüş bir dizi anıta baktığımı sandım. Daha sonra içlerinden biri, serin havanın esintisiyle hafifçe kıpırdadı ve bunların ne olduğunu anladım.

"Etkilendiniz mi, Takeshi-san?"

Bana Japonca hitap edilmesi, bünyemde siyanür etkisi yaratmıştı. Bir anda yoğunlaşan duygularımın etkisiyle nefesim kesildi. Tepki veren nörokimyamın dalgalandığını hissettim. Sesin geldiği yere doğru yavaşça döndüm. Bastırdığım şiddet nedeniyle gözüm seğiriyordu.

"Ray," dedim Amanglikan diliyle. "Piste indiğimizde anlamalıydım."

Reileen Kawahara, bazilikanın bittiği dairesel alanda belirdi ve imalı bir şekilde başını eğerek selam verdi. Kusursuz Amanglikan diliyle karşılık verdi.

"Anlamalıydınız belki de, evet," dedi. "Ama sizde sevdiğim tek bir şey varsa, o da şaşırmaya karşı sahip olduğunuz sınırsız kapasiteniz. Savaş gazisi duruşunuza rağmen, özünüz çok masum. Bu zamanlarda bu özellik hiç yabana atılamaz. Bunu nasıl başarıyorsunuz?"

"Meslek sırrı. Bunu anlamanız için insan olmanız gerek."

Hakaretimi umursamadı. Kawahara mermer zemine baktı.

"Evet, daha önce bu konuyu tartıştığımıza inanıyorum."

Aklıma Pekin, Kawahara'nın çıkarlarının yarattığı kanserli güç yapıları ve onun ismiyle özdeşleştirdiğim işkence mağdurunun ahenksiz çığlıkları geldi.

Gri şekillerden birine yaklaşıp vurdum. Kaba yüzeyi esnekti ve gri şey kablolarının üzerinde hafifçe sallandı. İçinde de yavaş bir hareket hissettim.

"Kurşun geçirmez, değil mi?"

"Mmm." Kawahara başını hafifçe yana eğdi. "Kurşuna bağlı. Ama darbelere karşı dayanıklı olduğu kesin."

Aniden bir kahkaha patlattım. "Kurşun geçirmez bir rahim! Kawahara... Klonlarını kurşun geçirmez hale sokup bir dağın altına gömmek de ancak sizin aklınıza gelirdi."

Kawahara ışığa doğru yürüdüğünde nefretimin gücü bir anda yükselip içimi kapladı. Reileen Kawahara, Avustralya'nın batısındaki Fission City'nin kirli varoşlarında doğduğu için böbürlenip dururdu ama bu doğruysa da, uzun süre önce köklerine tamamen arkasında bırakmıştı. Karşımda duran kadının dansçıları andıran vücudu, hormonal bir karşılık beklemeden çekici olabilen bir dengeye sahipti. Yüzü peri kızlarını andırıyordu ve bakışları zekiydi. Pekin'de de bu kılıfı giyiyordu. Kültürlüydü ve herhangi bir implantı yoktu. Tertemiz bir organizmaydı ve sanat eseri kadar güzeldi. Üzerinde siyah bir giysi vardı. Lale yapraklı eteği, dizlerinin altına kadar iniyordu ve ipek bluzu karanlık sular gibi gövdesini kaplıyordu. Ayakkabıları uzay terliğini andırıyordu ama mütevazı bir topuğu vardı. Kumral saçları kısaydı ve ince kemikli yüzünün arkasından toplanmıştı. Seksi yatırım fonu reklamlarında oynayan mankenlere benziyordu.

"Güç, genelde gömülür," dedi. "Harlan'daki Protektoranın yer altı sığınaklarını bir düşünün. Ya da Kordiplomatik'in sizi kendilerine göre şekillendirirken sakladığı mağaraları. Kontrolün özü, ortalıktan kaybolmaktır. Öyle değil mi?"

"Geçen hafta nasıl yaka paça götürüldüğüme bakarsak, size hak verebilirim. Konuşmanız bitti mi?"

"Evet." Kawahara, karanlığın içinde, bir turist gibi tavanı izleyerek gezen Trepp'e baktı. Etrafta oturacak bir yer aradıysam da bulamadım. "Sizi Laurens Bancroft'a tavsiye ettiğimden mutlaka haberdarsınızdır."

"Evet, bundan bahsetmişti."

"Oteliniz bu kadar psikotik olmasaydı, işler bu kadar çığırından çıkmazdı. Bu konuşmayı bir hafta önce yapabilir, herkesi gereksiz bir acıdan kurtarmış olabilirdik. Kadmin'in size zarar vermesini istemezdim. Ona verilen talimatlar gereği sizi buraya sağ salim getirmesi gerekiyordu."

"Programda bir değişiklik oldu," dedim, alanın en dibine doğru yürürken. "Kadmin talimatlarınıza uymuyor. Bu sabah beni öldürmeye kalktı."

Kawahara öfkelenmişti. "Bunu biliyorum. Sizi buraya getirmemizin nedeni de bu."

"Onu görevden aldınız mı?"

"Evet, elbette."

"Oklarını size doğru mu çevirecekti?"

"Keith Rutherford'a gözaltındayken en faydalı şekilde görevlendirilmediğini söylemiş. Böyle bir pozisyondayken benimle olan sözleşmesini onurlandırmak zor olacakmış."

"Akıllıca."

"Değil. Ben sofistike uzlaşmalara hiç dayanamam. Ona yeniden yatırım yapmamızı hak ettiğini düşünmüştüm."

"Siz de beni kullandınız, onu çekip aldınız ve yeniden kılıf için Carnage'a gönderdiniz, öyle mi?" Ceplerimi karıştırıp Ortega'nın sigarasını buldum. Bazilikanın alacakaranlığında, bu tanıdık paket başka bir yerden gelen kartpostallara benziyordu. "Biz oraya vardığımızda *Panama Rose*'un ikinci dövüşçüsünü devredışı bırakmamasına şaşmamalı. Muhtemelen Kadmin'in kılıf işlemini daha yeni bitirmişti. O pislik, Tanrı'nın Şehidi olarak ortaya çıkıverdi."

"Siz kruvazöre binerken çıktı ortaya," dedi Kawahara. "İşçiymiş gibi davrandı ve siz de onun yanından geçip gittiniz. Burada sigara içmemenizi tercih ederdim."

"Kawahara, ben de sizin iç kanamadan ölmenizi tercih ederdim ama beni sigara içmemeye zorlayamazsınız." Sigaramı ateşleme yamasına sürterek onu canlandırdım. Aklıma ringde diz çöken adam gelmişti. Yavaş yavaş hatırlamaya başladım. Dövüş arenası gemisinin güvertesindeydim ve ölüm zeminine çizilen resme bakıyordum. Çizen kişi, yanından geçerken başını kaldırıp bize bakmıştı. Evet, gülümsemişti bile. Yüzümü ekşittim.

"Bu durumdaki bir adam için biraz kaba davranıyorsunuz," dedi Reileen. Sesindeki öfkeyi duyabiliyordum. Kendini kontrol edebilen bir kadın olmasına rağmen, konu saygısızlık olunca Bancroft'tan, General MacIntrye'dan ya da görüştüğüm herhangi başka bir güçlü yaratıktan daha becerikli değildi. "Hayatınız tehlikede ve ben sizi kurtarabilirim."

"Hayatım daha önceden de tehlikedeydi," dedim. "Bunun nedeni de, sizin gibi pisliklerin gerçeklerin nasıl işlemesi gerektiğine dair önemli kararlar almaya can atmasıdır. Kadmin'in bana fazlaca yaklaşmasına izin verdiniz. Muhtemelen bu iş için o lanet sanal lokalizatörü kullandı."

"Sizi alıp getirmesi için," dedi Kawahara dişlerini sıkarak, "onu ben yolladım. Ama yine itaatsizlik etti."

"Vay canına." Refleks olarak omzumdaki yaraya dokundum. "O halde neden bir dahaki sefere daha iyi bir iş çıkaracağınıza inanayım?"

"Çünkü bunu başarabileceğimi biliyorsunuz." Kawahara, gri klonlara çarpmamak için başını eğerek salonun ortasına doğru yürüdü. Yüzü öfkeden kıpkırmızı olmuştu. "Ben bu güneş sistemindeki en güçlü yedi insandan biriyim. BM kumandanının uğruna canını vereceği güçlere sahibim."

"Reileen, Sullivan'ı takip etmeseydiniz beni bulamayacaktınız bile. Kadmin'i nasıl bulacağınızı sanıyorsunuz acaba?"

"Kovacs, Kovacs." Titrek bir kahkaha attı. Gözlerimi oymamak için kendini zor tutuyor gibi bir hali vardı. "Birini takip etmeye başlarsam, Dünya'nın herhangi bir şehrin sokaklarında neler olabileceğine dair bir fikriniz var mı? Sizi hemen şuracıkta öldürmenin ne kadar kolay olabileceğine dair bir *fikriniz* var mı peki?"

Sigaramdan derin bir nefes çektim ve dumanı yüzüne üfledim.

"Sadık uşağınız Trepp'in de en fazla on dakika önce söylediği gibi, beni öldürmek için buraya neden getiresiniz ki? Benden istediğiniz bir şey var. Nedir o?"

Burnundan uzun bir nefes aldı. Yüz ifadesinden az da olsa sakinleştiğini görebiliyordum. İki adım geri giderek aramıza mesafe koydu.

"Haklısınız Kovacs. Sizi canlı istiyorum. Şu anda ortadan kaybolursanız, Bancroft'a yanlış mesaj ulaşır."

"Ya da doğru mesaj." Ayaklarımın altındaki taşa oyulmuş harflere baktım. "Onu öldürdünüz mü?"

"Hayır." Kawahara'nın keyfi yerine gelmiş gibiydi. "Kendi kendini öldürdü."

"Evet, doğru."

"İnanıp inanmamanız umurumda değil Kovacs. Benim sizden istediğim, soruşturmayı bir sona erdirmeniz. Temiz bir sona."

"Başaracağımı nereden biliyorsunuz?"

"Umurumda bile değil. Bir şeylerin yapın. Sonuçta siz bir Kordiplomatiksiniz. Onu ikna edin. Ona polisin kararının doğru olduğunu söyleyin. Mecbur kalırsanız bir suçlu bulun." Yüzünde ince bir gülümseme belirdi. "Kendimi bu kategoriye dahil etmiyorum."

"Eğer onu siz öldürmediyseniz, eğer kendi beynini kendi uçurduysa, neden olacakları bu kadar umursuyorsunuz? Bundaki çıkarınız ne?"

"Konumuz bu değil."

Yavaşça başımı salladım. "Bu temiz sonun karşılığında ne alacağım?"

"Yüz bin dolar dışında mı?" Kawahara alaycı bir şekilde başını eğdi. "Peki, diğerlerinin size epey cömert bir teklifte bulunduğunu biliyorum. Bana gelince... ben Kadmin'i sizden uzak tutacağım. Bedeli ne olursa olsun."

Ayaklarımın altındaki harflere bakıp söylediklerini eni konu düşündüm.

"Francisco Franca," dedi Kawahara, yerde yazılanları okumaya çalıştığımı sanarak. "Çok eski ve önemsiz bir zorba. Burayı o yaptırdı."

"Trepp, buranın Katoliklere ait olduğunu söylemişti."

Kawahara omuzlarını silkti. "Din sanrıları gören önemsiz bir zorba. Katolikler zorbalıktan iyi anlar. Kültürlerinde var."

Etrafıma bakınıp güvenlik robotlarını aradım. "Evet, öyle gibi. Şunu bir açıklığa kavuşturalım: En başta peşime taktığınız Kadmin'i başımdan defetme karşılığında Bancroft'u satmamı istiyorsunuz, öyle mi?"

"Evet, öyle de diyebiliriz."

Ciğerlerimi doldurarak son bir nefes çektim ve dumanın tadına vararak üfledim.

"Canınız cehenneme Kawahara." Sigaramı oymalı zemine atıp topuğumla söndürdüm. "Kadmin konusunda risk alacağım ve Bancroft'a onu muhtemelen sizin öldürdüğünüzü söyleyeceğim. Şimdi beni öldürmeyeceğinizden emin misiniz?"

Silahımın kabzasını tutmak için yanıp tutuşan ellerimi iki yana açtım. Kawahara'nın boğazına üç Nemex kurşunu saplayabilir, daha sonra silahı kendi ağzıma sokup kendi belleğimi parçalayabilirdim. Kawahara'nın nasıl olsa uzaktan bir bağlantısı vardı ama umurumda değildi. Yeri geldiğinde karar almayı bilmek gerekiyordu.

Her şey daha kötü de olabilirdi. Innenin'de olabilirdim mesela.

Kawahara başını pişmanlık içinde iki yana salladı. Gülümsüyordu. "Hep aynısın. Kuru gürültü ve boş bir öfkeyle dolu. Romantik nihilizm. Pekin'den beri *hiçbir şey* öğrenemedin mi?"

"Öyle yozlaşmış arenalar vardır ki, mümkün olan *tek temiz hareket, nihilist davranmaktır.*"

"Ah, bu Quell'in bir sözü, değil mi? Ben Shakespeare'i tercih ederim ama sömürge kültürünün o kadar geriye dayandığını sanmıyorum." Hâlâ gülümsüyordu ve sahneye çıkmaya hazır bir dansçı gibi duruyordu. Bir an, gerçekten de, başımızın üzerindeki kubbenin hoparlörlerinden yayılan berbat ritimle dans edeceğini sandım.

"Takeshi, her şeyin böylesi yavan bir basitlikle çözülebileceği fikrine nereden kapıldınız? Kordiplomatiklerden olduğunu sanmıyorum. Newpest çetelerinden mi yoksa? Yoksa çocukken babanın size attığı dayaklardan mı? Bana bir şeyleri dayatabileceğinize gerçekten inandınız mı? Bu konuşmadan elim boş döneceğime inandınız mı? Bir düşünün. Beni tanıyorsunuz. Bunun gerçekten bu kadar kolay olabileceğine inandınız mı?"

İçimdeki nörokimya adeta fokurduyordu. Tıpkı atlama izni bekleyen bir paraşütçü gibi kendimi tuttum.

"Pekâlâ," dedim sadece. "Beni ikna edin."

"Seve seve." Kawahara, siyah gömleğinin göğüs cebinden küçük bir holodosya çıkararak tırnağıyla etkin hale getirdi. Görüntüler açılmaya başlayınca cihazı bana verdi. "Ayrıntıların çoğu kanunlara uygun ama elbette taç noktalarını da tanıyacaksınızdır."

Küçük ışık küresini, sanki zehirli bir çiçekmiş gibi aldım. O sırada bir isim belirdi:

–Sarah Sachilowska–

–ve sonrasında sözleşme terminolojisi, üzerime yıkılan bir bina gibi yavaş çekimde belirdi.

–özel depoda–

–sanal gözaltı koşulu–

–sınırsız süre–

–BM'de görüşülecek bir konu–

–Bay City adalet kompleksinin yetkisi altında–

Neler olup bittiğini anlamıştım. Elime fırsat geçmişken Sullivan'ı öldürmem gerekirdi.

"On gün," dedi Kawahara, tepkilerimi yakından izleyerek. "Bancroft'u soruşturmanın bittiğine dair ikna etmeniz gereken süre. Sonrasında Sachilowska, kliniklerimden birinde sanal görüşmeye girecek. Orada sanal soruşturma yazılımlarının en yenileri var ve ben de herkese önayak olup olmadığını kişisel olarak kontrol edeceğim."

Holodosya, ufak bir çatırtı çıkararak mermer zemine düştü. Dişlerimi sıkarak Kawahara'ya döndüm. Şu ana kadar aldığım herhangi bir eğitimle uzaktan yakından ilgisi olmayan birtakım sesler çıkarıyordum. Ellerimi pençe gibi açtım. Kanının tadını tahmin edebiliyordum.

Daha yolu yarılamamışken, bir silahın soğuk namlusunu ensemde hissettim.

"Hiç tavsiye etmem," diye fısıldadı Trepp, kulağıma.

Kawahara yanıma geldi. "Bancroft, sömürge depolarındaki belalı suçluları satın alabilen tek kişi değil. Kanagawa adalet kompleksindekiler, iki gün sonra onlara Sachilowska'nın teklifiyle geldiğimde çok sevindi. Eğer başka bir dünyadan geldiyseniz, geri dönecek kadar paranızın olmasının çok düşük bir ihtimal olduğunu düşünürler. Sizden kurtulmak için para almaları, gerçek olamayacak kadar güzel bir şey. Bunun yeni bir trendin başlangıcı olduğu umudunu taşıdıklarını düşünüyorum." Düşünceli gözlerle ceketimin yakasına dokundu. "Şu anda sanal pazarının, başlamaya değer bir trend olduğunu da söylemeden edemeyeceğim."

Gözüm kuvvetli bir şekilde seğirmeye başladı.

"Seni öldüreceğim," diye mırıldandım. "O iğrenç kalbini söküp yiyeceğim. Burayı başına yıkacağım..."

Kawahara, yüzlerimiz birbirine değecek kadar bana yaklaştı. Nefesinde hafif bir nane ve mercanköşk kokusu vardı. "Hayır, bunu yapamazsın," dedi. "Benim söylediklerimi yapacaksın ve bunu on gün içinde yapacaksın. Aksi takdirde, dostun Sachilowska cehennemi boylayacak."

Geriye doğru çekilip ellerini kaldırdı. "Kovacs, sadist olmadığım için Harlan'daki tanrılara şükretmelisiniz. Ben size bir seçenek tanıyorum. Sachilowska'nın yaşayacağı acının süresini de tartışabiliriz. Yani şu anda buna başlayabilirim ben. Belki bu, bu işe sıkıca tutunmanız için sizi tetikler. Çoğu sanal sistemde on gün, üç dört seneye tekabül ediyor. Wei Klinik'e gittiniz; sizce buna üç sene dayanabilir mi? Bence büyük ihtimalle delirir. Sizce?"

Nefretime hâkim olmak için çok çaba sarf etmem gerekmişti. Göğsüm yırtılacak gibiydi. Zar zor bir şeyler geveledim.

"Sözleşme şartları ne? Onun serbest bırakılacağını nereden bileceğim?"

"Size söz veriyorum," dedi Kawahara. "Geçmişte de sözümün ne kadar geçerli olduğuna dair tecrübeleriniz oldu."

Yavaşça başımı salladım.

"Bancroft dosyanın kapandığını kabul edince ve siz de ortadan kaybolunca, cezasını tamamlamak üzere Sachilowska'yı Harlan'a göndereceğim." Kawahara, yere düşürdüğüm holodosyayı aldı. Birkaç kez parmağıyla ustaca dokunarak sayfaları çevirdi. "Gördüğünüz gibi sözleşmede bir iptal maddesi var. Elbette ödenen ücretin büyük bir kısmını kaybedeceğim ama buna hazırım." Hafifçe gülümsedi. "Ama lütfen iptal maddesinin her iki taraf için de geçerli olduğunu aklınızdan çıkarmayın. Sarah'yı istediğim zaman yeniden satın alabilirim. Bir süre saklandıktan sonra Bancroft'un kollarına koşmak gibi bir planınız varsa, lütfen bu planınızdan derhal vazgeçin. Bu, kazanamayacağınız bir el."

Ensemdeki silah uzaklaştı ve Trepp geri çekildi. Nörokimya, beni belden aşağısı felçliler için geliştirilmiş özel bir giysi gibi ayakta tutuyordu. Uyuşuk gözlerle Kawahara'ya baktım.

"Bütün bunları ne bok yemeye yapıyorsunuz ki?" diye fısıldadım. "Madem Bancroft'un gerçekleri öğrenmesini istemiyorsunuz, beni neden bu işin içine dahil ediyorsunuz?"

"Çünkü siz bir Elçi'siniz Kovacs." Kawahara, bir çocukla konuşur gibi sessizce konuşuyordu. "Çünkü Laurens Bancroft'u kendi kendini öldürdüğüne ikna edebilecek biri varsa, o da sizsiniz. Çünkü bir sonraki adımını öngörebilecek kadar iyi tanıyorum sizi. Siz bu dünyaya gelir gelmez yanıma getirilmeniz için her şeyi ayarladım ama otel her şeyi bozdu. Tesadüfler sizi Wei Klinik'e getirdiğinde ise sizi buraya getirtmek için yeniden çabalamaya başladım."

"Wei Klinik'ten kendi imkanlarımla çıktım."

"Ah, tabii. Şu biyokorsan hikâyeniz. Gerçekten şu ikinci sınıf deli saçmasına inandıklarını düşünüyor musunuz? Mantıklı olan Kovacs. Bu sizi belki birkaç adım öne taşımış olabilir ama klinikten sağ salim çıkabilmenizin tek nedeni, onlardan sizi buraya göndermelerini istememdi." Reileen omuzlarını silkti. "Ama siz kaçtığınız konusunda ısrar ediyorsunuz. Zor bir hafta oldu ve diğerlerini suçladığım kadar kendimi de suçluyorum. Faresinin labirentini doğru tasarlayamamış bir davranışçı gibi hissediyorum."

"Pekâlâ." Titrediğimi fark ettim. "İstediğinizi yapacağım."

"Evet. Elbette yapacaksınız."

Söyleyecek başka bir şey bulamadım ve artık direnecek gücüm kalmadığını hissettim. Bazilikanın soğuğu kemiklerime işlemişti.

Ürpertimi bastırıp arkama döndüm. Trepp, benimle gelmek için sessizce yanıma doğru yürüdü. Yaklaşık on adım atmıştık ki, Kawahara arkamdan seslendi.

"Ah, Kovacs..."

Sanki bir rüyadaymışım gibi arkama döndüm. Gülümsüyordu.

"Eğer bu işi temiz ve hızlı bir şekilde hallederseniz, size avans öderim. Bir nevi teşvik primi diyebiliriz. Pazarlığa açık. Trepp size iletişim numaramı verir."

Yeniden önüme döndüm. Innenin'in dumanı tüten yıkıntılarından beri bu kadar uyuştuğumu hatırlamıyordum. Trepp'in omzuma dokunduğunu hayal meyal hatırlıyorum.

"Hadi," dedi dostane bir tavırla. "Buradan çıkalım."

Yürek yaralayıcı mimarinin ve kibirle gülümseyen kukuletalı gardiyanların arasından sıyrıldık. Kawahara'nın gri rahimli klonlarının içinden, yüzünde aynı kibirli gülümsemeyle beni izlediğini tahmin edebiliyordum. Sanki o salondan çıkmamız yüzyıllar sürmüş gibiydi. Koca çelik kapı açılıp nihayet dış dünyayla buluştuğumuzda içeri süzülen ışığın beraberinde getirdiği canlılığı, boğulmaktan son anda kurtarılan bir adam gibi içime çektim. Bazilika gözüme bir anda, yukarı doğru yüzerek güneşe kavuşmaya çalıştığım dikey bir okyanus gibi görünmüştü. Gölgelerden kurtulduğumuzda, vücudum sıcağı bir hediye gibi kabullendi. Ürperti de yavaş yavaş içimi terk ediyordu.

Ama haçın gücü altında yürürken, bazilikanın varlığını hâlâ enseme dokunan soğuk bir el gibi hissedebiliyordum.

YİRMİ ALTINCI BÖLÜM

O gece çok bulanıktı. Hatırlamak için kendimi zorladığımda, Kordiplomatik yeteneklerime rağmen, aklıma gelenler yalnızca bölük pörçük sahnelerdi.

Trepp, geceyi şehirde geçirmek istemişti. Avrupa'nın en iyi gece hayatının burnumuzun dibinde olduğunu ve bütün doğru adresleri bildiğini söylemişti.

Düşüncelerimi durdurabilmek istiyordum.

Geceye, telaffuzunu bir türlü beceremediğim bir sokaktaki otelle başladık. Gözlerimizin beyazında tetrametten bir analog parlıyordu. Pencere kenarındaki koltuğa oturdum ve Trepp'in bana enjeksiyon yapmasına izin verdim. Sarah'yı, Millsport'taki odayı ve hatta tüm olan biteni aklımdan çıkarmaya çalışıyordum. Dışarıdaki iki tonlu holografiklerden, Trepp'in işine odaklandığını belli eden yüz hatlarını kırmızı ve tunç gölgelerine boğuyordu. Trepp, anlaşmayı mühürlemekle meşgul bir şeytana benziyordu. Tetramet sinapslarımda hızla yol alırken, algımın köşelerinin sinsice açıldığını hissettim. Enjeksiyon sırası bana geldiğinde, Trepp'in geometrik yüzünde neredeyse kayboldum. Bu çok iyi bir tetrametti...

Duvarlarda Hıristiyan cehennemini resmeden tablolar vardı ve alevler çığlık atan çıplak günahkârları dövüyordu. Odanın bir duvarındaki figürler, duman ve gürültüyle dolu bir barın müdavimlerine benziyordu. Dönen platformda dans eden bir kız vardı. Siyah camdan bir taçyaprak, platformun çevresinde dönüyordu ve seyircilerle dansçı kızın arasından her geçişinde, kız bir anda kayboluyor, onun yerinde dans ederken bir yandan da sırıtan bir iskelet beliriyordu.

"Buranın adı Her Canlı Çürüyecektir," diye bağırdı Trepp, kalabalığın içine girmeye çalışırken. Önce kızı, sonra parmaklarındaki siyah cam yüzükleri işaret etti. "Bu fikir aklıma burada gelmişti. Harika bir şey değil mi?"

Hemen içkilerimizi aldım.

İnsanoğlu, bir yıl boyunca cennetin ve cehennemin hayalini kurdu. Yaşamın ya da ölümün sınırlarıyla azalmamış ya da kısaltılmamış zevk ya da sonsuz acı. Sanal evrenler sayesinde bu fanteziler artık gerçeğe döndü. Tek ihtiyaç, bir endüstri jeneratörü. Cehennemi –ve cenneti– *dünyaya taşıdık.*

"Kulağa biraz epik geliyor. Angin Chandra'nın halka yaptığı veda konuşması gibi," diye bağırdı Trepp gürültünün içinde. "Ama ne demek istediğinizi anlıyorum."

Aklımdan geçen kelimeler dudaklarımdan da dökülüveriyordu. Eğer bu birinin sözlerinden alıntıysa bile, kimin olduğunu bilmiyordum. Quellizmle ilgisi olmadığı kesindi; o, bu tarz konuşmalar yapanları tokatlardı.

"On gününüz var." Trepp bağırarak konuşmaya devam ediyordu.

Gerçeklik sallanır, alev renkli kütlelerin içinde akar. Müzik. Hareket ve kahkaha. Dişlerime değen kadehin kenarı. Trepp'e ait olduğunu düşündüğüm ve bacağıma değen sıcacık bir bacak. Ama dönüp baktığımda, bana sırıtan kadının uzun, kahverengi saçlı ve kırmızı dudaklı olduğunu görüyorum. Davetkâr bakışları, bana kısa süre önce gördüğüm bir şeyi hatırlatıyor...

Sokak manzarası:

Her iki tarafta da sıralı balkonlar vardı. Işığın ve sesin dili küçücük barlardan fırlayıp kaldırımları yalıyordu. Sokak insanlarla doluydu. Geçen hafta öldürdüğüm kadının yanında yürüyor, kediler hakkındaki sohbetimizi sürdürmeye çalışıyordum.

Unuttuğum bir şey vardı. Hafızamda silinip gitmeye yüz tutmuş bir şey.

Önemli bir ş...

"Böyle bir şeye inanıyor olamazsın," diye çıkıştı Trepp. Ya da o sırada, kafatasımın içinde kristalleştirdiğim düşünceler...

Bunu bilerek mi yapıyordu? Az önce kediler hakkında neye bu kadar yürekten inandığımı bile hatırlamıyordum.

Bir yerlerde dans ediyorduk.

Daha fazla met almış, bir sokağın köşesinde gözlerimizi kapayıp duvara yaslanmıştık. Biri yanımızdan geçerken bize seslendi. Gözlerimi aralayıp bakmaya çalıştım.

"Lanet olsun, kıpırdanmayı kesin Kovacs!"

"Ne dedi?"

Trepp, kaşlarını çatarak göz kapaklarımı kapadı.

"Çok güzel olduğumuzu söyledi. Lanet müptezel. Muhtemelen bizi soymanın peşindeydi."

Bir yerin ahşap panelli tuvaletindeydim ve aynadan kılıfımın yüzüne, sanki kendime karşı bir suç işlemişim gibi bakıyordum. Ya da yüzümün arkasından birinin çıkmasını bekliyormuşum gibi. Pislik içindeki metal lavaboya abanmıştım ve lavaboyu duvara sabitleyen epoksi şeritler ağırlığımla kopuverdi.

Ne kadar süredir orada olduğuma dair hiçbir fikrim yoktu.

Bu tuvaletin nerede olduğunu da bilmiyordum. Ya da bu gece kaç yere girip çıktığımızı da.

Bunların hiçbirinin bir önemi yoktu, çünkü...

Ayna, çerçevesine sığmıyordu. Yıldız şekilli merkezi tehlikeli bir şekilde sabitleyen plastik kenarlarda sivri çentikler vardı.

"Çok fazla kenar var," diye mırıldandım kendi kendime. "Hiçbir şey birbirine uymuyor."

Ettiğim bu sözler, kulağıma sıradan bir konuşmadaki tesadüfi ritim ve kafiye gibi anlamlı geliyordu. Bu aynayı tamir edebileceğimi hiç sanmıyordum. Denemeye kalkarsam parmaklarımı paramparça edebilirdim. Siktir ettim.

Ryker'ın yüzünü aynada bıraktım ve Trepp'in uzun fildişi piposunu içtiği mumlarla dolu masaya doğru yalpalayarak yürüdüm.

"Micky Nozawa? Ciddi misiniz?"

"Lanet olsun, evet." Trepp hararetli bir şekilde başını salladı. "*Filonun Yumruğu*, değil mi? En azından dört kez izlemişimdir. New York'un film zincirlerine çok fazla sömürge filmi geliyor. Arada oldukça güzel şeyler çıkıyor. Zıpkıncıyı uçan tekmeyle yere serdiği sahne mesela. İliklerinize kadar hissediyorsunuz. Çok güzel. Şiir gibi. Gençlik dönemlerinde holopornolarda oynadığını biliyor muydunuz?"

"Saçmalık bu. Micky Nozawa hiç pornoda oynamadı. Buna ihtiyacı olmadı."

"İhtiyacı olduğunu kim söyledi ki? Takıldığı o aptal kızlarla ben bedavaya takılırdım."

"Saçma. Lık."

"Çok ciddiyim. O Kafkasyalı burnu ve gözleri olan kılıfla yaşadığı zamanlar... kruvazör kazasından sonra kılıfı değişmişti. Kariyerinin henüz başındaydı."

Duvarlarında ve tavanında absürt müzik aletlerinin asılı olduğu, barın ardındaki rafların antika şişelerle, heykelciklerle ve başka saçma nesnelerle dolu olduğu bir bar vardı. Gürültü seviyesi diğerlerine kıyasla daha alçaktı ve sistemime fazla zarar vermediğini hissettiğim bir şey içiyordum. Havada hafif misk kokusu, masalarda ise şekerlemeyle dolu küçük tepsiler vardı.

"Bunu neden yapıyorsunuz?"

"Neyi?" Trepp, başını sersem gibi iki yana salladı. "Neden mi kedi besliyorum? Ben kedileri çok..."

"Neden o lanet Kawahara için çalışıyorsunuz? O lanet bir kürtaj kazıntısından başka bir şey değil. Kendi belleğini bile hak etmeyen pis bir Met. Neden onunla..."

Trepp bir anda kolumu tuttu. Bana şiddet uygulayacağını düşündüm. Nörokimya hemen devreye girdi.

Ama Trepp kolumu tutup şefkatli bir şekilde omuzlarına doladı ve yüzümü kendine doğru çekti. Baykuş gibi gözlerini kırpıştırıyordu.

"Beni dinleyin."

Uzun bir sessizlik oldu. Trepp kaşlarını çattı, kadehinden büyük bir yudum aldı ve abartılı bir titizlikle masaya geri koydu. Parmağını bana doğru salladı.

"Yargılanmak istemiyorsanız yargılamayın," dedi.

Şimdi de yokuşlu bir sokaktaydık. Yürümek burada daha kolaydı.

Yıldızlar gökyüzünü süslüyordu ve Bay City'dekinden çok daha parlaklardı. Seyretmek için durdum ve Tek Boynuzlu At'ı bulmaya çalıştım.

Bir tuhaflık vardı.

Bildiğim hiçbir şeyi göremiyordum. Kollarımın iç kısmından soğuk terler boşandı. Aniden ateş, dışarıdan gelen bir donanmaya dönüştü. Sanki gezegeni bombalamaya gelmişti. Marslılar geri dönmüştü. Gökyüzündeki ağır hareketlerini görebiliyordum...

"Hop!" Trepp, tam düşeceğim sırada kahkaha atarak beni yakaladı. "Nereye bakıyorsun çekirge?"

Bu, benim gökyüzüm değildi.

Her şey kötüye gidiyor.

Başka bir tuvaletteydim. Burası insanın gözlerini kamaştıracak kadar aydınlık. Trepp'in verdiği tozu burnuma çekmeye çalışıyorum. Genzim kupkuru oldu ve çektiğim toz geri düşüyor. Sanki vücudum artık isyan ediyor. Arkamdaki kabinde biri sifonu çekiyor. Kocaman bir aynaya bakıyorum.

Kabinden Jimm de Soto çıkıyor. Savaş sonrası nevrozunda ve Innenin çamuruna bulanmış. Tuvaletin ışığında yüzü çok kötü görünüyor.

"İyi misin dostum?"

"İdare eder." Yanmaya başlayan burnumun içini kaşıyorum. "Ya sen?"

Elini, "Fena değil," der gibi sallıyor ve aynaya doğru ilerleyip yanımda duruyor. Lavaboya doğru uzandığında ışığa duyarlı musluk giderdeki girdabın içine akmaya başlıyor. Dibimdeki varlığını hissedebilsem de aynadan bana baktığı için yanıma dönemiyorum.

"Bu bir rüya mı?"

Omuzlarını silkiyor ve ellerini yıkamaya devam ediyor. "Bu, eşik," diyor."

"Neyin eşiği?"

"Her şeyin." İfadesinden bu açıkça anlaşılıyor.

"Seni yalnızca rüyalarımda gördüğümü sanıyordum," diyorum, ellerine bakarak. Ellerinde bir tuhaflık var; Jimmy ne kadar yıkarsa yıkasın, altından yine kir çıkıyor. Lavabo kir içinde.

"Bu da bir yöntem dostum. Rüyalar, yüksek baskı altında görülen halüsinasyonlar ya da beyni uyuşturmak. Hepsi bir eşik. Gerçekteki çatlaklar. Benim gibi aptalların sonunun geldiği yer."

"Jimmy, sen ölüsün. Sana bunu söylemekten yoruldum."

"Ha ha." Başını iki yana sallıyor. "Ama bana ulaşmak için o çatlaklardan içeri sızman gerek."

Lavabodaki kan banyosu ve çamur inceliyor. Tüm bu pislik giderden akıp gittikten sonra Jimmy'nin de gideceğini anlıyorum.

"Söylediğin şey..."

Başını kederle iki yana sallıyor. "Bu, şu an düşünmek için fazla karmaşık. Gerçeği kaydedebildiğimiz için ona dokunduğumuzu sanabilirsin. Ama daha fazlası var dostum. Daha fazlası."

"Jimmy," diyorum ve elimi çaresizce sallıyorum. "Ben ne bok yiyeceğim?"

Lavabodan uzaklaşıyor ve enkaza dönmüş yüzü gülümsüyor.

"Viral Saldırı," diyor. Kumsalda attığım o çığlığı hatırlayınca buz kesiyorum. "O orospu çocuğunu hatırlıyor musun?"

Ellerini birbirine vurup kurulayarak, tıpkı bir sihir gibi ortadan kayboluyor.

"Bakın," dedi Trepp mantıklı bir sesle. "Kadmin'in yapay zekâ kılıfı giyebilmesi için tanka girmesi gerekti. Hayatta olduğunuzu öğrenmeden önce bu bilginin size yardımcı olacağını düşünüyorum."

"Eğer yeni bir kılıfın içinde değilse."

"Hayır. Bunu bir düşünün. Kawahara ile köprüleri yaktı. Artık bu tür işler için parası yok. Kendi başına ve peşinde Kawahara var. Seçenekleri kısıtlı. Sözleşme tarihinin sonlarına yaklaşıyor."

"Kawahara, beni baskı altında tutmak için onun dibinden ayrılmayacak."

"Evet." Trepp, sıkılgan bir tavırla içkisine baktı. "Olabilir."

Kablo ya da ona benzer bir ismi olan bir yer daha vardı. Duvarları renkli borularla ve bakır saçları andıran kablolarla kaplıydı. Barda, ince ve ölümcül görünen, ucunda gümüşten mini jakları olan kabloların süslediği kancalar vardı. Barın üzerindeki kocaman holografik jak ve priz, mekânı su gibi dolduran müzikle uyumluydu. Parçalar, bazen cinsel uzuvlara dönüşüyor gibiydi ama bu tetrametin etkisi olabilirdi.

Barda oturuyordum ve dirseğimin dibindeki kül tablasında tatlı bir şey için için yanıyordu. Ciğerlerimdeki ve boğazımdaki vıcık hisse bakacak olursam, bunu ben içiyordum. Bar kalabalıktı ama içimi yalnızlık hissi kaplamıştı.

Her iki tarafımdaki diğer müşteriler ince kablolara bağlıydı. Yaralı görünen gözkapaklarının altındaki gözleri ışıldıyordu ve dudaklarında hafif bir tebessüm vardı. O müşterilerden biri de Trepp'ti.

Tek başımaydım.

Zihnim sanki bana oyunlar oynuyordu. Sigaramı alıp içime çektim. Şimdi düşünmenin sırası değildi.

Şimdi...

Viral Saldırı zamanıydı!!!

...düşünmenin sırası değildi.

Innenin'in enkazının rüyalarımda yanımda yürüyen Jimmy'nin botlarının altında ezildiği gibi, bu sokaklar da benim ayaklarımın altında eziliyordu. *Demek ki böyle oluyor.*

Kırmızı dudaklı kadın...

Belki sende böyle olmaz...

Ne? Ne???

Jak ve priz.

Sana bir şey söylemeye...

Zamanı değil...

Zamanı...

Değil...

Ve kaybolup gitti. Tıpkı girdaptaki su gibi. Tıpkı Jimmy'nin ellerinden lavabonun giderine akan çamur ve kan çorbası gibi...

Yine gitti.

Ama tıpkı şafaktan kaçılmadığı gibi düşüncelerden de kaçılmıyordu. Ve bu düşünceler, tıpkı şafak gibi, beni pis bir denize inen beyaz taş basamaklarda yakaladı. Görkemli yapı gitgide arkamızda kaldı. Hızla yayılan karanlığın içinde, suyun uzak yakasındaki ağaçları görebiliyordum. Parktaydık.

Trepp omzuma yaslandı ve bana yanık bir sigara verdi. Sigarayı refleks olarak hemen aldım ve gevşemiş dudaklarımın arasına götürüp bir fırt çektim. Trepp yanıma çömelip oturdu. Ayaklarımın dibinden kocaman bir balık geçti. Tepki vermeyecek kadar bitkindim.

"Salak," dedi Trepp ilgisiz bir şekilde.

"Sensin."

Küçük sohbetimiz suya karışıp kayboldu.

"Ağrı kesiciye ihtiyacın olacak mı?"

"Muhtemelen." Başım ağrıyordu. "Evet."

Tek kelime etmeden rengarenk kapsüller verdi.

"Ne yapacaksın?"

Omuzlarımı silktim. "Geri döneceğim. Bana söyleneni yapacağım."

DÖRDÜNCÜ KISIM

İKNA

(Viral Saldırı)

YİRMİ YEDİNCİ BÖLÜM

Havaalanından gelirken üç kez taksi değiştirdim ve her birine nakit ödeme yaptıktan sonra Oakland'da geceyi geçireceğim ucuz bir pansiyondan oda ayırttım. Beni elektronik yöntemlerle takip eden biri varsa, hızıma yetişmekte zorlanıyor olurdu ve takip edilmediğimden de emindim. Bu küçük bir paranoya gibiydi. Sonuçta artık kötü çocuklar için çalışıyordum ve onların beni takip etmesine gerek yoktu. Ama Bay City terminalinden ayrılırken beni gören Trepp'in imalı bir şekilde *arayı açmayalım* deyişinden pek hoşlanmamıştım. Hem daha ne yapacağımı da bilmiyordum ve bu yüzden kimsenin de bunu bilmesini istemiyordum.

Pansiyon odasında yedi yüz seksen altı kanal vardı. Kapalı ekranda, holoporno ve yerel kanalların canlı renkli reklamı dönüyordu. Bunların dışında, dezenfektan kokan ve kendi kendini temizleyen çift kişilik bir yatakta bir zamanlar sabitlendiği duvardan ayrılmaya başlayan bir duş teknesi vardı. Odadaki tek ve kirli pencereden dışarı baktım. Bay City'de gece yarısı olmuştu ve incecik bir yağmur yağıyordu. Ortega ile olan sürenin sonuna geliyordum.

Pencere, yaklaşık on metre aşağıdaki eğimli, fiberbeton çatıya açılıyordu. Sokak daha da aşağıdaydı. Yukarıdaki Budist tapınağını andıran çatı, alttaki çatıyı ve uzun saçağın altındaki sokağı gölgeliyordu. Burası saklı bir alandı. Bir an düşündükten sonra Trepp'in içki sersemliği için verdiği kapsüllerden sonuncusunu folyodan çıkardım ve yuttum. Daha sonra elimden geldiğince sessiz bir şekilde pencereyi açtım ve dışarı atlayarak parmaklarımla aşağıdaki çerçeveye tutundum. Aşağı doğru uzandığımda, hâlâ düşecek sekiz metrem vardı.

İlkelleş. İlkellik adına yapabileceğim tek şey, gecenin bir yarısı otel pencerelerinden dışarı atlamaktı.

Çatının, göründüğü kadar dayanıklı olduğunu umut ederek çerçeveyi bıraktım.

Eğimli yüzeye çarparak yuvarlandım ve aniden bacaklarımın yeniden boşlukta sallandığını fark ettim. Yüzey sertti ama taze bellaflor kadar kaygandı. Hızla kenara doğru kaydığım sırada çatının keskin kenarına tutunmayı başardım.

Sokağa inmeme on metre kalmıştı. Çatının kenarı avucumu kesiyordu. Bir süre öylece asılı durdum ve yere inişime çöp tenekesi ya da park halindeki araçlar gibi bir engel olup olmadığını görmeye çalıştım. Daha sonra kendimi bırakıp aşağıya düştüm. Kaldırıma sert bir şekilde çarptım ama neyse ki keskin bir şey yoktu. Yuvarlandığımda herhangi bir çöp tenekesiyle de karşılaşmamıştım. Ayağa kalktım ve en yakındaki gölgelere doğru yürüdüm.

On dakika ve birkaç sokak sonra bir taksi durağına vardım. Sırada bekleyen beşinci taksiye bindim ve havalanmaya başladığımızda Ortega'nın gizli kodunu söyledim.

"Kod not edildi. Tahmini yolculuk süresi, otuz beş dakika."

Körfez'e doğru yola çıktık ve denizin üzerinden geçtik.

Önceki geceden kesik kesik hatırladığım görüntüler, zihnimde umursamazca yapılmış bir balık çorbası gibi fokurduyordu. Yüzeyde sindirimi güç parçalar yüzüyor, hafızamın akıntılarına kapılıp yeniden dibe batıyordu. Trepp, Kablo'daki bardaydı, Jimmy de Soto kana bulanmış ellerini yıkıyordu, Ryker'ın yüzü aynadaki yıldızdan bana bakıyordu. Kawahara orada bir yerlerdeydi ve Bancroft'un ölümünün intihar olduğunu iddia ediyordu ama, tıpkı Ortega ve Bay City polisi gibi soruşturmanın sonlandırılmasını istiyordu. Miriam Bancroft ile olan sohbetimi bilen Kawahara, Laurens Bancroft ve Kadmin ile ilgili bir şeyler biliyordu.

İçki sersemliğinin kuyruğu, tıpkı bir akrep gibi, Trepp'in etkisini yavaş gösteren ağrı kesicileriyle savaşıyordu. Öldürdüğüm halde, hiçbir şey hatırlamadığı için yeniden hayata döndüğünde içinde en ufak bir kin barındırmayan mahcup bir Zen katili olan Trepp... Ona sorsam, böyle bir şey yaşamadığını söylerdi.

Laurens Bancroft'u kendi kendini öldürdüğüne ikna edebilecek biri varsa, o da sizsiniz.

Trepp, Kablo'daydı.

Viral Saldırı. O orospu çocuğunu hatırlıyor musun?

Suntouch House'ın balkonundaydık ve Bancroft gözlerimin içine bakmıştı. *Kendi canımı alacak bir adam değilim ben. Öyle olsaydım bile bu şekilde yapmazdım. Ölmeyi kafaya takmış olsaydım, şu an benimle konuşuyor olmazdınız.*

Daha sonra ne yapmam gerektiğine karar verdim.

Taksi alçalmaya başladı.

"Yerlere güvenmeyin," dedi makine gereksiz yere. "Lütfen dikkat edin."

Parayı yuvaya soktum. Kapı yukarı doğru açılınca Ortega'nın güvenli mekânını görmüş oldum: kısa, top metalinden bir iniş pisti vardı ve kenarları çelik bir küpeşteyle çevrilmişti. Denizle üzerindeki gökyüzü bulut ve yağmurla kararmıştı. Temkinli bir şekilde dışarı çıktım. Taksi uzaklaşırken en yakınımdaki tırabzana tutundum ve kısa süre içinde yağmura teslim oldum. Seyir ışıkları görünmez olunca, dikkatimi üzerinde durduğum gemiye verdim.

İniş pisti geminin kıç kısmındaydı ve küpeşteye tutunduğum yerden baktığımda geminin tamamını görebiliyordum. Yaklaşık yirmi metreydi ve Millsport'taki trol gemisinin üçte ikisi kadardı ama genişliği çok daha inceydi. Güverte modülleri, fırtınalara karşı sızdırmaz olarak tasarlanmıştı ama bu güzel görüntüsüne rağmen kullanılır durumda değildi. Hassas teleskopik direkleri, güverte boyunca iki yerde yükseliyordu ve pruvada keskin bir cıvadra vardı. bu bir yattı. Zengin bir adamın yüzen evi.

Güvertenin arka kısmındaki kapıdan ışık süzüldü ve Ortega iniş pistinden beni yanına çağırdı. Parmaklarımı sıkıca küpeşteye geçirerek geminin sallantısına karşı kendimi güvenli bir pozisyona soktum. Pistin kenarındaki basamaklardan yavaşça indikten sonra güvertenin arka kısmındaki kapıya vardım. Yağmur damlaları gemiye düşüyor, istemeye istemeye hızlanmama neden oluyordu.

Açık kapıdan sızan ışıkta daha dik basamaklar olduğunu gördüm ve sunulan sıcaklığın içindeki dar merdivenden indim. Kapı nazikçe kapandı.

"Nerede kaldınız?" diye çıkıştı Ortega.

Saçlarımdaki suyu kurulamaya çalıştıktan sonra etrafıma baktım. Eğer burası zengin bir adamın yüzen eviyse, söz konusu zengin adam uzun süredir buraya hiç uğramamış olmalıydı. Mobilyalar odanın bir köşesine yığılmış, yarı opak bir plastikle kaplanmıştı ve küçük barın rafları bomboştu. Pencerelerin üzerindeki kapakların hepsi kapalıydı. Odanın her iki yanındaki kapılar, benzer şekilde yığılmış eşyaların bulunduğu bir alana açılıyordu.

Her şeye rağmen yat, adeta servet kokuyordu. Plastiğin altındaki sandalye ve masaların ahşabı, bölme perdesi ve kapılarınki gibi koyu renkliydi. Ayaklarımın altındaki cilalı döşemeler halıyla süslenmişti. Dekorun geri kalan kısmı da aynı şekilde koyu renkliydi ve bölmelerin duvarlarında orijinal olduğunu düşündüğüm tablolar vardı. Bir tanesi Empatist ekoldendi ve günbatımında bir Mars tersanesinin enkazı resmedilmişti. Diğeri, okuyabilecek kadar kültürel bir altyapımın olmadığı soyut bir eserdi.

Ortega, tüm bu karmaşanın ortasında dikiliyordu. Saçları darmadağındı ve yattaki dolaptan yeni çıkardığını düşündüğüm ipek bir kimono giymişti.

"Uzun hikâye." En yakın kapıya doğru yürüyüp bir bakış attım. "Mutfak açık olsaydı kahve içerdim."

Yatak odasında büyük ve oval bir yatak, etrafında ise kocaman aynalar vardı. Zevkime hitap ettiğini pek söyleyemezdim. Dağınık örtüler aceleyle yatağın üzerine atılmış gibiydi. Tam diğer kapıya doğru yürüdüğüm sırada bana vurdu.

Sendeledim. Noddle restoranında Sullivan'a vurduğum kadar sert vurmasa da ayakta olması ona güç vermişti. Üstelik geminin sallantısıyla baş etmem gerekiyordu. İçki sersemliği için içtiğim kokteyl ve ağrı kesiciler bir işe yaramamıştı. Henüz yıkılmamıştım ama bu sona yaklaşıyordum. Yeniden dengemi sağladığımda elimi yanağıma götürdüm ve alev gibi kızaran elmacık kemikleriyle bana bakan Ortega'ya döndüm.

"Eğer sizi uyandırdıysam özür dilerim ama..."
"Pislik," dedi Ortega. "Yalancı pislik."
"Ben..."
"Sizi tutuklatmam gerekirdi Kovacs. Yaptıklarınız nedeniyle sizi depoya göndermem gerekirdi."
Kontrolümü kaybetmeye başlıyordum. "*Ne* yapmışım ki? Ortega, neler olduğunu anlatacak mısınız?"
"Bugün Hendrix'in hafızasına girdik," dedi Ortega soğuk bir ifadeyle. "Geçici yetki öğlen geldi. Bütün son hafta arşivlenmiş. Hepsine baktım."
Kelimeler dudaklarından döküldükçe içimdeki öfke hızla parlıyordu. Sanki başımdan aşağı bir kova deniz suyu boca etmişti.
"Ah."
"Evet, pek bir şey yoktu." Ortega, kimonosunun içindeki omuzlarına dokunarak arkasına döndü ve bir türlü yanına ulaşamadığım kapıya doğru ilerledi. "Şimdilik tek müşteri sizsiniz. O yüzden arşivlerde bir tek siz vardınız. Ve ziyaretçileriniz."
Arkasından giderek ikinci odaya girdim. Yerler halıyla kaplıydı ve iki basamak inince alçak ve ahşap panelli bir bölmeyle ayrılmış dar mutfağa geçiliyordu. Diğer duvarlar, birinci odanın duvarlarına benziyordu. Tek istisna, bir köşede duran ve üzeri plastikle kaplanmış bir buçuk metrelik bir ekrandı. Önünde bir sandalye duruyordu ve ekrandaki donmuş görüntü, Miriam Bancroft'un araladığı bacakları arasındaki Elias Ryker'a aitti.
"Sandalyede bir uzaktan kumanda var," dedi Ortega. "Size kahve hazırlarken siz de bir şeyler izleyebilirsiniz. Hafızanızı tazeleyin. Sonra bana bazı açıklamalar yapmanız gerekecek."
Cevap vermemi beklemeden mutfağın içinde kayboldu. Donmuş video ekranına doğru ilerlerken bağırsaklarımda bir hareketlenme hissettim. Ekrandaki bu görüntü, bana Füzyon 9'u hatırlatmıştı. Son bir buçuk günün uykusuz ve karmaşa dolu sarmalında Miriam Bancroft aklımdan tamamen uçup gitmişti. Ama şimdi, tıpkı o gece gibi ete ve kemiğe bürünmüş, yıkıcı ve zehirli suretiyle geri dönmüştü. Rodrigo Bautista'nın, Hendrix'in avukatlarıyla yasal prosedürleri neredeyse bitirdiklerini söylediğini de neredeyse unutmuştum.

Ayağım bir şeye çarpınca halıya baktım. Sandalyenin hemen yanında, yerde bir kahve kupası vardı ve çeyreği doluydu. Ortega'nın otelin arşivlerinin ne kadarını kurcaladığını merak ediyordum. Ekrandaki görüntüye baktım. Bu kadar mı ilerlemişti? Başka ne görmüştü? Bu video nasıl çalıştırılıyordu? Uzaktan kumandayı alıp elimde evirip çevirdim. Ortega'nın işbirliği, şimdilik planımın ayrılmaz bir parçası olmuştu. Onu şimdi kaybedersem başım belaya girerdi.

İçimi kemiren bir his daha vardı ama kabul etmek istemiyordum. Kabul etmek, klinik bir absürtlük olurdu. Otelin arşivlerindeki son olaylarla uğraşmakla meşgul olmama rağmen, bu hissin ekrandaki görüntüyle doğrudan bir ilgisi vardı.

Mahcubiyet. Utanç.

Absürt. Başımı iki yana salladım. *Aptal.*

"İzlemiyorsunuz."

Arkama döndüğümde Ortega'nın iki elinde buharı tüten kupalarla döndüğünü gördüm. Kahve ve romun birbirine karışan kokusu bana doğru yaklaşıyordu.

"Teşekkürler." Kupalardan birini alıp içtim. Zaman kazanmaya çalışıyordum. Uzağımda durup kollarını önünde kavuşturdu.

"Pekâlâ. Miriam Bancroft'un katil olmaması için yüzlerce neden var." Ekrana baktı. "Bu onlardan kaç tanesini karşılıyor?"

"Ortega, bunun ne ilgisi..."

"Miriam Bancroft'un korkutucu olduğunu kabul ediyorum, demiştiniz bana." Başını tarafsız bir edayla iki yana salladıktan sonra kahvesinden bir yudum aldı. "Bilmiyorum, suratında pek korku ifadesi yok."

"Ortega..."

" 'Soruşturmayı kapamanızı istiyorum,' dedi Miriam Bancroft. Eğer hatırlamıyorsanız..."

Kumandayı uzaklaştırdım. "Ne dediğini hatırlıyorum."

"O halde soruşturmayı kapamanız için size teklif ettiği o tatlı, o küçük anlaşmayı da..."

"Ortega, bu soruşturmayı siz de istemiyordunuz. Unuttunuz

mu? Bunun bir intihar olduğunu söylemiştiniz. Bu, Bancroft'u öldürdüğünüz anlamına gelmiyordu..."

"Kapayın çenenizi." Ortega, sanki elimizde kahve kupası yerine bıçak varmış gibi etrafımı dolaştı. "Onu korudunuz. Tüm bu süre boyunca onun içinden çıkamadınız."

"Eğer bundan daha fazlasını bilseydiniz, bunun doğru olmadığını da anlardınız." Sakince konuşmaya çalışsam da Ryker'ın hormonları buna izin vermiyordu. "Curtis'e onunla ilgilenmediğimi söyledim. İki gün önce söyledim bunu."

"Savcının bu görüntülerle neler yapabileceğine dair bir fikriniz var mı? Miriam Bancroft, yasadışı cinsel yöntemleriyle kocasının dedektifini satın almaya çalışıyor."

"Miriam Bancroft bu işten paçayı sıyırır. Bunu siz de biliyorsunuz."

"Eğer Met kocası onun yanında yer alırsa. Ama belki bunu gördükten sonra öyle bir şey yapmaz. Bu, Leyla Begin meselesine benzemiyor. Ahlak ayakkabısı bu kez diğer ayakta."

Ahlaka dair yaptığı bu atıf, meselenin dış sınırlarını delip geçerken, aslında bu konuşmamızın da temelini oluşturuyordu. Bancroft'un Dünyanın ahlaki kültürüne dair eleştirel fikirlerini hatırladım ve başımı karısının bacaklarının arasındayken görüp ihanete uğramış gibi hissetmemesinin mümkün olup olmayacağını merak ettim.

Hâlâ aynı konu hakkında hissettiklerimi anlamlandırmaya çalışıyordum.

"Kovacs, davadan söz etmişken, Wei Klinik'ten getirdiğiniz kesik başın mahkemede hiç yardımı dokunmayacak. Bir d.i.'nin yasadışı alıkoyulması, Dünya'da elli ila yüz yıl demek. Hele ki kafasını dağıttıysanız..."

"Size bunu söyleyecektim."

"Hayır, söylemeyecektiniz," diye bağırdı Ortega. "İhtiyacınız olmayan hiçbir şeyi söylemeyecektiniz."

"Bakın, klinik zaten dava açmaya cesaret edemez. Çok fazla..."

"Ukala herif." Kahve kupası yere düştü. Ortega, ellerini yumruk haline getirmişti. Artık gözlerindeki öfke fark edilmeyecek gibi değildi. "Siz de onun gibisiniz. O lanet klinik çalışanlarının şahitliğine ihtiyacımız olduğunu düşünüyorsunuz. Hem de kesik başı oteldeki buzdolabına koymuşken. Kovacs, sizin geldiğiniz yerde bu bir suç değil mi? Baş kesmek..."

"Bir dakika." Kahvemi yanımdaki sandalyeye koydum. "Kimin gibiymişim ben?"

"Ne?"

"Tıpkı birine benzediğimi..."

"Her ne boksa Kovacs. Siz ne halt ettiğinizi anlamıyor musunuz?"

"Anladığım tek şey..." Aniden ekrandan iniltiler ve emme sesleri yayılmaya başladı. Sol elimdeki uzaktan kumandaya bakarak ekrandaki donmuş görüntüyü nasıl hareketlendirdiğimi anlamaya çalıştım. Ortega, kumandayı elimden almak için üzerime abandı.

"Verin şunu bana. Kapatın..."

Bir anlığına onunla güreştim. Birbiriyle savaşan vücutlarımız, sesi daha da yükseltmekten başka bir işe yaramadı. Sonra bir anda mantığımın sesini dinleyerek aniden pes ettim. Ortega sandalyenin üzerine yığılıp tuşlara bastı.

"Kapat."

Uzun bir süre ikimiz de konuşmadık. Sessizliği bozan tek şey, nefes alış verişlerimizdi. Gözümü karşımdaki lombozlara diktim. Ortega, bacağımla sandalye arasına yığılmıştı ve büyük ihtimalle hâlâ ekrana bakıyordu. Nefes alma hızımız aynıydı.

Ona yardım etmek için döndüğümde çoktan doğrulmuştu bile. Neler olup bittiğini anlamadan ellerimiz birbirimizin vücudunda gezinmeye başlamıştı bile.

İkimi de çözülüvermiştik. Dört bir yanımızı saran düşmanlık, birbirine çarpıp yanmaya başlayan orbitaller gibi çöküvermiş, beraberinde sürüklediği zincirlerin karşılıklı ağırlığına teslim olmuştu. Ellerimi kimonosunun altına soktuğumda heyecanla inlemeye başladı. Avuçladığım göğüsleri sanki benim ellerime göre tasarlanmış gibiydi. Kimonosu üzerinden kaydı ve yüzücü omuzlarından aşağı doğru düştü. Ceketimi ve gömleğimi aynı anda çıkardım.

Ortega, heyecan içinde ellerini kemerime götürüp açtıktan sonra uzun parmaklı elini içeri soktu. Parmaklarındaki nasırları hissedebiliyordum.

Ekranlı odadan dışarı çıktık ve daha önce gördüğüm, gövdenin sonunda bulunan kamaraya girdik. Ortega'nın sallanan adımlarını takip ettim. Uzun bacakları kaslıydı. Kendimi Ryker gibi hissediyordum ve sanki evime geri dönmüştüm. Aynalarla dolu odadaydık artık. Ortega kendini dağınık örtülerin üzerine yüzüstü atıp kalçasını havaya kaldırdı. İçine girip çıkmaya başladım. Alev alev yanıyordu ve suyla dolu bir küvet gibi ıslaktı. Her darbede vücuduma değen sıcak kalçalarını hissediyordum. Omurgası yılan gibi kıvrılıyordu. Saçları, müthiş bir incelikle ensesine düşüyordu. Etrafımı saran aynalarda Ortega'nın göğüslerine, kaburgalarına ve omuz başlarına dokunmak için öne eğilen Ryker'ı gördüm. Tüm bunlar olurken Ortega da tıpkı gemiyi saran okyanus gibi dalgalanıp duruyordu. Ryker ve Ortega, zamansız bir efsanenin birbirine kavuşan aşıkları gibi iç içe geçmişlerdi.

Doruk noktasına ulaşmaya başladığının ilk belirtilerini hissettim ama başını çevirip darmadağın olmuş saçlarının arasından araladığı dudaklarıyla bana bakması bütün kontrolümü kaybettirdi. Bütün spermlerimi içine boşaltana kadar sırtının ve kıçının bütün hatlarını hissettim. En sonunda ikimiz de kendimizi yatağa bıraktık. Yeni doğan bir canlı gibi içinden çıktım. Galiba onun orgazmı hâlâ bitmemişti.

Uzun bir süre ikimiz de konuşmadık. Gemi, otomatik rotasına koyuldu. Etrafımızdaki aynalardan buz gibi bir soğuk yansıyor, samimiyetimizi bozmakla tehdit ediyordu. Bir an sonra birbirimize bakmak yerine aynadaki görüntümüzü izlemeye başladık.

Ortega'ya sarılıp onu nazikçe kendime doğru çektim. Kaşık pozisyonu almıştık. Aynada gözlerini gördüm.

"Nereye gidiyoruz?" diye sordum nazikçe.

Omuzlarını silkti ama iyice bana sokuldu. "Rota programlı. Havai'ye gidip geri döneceğiz."

"Kimse burada olduğumuzu bilmiyor mu?"

"Yalnızca uydular."

"Güzel. Tüm bunlar kime ait?"

Dönüp bana baktı. "Ryker'a."

"Affedersin." Gözlerimi kaçırdım. "Halı güzelmiş."

Her şeye rağmen güldü. Yüz yüze olmak için tamamen bana doğru döndü. Sanki kolayca iz kalacağından ya da belki ortadan kaybolacağından korkarcasına yüzüme bütün yumuşaklığıyla dokundu.

"Kendi kendime," diye mırıldandı, "bunun delilik olduğunu söyleyip durdum. Sonuçta sadece vücudunuz aynı."

"Çoğu şey zaten delilik. Mantığın tutkuda yeri yok. Psikologlara bakacak olursak, mantığın zaten hayatımızda fazla bir yeri yok. Yaptıklarımızı mantığa büründürmeye çalışıyoruz ama aslında bizi yöneten hormonlar, içgüdüler ve feromonlar. Acı ama gerçek."

Parmağını yüzümde gezdirdi. "Bence acı değil. Mantıklı davranmak acı."

"Kristin Ortega." Parmağını tutup hafifçe sıktım. "Sen tam bir filozofsun. Bu işlere nasıl oldu da girdin?"

Omuzlarını silkti. "Polisle dolu bir aileden geliyorum. Babam polisti. Büyükannem polisti."

"Deneyim değil yani."

"Değil." Bacağını aynalı tavana doğru uzattı. "Sanmıyorum."

Karnına doğru eğilip elimi bacağından dizine doğru kaydırdım, yarığına doğru inen tıraşlı pübik kıllarından nazikçe öptüm. Bir an bana karşı koymaya çalıştı. Aklına belki de diğer odadaki ekran ya da içinden akan sıvılarımız gelmişti. Daha sonra teslim olup altıma uzandı. Bacağını omzuma doğru kaldırıp yüzümü üzerine doğru gömdüm.

Bu kez orgazm olurken gittikçe yükselen çığlıklarını karın kaslarını sıkarak bastırmaya çalıştı. Bütün vücudu kıvrıldı, kalçasını kaldırdı ve dudaklarımı ısırdı. İspanyolca bir şeyler fısıldaması, beni iyiden iyiye tahrik etmişti. En sonunda sakinleşmeye başladığında içine girdim ve kollarımın arasına alıp dilimle dudaklarını araladım. Bu, aynı yatağa girdiğimizden beri ilk öpüşmemizdi.

Denizin ritmini ve ilk kavuşmamızın kahkahasını yakalamak için yavaş hareket ediyorduk. Fısıltılardan heyecanlı inlemelere kadar varan sohbetimiz sanki bir ömür sürmüştü. Ara sıra pozisyon değiştiriyor, birbirimizi ufak ufak ısırıyor, el ele tutuşuyorduk. Tüm bu duygu yoğunluğu gözlerim doldurmuştu. Baskı dayanılmazdı. Her şeyden vazgeçip Ortega'nın tadını çıkardım. Sertliğim gittikçe azalmış, onun da titremeleri sona ermişti.

Kordiplomatik'te size sunulanı alırsınız, dedi Virginia Vidaura, zihnimin dehlizlerinden birinde. *Bu bazen yeterlidir.*

İkinci kez birbirimizden ayrıldığımızda, son yirmi dört saatin ağırlığı üzerime diğer odadaki halı gibi çöktü. Mantığım giderek kaybolmuştu. Hatırladığım son his, göğüslerini sırtıma dayayan, kolunu vücuduma bırakan ve ayaklarını ayaklarıma dolayan o vücuttu. El eleydik. Düşünce yetimi kaybediyor gibiydim.

Sunulan. Bazen. Yeterlidir.

YİRMİ SEKİZİNCİ BÖLÜM

Uyandığımda gitmişti.

Lombozlardan içeri güneş ışığı süzülüyordu. Geminin baş kıç vurma hareketi neredeyse durmuştu ama ara sıra kendini belli eden sarsıntılar, yatay bulutlarla kaplı masmavi gökyüzünü ve gökyüzünün altındaki sakin denizi görmemi sağlıyordu. Bir yerlerde, birisi kahve hazırlıyor, füme et kızartıyordu. Bir süre daha uzanmaya devam ettim ve zihnimde karman çorman olmuş düşünceleri toplayarak bir bütün oluşturmaya çalıştım. Ortega'ya ne diyecektim? Ne, ne kadar, nasıl? Elçi eğitimim, bataklıktan çıkıyormuş gibi kendini yavaş yavaş belli etmişti. Başımın hemen yanındaki çarşafa düşen güneş ışınlarıyla mayışarak kendimi bu güce teslim ettim.

Kapıdan gelen bardak sesleri beni kendime getirdi. Ortega kapının eşiğinde dikiliyordu. Üzerindeki tişörtte 653 SAYILI ÖNERGEYE HAYIR yazıyordu ve HAYIR sözcüğüne kırmızı bir çarpı atılmış, aynı renkle üzerine EVET yazılmıştı. Çıplak bacakları tişörtünün altında, sanki sonsuza dek kaybolmuş gibiydi. Elinde tuttuğu kahvaltı tepsisi bütün astsubay odasına yetecek kadar doluydu. Uyanık olduğumu görünce gözlerinin önüne düşen saçları geriye attı ve çarpık bir ağızla gülümsedi.

Ona her şeyi anlattım.

"Peki şimdi ne yapacaksın?"

Omuzlarımı silktim ve güneş yüzünden gözlerimi kısarak dışarı baktım. Okyanus sakin görünüyordu ve Harlan'dakinden daha hareketsizdi. Güverteden bakınca bitimsiz görünüyor, yat ise aniden bir çocuk oyuncağına dönüşüyordu. "Kawahara'nın istediğini yapacağım. Miriam Bancroft'un istediğini. *Senin* istediğini. Görünüşe göre, herkesin istediğini yapacağım yani. Soruşturmayı kapatacağım."

"Bancroft'u Kawahara'nın mı öldürdüğünü düşünüyorsun?"

"Böyle bir olasılık var. Ya da onu öldüren kişiyi koruyor. Aslında bunun artık bir önemi yok. Sarah elinde ve önemli olan tek şey de bu."

"Onu adam kaçırma suçuyla ithaf edebiliriz. D.i.'yi alıkoymak..."

"Elli ila yüz yıl, evet." Belli belirsiz gülümsedim. "Dün gece dinledim. Ama onu hemen yakalamazlar. Suçu başkasına yükleyecektir."

"Yakalama kararı çıkartabiliriz..."

"Kristin, o lanet bir Met. Kılını bile kıpırdatmadan bütün sorunu çözer. Her neyse, sorun bu değil zaten. Ona karşı bir hamlede bulunduğum an, Sarah'yı sanala hapseder. Yakalama emri ne kadar sürede çıkar?"

"BM hızlandırırsa iki güne çıkar." Ortega'nın yüzünü bir hüzün ifadesi kaplamıştı. Küpeşteye yaslanıp aşağıya doğru bakmaya başladı.

"Tamam. Bu, sanal zamanla iki gün, neredeyse bir yıla tekabül ediyor. Sarah, Kordiplomatik'ten değil, herhangi bir eğitimi yok. Kawahara'nın ona sekiz ya da dokuz sanal ayda yapabilecekleri, normal bir zihni pelteye çevirir. Onu dışarı çıkardığımızda çığlık çığlığa olacaktır. *Eğer* onu çıkarmayı başarırsak tabi... Her neyse, onun bir saniye bile oraya gireceğini düşünmek..."

"Tamam." Ortega elini omzuma koydu. "Tamam. Özür dilerim."

Ya okyanusun rüzgârından ya da Kawahara'nın sanal zindanlarını düşündüğümden, bir anda ürperiverdim.

"Unut gitsin."

"Ben polisim. Kötü çocukların hakkından nasıl gelebileceğimizi düşünmek benim işim. Hepsi bu."

Yüzüne bakıp umutsuzca gülümsedim. "Ben bir Elçi'yim. Kawahara'nın boğazını nasıl kesebileceğimi düşünmek benim işim. Düşündüm de. Ama bir yolunu bulamadım."

O da bana bakıp gülümsedi ama yüzünde, er ya da geç bizi pençesine düşürecek bir ikilemle karışık huzursuzluk vardı.

"Bak Kristin. Bunun bir yolu var. Bancroft'a ikna edici bir yalan söylemek ve soruşturmayı kapamak. Bu yasadışı. Kesinlikle yasadışı. Ama kimse zarar görmeyecek. Sana anlatmama da gerek yok. Tabii eğer duymak istemezsen."

Bir süre, sanki cevaplar yatın yanında yüzüyormuş gibi gözlerini okyanusa dikerek söylediklerimi düşündü. Ona zaman tanımak için küpeşte boyunca dolandım, başımı geriye atıp gökyüzünün maviliğini izledim ve orbital gözetim sistemlerini düşündüm. Bitimsiz bir okyanusun ortasında ve yatın yüksek teknoloji ürünü güvenliğindeyken, bu dünyanın Kawaharalarından ve Bancroftlarından saklanmak kolay görünüyordu ama bu tür bir saklanma yüzyıllar önce ölmüştü.

Sizi istiyorlarsa, diye yazmıştı bir keresinde genç bir Quell, Harlan'ı yöneten elit kesim için, *er ya da geç bulurlar. Tıpkı Marslı bir eserin üzerindeki toz zerresi gibi. Yıldızların arasındaki girdaba da kapılsanız peşinizden gelirler. Yüzyıllar boyunca depoda kalsanız da sizi beklerler. Onlar hayalini kurduğumuz tanrılar, kaderin efsanevi unsurları. Ölüm gibi kaçınılmazlar ama tırpanının üzerine eğilmiş o yaşlı çiftçi artık yok. Zavallı ölüm, veri depolayan değiştirilmiş karbon teknolojisiyle başa çıkamadı. Oysa eskiden onun korkusuyla yaşardık. Artık o karanlık saygınlığıyla öfke içinde cilveleşiyoruz ve böyle varlıklar onu artık kapıdan içeri bile sokmuyor.*

Yüzümü ekşittim. Kawahara ile kıyasladığımda, ölüm çocuk oyuncağından farksızdı.

Pruvaya gelince durdum ve Ortega aklını toplayana kadar ufka baktım.

Uzun zamandır tanıdığınız birini düşünün. Onunla bir şeyler paylaşıyor, birbirinizi derinlemesine içiyorsunuz. Daha sonra ayrılıyorsunuz ve hayat sizi farklı yönlere savuruyor. Üstelik bağlarınız da yeterince güçlü değil. Belki de elinizde olmayan nedenler yüzünden ayrı düşüyorsunuz. Yıllar sonra o kişiyle, aynı kılıfın içindeyken yeniden karşılaşıyorsunuz ve her şeye yeni baştan başlıyorsunuz. Sizi çeken ne? O hâlâ aynı kişi mi? Muhtemelen isimleri aynı, fiziksel görünüşleri aynı ama bu onların aynı kişi olduğu anlamına mı gelir? Eğer öyle değilse, bu durum değişen şeyleri önemsizleştirir mi? İnsanlar değişir ama ne kadar? Çocukken insanın özünün aynı olduğuna inanırdım. Kişiliğimizin bir çekirdeği vardı ve yüzeysel etkenler bu çekirdeğin etrafında, bütünlüğümüzü bozmadan şekilleniyordu. Sonraları bunun, kendimizi tanımlamak için kullandığımız metaforların neden olduğu bir algı hatası olduğunu görmeye başladım. Kişilik sandığımız şey, şu an gözlerimin önündeki dalgalardan birinin gelip geçici şeklinden fazlası değildi. Ya da, bu benzetmeyi insan hızına indirerek kişiliği rüzgâr, yerçekimi, eğitim ve gen gibi etkenlere göre şekillenen bir kum tepesine benzetebilirim. Hepsi erozyona ve değişime bağlı. Bunu kırmanın tek yolu, sonsuza dek depolanmak.

Tıpkı bir sextantın, güneşin ve yıldızların içinde bulunduğumuz gezegenin etrafında dönüyor olduğu yanılgısına göre çalışması gibi, duyularımız da bizde evrende bir sabitlik olduğu yanılgısı yaratır. Biz bunu kabul ederiz, çünkü bunu kabul etmediğimiz sürece hiçbir şey olmaz.

Virginia Vidaura, seminer odasını arşınlarken okumaya devam ediyordu.

Ama okyanusta bir sextant sayesinde yolculuk edebileceğiniz gerçeği, güneşin ve yıldızların etrafımızda döndüğü anlamına gelmez. Medeniyet ve birey olarak tüm çabalarımıza rağmen ne evren ne de içindeki herhangi bir şey sabittir. Yıldızlar kendi kendilerini tüketirler, evren hızla hareket eder ve biz de sonsuz bir değişim içindeyizdir. Geçici bir anlaşmanın içindeki hücre kolonilerinden ibaretiz; çoğalıyoruz, çürüyoruz ve barınıyoruz. Elektrik bir dürtüyle tehlikeli bir şekilde depolanmış karbon kod hafızasından oluşan akkor bir bulutun içindeyiz. Bu bir gerçek, bu kendini bilmek ve iradenin algısı. Elbette insanın başını döndürür. Bazılarınız Vakum Komutası'nda çalıştı ve mutlaka varoluş vertigosuyla karşı karşıya kaldı.

İnce bir tebessüm.

Boşlukta hissettiğiniz Zen anlarının, burada öğrenmek zorunda olduklarınızın yalnızca başlangıcı olduğuna inanın. Kordiplomatiklerde başaracağınız her şey ve herhangi bir şey, hareket dışında hiçbir şeyin var olmadığı temeline dayanacak. Yaratmak, başarmak... Bir Kordiplomat olarak algılamak istediğiniz her şey, bu hareketle şekillenecek.

Hepinizi bol şans diliyorum.

Yükleme Merkezi'nde bir zamanlar tanıdıkları kişiyi bekleyen aileler ve dostlar için tek bir şey söylenir: yabancının gözlerine bakın. Bir kişiye ne kadar yakın olabilirsiniz?

Bir zamanlar sevdiği vücudun içindeki yabancıya beslediği tutkuyla ölüp biten bir kadın düşünün. Kadın vücudun sahibine artık daha mı yakın, yoksa daha mı uzak?

Peki ya söz konusu yabancı, kadına ne hissedecek?

Küpeştenin öteki ucundan bana doğru geldiğini duydum. Birkaç adım ötede durup sessizce boğazını temizledi. Gülümsemeye çalışıp ona doğru döndüm.

"Ryker'ın tüm bunlara nasıl sahip olduğunu sana anlattım mı?"

"Soracak zaman olmadı ki."

"Haklısın." Esinti nedeniyle üşüyünce yüzündeki gülümseme soldu. "Çaldı. Birkaç sene önce, hâlâ kılıf Çetesi'nde çalışırken. Yat, Sydney'li bir klon fabrikatörüne aitti. Ryker bu çeteyi soruşturuyordu, çünkü adam vücutlardan ayrılan parçaları batı yakasındaki klinikler vasıtasıyla elde ediyordu. Yerel bir komiteye dahil oldu ve bu komite adamı marinasında saf dışı bırakmaya çalıştı. Büyük bir yaylım ateşi oldu ve birçok insan öldü."

"Bu, epey bir ganimet demek."

Ortega başıyla onayladı. "Orada işler başka. Polis memurlarının çoğu, özel şirketlere göre hareket ediyor. Yerel yönetim, bu sorunu yakaladığın suçlunun varlığını sana ödeyerek çözmeye çalışıyor."

"İlginç bir teşvik yöntemi," dedim düşünceli gözlerle. "Bu, birçok zenginin yakalanmasına yol açar."

"Evet, öyle olduğu söyleniyor. Yat, Ryker'ın payına düştü. Bir soruşturmanın öz hazırlıkları için canla başla çalıştı ve yaylım ateşinde yaralandı." Ayrıntılara girerken sesi oldukça hassastı. İlk kez, Ryker'ın çok uzaklarda olduğunu hissettim. "Gözünün altındaki ve kolundaki yara o zaman açıldı. Çizgisel silah."

"Fena." Yaralı kolumun hafifçe sızladığını hissetti. Daha önce çizgisel silahla karşılaşmıştım ve bundan pek hoşlanmamıştım.

"Doğru. Çoğu insan Ryker'ın bu yatı kesinlikle hak ettiğini düşündü. Sorun şu: Bay City'deki polis memurlarının böyle ganimetlerle ödüllendirilme hakları yok."

"Bunun gerekçesini anlayabiliyorum."

"Evet, ben de öyle. Ama Ryker anlayamadı. Yatın kayıtlarını silip gizli bir holdingin üzerine geçirmesi için bir düzmeciye para verdi. Birini saklaması gerekebileceği ihtimaline karşı güvenli bir eve ihtiyaç duyduğunu söyledi."

Hafifçe gülümsedim. "Ama bu hoşuma gitti. Acaba bu, onu Seattle'da yüzüstü bırakan düzmeci mi?"

"Hafızan kuvvetliymiş. Evet, aynısı. İğne Nacho. Bautista hikâye anlatmaktan iyi anlıyor, öyle değil mi?"

"Onu da gördün mü?"

"Evet. Bu aptal numarası yüzünden Bautista'nın kafasını koparmalıydım. Sanki korunmaya ihtiyacım varmış gibi. İki kez boşanmıştı ve henüz kırk yaşında bile değildi." Düşünceli gözlerle denize baktı. "Onunla yüzleşmek için henüz zaman bulamadım. Seninle uğraşmakla meşguldüm. Bak Kovacs, Ryker'ın yatı çaldığını ve batı yakası kanunlarını deldiğini anlatmamın nedeni... Biliyordum."

"Ve hiçbir şey yapmadın," dedim.

"Hiçbir şey." Avuçlarına baktı. "Ah, lanet olsun Kovacs, kimi kandırmaya çalışıyoruz? Ben melek değilim. Tutukluluğu sırasında Kadmin'i konuşturdum. Beni gördün. Jerry'nin mekânının dışındaki o kavga için seni tutuklamalıydım ama ben öylece yürüyüp gitmene izin verdim."

"Hatırladığım kadarıyla belgeleri doldurmak için fazla yorgundun."

"Evet, hatırlıyorum." Yüzünü ekşitti, sonra dönüp gözlerime baktı. Sanki Ryker'ın yüzünde bana güvenebileceğine dair bir işaret arıyordu. "Kanunları çiğneyeceğini ama kimsenin zarar görmeyeceğini söylüyorsun. Doğru mu?"

"Önemli kişiler zarar görmeyecek," diye nazikçe düzelttim.

Kendi kendine yavaşça başını salladı. Sonsuza kadar fikrini değiştirebilecek olan ikna edici bir gerekçeyi ölçüp tartıyor gibiydi.

"O halde neye ihtiyacın var?"

Küpeşteden uzaklaştım. "İlk başta Bay City'deki genelevlerin listesini istiyorum. Sanal olayların cereyan ettiği yerlerin bir listesini. Daha sonra şehre dönmemiz gerekecek. Kawahara'yı buradan çağırmak istemiyorum."

Ortega gözlerini kırpıştırdı. "Sanal genelevlerin mi?"

"Evet. Karışık olanların da tabii. Aslında batı yakasında sanal porno dönen her yere ihtiyacım var. Ne kadar kalitesiz olursa o kadar iyi. Bancroft'a o kadar pis bir paket satacağım ki, pakete çatlakları göremeyeceği kadar yakından bakacak. Hatta bunu *aklından* bile geçirmeyecek."

YİRMİ DOKUZUNCU BÖLÜM

Ortega'nın listesinde iki binden fazla isim vardı ve her biri, tedarikçinin ya da müşterilerin verdiği bedensel hasarları içeren kısa bir gözetim raporuyla birlikte not edilmişti. Yazılı kopya olarak bakıldığında yaklaşık iki yüz sayfa ediyordu ve upuzun bir eşarp gibiydi. Bay City'ye dönerken listeyi incelemeye başladım ama arka koltukta ikimizin de çok yorulacağını düşündüğüm için vazgeçtim. Zaten keyfim de yoktu. Ryker'ın yatındaki kamaranın yatağında yatmak, yüzlerce kilometrelik lekesiz mavilikte insanlığın geri kalanından ve sorunlarından uzaklaşmak istiyordum.

Gözetleme Kulesi'ndeki süitime geldiğimde Ortega'yı mutfağa soktum ve Trepp'in verdiği numaradan Kawahara'ya ulaşmaya çalıştım. Ekranda önce Trepp belirdi. Yüzünden uyku akıyordu. Bütün gece beni takip etmek için uykusuz kaldığını düşündüm.

"Günaydın." Esnedi ve muhtemelen dahili zaman çipini kontrol etti. "Daha doğrusu tünaydın. Neredeydiniz?"

"Dışarıdaydım."

Trepp, pek kibar sayılmayacak bir şekilde gözünü ovuşturup yeniden esnedi. "Peki. Sadece sohbet açmaya çalışıyordum. Başınız nasıl oldu?"

"Daha iyi, teşekkürler. Kawahara ile konuşmak istiyorum."

"Tabii." Ekrana doğru uzandı. "Görüşmek üzere."

Ekranda üç renkli DNA sarmalı belirdi. Dişlerimi sıktım.

"Takeshi-san." Kawahara, her zamanki gibi konuşmasına Japonca başlamıştı. Sanki böyle yaptığında aramızda bir bağ oluştuğuna inanıyor gibiydi. "Sizi beklemiyordum. Yoksa güzel haberleriniz mi var?"

İnatla Amanglikan dilinde cevap verdim. "Bu güvenli bir hat mı?"

"Öyle bir şey mümkünse, evet."

"Bir alışveriş listem var."

"Buyurun."

"İlk başta, askerî bir virüse ulaşmam gerek. Tercihen Rawling 4851 ya da Condomar çeşitlerinden biri."

Kawahara'nın akıllı yüz hatları birden sertleşti. "Innenin virüsü mü yani?"

"Evet. Bu yüz yıldan fazla bir süredir var ve bulmak zor olmaz. Daha sonra ihtiyacım olan..."

"Kovacs, bence planlarınızı anlatsanız daha iyi olacak."

Kaşımı kaldırdım. "Bunun benim oyunum olduğunu ve sizin buna dahil olmak istemediğinizi anladım."

"Eğer size Rawling virüsünün bir kopyasını verirsem, bu oyuna zaten dahil olmuş oluyorum." Kawahara ölçülü bir gülümsemeyle baktı. "Şimdi bu virüsle ne planladığınızı bana anlatın."

"Bancroft kendini öldürdü. İstediğiniz sonuç bu, değil mi?"

Başını hafifçe salladı.

"O halde bunun bir nedeni olmalı," dedim, planladığım hileyi açıklamaya başlayarak. Bana öğretileni yapıyordum ve bu iyi hissetmemi sağlıyordu. "Bancroft'un uzaktan depolaması var ve çok belirgin bir nedeni olmaksızın kendini öldürmesi çok saçma. İntiharla ilgili olmayan bir neden olmalı bu. Kendini korumakla ilgili olmalı."

Kawahara gözlerini kıstı. "Devam edin."

"Bancroft sık sık hem gerçek hem de sanal genelevlere gidiyor. Bunu bana bizzat kendisi iki gün önce söyledi. Gittiği genelevlerin kalitesi de onu pek ilgilendirmiyor. Şimdi, Bancroft sanal genelevlerden birindeyken bir kaza olduğunu düşünelim. Onlarca yıldır kimsenin açmaya bile tenezzül etmediği eski programlardan birinde bir sorun çıkmış olsun. Zaten kalitesiz bir geneleve gidiyorsunuz, neyle karşılaşacağınızı hiç bilemezsiniz."

"Rawling virüsü." Kawahara, uzun süredir tuttuğu nefesini verdi.

"Rawling 4851'in tamamen etkin olması için yaklaşık yüz dakika gerekiyor ve bu çok geç demek." Jimmy de Soto'nun görüntüsünü aklımdan çıkarmaya çalıştım. "Hedef, kurtarılamayacak kadar bozuk. Bancroft'un bunu bir sistem uyarısı vasıtasıyla öğrendiğini bir düşünelim. Böyle bir şey için dahili olarak bağlanmış olması gerekir. Bir anda, belleğin ve belleğin bağlı olduğu beynin yandığını fark ediyor. Eğer yedek klonunuz ve uzaktan depolamanız varsa, bu bir felaket olmaz, ama..."

"Bulaşacak." Kawahara ne demek istediğimi anlayınca kafasında bir şimşek çaktı.

"Doğru. Virüsün, kişiliğiyle birlikte uzaktan depolamaya da bulaşmaması için bir şey yapması gerek. O gece, belki birkaç dakika içinde bir enjeksiyon daha olacaktır. Uzaktan depolamaya bir şeyin bulaşmadığına emin olmanın tek bir yolu var."

Elimi silah haline getirdim.

"Maharet."

"Arama yapmasının nedeni bu. Kendi dahili çipine güvenemedi. Virüs çoktan çipe yayılmış olmalı."

Kawahara, ellerini sakince kaldırıp beni alkışladı. Daha sonra gözlerimin içine baktı.

"Çok etkileyici. Rawling virüsünü hemen bulacağım. Yükleme için uygun bir sanal ev buldunuz mu?"

"Henüz değil. Virüs, ihtiyacım olan tek şey değil. Şu anda düzmece suçundan Bay City'nin merkezinde tutulan Irene Elliott'ın özgür bırakılmasını ve yeniden kaplanmasını ayarlamanızı istiyorum. Orijinal kılıfını, tedarikçilerden geri alma ihtimali olup olmadığını da araştırmanızı istiyorum. Bu, profesyonel bir anlaşma olacak ve kayıt tutulacak."

"Rawling'i yüklemek için Elliott'ı mu kullanacaksınız?"

"Onun bu konuda iyi olduğu su götürmez bir gerçek."

"Yakalandığı da su götürmez bir gerçek," dedi Kawahara keskin bir dille. "Bunu yapacak birçok insan tanıyorum. Seçkin uzmanlar. Ona ihtiyacınız..."

"Kawahara." Öfkemi bastırmaya çalışıyordum ama sesimden kısmen de olsa belli oluyordu. "Bu benim gösterim. Sizin adamlarınızı istemiyorum. Eğer Elliott'ın kurtarırsanız, size sadık kalacaktır. Kendi vücuduna kavuşmasını sağlarsanız, hayatının sonuna kadar size hizmet eder. Ben böyle istiyorum ve böyle olacak."

Sustum. Kawahara bir süre ifadesiz bir yüzle oturduktan sonra sakince gülümsedi.

"Pekâlâ. Sizin istediğiniz gibi olsun. Eminim almak üzere olduğunuz risklerden ve başarısız olduğunuz takdirde olacaklardan haberdarsınızdır. Bugün bir ara size Hendrix'ten ulaşacağım."

"Peki ya Kadmin?"

"Kadmin'den hiç haber almadık." Kawahara bir kez daha gülümsedi ve bağlantı koptu.

Bir süre öylece oturmaya devam edip ekrana baktım ve çevirdiğim dolapları gözden geçirdim. Bütün bu düzmecenin ortasındayken, gerçekleri söylüyormuşum gibi huzursuzlanmıştım. Hatta özenle uydurduğum yalanlarım, gerçeklerle aynı yolu izliyor gibiydi. İyi bir yalanın gerçekleri çok yakından gölgelemesi gerekir ama bu başka bir şeydi... daha sinir bozucu bir şey. Kendimi, bir bataklık panterini fazla yakından takip eden ve bir anda bataklıktan sivri dişleri ve yelesiyle çıkmasını bekleyen bir avcı gibi hissediyordum. Gerçekler orada bir yerlerdeydi.

Kurtulması zor bir duyguydu.

Ayağa kalkıp mutfağa gittim. Ortega, neredeyse bomboş olan buzdolabını karıştırıyordu. Işığı yüzüne öyle güzel vurmuştu ki, onu hiç böyle görmemiştim. Kolunun altından görünen göğsü, tişörtünü tıpkı meyve ya da su gibi doldurmuştu. Ona dokunma arzusuyla yanıp tutuşuyordum.

Başını kaldırıp bana baktı. "Yemek yapmaz mısın sen?"

"Otel benim yerime yapıyor. Şuradaki mini asansörle odaya yolluyorlar. Ne istiyorsun?"

"Bir şeyler *pişirmek* istiyorum." Buzdolabına bakmaktan vazgeçip kapısını kapadı. "İstediğin cevabı aldın mı?"

"Galiba. Otele malzeme listesini ver. Şuradaki rafta tava falan var. Başka bir şeye ihtiyacın olursa otele sor. Ben listeme bir göz atacağım. Ah, Kristin, bir şey daha var."

İşaret ettiğim rafı bırakıp bana döndü.

"Miller'ın kafası orada değil. Yandaki odaya koydum."

Dudaklarını hafifçe sıktı. "Miller'ın kafasını nereye koyduğunu biliyorum," dedi. "Onu aramıyordum."

İki dakika sonra, elimdeki listeyle pencereye kenarında otururken, Ortega'nın Hendrix ile kısık bir sesle konuştuğunu duydum.

Tava sesleri yankılandı, sonra fısır fısır bir şeyler söyledi ve en sonunda kızaran yağın sesini duydum. Sigara yakma isteğime ket vurarak başımı listeye gömdüm.

Newpest'teki gençlik günlerimde devamlı olarak gördüğüm bir şeyi arıyordum; gençlik yıllarımı geçirdiğim yerleri, dar sokaklarda bulunan ve camlarında ucuz holograflarla *Gerçeğinden Daha İyi, Geniş Senaryo Seçeneği* ve *Rüyalar Gerçek Oluyor* gibi vaatleri içeren küçük dükkânları... Sanal bir genelev açmak için büyük bir sermayeye gerek yoktu. Bir vitrin, bir de müşterilerin tabutlarının dik bir pozisyonda durabileceği kadar alan. Yazılım ücreti, ne kadar ayrıntılı ve orijinal olduğuna göre değişiyordu ama bunu çalıştırmak için gereken makineler genelde askeriyenin ihtiyaç fazlası oluyordu ve çok ucuza satın alınabiliyordu.

Bancroft, Jerry'nin biyokabinlerinde zaman ve para harcayabilseydi, o kabinlerde kendini evinde hissederdi.

Listemin son iki çeyreğine de göz gezdirdikten sonra dikkatim gitgide mutfaktan yayılan kokulara kaymıştı. Birden gözümde tanıdık bir görüntü canlandı. Sessizliğe gömüldüm.

Uzun, düz ve siyah saçlı, kırmızı dudakları bir kadındı bu.

Trepp'in sesini duyar gibi oldum.

...başım bulutlarda. Gece yarısından önce orada olmak istiyorum.

Ve o barkodlu şoför

Sorun değil. Bu akşam kıyı akıntısı çok iyi.

Ve kırmızı dudaklı kadın

Başım bulutlarda. Kesinlikle. Siz gelemiyor olabilirsiniz.

Orgazm korosu

Evlerden, evlerden, evlerden...

Ve ellerimde tuttuğum bu çıktı

Başım bulutlarda: ruhsatlı Batı Yakası Evi, gerçek ve sanal ürün, kıyı sınırları dışındaki seyyar hava sahası...

Notları birer birer incelerken, kafamın içinde sanki birileri çekiçle kristal kırılıyormuş gibi bir gürültü vardı.

Bay City ile Seattle'a kilitlenmiş seyrüsefer ışınları ve işaretleme sistemi. Gizli üyelik kodlaması. Rutin araştırmalar, NR. Hüküm yok. Üçüncü Güz Holding A.Ş. tarafından ruhsat altına alınmış.

Sessizce oturup düşündüm.

Eksik parçalar vardı. Bu, parçalara ayrılmış aynaya benziyordu; görüntüyü yansıtmaya yeterliydi ama bütünü asla. Elimdeki bilgilerin düzensiz sınırlarına bakarak perde arkasını görmeye çalışıyordum. Trepp beni Başım Bulutlarda'daki Ray'i –Reileen'i– görmeye götürüyordu. Orası Avrupa'da değildi. Avrupa, bir tuzaktı. Bazilikanın karanlık ağırlığı beni uyuşturmak için tasarlanmıştı. Kawahara bu işin içinde olsaydı, dünyanın başka bir ucundan olacakları tahmin edemezdi. Kawahara, Başım Bulutlarda'daydı ve...

Ve ne?

Elçi sezgisi bilinçaltında gerçekleşen bir tür biliş, gerçek dünyanın sık sık ayrıntılara boğularak kaçırdığı modellerin güçlendirilmiş farkındalığıydı. Yeterince süreklilik söz konusu olduğunda, bütünü gerçek bilginin bir tür önsezisi olarak görebiliyordunuz. Bu modelden yola çıkarak eksik parçaları tamamlayabilirdiniz. Ama yeterince ilerleyebilmek için gereken asgari bir bilgi vardı. Tıpkı eskilerin çizgisel uçakları gibi, önce pistte hızlanmanız gerekiyordu ve ben bunu yapamıyordum. Yere çarptığımı, havayla boğuşup yeniden yere düştüğümü hissediyordum. Yeterli değildi.

"Kovacs?"

Başımı kaldırdığımda onu gördüm. Ekranda bir anda beliren reklamlar gibi bir anda ortaya çıkmıştı.

Tam önümde duruyordu ve bir elinde kaşık vardı. Saçlarını arkada toplamıştı. Tişörtü gözümü tırmalıyordu.

653 SAYILI ÖNERGE. Evet ya da Hayır. Değişiyor.

Oumou Prescott

Bay Bancroft'ın BM Mahkemesi'nde gizli bir etkisi var.

Jerry Sedaka

İhtiyar Anenome bir Katolik... Bunlardan çok var. Bazen işleri çok kolaylaştırıyor.

Aklımda dönüp duran fikirler, sürekli olarak bir yenisini doğuruyordu.

Tenis dersi

Nalan Ertekin, BM Yüksek Mahkemesi'nin başyargıcı

Joseph Phiri, İnsan Hakları Komisyonu'ndan

Sonra ben konuşmuştum

Herhalde 653 sayılı önergeyi tartışmak için buradasınız.

Gizli bir etki...

Miriam Bancroft

Marco'yu Nalan'dan korumak için biraz yardıma ihtiyacım olacak. Marco burnundan soluyor bu arada.

Ve Bancroft

Bugünkü performansından sonra buna hiç şaşırmadım.

653 sayılı önerge. Katolikler.

Bütün verileri delirmiş gibi yeniden tanıyordum.

Sedaka, sinsi

Diskte yeminli ifadesi var. Vatikan ile kaydedilmiş bir vazgeçme yemini. Bunlardan çok var. Bazen işleri çok kolaylaştırıyor.

Ortega

Bilincin yasakladığı sinyaller.

Mary Lou Hinchley.

Geçen sene kıyı polisi okyanustan bir çocuk çıkarmıştı.

Vücudundan geriye pek bir şey kalmamıştı ama belleğini buldular.

Bilincin yasakladığı sinyaller.

Okyanustan.

Kıyı polisi.

Kıyı sınırları dışındaki seyyar hava sahası...

Kafam Bulutlarda.

Bu süreç, önüne geçilemeyen bir tür zihinsel çığ gibiydi. Gerçeğin parçaları bütünden ayrılarak aşağı doğru yuvarlanıyor, henüz çözemediğim bambaşka bir resim oluşturuyordu.

Bay City ile Seattle'a kilitlenmiş işaretleme sistemi

Bautista.

Her şey Seattle'daki siyah bir klinikte oldu.

Bu iki kişi artık Pasifik'in derinliklerinde.

Ortega'nın teorisine göre Ryker tuzağa düşürüldü.

"Neye bakıyorsun?"

Sanki bir anda zaman durmuştu. Sonra zaman yeniden işlemeye başladı ve kapı eşiğinin hemen arkasında, Sarah, Millsport'taki bir otel yatağında uyandı. Bir orbitalin şimşekleri pencereleri titretiyordu. Ölüm yaklaşırken, gecenin karanlığında rotor kanatlarının gürültüsü yankılanıyordu.

"Neye bakıyorsun?"

Gözlerimi, Ortega'nın yumuşak kıvrımlarını belli eden ve göğüs kısmına bir efsanenin basılmış olduğu tişörtünden alamıyordum. Yüzünde hafif bir gülümseme vardı ama yerini endişeye bırakmak üzereydi.

"Kovacs?"

Gözlerimi kırpıştırdım ve tişörtün yarattığı zihinsel döküntülerin sınırlarında kalmaya çalıştım. Başım Bulutlarda ne demekti, yavaş yavaş ortaya çıkıyordu.

"İyi misin?"

"Evet."

"Bir şeyler yemek ister misin?"

"Ortega, eğer..." Boğazımı temizlemem gerekti. Yutkunup sözüme devam ettim. Bunu söylemek istemiyordum. Vücudum bunu söylememi istemiyordu. "Eğer Ryker'ı depodan çıkarırsam? Yani sonsuza dek. Bütün yükümlülüklerinden kurtarsam ve Seattle'ın bir tuzak olduğunu kanıtlasam... Bunun senin için anlamı ne olur?"

Sanki bilmediği bir dil konuşuyormuşum gibi öylece yüzüme baktı. Daha sonra pencereye doğru yürüyüp dikkatli bir şekilde kenarına oturarak bana döndü. Konuşmuyordu ama gözlerinden cevabı almıştım.

"Kendini suçlu mu hissediyorsun?" diye sordu en sonunda.

"Ne konuda?"

"Bizimle ilgili olarak."

Kahkahalarla gülmek istediysem de boğazımdaki bu refleksi durduracak kadar büyün bir acım vardı. Ona hâlâ dokunmak istiyordum. Dün, bu isteğim sular seller gibi akıp gitmiş ama tükenmemişti. Pencere pervazındaki kalçalarının kıvrımına ve bacaklarına baktığımda, bana nasıl sokulduğunu hatırladım. Avuçlarım, sanki hayatının en büyük anıymış gibi dokunduğu göğüslerinin ağırlığını ve şeklini hatırladı. Ona bakarken, parmaklarım yüzünün geometrisini çizmek istedi. Artık içimde daha fazla suça yer kalmamıştı. Yalnızca bu duyguyu sığdırabilirdim.

"Elçiler kendilerini suçlu hissetmezler," dedim kısaca. "Ciddiyim. Kawahara'nın Ryker'a oyun ettiğine hiç şüphe yok çünkü Ryker Mary Lou Hinchley dosyasını fazla karıştırmıştı. Hinchley'in özgeçmişine dair bir şeyler hatırlıyor musun?"

Ortega bir süre düşündükten sonra omuzlarını silkti. "Erkek arkadaşıyla olmak için evden kaçmıştı. Kirayı çıkarabilmek için birkaç işte çalışmış. Erkek arkadaşı beyinsizin tekiydi. Onun ilk kaydı on beş yaşındayken açılmış. Uyuşturucu satmış, birkaç sıradan veri belleğini bozmuş ve genelde birlikte olduğu kadınların sırtından geçinmiş."

"Hinchley'i Et Pazarı'nda ya da kabinlerde çalıştırmış mıdır?"

"Ah, evet." Ortega, buz gibi bir ifadeyle başını evet anlamında salladı. "Kesinlikle."

"Eğer biri cinsel ilişkiden sonra kadınların öldürüldüğü bir evde çalıştırılmak üzere işçi arıyor olsaydı, en ideal adaylar Katolikler arasından çıkardı, değil mi? Sonuçta onlar bunu kimseye anlatmazdı. Bilinç nedenleri..."

"Uç olaylar." Ortega'nın yüzü kireç gibi olmuştu. "Uç olayların kurbanlarının çoğu, her şey bittiğinde depoya alınır. Kimseye bir şey anlatmazlar."

"Doğru. Ama ya bir sorun çıktıysa? Özellikle, ya Mary Lou Hinchley bu evlerden birinde fahişe olarak kullanılacağı için kaçmaya çalıştı ve Başım Bulutlarda adındaki bir hava genelevine düştüyse?"

"Başım Bulutlarda mı? Sen ciddi misin?"

"Başım Bulutlarda'nın sahipleri, 653 sayılı önergeyi durdurmak istemezler miydi?"

"Kovacs." Ortega, iki eliyle sakinleşmemi işaret etti. "Kovacs, Başım Bulutlarda, o evlerden biri. Burada üst düzey fahişeler çalışıyor. Ben oraları sevmem. Midemi bulandırıyorlar ama kabinler temiz. Yüksek sosyeteyi amaçlıyorlar ve uç..."

"Sence üst düzey sadizmden ve nekrofiliden hoşlanmıyor mu? Bu alt sınıfın ilgi alanı mı?"

"Hayır, değil," dedi Ortega sakince. "Ama parası olan biri işkenceci rolünü oynamak isterse, bunu sanal olarak yapabilir. Evlerden bazılarında sanal ortam yaratılıyor ama bu zaten *yasal* ve bu konuda yapabileceğimiz hiçbir şey yok. Onlar böyle seviyor."

Derin bir nefes aldım. "Kristin, biri beni Başım Bulutlarda'ya götürüp Kawahara ile görüşmemi istedi. Wei Klinik'ten biriydi. Eğer Kawahara'nın batı yakası evlerinden birinde payı varsa, çıkar sağlayabilecekleri her şeyi yaparlar, çünkü Kawahara da her şeyi yapar. Her şeyi. Kötü bir Met'e inanmak mı istiyorsun? Bancroft'u boş ver. O Kawahara'nın yanında rahip gibi kalır. Kawahara, Fission City'de büyüdü ve yakıt sektöründe çalışanların ailelerine anti radyasyon uyuşturucular sattı. Su taşıyıcının ne demek olduğunu biliyor musun?"

Ortega başını iki yana salladı.

"Fission City'de çetelere böyle deniyor. Bak, eğer biri koruma için para ödemeyi reddeder, polise muhbirlik eder ya da yerel yakuza geldiğince yeterince hızlı bir şekilde kaçmazsa, standart ceza pis su içmekti. Çete üyeleri, reaktör soğutma sistemlerinden çektikleri pis suyu mataralarda taşırdı. Bir gece, cezalandırılacak olan kişinin evine gider, ona ne kadar içmesi gerektiğini söylerlerdi. Bu sahne ailesine zorla izletilirdi. Eğer cezalı suyu içmezse, içene kadar ailesi gözlerinin önünde kıtır kıtır kesilirdi. Dünya'ya ait bu hikâyeyi nereden bildiğimi merak ediyor musun?"

Ortega cevap vermedi. Tiksinti içinde beni dinliyordu.

"Kawahara anlattı. Çocukken yaparmış. Su taşıyıcıymış. Üstelik bununla gurur duyuyor."

Telefon çaldı.

Ortega'ya görüntüye girmeyeceği bir yerde durmasını işaret ettikten sonra çağrıya cevap verdim.

"Kovacs?" Arayan Rodrigo Bautista'ydı. "Ortega yanında mı?"

"Hayır," diye yalan söyledim otomatik olarak. "İki gündür görmedim. Bir sorun mu var?"

"Ah, büyük ihtimalle yok. Yine gezegenden kaybolup gitti. Eğer onu görürseniz, bu öğleden sonra bir toplantı kaçırdığını ve Yüzbaşı Murawa'nın bundan hiç hoşlanmadığını söyleyin."

"Onu göreceğimi mi düşünüyorsunuz?"

"Söz konusu Ortega ise, hiçbir şey belli olmaz." Bautista ellerini iki yana açtı. "Şimdi işim var. Görüşürüz."

"Görüşürüz." Ekranın kapanmasını izledim. Ortega, saklandığı yerden çıktı. "Duydun mu?"

"Evet. Bu sabah Hendrix hafıza disklerini geri götürmem gerekiyordu. Murawa, öncelikle o diskleri neden Otlak Sokak'tan çıkardığımı öğrenmek isteyecektir."

"Bu senin soruşturman değil mi?"

"Evet ama bazı normlar var." Ortega bir anda bitkin göründü. "Kovacs, bu normları uzun süre görmezden gelemem. Zaten seninle çalıştığım için bütün gözler üzerimde. Kısa süre sonra herkes benden şüphelenecek. Bancroft'u ikna etmek için birkaç gününüz var. Sonrasında..."

Ellerini havaya kaldırdı.

"Kaçırıldığını söyleyemez misin? Kadmin'in diskleri senden aldığını?"

"Beni poligraf testine sokarlar..."

"Hemen sokmazlar."

"Kovacs, şu anda sifonu üzerine çektiğimiz şey, benim kariyerim, senin değil. Ben bu işi eğlencesine yapmıyorum..."

"Kristin, beni dinle." Yanına gidip ellerini tuttum. "Ryker'ı geri istiyor musun, istemiyor musun?"

Benden uzaklaşmaya çalıştı ama onu tuttum.

"Kristin. Onun tuzağa düşürüldüğüne inanıyor musun?"

Yutkundu. "Evet."

"O halde onu tuzağa düşüren kişinin Kawahara olduğuna inanmıyorsun? Seattle'de düşürmeye çalıştığı kruvazör okyanusun üzerinde yol alıyordu. Kruvazörün nereye gittiğini tahmin edersen yeni ipuçları keşfedeceksin. Mary Lou Hinchley'nin denizin neresinden çıkarıldığını bir düşünün. Daha sonra haritaya Başım Bulutlarda'yı koy ve tuhaf bir durum söz konusu mu, değil mi, bir düşün."

Ortega, tuhaf bakışlarla ellerini avuçlarımdan çekti.

"Bunun doğru olmasını isterdin, değil mi? Kawahara'nın peşine takılmak için gerekçe arıyorsun ve bu gerekçenin ne olduğunun hiçbir önemi yok. İçinde yalnızca nefret var, değil mi? Bu senin için bir skordan başka bir şey ifade etmiyor. Ryker senin umurunda bile değil. Dostun Sarah'yı bile umursamıyorsun..."

"Bunu bir daha söylersen," dedim soğuk bir tavırla, "seni öldürürüm. Haberin olsun, konuştuğumuz hiçbir konu, Sarah'nın hayatından daha önemli değil. Ve söylediğim hiçbir şey, Kawahara'nın istediğini yapmaktan başka bir seçeneğim olduğu anlamına gelmiyor."

"O halde amacın ne?"

Ortega'ya dokunmak istedim ama ellerim bomboş kaldı.

"Bilmiyorum. Henüz bilmiyorum. Ama eğer Sarah'yı kurtarabilirsem, Kawahara'yı da alt etmenin bir yolunu bulurum."

Bir süre bana baktıktan sonra arkasına döndü ve ceketini içeri girerken üzerine fırlattığı koltuktan aldı.

"Biraz dolanacağım," dedi usulca.

"İyi." Ben de en az onun kadar soğukkanlıydım. Baskı kurmanın zamanı değildi. "Ben buradayım. Çıkmam gerekirse de sana bir mesaj bırakırım."

"Tamam."

Gerçekten geri dönüp dönmeyeceğini sesinden anlamak mümkün değildi.

Odadan çıktıktan sonra biraz oturup düşündüm ve Elçilik sezilerimi hatırlamaya çalıştım. Telefon bir kez daha çaldığı sırada pencereden bakıyordum ve Ortega'nın nereye gittiğini düşünmeye dalmıştım.

Bu kez arayan Kawahara'ydı.

"İstediğiniz şeyi buldum," dedi bir anda. "Rawling virüsünün faal olmayan bir türevi, yarın sabah sekizden sonra SilSet Holding'e ulaştırılacak. No: 1187, Sacramento. Geleceğinizi biliyorlar."

"Aktivasyon kodu nedir?"

"Ayrı bir zarfta size ulaştırılacak. Trepp sizinle iletişime geçecek."

Başımı salladım. BM'nin savaş virüslerinin taşınması ve mülkiyeti konusundaki kanunları açık seçik ortadaydı. Faal olmayan viral yapılar, araştırma ve hatta, hatıra olarak saklanmak üzere tutulabiliyordu. Faal bir savaş virüsünün ya da faal olmayan virüsü aktive etmeye yarayan kodların mülkiyeti ya da satışı, BM'nin ağır suç kapsamına giriyordu ve cezası yüz ila iki yüz yıl depoda kalmaktı. Virüs yayıldığı takdirde, ceza kişinin yok edilmesine kadar gidebiliyordu. Doğal olarak bu cezalar yalnızca sivil vatandaşlara uygulanabiliyordu, askerî komutanlara ya da kamu yöneticilerine değil. Güçlüler, oyuncaklarını kıskanırlar.

"Trepp bana hemen ulaşsın," dedim kısaca. "On günümü bununla harcamak istemiyorum."

"Anlıyorum." Kawahara, sanki Sarah'yı tehdit eden, ikimizin de kontrol edemediği doğanın kötücül bir gücüymüş gibi gülümsedi. "Yarın akşam Irene Elliott'ı yeni kılıfına sokacağım. JacSol A.Ş. tarafından satın alındı. Onlar benim iletişim arayüzü şirketlerimden biri. Saat on gibi onu Bay City'nin merkezinden alabilirsiniz. Sizi geçici olarak JacSol'un batı departmanında güvenlik danışmanı olarak gösterdim. Adınız Martin Anderson."

"Anladım." Kawahara'nın söylemek istediği, bir sorun çıktığında ilk başta benim icabıma bakılacağıydı. "Yeni kimliğim Ryker'ın DNA'sıyla aynı değil. Vücudu çıkarıldığı sürece Bay City'nin merkezinde canlı bir dosya olacak."

Kawahara başıyla onayladı. "Bu sorunu çözdüm. Onay belgeniz, genetik bir araştırmadan önce JacSol'un kanallarından geçirilecek ve DNA'nız Anderson adıyla kaydedilecek. Başka bir sorun var mı?"

"Ya Sullivan ile karşılaşırsam?"

"Müdür Sullivan izinde. Psikolojik sorunları var. Biraz sanalda zaman geçirecek. Onu bir daha görmeyeceksiniz."

Kawahara'nın yüzüne bakarken tüylerim diken diken oldu. Boğazımı temizledim.

"Kılıf satın alınacak mı?"

"Hayır." Kawahara hafifçe gülümsedi. "Özellikleri kontrol ettim. Irene Elliott'ın kılıfında biyoteknoloji yok."

"Var demedim zaten. Bunun teknik kapasiteyle ilgisi yok, motivasyonla ilgisi var. Sadık olmasını istiyorsanız..."

Kawahara ekrana doğru yaklaştı. "Kovacs, beni biraz zorlayabilirsiniz ama bu kadarı fazla. Elliott'ın uygun bir kılıfı olacak ve buna minnettar kalacak. Onu siz istediğiniz ve sadakat sorunlarınız beni ilgilendirmez. Bunu dinlemek istemiyorum."

"Uyum sağlaması uzun sürecektir," dedim inatla. "Yeni bir kılıfın içindeyken daha yavaş ve..."

"Bu da sizin sorununuz. Ben size paranın satın alabileceği en iyi uzmanları sundum ama siz geri çevirdiniz. Yaptıklarınızın sonuçlarıyla yaşamayı öğrenmelisiniz Kovacs." Durup gülümseyerek arkasına yaslandı. "Elliott'ın kim olduğunu, ailesinin kim olduğunu, bağlantılarını, neden depodan çıkarılmasını istediğinizi araştırdım. Çok incesiniz Kovacs ama korkarım, bu şefkat gösterinizde benden yardım göremeyeceksiniz. Burası bir yardım kuruluşu değil."

"Değil," dedim sıkıcı bir şekilde. "Biliyorum."

"Sorun çözülene kadar bunun doğrudan kurduğumuz son bağlantı olduğunu da unutmayalım."

"Evet."

"Mantıksız görünebilir ama durum bu. İyi şanslar Kovacs."

Ekran boşaldı ve Kawahara'nın son sözleri havada yankılandı. Uzun bir süre durup bu son sözlerini düşündüm. Nefretimden, ekranda hâlâ onu görüyor gibiydim. Konuşmaya başlayınca, Ryker'ın sesi kulaklarıma yabancı geldi. Sanki içimde başka biri ya da başka bir şey konuşuyordu.

"Mantıklı olan mantıksız olandır," dedi sessiz odanın içinde. "Orospu çocuğu."

Ortega geri dönmedi ama pişirdiklerinin kokusu bütün odayı kaplamıştı. Midem kazınıyordu. Bir süre daha zihnimdeki yapbozun tırtıklı kenarlarını bir araya getirmeye çalıştım ama ya kalbim buna karşı geliyordu ya da hâlâ büyük bir parça kayıptı. En sonunda öfkenin ve hayal kırıklığının kekremsi tadından vazgeçip mutfağa gittim.

OTUZUNCU BÖLÜM

Kawahara'nın hazırlıkları eksiksizdi.

Ertesi sabah sekiz civarında, JacSol sembolü taşıyan otomatik bir limuzin Hendrix'e geldi. Aşağıya indiğimde arka kabinin Çin tasarımı kutularla dolu olduğunu gördüm.

Hepsini odamda açtığımda, Serenity Carlyle'ı çıldırtacak derecede kaliteli giysilerle karşılaştım: iki tane, Ryker'ın ölçülerine göre dikilmiş kum renginde takım, yakasına JacSol logosu işlenmiş altı tane el yağımı gömlek, gerçek deriden resmî ayakkabılar, gece mavisi bir yağmurluk, JacSol hatlı bir cep telefonu ve DNA kodlama klavyeli küçük, siyah bir disk.

Duş alıp tıraş oldum, giyindim ve diski çalıştırdım. Kawahara, kusursuz bir görüntüsüyle ekranda belirdi.

"Günaydın Takeshi-san. JacSol İletişim'e hoşgeldiniz. Bu diskteki DNA kodlaması, Martin James Anderson adına kayıtlı. Daha önce de bahsettiğim gibi, JacSol Ryker'ın tüm genetik kayıtları ya da Bancroft tarafından adınıza açılan banka hesabını iptal edecek. Şu kodu not edin."

Rakamları hızla okudum ve yeniden Kawahara'nın yüzüne odaklandım.

"Makul olan bütün harcamaların JacSol hesabından karşılanacak ve on günlük anlaşmamızın sonuna kadar geçerli. Eğer hesabı daha erken iptal etmek isterseniz, kodu iki kez girin, DNA izinizi bırakın ve yeniden iki kez kodu girin.

"Trepp, size bugün bir ara iş telefonunuzdan ulaşacak. Telefonunuz her zaman yanınızda olsun. Irene Elliott, batı yakası saatiyle 21.45'te yüklenecek. Bu, yaklaşık kırk beş dakika sürecek. Mesajı aldığınızda, paketiniz SilSeh Holding'te olmuş olacak. Kendi uzmanlarımla görüştükten sonra Elliott'ın ihtiyaç duyabileceği donanım listesini çıkardık ve bunları bize gizli bir şekilde temin edebilecek tedarikçileri bulduk. Her şeyi JacSol hesabından ödeyin. Listenin çıktısı hemen alınacak

"Bu ayrıntıların tekrarına ihtiyaç duyarsanız, diske on sekiz dakika boyunca daha ulaşabilirsiniz. Artık kendi başınızasınız."

Kawahara'nın yüzünde bir PR gülümsemesi oluştu ve yazıcıdan çıktı aldığım sırada görüntü kaybolup gitti. Listeye göz atarak limuzinin yanına indim.

Ortega geri dönmemişti.

SilSet Holding'te Harlan Ailesi vârisi gibi karşılandım. Teknikerlerden biri, halüsinojen el bombası boyutlarında metal bir silindir getirirken, insan resepsiyonistler beni rahat ettirmekle meşguldü.

Trepp benim kadar büyülenmemişti. Telefonda aldığım talimatlar uyarınca akşamın erken saatlerinde, Oakland'da bir barda buluştuk. JacSol logosunu görünce gülmeye başladı.

"Kovacs, berbat bir programcı gibi görünüyorsunuz. Bu takımı nereden buldunuz?"

"Benim adım Anderson," diye hatırlattım. "Takım da ismime yakışıyor."

Yüzünü ekşitti.

"*Anderson*, bir daha alışverişe çıktığınızda beni de yanınıza alın. Hem paranızı çarçur etmenizi engellerim hem de hafta sonları çocuklarını Honolulu'ya götüren adamlara benzemekten kurtulursunuz."

Küçük masaya doğru eğildim. "Trepp, giydiklerimle en son dalga geçtiğinizde sizi öldürmüştüm."

Omuzlarını silkti. "Bazı insanlar gerçeklerle yüzleşemiyor."

"Getirdiniz mi?"

Trepp, elini düz bir şekilde masaya koyup çekti; plastikle kaplanmış gri disk, işte tam aramızdaydı.

"Buyurun. İsteneni yaptım. Artık deli olduğunuzu biliyorum." Sesinde sanki bir hayranlık vardı. "Dünya'da, bu şeylerle oynarsanız başınıza neler geleceğini biliyor musunuz?"

Diski alıp cebime koydum. "Herhalde her yerde olduğundan farklı şeyler olmuyordur. Federal suç. Başka bir seçeneğim olmadığını unuttunuz galiba."

Trepp kulağını kaşıdı. "Federal suç. Sonsuza dek silinme. Bugün bu diski üzerimde taşımaktan hiç hoşlanmadım. Diğerleri sizde mi?"

"Neden? Benimle görülmek istemiyor musunuz?"

Gülümsedi. "Öyle de diyebiliriz. Umarım ne yaptığınızı biliyorsunuzdur."

Ben de öyle umuyordum. SilSet'ten aldığım el bombası boyutlarındaki paket, gün boyunca pahalı ceketimin cebini delecekti.

Hendrix'e geri dönüp mesajları kontrol ettim. Ortega aramamıştı. Otel odasında Elliott'a anlatacaklarımı düşünerek zaman öldürdüm. Saat dokuz olduğunda yeniden limuzine döndüm ve Bay City'nin merkezine gittim.

Genç doktor gerekli evrakları hazırlarken, ben de resepsiyonda oturup gösterdiği yerleri imzaladım. Tüm bu olan bitende tüyler ürpertici bir tanıdıklık vardı. Şartlı tahliyesinin bütün şartları bana bağlıydı ve bu beni Irene Elliott'ın davranışlarından sorumlu tutuyordu. Geçen hafta geldiğimde, Elliott'ın bu konuda söyleyecek benden daha az şeyi vardı.

Elliott en sonunda, resepsiyonun arkasındaki YASAK BÖLGE kapılarından çıktığında, sanki hastalıktan yeni kalkmış gibi görünüyordu. Aynada yeni yüzünüzü ilk kez görmek hiç de kolay değildi ve Elliott artık, kocasının fotokübünden hatırladığım o iri kemikli sarışın değildi. Kawahara, bu yeni kılıfı uyumlu olarak nitelendirmişti ve gerçekten de hakkı vardı. Bir kadın vücuduydu bu ve Elliott'ın orijinal vücuduyla hemen hemen aynı yaştaydı ama bütün benzerlikleri bu kadardı. Irene Elliott iri yarı ve açık tenliyken, bu kılıf akan suda görünen o bakır pırıltısına sahipti. Siyah saçları gürdü ve gözleri sıcak kömürleri andırıyordu. Dudakları şeker renginde, vücudu ince ve narindi.

"Irene Elliott?"

Bana bakmaya çalışırken resepsiyona doğru yalpaladı. "Evet. Siz kimsiniz?"

"Adım Martin Anderson. JacSol'un batı departmanını temsil ediyorum. Şartlı tahliye olmanızı biz sağladık."

Gözlerini hafifçe kısarak beni bir kez daha baştan ayağa süzdü. "Programcıya hiç benzemiyorsunuz. Yani, üzerinizdeki takım dışında."

"Ben bazı projelerde JacSol için çalışan bir güvenlik danışmanıyım. Bizim için yapmanızı istediğimiz bazı işler var."

"Evet? Bunu daha ucuza yapacak kimseyi bulamadınız mı?" Etrafını gösterdi. "Ne oldu? Yoksa depodayken ünlü falan mı oldum?"

"Bir anlamda," dedim dikkatlice. "Formaliteleri burada halledip işimize baksak daha iyi olacak. Limuzin bekliyor."

"*Limuzin* mi?" Sesindeki kuşkuyu sezdiğimde, o gün ilk kez gülümsedim. Kendini bir rüyada sanmış olmalıydı.

"Siz gerçekten kimsiniz?" diye sordu limuzin havalandığı sırada. Sanki son birkaç gündür herkes bu soruyu soruyor gibi hissetmiştim. Neredeyse kendimi sorgulamaya başlayacaktım.

Limuzinin güzergâh planına baktım. "Bir dost," dedim usulca. "Şimdilik bu kadarını bilmeniz yeterli."

"Her neye başlayacaksak, öncesinde..."

"Biliyorum." Bu sırada limuzin yana yattı. "Yaklaşık yarım saat içinde Ember'da olacağız."

Elliott'a dönüp bakmadığım halde bakışlarındaki ateşi hissedebiliyordum.

"Siz o şirketten değilsiniz," dedi kesin bir dille. "Şirketler böyle işlerle uğraşmaz."

"Şirketler, kâr sağlayabilecekleri her işi yaparlar. Önyargılarınızın gözünüzü kör etmesine izin vermeyin. Para söz konusuysa, bütün köyleri bile yakarlar. Ama bir insan suratına ihtiyaçları varsa, birinin suratını yüzüp başkasına naklederler."

"Peki bu insan suratı siz misiniz?"

"Pek sayılmaz."

"Benden ne yapmamı istiyorsunuz? Yasadışı bir şey mi?"

Silindik şeklindeki virüs yükleyiciyi cebimden çıkarıp Elliott'a verdim. Elliott, yükleyiciyi iki eliyle tutup profesyonel bir ilgiyle her yerini inceledi. Böylelikle onu ilk kez test etmiş oldum. Elliott'ı depodan çıkarmamın nedeni, Kawahara'nın şu ana kadar görevlendirdiği herkesten çok daha sadık olmasıydı. Ama bu konuda yetenekli olduğuna inanmak için, elimde içgüdülerim ve Victor Elliott'ın karısı hakkında verdiği söz dışında hiçbir şey yoktu. Huzursuzdum. Her şeyi akışına bırakacaktım. Kawahara haklıydı. Merhamet, insanlara pahalıya patlayabiliyordu.

"Bakalım. Bu birinci jenerasyon bir Simultec virüsü." Kibirli bir tavırla her heceyi yavaşça vurguluyordu. "Nadide bir koleksiyon parçası. Muhtemelen eski bir eser. Son teknoloji ürünü bir hızlı boşaltım zarfına yerleştirilmiş. Bir de antibölgesel kılıf eklenmiş. Bana burada ne olduğunu söyler misiniz? Bu bir kaçış planı, değil mi?"

Başımla onayladım.

"Hedef ne?"

"Sanal bir genelev. Bir YZ tarafından yönetiliyor."

Elliott, sessiz bir ıslık çalar gibi dudaklarını araladı. "Tahliye planı mı bu?"

"Hayır. Yerleştirme planı."

"Bunu mu yerleştiriyorsunuz?" Silindiri kaldırdı. "Bu ne ki?"

"Rawling 4851."

Elliott bir anda elindeki silindirdi geri indirdi. "Bu hiç komik değil."

"Komik olması gerekmiyordu zaten. Bu faal olmayan bir tür Rawling. Gözleminiz doğru; hızlı bir tahliye için gerekiyordu. Aktivasyon kodları cebimde. Rawling'i bir YZ'nin genelev verilerine yerleştireceğiz, kodları yükleyeceğiz ve sonra kapağını kapayacağız. Aşılması gereken birkaç gözetleme sistemi dışında sorun yok."

Meraklı gözlerle bana baktı. "Siz zihinsel sorunları olan bir tür dindar mısınız?"

"Hayır." Belli belirsiz gülümsedim. "Öyle bir şey değil. Bunu yapabilir misiniz?"

"YZ'ye bağlı. Özellikleri biliyor musunuz?"

"Şu an söyleyemem."

Elliott, tahliye zarfını bana geri verdi. "O halde bilemiyorum."

"Ben de öyle tahmin etmiştim." Keyifli bir tavırla silindiri yerleştirdim. "Yeni kılıfınız nasıl?"

"Fena sayılmaz. Neden kendi vücudumu geri alamadım? Kendi kılıfımda çok daha hızlı..."

"Biliyorum. Maalesef elimde olan bir şey değildi. Depoda ne kadar kaldığınızı söylediler mi?"

"Biri dört sene kaldığımı söyledi."

"Dört buçuk sene," dedim, imzaladığım şartlı tahliye formlarına bakarak. "Maalesef bu sırada biri sizin kılıfınızı satın almış."

"Ah," dedi ve sessizliğe gömüldü. Başka birinin vücudunda ilk kez uyanmanın verdiği şok, birinin bir yerlerde içinizde yürüdüğünü bilmenin verdiği öfkeyle kıyaslandığında hiçbir şey değildi. Bu sanki sadakatsizliğin keşfi, bir tecavüzdü. Bu iki hak ihlali konusunda da yapabileceğiniz hiçbir şey yoktu. Alışıyordunuz.

Sessizlik iyice uzayınca hareketsiz yüzüne baktım ve boğazımı temizledim.

"Bunu şu anda yapmak istediğinizden emin misiniz? Yani eve gitmek istediğinizden."

Bana bakmaya tenezzül bile etmiyordu. "Evet, eminim. Yaklaşık beş senedir beni görmemiş olan bir kızım ve kocam var. Sizce bu..." kendini işaret etti "beni durdurur mu?"

"Mantıklı."

Ember'ın ışıkları, kıyı şeridinin karanlığında belirdi. Limuzin inişe geçmişti. Elliott'ı göz ucuyla izlerken gerginliğinin arttığını fark ettim. Avuçlarını dizlerine sürtüyor, alt dudağını ısırıyordu. Tuttuğu nefesini, kısık olsa da kesinlikle duyulacak şekilde verdi.

"Geldiğimi bilmiyorlar mı?" diye sordu.

"Hayır," diyerek kestirip attım. Bu sohbete devam etme niyetinde değildim. "Anlaşma sizle JacSol'un batı departmanı arasında. Ailenizi ilgilendirmez."

"Ama onlarla görüşmemi siz ayarladınız. Neden?"

"Ben aile toplantılarına bayılırım." Aşağıdaki enkaza dönen uçak taşıyıcının karanlığını izlemeye koyuldum. Sessizce yere indik. Otomatik limuzin, yerel trafik sisteminin arasında kendine yol açtı ve Elliott'ın dükkânının yaklaşık iki yüz metre kuzeyinde yere değdik. Dizi dizi Anchano Salomao holografının altından yavaşça kıyı yoluna girdik ve dükkânın dar vitrininin önüne park ettik.

Kapı tamponu kaldırılmış, kapı kapanmıştı ama cam duvarlı ofisin arkasında ışıklar yanıyordu.

Limuzinden indik ve yolun karşı tarafına geçtik. Kapalı kapı aynı zamanda kilitliydi de. Irene Elliott, bakır renkli eliyle sabırsızlık içinde kapıya vurunca birinin ayağa kalktığını gördük. Bir süre sonra Victor Elliott olduğunu anladığım kişi nakliye katına indi, resepsiyonu geçerek bize doğru yürüdü. Gri saçları dağınıktı ve yüzü uyumaktan şişmişti. Dalgın bakışlarını, daha önce, uzun süre bellekleri kurcalayan veri farelerinde de görmüştüm.

"Bu da nesi..." derken beni tanıdı ve durdu. "Ne istiyorsun benden çekirge? Yanındaki de kim?"

"Vic?" Irene Elliott'ın yeni gırtlağının onda dokuzu kapalı gibiydi. "Vic, benim."

Elliott bir bana, bir de yanımdaki Asyalı nazik kadına baktı. Victor Elliott, duydukları karşısında afallamıştı. Darbenin etkisiyle geri çekildi.

"Irene?" diye fısıldadı.

"Evet, benim," dedi Irene kısık sesle. Yanaklarından yaşlar süzülüyordu. Bir süre camın ardından birbirlerine baktılar. Daha sonra Victor Elliott kapının kilit mekanizmasını devredışı bıraktı ve bakır tenli kadın kendini kocasının kollarına attı. Birbirlerine öyle sıkı sarılmışlardı ki, Irene'in yeni kılıfının kemikleri kırılabilirdi. Sokak lambalarını izlemeye başladım.

Irene Elliott en sonunda beni hatırladı. Kocasından ayrılıp yüzündeki gözyaşlarını silerek bana baktı.

"Acaba..."

"Elbette," dedim sakince. "Ben limuzinde beklerim. Sabah görüşürüz."

Karısı onu içeri doğru sürüklerken, Victor Elliott'ın bana meraklı gözlerle baktığını gördüm. Yumuşak bir hareketle başımı sallayarak selam verdikten sonra park halindeki limuzine ve sahile doğru döndüm. Kapı arkamdan kapandığında elimi cebime sokup Ortega'nın buruşuk sigara paketini çıkardım. Limuzinin yanından geçip demir tırabzana doğru yöneldim. Bükülmüş ve düzleşmiş silindirlerden birine sürterek kibriti yaktım ve ciğerlerimi dumanla doldururken hayatımda ilk kez pişmanlık hissetmedim. Sahilde herkes sörf yapıyordu ve kumların üzerinde bir yığın hayaleti andırıyorlardı. Tırabzana yaslanıp kıyıya vuran dalgaların beyaz gürültüsünü dinledim. Hâlâ çözülememiş bir sürü sorun varken neden kendimi böylesine huzurlu hissettiğimi merak etmiştim. Ortega geri dönmemişti. Kadmin hâlâ özgürdü. Sarah'nın hâlâ kefaretini ödemek gerekiyordu. Kawahara beni köşeye sıkıştırmıştı ve ben hâlâ Bancroft'un neden öldürüldüğünü bilmiyordum.

Bütün bunlara rağmen üzerimde bir sakinlik vardı.

Size sunulanı alırsınız ve bu bazen yeterlidir.

Gözüm dalgakıranlara takıldı. Ardındaki okyanus siyah ve gizemliydi. Kıyının biraz uzağında, pürüzsüz bir şekilde geceyle birleşiyordu. Alabora olmuş *Serbest Ticaret Koruyucu*'nun devasa gövdesi bile fark edilmiyordu. Mary Lou Hinchley'in akıntıya kapılıp okyanusun derinlerinde predtörlere yem olduğunu düşündüm. Akıntı onu içine çekmeden önce ne kadar süre suyun yüzeyinde kalmıştı acaba? Karanlık onu ne kadar süre içinde tutmuştu?

Sorularımın ardı arkası gelmiyordu. Bancroft'un gökyüzüne ve Dünyanın güneş sisteminin sınırlarının ötesine ilk kuşkulu adımlarını attığı küçük ışık huzmelerine çevrilmiş antika teleskobunu gördüm. Hassas mavnalar bir milyon kayıtlı öncüyü taşıyordu ve Marslıların çıkardığı astroloji haritası doğruysa, dondurulmuş embriyo bankaları bir gün uzak dünyalarda kılıf olarak onları kullanacaktı. Aksi takdirde sonsuza dek sürükleneceklerdi, çünkü evrenin büyük kısmı gece ve kapkara bir okyanustan ibaretti.

Bu düşüncelerim karşısında kendim bile şaşırmıştım. Tırabzandan uzaklaşıp başımın üzerindeki holografik yüze baktım. Anchana Salomao geceyi kendine ayırmıştı. Hayaletleri andıran görüntüsü, yol boyunca tekrar eden aralıklarla etrafı kesiyordu. Şefkatli ama müdahil değildi. Özenle şekillendirilmiş yüzüne baktığımda, Elizabeth Elliott'ın o zirvelere neden bu kadar ulaşmak istediğini anlamak zor değildi. Bu tarafsız duruşa sahip olmak için her şeyimi verebilirdim. Dükkânın üzerindeki pencereye baktım. Işıklar yanıyordu. Çıplak bir kadın silueti ışıklardan birinin önünden geçti. İç çektim, sigaramın izmaritini olukta söndürdüm ve limuzine girdim. Gece nöbetini Anchana tutsun. Eğlence kanalları arasında zapping yapıyor, görüntü ve seslerin beni uyutmasını istiyordum. Gece, aracın etrafını soğuk bir sis gibi sardı. Elliott'ların evinin ışıklarından uzaklara, denize doğru sürüklendiğim hissi içimi sıkıyordu. Ufukta yaklaşan bir fırtına vardı...

Başımın hemen yanındaki pencereye sertçe vurulunca hemen uyandım ve Trepp'in dışarıda sabırla beklediğini gördüm. Pencereyi açmamı işaret ettikten sonra sırıtarak içeri doğru eğildi.

"Kawahara sizin hakkınızda yanılmamış. O düzmeci sevişebilsin diye arabada uyuyorsunuz. Kovacs, siz rahip olmalıymışsınız."

"Kapayın çenenizi Trepp," dedim öfke içinde. "Saat kaç?"

"Beş civarı." Gözlerini devirdi ve çipine baktı. "Beşi on altı geçiyor. Birazdan hava ağarır."

Oturduğum yerde daha da doğrulmaya çalıştım. Dilimin ucundaki sigara tadı ağzıma gelmişti. Burada ne işiniz var?"

"Arkanızı kolluyorum. Bancroft ile işiniz bitmeden Kadmin'in sizi öldürmesini istemeyiz, öyle değil mi? Hey, bu Wreckers mi?"

Bir tür spor yayınının döndüğü ekrana baktığını fark ettim. Küçücük siluetler, duyulamayacak kadar kısık yorumlar eşliğinde çapraz bir alanın üzerinde öne ve arkaya koşuyordu. İki oyuncu arasındaki çarpışmaya silik tezahüratlar eşlik ediyordu. Uykuya dalmadan önce sesini kısmış olmalıydım. Ekranı kapadım. Trepp haklıydı; gece, yerini tatlı bir maviliğe bırakıyordu. Yanımızdaki binalar, karanlığın içindeki lekeler halinde aydınlanıyordu.

"Pek sevmiyorsunuz herhalde?" Trepp ekranı işaret etti. "Ben de sevmezdim ama New York'ta yeterince uzun süre yaşadığınızda alışıyorsunuz."

"Trepp, gözlerinizi ekrandan alamamana rağmen benim arkamı nasıl kollamayı planlıyorsunuz acaba?"

Trepp, incinmiş gözlerle bana baktı ve başını geri çekti. Limuzinden indim ve soğuk havaya karşı gerindim. Anchana Salomao hâlâ göz alıcıydı ama Elliott'ın evindeki ışıklar sönmüştü.

"Birkaç saat önce yattılar," dedi Trepp, bana yardımcı olmak istercesine. "Kaçabileceklerini düşündüğüm için evin arkasını da kontrol ettim."

Karanlık pencerelere baktım. "Neden kaçsınlar ki? Irene Elliott henüz anlaşmanın maddelerini bile bilmiyor."

"Silinme cezasına çarptırılma ihtimali birçok insanı epey gerer."

"Bu kadını germez," dedim ve kendi kendime ne kadar inandığımı düşündüm.

Trepp omuzlarını silkti. "Öyle diyorsanız öyledir. Ben yine de sizin biraz deli olduğunuzu düşünüyorum. Kawahara'nın düzmecileri bu işi elleri bağlıyken bile yapabilir."

Kawahara'nın teknik destek teklifini kabul etmeme nedenim neredeyse tamamen içgüdüsel olduğu için bir şey söylemedim. Bancroft, Kawahara ve 653 sayılı önerge hakkında anlattıklarımın buz gibi kesinliği, önceki günkü yorgunluğuyla uçup gitmiş, keyfim de Ortega'nın gidişiyle iyice kaçmıştı. Şu an elimdeki tek şey görevimin önemi, soğuk şafak ve kıyıya vuran dalgaların sesiydi. Ortega'nın ağzımdaki tadı ve tenimde hissettiğim vücudunun sıcaklığı, bu soğuk uyanışımın içinde tropikal bir ada gibiydi.

"Bu saatte kahve satan bir yer var mıdır?" diye sordum.

"Böyle küçük bir şehirde mi?" Trepp, dişlerinin arasından derin bir nefes aldı. "Sanmam. Ama yolda gelirken birkaç otomat görmüştüm. Bir tanesinde elbet vardır."

"Otomat kahvesi mi?" Burun kıvırdım.

"Nesiniz siz? Gurme falan mı? Kaldığınız otelde de büyük bir otomat var. Tanrım, Kovacs, artık makine çağında yaşıyoruz. Kimse size bunu söylemedi mi?"

"Haklısınız. Peki buradan ne kadar uzak?"

"İki kilometre. Benim arabamı alırız. Böylelikle Küçük Prenses uyanıp da pencereden bakarsa telaşlanmaz."

"Anlaştık."

Trepp'in peşinden karşı yola geçtim ve radara yakalanmıyormuş gibi görünen siyah arabasına bindim. İçeride hafif bir tütsü kokusu vardı.

"Bu sizin mi?"

"Hayır, Avrupa'dan dönerken kiraladım. Neden sordunuz?"

Başımı iki yana salladım. "Önemli değil."

Trepp motoru çalıştırdı. Sessizce ilerlemeye başladık. Denize bakan pencereden dışarıyı izliyor, içimdeki öfkeyle cebelleşiyordum. Limuzinde uyuduğum için her yanım kaşınıyordu. Bancroft'un ölümündeki çözümsüzlüğümden yeniden sigaraya başlamama kadar her şey beni son derece rahatsız etmeye başlamıştı. İçimden bir ses, kötü bir gün geçireceğimi söylüyordu. Üstelik güneş henüz doğmamıştı.

"Her şey bittiğinde ne yapacağınızı düşündünüz mü?"

"Hayır," dedim asık suratla.

Kıyıya doğru inen bir dükkân vitrininin önündeki otomatlara nihayet varmıştık. Bu otomatları buraya sahil müşterisini düşünerek koydukları apaçık belliydi ama bu viran hallerine bakacak olursam, satışların Elliott'ın veri dükkânında olduğundan daha iyi olduğunu söylemek mümkün değildi. Trepp, arabayı denize doğru park ettikten sonra kahveleri almaya gitti. Pencereden onu izlerken otomatı tekmelediğini gördüm. En sonunda plastik bardakta iki kahve almayı başardı. Arabaya dönerek kahvemi uzattı.

"Burada mı içmek istersiniz?"

"Evet, neden olmasın?"

Kahvelerin kapaklarını çıkarıp cızırtılarını dinledik. Anlaşılan o ki, mekanizma pek iyi ısıtmıyordu ama kahvenin tadı hiç de fena sayılmazdı ve belirgin bir kimyasal etkisi vardı. Yorgunluğumun uçup gittiğini hissettim. Yavaş yavaş yudumlarken, bir yandan da candan bir sessizlikle kıyıya vuran denizi seyrediyorduk.

"Bir kez Elçilere katılmayı denedim," dedi Trepp aniden.

Meraklı gözlerle ona baktım. "Öyle mi?"

"Evet, çok uzun zaman önce. Beni reddettiler. Sadakat kapasitem yokmuş."

Homurdandım. "Askeriyede hiç bulunmadınız, değil mi?"

"Sizce?" Sanki ona çocuk tacizcisi muamelesi yapmışım gibi baktı. Yorgun bir şekilde kıkırdadım.

"Sanmıyorum. Onlar borderline psikopatik eğilimleri olanları arıyorlar. Bu yüzden ilk önce askeriye mensuplarını alıyorlar."

Trepp bu duyduğuna şaşırmış gibiydi. "Benim borderline psikopatik eğilimlerim var."

"Evet, bundan hiç şüphem yok ama bu eğilimlere ve takım ruhuna sahip olan sivil sayısı oldukça sınırlı. Bu değerler birbirinin zıttı. Bu iki özelliğin aynı kişide olma şansı çok düşük. Askeri eğitim psikopat davranışlara karşı gelme yeteneğini kırıyor, aynı zamanda gruba karşı fanatik bir sadakat geliştirmeyi sağlıyor. Paket teklif. Askerler, kusursuz Elçi materyalidir."

"Sanki ucuz kurtulmuşum gibi konuşuyorsunuz."

Birkaç saniye ufka baktım.

"Evet." Kahvemi bir dikişte bitirdim. "Hadi, dönelim."

Geri dönerken, bizi ayıran sessizlikte değişen bir şeyler vardı. arabayı saran ufkun ışığı gibi bir şeydi bu; hem soyut, hem de reddetmesi imkânsızdı.

Veri dükkânının önüne geldiğimizde, Elliott'ın dışarıda beklediğini gördüm. Limuzine doğru yaslanmış, denizi seyrediyordu. Kocası ortalıkta yoktu.

"Siz burada kalsanız daha iyi olacak," dedim Trepp'e, arabasından inerken. "Kahve için teşekkürler."

"Tabii."

"Sanırım bir süre sizi dikiz aynamdan görmeye devam edeceğim."

"Kovacs, beni bir daha göreceğinizi sanmam," dedi Trepp, neşe içinde. "Ben bu konuda sizden daha iyiyim."

"Göreceğiz."

"Evet, tabii. Görüşürüz." Yürümeye başladığım için sesini yükseltmişti. "Planı sakın bozmayın. Hepimiz planların bozulmasından nefret ediyoruz."

Arabayı, yaklaşık on metre kadar geri geri sürdükten sonra sessizliği bozan bir motor sesiyle arabanın burnunu kaldırarak havalandı ve başımızın üzerinden geçip okyanusa doğru yol almaya başladı.

"Kimdi o?" Irene Elliott'ın sesi, çok ağlamış gibi kısık çıkıyordu.

"Yedek," dedim dalgın bakışlarla. Bir yandan da arabanın enkaz halindeki uçak taşıyıcının üzerinden uçuşunu izliyordum. "Aynı kişiler için çalışıyoruz. Endişelenmeyin, o benim dostum."

"Sizin dostunuz olabilir," dedi Elliott sert bir tavırla. "Ama benim değil. Hiçbiriniz değilsiniz."

Önce yüzüne, sonra denize baktım. "Doğru."

Dalga sesi dışında çıt yoktu. Elliott, limuzinin cilalı karoserine yaslanmıştı.

"Kızıma ne olduğunu biliyorsunuz," dedi ölü gibi bir sesle. "Başından beri biliyordunuz."

Başımla onayladım.

"Ve umurunuzda bile değil, değil mi? Onu bir paçavra gibi kullanan bir adam için çalışıyorsunuz."

"Onu birçok erkek kullandı zaten," dedim kaba bir tavırla. "Buna kendi izin verdi. Kocanızın, kızınızın bunu neden yaptığını söylediğine de eminim."

Irene Elliott'ın yutkunmakta zorlandığını duydum. Ufka döndüm. Trepp'in kruvazörü şafak öncesi karanlığında kayboluyordu. "Nedeni, benim hizmetinde çalıştığım adama şantaj yapmaya ve kızınızı daha sonra öldürecek olan Jerry Sedaka denen herifi baştan çıkarmaya çalışmasıyla aynı. Bunu sizin için yaptı Irene."

"Pislik." Ağlamaya başladı.

Gözlerimi okyanustan ayırmadım. "Artık Bancroft için çalışmıyorum," dedim dikkatlice. "Taraf değiştirdim. Sizin ona, onun kızınızı becerirken hissetmediği bir suçluluk duygusuyla vurmanızı istiyorum. Üstelik, artık depodan çıktınız ve gerekli parayı toplayıp Elizabeth'e yeni bir kılıf alabilirsiniz. Ya da en azından onu depodan çıkarabilir, sanal bir ev alabilirsiniz. Seçenekleriniz var. Size seçenek sunuyorum. Sizi oyuna geri sokuyorum. Bunu göz ardı etmeyin."

Gözyaşlarını tutmaya çalıştığını fark edip beklemeye başladım.

"Kendinize hayransınız, değil mi?" dedi en sonunda. "Bana büyük bir iyilik yaptığınızı düşünüyorsunuz ama siz merhametli biri falan değilsiniz. Beni depodan çıkarmış olabilirsiniz ama her şeyin bir bedeli var, değil mi?"

"Elbette öyle," dedim usulca.

"Virüs konusundan istediğinizi yapacağım. Sizin için kanunu deleceğim ya da depoya geri döneceğim. Geri çekilirsem ya da başarısız olursam, kaybedecek sizden daha çok şeyim var. Anlaşma bu, değil mi? Hiçbir şey bedavaya değil."

Dalgaları seyrettim. "Anlaşma bu," dedim.

Bir sessizlik daha. Sanki üzerine bir şey dökmüş gibi yeni kılıfına baktığını fark ettim. "Nasıl hissettiğimi biliyor musunuz?" diye sordu.

"Hayır."

"Kocamla yattım ve bana sadakatsizlik ediyormuş gibi hissettim." Boğuk bir kahkaha attı. Öfke içinde gözlerini sildi. "Ona sadakatsizlik etmişim gibi hissettim. Beni depoya koyduklarında, arkamda bir vücut ve aile bıraktım. Şimdi ikisine de sahip değilim."

Yeniden kendini inceledi. Ellerini kaldırıp döndürdü, parmaklarını araladı.

"Ne hissettiğimi bilmiyorum," dedi. "Ne hissetmem gerektiğini de."

Söyleyebileceğim çok şey vardı. Söylenecek, yazılacak, araştırılacak ve tartışılacak çok şey vardı. Dergilerde – *Başka Bir Vücutta Partnerinize Kendinizi Yeniden Nasıl Sevdirebilirsiniz,* bitmek bilmez psikolojik makalelerde – *Sivil yeniden kılıfta ikincil travma gözlemleri* ve hatta Kordiplomatik'in el kitapçıklarında bile bu klişe sorun sürekli ele alınırdı. Alıntılar, öneriler, dinî ve zihinsel delilikler... Ona, tüm bunların bir insan için oldukça normal olduğunu, bu sorunun üstesinden gelmek için psikodinamik disiplinler olduğunu, milyonlarca insanın bunu atlatmayı başardığını anlatabilirdim. Hangi Tanrıya inanıyorsa, o Tanrı tarafından korunduğunu da söyleyebilirdim. Yalan söyleyebilirdim, mantıklı açıklamalar yapabilirdim. Hepsi aynı kapıya çıkardı, çünkü gerçekler acıydı ve artık bu konuda kimsenin yapabileceği bir şey yoktu.

Hiçbir şey söylemedim.

Şafak sökmüştü ve güneşin ışınları önümüze düşüyordu. Elliott'ın dükkânının pencerelerine baktım.

"Victor?" diye sordum.

"Uyuyor." Koluyla yüzünü silerek kötü kesilmiş bir amfetamin gibi gözyaşlarını kontrol altına altı. "Bunun Bancroft'un canını yakacağını mı söylüyorsunuz?"

"Evet. Hemen olmasa da, evet, canını yakacak."

"Bir YZ'ye yükleme yapmak," dedi Irene Elliott. "Silme cezası virüsü yüklemek. Tanıdık bir Met'in hayatıyla oynamak. Bunun ne gibi riskler taşıdığını biliyor musunuz? Benden ne yapmamı istediğinizin farkında mısınız?"

Gözlerinin içine baktım.

"Evet, biliyorum."

Dudakları titredi.

"Peki. O halde yapalım."

OTUZ BİRİNCİ BÖLÜM

Planı işleyişe koymak üç günden kısa sürdü. Irene Elliott soğukkanlı bir profesyonel gibi davrandı ve her şeyle ilgilendi.

Limuzinle Bay City'ye dönerken ona her şeyi anlattım. İlk başta içi hâlâ kan ağlıyordu ama ayrıntıları öğrendikçe başıyla onayladı, homurdandı, beni susturdu ve yeterince açıklayamadığım konuları yeniden anlatmamı istedi. Ona Reileen Kawahara'nın önerdiği donanım listesini gösterdim. Listenin üçte ikisini kabul etti. Geri kalan ise yalnızca prosedürdü ve Elliott'a göre Kawahara'nın danışmanlarının bir bok bildiği yoktu.

Yolculuğun sonuna ulaştığımızda her şeyi öğrenmişti. Planı aklında evirip çevirdiğini görebiliyordum. Gözyaşları dinmiş, unutulmuştu ve kızını kullanan adama beslediği nefreti yüzünden okuyabiliyordum. İntikamını alacaktı.

Irene Elliott ikna edilmişti.

JacSol hesabıyla Oakland'da bir daire kiraladım. Elliott o daireye taşındı ve ona uyuması için biraz zaman tanıdım. Ben de Hendrix'te kalarak uyumaya çalıştım ama pek başarılı olamadım. Altı saat sonra daireye döndüğümde Elliott'ın çoktan ayaklandığını gördüm.

Kawahara'nın verdiği isimleri ve numaraları arayarak Elliott'ın ihtiyaç duyduğu malzemeleri sipariş ettim. Kasalar saatler içinde daireye ulaştı. Elliott hepsini birer birer açtıktan sonra malzemeleri yere dizdi.

Ortega'nın sanal forum listesini birlikte kontrol edip yalnızca yedi malzemeye kadar indirdik.

(Ortega ne gelmiş ne de aramıştı.)

İkinci gün, öğleden sonraya doğru, Elliott birincil modülleri bitirdi ve seçeneklerin bulunduğu kısa listeyi gözden geçirdi. Listede artık üç madde vardı ve Elliott birkaç malzeme daha alınmasını istedi. Büyük gün için rafine bir yazılım gerekiyordu.

Akşamın ilk saatlerinde listedeki maddeler ikiye düşmüştü bile. Elliott, iki madde için de öz hazırlıkları belirledi. Ne zaman bir yerlerde hata bulsa, hemen başa dönüp her şeyi yeniden gözden geçirdik.

Gece yarısı olduğunda hedefimiz belliydi. Elliott yatağına gidip sekiz saat boyunca uyudu. Ben de Hendrix'e gidip düşüncelere daldım.

(Ortega'dan hâlâ haber yoktu.)

Kahvaltı için sokaktan bir şeyler alıp daireye götürdüm. İkimizin de iştahı yoktu.

Yerel saat 10.15'i gösteriyordu. Irene Elliott, ekipmanını son kez ayarladı.

İşe koyulduk.

Yirmi yedi buçuk dakika.

"Güvenlik sistemleri bok gibiymiş," dedi Elliott.

Ekipmanını sökmekle meşgul olan Elliott'ı kendi başına bırakıp öğleden sonra Bancroft'u görmeye gittim.

OTUZ İKİNCİ BÖLÜM

"Buna inanması çok zor," dedi Bancroft keskin bir dille. "Oraya gittiğimden emin misiniz?"

Suntouch House'un balkonunun altındaki çimlerde duran Miriam Bancroft, hareketli bir holoprojeksiyonun talimatlarına uyarak kâğıttan dev bir planör yapmakla meşguldü. Kanatların beyazı o kadar parlaktı ki, insanın gözünü alıyordu. Balkonun demirlerine yaslandığımda, Miriam Bancroft gözlerini güneşten koruyarak bana baktı.

"Alışveriş merkezinde güvenlik monitörleri var," dedim umursamaz bir tavırla. "Otomatik bir sistem. Yıllar sonra hâlâ kullanılır vaziyette. Kayıtlarda kapıya doğru yürüdüğünüz görülüyor. İsmi biliyorsunuz, değil mi?"

"Jack It Up mı? Elbette, duymuştum ama orayı hiç *kullanmadım*."

Demirleri bırakmadan etrafıma bakındım. "Sanal sekse karşı mısınız? Gerçekçilerden misiniz yoksa?"

"Hayır." Sesindeki tebessümü duyabiliyordum. "Sanal formatlarda bir sorunum yok. Bunu size söylediğimi düşünüyorum, oraları nadiren kullanmışımdır. Ama Jack It Up denen yer oldukça kalitesiz."

"Peki ya Jerry'nin Yakın Mesafeleri hakkında ne düşünüyorsunuz? Kaliteli bir genelev mi?"

"Pek sayılmaz."

"Ama bu, sizin Elizabeth Elliott ile kabin oyunları oynamaya gitmenize engel olmadı, değil mi? Yoksa orası kısa süre önce mi..."

"Pekâlâ." Sesindeki tebessüm, yerini ekşi bir tona bırakmıştı. "Ne demek istediğinizi anladım. Uzatmayın."

Miriam Bancroft'u izlemeyi bırakıp koltuğuma geri döndüm. Hâlâ aramızdaki sehpada duran buzlu kokteylimi aldım.

"Anladığınıza sevindim," dedim, içkimi karıştırırken. "Çünkü bu karmaşadan sıyrılabilmek acılı bir serüven. Tüm bu süreç içinde alıkonuldum, işkence gördüm ve neredeyse öldürülüyordum. Louise adındaki ve sevgili kızınız Naomi'nin yaşlarındaki kadın, bu yola girdiği için öldürüldü. Eğer sonuçlarımı beğenmiyorsanız, siktir olup gitmekte özgürsünüz."

Kokteylimi ona kaldırdım.

"Kovacs, melodramdan hiç hoşlanmam. Lütfen oturun. Söylediklerinizi reddediyor değilim. Yalnızca sorguluyorum."

Yerime oturup parmağımı ona doğru salladım. "Hayır, kıvırıyorsunuz. Bu olay, sizin kişiliğinizin küçük gördüğünüz tarafıyla doğrudan ilişkili. O gece, Jack It Up'ta kullandığınız yazılımın ne tür bir yazılım olduğunu bilmek istemiyorsunuz, çünkü düşündüğünüzden de pis çıkmasından korkuyorsunuz. Karınızın yüzüne boşalmak isteyen tarafınızla yüzleşmeye zorlanıyorsunuz ve bundan hoşlanmıyorsunuz."

"Size anlattığım bu özel konuları yeniden gündeme getirmenin bir anlamı yok," dedi Bancroft sert bir dille. "Bahsettiğiniz güvenlik kamerasının kayıtlarıyla, arşive girebilen biri tarafından kolayca oynanabileceğini biliyorsunuz."

"Evet, biliyorum." Yalnızca kırk sekiz saat önce Irene Elliott bunu yapmıştı. Virüs bulaştırıldıktan sonra bu artık çocuk işiydi. Elliott, her şeyi göz açıp kapayıncaya kadar halletmişti. "Ama bununla kim uğraşır ki? Kim benim dikkatimi dağıtmak istesin? Yanlışlıkla Richmond'ın harap haldeki bir alışveriş merkezine gideceğimi düşünen ve dikkatimi dağıtmak isteyen biri herhalde. Hadi ama Bancroft, gerçekçi olun. O görüntüler hiçbir şeyin temeli değil, yalnızca doğru yolda ilerlediğimin bir kanıtı. Uzaktan depolamanıza virüs bulaşmasın diye kendi kendinizi öldürdünüz."

"Altı günlük bir soruşturmadan sonra bu büyük bir sıçrama."

"Suç, Ortega'nın," dedim usulca. Bancroft'un yüzündeki şüpheci ifade beni endişelendirmeye başlamıştı. Bu kadar yıpranacağını hiç düşünmemiştim. "Gözümü açan o oldu. En başından beri cinayet ihtimaline inanmadı. Sert ve zeki bir Met olduğunuz için kimsenin sizi öldürmüş olabileceğine ihtimal vermediğini söyledi. Ben de bir hafta önce buradaki konuşmamızı hatırladım. Bana, *Kendi canımı alacak bir adam değilim ben. Öyle olsaydım bile bu şekilde yapmazdım. Ölmeyi kafaya takmış olsaydım, şu an benimle konuşuyor olmazdınız,* demiştiniz. Elçilerin hafızası kusursuzdur, bunlar sizin kelimelerinizdi."

Durup kokteylimi sehpaya bırakarak her zaman gerçeğin karşısında duran yalanın o ince ucunu aradım.

"Tüm bu süre boyunca, tüfeği sizin çekmediğiniz varsayımı üzerinde çalıştım, çünkü siz intihar edecek biri değildiniz. Sırf bunun için, aslında tetiği kendinizin çektiğini gösteren bütün kanıtları yok saydım. Elektron bazlı güvenlik, haneye tecavüze dair bir iz olmaması, kasadaki parmak izi."

"Ve Kadmin. Ve Ortega."

"Evet, işe yaramadı. Ama Ortega'dan bahsettik zaten. Kadmin'e gelince... Kadmin'e birazdan geleceğim. Tetiğin intihar yoluyla çekildiğini de hesaba kattığımda tıkanıp kalıyorum. Ama ya bu iki seçenek birbirinin aynısı değilse? Ya kendi belleğinizi, ölmek için değil ama başka bir neden için patlatmak istediyseniz? Bunu düşününce gerisi çorap söküğü gibi geldi. Bunu yapmanız için olası nedenler neydi? Kendi kafanıza silah dayamak, ölmek istiyor bile olsanız, hiç kolay değil. Yaşamak istediğiniz halde bunu yapmak için şeytani bir isteğe sahip olmak gerek. Belleğiniz hiç zarar görmeden yeni bir kılıfa kavuşacağınızı biliyor bile olsanız, o sırada olduğunuz kişi ölecek. O tetiği çekmek için epey çaresiz olmanız gerek. Burada," diyerek gülümsedim, "hayatınızı tehdit eden bir şey olmalı. Bu varsayımdan yola çıktığımda virüs senaryosu hiç de olağandışı görünmedi. Artık nasıl ve nerede virüs kaptığınızı bulmanın zamanı gelmişti."

Bancroft bu sözlerim karşısında huzursuzlandı. İçim gururla dolmuştu. Virüs! Uzaktan depolamalarının ve dondurulmuş klonlarının virüse karşı bağışıklığı olmadığı için Metler bile bu görünmez çürümeden korkarlardı. Viral Saldırı! Bancroft'un dengesi şaşmıştı.

"Şimdi, virüs gibi karmaşık bir yapıyı bağlantısı kopmuş bir hedefe bulaştırmak sanal olarak imkânsız olduğu için, hat boyunca bir yerden bağlı olmalısınız. Benim de aklıma PsychaSec geldi ama güvenlik çok sıkı. Ve bu, aynı nedenle Osaka'ya gitmenizden önce gerçekleşmiş olamaz; faal olmadığı zamanlarda bile virüs, PsychaSec'teki bütün alarmları çaldırır. Her şey son kırk sekiz saat içinde gerçekleşmiş olmalı, çünkü uzaktan depolamanız temizdi. Karınızla konuştuğum için, Osaka'dan döndüğünüzde muhtemelen şehirde olduğunuzu biliyordum. Sizin itiraflarınızdan da, sanal bir genelevde olabileceğiniz sonucunu çıkardım. Artık yapmam gereken tek şey, birkaç ziyaretti. Jack It Up'ı keşfetmeden önce beş altı mekâna girip çıktım. Onları sorguya çektiğimde, viral bulaşma sireni neredeyse telefonumu havaya uçuracaktı. YZ'ler böyledir; kendi güvenlik sistemlerini yazarlar ve bu konuda rakipsizdirler. Jack It Up'ın güvenliği o kadar sıkı ki, polisin tünel kazıp içeri sızması ve ana işlemciden kalanları bulması aylar sürer."

YZ'nin asit banyosundaki bir adam gibi debelendiğini düşününce içimi bir vicdan azabı kapladı ama hemencecik geçiverdi. Jack It Up'ı seçmemizin birçok nedeni vardı: çatıyla kaplı bir alanda olması, alışveriş merkezinin kamera sistemine attığımız iftiraları tartışmaya açacak bir uydu bölgesi söz konusu değildi. Suç oranının yüksek olduğu bir bölge olduğu için, kimse yasadışı bir virüsün bir şekilde içeri sızmış olmasına inanmakta güçlük çekmeyecekti ama en çok da, müşterilere sunulan programlar berbat olduğu için polisin olayın üzerinde fazla durmaması olasıydı. Ortega'nın listesinde en azından on iki cinsel suç vardı ve Bedensel Hasar departmanı, her birinde Jack It Up'taki programlardan izler bulmuştu. Ortega'nın yazılım listesini okurken nasıl dudak bükeceğini, olaya nasıl umursamaz bir tavırla yaklaşacağını tahmin edebiliyordum.

Ortega'yı özlemiştim.

"Ya Kadmin?"

"Bunu bilmek çok zor ama virüsü ilk olarak Jack It Up'a kim bulaştırdıysa, Kadmin'i beni susturması ve olayları örtbas etmesi için de o kiralamıştır. Ben ortalığı karıştırmazsam, Jack It Up'ın dondurulduğunu fark etmek ne kadar uzun sürecekti? Alışveriş merkezine girmesi engellenen kaç tane potansiyel müşteri polisi arar ki?"

Bancroft sert bakışlar attı ama söyleyeceklerinden savaşın neredeyse bittiğini anlamıştım. İnanç dengesi bana doğru dönmüştü. Bancroft bütün yalanlara inanacaktı. "Virüsün bilerek yayıldığını söylüyorsunuz. Ve birinin o makineyi öldürdüğüne inanıyorsunuz, öyle mi?"

Omuzlarımı silktim. "Öyle görünüyor. Jack It Up, yerel kanunlarla işliyor. Yazılımlarının çoğuna ağır suçlar departmanı tarafından el konmuş. Bu da, öyle ya da böyle, suç dünyasıyla düzenli anlaşmaları olduğu anlamı taşıyor. Düşmanları olduğuna hiç şüphe yok. Harlan'daki yakuzalar, ihanet eden makinelere viral cezalar verir. Burada işler bu şekilde mi dönüyor ya da bu cezalar için yeterli donanıma sahipler mi bilmiyorum ama Kadmin'i kiralayan kişinin onu polis deposundan çıkarmak için bir YZ'yi kullandığını biliyorum. Dilerseniz bunu Otlak Sokak ile doğrulayabilirsiniz."

Bancroft konuşmuyordu. Bir süre onu izledim. Yelkenlerini indirdiğini, kendi kendini ikna ettiğini görüyordum. Ototaksinin içinde çöküvermişti; Jack It Up'ta yaptıklarından duyduğu vicdan azabı, zihnindeki virüs dehşetine karışmış durumdaydı. Ona virüs bulaşmıştı! Laurens Bancroft, karanlığın içinden Suntouch House'ın ışıklarına ve onu kurtarabilecek tek ameliyata doğru sendeleyerek ilerliyordu sanki. Neden evine bu kadar mesafe varken taksiden inmişti? Neden yardım etmesi için birini uyandırmamıştı? Artık bu sorulara cevap vermem gerekmiyordu. Bancroft ikna olmuştu. Vicdan azabı ve kendinden tiksinmesi sayesinde ikna olmuştu ve zihnindeki korkunç görüntüleri sağlamlaştırmak için kendi cevaplarını arayacaktı.

Ağır suçlar departmanı Jack It Up'ın ana işlemcisine ulaştığında, Rawling 4851 makinedeki bütün tutarlı bilgileri yiyip bitirmiş olacaktı. Kawahara için dikkatle yazıp oynadığım bu oyundan geriye tartışacak hiçbir şey kalmayacaktı.

Ayağa kalkıp balkona gittim. Sigara içsem mi, içmesem mi, bir türlü karar veremiyordum. Son iki gündür bu isteğime ket vurmak iyiden iyiye zorlaşmıştı. Irene Elliott'ı iş başında izlemek sinir bozucuydu. Göğüs cebime doğru giden elime engel olarak planörünün neredeyse sonuna gelen Miriam Bancroft'a baktım. Birden başını kaldırıp yukarı doğru bakınca, hemen bakışlarımı kaçırdım. O sırada Bancroft'un hâlâ aynı açıyla denize doğru çevrilmiş teleskobunu gördüm. Aylak bir merakla eğilerek açı ayarlarına baktım. Tozlu parmak izleri hâlâ üzerindeydi.

Toz mu?

Bancroft'un bilinçsizce kibre buladığı sözleri gelmişti aklıma. *Bir zamanlar ilgilenmiştim. Yıldızlar o zaman hâlâ izlenesiydi. Nasıl bir his olduğunu bilemezsiniz. O lensten en son yaklaşık iki yüzyıl önce baktım.*

Parmak izlerine baktığımda aklımdan geçenlere kendim bile şaşırdım. Birisi bu lensten, iki yüzyıldan daha kısa bir süre içinde bakmıştı ama bu kullanım çok kısa sürmüştü. Tozların çok az yer değiştirmiş olduğuna bakacak olursam, programlama anahtarları yalnızca bir kez kullanılmıştı. Bir anda teleskoba yaklaştım ve gösterdiği yere, denize doğru baktım. Epey sisli bir görüntü vardı. O kadar uzağa baktığınızda, teleskobun açısı size birkaç kilometre yukarıdaki boş hava görüntüsünü sunuyordu. Rüyadaymışım gibi merceğe eğildim. Görüş alanımın tam ortasında gri bir benek vardı ve ben beneğin etrafını çevreleyen maviliği görmeye çalıştıkça benek bulanıyordu. Başımı kaldırıp kontrol panelini bir kez daha kontrol ettiğimde bir amper anahtarı keşfettim ve hemen ayarını değiştirdim. Bir kez daha baktığımda, gri beneğin lensin büyük bir kısmını doldurduğunu gördüm. Yavaşça nefes verdim. Sanki en sonunda sigara içmiş gibi hissediyordum.

Hava gemisi, deli gibi yemek yedikten sonra tıkanan katil balina gibi asılı kalmıştı. Yüzlerce metre uzunluğunda olmalıydı. Gövdesinin alt kısmında kabartılar ve iniş pistini andıran çıkıntılı bölmeler vardı. Ryker'ın nörokimyası harekete geçince güneşin altında yanmış harfleri nihayet okuyabildim: Başım Bulutlarda.

Derin derin nefes alarak teleskoptan uzaklaştım. Gözlerimdeki odaklanma normal haline geri döndüğünde yeniden Miriam Bancroft'u gördüm. Planörünün parçalarının ortasında durmuş, bana bakıyordu. Göz göze gelince irkildim. Elimi teleskobun kontrol paneline götürüp Bancroft'un beynini dağıtmadan önce yapmış olması gerekeni yaptım. Son yedi haftadır hava gemisini izlemesini sağlayan harflerin silinmesi için hafızayı sıfırladım.

Hayatım boyunca deli olduğuma inandığım zamanlar olmuştu ama şu anda yaptığımdan daha büyük bir delilik yoktu. Birinci dereceden ipucu, birinin gelip onu keşfetmesi için lensin içinde bekliyordu. Polis telaştan, ilgisizlikten ve bilgisizlikten; Bancroft ise teleskobun onda bir şüphe uyandırmayacak kadar dünyasına dahil olduğu için bu ipucunu kaçırmıştı. Ama benim böyle bir bahanem yoktu. Bir hafta önce orada dikilmiş, gerçeğin iki uyumsuz parçasının birbiriyle çarpışmasını görmüştüm. Bancroft, bu teleskobu yüzyıllardır kullanmadığını iddia ettiği sırada, tozun bunun tam tersini gösterdiğini keşfetmiştim. Miriam Bancroft, en fazla bir saat önce, *Laurens yıldızları izlerken bazılarımız gözlerini yerden ayırmadı* deyince taşlar yerine oturmuştu. Teleskop fikri o zaman aklıma gelmişti. Zihnim enjeksiyonun yavaşlığına karşı geliyor, beni uyarmaya çalışıyordu. Titriyordum ve dengemi kaybetmiştim. Yaşadığım gezegene ve kılıfıma yabancıydım. Yüklemenin sonuçları durumu kötüleştirmişti.

Miriam Bancroft, hâlâ çimlerden bana bakıyordu. Teleskoptan uzaklaştım, yüz ifademi toparladım ve koltuğuma geri döndüm. Zihninde canlandırmasına çalıştığım sahte görüntülere dalıp gitmiş olan Bancroft, orada olmadığımı fark etmemişti bile.

Ama artık zihnim fazlasıyla hızlı çalışmaya başlamıştı. Ortega'nın listesi ve 653 sayılı önerge tişörtüyle açılan yolda dört nala ilerliyordum. İki gün önce Ember'da hissettiğim sessiz teslimiyet, yalanlarımı Bancroft'a bir an önce anlatma sabırsızlığı, Sarah'yı dışarı çıkarıp işi bitirme arzum... hepsi uçup gitmişti. Her şeyin, hatta Bancroft'un sonu bile gelip Başım Bulutlarda'da düğümleniyordu. Öldüğü gece oraya gitmiş olduğu kesindi. Orada başına gelenler, birkaç saat sonra Suntouch House'taki ölüm nedenlerinin anahtarıydı. Reileen Kawahara'nın saklamak için kılı kırk yardığı gerçek de işte bu anahtarda gizliydi.

Bu, araya kendi başıma gitmem gerektiği anlamına geliyordu.

İçkimden bir yudum aldım ama tadına hiç varamadım. Çıkardığı ses, Bancroft'u daldığı uykulardan uyandırmaya yetti. Başını kaldırıp baktığında, orada olduğuma şaşırmış gibiydi.

"Özür dilerim Bay Kovacs. Bu, kaldırabileceğimden çok fazla.

Düşündüğüm tüm o senaryolardan sonra, bu sonuncusu aklımın ucundan bile geçmezdi. Üstelik çok da basit bir senaryo bu. Her şey gün gibi ortada." Sesinde, kendinden tiksinen bir ton vardı. "Aslına bakarsanız, benim bir Elçi dedektife ihtiyacım yokmuş. İhtiyacım olan tek şey, kendime tutacağım bir aynaymış."

Kokteylimi elimden bırakıp ayağa kalktım.

"Gidiyor musunuz?"

"Başka bir sorunuz yoksa, evet. Benim de biraz zamana ihtiyacım var. Buralarda olacağım. Beni Hendrix'te bulabilirsiniz."

Ana salona doğru ilerlerken Miriam Bancroft ile yüz yüze geldim. Üzerinde, bahçedeki giysileri vardı. Saçlarını pahalı görünen statik bir tokayla toplamıştı. Elindeki bitki vazosu, fırtınalı bir gecenin içindeki sokak lambasına benziyordu. Şehitotunun uzun çiçekleri, kafes şeklindeki vazodan sarkmıştı.

"Acaba..." diye başladı söze.

Yanına, şehitotuna dokunabilecek kadar yaklaştım. "İşim bitti," dedim. "Hazmedebileceğim kadarına tahammül ettim. Kocanızın bir cevabı var ama gerçekleri yansıtmıyor. Umarım bu durum, Reileen Kawahara'yı olduğu kadar sizi de tatmin eder."

Bu ismi duyunca şaşkınlıktan ağzı açık kaldı. Kontrol edemediği tek tepkisi bu olmuştu ama ihtiyacım olan onay da buydu. Gaddar olma arzusu büyük bir ısrarla karanlığın içinden, duygusal rezerv olarak kullandığım öfkenin nadiren ziyaret ettiğim mağaralarından çıkıp gelmişti.

"Reileen'in bir sürtük olduğunu hiç fark etmemiştim ama tam da ait olduğu yeri bulmuş. Umarım bacak arasında, tenis kortunda olduğundan daha iyidir."

Miriam Bancroft'un yüzü kireç gibi oldu. Tokat atacağını düşünüp kendimi hazırladım ama zoraki bir gülümsemeyle karşılaştım.

"Bay Kovacs, yanılıyorsunuz," dedi.

"Evet. Sık sık yanılırım. Özür dilerim." Arkama bakmadan yürüyerek ana salondan ayrıldım.

OTUZ ÜÇÜNCÜ BÖLÜM

Bina, boş bir deniz kabuğunu andırıyordu. Burası bir ambardı. Duvarlar kemerli pencerelerle süslenmişti ve on metrede bir, beyaza boyalı taşıyıcı sütunlar yükseliyordu. Tavan donuk bir griydi. Binanın orijinal tuğlaları görünüyordu ve ağır ferobeton taşıyıcılarla korunuyordu. Zemin, kusursuz şekilde dökülmüş betondan oluşuyordu. Pencerelerden süzülen ışıkta hiç toz zerreciği yoktu. Hava soğuk ve kuruydu.

Anlayabildiğim kadarıyla, binanın ortasında sıradan, çelik bir masa ve rahatsız görünen iki sandalye vardı. Satranç düzeneğine göre yerleştirilmiş gibilerdi. Sandalyelerden birinde uzun boylu, bronz ve güzel yüzlü bir adam vardı. Sanki dahili bir alıcıdan jazz dinliyormuş gibi masaya vurarak tempo tutuyordu. Uyumsuz bir şekilde, mavi ameliyat önlüğü ve ameliyat terlikleri giymişti.

Sütunlardan birinin arkasından çıkıp pürüzsüz beton zeminde masaya doğru yürüdüm. Önlüklü adam bana bakıp başını salladı. Hiç şaşırmışa benzemiyordu.

"Merhaba Miller," dedim. "Oturabilir miyim?"

"Siz beni suçladıktan bir saat sonra avukatlarım beni buradan çıkaracak," dedi Miller sakince. "Büyük bir hata yaptınız dostum."

Jazz ritmini tutmaya devam etti. Omzumun üzerinden arkaya baktı. Sanki kemerli pencerelerden birinde ilginç bir şey görmüş gibi bir hali vardı. Gülümsedim.

"*Büyük* bir hata," diye tekrarladı kendi kendine.

Çok nazik bir şekilde uzanıp, vurmayı bırakması için elini masanın üzerine nazikçe bastırdım. Sanki onu kancaya geçirmişim gibi irkildi.

"Siz ne bok yediğinizi..."

Elini çekip ayağa kalktı ama onu tuttuğum gibi yerine oturtunca çenesini kapadı. Bir an beni suçlayacak gibi olduysa da masanın aramızda olması iyiydi. Avukatlarının ona sanal gözaltı hakkında söylediklerini hatırlamış olacak ki, öfke dolu gözlerini bana dikip oturmaya devam etti.

"Siz hiç tutuklanmadınız, öyle değil mi Miller?" Sohbet açmaya çalışıyordum. Cevap vermeyince karşısındaki sandalyeyi alıp arkaya doğru çevirdim ve üzerine ata biner gibi oturdum. Sigara paketimin içinden bir dal çektim. "Bu cümle hâlâ dil bilgisel açıdan doğru. Henüz tutuklanmadınız. Polisin elinde değilsiniz."

Yüzündeki ilk korku belirtisini gördüm.

"Şimdi olan biteni bir gözden geçirelim, tamam mı? Muhtemelen, vurulduktan sonra benim sıvıştığımı ve polisin parçaları toplamaya geldiğini, kliniği suçlayacak kadar parça bulduklarını düşünüyorsunuzdur. Şimdi de yargı süreciyle karşı karşıyasınız. Bu kısmen doğru. Oradan gittim ve polis parçaları toplamaya geldi. Maalesef bir parça eksikti, çünkü ben almıştım. Bu parça, kafanızdı." Detaylıca göstermek için elimi kaldırdım. "Enseden yanmış ve kopmuştu. Bellek zarar görmemişti. Onu ceketimin cebine koydum."

Miller yutkundu. Başımı eğip sigarayı ciğerlerime çektim.

"Şimdi polis, kafanızın aşırı yüklü bir ateşleyiciyle koparıldığını düşünüyor." Dumanı yüzüne üfledim. "Bu izlenimi vermek için ensenizi ve göğsünüzü ben yaktım. Zamanın ve adli bir uzman yardımıyla başka türlü bir karara da varabilirlerdi ama maalesef klinikteki hâlâ yara almamış olan iş arkadaşlarınız, görevliler soruşturmaya başlayamadan onları kapı dışarı etmiş. Dedektiflerin neler bulacağını düşünürsek, haksız da değiller. Bence siz de aynı şeyi yapardınız. Bu, tutuklu olmadığınız gibi, Gerçek Ölü olduğunuz anlamına da geliyor. Ne polis ne de başka biri sizin peşinizde."

"Ne istiyorsunuz?" Miller'ın sesi boğuk çıkmaya başlamıştı.

"Güzel. İçinde bulunduğunuz durumun olası sonuçlarını fark etmenize sevindim. Sizin... meslekten biri için bu doğaldır herhalde. Başım Bulutlarda ile ilgili ayrıntılı bilgi istiyorum."

"Ne?"

Sert bir tavırla karşılık verdim. "Duydunuz."

"Neyden bahsettiğinizi bilmiyorum."

İç çektim. Bunu bekliyordum. Denklemde Reileen Kawahara belirdiğinde bu tepkiyle karşılaşmıştım. Korkunç sadakati, Fizyon Kent'teki eski yakuza patronlarının gururunu kırmış olmalıydı.

"Miller, sizinle kaybedecek zamanım yok. Wei Klinik'ın Başım Bulutlarda adında bir hava geneleviyle bağları var. Muhtemelen New York'lu, Trepp adında biriyle birlikte hareket ediyordunuz. En sonunda bağlı olduğunuz kişi ise Reileen Kawahara. Başım Bulutlarda'ya gittiniz, çünkü Kawahara'yı tanıyorum ve öncelikle gücünü göstermek, sonra da sadakate dair birkaç saçma ders vermek için ortaklarını oraya davet ettiğini biliyorum. Siz daha önce böyle bir olaya dahil oldunuz mu?"

Gözlerinden, dahil olduğunu görebiliyordum.

"Tamam, anladım. Şimdi sıra sizde. Bana Başım Bulutlarda'nın bir şablonunu çizmenizi istiyorum. Hatırlayabildiğiniz kadar ayrıntılı olmalı. Sizin gibi bir cerrahın ayrıntıları atlamadığına eminim. Ziyaretler için geçerli prosedürleri de öğrenmek istiyorum. Güvenlik kodlarını, ziyaret nedeni... böyle şeyler. Bir de içerideki güvenliğe dair bana fikir vermelisiniz."

"Size tüm bunları anlatacağımı mı düşünüyorsunuz?"

Başımı iki yana salladım. "Hayır, size önce işkence yapmam gerektiğini düşünüyorum. Ama öyle ya da böyle, sizi konuşturacağım. Karar sizin."

"Bunu yapamazsınız."

"Yaparım," dedim usulca. "Beni tanımıyorsunuz. Kim olduğumu ya da bu konuşmayı neden yaptığımızı bilmiyorsunuz. Ortaya çıkıp yüzünüzü parçalamadan önceki gece, kliniğiniz beni iki günlük bir sanal soruşturmaya dahil etti. Sharya'nın dinî polis rutini işte. Muhtemelen yazılımı biliyorsunuzdur. Gördüğüm kadarıyla, hâlâ bir intikam oyunu içindeyiz."

Oluşan uzun sessizlikte, artık bana inandığını yüzünden okuyabiliyordum.

"Eğer Kawahara..."

"Kawahara'yı boş verin. Kawahara ile işim bitince, sıradan bir anıdan daha fazlası olmayacak. Kawahara sona yaklaşıyor."

Bir an tereddüt etti ve başını iki yana salladı. Bana baktığında, bunu yapmam gerektiğini anladım. Başımı eğdim ve Louise'in boğazından kasığına kadar açılmış vücudunu hatırlamaya çalıştım. Otocerrahın masasında yatıyordu ve iç organları başının etrafına, birer kabın içinde meze gibi dizilmişti. Bakır tenli kadın halimi, beni çıplak ahşap zemine bağladıklarında bandın verdiği acıyı, etimi keserlerken şakaklarımın ardındaki işkenceyi hatırladım. Çığlıklar ve can çekişmemin tadını çıkaran iki adam...

"Miller." Yeniden boğazımı temizlemem gerektiğini fark ettim. "Sharya hakkında bir şey bilmek ister misiniz?"

Miller bir şey söylemedi. Nefes alış verişlerini kontrol altına almıştı. Kendini, onu bekleyen huzursuzluğa alıştırmaya çalışıyordu. Onu, Müdür Sullivan'a yaptığım gibi bir köşede yumruklayıp konuşturamazdım. Miller sert bir adamdı ve muhtemelen eğitimliydi de. Wei gibi bir yerin yönetiminde çalışıp da kullanımınıza verilen teknolojilerden kendiniz için yararlanmamak olmazdı.

"Ben oradaydım Miller. 217'nin kışı, Zihicce. Yüz yirmi yıl önce. Siz muhtemelen dünyaya gelmemiştiniz ama tarih kitaplarında okumuş olabilirsiniz. Bombardımanlardan sonra yönetime el koyduk." Konuştukça, boğazımdaki gerilim de azalmaya başlamıştı. Sigara tutan elimi kullanarak konuşuyordum. "Protektora, direnişi kırmak ve kukla bir hükümet kurmak amacı taşıdığını söylüyordu. Elbette, bunun için birtakım soruşturmalar yapmanız gerek. Bizim bunun için yeterli yazılımımız yoktu. Biz de icat ettik."

Sigaramı masada söndürüp ayağa kalktım.

"Tanışmanızı istediğim biri var," dedim, arkasına bakarak.

Miller, baktığım yere doğru dönünce donakaldı. En yakınındaki taşıyıcı sütunun gölgesinde uzun boylu, mavi ameliyat önlüklü biri duruyordu. Adam yaklaştıkça yüz hatları iyice belli oldu. Miller, mavi önlüğü görünce başına gelecekleri anlamış olmalıydı. Bana doğru yürüdü, bir şeyler söylemek için ağzını açtı ama o sırada arkamda bir şey gördü ve beti benzi attı. Başımı çevirip hafifçe arkama baktığımda başka birilerinin daha olduğunu gördüm. Hepsi uzun boylu ve bronzdu. Üstelik hepsinde de aynı ameliyat önlüğü vardı. Yeniden önüme döndüğümde, Miller'in mahvolduğunu sezdim.

"Dosya fazla basılmış," dedim. "Protektoradaki birçok yerde bu yasal bile değil. Elbette, makine hatası söz konusu olduğunda, işler çığırından çıkmıyor, yalnızca aynı şeyden iki tane basılıyor. Geri alma sistemi, sizi birkaç saat içinde zaten oradan çıkarıyor. Güzel bir hikâye. Kendimle nasıl tanıştım ve neler öğrendim... Randevunuzda anlatacağınız güzel bir hikâye. Çocuklarınıza da anlatabilirsiniz. Çocuğunuz var mı Miller?"

"Evet." Zar zor yutkundu. "Evet, var."

"Öyle mi? Mesleğinizin ne olduğunu biliyorlar mı?"

Bir şey söylemedi. Cebimden bir telefon çıkardım ve masaya bıraktım. "Pes ettiğinizde bana haber verin. Bu direkt bir hat. Yolla tuşuna basıp konuşmaya başlayın. Başım Bulutlarda. Bununla ilgili bir ayrıntı."

Miller telefona baktıktan sonra bana döndü. Etrafımız çifte canavarlarla doluydu. Vedalaşmak için elimi kaldırdım.

"İyi eğlenceler."

Hendrix'in sanal dinlenme odasına girip kocaman kuşetlerden birine yattım. Uzaktaki duvarda asılı duran dijital zaman göstergesi, bağlantımın bir dakikadan az sürdüğünü söylüyordu. Sanala geçişim yalnızca iki saniyemi almış, geri kalan saniyeler hesaplama ve bağlantıya harcanmıştı. Bir süre hiç hareket etmeden uzandım ve az önce yaşadıklarımı düşündüm. Sharya'nın üzerinden çok zaman geçmişti ve düşünmekten zevk aldığım bir parçamı ardımda bırakmıştım. Bugün kendisiyle tanışacak olan tek kişi, Miller değildi.

Kişisel, diye hatırlattım kendime ama bu kez öyle olmadığını biliyordum. Bu kez bir şey istiyordum. Kin beslemek kolaydı.

"Kişi, psikolojik stres belirtileri gösteriyor," dedi Hendrix. "İlkel bir model, durumunun altı sanal günden az bir sürede kişilik çöküşüne dönüşeceğini söylüyor. Güncel ritimde bu, gerçek zamanla yaklaşık otuz yedi dakika ediyor."

"Güzel." Hipnofonları çıkardım. "Pes ederse beni arayın. Sizden istediğim monitör yayınını buldunuz mu?"

"Evet. Görmek ister misiniz?"

Yeniden saate baktım. "Şimdi olmaz. Miller'ı bekleyeceğim. Güvenlik sistemlerinde bir sorun çıktı mı?"

"Hayır. Veriler korumaya alınmamış."

"Müdür Nyman ne kadar da umursamazmış. Ne kadar veri var?"

"Klinik görüntüleri yirmi sekiz dakika, elli bir saniye sürüyor. İstediğiniz gibi, çalışanı klinikten çıktığı andan itibaren izlemek, çok daha uzun sürer."

"Ne kadar sürer?"

"Tahmin yürütmek şu an imkânsız. Sheryl Bostock, PsychaSec'ten yirmi yaşında bir askerî mikrokopterle çıkmış. Yardımcı personele pek maaş verdiklerini sanmıyorum."

"Bu beni neden şaşırtmadı acaba?"

"Çünkü..."

"Her neyse. Öylesine söylemiştim. Peki ya mikrokopter?"

"Rota sisteminde trafik ağı izni olmadığı için trafik kontrol verilerinde görünmüyor. Aracın, uçuş rotasındaki görsel monitöre yansıyan görüntüsüne güvenmek zorundayım."

"Uydu takibinden mi söz ediyorsunuz?"

"Son çare olarak, evet. Ben alt seviye ve zemin tabanlı sistemlerle başlamak isterim. Onlara giriş daha kolay. Uydu güvenliği genelde çok güçlüdür ve böyle sistemleri kırmak, genelde zor ve tehlikelidir."

"Her neyse. Bir şey bulduğunuzda bana haber verin."

Odanın içinde dolanıp durdum. İçeride kimse yoktu ve konsollarla diğer makinelerin çoğu koruyucu plastikle örtülmüştü. Duvarlardaki illüminyum tuğlalardan gelen loş ışıkta bakınca, bir spor salonuna ya da işkence odasına aitmiş gibi görünüyorlardı.

"Gerçek ışıkları yakabilir miyiz?"

Alçak tavana yerleştirilmiş yüksek yoğunluklu kürelerden bütün odaya ışık saçıldı. Duvarların sanal çevrelere ait resimlerle donatıldığını fark ettim. Yarış gözlüklerinden baş döndürücü dağ manzaraları görünüyordu; imkânsız güzellikleriyle kadınlar ve erkekler, duman altı barlarda oturuyordu; kocaman vahşi hayvanlar avcıların tüfeklerinden kaçıyordu. Resimlere baktığınızda sanki hepsi canlanıyordu. Alçak bir bank bulup oturdum. Az önce önünden ayrıldığım resim, sigara içme isteğimi tetiklemişti.

"Program teknik olarak yasadışı olmasa da," dedi Hendrix tereddüt ederek, dijitalleştirilmiş bir insan kişiliğini iradesi dışında alıkoymak bir suçtur."

Gözlerimi tavana diktim. "Sorun nedir? Korkmaya mı başladınız?"

"Polis bir kez hafızama girdi ve Nicholas Miller'ın kafasının dondurulması konusunda beni suç ortağı olarak görebilirler. Belleğine ne olduğunu da öğrenmek isteyeceklerdir."

"Evet. Otel kuralları, müşterilerin odasına izinsiz kimseyi sokmamayı da söyler ama siz soktunuz, öyle değil mi?"

"Güvenlik zafiyeti sayesinde bir suç işlenmediyse, bu suç sayılmaz. Miriam Bancroft'un ziyaretinin sonucunda olan şey, bir suç değildi."

Yeniden tavana doğru baktım. "Komik mi olmaya çalışıyorsunuz?"

"Espri anlayışı, şu anda kullandığım ayarlarda bulunmuyor ama isterseniz yükleyebilirim."

"Hayır, teşekkürler. Bakın, neden daha sonra kimsenin bakamaması için hafızanızı kendiniz silmiyorsunuz?"

"Sistem içine yüklenmiş engelleme programları nedeniyle bunu yapmam imkânsız."

"Çok kötü. Sizin bağımsız bir bütün olduğunuzu sanmıştım."

"Sentetik zekâlar, yalnızca BM mevzuatı dahilinde bağımsız olabilir. Kurallar sistemime yüklü olduğu için bir insandan korktuğum kadar polisten de korkarım."

"Polisi ben hallederim," dedim, Ortega ortadan kaybolduğundan beri kaybettiğim özgüvenimi toparlayarak. "Şans da yardım ederse bu kanıtı karartabiliriz. Böyle olmazsa da, zaten çoktan suç ortağım olmuş olacaksınız. Aynı kapıya çıkar. Kaybedecek neyiniz var?"

"Kazanacak neyim var?" diye sordu makine ters ters.

"Müşteriler gelmeye devam eder. Ben olaylar durulana kadar burada kalacağım ve Miller'dan öğrenebildiğim veriler doğrultusunda bu süre uzayabilir."

Hendrix konuşmadan önce devreye giren klima sistemi sessizliği böldü.

"İtham edileceğim suçlar gittikçe büyüyor," dedi, "BM mevzuatından yardım istenebilir. 14a paragrafı uyarınca, kapasitem azaltılabilir ve en kötü ihtimalle bağlantım kesilebilir." Kısa bir süre tereddüt ettikten sonra konuşmasına devam etti. "Bağlantım kesilirse, bir daha geri dönmem imkânsız."

Makine bireydili. Ne kadar sofistike olurlarsa olsunlar, eninde sonunda oyun grubundaki öğrenme kutuları gibi konuşuyorlardı. İç çekip, duvarda holografı asılı duran sanal hayat dilimine baktım. "Eğer bağlantıyı koparmak istiyorsanız, bana bunu şu an söyleyebilirsiniz."

"Böyle bir şey istemiyorum Takeshi Kovacs. Ben yalnızca sizi sonuçlardan haberdar etmek istiyorum."

"Tamam, artık haberdarım."

Dijital saate baktım ve yelkovanın yeni dakikayı işaret etmesini izledim. Miller'ın dört saati daha vardı. Hendrix'in rutinine göre karnı acıkmayacak, susamayacak ya da başka bir bedensel ihtiyacı karşılamak zorunda kalmayacaktı. Uyuyabilirdi ama makine bunun onu içinde bulunduğu durumdan kurtaracak bir koma hali olmasına izin vermezdi. Etrafını çevreleyen rahatsızlık dışında Miller'ın tahammül etmesi gereken tek şey, kendisiydi. En sonunda onu delirtecek şey de işte buydu.

En azından öyle umuyordum.

Tanrı'nın Şehitleri'nden bu rutini uyguladığımız hiç kimse, gerçek zamanla on beş dakikadan fazla dayanamamıştı ama onlar savaşçıydı ve kendi arenalarında son derece cesurlardı. Ne var ki, sanal teknikte bunun tam tersiydiler. Üstelik inandıkları dinî dogmalar, onlara her türlü vahşeti uygulama izni veriyordu ama bu dogmalar bir baraj duvarı gibi yıkıldığında, kendi kendilerinden nefret etmeleri içlerini bir kurt gibi canlı canlı kemiriyordu. Miller'ın zihni ne bu kadar basit ne de bu kadar kibirliydi. Üstelik iyi de koşullanmıştı.

Hava kararıyordu. Saati izledim ve sigara içmemek için kendimi tuttum. Ortega'yı düşünmemeye çalıştıysam da pek başarılı olamadım.

Ryker'ın kılıfı başıma bela olmaya başlamıştı.

OTUZ DÖRDÜNCÜ BÖLÜM

Miller, yirmi bir dakikada pes etti. Hendrix'in beni haberdar etmesine gerek kalmamıştı. Sanal telefona yüklediğim veri bağı aniden canlanmış, çıktıları göndermeye başlamıştı. Ayağa kalktım ve çıktıların başında beklemeye başladım. Programın, Miller'ın söylediklerini temizleyerek düzgün bir şekilde yazıya dökmesi gerekiyordu ama düzeltme sürecinden sonra bile okuduklarımın tümüyle tutarsız olduğunu gördüm. Miller, pes etmeden önce uçurumun kenarına kadar gelmişti. İlk birkaç satırı inceledim ve anlamsız konuşmaların arasından öğrenmek istediklerimi almaya başladım.

"Kopyaları silin," diye emrettim otele. "Sakinleşmesi için bir iki saat verin, sonrasında beni yanına alın."

"Bağlantı süreci bir dakika geçecek. Bu da güncel ritimle üç saat elli altı dakika demek. Formata ulaşana kadar bir yapının yüklenmesini ister misiniz?"

"Evet, bu..." Hipnofonları başımın etrafına yerleştirirken bir anda durdum. "Bir dakika, bu yapı ne kadar iyi?"

"Ben Emmerson serisinden bir sentetik akılım," dedi otel, sitem edercesine. "Çözünürlüğüm en üst derecededir ve sanal yapılarım, temelini oluşturan tasarlanmış bilinçten ayırt edilemez. Kişi, bir saat yirmi yedi dakikadır tek başına. Yapının yüklenmesini istiyor musunuz?"

"Evet." Ağzımdan bir anda çıkan bu kelimeler, tüyler ürperticiydi. "Aslında bütün soruşturmayı da bu yapı yapsın."

"Yükleme tamamlandı."

Hipnofonları çıkardım ve konsolun kenarına oturarak Hendrix'in geniş işlem sistemine ikinci bir beni yerleştirmenin nasıl olacağını düşündüm. Bu, bildiğim kadarıyla, Kordiplomatik'te şimdiye dek hiçbir zaman karşılaşmadığım bir şeydi ve bir suç dosyasını yönetirken hiçbir makineye buna izin verecek kadar çok güvenmemiştim.

Boğazımı temizledim. "Bu yapı... Kendisinin ne olduğunu bilecek mi?"

"Başlangıçta, hayır. Sanal ortamda kopyalandığınızdan itibaren ne biliyorsanız, o da onu bilecek. Fazlasını değil. Zekânızı hesaba katarsak, başka türlü programlanmadığı sürece, muhtemelen kendisinin ne olduğunu anlayacaktır. Engellemek için bir alt programın yüklenmesini ister misiniz?"

"Hayır," dedim hızlıca.

"Sanal ortamı belirsiz bir süre için devam ettirmemi ister misiniz?"

"Hayır. Ben... Yani o... Yani yapı, artık bu kadarının yeterli olduğuna karar verdiğinde sanal ortamı durdurabilirsiniz." Aklıma başka bir fikir gelmişti. "İçime yerleştirdikleri sanal lokalizatörden bu yapıda da var mı?"

"Şu anda var. Sizin bilincinize yaptığım gibi, sinyali gizlemek içi aynı ayna kodu kullanıyorum. Yapı, kortikal belleğinizle doğrudan bir bağlantı içinde olmadığı için, eğer isterseniz sinyali çıkarabilirim."

"Değer mi?"

"Ayna kodu yönetmek daha kolaydır," dedi otel.

"O halde kalsın."

Kendi sanal halimi şekillendirdiğimi düşündükçe mideme kramplar giriyordu. Bu, Kawaharaların ve Bancroftların gerçek dünyada, gerçek insanlar hakkında aldıkları keyfî önlemlere çok benziyordu. Çiğ bir güçtü bu... Zincirlerinden kurtulmuş.

"Sanal bir çağrınız var," dedi Hendrix.

Şaşkın ve umutlu gözlerle başımı kaldırıp baktım.

"Ortega mı?"

"Kadmin," dedi otel, çekingen bir tavırla. "Çağrıyı kabul edecek misiniz?"

Sanal ortam çölden farksızdı. Zemin kırmızımsı toz ve kumtaşıyla kaplıydı. Bir ufuktan diğer ufka kadar uzanan mavi gökyüzünde tek bir bulut bile yoktu. Güneş ve dörtte üçünü gösteren ay en tepede, rafları andıran dağların üstündeydi. Hava oldukça soğuktu ve güneşin gözleri kör eden ışınlarıyla dalga geçer gibi bir hali vardı.

Yama Adam beni bekliyordu. Bu bomboş manzaranın içinde gömülü bir resim gibi görünüyor, vahşi bir çöl ruhu yaratıyordu. Beni görünce sırıtmaya başladı.

"Ne istiyorsun Kadmin? Kawahara konusunda ilham arıyorsan, maalesef çok şanssızsın. Sana olan öfkesi dinecek gibi görünmüyor."

Kadmin'in keyfi yerine gelmiş gibiydi. Başını yavaşça iki yana salladı. Sanki Kawahara'yı tamamen aradan çıkarmak ister gibi bir hali vardı. Sesi derin ve melodikti.

"Seninle bitmemiş bir işimiz var," dedi.

"Evet, art arda iki kez her şeyi mahvettin." Kibirli görünmek için elimden geleni yapıyordum. "Ne istiyorsun? Üçüncü bir şans mı?"

Kadmin, geniş omuzlarını silkti. "Üçüncü şansa hakkım var. Sana bir şey göstereyim."

Yanını işaret etmesiyle karanlığın içinde bir hareketlenme oldu ve ortaya bir ekran çıktı. İşte, uyuyordu... Bu, Ortega'ydı. Kalbim sanki bir yumrukla yerle bir edilmiş gibiydi. Yüzü bembeyaz, gözlerinin altı mosmordu. Ağzının kenarından tükürüğü akıyordu.

Yakın mesafe şoku.

En son, Millsport asayiş polisi tarafından şok aletine maruz bırakılmıştım. Elçi eğitimim beni yirmi dakika sonra kendime getirse de, birkaç saat boyunca titremelerim kesilmemişti. Ortega'nın şoka ne zaman maruz kaldığını bilmiyordum ama durumu hiç de iyi görünmüyordu.

"Basit bir takas bu," dedi Kadmin. "Ona karşı, sen. Minna Caddesi'ne park ettim. Beş dakika sonra orada olacağım. Yalnız gelmezsen Ortega'nın belleğini yakarım. Seçim senin."

Çöl, Yama Adam'ın gülümsemesiyle bir anda kayboldu.

Minna Caddesi'ne koşarak varmam bir dakika sürdü. İki haftadır sigara içmiyordum ve Ryker'ın akciğerlerinde sanki yeni bir bölme açılmıştı.

Burası, mühürlenmiş ve boş duran dükkânlarla dolu, iç karartıcı bir caddeydi. Etrafta kimse yoktu. Görünürdeki tek araç, mat gri bir kruvazördü. Yeni yeni akşam oluyordu ve aracın farları karanlığı deliyordu. Elimi Nemex'ten ayırmadan kuşkuyla araca yaklaştım.

Kruvazörün beş metre arkasındaydım. Bir anda kapı açıldı ve Ortega'nın vücudu tıpkı bir çuval gibi yere düştü. Bitkin bir halde kendi etrafında debelendiğini görünce Nemex'i kılıfından çıkardım.

Bir kapı daha açıldı ve Kadmin dışarı çıktı. Onu sanalda bu kadar kısa süre önce gördükten sonra tanımak hiç de zor olmamıştı. Uzun boylu, koyu tenliydi. Şahini andıran yüzünü en son *Panama Rose*'un kılıf tankının camının ardından görmüştüm. Tanrı'nın Şahitleri klonuydu ve etinin altında Yama Adam'ı gizliyordu.

Nemex'imle boğazına nişan aldım. Aramızda kruvazör vardı. Ateş ettikten sonra kafası kopacak ve belleği omurgasından ayrılacaktı.

"Komik olma Kovacs. Bu zırhlı bir araç."

Başımı iki yana salladım. "Benim derdim araçla değil. Olduğun yerde kal."

Nemex'i boğazına doğru tutmaya devam ediyordum. Gözlerim, tam Adem elmasının üzerindeydi. Ortega'nın yanına doğru çömeldim ve boştaki elimle yüzüne dokundum. Sıcak nefesi parmak uçlarıma değdi. Hemen elimi nabzına götürdüm. Zayıf ama en azından stabildi.

"Teğmen yaşıyor ve durumu iyi," dedi Kadmin sabırsızlıkla. "Ama silahını indirip arabaya binmezsen, iki dakika sonra aynı şeyi senin için söyleyemeyeceğiz."

Ortega'nın yüzünün kıpırdadığını hissettim. Başını çevirdiğinde kokusu burnuma geldi. Bizi bu hale sokan da zaten feromon uyumundan başka bir şey değildi. Sesi cılız çıkıyordu ve şok nedeniyle boğuktu.

"Kovacs, bunu sakın yapma. Senin bana bir borcun yok."

Ayağa kalkıp Nemex'i yavaşça indirdim.

"Elli metre geri çekil. Ortega yürüyemiyor ve onu uzaklaştırmazsam bizi ezebilirsin. Geri çekil. Arabaya yürüyorum." Silahımı salladım. "Nemex'i Ortega'ya veriyorum. Üzerimde başka bir şey yok."

Ceketimi kaldırıp silahım olmadığını gösterdim. Kadmin başıyla onayladı. Kruvazörün içine girdi ve araç yavaşça ilerlemeye başladı. Durana kadar arkasından baktıktan sonra yeniden Ortega'nın yanına diz çöktüm. Ayağa kalkmaya çalıştı.

"Kovacs, hayır. Seni öldürecekler."

"Evet, öldürmeye çalışacaklarından hiç şüphem yok." Elini tutup Nemex'in kabzasına sardım. "Bak, benim zaten burada işim bitti. Bancroft'u ikna ettim, Kawahara sözünü tutup Sarah'yı kurtaracak. Onu tanıyorum. Senin yapman gereken tek şey, Mary Lou Hinchley nedeniyle onu tutuklamak ve Ryker'ı depodan çıkarmak. Hendrix ile konuş. Sana bitirilmemiş birkaç iş bıraktım."

Kruvazör, caddenin bir ucundan sabırsızca gürültü çıkarıyordu. Kararan havanın içinde motorun sesi, tıpkı Hirata Resifi'nde ölmekte olan bir fil ışını gibi kederli ve yaşlı geliyordu. Ortega'nın şokun izlerini taşıyan yüzü, boğuluyor gibi görünüyordu.

"Sen..."

Gülümseyip yanağını okşadım.

"Kristin, bir sonraki seviyeye geçmenin zamanı geldi. Hepsi bu."

Ayağa kalktım, ellerimi enseme götürdüm ve arabaya doğru yürüdüm.

BEŞİNCİ KISIM

NEMESİS

(Sistem Çöküyor)

OTUZ BEŞİNCİ BÖLÜM

Kruvazöre bindiğimde iri yarı iki adam tarafından adeta sandviç gibi sıkıştırıldım. Adamlar, biraz estetik cerrahiyle ucube dövüşlerine kolayca katılabilirlerdi. Yükselmeye başlayarak sakince caddeden ayrıldık. Sağ camdan dışarı baktığımda Ortega'nın ayağa kalkmaya çalıştığını gördüm.

"Sia orospusunu ezdim mi?" diye sordu şoför. Adamın üzerine atlamamak için kendimi zor tuttum.

"Hayır." Kadmin arkasına dönüp bana baktı. "Hayır, Bay Kovacs'a söz verdim. Teğmenle yollarımın kısa bir süre sonra yeniden kesişeceğine inanıyorum."

"Senin adına üzüldüm," dedim ama pek inandırıcı değildim. Sözümü bitirir bitirmez şok verdiler.

Uyandığımda, dibime girmiş beni izleyen biriyle yüz yüze geldim. Hatları belli belirsiz, solgun ve bulanıktı. Teatral bir maskeyi andırıyordu. Gözlerimi kırpıştırdım, ürperdim ve odaklanmaya çalıştım. Yüz, geri çekildi. Düşük çözünürlüğünün içinde hâlâ bebek gibi görünüyordu. Öksürdüm.

"Merhaba Carnage."

Çiğ yüzünde bir gülümseme oluştu. "Bay Kovacs, *Panama Rose*'a yeniden hoş geldiniz."

Dar, metal yatakta titreyerek doğruldum ve oturdum. Carnage, bana yer açmak için ya da onu yakalayamamayım diye geri çekildi. Etrafı oldukça bozuk görüyordum. Carnage'ın arkasında metal bir kabin vardı. Ayaklarımı yere koydum ve aniden durdum. Kollarımdaki ve bacaklarımdaki sinirler hâlâ şok nedeniyle aksaktı ve midemde berbat bir huzursuzluk vardı. Muhtemelen bu, oldukça seyreltilmiş bir ışından kaynaklanıyordu. Ya da bir dizi ışından. Kendime baktığımda, granit renkli bir kimono giydiğimi gördüm.

Yerde, yatağın hemen yanında terlik ve kemer vardı. Kadmin'in planlarını yavaş yavaş sezmeye başlamıştım.

Carnage'ın arkasındaki kabinin kapısı açıldı. Uzun boylu, kırklarının başında olduğunu tahmin ettiğim sarışın bir kadın dışarı çıktı. Hemen arkasında, Carnage'dan daha modern görünen, sentetik ve sol elinin yerinde çelik bir arayüz cihazı bulunan bir adam vardı.

Carnage, bizi tanıştırmakla meşguldü.

"Bay Kovacs, sizi Savaş Yayını Dağıtıcıları'ndan Pernilla Grip ve teknik asistenı Miles Mech ile tanıştırayım. Pernilla, Miles; bu gece Ryker'ı temsil eden Takeshi Kovacs ile tanışın. Kovacs, bu arada tebrikler. Ryker'ın iki yüz yıl boyunca depodan çıkma ihtimali bu kadar zayıf olmasına rağmen rolünüzü başarıyla oynadınız. Elçi tekniği tabii, anlıyorum."

"Pek sayılmaz. İkna edici olan, Ortega'ydı. Benim tek yaptığım, sizi konuşturmaktı. Bu konuda çok iyisiniz." Carnage'ın yanındakileri başımla selamladım. "Yayın mı dediniz siz? Bunun öğretilere karşı olduğunu sanıyordum. Maçınızı kaydetmeye çalışan bir gazeteciye estetik ameliyat uygulamamış mıydınız?"

"Bunlar farklı konular Bay Kovacs. Farklı konular. Belirlenmiş bir savaşı yayınlamak, öğretimizin bir parçası. Ama bu belirlenmiş bir savaş değil. Bu, bir aşağılama gösterisi." Carnage'ın yüzeysel çekiciliği bu cümlenin sonunda donup kalmıştı. "Farklı ve oldukça sınırlı bir seyirciyle, kayıplarımızı telafi etmek zorundayız. *Panama Rose*'daki maçları yayınlamak için can atan birçok büyük kaynak var. Bu, ünümüzün bir etkisi ama maalesef aynı ün, böyle bir işi doğrudan yapmamızı engelliyor. Bayan Grip, bizim için bu pazar ikilemiyle ilgileniyor."

"Çok güzel." Sesim buz gibiydi. "Kadmin nerede?"

"Zamanı gelince, Bay Kovacs. Zamanı gelince. Bu şekilde tepki vereceğiniz ve teğmen uğruna kendinizden vazgeçeceğiniz söylendiğinde, buna hemen inanmadığımı itiraf etmeliyim. Ama beklentileri makine gibi karşıladınız. Bu, Kordiplomatik'in, diğer güçlerinizin karşılığında size bahşettiği bir yetenek miydi yoksa? Öngörülemez oluşunuzun, ruhunuzun karşılığında mesela?"

"Carnage, şiir gibi konuşmanın sırası değil. O nerede?"

"Ah, peki. Şöyle gidelim."

Kabinin dışında bekleyen iki nöbetçi vardı. Bunlar, büyük ihtimalle kruvazördeki adamlardı. Şokun etkisiyle pek hatırlayamıyordum. Beni aralarına aldılar ve Carnage'ın arkasından daracık koridorları geçip merdivenlerden indik. Her şey paslıydı ve metal polimerle cilalanmıştı. Yolu ezberlemeye çalışıyordum ama aklımın bir tarafı hâlâ Carnage'ın söylediklerindeydi. Ne yapacağımı önceden ona kim söyleyebilirdi? Kadmin mi? Hayır. Tüm öfkesine ve ölüm tehditlerine rağmen hakkımda hiçbir şey bilmeyen Yama Adam mı? Tek ihtimal, Reileen Kawahara'ydı. Bu, Kadmin ile işbirliği yapması karşısında Kawahara'nın Carnage'a yapabileceklerine rağmen Carnage'ın o sentetik vücudu içinde neden tir tir titremediğini de açıklıyordu. Kawahara beni satmıştı. Bancroft ikna olmuş, kriz –her ne kriziyse– sonlanmıştı. Üstelik Ortega, yem olarak kullanılmak üzere kaçırılmıştı. Bancroft'a anlattığım senaryoya göre Kadmin, kibirli bir özel ajandı ve beni salıvermesi için bir neden yoktu. Reileen'e göre, bu şartlar altında ortadan kaybolmam en güvenli yoldu.

Ama bu mantık, Kadmin için de geçerliydi ya da belki ben hafife alıyordum. Kadmin, yalnızca ben bir işe yararken gözaltında tutulmuştu. Bancroft bir kez ikna olduktan sonra benden yeniden vazgeçebilirlerdi ve dizginlerin Yama Adam'a bırakılacağına dair söz verilmişti. Benim onu öldürmemin ya da onun beni öldürmesinin hiçbir önemi yoktu. İkimizden hayatta kim kalacaksa, Kawahara onun icabına bakacaktı.

Kawahara'nın Sarah'yı salıvereceğine dair sözüne güveniyordum. Eski kafa yakuzalar, bu tür konularda çok komik oluyorlardı. Ama Kawahara benim için böyle bağlayıcı sözler vermemişti.

Diğerlerine göre daha geniş olan son merdivenleri de indikten sonra bir kargo hücresinin üzerindeki camlı rampaya vardık. Aşağı baktığımda, Ortega ile geçen hafta elektromıknatıslı trenle geçtiğimiz arenalardan birini gördüm ama plastik örtüler artık ölüm ringinden çıkarılmıştı. Plastik oturaklarda mütevazı bir kalabalık vardı. Camın ardından, gençliğimde sık sık katıldığım ucube dövüşlerinin başlarında duyulan heyecan dolu gürültüyü duydum.

"Ah, halkınız sizi bekliyor." Carnage, hemen dibimde duruyordu. "Daha doğrusu, Ryker'ın halkı. Gerçi ben sizin Ryker'ı aratmayacak kadar yetenekli olduğunuza inanıyorum."

"Ya o arenaya çıkmazsam?"

Carnage'ın yüzünde bir tiksinti ifadesi oluştu. Kalabalığı işaret etti. "Bence bunu onlara açıklamanız daha doğru olacaktır. Ama dürüst olmak gerekirse, akustik pek iyi değil ve..." Nahoş bir şekilde gülümsedi. "Zamanınız olacağını da sanmıyorum."

"Kaçınılmaz son, değil mi?"

Carnage hâlâ gülümsüyordu. Onun hemen arkasında duran Pernilla Grip ve diğer sentetik adam, kuş kafesinin önünde yırtıcı bir merakla bekleşen kedileri izliyordu. Aşağıdaki kalabalık gittikçe daha çok gürültü çıkarıyordu.

"Yalnızca Kawahara'nın desteğini arkama alarak bu özel gösteriyi düzenlemek epey zamanımı aldı. Elias Ryker'ın suçunun bedelini ödemesini izlemek istiyorlar ve beklentilerini karşılamamak çok tehlikeli olur. Profesyonellikten çok uzak bir davranış olacağını söylememe gerek bile yok. Ama buraya gelirken hayatta kalabileceğinizi düşünmemişsinizdir herhalde Bay Kovacs, öyle değil mi?"

Aklıma Minna adındaki o karanlık, o ıssız cadde ve Ortega'nın mahvolmuş bedeni geldi. Şokun etkileriyle savaşıp zoraki bir gülümseme takındım.

"Hayır, sanmıyorum."

Rampada sessiz adımlar duydum. Göz ucuyla sesin geldiği yere doğru baktığımda, benimle aynı giyinmiş olan Kadmin'i gördüm. Biraz uzağımda durdu ve beni ilk kez görüyormuş gibi başını hafifçe eğerek baktı. Nazikçe konuşmaya başladı.

"Nasıl açıklarım tüm bu ölümleri?
Herkesin gizli bir elle hesabını yapıp,
kanlı bir çerçeveye yazdığını, günlerinin değerini?
Bu sonuçlara nasıl ulaşıldığını bilmek istemeyecekler mi?
Ben de o bilenler hesapladı diyeceğim,
o gün harcananın değerini."

Sert bir edayla gülümsedim. *"Eğer bir dövüşü kaybetmek istiyorsan, onunla ilgili konuş."*

"Ama o daha gençti." Kadmin de gülümsedi ve bronz yüzünde bembeyaz dişleri göründü. "Öfke'nin elimdeki edisyonunun giriş faslı yanılmıyorsa, henüz onlu yaşlarını yeni doldurmuştu."

"Harlan'da ergenlik çağı daha uzun sürüyor. Bence neyden bahsettiğinin farkındaydı. Bu konuyu kapayabilir miyiz lütfen?"

Pencerelerin ardındaki kalabalığın gürültüsü, tıpkı çakıllı bir sahile vuran dalgalar gibi coşmuştu.

OTUZ ALTINCI BÖLÜM

Ölüm arenasındaki gürültü daha düzensiz, daha uyumsuzdu. Bireysel sesler, tıpkı dalgalı bir denizde yüzen şişeler gibi yükseliyordu. Nörokimyama başvurmadığımda, söylenenleri anlayamıyordum. Arenayı saran genel gürültünün içinden birinin bağırdığını duydum. Ringin kenarına doğru yürüdüm.

"Kardeşimi unutma, seni orospu çocuğu!"

Bu aile kininin kime ait olduğunu görmek için yukarı baktım ama görebildiğim tek şey, öfkeli ve beklentiyle dolu yüzler oldu. Birçoğu ayaktaydı ve yumruklarını sallayıp ayaklarını yere vuruyorlardı. Böylelikle metal iskeleden gümbürtüler yayılıyordu. Bu kana susamışlık somut bir hale geliyor, içine çekilmeyecek kadar kötü kokan havayı ağırlaştırıyordu. Benim ve çetemin Newpest'teki ucube dövüşlerinde bu şekilde bağırıp bağırmadığımızı hatırlamaya çalıştım. Muhtemelen biz de böyle bağırıyorduk. Üstelik bizi eğlendirmek için birbirine saldıran dövüşçüleri tanımıyorduk bile. Bu insanlar, en azından aktığını görmek istedikleri kana duygusal bir yatırım yapıyorlardı.

Kadmin kollarını önünde birleştirmiş, ringin öteki tarafında bekliyordu. Parmaklarının etrafında esnek çelik, tavan aydınlatmasında parlıyordu. Bu, dövüşü bariz şekilde tek taraflı hale getirmeden uzun süre etki edecek bir avantajdı. Kadmin'in Tanrı'nın Takdiri yöntemiyle kıyaslarsam, yumruklarından korktuğumu pek söyleyemezdim. Bir yüzyıldan biraz daha uzun bir süre önce bu sistemle Sharya'da karşı karşıya gelmiştik ve savaş hiç de kolay olmamıştı. Tanrı'nın Takdiri eski bir sistemdi ama ağır hizmete uygundu ve Ryker'ın nörokimyasının yanında oldukça yetersiz kalacaktı.

Yerdeki talimatları takip ederek Kadmin'in karşısına oturdum. Etrafımdaki kalabalık biraz olsun sakinleşti ve Emcee Carnage yanımıza geldiğinde spot ışıkları yandı. Pernilla Grip'in kameraları için hazırlanmıştı ve bu haliyle bir çocuğun kabuslarına giren şeytani oyuncak bebeklere benziyordu. Yama Adam'ın bir ikamesiydi sanki. Ellerini kaldırdı ve kargo hücresinin duvarlarındaki hoparlörlerde boğazına gömülü kelimeler yankılandı.

"*Panama Rose*'a hoş geldiniz!"

Kalabalığın içinden belli belirsiz homurtular yükseldi ama sonrasında duruldu. Carnage bunu biliyordu ve yavaşça etrafında döndü.

"Çok özel bir *Panama Rose* etkinliğine hoş geldiniz. *Elias Ryker'ın son ve en kanlı aşağılanma gösterisine* hoş geldiniz."

Seyirciler çıldırmış gibiydi. Karanlığın içinden görünen yüzlerine baktığımda medeniyetin derisinin yırtıldığını ve öfkenin çiğ et gibi dışarı fırladığını gördüm.

Carnage'ın yankılanan sesi gürültüyü bastırdı. İki koluyla insanları susturmaya çalışıyordu.

"Birçoğunuz dedektif Ryker'ı bir yerlerden hatırlayacaktır. Bazılarınız ise bu ismi akan kanla, hatta kırılan kemiklerle ilişkilendirecektir. Ne günlerdi ama... Acı dolu günlerdi. Bazılarınız o günleri hiç unutmadı."

Herkesi susturmayı başarmıştı. Kendi sesi de artık daha kısık çıkıyordu.

"Dostlarım, o günleri hafızanızdan silemem. *Panama Rose*'da size bunu sunmuyoruz. Biz burada yumuşak bir unutkanlık değil, o günlerin acısını size yaşatmak istiyoruz. Hem de rüyalarınızda değil, sevgili dostlarım, gerçek hayatta."

Seyirciler yeniden çığlık çığlığaydı. Kadmin'e bakıp bıkkınlık içinde kaşlarımı kaldırdım. Ölebileceğimi düşünsem de ölümüne sıkılacağımı hiç düşünmemiştim. Kadmin omuzlarını silkti. Dövüşmek istiyordu. Carnage'ın bu oyunu, ödemek zorunda olduğu bir bedeldi.

"Bu, gerçek hayat," diye tekrarladı Emcee Carnage. "Bu gece gerçek. Bu gece, Elias Ryker'ın diz çökerek öldüğünü göreceksiniz. Dövüldüğünüzü ve kemiklerinizin kırıldığını size unutturamam ama en azından işkencecinizin kırılan kemiklerinin sesini dinlettirebilirim."

Kalabalık iyice galeyana gelmişti.

Carnage'ın abartıp abartmadığını düşündüm. Ryker'ın berbat bir şöhrete sahip olduğuna hiç şüphe yoktu. Jerry'nin Yakın Mesafeleri'nden çıkarken Ryker'ın yüzünü gören Oktai'ın benden nasıl kaçtığını hatırladım. Jerry de Ryker ile Moğol'un karşılaşmasından söz etmişti: *Ryker ona sürekli saldırırdı. İki yıl önce öldüresiye dövmüştü.* Bautista da Ryker'ın soruşturma tekniklerine değinmişti: *Sınırları zorlar.* Ryker, bunca kalabalığı buraya çekmek için sınırları ne kadar zorlamıştı acaba?

Ortega olsa ne derdi?

Ortega'yı düşündüm. Yüzü, Carnage kamçıladıkça öfkeyle bağıran bu kalabalığın içinde bir serap gibiydi. Onun için Hendrix'e bıraktığım şeyle Kawahara'yı benim için alaşağı edecekti.

Bunu bilmek bile yeterdi.

Carnage, keskin ve tırtıklı bıçağını kılıfından çıkarıp havaya kaldırdı. Bütün salonda adeta kıyamet koptu.

"Öldürücü darbe," diye bağırdı. "Matadorumuz, Elias Ryker'a bir daha ayağa kalkacak gücü bulamayacağı darbeyi vurduğunda, canlı omurgasından belleğinin çıkarılıp parçalandığına şahit olacaksınız. Artık hayatta olmayacak."

Bıçağını bıraktı ve kolunu yeniden indirdi. Her şey bir tiyatro oyunu gibiydi. Silah havada asılı kaldı ve ringden beş metre kadar yükseldi.

"Başlayalım," dedi Carnage, geri çekilerek.

Konuşma artık sonlanmış, tiyatro bitmişti. Hepimiz sakinleşip viskimizi yudumlayabilir, oynamaya zorlandığımız klişe dolu oyun hakkında şakalaşabilirdik.

Daha sonra dönmeye başladık ve aramızda yalnızca ring vardı. Ne yapmak üzere olduğumuza dair en ufak bir ipucu bile görememiştim. Kadmin'in vücut dilini çözmeye çalıştım.

Sharya'ya gitmeden önce, *Tanrı'nın Takdiri'nin biyomekanik sistemindeki 3.1-7 kolaydır ama küçük görmemek gerek,* demişlerdi bize. *Güçlü ve hızlı olmak gerekir. Sistem, bu iki konuda da oldukça yetkindir. Tek zayıflığı, alt programlarının olmaması. Tanrı'nın Şehitleri, çok kısıtlı bir teknik içinde dövüşecektir.*

Sharya'dayken dövüş sistemlerimiz son teknolojiydi. Hem rastgele karşılık veriyordu hem de standart bir analiz geribildirimi özelliği vardı. Ryker'ın nörokimyasının böyle sofistike bir yanı yoktu ama bunu birkaç Elçi hilesiyle harekete geçirebilirdim. En gerçek hile, Tanrı'nın Takdiri dövüş özelliğini analiz etmek için hayatta kalmak ve...

Kadmin saldırıya geçti.

Aramızda hemen hemen on metre vardı ve bu mesafeyi göz açıp kapayıncaya kadar aşıp fırtına gibi saldırdı.

Teknikler çok kolaydı: çizgisel yumruk ve tekmeler. Ama öyle güçlü ve hızlıydı ki, elimden gelen tek şey, bu darbeleri engellemekti. Kontra atağa geçmek söz konusu bile olmuyordu. İlk yumruğu savuşturup momentumu kullanarak sola doğru kaçtım. Kadmin hiç tereddüt etmeden hareketimi takip etti ve yüzüme vurmaya çalıştı. Başımı geri çektim ve yumruğun şakağımı sıyırıp geçtiğini hissettim. İçgüdülerim, vücudumun alt kısmını korumam gerektiğini söylüyordu. Diz parçalayacak tekmesini önkolumla savuşturdum. Tam o sırada başıma dirseğiyle vurdu ve geriye doğru tökezledim. Düşmemeye çabalıyordum. Kadmin peşimi bırakmıyordu. Bir sağ kroşe savurdum ama saldırı momentumunu kullandı ve kendini korumayı başardı. Karnıma bir darbe aldım. Parmaklarındaki demirlerden, tavaya atılmış et sesi gelmişti.

Sanki biri bağırsaklarımı sıkıyordu. Mide kaslarım uyuşmaya başlamıştı. Bu, şokun etkisinden de güçlüydü ve adeta felç etmişti. Üç adım geri gittim ve kısmen ezilmiş bir böcek gibi ringe düştüm. Kalabalığın nasıl coştuğunu duyar gibi oldum.

Başımı zar zor çevirdiğimde Kadmin'in geri çekildiğini ve kısılmış gözleriyle bana baktığını gördüm. İki yumruğunu havaya kaldırmıştı. Sol elindeki çelik bantta soluk bir kırmızı ışık yanıyordu. Parmaklarındaki çelik şarj oluyordu.

Her şeyi anladım.

Birinci raunt.

Çıplak elle dövüşmenin iki kuralı vardı: mümkün olduğunca çok darbeyi mümkün olduğunca hızlı ve güçlü bir şekilde savur, rakibini nakavt et. Nakavt olduğunda ise öldür. Kadmin, nakavt olduğum sırada beni öldürebilirdi ama bu gerçek bir dövüş değildi. Bu, bir aşağılama gösterisi, seyircilerin hoşuna gitmesi için işkencenin uzatıldıkça uzatıldığı bir oyundu.

Kalabalık.

Ayağa kalkıp loş arenadaki yüzlere baktım. Nörokimya, bağırıp duran ağızların salyayla parlayan dişlerini fark etti. Mide ağrımı unutmaya çalışıp yere tükürdüm ve sağlam bir tavır takındım. Kadmin, bir şeyleri kabullenircesine başını eğdi ve yeniden üzerime doğru geldi. Aynı çizgisel teknikleri aynı hız ve güçle uyguladı ama bu kez her şeye hazırdım. İlk iki yumruğu savuşturdum ve yere yığılmak yerine Kadmin'in önünde dikilmeye devam ettim. Ne yaptığımı hemen anladı ve iyice dibime girdi. Neredeyse göğüs göğseydik. Sanki yüzü bu gürültülü kalabalığın bütün üyelerine aitmiş gibi sıkı bir kafa attım.

Kemerli burnu büyük bir çatırtıyla kırıldı. Sendelediği sırada dizine bir tekme savurdum. Sağ elimle boğazına sarılacağım sırada Kadmin yere yığıldı. Üzerime doğru yuvarlanıp ayaklarımı tuttu. Ben düşerken o ayağa kalktı ve sırtımı yumrukladı. Bu darbe oldukça ağır olmuştu. Başımı yere çarptım. Ağzımda kan tadı vardı.

Ayağa kalktığımda Kadmin geri çekildi ve kırılan burnundaki kanı sildi. Meraklı gözlerle önce kırmızıya bulanan eline, daha sonra bana baktı ve başını iki yana salladı. Kanının aktığını görür görmez vücudum adrenalin salgılamaya başlamıştı. Hafifçe sırıttım ve iki elimi havaya kaldırdım.

"Hadi ama pislik," diye söylendim yara bere içindeki dudaklarımın arasından. "Beni alt etsene."

Son kelime ağzımdan çıkar çıkmaz Kadmin üzerime atladı. Bu kez ona dokunamadım bile. Artık bu bilinçli bir dövüş olmaktan çıkmıştı. Nörokimya kahramanca devreye girdi ve Kadmin'in yumruklarını uzaklaştırmaya çalışarak iki kez kontra atağa bile geçti. Kadmin, tüm saldırı girişimlerimi can sıkıcı bir sineği kovalar gibi savuşturdu.

Bu nafile hamlelerin sonuncusunda ona fazla yaklaşınca bileğimden kavrayıp beni savurdu. Oldukça dengeli bir döner tekmeyle kaburgalarıma vurdu. Kemiklerimin çıtırdadığını hissettim. Yakaladığı kolumun dirseğini kilitledi ve bulanık görüntümün içinde önkoluyla tam eklem yerime vurduğunu gördüm. Dirseğim kırıldığında çıkacak sesi biliyordum, nörokimya acıyı kilitleyene kadar hissedeceğim acıyı da biliyordum. Elim çaresizce kaydı, terden yapış yapış olan bileğim esaretten kurtuldu ve kolum eski haline döndü. Tam o sırada Kadmin büyük bir hırsla yeniden saldırdı ama ben çoktan yere düşmüştüm bile.

Hasarlı kaburgalarımın üzerindeydim ve görüşüm gittikçe bulandı. Yuvarlanıp cenin pozisyonu almamak için kendimi zor tuttuğum sırada Kadmin'in binlerce metre üzerimdeki yüz hatlarını gördüm.

"Ayağa kalk," dedi. Sesi, yırtılan bir karton sesini andırıyordu. "Henüz işimiz bitmedi."

Kadmin'i belinden yakalayıp vurmaya çalıştım. Yumruklarım ancak bacağına yetişebildi. Kadmin kolunu salladı ve yumrukları yüzüme indi. Gözümde rengârenk ışıklar çaktıktan sonra her şey beyaza büründü. Kalabalığın gürültüsü kafamın içinde çınlıyordu. Girdabın beni çağırdığını duyabiliyordum. Nörokimya bilincimin kapanmamasına çalışırken bütün görüntüm kayıyordu. Işıklar, sanki aldığım hasarı göstermek istercesine üzerime doğrultulmuştu. Bilinç, başımın etrafındaki eliptik orbitalde dönüp duruyordu. Aniden Sharya'ya geri dönmüştüm ve Jimmy de Soto ile örümcek tankın içindeydim.

"Dünya mı?" Savaş boyalı yüzüne tankın dışındaki lazer ışıklarının gölgesi düşmüş. "Dünya bir bok çukuru dostum. Yarım bin yıldır geriye giden, donmuş bir toplum. Burada hiçbir şey olmaz ve tarihî olaylara izin verilmez."

"Saçmalık." Sözleri karşısındaki kuşkum, düşen bir bombanın tiz sesiyle belirginleşiyor. Tank kabininin karanlığında göz göze geliyoruz. Bombardıman geceden beri devam ediyor, robot silahlar kızılötesi ve hareket sensörleriyle saldırıyor. Sharya karmaşasının durulduğu nadir anlardan birinde, Cursitor amiralinin gezegenlerarası filosunun birkaç saniye uzakta, orbital hakimiyet için Sharyalılarla savaştığını duyduk. Şafak sökerken savaş sona ermezse, yereller muhtemelen her

şeyi yakıp yıkmak için birliklerini karaya indirecek. İhtimaller pek iç açıcı görünmüyor.

En azından betatanatin baskını azalmaya başlıyor ve vücut ısımın normale döndüğünü hissediyorum. Etrafımı saran hava artık sıcak çorba gibi gelmiyor ve kalp atışlarımız artık nefes almak için insanüstü bir çaba sarf etmemizi gerektirecek kadar düşük değil.

Robot bomba patlıyor ve tankın bacakları gövdeye sürtüyor. İkimiz de ışıkölçerlerimize bakıyoruz.

"Saçmalık, değil mi?" Jimmy, örümcek tankın gövdesindeki delikten dışarı bakıyor. "Hey, sen buralı değilsin. Buralı olan benim ve bana dünyada yaşamakla bu lanet depoda yaşamak arasında bir seçim yapma şansı tanısalardı, bir durup düşünürdüm. Ziyaret etme şansın olursa, etme."

Gözlerimi kırpıştırdım. Başımın üzerindeki bıçak, ağaçların arasından süzülen gün ışığı gibi parlıyordu. Jimmy silinip gidiyor, çatıdaki bıçağın yanından geçip uzaklaşıyordu.

"Sana oraya gitmemen gerektiğini söylememiş miydim dostum? Şimdi şu haline bir bak. Dünya'dasın." Yere tükürüp ortadan kayboldu. Geriye sadece, sesinin yansımaları kalmıştı. *"Burası bir bok çukurundan farksız. Bir sonraki seviyeye geçmen gerek."*

Kalabalığın gürültüsü, yerini daha ahenkli tezahüratlara bırakmıştı.

Öfke, tıpkı sıcak bir tel gibi, kafamın içindeki sisi delip geçti. Dirseğimden güç alarak kalkmaya çalışırken, ringin öteki tarafında bekleyen Kadmin'e baktım. Beni görünce ellerini havaya kaldırdı. Kalabalık kahkahalara boğulmuştu.

Bir sonraki seviyeye geçmen gerek.

Ayağa kalktım.

Eğer yapman gerekenleri yapmazsan, geceleyin Yama Adam *gelir.*

Kulaklarımda, yaklaşık yüz elli yıldır duymadığım bir ses yankılandı. Bu ses, hafızamı yetişkinlik dönemimin çoğunda kirletmesine izin vermediğim bir adama aitti. Babam ve masalları... *Şimdi bunlara ihtiyacım vardı.*

"Yama Adam gelir."

Baba, sen bunu yanlış anlamışsın. Yama Adam orada duruyor. O beni almaya gelmedi, ben ona gideceğim. Ama yine de teşekkürler baba. Her şey için teşekkürler.

Ryker'ın vücudundaki hücrelerden kalanları toparlayıp harekete geçtim.

Ringin üzerindeki tavan çatırdadı cam kırıkları Kadmin ile arama yağmur gibi yağdı.

"Kadmin!"

Yukarıdaki rampaya baktığını gördüm. Daha sonra bütün göğsü patlayıverdi. Sanki bir şey dengesini sarsmış gibi başı ve kolları geriye doğru savruldu ve arenanın içinde büyük bir patlama sesi duyuldu. Kimonosunun üst kısmı yırtıldı ve boğazından beline kadar mucizevi bir delik açıldı. Oluk oluk kan akıyordu.

Yukarı bakarak arkama döndüğüm sırada, Trepp'in az önce parçaladığı rampada olduğunu gördüm. Gözlerini parça tesirli tüfeğinin namlusundan alamıyordu. Ateş etmeye devam ettikçe, namlunun da ucundan dumanlar tütmeye devam ediyordu. Kafam karışmıştı. Namlunun ucundaki hedeflere baktım ama arenada Kadmin'in parçaları dışında hiçbir şey kalmadığını gördüm. Carnage ortalıklarda görünmüyordu ve patlamaların arasında kalabalığın gürültüsü yerini telaş içinde koşuşan insanların feryatlarına bırakmıştı. Herkes ayaklanmış, kaçışıyordu. Neler olup bittiğini anladım. Trepp, seyircilerin üzerine sıkıyordu.

Bir anda bir enerji silahı ateşlenmeye başladı ve biri çığlık çığlığa bağırdı. Yavaşça sesin geldiği yöne doğru baktığımda Carnage'ın alev alev yandığını gördüm.

Rodrigo Bautista arenanın kapısında durmuş, uzun namlulu ateşleyicisinden ışınlar saçıyordu. Carnage'ın belinden yukarısı alev alevdi ve ateşten birer kanata dönmüş olan kollarıyla kendine vuruyordu. Çıkardığı sesler, acıdan daha çok öfkenin sesiydi. Pernilla Grip'in cansız bedeni ayaklarının dibindeydi ve göğsü kavrulmuştu. Olan bitene baktığım sırada Carnage eriyen balmumundan yapılmış bir siluet gibi öne atıldı ve çığlıkları elektronik bir gürültüye dönüştükten sonra tamamen sustu.

"Kovacs?"

Trepp'in silahı susmuştu. Bautista'nın sesi, yaralılardan çıkan inlemelerini bastırdı. Yanmakta olan sentetik adamın etrafını dolaşıp ringe indi. Yüzü kan içindeydi.

"İyi misiniz Kovacs?"

Sessizce güldükten sonra yan tarafımdaki ağrının merkezine dokundum.

"Harikayım, harika. Ortega nasıl?"

"İyi. Şok nedeniyle bir doz letinol verdim. Geciktiğimiz için özür dilerim." Trepp'i işaret etti. "Arkadaşınızın Otlak Sokak'a gelmesi biraz zaman aldı. Resmî prosedürlerden geçmeyi reddetti. Doğru düzgün işlemeyeceğini söyledi. Burada çıkardığımız kaosa bakacak olursam, haksız da sayılmazmış."

Etrafıma baktım.

"Evet. Bu sorun olur mu?"

Bautista bir kahkaha patlattı. "Benimle dalga mı geçiyorsunuz? İzinsiz giriş. Silahsız şüphelilere bedensel hasar. Daha ne olsun?"

"Çok üzgünüm." Ringden çıktım. "Belki bir şeyleri telafi edebiliriz."

Bautista kolumdan tuttu. "Adamlar bir Bay City polisini kaçırdı! Burada böyle şeyler olmaz. Bu lanet hatayı yapmadan önce birinin Kadmin'e bunu söylemesi gerekirdi."

Ortega hakkında mı, yoksa Ryker kılıfı içindeki benim hakkımda mı konuşuyordu, bir türlü emin olamamıştım. Bu nedenle tek kelime etmedim. Bunun yerine başımı hafifçe arkaya atıp yaralanıp yaralanmadığımı kontrol ettikten sonra yeniden Trepp'e döndüm. Yeniden silahını doldurmakla meşguldü.

"Bütün gece orada mı duracaksınız?"

"Hemen geliyorum."

Son mermiyi de koyduktan sonra rampanın demirlerinden kusursuz bir şekilde atladı. Yere inmesine yaklaşık bir metre kala arkasındaki yerçekimi takımlarının kanatları açıldı ve omzuna asılı silahıyla süzülmeye başladı. Uzun ve siyah paltosunun içinde, görevi sona ermiş karanlık bir meleğe benziyordu.

Yerçekimi takımlarını düzelterek iyice yere yaklaştı ve en sonunda Kadmin'in yanına indi. Sendeleyerek yanına gittim. İkimiz de sessizce bir süre yırtılıp açılmış cesede baktık.

"Teşekkürler," dedim usulca.

"Önemli değil. Bu da hizmete dahildi. Bu adamları getirdiğim için özür dilerim ama acil bir desteğe ihtiyacım vardı. Sia hakkında ne söylediklerini biliyorsunuzdur. Mahalledeki en büyük çetedir." Kadmin'i işaret etti. "Onu bu şekilde mi bırakacaksınız?"

Tanrı'nın Şehiti'ne baktım; yüzünde ani ölümün şoku vardı. İçindeki Yama Adam'ı görmeye çalıştım.

"Hayır," dedim ve ensesini görmek için cesedi ayağımla çevirdim. "Bautista, o kestane fişeğini bana verebilir misiniz?"

Polis, tek kelime etmeden ateşleyiciyi bana verdi. Namluyu Yama Adam'ın ensesine dayadım ve bir şeyler hissedene kadar bekledim.

"Bir şey söylemek isteyen var mı?" dedi Trepp duygusuzca. Bautista arkasına döndü. "İcabına bakın."

Babamın yapacak yorumu varsa da kendine sakladı. Kulaklarımda yankılanan tek sesler, yaralı seyircilerin çığlıklarıydı.

Hiçbir şey hissetmeyince tetiği çektim.

OTUZ YEDİNCİ BÖLÜM

Bir saat sonra Ortega geldiğinde hâlâ bir şey hissetmiyordum. Kılıf salonunun otomatik forkliftlerinden birine oturmuş, içinde hiçbir şey bulunmayan boşaltım odalarının birinden sızan yeşil ışığa bakıyordum. Lomboz ses çıkararak açıldı ama tepki bile vermedim. Yerde toplanmış kabloların arasından yürürken onu ayak seslerinden ve savurduğu küfürlerden tanısam da, içimden kafamı kaldırıp bakmak gelmedi. Üzerinde oturduğum makine gibi benim de fişim çekilmişti sanki.

"Nasılsın?"

Forkliftin yanında duruyordu. "Muhtemelen göründüğüm gibiyimdir."

"Bok gibi görünüyorsun." Oturduğum yere doğru uzandı ve boş bir koruma ızgarasına tutundu. "Yanına gelebilir miyim?"

"Gel. Yardım edeyim mi?"

"Hayır." Ortega sıkı sıkı tutunup kendini yukarı çekmeye çalışırken olduğu yerde kalakalınca eğik bir ağızla gülümsedi. "Etsen iyi olacak."

Onu nispeten daha az yaralı olan kolumla yukarı çektim. Homurdanıp yanıma oturarak omuzlarını ovuşturdu.

"Tanrım, burası çok soğukmuş. Ne kadardır burada oturuyorsun?"

"Bir saat kadar oldu."

Boş tanklara baktı. "İlginç bir şey mi gördün?"

"Düşünüyorum."

"Ah," dedi ve bir an sustu. "Bu salak letinol, şok tabancasından bile kötü. En azından şoklandığın zaman hasar gördüğünü anlıyorsun. Letinolde ise başına ne gelirse gelsin, her şeyin iyi olduğunu, devam etmeni ve içini ferah tutmanı söylüyor. Sonra da üzerinden geçmeye çalıştığın ilk beş santimlik kabloya takılıp düşüyorsun."

"Sanırım senin şu an dinleniyor olman gerekiyordu," dedim usulca.

"Evet, senin de öyle. Yarına kadar yüzünde çok hoş morluklar olacak. Mercer ağrıların için sana bir shot verdi mi?"

"İhtiyacım yoktu."

"Ah, çok sertsin demek. Bu kılıfa iyi bakacağın konusunda anlaştığımızı sanıyordum."

Refleks olarak gülümsedim. "Sen bir de diğer herifi görseydin..."

"Diğer herifi gördüm zaten. Çıplak elle paramparça etmişsin."

Gülümsemeye devam ettim. "Trepp nerede?"

"Kablo kafalı arkadaşın mı? Gitti o. Bautista'ya çıkar çatışmasına dair bir şeyler söyledikten sonra gecenin karanlığında kaybolup gitti. Bautista bütün bu olanları gizlemenin yollarını arıyordu. Gelip onunla konuşmak ister misin?"

"Olur." Gönülsüz bir şekilde kıpırdanmaya başladım. Boşaltım tanklarından süzülen yeşil ışıkta insanı etkileyen bir şey vardı. Uyuşukluğumun altında, fikirler huzursuzca dönüp dolaşıyor, birbirlerini kovalayıp duruyordu. Kadmin'in ölümü beni rahatlatmamış, mideme kramplar girmesine yol açmıştı. Birisi bunun bedelini ağır ödeyecekti.

Kişisel.

Ama bu, kişisel olmaktan çok daha kötüydü. Bu Louise, ya da diğer adıyla Anenome'un ameliyat masasında kesilip biçilmesiyle ilgiliydi. Bu, bıçaklanarak öldürülen ve yeni bir kılıf alamayacak kadar fakir olan Elizabeth Elliott ile ilgiliydi. Bu, bir şirket delegesinin iki ayda bir giydiği vücuda ağlayan Irene Elliott ile ilgiliydi. Bu, aynı kadın olan ve olmayan birinin kaybı ve bulunması arasındaki zaman diliminde kamçılanan Vicor Elliott ile ilgiliydi. Bu, ailesinin karşısına harap halde ve orta yaşlı beyaz bir vücutla çıkan genç ve siyahi bir adamla ilgiliydi. Bu, vücudu muhtemelen başka bir şirket vampirine gitmeden önce başı dik ve kaybetmekte olduğu ciğerlerine son sigarasını çekerek depoya giren Virginia Vidaura ile ilgiliydi. Bu, Innenin yangınında ve çamurunda kendi gözünü oyan Jimmy de Soto ve Protektora boyunca acı içinde bir araya gelmiş, tarihin gübre yığınına bulanmış tüm insanlarla ilgiliydi. Tüm bunlar ve daha fazlası için birinin bedel ödemesi gerekiyordu.

Başım dönerek forkliftten aşağı indikten sonra Ortega'nın inmesine de yardım ettim. Ağırlığı kollarımı acıtmış olsa da bunların birlikte geçirdiğimiz son saatlerimiz olduğu fikri kadar acıtmamıştı. Bu fikrin aklıma nereden geldiğini bilmiyordum ama hislerime mantığıma güvendiğimden daha çok güvenmeyi çok uzun zaman önce öğrenmiştim. Kılıf salonundan el ele çıktık ve koridorda Bautista'yı görüp birbirimizden ayrılana kadar bunu fark etmedik bile.

"Sizi arıyordum Kovacs." Bautista'nın el ele tutuşmamız karşısında söyleyecek bir sözü vardıysa da tek kelime etmedi. "Çıkarcı arkadaşınız sıvıştı ve temizliği de bize bıraktı."

"Evet, Kristi..." Durdum ve Ortega'yı işaret ettim. "Bana söylenmişti bu. Silahı da aldı mı?"

Bautista başını evet anlamında salladı.

"Şimdi, hikâye şöyle: biri *Panama Rose*'dan ateş açıldığı sırada sizi çağırdı, siz olan biteni görmeye geldiğinizde seyircilerin katledildiğini, Kadmin ve Carnage'ın öldüğünü, Ortega ile benim de ölmek üzere olduğumuzu gördünüz. Bunu, Carnage'ın üzdüğü ve ona karşı kin tutmuş biri yapmış olmalı."

Yan gözle baktığımda, Ortega'nın başını iki yana salladığını gördüm.

"Otlak Sokak'a yapılan tüm çağrılar kayıt altına alınıyor. Kruvazör telefonları için de aynı şey geçerli."

İçimdeki Elçi'nin uyandığını hissedip omuzlarımı silktim. "Ne olmuş yani? Sizin ya da Ortega'nın Richmond'da mutlaka muhbirleri vardır. İfşa edemeyeceğiniz muhbirler. Çağrı, kişisel bir telefondan geldi ve aynı telefon Carnage'ın güvenliklerinden kalanların arasından geçerken vurulduğunuzda paramparça oldu. İz yok. Monitörlerde de bir şey yok, çünkü tüm bu ateşi açan o esrarengiz kişi, otomatik güvenlik sistemini sıfırlamış. Bu kısmı halledebiliriz."

Bautista'nın şüpheci bir hali vardı. "Olabilir. Bunu yaptırmak için bir veri faresine ihtiyacımız var. Davidson yeteneklidir ama bunu halledemez."

"Size bir veri faresi bulabilirim. Başka bir sorun var mı?"

"Seyircilerden bazıları hâlâ hayatta. Bir şey yapacak halde olmasalar da hâlâ nefes alıyorlar."

"Boş verin onları. Bir şey gördülerse de Trepp'i gördüler. Onu bile görmemişlerdir. Her şey yalnızca birkaç saniye sürdü. Karar vermemiz gereken tek şey, et vagonlarını ne zaman aramamız gerektiği."

"Kısa süre sonra," dedi Ortega. "Yoksa çok şüphe çeker."

Bautista homurdandı. "Her şey yeterince şüphe çekiyor zaten. Otlak Sokak'taki herkes, bu gece burada olanları öğrenecek."

"Bu tür şeyler hep oluyor mu yani?"

"Hiç komik değil Kovacs. Carnage çizgiyi aştı, başına gelecekleri biliyordu."

"Carnage," diye söylendi Ortega. "Orospu çocuğu kendini bir yerlerde depoladı. Yeni kılıfına kavuşur kavuşmaz soruşturma açılması için elinden geleni yapacaktır."

"Belki de yapmaz," dedi Bautista. "O sentetik vücuda ne kadar önce kopyalandı dersiniz?"

Ortega omuzlarını silkti. "Kim bilir? Geçen hafta üzerindeydi. En azından o kadar çok zaman oldu demektir. Tabii depodaki kopyayı yenilemediyse. Bunu yapmak da epey pahalıya patlar."

"Eğer Carnage gibi biri olsaydım," dedim düşünceli bir edayla, "büyük bir şey kötüye gittiğinde kendimi yeniletirdim. Ne kadar pahalıya patlarsa patlasın. Öldürülmeden bir hafta önce ne bok yediğimi bilmeden uyanmak istemem."

"Bu, ne yaptığınıza bağlı," dedi Bautista. "Eğer yasadışı bir haltlar yiyorsanız, bunu bilmiyor olarak uyanmayı tercih edebilirsiniz. Böylece, polis soruşturmasından gülümseyerek çıkarsınız."

"Daha da güzeli var..."

Düşünmek, keyfimi kaçırmıştı. Bautista sabırsız bir şekilde elini salladı.

"Her neyse. Carnage hiçbir şey bilmeden uyanırsa, özel soruşturmalar yürütebilir ama polisin bu soruşturmalara dahil olmasına izin verecek kadar acele edeceğini sanmam. Ama eğer her şeyi bilerek uyanırsa," dedi ve ellerini iki yana açtı, "Katolik orgazmdan daha çok ses çıkarır. Bence bu konuda hemfikirizdir."

"O halde ambulansları çağırın. Hatta Murawa'yı da..." Ama Yapbozun eksik parçası güvenli bir şekilde yerine otururken, Ortega'nın sesi gittikçe kayboluyordu. İki polisin arasındaki konuşma uçuruma yuvarlanıp gitti. Yanımdaki metal duvarda bulunan küçük çukura bakıp aklımdan geçen bu fikre, mümkün olan bütün mantık testleriyle saldırdım.

Bautista tuhaf gözlerle bana bakıp ambulansları aradı. Ortadan kaybolduğunda, Ortega koluma hafifçe dokundu.

"Hey, Kovacs. İyi misin?"

Gözlerimi kırpıştırdım.

"Kovacs?"

Elimi uzatıp duvara dokundum. Sanki dayanıklı olduğundan emin olmak istiyordum. Deneyimlemekte olduğum kavramın kesinliğiyle kıyaslandığında, etrafımdakiler aniden gözüme soyut göründü.

"Kristin," dedim yavaşça, "benim Başım Bulutlarda'ya gitmem gerek. Bancroft'a ne yaptıklarını biliyorum. Kawahara'nın icabına bakıp 653 sayılı önergeyi kabul ettirebilirim. Ve Ryker'ı da tahliye ettirebilirim."

Ortega içini çekti. "Kovacs, biz..."

"Hayır." Sesim birden o kadar sert çıkmıştı ki, kendim bile şaşırmıştım. Gerildikçe, Ryker'ın yüzündeki morlukların acıdığını hissettim. "Bu spekülasyon falan değil. Havada kalmış bir fikir de değil. Gerçekleri biliyorum. Başım Bulutlarda'ya gideceğim. Yardım alarak ya da almadan. Ama gideceğim."

"Kovacs." Ortega başını iki yana salladı. "Şu haline bir bak. Mahvolmuşsun. Şu anda Oakland'lı bir pezevenkle savaşamazsın. Üstelik bir de batı yakasındaki genelevlerden birinden söz ediyorsun. Kırık kaburga ve o suratla Kawahara'nın güvenliklerini aşabileceğini mi düşünüyorsun? Unut gitsin."

"Ben kolay olacağını söylemedim zaten."

"Kovacs, böyle bir şey hiç olmayacak. Bancroft ile olan sorunu halletmen için Hendrix'in kayıtlarıyla çok uzun süre ilgilendim ama artık bitti. Arkadaşın Sarah'nın eve gitmesi gerek. Senin de öyle. Her şey bitti. İntikam oyunlarıyla kaybedecek zamanım yok."

"Gerçekten Ryker'ı geri istiyor musun?" diye sordum usulca.

Bir an bana vuracağını sandım. Burun delikleri bembeyaz oldu ve sağ omzu yumruk atmaya hazırlandı. Onu durduran şok tabancasının etkisi mi, yoksa otokontrolü müydü, bilmiyordum.

"Kovacs, aslında bunun için beynini dağıtmam gerekirdi," dedi sakince.

Ellerimi kaldırdım. "Devam et, şu anda Oakland'lı bir pezevenkle baş edemem. Unuttun mu?"

Ortega, tiksinmiş gibi bir ses çıkarıp arkasına döndü. Elimi uzatıp ona dokundum.

"Kristin..." Tereddütlüydüm. "Üzgünüm. Söylediklerim acımasızcaydı. En azından beni bir kez olsun dinler misin?"

Bana doğru döndü. Hissettiklerini açık etmemeye çalışır gibi dudaklarını sıkmıştı. Yutkundu.

"Hayır. Bu kadarı yeter." Boğazını temizledi. "Daha fazla incinmeni istemiyorum Kovacs. Daha fazla hasar istemiyorum."

"Ryker'ın kılıfının hasar görmesinden mi korkuyorsun?"

Bana baktı.

"Hayır," dedi usulca. "Demek istediğim o değildi."

O metal koridorda öylece dikilirken bir anda kollarını boynuma dolayıp yüzünü göğsüme gömdü. Yutkundum ve son anlarımız parmaklarımın arasından kum taneleri gibi akıp giderken onu sıkı sıkı sarmaladım. O sırada, onun duyacağı hiçbir planımın olmamış olması, aramızda yeşeren duygunun parçalanıp yitmemesi ve Reileen Kawahara'dan bu kadar nefret etmemiş olmak için neredeyse her şeyimi verirdim.

Neredeyse her şeyimi.

Sabahın ikisi.

JacSol'un dairesindeki Irene Elliott'ı aradım ve onu yataktan kaldırdım. Derhal çözmemiz gereken bir sorunumuz olduğunu söyledim. Uykulu bir tavırla söylediklerimi dinledi. Bautista, onu markasız bir kruvazörle almaya gitti.

Irene Elliott geldiğinde, *Panama Rose* güverte partisi düzenleniyormuş gibi ışıl ışıldı. Dikey projektörlerin altında, gökyüzünden ışıklı bir elbiseyle iniyormuş gibi görünüyordu. Üst güverte ve palamar yeri, illüminyum kablo bariyerlerle zikzak şeklinde çevrelenmişti. Aşağılama eğlencesinin düzenlendiği kargo hücresinin çatısı, ambulansların geçişi için geriye doğru açılmıştı. Suç sahnesinin aydınlatması, gecenin karanlığında bir dökümevinin alevleri gibi görünüyordu. Polis kruvazörleri gökyüzünü güvenlik çemberine almış, kırmızı ve mavi lambalarıyla rıhtımın karşı tarafına park etmişti.

Onunla güverte iskelesinde karşılaştık.

"Vücudumu geri istiyorum," diye bağırdı, havadaki motorların gürültüsünde sesini duyurabilmek için. Siyah saçları, projektörlerin altında neredeyse sarıya dönmüştü.

"Şu anda bir şey yapamam," diye bağırdım ben de. "Ama onun da sırası gelecek. Önce bu işi başarmanız gerek. Sandy Kim orospusu yerinizi bulmadan ortalıktan kaybolmanız gerek."

Yerel polis, basın helikopterlerini hemen körfezde bekletiyordu. Hâlâ hasta olan ve titreyen Ortega, polis paltosu giyip polisten gizlenmeye çalıştı. Bedensel Hasar bölüğü bağırıyor, otoritesini hissettiriyor, taciz ediyor ve blöf yapıyordu. Elliott, monitör kaydıyla oynamaya gittiği sırada ortalığı onlar kolaçan ediyordu. Trepp'in de dediği gibi, onlar buraların en büyük çetesiydi.

"Yarın daireden çıkıyorum," dedi Elliott, bir yandan çalışmaya devam ederek. "Bana artık oradan ulaşamayacaksınız."

Yarattığı resimlere girerken, dişlerinin arasından ıslık çalıyordu. Daha sonra başını hafifçe arkaya çevirerek bana baktı.

"Ben bunlara mı yardım ediyorum şimdi? Bana borçlu mu olacaklar?"

"Evet, öyle olacak."

"O halde onlarla iletişime geçerim. Bana sorumlu görevliyi getirin. Her kimse, onunla konuşmak istiyorum. Bana Ember'dan da ulaşmaya çalışmayın. Orada da olmayacağım."

Hiçbir şey söylemeden yüzüne baktım. İşine geri döndü.

"Biraz yalnız kalmam gerek," diye mırıldandı.

Bu sözleri duymak benim için bir zevkti.

OTUZ SEKİZİNCİ BÖLÜM

On beş yıllık malttan kendine bir kadeh doldurdu, telefonun yanına gidip dikkatlice oturdu. Kırık kaburgaları, ambulanslardan birinde tedavi edilmişti ama darbe alan kısmı hâlâ ağrıyordu. Viskisini yudumladı, kendini toparladı ve çağrıyı gerçekleştirdi.

"Bancroft rezidansı. Kiminle konuşmak istiyorsunuz?" Bu, en son Suntouch House'ı aradığımda telefona cevap veren o ciddi giyimli kadındı. Üzerinde aynı takım vardı, saçları ve hatta makyajı bile aynıydı. Belki de bu kadın bir telefon kurgusundan ibaretti.

"Miriam Bancroft," dedi.

Ryker'ın kılıfının ayna karşısında silahlarını kuşandığı o gece olduğu gibi, kendimi bir kez daha pasif bir gözlemci gibi hissetmiştim. Ama bu kez durum daha vahimdi.

"Bir dakika lütfen."

Kadın ekrandan kaybolunca ekrana çıtır çıtır yanan bir şömine görüntüsü geldi. Görüntüye, kaldırım taşlarında uçuşan kuru yaprakları hatırlatan bir piyano sesi eşlik ediyordu. Bir dakika sonra Miriam Bancroft belirdi. Üzerinde resmî görünümlü bir ceketle bluz vardı. Şekilli kaşını kuşkuyla kaldırdı.

"Bay Kovacs, bu ne sürpriz!"

"Evet, haklısınız." Miriam Bancroft'un ekrandan bile ışıldayan o havası, adamın dengesini sarsmıştı. "Bu güvenli bir hat mı?"

"Öyle sayılır, evet. Ne istiyorsunuz?"

Boğazını temizledi. "Ben biraz düşündüm ve sizinle konuşmamız gereken konular olduğuna karar verdim. Ben... eee... size bir özür borçluyum."

"Öyle mi?" Bu kez iki kaşını da kaldırdı. "Bu ne zamandır aklınızdaydı?"

Omuzlarını silkti. "Şu anda bir şey yapmıyorum."

"Evet ama ben bir şey yapıyorum Bay Kovacs. Chicago'daki bir toplantıya gitmek üzere yoldayım ve yarın akşama kadar da dönmeyeceğim." Dudak kenarında ufacık bir tebessüm belirdi. "Bekleyecek misiniz?"

"Elbette."

Gözlerini kısarak ekrana doğru eğildi. "Yüzünüze ne oldu?"

Yüzündeki morluklara dokundu. Miriam Bancroft'un odanın loş ışığı altında bu bereleri fark edeceğini düşünememişti. Bu kadar dikkatli olacağını da...

"Uzun hikâye. Görüştüğümüz zaman anlatırım."

"Sabırsızlanıyorum," diye karşılık verdi Miriam Bancroft. "Yarın öğleden sonra sizi Hendrix'ten alması için bir limuzin yollayacağım. Saat dört gibi diyelim mi? Tamam. Görüşmek üzere."

Ekran boşaldı. Bir süre oturmaya devam ettikten sonra telefonunu kapadı.

"Bu kadın beni geriyor," dedi.

"Evet, beni de."

"Çok komik."

"Deniyorum."

Viski şişesini almak için ayağa kalktığım sırada yatağın yanındaki aynada kendi yansımamı gördüm.

Ryker'ın kılıfında hayatın çetrefilli yollarından geçmiş bir adam görüntüsü olsa da, aynadaki adamda her krizi atlatmasını bilen ve kaderin yüzüstü yere kapaklanmasını izleyen bir hava vardı. Kedi gibi hareket eden vücudu, Anchana Salomao'nun bir gösterisine oldukça yakışabilirdi. Gür, neredeyse laciverte çalan saçları ince omuzlarının üzerine yumuşak bir çağlayan gibi dökülüyordu. Gözlerindeki nazik ve endişesiz ifade, evrenin yaşanılası bir yer olduğu izlenimini veriyordu.

Henüz birkaç saat önce –sol görüş alanımdaki zaman göstergesine göre yedi saat kırk iki dakika önce– ninja kılıfının içindeydim ama şimdilik herhangi bir yan etki yaşamamıştım. Esmer sanatçı ellerimden biriyle viski şişesini aldım. Kasların ve kemiklerin bu sıradan oyunu, benim için büyük bir neşe kaynağı olmuştu. Khumalo nörokimya sistemi devamlı olarak algı sınırlarındaydı. Sanki vücudun herhangi bir zamanda yapabileceği onlarca olası hareketi fısıldıyordu. Kordiplomatik'teyken bile hiç böyle bir kılıfım olmamıştı.

Carnage'ın söylediklerini hatırlayınca zihnimde başımı iki yana salladım. BM, on yıllık bir sömürge ambargosu uygulayabileceğini düşündüyse, başka bir dünyada yaşıyorlar demekti.

"Seni tanımıyorum," dedi, "ama bu çok tuhaf bir his."

"Anlatsana." Kadehimi doldurduktan sonra şişeyi ona verdim. Başını iki yana salladı. Pencereye geri döndüm ve kadehin karşısına oturdum.

"Kadmin buna nasıl dayandı? Ortega, sürekli kendisiyle çalıştığını söyledi."

"Zamanla her şeye alışılıyor galiba. Hem Kadmin kaçığın tekiydi."

"Ah, biz değil miyiz sanki?"

Omuzlarımı silktim. "Seçeneğimiz yok. Yürüyüp gitmek dışında yani. Bu daha mı iyi olurdu?"

"Sen söyle. Kawahara ile ilgilenecek olan sensin. Yeri gelmişken, ben Ortega'nın anlaşmanın bu kısmına bu kadar sevineceğini düşünememiştim. Yani, önceden aklı bir hayli karışıktı ama şimdi..."

"Kafası karışıkmış! Sence ben nasıl hissediyorum?"

"Senin nasıl hissettiğini biliyorum geri zekâlı. Ben senim."

"Öyle mi?" İçkimden bir yudum aldım. "Sence aynı kişi olmaktan ne zaman vazgeçeceğiz?"

Omuzlarını silkti. "Ne hatırlıyorsan osun. Şu anda algılarımız yedi sekiz saattir birbirinden ayrı. Etkisi fazla olmayacaktır."

"Kırk küsur senelik anıyla karşılaştırdığında mı? Sanmıyorum. Üstelik kişiliği oluşturan, ilk yaşadıklarındır."

"Evet, öyle derler. Konu açılmışken sana bir şey soracağım. Yama Adam'ın ölmesi konusunda ne hissediyorsun? Daha doğrusu, ne hissediyoruz?"

Huzursuz bir şekilde kıpırdandım. "Bu konuyu konuşmak zorunda mıyız?"

"Bir şey konuşmak zorundayız. Yarın akşama kadar burada birbirimizle baş başayız."

"İstersen sen çıkabilirsin," dedim ve başparmağımla çatıyı işaret ettim. "Ben geldiğim gibi çıkarım."

"Bu konuyu o kadar mı konuşmak istemiyorsun?"

"Pencereden çıkmak pek zor değil."

En azından bu doğruydu. Planın orijinal taslağı, benim Ninja kopyama, Ryker kopyam Miriam Bancroft ile ortadan kaybolana kadar Ortega'nın dairesinde kalmasını söylemişti. Daha sonra, Başım Bulutlarda saldırısına hazırlanmak için Hendrix'te kalmamız gerektiğini ve Ninja kopyamın kimliğini otele kanıtlamasının hiçbir yolunun olmadığını anladım. Ryker kopyamı Miriam Bancroft ile birlikte gitmeden önce Ninja kopyamla tanıştırmak en iyisi olacaktı. Ryker kopyam, en azından Trepp tarafından sürekli takip edildiği için büyük kapıdan geçmek çözüm değildi. Bautista'dan yerçekimine karşı bir takım ödünç almıştım. Şafak sökmeden hemen önce düzensiz trafiğin arasına sızdım ve kırk iki katlık otele vardım. Ryker kopyam Hendrix'e geleceğimi haber verdiği için havalandırma kanalından içeri sızdım.

Khumalo nörokimyası sayesinde kanaldan girmek, ön kapıdan girmek kadar kolay olmuştu.

"Bak," dedi Ryker kopyam. "Ben senim. Bildiğin her şeyi biliyorum. Bu konuda konuşmanın sakıncası ne olabilir ki?"

"Bildiğim her şeyi biliyorsan, bu konuyu konuşmanın *amacı* ne?"

"Bazen, bazı şeyleri dışa vurmak iyi gelir. Başka birine anlatırken, aslında kendine anlatırsın. Karşındaki kişi yalnızca ses çıkarır. Konuşan sensindir."

İçimi çektim. "Bilmiyorum. Babamla ilgili bütün her şeyi çok uzun süre önce gömdüm."

"Evet, haklısın."

"Ciddiyim."

"Hayır." Parmağını, Bancroft Suntouch House'un balkonunda gerçeklerle yüzleşmek istemediğinde salladığım gibi salladı. "Sen kendine yalan söylüyorsun. Shonagon'un On Biri'ne katıldığımız sene, Lazlo'nun evindeki sigara odasında tanıştığımız o pezevengi hatırla. Diğerleri bizi durdurmasaydı, herifi az kalsın öldürüyorduk."

"Kimyasallar yüzündendi. Bir tür tetrametin etkisindeydik. Daha on altı yaşındaydık."

"Saçmalık. Bunu yapmamızın nedeni, babamıza benziyor olmasıydı."

"Olabilir."

"Öyle. Sonraki on buçuk yılımızı, aynı neden yüzünden otorite figürlerini öldürmekle geçirdik."

"Ah, bir rahat ver artık! Sonraki on buçuk yılımızı, yolumuza çıkan herkesi öldürmekle geçirdik. Biz askeriyedeydik. Hem söylesene, bir pezevenk ne zamandan beri otorite figürü olmuş?"

"Tamam, belki de on beş yılımızı pezevenkleri öldürmekle geçirmiş olabiliriz. İnsanları kullanan pislikleri. Sanki eski bir borcu ödüyorduk."

"Babam annemizi satmadı."

"Emin misin? O zaman Elizabeth Elliott dosyasına neden bir taktik nükleer bomba gibi saldırdık? Bu soruşturmanın öne çıkan noktası neden genelevler?"

"Çünkü," dedim, bir parmak viski koyarak, "bu soruşturmanın amacı en başından beri buydu. Elizabeth Elliott dosyasının peşine düştük, çünkü öyle olması gerekiyordu. Bu bir Elçi içgüdüsüydü. Bancroft'un karısına davranışları..."

"Ah, Miriam Bancroft. Şimdi uzun süre konuşacak bir konumuz daha oldu."

"Kapa çeneni. Elliott müthiş bir şanstı. Jerry'nin biyokabinleri olmasaydı Başım Bulutlarda'ya giremezdik."

"Ahhh. Sen istediğine inanıyorsun. Yama Adam, babamın bir metaforuydu. Gerçekle yakından yüzleşemedik. Kompozit bir yapıyı sanalda ilk gördüğümüzde korkmamızın nedeni de bu. Hatırlıyorsun, değil mi? Adoracion'daki ev. O küçük gösteriden sonra bir hafta boyunca korkunç kâbuslar görmüştük. Uyandığımızda, yastıkları parçaladığımızı fark ediyorduk. Bizi psikologlara göndermişlerdi."

"Evet, hatırladım," dedim öfke içinde. "Babamdan değil, Yama Adam'dan deli gibi korktuğumu hatırlıyorum. Kadmin ile sanalda tanıştığımızda da aynı hislere kapılmıştım."

"Ama şimdi öldü, öyle değil mi? Şimdi nasıl hissediyoruz?"

"Ben hiçbir şey hissetmiyorum."

"Bu bir paravan."

"Paravan falan değil. Pislik herif yoluma çıkıp beni tehdit etti. Sonra da öldü işte. Operasyon tamam."

"Seni tehdit eden başka biri daha var mıydı? Küçükken mesela."

"Artık bu konuda daha fazla konuşmayacağım." Şişeye uzanıp kadehimi bir kez daha doldurdum. "Başka bir konu bul. Ortega'ya ne dersin? Ona karşı ne hissediyoruz?"

"Bütün şişeyi içmeyi mi planlıyorsun?"

"Sen de ister misin?"

"Hayır."

Ellerimi iki yana açtım. "O halde sana ne?"

"Sarhoş olmaya mı çalışıyorsun?"

"Elbette. Kendi kendime konuşmam gerekiyorsa, ayık kalmak için bir neden göremiyorum. Haydi bana Ortega'yı anlat."

"Bu konuda konuşmak istemiyorum."

"Neden?" diye sordum mantıklı bir şekilde. "Bir konu hakkında konuşmamız gerekiyordu hani, hatırladın mı? Ortega konusunda bir sorun mu var?"

"Sorun, senin ve benim Ortega'ya karşı olan hislerimizin aynı olmaması. Artık Ryker'ın kılıfını giymiyorsun."

"Bunun bir önemi..."

"Bunun bir önemi var. Ortega ile aramda olanlar tamamen fiziksel. Başka şeylere zaman yoktu. O yüzden şu anda bu konuyu mutlu bir şekilde konuşabiliyorsun. O kılıfın içindeyken aklındaki tek şey, yata dair biraz özlem ve birkaç enstantane. Artık kimyasal hiçbir şey hissetmiyorsun."

Bir şeyler söylemek istedim ama beceremedim. Bir anda keşfettiğimiz bu fark, aramızda üçüncü ve istenmeyen bir kişi gibi oturuyordu.

Ryker kopyam ceplerine bakıp Ortega'nın sigaralarını çıkardı. Paket neredeyse dümdüz olmuştu. İçinden bir tane aldı, kederli gözlerle bakıp dudaklarının arasına yerleştirdi. Onu kınıyormuşum gibi görünmemeliydim.

"Sonuncu," dedi ve ateşleme yamasına dokundu.

"Muhtemelen otelde daha çok vardır."

"Evet." Dumanı üfledi. Onun bu bağımlılığını neredeyse kıskanacaktım. "Şu anda tartışmamız gereken bir konu var."

"Neymiş o?"

Aslında ne olduğunu biliyordum. İkimiz de biliyorduk.

"Söyleyeyim mi? Peki." Sigarasından bir duman daha çekip omuzlarını silkti. "Her şey bittiğinde hangimizin tamamen silineceğine karar vermeliyiz. Hayatta kalma içgüdülerimiz gittikçe güçlendiği için kısa süre içine kararımızı vermeliyiz."

"Nasıl?"

"Bilmiyorum. Hangisini hatırlamak istersin? Kawahara'yı alt edeni mi, yoksa Miriam Bancroft ile yatanı mı?" Acı bir ifadeyle gülümsedi. "Bence seçim zor değil."

"Bahsettiğin şey hiç kolay değildi, bir çoklu kopya seksiydi. Kalan tek yasadışı zevkim bu. Her neyse, Irene Elliott muhtemelen bir hafıza nakli yapıp iki deneyimi de tutabileceğimizi söylemişti."

"Olabilir. Irene Elliott hafıza naklini *muhtemelen* yapabileceğimizi söyledi. Bu da, ikimizden birinin yok olacağı ihtimalini hâlâ canlı kılıyor. Bu bir füzyon değil, nakil. Birimizden, diğerine. Bunu kendine yapmak istiyor musun sen? Hayatta kalana yapılmasını istiyor musun? Biz Hendrix'in inşa ettiği yapıya dokunmaya bile cesaret edemedik. Bununla nasıl yaşayacağız? İmkânsız, bize temiz bir son gerek. Bana ya da sana. Hangimiz olduğuna karar vermeliyiz."

"Evet." Viski şişesini aldım ve üzerindeki etikete hüzünlü bir ifadeyle baktım. "Ne yapıyoruz? Kumar mı? Taş, makas, kâğıt falan mı?"

"Ben daha mantıklı yöntemler düşünmüştüm. Birbirimize anılarımızı anlatacağız ve hangisini saklamak istediğimize karar vereceğiz. Hangisinin buna değdiğine bakacağız."

"Böyle bir şeyi nasıl ölçebiliriz ki?"

"Bakacağız."

"Ya birimiz yalan söylerse? Kulağa daha çekici gelmesi için anıları süsleyip püslerse? Ya da hangisinin daha çok hoşuna gittiğine dair yalan söylerse?"

Gözlerini kıstı. "Sen ciddi misin?"

"Birkaç gün içinde çok şey olabilir. Söylediğin gibi, ikimiz de hayatta kalmak istiyoruz."

"Ortega bizi poligraf testine sokabilir."

"Ben kumarı tercih ederim."

"Şu lanet şişeyi bana ver. Bu konuyu ciddiye almazsan ben de almam. Siktir edelim o halde, öldürülürsen sorun da ortadan kalkar zaten."

"Teşekkürler."

Şişeyi ona verdim ve kadehine iki parmak kadar koyuşunu izledim. Jimmy de Soto, bir etkinlikte beş parmaktan fazla single malt içmenin saygısızlık olduğunu, sonrasında blended viski içilebileceğini söylerdi. İçimden bir ses, bu gece bu kuralı bozacağımızı söylüyordu.

Kadehimi kaldırdım.

"Amaç birliğimize!"

"Evet. Ve bir daha yalnız içmemeye!"

Neredeyse bir koca gün geçmesine rağmen akşamdan kalmalığın etkilerini üzerimden silememiştim. Otelin monitörlerinden gidişini izledim. Kaldırıma ayak basınca uzun ve parlak limuzinin park etmesini bekledi. Kaldırım tarafındaki kapı açıldığında, içeride oturan Miriam Bancroft'u gördüm. Daha sonra kopyam araca bindi ve kapı arkasından yavaşça kapandı. Limuzin titreyerek havalandı.

Biraz daha ağrı kesici içtim ve on dakika sonra Ortega'yı beklemek üzere çatıya çıktım.

Hava soğuktu.

OTUZ DOKUZUNCU BÖLÜM

Haberler Ortega'daydı.

Irene Elliott telefon edip bir sonraki adım hakkında konuşmak istediğini belirtmişti. Çağrı, Otlak Sokak'ın şu ana kadar takip etmeye çalıştığı en güvenli hat üzerinden gerçekleşmişti. Elliott, yalnızca benimle iletişimde olacağını söylemişti.

Bu sırada, *Panama Rose*'un yalanlarını henüz kimse fark etmemişti ve Hendrix kayıtları hâlâ Ortega'daydı. Kadmin'in ölümü, Otlak Sokak'ın orijinal dosyasını sıradan bir formaliteye çevirmişti ve artık kimse bu dosyayı kurcalamakla uğraşmıyordu. İç işlerinin katilin gözaltından nasıl kurtulduğuna dair yürüttüğü soruşturma yeni yeni filizleniyordu. İşin içinde bir YZ'nin olduğu fikrinden yola çıkıldığında, Hendrix bir noktadan sonra zan altında kalacaktı ama tüm bunlar henüz gündeme gelmemişti. Öncelikle, departmanların kendi aralarında halletmesi gereken birtakım prosedürler söz konusuydu ve Ortega'nın Murawa'ya yazdığı senaryo, onlara hiç ışık tutmuyordu. Otlak Sokak'ın yüzbaşısı, Ortega'ya iki hafta izin vermişti. Açık açık dile getirilmemiş de olsa genel kanı, Ortega'nın iç işlerinden hoşlanmadığı ve hayatı onlara kolaylaştırmayacak olmasıydı.

İki YZ dedektif, *Panama Rose*'da bir soruşturma başlatmışlardı ama Bedensel Hasar, Ortega ve Bautista ile güç birliği yapmıştı. YZ'ler şu anda başarısızdı.

Önümüzde iki hafta vardı.

Ortega kuzeydoğuya uçtu. Elliott'ın verdiği talimatlarla, medeniyetin yüzlerce kilometre uzağında bulunan, etrafı ağaçlarla çevrili bir gölün batı ucunda kümelenmiş prefabriklerin bulunduğu bir bölgeye vardık. Kamp yerine doğru inişe geçtiğimiz sırada, Ortega buranın neresi olduğunu anlayıp söylenmeye başladı.

"Burayı biliyor musun?"

"Bu tür yerleri bilirim. Üçkâğıtçıların şehri. Ortadaki şu parabolik yansıtıcıyı gördün mü? Eski ve sabit bir meteorolojik platforma bağlamışlar. Yansıtıcı da yarımküredeki her şeye ulaşabilmelerini sağlıyor olmalı. Burası muhtemelen, batı yakasındaki bütün veri suçlarının yönetildiği yerdir."

"Hiç yakalanmıyorlar mı?"

"Duruma göre değişiyor." Ortega kruvazörü göl kenarına, ilk prefabriklerin biraz uzağına park etti. "Bu insanlar, eski orbitalleri çalıştırıyorlar. Onlar olmasaydı, eskiyen orbitallerin parçalanması gerekirdi ve bu da epey pahalıya patlardı. Buradaki işleri küçük ölçekli olduğu sürece sorun yok. Taşıma Suçları Bölüğü'nde daha büyük işler dönüyor ve burası kimsenin ilgilini çekmiyor. Geliyor musun?"

Kruvazörden indim. Göl kenarından kamp alanına doğru yürümeye başladık. Havadan baktığımda, alan belli bir yapısal bütünlük içinde görünüyordu ama yakından baktığımda prefabriklerin parlak renklere ya da somut desenlere boyandığını fark ettim. Desenler birbirine benzemese de geçtiğimiz sayısız örneğin içindeki artistik doku gözden kaçacak gibi değildi. Üstelik, prefabriklerden birçoğunun verandası, ek çıkıntısı ve bazı durumlarda da kütük kabinleri vardı. Binaların arasına çamaşırlar asılmıştı ve küçük çocuklar neşe içinde koşuşturarak kire bulanıyordu.

Kamp güvenliği, ilk prefabriklerden sonra yanımıza geldi. Ayağındaki düz çizmelere rağmen boyu iki metreden uzundu. Muhtemelen iki kılıfımın toplamı kadar ağırdı. Gri iş giysisinin altındaki dövüşçü duruşunu sezebiliyordum. Gözleri şaşırtıcı derecede kırmızıydı ve şakaklarından kısa boynuzlar fırlamıştı. Boynuzların hemen altındaki yüzü yara bere içinde ve ihtiyardı. Sol kolunda tuttuğu küçük çocuk, ifadesini yumuşatıyordu.

Bana bakarak başını salladı.

"Adınız Anderson mı?"

"Evet. Bu da Kristin Ortega." İsmin kulağıma bu kadar düz gelmesi beni şaşırtmıştı. Ryker'ın feromonal arayüzü olmayınca, yanımdaki kadının bana Virginia Vidaura'yı hatırlatan o ince ve kendine yeten haliyle çok çekici olduğunu neredeyse unutmuştum.

Anılar.

Onun da benimle aynı şeyi hissedip hissetmediğini merak ettim.

"Polis misiniz?" Eski ucube dövüşçünün ses tonunun sıcak olduğu pey söylenemese de, çok düşmanca da sayılmazdı.

"Şu anda değil," dedim sert bir ifadeyle. "Irene burada mı?"

"Evet." Küçük çocuğu diğer koluna alıp işaret etti. "Yıldızlı prefabrikte. Sizi bekliyordu."

Konuşurken, Irene Elliott söz konusu prefabrikten dışarı çıktı. Boynuzlu adam homurdandı ve bizi eve doğru götürmeye devam etti. Yol boyunca peşine birçok çocuk takılmıştı. Elliott, ellerini cebine sokmuş, bizi bekliyordu. Tıpkı bu eski dövüşçü gibi, Elliott da çizme ve gri bir iş giysisi giymişti. Başındaki bant gökkuşağı gibi rengârenkti.

"Ziyaretçileriniz," dedi boynuzlu adam. "Sorun yok, değil mi?"

Elliott başını sallayarak onaylayınca, adam bir anlık tereddütten sonra omuzlarını silkti ve peşindeki çocuklarla oradan uzaklaştı. Elliott arkasından baktıktan sonra bize döndü.

"İçeri girin," dedi.

Prefabriğin içindeki kullanışlı alan ahşap bölmelerle ayrılmıştı. Duvarlara asılan tabloların çoğu, kamp çocukları tarafından yapılmışa benziyordu. Elliott'ın bizi götürdüğü odada puflar ve duvara tutkallanmış bir bağlantı ucu vardı. Elliott, kılıfına uyum sağlamışa benziyordu ve hareketleri hiç zorlama görünmüyordu. Bunu, sabahın erken saatlerinde *Panama Rose*'da fark etmiştim ama şimdi her şey daha çok belliydi. Puflardan birine kuruldu ve şüpheci gözlerini üzerime dikti.

"Şimdi de Anderson mı oldunuz?"

Başımı öne eğdim.

"Bana nedenini söyler misiniz?"

Tam karşısına oturdum. "Irene, bu size bağlı. Var mısınız, yok musunuz?"

"Bana kendi vücudumu geri alacağımın garantisini veriyor musunuz?" Sakin görünmeye çalışsa da sesindeki açlığı gizlemesi imkânsızdı. "Anlaşma bu mu?"

Ortega'ya baktım, başını onaylarcasına sallıyordu. "Doğru. Eğer başarılı olursak, federal yetki altında vücudunuzu talep edebileceğiz. Ama başarılı olması gerekiyor. Eğer altından kalkamazsak, muhtemelen hepimiz yüz yıl yeriz."

"Teğmen, federal bir vekaletiniz var mı?"

Ortega gülümsedi. "Pek sayılmaz. Ama BM anlaşması uyarınca, vekaleti geriye dönük olarak uygulayabiliriz. Tabii, dediğim gibi başarılı olursak."

"*Geriye dönük* bir federal vekalet." Elliott, kaşlarını kaldırarak bana baktı. "Bu, balina eti kadar sık rastlanan bir şey herhalde. Epey büyük bir operasyon söz konusu olmalı."

"Öyle," dedim.

Elliott gözlerini kıstı. "Artık JacSol ile değilsiniz, öyle değil mi? Anderson, siz kim oluyorsunuz?"

"Ben sizin perileri andıran vaftiz annenizim Elliott. Teğmenin talebi işe yaramazsa, kılıfınızı ben geri alacağım. Size bunu garanti ediyorum. Şimdi var mısınız, yok musunuz?"

Irene Elliott bir süre sessizliğini korudu. Bu sırada ona karşı beslediğim teknik saygının arttığını hissettim. Daha sonra başını evet anlamında salladı.

"Anlatın bakalım," dedi.

Anlattım.

Yaklaşık yarım saat boyunca konuştum. Bu sırada Ortega ya ayakta dikiliyor ya da huzursuzca bir o yana bir bu yana yürüyüp duruyordu. Onu suçlayamazdım. Geçtiğimiz on gün boyunca, bütün profesyonel ilkeleri sarsılmıştı ve şimdi dahil olduğu proje başarısız olursa yüz yıl boyunca depoda tutulabilirdi. Arkasında Bautista ve diğerleri olmasaydı, Met'lere duyduğu nefret ve hatta Ryker'a rağmen bu riske girmezdi.

Ya da yalnızca bana öyle geliyordu.

Irene Elliott oturmuş beni dinlerken, sessizliğini yalnızca cevabını veremediğim üç teknik soruyla böldü. Konuşmam bittiğinde uzun bir süre tek kelime etmedi. Ortega durdu ve gelip yanımda beklemeye başladı.

"Siz delirmişsiniz," dedi Elliott en sonunda.

"Yapabilir misiniz?"

Tam konuşacaktı ki, sustu. Yüzünde dalgın bir ifade vardı ve galiba daha önce çevrilen dolapları yeniden düşünüyordu. Birkaç dakika sonra yeniden aramıza döndü ve kendini ikna etmeye çalışıyor gibi başını salladı.

"Evet," dedi yavaşça. "Olabilir ama gerçek zamanda değil. Bu, dövüş arenasındaki dostlarınızın güvenlik sistemini yeniden yazmak ya da YZ çekirdeğine yükleme yapmak gibi bir şey değil. Virüsü bulaştırmak, rutinin onaylanmasından başka bir şey değildi. Başarmak ve hatta yalnızca denemek için bile sanal bir foruma ihtiyacım var."

"Bu sorun değil. Başka bir şey var mı?"

"Başım Bulutlarda'nın kullandığı güvenlik sistemine bağlı." Bir an sesi ağlamaklı çıkmaya başladı. "Orası kaliteli bir genelev, öyle değil mi?"

"Evet," dedi Ortega.

Elliott yeniden sakinleşti. "O halde birkaç kontrol yapmam gerekecek. Bu da zaman alır."

"Ne kadar zaman?" diye sordu Ortega.

"İki şekilde yapabilirim." Sesinde profesyonel bir kibir vardı ve az önceki duygu dolu yüz ifadesini bastırmıştı. "Hızlı bir tarama yapabilirim ama bunun riski, bütün alarmların çalmaya başlama ihtimali. Ya da daha doğru bir müdahalede bulunabilirim ve bu da iki gün sürer. Seçim sizin. Zamanlamanıza uyarım."

"Acele etmenize gerek yok," dedim ve Ortega'yı uyarmak istercesine yüzüne baktım. "Şimdi görüntü ve ses bağlantımın sağlanması gerek. Bunu gizlice yapabilecek birini tanıyor musunuz?"

"Evet, burada bunu yapabilecek insanlar var. Ama telemetri sistemini unutun gitsin. Eğer sinyal yaymaya başlarsanız, bütün bu ev tepemize yıkılır. Şaka değil." Duvardaki bağlantı ucuna yaklaştı ve genel bir ekran açılıverdi. "Reese'e, size gizli bir mikrofon bulup bulamayacağını soracağım. Korumalı mikrobellek sayesinde, iki yüz saat boyunca yüksek çözünürlüklü kayıt yapabilirsiniz."

"Güzel. Peki çok mu pahalı?"

Elliott, kaşlarını kaldırarak bize doğru döndü. "Reese ile konuşun. Muhtemelen bazı parçalar satın alması gerekecek ama belki nakil ücretini geriye dönük bir federal sözleşme üzerinden ödeyebilirsiniz."

Kızgınlıkla omuzlarını silken Ortega'ya baktım.

"Olabilir," dedi kaba bir şekilde. Elliott ekranla ilgileniyordu. Ayağa kalktım ve Ortega'ya döndüm.

"Ortega," diye fısıldadım kulağına. Bu kılıfımın içindeyken kokusunun beni artık tahrik etmediğini fark ettim. "Parasız kalmamız benim hatam değil. JacSol'un hesabı uçup gitti ve bu tür şeyler için Bancroft'tan para çekersem, çok tuhaf görünür. Lütfen artık sakinleş."

"Konu o değil," diye karşılık verdi.

"O halde ne?"

Birbirimize fazlasıyla yakın duruyorduk. "Ne olduğunu sen gayet iyi biliyorsun."

Derin bir nefes alıp yüzünü görmemek için gözlerimi kapadım. "Donanımı bulabildin mi?"

"Evet." Geri çekildi. Sesi artık normale dönmüştü ve hissizdi. "Şok tabancası Otlak Sokak'tan, gerisi de New York polisinin el koyduğu silah stokundan. Yarın hepsini teslim almak üzere uçuyorum. Ticari bir işlem, kayıt yok. İki polis bana yardım edecek."

"Güzel. Teşekkürler."

"Lafı olmaz." Sesindeki vahşi kinayeyi duymamak mümkün değildi. "Ah, bu arada, örümcek zehri teminatında oldukça sorun yaşamışlar. Bana bundan söz etmeye hiç niyetin yoktu, değil mi?"

"Bu kişisel bir mesele."

Elliott'ın önünde durduğu ekranda biri vardı. Bu, ellilerinin sonlarında gösteren, ciddi bakışlı bir Afrikalıydı.

"Hey, Reese," dedi Irene neşe içinde. "Bir müşterim var."

Karamsar tahminlerine rağmen, Irene Elliott bir gün sonra ilk taramasını bitirdi. Göl kenarındaydım ve Reese'in basit mikro cerrahi operasyonları sonunda dinlenmeye çalışıyor, görünüşe göre beni evlatlık edinmiş altı yaşlarındaki bir kızla birlikte gölde taş sektiriyordum. Ortega hâlâ New York'taydı ve aramızdaki buzlar erimemişti.

Elliott kamp alanında belirdi ve yanıma gelmeye tenezzül etmeden, başarılı taramasına dair müjdesini uzaktan bağırarak duyurdu. Sesi suyun üzerinde yankılanınca ürktüm. Bu küçük yerleşim yerinin açık atmosferine uyum sağlamam gerekiyordu. Bu kadar başarılı bir veri korsanlığını nasıl başardıklarını anlayamıyordum. Taşımı kıza verdim ve Reese'in kayıt sistemini naklettiği gözümün altındaki küçük noktayı kaşıdım.

"İşte. Bir de bununla dene."

"Senin taşların çok *ağır*," dedi sitemkâr bir şekilde.

"Yine de bir dene. Sonuncusunu dokuz kez sektirdim."

Gözlerini kısarak bana baktı. "Ama sen kablolusun. Ben daha altı yaşındayım."

"Doğru. Her ikisi de." Elimi başına koydum. "Ama elindekiyle çalışmayı öğrenmelisin."

"Büyüdüğümde ben de Reese Teyze gibi kablolanacağım."

Khumalo nörokimyalı beynimde hafif bir üzüntü hissettim. "Aferin sana. Bak, benim artık gitmem gerek. Suya çok yaklaşma, tamam mı?"

Öfke içinde bana baktı. "Ben yüzme biliyorum."

"Ben de biliyorum ama su soğuk, değil mi?"

"E... evet..."

"Anlaştık o halde." Saçlarını okşadım ve yola koyuldum. İlk prefabriğe vardığımda dönüp arkama baktım. Kocaman taşı, su onun düşmanıymış gibi kaldırdı.

Elliott, çoğu veri faresinin uzun süre belleklerle haşır neşir olduktan sonra yaşadığı o heyecanı yaşıyordu.

"Tarihi araştırmalar yaptım," dedi, bağlantı ucunu sallayarak. Ekran bir anda canlanınca Elliott'ın yüzüne ışık vurdu. "İmplantın ne durumda?"

Yeniden gözüme dokundum. "İyi. Reese, implantı dahili zaman sistemime bağladı. Bu onun mesleği olabilirmiş."

"Öyleydi de zaten," dedi Elliott kısaca. "Ta ki antiProtektora bildirgeleri dağıttığı için yakalanana kadar. Her şey sona erdiğinde federal bağlamda hatırlanması gerek, çünkü buna çok ihtiyacı var."

"Evet, bundan söz etti." Arkasındaki ekrana baktım. "Ne var orada?"

"Başım Bulutlarda. Tampa hava sahasının planları. Gövdenin özellikleri, her şey. Bu şey çok eski. Hâlâ bellekte tutmalarına şaşırdım. Her neyse, ilk başta Karayipler'deki fırtına yönetimi için kurulmuş ama daha sonra SkySystems'ın orbital hava ağı onu piyasadan silmiş. Bu yeni sahipler, uzun menzilli tarama ekipmanının büyük bir kısmını yok etmişler ama yerel sensörleri bırakmışlar. Güvenlik sisteminin temelini de işte bu sensörler oluşturuyor. Isı detektörleri ve kızılötesi gibi şeyler. Gövdeye yaklaşan vücut ısısındaki her şeyi tanıyabiliyorlar."

Şaşırmamıştım. "İçeri sızma yöntemleri neler?"

Omuzlarını silkti. "Yüzlerce var. Havalandırma kanalları, sürünerek geçilen geçitler... Seçim sizin."

"Miller'ın verdiği bilgilere bir göz atmam gerek. Ama içeriye yukarıdan girersem tek sorun vücut ısısı mı?"

"Evet ama o sensörler en ufak vücut ısısını bile tespit edebiliyorlar. Giysiyle kendinizi saklayamazsınız. Tanrım, ciğerlerinizden çıkan hava bile muhtemelen onları alarma geçirir. Ve iş orada bitmez." Elliott ekranı işaret etti. "Sistemi çok sevmiş olmalılar, çünkü yeniden elden geçirdiklerinde bütün gemide çalıştı. Her koridorda ve yürüme yolunda oda ısısı monitörleri var."

"Miller, termik imza etiketinden söz etmişti."

"Evet. Misafirler geldiklerinde etiketleniyorlar ve kodları sisteme işleniyor. Koridordan davetsiz bir misafir geçerse ya da etiketlerinin izin vermediği bir yerlere giderlerse, gövdedeki bütün alarmlar çalıyor. Kolay ve çok etkili. Size bir hoş geldiniz kodu bulabileceğimi sanmıyorum. Güvenlik çok güçlü."

"Endişelenmeyin," dedim. "Sorun olacağını sanmıyorum."

"Sen ne diyorsun?" Ortega öfke içinde bana baktı. Duyduklarına inanamıyordu. Sanki bulaşıcıymışım gibi benden uzaklaştı.

"Sadece bir öneriydi. Eğer..."

"Hayır." Bu kelimeyi yeni öğrenmiş ve çok hoşuna gitmiş gibi bir coşkuyla söyledi. "Hayır. İmkânı yok. Senin için viral bir suça göz yumdum, kanıtları sakladım, çoklu kılıfında sana yardım ettim..."

"Çoklu sayılmaz pek."

"Bu bir suç," dedi sıktığı dişlerinin arasından. "Senin için polis merkezinden el konmuş uyuşturucuları falan çalmayacağım."

"Tamam, unut gitsin." Dilimi yanağımda gezdirerek bir süre düşündüm. "Peki uyuşturuculara el koymama yardım eder misin?"

Ortega'nın kendini tutamayıp gülümsediğini görünce keyfim yerine geldi.

Torbacı, iki hafta önceki yerindeydi. Bu kez onu yirmi metre uzaktan gördüm. Omzunda yayın ünitesiyle duruyordu. Sokakta tek tük insan vardı. Karşıda yürüyen Ortega'ya işaret verip yürümeye devam ettim. Torbacının yayını değişmemişti. Kaldırımlar aniden vahşi kadınlarla doldu ve betatanatinin yapay serinliği içimi kapladı. Ama bu kez hazırdım. Khumalo nörokimyası, insanların varlığı karşısında adeta tampon görevi görüyordu. Yüzümde bir gülümsemeyle torbacıya doğru yaklaştım.

"Taş var dostum."

"Güzel, ben de ondan istiyordum. Ne kadar var?"

Biraz şaşırmıştı. Yüz ifadesi açgözlülükle şüphe arasında gidip geliyordu. Her ihtimale karşı elini kemerindeki korku kutusuna doğru götürdü.

"Ne kadar istiyorsun dostum?"

"Hepsini," dedim neşe içinde. "Elinde ne kadar varsa."

Ne yapmaya çalıştığımı anladı ama artık çok geçti. Elini korku kutusunun kontrol paneline götürürken iki parmağını tuttum.

"Sakın!"

Diğer koluyla bir yumruk savurdu. Parmaklarını kırdım. İnledi ve acı içinde yere yığıldı. Midesine tekmeler indirdim ve korku kutusunu aldım. Hemen arkamdan Ortega geldi ve rozetini herifin ter içindeki yüzüne doğru tuttu.

"Bay City polisi," dedi. "Yakalandın. Bakalım, elinde neler varmış."

Betatanatin, pamukla sarmalanmış küçük kaplar eşliğinde dermal pedlerin içinde muhafaza ediliyordu. Bir tanesini ışığa doğru tutup salladım. İçindeki sıvı uçuk kırmızıydı.

"Tahminin ne?" diye sordum Ortega'ya. "Yüzde sekiz falan mı?"

"Öyle görünüyor. Daha az da olabilir." Ortega, dizini torbacının ensesine dayayıp yüzünü kaldırıma sürttü. "Malı nereden aldın dostum?"

"Doğrudan alıyorum," diye cevap verdi torbacı.

Ortega'nın kafatasına sertçe vurduğu adam sustu.

"Berbat bir mal bu," dedi Ortega sabırla. "O kadar sulandırılmış ki, nezle olmaya bile yetmez. Bunu istemiyoruz. Bütün malını alıp gidebilirsin. Biz yalnızca malı nereden aldığını öğrenmek istiyoruz. Adres ver."

"Bilmiyorum ki..."

"Kaçarken vurulmak ister misin?" diye sordu Ortega nazikçe. Adam bir anda susuverdi.

"Oakland'da bir yerden alıyorum," dedi.

Ortega, adama kalemle kâğıt verdi. "Şuraya yaz. İsme gerek yok, adres yeter. Eğer bizi kandırmaya çalışırsan, buraya 50 cc'lik bir malla gelip hepsini sana enjekte ederim. Hem de sulandırmadan."

Adresin yazdığı kâğıdı geri aldıktan sonra dizini çekti ve adamın omzuna vurdu.

"Aferin. Şimdi kalk ve siktir git. Verdiğin adres doğruysa, yarın işine geri dönebilirsin. Ama eğer doğru değilse, seni buluruz."

Adamın oradan uzaklaşmasını izlerken, Ortega da kâğıda küçük bir fiske vurdu.

"Burayı biliyorum. Kontrole Tabi Maddeler geçen sene burayı iki kez basmıştı ama üçkâğıtçı avukatın teki her defasında esas adamları korumayı başarıyor. Çok gürültü çıkaracak, bizi bir çuval saf malla kandırdıklarına onları inandırmaya çalışacağız."

"Anlaştık." Torbacının uzaklaşan siluetine baktım. "Onu gerçekten vuracak mıydın?"

"Hayır." Ortega sırıttı. "Ama o bunu bilmiyor. Önemli bir mevzu söz konusu olduğunda, büyük torbacıları sokaktan temizlemek için ConSub bazen böyle şeyler yapar. Böyle bir durumda söz konusu dedektif resmî bir şekilde uyarılır ve yeni kılıf temin edilir ama bu biraz zaman alır ve tüm bu süre boyunca vurulan kişi depoda kalır. Üstelik vurulmak çok can acıtır. Oldukça ikna ediciydim, öyle değil mi?"

"Beni bile ikna ettin."

"Belki ben de Elçi olmalıydım."

Başımı iki yana salladım. "Belki benimle daha az zaman geçirmelisin."

Hipnofon sonokodun beni gerçeklikten koparmasını beklerken tavanı seyrediyordum. Bir yanımda Bedensel Hasar'dan yollanan veri faresi Davidson, bir yanımda ise Ortega vardı. Hipnofonlara rağmen, nörokimya algımın sınırlarına takılan sessiz ve düzenli nefes alış verişlerini duyabiliyordum. Biraz daha rahatlamaya, hipnosistemin usulca kaybolan bilincimin katmanlarına itişine teslim olmaya çalıştıysam da, aklım hata arayan bir program gibi bütün ayrıntıları tekrar tekrar düşünüp duruyordu. Bu durum, Innenin sonrasında yaşadığım uykusuzluğa benziyordu. Sinir bozucu bir sinaptikti bu ve peşimi bir türlü bırakmıyordu. Çevresel görüş ve zaman göstergem, aradan en az bir dakika geçtiğine işaret edince, dirseğimin üzerinde yükselerek diğer yataklardaki siluetlere baktım.

"Bir sorun mu var?" diye sordum yüksek sesle.

"Sheryl Bostock'ın takibi tamamlandı," dedi otel. "Size haber verdiğimde yalnız olmayı tercih edeceğinizi düşünmüştüm."

Doğrulup oturdum ve vücudumdaki elektrodları çıkarmaya başladım. "Doğru tahmin etmişsin. Herkesin bilinçsiz olduğundan emin misin?"

"Teğmen Ortega ve meslektaşı, iki dakika önce sanal boyuta geçti. Öğleden sonra Irene Elliott da oraya geçmiş, rahatsız edilmek istemediğini belirtmişti.

"Şu andaki çözünürlük ne?"

"11,15. Irene Elliott böyle istedi."

Yataktan çıkarken kendi kendime başımı salladım. Veri farelerinin çalışması için gereken standart 11,15'ti. Bu, aynı zamanda Micky Nozawa'nın oldukça kanlı ama sıradan polisiye filminin de adıydı. Hatırlayabildiğim tek ayrıntı, Micky'nin karakterinin en sonunda öldürülüyor olmasıydı. Bunun bir kehanet olmamasını umuyordum.

"Pekâlâ," dedim. "Bakalım, elinde ne varmış."

Alçalıp yükselen deniz ve kulübenin ışıkları arasında limon ağaçlarıyla dolu bir bahçe vardı. Ağaçların arasındaki çamurlu patikadan yürürken limonun kokusu zihnimi açtı. Her iki tarafımdaki uzun çimenlerde ağustosböcekleri ötüşüyordu. Kadifemsi gökyüzündeki yıldızlar, sabitlenmiş mücevherlere benziyordu. Kulübenin arkasındaki arazide nazik tepeler ve kayalıklar vardı. Koyunların belli belirsiz beyaz siluetleri karanlığın içinde tepeleri aşıyordu. Bir yerde havlayan köpeğin sesini duydum. Balıkçı köyünün ışıkları, yıldızlar kadar parlak değildi.

Kulübenin verandasındaki tırabzanda bir rüzgâr feneri sallanıyordu ama ahşap masalarda oturan kimse yoktu. Ön cephe duvarına soyut bir desen çizilmişti ve ışıklı levhada *Pension Flower of '68* yazıyordu. Tırabzan boyunca asılı rüzgâr çanları, denizin hafif esintisiyle dönüp duruyor, cam bir çandan boş bir ahşap perküsyona kadar her türlü sesi çıkarıyordu.

Verandanın önünde uzanan bakımsız ve eğimli çimlere, birbiriyle uyumsuz koltuklar ve kanepeler daire şeklinde dizilmişti. Sanki kulübenin içindeki mobilyalar olduğu gibi kaldırılarak buraya taşınmış gibiydi. Her birinden yumuşak sesler çıkıyor, yanan sigaraların kırmızı korları görünüyordu. Elimi cebime attığımda ne paketimin ne de artık sigara içme isteğimin olduğunu fark ettim ve karanlığın içinde kendi kendime yüzümü ekşittim.

Konuşmaların içinden Bautista'nın sesini duydum.

"Kovacs? Siz misiniz?"

"Başka kim olacaktı?" Bu, Ortega'nın sabırsız sesiydi. "Bu lanet bir sanal dünya işte."

"Evet ama..." Bautista omuzlarını silkti ve boş koltukları işaret etti. "Partiye hoş geldiniz."

Koltuklarda beş kişi vardı. Irene Elliott ve Davidson, Bautista'nın koltuğunun yanındaki kanepenin iki ucuna oturmuştu. Bautista'nın öteki tarafındaki Ortega, uzun bacaklı vücudunu ikinci bir kanepeye yaymıştı.

Beşinci kişi ise başka bir koltuğa gömülmüş, bacaklarını öne doğru uzatmıştı. Yüzünde karamsar bir ifade vardı. Siyah saçları rengârenk bandanasının altından görünüyordu. Kucağında beyaz bir gitar vardı. Tam önünde durdum.

"Hendrix, değil mi?"

"Doğru." Sesindeki bu derinlik yeniydi. Kocaman elleri gitarının üzerinde gezindi ve tellerden birini yerinden çıkardı. "Temel varlık gösterimi. Bütün donanım, esas tasarımcılarının marifeti. Eğer müşteri yansıtma sistemini keserseniz, elinizde bu kalır."

"Güzel." Irene Elliott'ın karşısındaki koltuğa kuruldum. "Çalışma ortamından mutlu musunuz?"

Elliott, başını evet anlamında salladı. "Evet, sorun yok."

"Ne kadardır buradasınız?"

"Ben mi?" Omuzlarını silkti. "Bir gün falan oluyor. Arkadaşlarınız iki saat önce geldi."

"İki buçuk saat," dedi Ortega ters bir tavırla. "Sen neden geciktin?"

"Nörookimyanın hatası." Hendrix'i işaret ettim. "Sana söylemedi mi?"

"Söyledi." Ortega tam bir polis gibi davranıyordu. "Bunun ne anlama geldiğini öğrenmek istiyorum."

Çaresizdim. "Ben de. Khumalo sistemi beni sürekli geciktiriyor ve uyum sağlamamız biraz zaman aldı. Üreticilere bir şikâyet e-postası yazmayı düşünüyorum." Irene Elliott'a döndüm. "Düzmece için azami çözünürlükte bir sanal ortam istiyorsunuzdur herhalde."

"Kesinlikle." Elliott, Hendrix'i başparmağıyla işaret ederek. "En fazla üçe yirmi üç olabileceğini söyledi. İçeri sızmak için buna ihtiyacımız var."

"Her şey hazır mı?"

Elliott somurtarak başını salladı. "Mekân, orbital bir bankadan daha iyi korunuyor. Ama size iki şey söyleyebilirim. Birincisi, arkadaşınız Sarah Sachilowska iki gün önce Gateway uydusuyla Başım Bulutlarda'dan Harlan'a gönderildi. Yani artık ateş hattından uzakta."

"Çok etkileyici. Bunu öğrenmeniz ne kadar sürdü?"

"Biraz sürdü." Elliott, başını Hendrix'e doğru eğdi. "Biraz yardım aldım."

"Peki ya ikincisi ne?"

"Hah, evet. On sekiz saatte bir, Avrupa'daki bir alıcıya gizli bir gönderim gerçekleşiyor. Köstebek kazısı yapmadan daha fazlasını öğrenemem ve böyle bir şeyi henüz istemediğinizi düşünüyorum. Ama bana kalırsa, bunu yapmamız gerek."

Aklıma örümceğe benzeyen otomatik silahlar, darbeye karşı dayanıklı rahimler ve Kawahara'nın bazilikasını destekleyen taş gardiyanlar geldi. O kukuletalı heykellerin gülümseyişlerini hatırlayınca gülümsediğimi fark ettim.

"Pekâlâ." Toplanmış durumdaki ekibe baktım. "Sahne artık bizim."

KIRKINCI BÖLÜM

Sharya yeni baştan başlıyordu.

Karanlık çöktükten bir saat sonra Hendrix'in kulesinden ayrıldık ve trafiğin içine daldık. Ortega'nın altında, beni Suntouch House'a götüren Lock-Mit taşıtın aynısı vardı ama geminin loş ışıkla aydınlatılmış iç kısmına baktığımda, aracı Zihicce'deki Elçi Komutası saldırısından hatırladığımı fark ettim. Sahne aynıydı. Davidson, veri iletişimcisi rolündeydi ve önündeki ekranın mavi ışığı yüzüne vurmuştu. Ortega ise mühürlü bir torbadan dermatolojik yamaları ve ilkyardım kitini çıkarıyordu. Kokpite giden bölmede duran Bautista oldukça endişeli görünüyordu. Uçuşu, tanımadığım diğer Mohikan gerçekleştiriyordu. Yüzümden her şeyi belli etmiş olmalıyım ki, Ortega aniden bana doğru yaklaştı.

"Sorun mu var?"

Başımı iki yana salladım. "Bir an geçmişe dönüverdim, hepsi bu."

"Umarım ölçüyü kaçırmazsın," dedi ve aracın gövdesine yaslandı. Elindeki ilk dermal yama, parlak yeşil bir bitkiden koparılmış yaprakları andırıyordu. Sırıtarak yüzüne baktım ve şahdamarımı göstermek için başımı yana eğdim.

"Yüzde on dört," dedi ve yeşil yaprağı boğazıma değdirdi. Cildimi zımparalıyormuş gibi hissettim. Daha sonra uzun ve soğuk bir parmak köprücük kemiğimi geçip göğsüme doğru ilerledi.

"Güzel. İşe yarıyor."

"Yarasın zaten. Sence bu şey sokakta kaça satılır?"

"Polislerin ek geliri olarak mı?"

Bautista arkasına döndü. "Kovacs, hiç komik değil."

"Rod, adamı rahat bırak," dedi Ortega aylak bir tavırla. "Bu şartlar altında daha iyi espriler yapmasını beklemiyorduk zaten. Sinirleri bozuk."

Parmağımı şakağıma doğru kaldırarak haklı olduğunu işaret ettim. Ortega dermal yamayı dikkatli bir şekilde kaldırdı.

"Üç dakika sonra bir daha yapacağım, değil mi?" diye sordu.

Sakince başımı salladım ve zihnimi Biçici'nin etkisine açtım.

İlk başta çok rahatsız ediciydi. Vücut ısım düşmeye başladığında, aracın içindeki hava da ısındı ve boğucu bir hal aldı. Sanki ciğerlerimde nem birikmiş gibi nefes alış verişlerim zorlaşmıştı. Görüşüm bozuldu ve vücudumun sıvı dengesi şaşınca ağzım da kurudu. Azıcık bile olsa hareket etmek işkenceye dönüşmüştü.

Daha sonra kontrol uyaranları devreye girdi ve saniyeler içinde başımdaki duman yerini bir bıçağın üzerindeki dayanılmaz güneş ışığına bıraktı. Nöral ajanlar, vücut ısıma ayak uydurmak için sistemime akın edince, havanın çorbayı andıran sıcaklığı da düşmeye başladı. Nefes almak, soğuk bir gece sıcak bir rom içmek gibi baygın bir zevke dönüşmüştü. Aracın kabini ve içindeki insanlar, çözümü benim elimde olan kodlanmış bir yapboz gibiydi.

Yüzümde budalaca bir tebessümün oluştuğunu hissettim.

"Aaaah, Kristin, bu mal... çok iyiymiş. Sharya'dan daha iyi."

"Hoşuna gitmesine sevindim." Ortega saatine baktı. "İki dakikası daha var. Başarabilecek misin?"

"Başarırım." Dudaklarımı büzerek nefes verdim. "Her şeyi yaparım."

Ortega, başını arkaya doğru eğerek kokpitteki Bautista'yı işaret etti. "Rod. Daha ne kadar var?"

"Kırk dakika sürmez."

"O zaman artık giyinsin."

Bautista, tavandaki kilitli dolabı açtığı sırada Ortega da elini cebine sokup, ucunda sevimsiz bir iğnenin olduğu hiprospreyini çıkardı.

"Bunu giymeni istiyorum," dedi Ortega. "Bedensel Hasar'ın sunduğu ufak bir sigorta."

"İğne mi?" Başımı, mekanik bir kararlılıkla iki yana salladım. "O iğrenç şeyi bana batırmayacaksın, değil mi?"

"Bu bir izleyici," dedi sabırla. "Gemiyi bu olmadan terk etmene izin veremem."

İğnenin ışıltısına baktım. Zihnim, gerçekleri tıpkı eriştenin içindeki sebzeler gibi dilim dilim etti. Bu, gizli operasyonlarda görev alan ajanları takip etmek için kullanılan deri altı izleyicilerdendi. Bir şeyler yolunda gitmeyince, ajanlarımızı korumaya almaya yarıyordu. Hiçbir sorun yaşanmadığında ise, izleyicinin molekülleri genelde kırk sekiz saat içinde bedensel kalıntılara ayrılıyordu.

Davidson'a baktım.

"Ne kadar yolumuz var?"

"Yüz kilometre." Genç Mohikanın yüzüne önündeki ekranın ışığı vurmuştu ve bu haliyle işinin ehli bir havası vardı. "Sinyal pasif durumda. Sizi arayana kadar ışık saçmıyor. Oldukça güvenli."

Omuzlarımı silktim. "Tamam. Peki nereme enjekte etmek istiyorsun?"

Ortega, elinde iğneyle ayağa kalktı. "Ense kaslarına. Boğazını kesme ihtimallerine karşı belleğinin hemen yanında olmasında fayda var."

"Çok hoş." Ayağa kalktım ve enjeksiyonu yapabilmesi için arkamı döndüm. Ense kaslarımda kısacık bir acı hissettim ama hemen geçti. Ortega omzumu okşadı.

"Tamamdır. Ekranda görünüyor mu?"

Davidson birkaç düğmeye bastı ve memnuniyetini göstermek için başını salladı. Önümde duran Bautista, yerçekimi takımını koltuğa bıraktı. Ortega saatine bakıp ikinci dermal yamayı aldı.

"Yüzde otuz yedi," dedi. "Büyük Ürperti için hazır mısın?"

Bir elmas denizinde yüzüyormuşum gibi hissediyordum.

Başım Bulutlarda'ya vardığımızda, uyuşturucu duygusal tepkilerimin çoğunu susturmuştu. Tek hissettiğim, çiğ verinin keskin ve parlak kenarlarıydı. Berraklık, etrafımda görüp duyduğum her şeyi kaplayan bir algı filmi gibiydi. Gizli giysim ve yerçekimi takımım, bir samuray zırhını andırıyordu. Ayarlarını kontrol etmek için kılıfındaki şok tabancasını çıkardım. Şarjörün yılan gibi kıvrıldığını hissedebiliyordum.

Üzerimde taşıdığım silahların içindeki tek af cümlesi buydu. Gerisi, anlaşılmaz bir idam hükmünden başka bir şey değildi.

Örümcek zehriyle dolu parçacık tabancası, şok tabancasının hemen karşısında, kaburgalarımın altındaydı. Namlunun deliğini iyice büyüttüm. Beş metrede, tek bir atışla bir oda dolusu rakibimi indirebilirdim. Üstelik tek bir gürültü bile çıkmayacaktı. Sarah Sachilowska'dan selamlar.

Mikro el bombalarının şarjörleri bir veri disketi boyutlarındaydı ve sol arka cebimde duruyordu. Iphigenia Deme'nin anısına.

Ön kolumdaki Tebbit bıçağı kendi nöral kılıfının içinde, son çare olarak özel giysimin altında duruyordu.

Jerry'nin mekânının dışında içime çöreklenen o soğuk hissi aradım. Biçici'nin berrak derinliklerinde buna ihtiyacım yoktu.

Görev zamanı.

"Hedefin görseli," diye seslendi pilot. "Gelip şu bebeğe bir bakmak ister misiniz?"

Omuzlarını silken Ortega'ya baktım. Pilotun yanına gittik. Ortega, Mohikan'ın yanına oturdu ve yardımcı pilotun kulaklığını taktı. Ben de hemen Bautista'nın yanında duruyordum. Buradan manzara harikaydı.

Lock-Mit'in kokpitinin büyük bir kısmı saydam alaşımdan yapılmıştı ve pilotun etrafı kesintisiz olarak görmesi için tasarlanmıştı. Bu hissi Sharya'dan hatırlıyordum; gökyüzünün üzerinde içbükey bir tepside, çelik bir dilde ya da sihirli bir halıda yolculuk etmek gibiydi. Bunun eskiden baş döndürücü ve tanrısal olduğunu düşünürdüm. Mohikan'ın profiline baktım ve Biçici'nin etkisi altında hissettiklerimi paylaşıp paylaşmadığını merak ettim.

Bu gece gökyüzü bulutlu değildi. Başım Bulutlarda, uzaktan bir dağ kasabası gibi görünüyordu. Kümelenmiş küçük mavi ışıklar, engin karanlığın içinde sıcacık bir şarkı mırıldanıyor gibiydi. Kawahara, genelev için dünyanın bir ucunu seçmişti.

Işıklara doğru inerken kokpitin içini elektronik bir ses kapladı ve bütün cihazların ışığı kısa süreliğine kısıldı.

"Tamam, bizi fark ettiler," dedi Ortega keskin bir dille. "Bizi daha iyi görmelerini sağlayalım."

Mohikan tek kelime etmeden aracın burnunu aşağı doğru çevirdi. Ortega, başının üzerindeki panele uzanıp düğmesine bastı. Kabinde sert bir erkek sesi duyuldu.

"...yasak hava sahasına girdiniz. Sizi yok etme hakkımız var. Derhal kendinizi tanıtın."

"Bay City polis departmanı," dedi Ortega kısaca. "Pencereden bakarsan şeritlerimizi görürsün dostum. Resmî bir iş için buradayız. Bize doğru yapacağınız en ufak bir hamlede sizi gökyüzünden silerim."

Kısa bir sessizlik yaşandı. Ortega gülümseyerek bana baktı. Başım Bulutlarda görüş alanımızdaydı. Aracımız iyice alçalıp mekânın gövdesinin altından geçti. Kulelerdeki ve iniş pistindeki ışıklar buzlu meyveleri andırıyordu. Geminin karnı yukarı doğru kıvrıldı.

"Ziyaretinizin amacını açıklayın," dedi ses öfke içinde.

Ortega, hava gemisinin üst güvertesinde hoparlör arıyormuşçasına kokpite bakındı. Sesi buz gibiydi. "Dostum, sana zaten ne işimiz olduğunu söyledim. İniş pistini aç."

Biraz daha sessizlik. Gemiyi beş kilometre uzağa çevirdik. Artık giysimin eldivenlerini takmaya başlamıştım.

"Teğmen Ortega." Bu, Kawahara'nın sesiydi. Betatanatinin derinliklerindeyken öfkem bile uçup gitmişti. Zihnim, Ortega'nın sesini tanıyan hızı analiz etmekle meşguldü. "Bu beklenmedik bir durum. Yetkiniz var mı? İzin belgelerimizde sorun olmadığına inanıyorum."

Ortega kaşını kaldırarak yüzüme baktı. Sesini hemen tanımalarından o da çok etkilenmişti. Boğazını temizledi. "Konunun izinlerle falan ilgisi yok. Biz bir kaçağın peşindeyiz. Eğer yetki konusunda ısrar etmeye devam ederseniz, vicdanınızın rahat olmadığını düşünmeye başlarım."

"Teğmen, sakın beni tehdit etmeyin," dedi Kawahara soğuk bir tavırla. "Siz kiminle konuştuğunuzun farkında mısınız?"

"Reileen Kawahara." Herkes ölüm sessizliğine gömüldü. Ortega neşe içinde tavana vurup bana döndü ve gülümsedi. İğneleyici sözlerini terk etmişti. Dudak kenarlarımda incecik bir tebessümün oluştuğunu hissettim.

"Bana o kaçağın adını söyleseniz daha iyi olur teğmen." Kawahara'nın sesi, kiralanmış bir sentetik kılıfın ifadesi kadar pürüzsüzdü.

"Adı Takeshi Kovacs," dedi Ortega. Yeniden dönüp gülümsedi. "Ama şu anda eski bir polis memurunun kılıfı içinde. Bu adamla ilişkinize dair size birkaç soru sormak istiyorum."

Bu kez uzun bir sessizlik oldu. Oltaya geleceklerinden emindim. Elçi içgüdülerimle yalanımızın bütün boyutlarını enikonu düşündüm. Kawahara, Ortega ve Ryker'ın arasındaki ilişkiyi büyük ihtimalle biliyordu ve muhtemelen Ortega'nın sevgilisinin kılıfının yeni sahibiyle olan ilişkisini de tahmin etmiş olmalıydı. Ortadan kaybolduğumda Ortega'nın endişelenmiş olduğuna inanacaktı. Ortega'nın Başım Bulutlarda'ya izinsiz yaklaştığına inanacaktı. Kawahara ile Miriam Bancroft arasındaki iletişimden yola çıktığında nerede olduğumu bildiğine inanacaktı ve Ortega'nın üzerindeki avantajından yararlanmak isteyecekti.

Ama hepsinden önemlisi, Bay City polisinin onun Başım Bulutlarda'da olduğunu nereden bildiğini öğrenmek isteyecekti. Bunu, dolaylı ya da dolaysız yollarla Takeshi Kovacs'tan öğrendikleri sonucuna varılacağı için, bu kez de Kovacs'ın bunu nereden bildiğini öğrenmek isteyecekti. Kovacs'ın ne kadar çok şey bildiğini ve polise bunun ne kadarını anlattığını da öyle.

Ortega'nın konuşma teklifini kabul edecekti.

Giysimin bileklerini bağladım ve beklemeye başladım. Başım Bulutlarda'nın üzerindeki üçüncü turumuzu da tamamladık.

"Aşağıya inin," dedi Kawahara en sonunda. "İnme parıldağının sancak tarafından inişe geçin. Sinyalleri izleyin. Size bir kod verilecek."

Lock-Mit'in bir yükleme tüpü, askerî modellerde küçük bomba ya da gözetleme dronu olarak kullanılan küçük ve sivil bir atıcısı vardı. Tüpe, ana kulübenin zemininden geçiliyordu. Hafif bir çabayla üzerimdeki özel giysim, yerçekimi takımım ve silahlarımla içine sığmayı başardım. Üç dört kez denemesini yapmıştık ama Başım Bulutlarda'ya doğru sallanan aracın içindeyken bu süreç gözüme aniden uzun ve bir hayli karmaşık görünmüştü. En sonunda son yerçekimi takımımı da içeri sokmayı başardım. Ortega, kapıyı kapayıp beni karanlığın içine gömmeden önce giysimin kaskını da taktı.

Üç saniye sonra tüp açıldı ve beni gökyüzüne doğru fırlattı.

Sandığım kadar büyük bir sevinç hissetmemiştim. Etkisi altında olduğum uyuşturucu hislerime ket vuruyordu. Üstelik içinde bulunduğum kılıf daha önce böylesi bir şeyi hiç deneyimlememişti. Tüpün darlığından ve aracın motorlarının gürültülü titreşimlerinden sonra kendimi aniden mutlak bir boşluğun ve sessizliğin içinde bulmuştum. Hızla düştüğüm sırada kaskımın köpük dolgusundan içeri hava girmiyordu. Tüpten çıkar çıkmaz yerçekimi takımım devreye girdi ve düşüşümü yavaşlattı. Kendimi, bir çeşmenin su sütununun üzerinde dönüp duran bir top gibi hissediyordum. Etrafta hareket ederken, aracın seyir ışıklarının Başım Bulutlarda'ya doğru döndüğünü fark ettim.

Hava gemisi, önümde tehditkâr bir fırtına bulutu gibi duruyordu, kıvrımlı gövdesinden ve güvertesinden ışıklar saçıyordu. Kendimi hedefte hissetmem gerekirken, betatanatin gereksiz bir veri olan korku hissimi de silip götürmüştü. Özel giysimin içinde, etrafımı saran gökyüzü kadar siyahtım. Giysimin yarattığı yerçekimli ortam, teoride bir detektör tarafından tespit edilebilirdi ama hava gemisinin stabilizörlerinin yarattığı dev deformasyonun içinde beni görmek için epey çaba sarf etmeliydiler. Tüm bunları şüpheye, korkuya ya da herhangi başka bir duyguya yer vermeyen mutlak bir güvenle biliyordum. Biçici'nin dümeninde ben vardım.

Çarkları ileri hareket pozisyonuna aldım ve Başım Bulutlarda'nın devasa gövdesine doğru sürüklenmeye başladım. Kaskın içindeki vizörde simülasyon grafikleri belirdi. Irene Elliott'ın bulduğu giriş noktaları kırmızıydı ve aralarından bir tanesi yanıp sönüyordu. Bu, artık kullanılmayan bir kulenin ağzıydı ve üzerinde küçük harflerle Birinci Olasılık yazıyordu. Dik pozisyona geçtim.

Kule ağzı yaklaşık bir metre genişliğindeydi ve numune alınan köşelerinde izler vardı. İlk olarak bacaklarımı geçirdim –yerçekimi alanında bu oldukça zordu– ve kapının içinden süzülerek solucan gibi kaydım. Yerçekimi takımımı kendime doğru çekip kulenin zeminine vardıktan sonra yerçekimi takımını kapadım.

İçerisi öylesine dardı ki, ekipmanı kontrol etmek isteyen bir teknikerin sırtüstü yatarak hareket etmekten başka şansı yoktu. Tüpün arka kısmında antika bir lomboz ve Irene Elliott'ın vadettiği bir de basınç çarkı bulunuyordu. Çarkı iki elimle kavrayıncaya kadar uğraştım. Hem giysim hem de yerçekimi takımım daracık ambar ağzından sığıyordu. Harcadığım enerji beni çoktan yormuştu bile. Komadaki kaslarımı harekete geçirmek için derin bir nefes alıp, yavaşlayan kalp atışlarımın vücuduma oksijen pompalamasını bekledim ve çarkı kaldırdım. Çark, beklemediğim kadar kolay döndü ve lomboz dışarı doğru düştü. Lombozun ardında havadar bir karanlık beni karşıladı.

Kaslarımın güçlenmesini bekleyerek bir süre daha hareketsiz kaldım. İki shot aldığım Biçici kokteylinin etkisini göstermesi biraz zaman alıyordu. Sharya'dayken yüzde yirminin üzerine çıkmamıza gerek kalmıyordu. Zihicce oldukça sıcaktı ve örümcek tankların kızılötesi sensörleri pek kaliteli sayılmazdı. Sharya'lı bir vücut şu an bulunduğum ortamdaki bütün alarmları çaldırırdı. Eğer dikkatli bir oksijen yüklemesi yapmazsam, vücudum hücresel seviyedeki enerji kaynaklarını hızlıca tüketebilirdi. Böyle bir durumda yerden kalkacak mecalim kalmazdı. Derin ve yavaş yavaş nefes almaya devam ettim.

Birkaç dakika sonra yeniden yerçekimi takımımı çözdüm ve dikkatli bir şekilde kapıdan süzülerek el ayalarımla çelik ızgaralı yola ayaklarımı değdirmeyi başardım. Vücudumun üst kısmını da kıvrılarak kapıdan geçirdiğimde kendimi bir kozanın içinden çıkan bir güve gibi hissediyordum. Karanlık yolun iki tarafını da kontrol ettikten sonra ayağa kalktım, kaskımla eldivenlerimi çıkardım. Irene Elliott'ın Tampa hava sahası belleğinden aşırdığı gemi omurgası planları doğruysa, bu yolun dev helyum ambarlarından geçip geminin kıç tarafındaki kontrol odasına gidiyor olması gerekiyordu. Kontrol odasından da bakım merdiveni vasıtasıyla doğrudan ana güverteye çıkmalıydım. Miller'dan öğrendiğimiz kadarıyla, Kawahara'nın karargâhı geminin sol tarafında, iki kat aşağıda olmalıydı. Karargâhının iki büyük penceresi boşluğa doğru bakıyordu.

Planın aklımda kalan kısımlarını hatırlamaya çalışarak parçacık tabancasını çektim ve geminin kıç tarafına doğru ilerlemeye koyuldum.

Kontrol odasına varmam on beş dakikadan az sürdü. Üstelik yolda kimseyle karşılaşmadım. Kontrol odası otomatiğe benziyordu. Bu günlerde kimsenin hava gemisinin üst gövdesine uğramadığını düşünmeye başladım. Bakım merdivenini buldum ve yüzüme vuran sıcak bir ışık bana güverteye vardığımı söyleyene kadar yukarı doğru büyük bir titizlikle çıktım. Güverteye yaklaşınca durdum ve kulak kesildim. Kalan son dört metreyi de çıkınca, en sonunda zemini halıyla kaplı koridora çıktım. Koridorun her iki tarafı da bomboştu.

Dahili zaman göstergeme baktım ve parçacık tabancamı çıkardım. Zaman daralıyordu. Ortega ve Kawahara çoktan konuşmaya başlamış olmalıydılar. Dekora baktığımda, güvertenin bir zamanlar yaradığı işe artık yaramadığını düşündüm. Koridor kırmızı ve altın sarısı tonlarda bir halıyla kaplanmış, iki metrede bir egzotik bitkiler ve vücut şeklinde lambalarla süslenmişti. Ayaklarımın altındaki halı kalındı ve cinsel coşkuyu işleyen oldukça ayrıntılı motifler taşıyordu. Kadınlar, erkekler ve üçüncü cins koridor boyunca birbirine sarılmıştı. Duvarlardaki hololar, ben geçerken canlanan benzer figürler taşıyordu. İçlerinden biri, sokaktaki reklamda yer alan koyu renk saçlı, kırmızı dudaklı kadındı ve dünyanın öteki ucundaki bir barda bacaklarını bana sürtmüş olabilirdi.

Betatanatinin soğuk etkisinde, bunların hiçbiri beni Marslı tekno oyması taşıyan bir duvardan daha fazla etkilememişti.

Koridorun her iki tarafında da yaklaşık on metrelik aralıklarla çift kanatlı kapılar yerleştirilmişti. Kapıların ardında ne olduğunu anlamak için büyük bir hayal gücü gerekmiyordu. Bunlar Jerry'nin biyokabinleriyle aynıydı. Adımlarımı sıklaştırdım. Diğer katlara giden merdivenlere ve asansörlere açılan bir bağlantı koridoru bulmaya çalışıyordum.

Tam bulmuştum ki, beş metre önümdeki kapı bir anda açılıverdi. Olduğum yerde donup kaldım. Elim derhal parçacık tabancasına gitti. Omuzlarımı duvara yasladım ve gözlerimi kapının eşiğine diktim. Nörokimya devreye girmişti.

Kapıdan, henüz tam büyümemiş bir kurt yavrusuna ya da köpeğe benzeyen gri ve tüylü bir hayvan yavaş yavaş çıktı. Elimi tabancamdan çekmeden duvardan uzaklaştım. Hayvanın boyu dizi geçmiyordu ve dört ayağının üzerinde hareket ediyordu ama arka bacaklarında bir tuhaflık vardı. Bükülmüşe benziyorlardı. Kulaklarını arkaya yatırmıştı ve boğazından hırıltılar çıkarıyordu. Başını bana doğru çevirdiğini görünce tabancamı sıkı sıkı tuttum ama bakışlarındaki çaresizlik, bana tehlikede olmadığımı hissettirdi. Daha sonra acı içinde topallayarak karşı duvardaki odaya doğru ilerledi ve orada durdu. Sanki bir şeyler duymaya çalışıyor gibi başını kapıya yaklaştırdı.

Kontrolümü kaybettiğimi hissediyordum. Hayvanın arkasından gidip ben de başımı kapıya yasladım. Ses yalıtımı iyiydi ama Khumalo nörokimyasının yanında bir hiçti. Duyamayacağım kadar uzaktan yayılan gürültüler, sinek vızıltısını andırıyordu. Donuk, ritmik bir bir patırtı ve gücünü yitirmek üzere olan birinin yalvaran sesini duydum. Gürültü bir anda sustu.

Aynı anda köpek de inlemeyi bırakıp kapının yanına yattı. Kapıdan uzaklaştığımda saf bir korkuyla yüzüme baktı. O gözlerde, hayatımın son otuz senesinde bana bakan kurbanların yansımasını gördüm. Daha sonra hayvan başını çevirip yaralı arka patilerini yaladı.

Betatanatinin buz katmanından içeri bir şeyin fışkırdığını hissettim.

Parçacık tabancamı iki elimle doğrultarak hayvanın çıktığı kapıya doğru yürüdüm. Oda kocamandı ve pastel renkli duvarlarda iki boyutlu resimler vardı. Odanın tam ortasındaki sayvanlı dev yatağa şeffaf örtüler serilmişti. Yatağın kenarında kırklı yaşlarında, kibar görünümlü ve belden aşağısı çıplak bir adam oturuyordu. Üzerindeki frak, dirseklerine kadar çektiği çadır bezinden iş eldivenleriyle oldukça uyumsuz görünüyordu. Adam öne doğru eğilmişti ve bacaklarının arasını ıslak, beyaz bir bezle silmekle meşguldü.

Odaya girdiğimde başını kaldırıp bana baktı.

"Jack? İşinizi bitir..." Elimde tuttuğum silaha anlam verememişti. Namluyla yüzü arasındaki mesafe yarım santime düştüğünde aniden kabalaştı. "Bakın, ben daha fazla bela istemiyorum."

"Müessesemizin ikramı," dedim soğukkanlı bir şekilde. Monomoleküler parçacıkların yüzünü paramparça edişini izledim. Bacaklarının arasındaki ellerini yüzüne götürdükten hemen sonra yatağa devrildi. Ölürken gırtlağından çıkan hırıltıları duymamak imkânsızdı.

Göz ucuyla baktığımda görev zaman göstergemin kırmızıya döndüğünü gördüm ve odadan ayrıldım. Dışarıdaki yaralı hayvan benimle ilgilenmedi. Yanında diz çöküp elimi nazikçe kürküne götürdüm. Başını kaldırdı ve yeniden hırıltılar çıkardı. Tabancamı yere koyup boştaki elimi gerdim. Nöral kılıfındaki parlak Tebbit bıçağımı çıkardım.

Bıçağımı hayvanın kürküne sürerek temizledim, yeniden kılıfına soktum ve Biçici'nin verdiği sakinlikle parçacık tabancamı aldım. Daha sonra bağlantı koridoruna doğru sessizce yürüdüm. Uyuşturucunun elmas dinginliğinin derinliklerinde beni rahatsız eden bir şey vardı ama Biçici bunu kafama takmama izin vermiyordu.

Elliott'ın çalıntı planlarının da gösterdiği gibi, bağlantı koridorunun halısı ana geçit koridorundaki halıyla aynıydı. Temkinli bir şekilde basamakları inerken tabancamı iki elimle öne doğru doğrultmayı ihmal etmiyordum. Etrafta kıpırdayan hiçbir şey yoktu. Kawahara, Ortega ile ekibinin uygunsuz bir şey söyleme ihtimaline karşı bütün önlemleri almış olmalıydı.

İki kat aşağıya indikten sonra hafızamdaki planı takip ettim ve Kawahara'nın karargâhına açılan kapıyı bulana kadar bütün koridorları geçtim. Sırtımı duvara vererek köşeye yaklaştım ve ağır ağır nefes alarak beklemeye koyuldum. Mesafe sezgilerim, köşeyi döndükten sonraki kapının ardında birinin olduğunu söylüyordu ve muhtemelen yalnız değildi. Burnuma hafif bir sigara kokusu geldi. Dizlerimin üzerine çöktüm, etrafımı kolaçan ettim ve yüzümü yere değdirdim. Yanağımı halıdan kaldırmadan başımı yere sürterek köşeyi döndüm.

Kapının eşiğinde, aynı şekilde yeşil giyinmiş bir kadınla bir erkek duruyordu. Kadın sigara içiyordu. İkisinin belinde de şok tabancası olmasına rağmen, güvenlik görevlisinden çok teknikere benziyorlardı. Gittikçe rahatladım ve biraz daha beklemeye karar verdim. Görev zaman göstergesi, baskı altındaki bir damar gibi atıyordu.

On beş dakika sonra kapının açıldığını duydum. İki tekniker, içeridekilerin çıkması için yol verdi. Önce Ortega'nın resmî sesini, ardından Kawahara'nın Larkin & Green'deki mandroidi andıran sesini duydum. Betatanatin beni nefretten koruduğu için, bu ses karşısındaki tepkim, uzaklardan duyulan bir tabancanınki kadar sessizdi.

"...daha fazla yardımcı olamam teğmen. Wei Klinik hakkında söyledikleriniz doğruysa, Kovacs'ın benimle işi bittiğinden beri zihinsel dengesi epey bozulmuştu. Bunda benim de payım olduğunu düşünüyorum. Yani, böyle bir şeyden şüphelenseydim, onu asla Laurens Bancroft'a tavsiye etmezdim."

"Söylediğim gibi, bu yalnızca bir tahmin." Ortega'nın sesi hafifçe sertleşmişti. "Bu ayrıntıların aramızda kalmasını istiyorum. Kovacs'ın nerede olduğunu öğrenene kadar..."

"Elbette. Konunun hassasiyetini anlıyorum. Teğmen, şu anda Başım Bulutlarda'dasınız. Biz gizliliğe olan saygımızla biliniriz."

"Evet." Ortega, sesindeki tiksintiyi saklayamadı. "Bunu duymuştum."

"Bunun aramızda kalacağından emin olabilirsiniz. Şimdi müsaadenizi istiyorum teğmen. Halletmem gereken bazı idari konular var. Tia ve Max size eşlik edecek."

Kapı kapandı ve yumuşak ayak sesleri olduğum yere doğru yaklaştı. Aniden gerilmiştim. Ortega ve Bautista bana doğru geliyordu. Bu, kimsenin hesaba katmadığı bir şeydi. Plana göre ana platformlar Kawahara'nın kabininin ön kısmında yer alıyordu ve ben de bunu düşünerek kıçtan yaklaşmıştım. Ortega ve Bautista'nın kıça doğru ilerlemesi anlamsızdı.

Telaşlı değildim. Bütün zihnim, adrenalin benzeri sakin bir tepkiyle doluydu. Ortega ve Bautista tehlikede değildi. Şu anda izledikleri yoldan gelmiş olmalıydılar ya da onlara bir şey söylenmişti. Benim bulunduğum koridordan geçerlerse, yanlarındakiler beni görebilirlerdi. Etraf aydınlıktı ve görünürde saklanacak bir yer yoktu. Öte yandan, oda sıcaklığının altındaki vücudumla, nabzım ve nefes alış verişlerim gitgide yavaşlamıştı. Normal bir insanın mesafe sezgilerini tetikleyecek çoğu bilinçdışı etken ortadan kaybolmuştu. Tia ile Max'in normal kılıflar giydiğini farz ediyordum.

Merdivenleri kullanmak için bu merdivenlere yönelirlerse, işim biterdi...

Duvara yaslandım, parçacık tabancamı asgari seviyede kurşun saçacak şekilde ayarladım ve nefesimi tuttum.

Ortega. Bautista. Diğerleri arkadan geliyordu. O kadar yakınımdan geçtiler ki, uzansam Ortega'nın saçlarına dokunabilirdim.

Kimse etrafına bakmadı.

Bir dakika bekledikten sonra yeniden nefes aldım. Daha sonra koridorun iki tarafını da kontrol ettim ve hızlıca köşeyi dönerek tabancamın kabzasıyla kapıyı çaldım. Cevap beklemeden içeri girdim.

KIRK BİRİNCİ BÖLÜM

Oda, Miller'ın tasvirine bire bir uyuyordu. Yirmi metre genişliğindeydi ve içeri doğru kıvrılan yansıtmaz camla kaplıydı. Bulutsuz bir günde muhtemelen bu kıvrımda yatıp binlerce metre aşağıdaki denizi izleyebilirdiniz. Dekor oldukça boş sayılabilirdi ve Kawahara'nın bi yıllık köklerine çok şey borçluydu. Duvarlar duman renginde, zemin erimiş camdandı. Aydınlatma, köşelere konan demir tripodların üzerindeki illüminyumdan kesilmiş origami lambalarla sağlanıyordu. Köşelerden birindeki devasa siyah çelik çalışma masası olarak kullanılıyor olmalıydı. Diğer köşede kil renginde koltuklar vardı ve imitasyon bir mangalın etrafına yerleştirilmişti. Bunun hemen ardındaki kemerli kapı, Miller'ın yatak odası olduğunu düşündüğü alana açılıyordu.

Masanın üzerinde, yavaşça sallanan holo veri ekranı dışında bir cihaz yoktu. Reileen Kawahara sırtını kapıya dönmüş, gökyüzünü izliyordu.

"Bir şey mi unuttunuz?" diye sordu mesafeli bir tavırla.

"Hayır."

Sesimi duyunca gerildiğini fark ettim ama bana doğru dönerken hareketleri oldukça telaşsızdı. Parçacık silahımı görünce bile serinkanlılığından ödün vermedi. Sesi de az önceki gibi mesafeliydi.

"Siz de kimsiniz? Buraya nasıl girdiniz?"

"Bir düşünün." Koltukları işaret ettim. "Şuraya oturun ve biraz rahatlayın."

"Kadmin?"

"Bunu bir hakaret olarak alıyorum. Oturun!"

Olan biteni idrak etmeye başladığını fark edebiliyordum.

"Kovacs?" Dudaklarında nahoş bir tebessüm belirdi. "Kovacs, aptal, aptal piç. Siz neyi mahvettiğinizin farkında mısınız?"

"Size oturmanızı söyledim."

"Kovacs, Sarah gitti. Harlan'a döndü. Ben sözümü tuttum. Burada ne yaptığınızı sanıyorsunuz?"

"Bir daha tekrar etmeyeceğim," dedim usulca. "Ya şimdi oturursunuz ya da diz kapağınızı kırarım."

Kawahara'nın yüzündeki incecik tebessüm, en yakınındaki koltuğa yavaşça otururken hâlâ kaybolmamıştı. "Pekâlâ Kovacs. Bu akşam sizin senaryonuzu oynayalım. Daha sonra da Sachilowska'yı saçlarından sürükleyerek geri getiririm. Ne yapacaksınız? Beni mi öldüreceksiniz?"

"Gerekirse öldürürüm."

"Neden? Bu bir tür ahlaki duruş falan mı?" Kawahara, yaptığı vurgularla ahlaktan bir mal gibi söz etmeyi başarmıştı. "Bir şey unutmuyor musunuz? Eğer beni burada öldürürseniz, Avrupa'daki uzaktan depolamanın bunu fark etmesi ve beni yeniden kılıfı yaklaşık on sekiz saat sürer. Yeni kılıfımın burada olanları anlaması da hiç uzun sürmez."

Koltuğun kenarına oturdum. "Ah, bilmiyorum. Bancroft'a ne kadar zaman gerektiğini biliyorsunuz. Üstelik hâlâ gerçeği bilmiyor, öyle değil mi?"

"Konumuz Bancroft mu?"

"Hayır Reileen. Konu sizin ve benim aramda. Sarah'yı yalnız bırakmalıydınız. Elinizde fırsat varken beni yalnız bırakmalıydınız."

"Ahhh," diye iç geçirdi alaycı bir tavırla. "Sizi manipüle etmişler. Üzgünüm." Sesi tonu aniden sertleşti. "Siz bir Elçi'siniz Kovacs. Siz manipülasyonla yaşarsınız. Hepimiz öyleyiz. Hepimiz bir manipülasyon matrisinde yaşıyoruz ve zirvede kalmak büyük çaba gerektiriyor."

Başımı iki yana salladım. "Ben buna dahil olmak istememiştim."

"Kovacs, Kovacs." Kawahara'nın ifadesi bu kez yumuşadı. "Hiçbirimiz buna dahil olmak istemeyiz. Sizce ben Fission City'de, cüce bir baba ve fahişe bir anneden doğmuş olmayı ister miydim? Biz buna dahil olmak istemedik, biz bunun içine çekildik ve sonra da kuyruğu dik tutmamız gerekti."

"Ya da insanların kuyruğunu koparmamız," dedim nezaketle. "Sanırım siz annenize çekmişsiniz."

Kawahara'nın yüzü bir an, ateşte kalaylanmış bir maskeye dönüştü. Gözlerinde yanan öfkeyi gördüm. Eğer içimdeki Biçici sayesinde serinkanlılığımı koruyamasaydım, büyük bir korkuya kapılırdım.

"Öldürün beni," dedi dişlerinin arasından. "Bunu yapmanızın en büyük nedeni, acı çekecek olmanız. Pekin'de, o berbat halde bulunan devrimcilerin ölürken acı çektiğini düşünüyor musunuz? Sizin ve balık kokulu sürtüğünüz için yeni sınırlar yaratacağım."

Başımı iki yana salladım. "Sanmıyorum Reileen. Güncellemeniz yaklaşık on dakika önce ulaştı. Yoldayken Rawling virüsünü ona bulaştırdık. Şu anda çekirdeğe ulaşmıştır bile. Uzaktan depolamanız artık enfekte oldu."

Gözlerini kıstı. "Yalan söylüyorsunuz."

"Bugün değil. Irene Elliott'ın Jack It Up'ta çıkardığı işi beğendiniz mi? Onu bir de sanal forumda görmeliydiniz. Beş altı tane zihin ısırığı alabildiğine bahse girerim. Hatıralar. Nadide koleksiyon parçaları bunlar, çünkü bellek mühendislerine dair bildiğim bir şey varsa, o da uzaktan depolamanızı, siyasilerin savaş alanını terk ettikleri kadar hızlı bir şekilde kapatacaklarıdır." Dönüp duran veri ekranını işaret ettim. "Alarmın iki saat içinde çalması gerekir. Innenin'deyken daha uzun sürmüştü ama bu çok eskidendi. O zamandan beri teknoloji bir hayli ilerledi."

Bana inanıyordu ve gözlerinde gördüğüm öfke yerini beyaz bir sıcaklığa bırakmıştı.

"Irene Elliott," dedi dikkatle. "Onu bulduğumda..."

"Bence bugünlük yeterince boş tehdit savurdunuz," diye sözünü kestim. "Beni dinleyin. Şu anda üzerinizdeki bellek, sahip olduğunuz tek yaşam ve benim şu an içinde bulunduğum ruh halimde belleği omurganızdan kesip çıkarmam hiç de zor değil. Sizi vurmadan önce ya da sonra, fark etmez. O yüzden çenenizi kapayın."

Kawahara sessizce oturdu ve kıstığı gözlerini bana dikti. Dudakları tam ayrıldığı sırada söyleyeceklerinden vazgeçti.

"Ne istiyorsunuz?"

"Şu anda istediğim şey, Bancroft'u nasıl manipüle ettiğinizi itiraf etmenizi istiyorum. 653 sayılı önergeyi, Mary Lou Hinchley'yi, her şeyi. Ryker'ı nasıl tuzağa düşürdüğünüzü de anlatabilirsiniz."

"Bunun için bir bağlantınız var mı?"

Kayıt sisteminin yerleştirildiği sol gözümü işaret edip gülümsedim.

"Bunu yapacağımı gerçekten düşünüyor musunuz?" Pusuya yatmış fırsat kollayan Kawahara'nın öfkesi gözlerinin içinden parlıyordu. Onu daha önce de böyle görmüştüm ama o zaman bu bakışın muhatabı ben değildim. Gözleri, Sharya sokaklarından daha tehlikeliydi. "Bunları size anlatacağımı gerçekten düşünüyor musunuz?"

"Reileen, olaya bir de iyi tarafından bakın. Muhtemelen silinme cezasından kurtulabilir, depoda yalnızca iki yüz yıl kalabilirsiniz." Konuşmama daha sert bir sesle devam ettim. "Eğer konuşmazsanız, hemen burada ölürsünüz."

"Baskı altında edilen itiraflar kanunlarca kabul edilmiyor."

"Beni güldürmeyin. Bunun BM ile ilgisi yok. Sizce ben daha önce hiç mahkemeye çıkmamış olabilir miyim? Bu konuda *avukatlara* güvenir miyim? Bu akşam burada söyledikleriniz, ben yeryüzüne iner inmez WorldWeb One'a ulaştırılacak. Yukarıda, köpeğin yanında kaydettiğim bütün görüntüler de tabii." Kawahara gözlerini kocaman açtı. "Evet, bunu daha önce söylemiş olmam gerekirdi. Bir müşteriniz eksildi. Gerçekten ölmedi ama yepyeni bir kılıfa ihtiyacı olacak. Şimdi, eğer hesaplarım doğruysa, Sandy Kim canlı yayına girdikten üç dakika sonra, BM denizcileri ellerinde bir yığın yetkiyle kapınıza dayanacaktır. Başka seçenekleri yok. Bancroft tek başına bile onları bunu yapmaya mecbur bırakır. Sizce Sharya ve Innenin'e göz yummuş olanlar, bir kanun uğruna güçlerini tehlikeye atarlar mı? Şimdi konuşmaya başlasanız iyi edersiniz."

Kawahara kaşlarını çattı. Sanki bu duydukları korkunç bir şakadan daha fazlası değilmiş gibi bir hali vardı. "Nereden başlamamı istersiniz Takeshi-san?"

"Mary Lou Hinchley. Buradan düştü, değil mi?"

"Elbette."

"Onu cinsel ilişki sonrası öldürmeleri için mi müşterilere pazarlıyordunuz? Hasta ruhlu bir pislik kaplan kılıfı giyip kedi gibi davranmak istedi, değil mi?"

"Pekâlâ." Kawahara, bağlantı kurmak için başını yana doğru eğdi. "Siz kimle konuştunuz? Wei Klinik'ten biriyle mi? Bir düşüneyim. Miller küçük bir ders için buradaydı ama siz onu öldürdüğünüz için... Ah. Takeshi, yoksa kelle avcılığı mı yapıyordunuz? Felipe Miller'ı bir şapka kutusu içinde eve götürmediniz, değil mi?"

Bir şey söylemeden yalnızca parçacık tabancamın namlusunun üzerinden ona baktım. Az önce dinlediğim kapıdan yayılan zayıf çığlıkları duyuyordum. Kawahara omuzlarını silkti.

"Kaplan değildi. Ama o tür bir şeydi, evet."

"Peki Mary Lou bunu öğrendi mi?"

"Bir şekilde öğrenmiş." Kawahara rahatlamışa benziyordu. Bu durum, normal şartlarda sinirlerimi bozabilirdi. Batatanatinin etkisi altındayken daha temkinli davranıyordum. "Muhtemelen bir teknikerin ettiği sözleri duymuş. Normalde özel müşterilerimize gerçek deneyimler yaşatmadan önce sanal deneyimlerden geçiririz. Bu, nasıl tepki vereceklerini görmemizi sağlar ve bazen onları gerçeğini denememeye bile ikna etmek zorunda kalırız."

"Çok düşünceliymişsiniz."

Kawahara içini çekti. "Takeshi, sizi nasıl mutlu edebilirim? Biz burada hizmet veriyoruz. Yasal yollarla bunu yaparsak çok daha iyi olur."

"Bu büyük bir saçmalık Reileen. Onlara sanal hizmet satıyorsunuz ve iki ay sonra gerçeğini almaya geliyorlar. Burada bir sebep sonuç ilişkisi söz konusu ve siz de bunun farkındasınız. Onlara yasadışı bir şey satmak muhtemelen sizi nüfuzlu insanlardan daha güçlü kılıyor. Buraya birçok BM yetkilisi geliyor, değil mi? Protektora generalleri mesela."

"Başım Bulutlarda, elit kesimin ihtiyaçlarını karşılıyor."

"Tıpkı yukarıda işini bitirdiğim o beyaz saçlı pislik gibi, değil mi? Önemli biri miydi o?"

"Carlton McCabe mi?" Kawahara telaşlı bir gülümseme takındı. "Olabilir, evet. Güçlü biri."

"Acaba bana, Mary Lou Hinchley'in bağırsaklarını deşebilme hakkını hangi güçlü kişiye bahşettiğinizi söyleyebilir misiniz?"

Kawahara gerilmişti. "Hayır, söyleyemem."

"Ben de öyle tahmin etmiştim. Bunu daha sonra pazarlık konusu edeceksiniz, değil mi? Tamam, bu konuyu geçelim. Peki neler oldu? Hinchley buraya getirildi ve buraya getirilme nedenini tesadüfen öğrendikten sonra kaçmaya çalıştı, öyle mi? Belki bir yerçekimi takımı da çalmıştır, ha?"

"Sanmıyorum. Ekipmanlar sıkı bir güvenlik tarafından korunuyor. Belki servis araçlarından birinin dışına tutunabileceğini düşünmüştür. Sonuçta pek zeki sayılmazdı. Ayrıntılar hâlâ belirsiz ama bir şekilde düşmüş olmalı."

"Ya da atladı."

Kawahara başını iki yana salladı. "Buna cesaret edebileceğini sanmıyorum. Mary Lou Hinchley'de samuray ruhu yoktu. Çoğu sıradan insan gibi o da son ana kadar hayata tutunmayı tercih eder, bir mucize bekler ve merhamet dilerdi herhalde."

"Ne büyük kabalık! Hemen mi kayboldu?"

"Evet. Onu bekleyen bir müşterisi vardı. Gemiyi köşe bucak aradık."

"Utanç verici bir durum."

"Evet."

"Ama birkaç gün sonra kıyıya vurması kadar utanç verici değil, değil mi? O hafta şans perileri buralara uğramamış anlaşılan."

"Büyük talihsizlikti," dedi Kawahara. Sanki kötü denk gelmiş bir poker elinden bahsediyor gibi bir hali vardı. "Ama çok da şaşırtıcı değildi. Gerçek bir sorunla karşılaşacağımızı düşünmemiştik."

"Katolik olduğunu biliyor muydunuz?"

"Elbette. İstenen özelliklerden biri de buydu."

"Ryker bu şüpheli din meselesini keşfettiğinde köşeye sıkışmış olmalısınız. Hinchley'in ifadesi sizi hemen ele verecekti. Sizi ve o güçlü dostlarınızı. Genelevlerden biri olan Başım Bulutlarda, cinsel ilişki sonrası cinayetle suçlanacaktı ve sizi de beraberinde götürecekti. Pekin'deyken kullandığınız o tabir neydi? *Katlanıl-*

maz risk. Bir şeyler yapmak gerekiyordu, Ryker'ın susturulması gerekiyordu. Yanılıyorsam beni durdurun."

"Hayır, söyledikleriniz doğru."

"Yani ona kumpas kurdunuz, öyle mi?"

Kawahara yeniden omuzlarını silkti. "Onu satın almak için bir girişimde bulunduk ama o... bizimle uzlaşmaya yanaşmadı."

"Büyük talihsizlik. Peki o zaman ne yaptınız?"

"Bilmiyor musunuz?"

"Sizden duymak istiyorum. Ayrıntıları istiyorum. Ben çok konuştum. Biraz da siz devam etmezseniz hiç işbirlikçi olmadığınızı düşünmeye başlayacağım."

Kawahara, abartılı tavırlarla gözlerini tavana dikti. "Elias Ryker'a kumpas kurdum. Ona Seattle'daki bir kliniğe dair yanlış tüyolar verdim. Bir Ryker kurgusu yarattık ve bunu Ignacio Garcia'yı görevlendirmek için kullandık. Garcia, Ryker'ın her iki ölümünde de Bilincin Nedenleri etiketinin sahtesini yaptı. Seattle polis departmanının buna inanmayacağını ve Garcia'nın sahte etiketlerinin yakın bir denetlemeden geçemeyeceğini biliyorduk."

"Garcia'yı nereden buldunuz?"

"Ryker'ı satın almak istediğimizde çok araştırma yapmıştık." Kawahara koltuğunda sabırsızca kıpırdandı. "Bağlantılar karşımıza Garcia'yı çıkardı."

"Evet, tahmin etmiştim."

"Ne kadar da zekisiniz."

"Bütün plan tıkır tıkır işledi. Ta ki 653 sayılı önerge işin içine girene ve her şeyi allak bullak edene kadar. Hinchley dosyası da hâlâ açıktı."

Kawahara başını öne eğdi. "Evet."

"Neden onu gömmediniz? BM konseyinden hatırı sayılır iki üç kişiyi satın almanız yeterdi."

"Kimi? Burası Pekin değil. Phiri ve Ertekin ile tanıştınız. Sizce onlar satılık gibi görünüyorlar mıydı?"

Başımla onayladım. "Marco'nun kılıfındaki sizdiniz demek. Miriam Bancroft biliyor muydu?"

"Miriam mı?" Kawahara şaşırmış gibiydi. "Elbette bilmiyordu.

Kimse bilmiyordu ki. Marco, Miriam ile belli aralıklarla maç yapıyor. Bu muhteşem bir kamuflajdı."

"Muhteşem değil. Bok gibi tenis oynuyorsunuz."

"Yeterlik yüklemesi için zamanım yoktu."

"Neden Marco? Neden kendiniz olarak gitmediniz?"

Kawahara, beni geçiştirmek istercesine elini salladı. "Önerge gündeme geldiğinden beri Bancroft'u taciz ediyordum. Yanına yaklaşmama izin verdiğinde Ertekin'i de öyle. Artık şüpheleri üzerime çekmeye başlamıştım. Marco'nun hakkımda konuşması daha normal karşılanıyordu."

"Daha sonra Rutherford aradı," dedim kısık sesle. "Suntouch House'ta, biz onunla görüştükten sonra. Ben onun Miriam'ı aradığını düşünmüştüm ama siz orada ziyaretçiydiniz ve Katolik çekişmesinde Marco rolüne bürünmüştünüz."

"Evet." Yüzünde ince bir gülümseme oluştu. "Tüm bu olaylar içinde Miriam Bancroft'un rolünü fazla abartmışa benziyorsunuz. Ah, bu arada, o sırada Ryker'ın kılıfını kim giyiyordu? Merakımdan soruyorum. Giyen her kimse, oldukça ikna ediciydi."

Bir şey söylemedim ama dudaklarımda oluşan tebessüme engel olamadım. Bu, Kawahara'nın gözünden kaçmamıştı.

"*Gerçekten mi?* Çift kılıf yani. Teğmen Ortega'yı parmağınızda oynatıyor olmalısınız. Ya da başka bir yerinizde. Her neyse. Tebrik ederim. Met'lere yakışır bir manipülasyon örneği." Bir kahkaha patlattı. "Bu bir iltifattı Takeshi-san."

Bu kinayelerini duymazdan geldim. "Osaka'da Bancroft ile konuştunuz, değil mi? 16 Ağustos Perşembe. Oraya gittiğini biliyor muydunuz?"

"Evet. İş için oraya ara sıra gider. Bunu bir tesadüf gibi algılamasını sağladım. Onu döndüğünde Başım Bulutlarda'ya davet ettim. İş anlaşmalarından sonra seks satın almak onun için bir alışkanlıktır. Muhtemelen bunu öğrenmişsinizdir."

"Evet. Peki buraya geldiğinde ona ne söylediniz?"

"Gerçekleri."

"Hangi gerçekleri?" Gözlerinin içine baktım. "Ona Hinchley'den söz edip size arka çıkmasını mı istediniz?"

"Neden olmasın?" Bakışlarında insanın kanını donduran bir sıradanlık vardı. "Bizim yüzyıllar öncesine dayanan bir dostluğumuz var. Birlikte, bazen meyvesini toplamanın bir insan ömrü kadar uzun sürdüğü iş stratejileri yürüttük biz. Onun küçük insanların yanında yer alacağını düşünmedim."

"Yani sizi hayal kırıklığına uğrattı. Met inancına sahip çıkmadı."

Kawahara yeniden içini çekti. Yüzyılların yorgunluğunu taşıdığı her halinden belliydi.

"Laurens'ın romantik eğilimini devamlı olarak hafife alırım. O birçok açıdan sizin gibi bir adam ama buna sizin gibi kılıf uydurmuyor. Üç yüzyıldan daha yaşlı. Değer yargılarıyla bunu yansıtabileceğini düşünmüştüm. Geri kalan her şeyin yalnızca gösteriş olduğunu da." Kawahara, düşüncelerini savuşturmak istercesine elini salladı. "Yanılmışım galiba."

"Ne yaptı? Ahlaki bir duruş falan mı sergiledi?"

Kawahara dudak büktü. "Benimle dalga mı geçiyorsunuz? Hem de Wei Klinik'tekilerin kanı daha kurumamışken! Siz, ayak bastığı bütün dünyalarda insan hayatını kurutan bir Protektora kasabısınız. Takeshi, siz biraz istikrarsızsınız."

Batatanatinin serin varlığının içinde güvende olduğum için Kawahara'nın duygusuzluğu karşısında ufak bir öfkeden daha fazlasını hissetmiyordum. Bazı şeyleri açıklığa kavuşturmaya karar verdim.

"Wei Klinik kişisel bir meseleydi."

"Wei Klinik'tekilerin sizle kişisel bir meselesi yoktu Takeshi. Öldürdüklerinizin çoğu yalnızca işlerini yapıyordu."

"Demek ki başka bir iş seçmeleri gerekiyormuş."

"Sharya'daki insanlara ne diyeceksiniz? Onların seçimi ne olmalıydı? O dünyada ve o zamanda doğmamak mı? Belki de askere alınmalarına da izin vermemeliydiler, değil mi?"

"Genç ve cahildim," dedim sadece. "Kullanıldım. Sizin gibi insanlar için öldürdüm. Sonra sonra akıllandım. Innenin'de olanlardan çok şey öğrendim. Şimdi yalnızca kendim için öldürüyorum ve aldığım her canın kıymetini biliyorum."

"Kıymeti, ha? İnsan canının *kıymeti*." Kawahara, yorucu bir öğrenciyi azarlayan öğretmen edasıyla iki yana salladı. "*Hâlâ* genç ve cahilsiniz. İnsan canının bir kıymeti yoktur. Bütün yaşadıklarınızdan sonra bunu daha öğrenemediniz mi Takeshi? Gerçek bir kıymeti yoktur. Makine yapmak çok pahalıdır. Ham malzemeleri işlemek çok pahalıdır. Ama insanlar?" Tükürür gibi bir ses çıkardı. "Her zaman daha fazla insana sahip olabilirsiniz. İsteyin ya da istemeyin, kanser hücresi gibi çoğalıyorlar. Çok *fazlalar* Takeshi. Neden bir kıymetleri olsun ki? Seksten sonra öldürülmek üzere işe aldığımız fahişelerin sanal formatlarının daha pahalı olduğunu biliyor muydunuz? Gerçek insan eti, makineden daha *ucuz*. Bu, günümüzün aksiyomatik bir gerçeği."

"Bancroft öyle düşünmüyordu ama."

"Bancroft mu?" Kawahara'nın midesi bulanmış gibiydi. "Bancroft milattan kalma kavramları üzerinde yalpalayan sakat bir adam. Bu kadar uzun süredir yaşıyor olması çok esrarengiz."

"Yani onu intihar etmesi için programladınız, öyle mi? Kimyasal itkiler verdiniz."

"Programlamak derken..." Kawahara gözlerini kocaman açtı ve şekilli dudaklarının arasından boğuk bir sesle güldü. "Kovacs, bu kadar aptal olamazsınız. Size onun kendi kendini öldürdüğünü söylemiştim. Bu onun fikriydi, benim değil. Eskiden, varlığımı kaldıramasanız bile sözüme güvenirdiniz. Bunu bir düşünün. Onun ölmesini neden isteyeyim?"

"Ona Hinchley hakkında söylediklerinizi silmek için. Yeni kılıfına kavuştuğunda, son güncellemesi bu küçük sırrı hatırlamayacaktı."

Kawahara bilgece başını salladı. "Evet, sizi anlıyorum. Kendimi korumaya çalıştığımı düşünüyorsunuz. Kordiplomatik'ten ayrıldığınızdan beri hep koruma durumundasınız zaten. Koruma durumunda yaşayan biri, eninde sonunda bunu alışkanlık haline getirir. Ama unuttuğunuz bir şey var Takeshi."

Bir anda durdu. Batatanatinin etkisinde olmama rağmen ona güvenmiyordum. Kawahara çok abartıyordu.

"Neymiş o?"

"Takeshi Kovacs, *ben* siz değilim. Ben kendimi korumaya çalışmıyorum."

"Tenis oynarken de mi?"

Ölçülü bir şekilde gülümsedi. "Çok şakacısınız. Konuştuklarımızı Laurens Bancroft'un hafızasından silmeme gerek yok çünkü zaten Katolik fahişesini öldürmüştü bile ve tıpkı benim gibi onun da 653 sayılı önerge yüzünden kaybedeceği çok şey vardı."

Gözlerimi kırpıştırdım. Kafamda dönüp duran sayısız teorinin merkezinde, Kawahara'nın Bancroft'un ölümünden sorumlu olduğu fikri vardı ama hiçbiri bu kadar iddialı değildi. Kawahara'nın sözlerinden sonra, sanki o kırık aynanın sayısız parçası bir anda bir araya gelmiş ve bana gerçeği göstermişti. Aynanın yeni açığa çıkan parçasına baktım.

Karşımda duran Kawahara, sessizce gülüyordu. Beni alt ettiğini biliyor ve bundan büyük bir zevk alıyordu. Kibir, kibir... Bu, Kawahara'nın tek kusuru buydu. Bütün Met'ler gibi o da kendine hayrandı. Yapbozumun son parçası yerine kolayca oturdu. Artık kabullenmiştim. Benden ne kadar ileride ve benim onun ne kadar gerisinde olduğumu görmemi istemişti.

Tenis konusundaki şakamdan hoşlanmamış olmalıydı.

"Bu kadında, Miriam'ın yüzünün bir yansımasını görmüştü," dedi. "Onu büyük bir titizlikle seçtikten sonra kozmetik cerrahiyle düzelttirdi. Onu boğarak öldürdü. Galiba ikinci kez boşaldığında. Evlilik hayatı işte. Erkekleri bu hale getiriyor."

"Sahneyi kaydettiniz mi?" Sesim kendi kulağıma bile aptal geliyordu.

Kawahara'nın gülümsemesi geri dönmüştü. "Hadi ama Kovacs. Bana cevaba ihtiyacı olan bir soru sorun."

"Bancroft kimyasal olarak yardım alıyor muydu?"

"Ah, tabii ki. Bu konuda haklıydınız. Oldukça sert bir uyuşturucu kullanıyordu ama ben sizin bunu bildiğinizi..."

Betatanatinden söz ediyordu. Bu uyuşturucunun insanı buza çeviren etkisi olmasaydı, her şeye anında tepki verirdim. Bu fikir aklıma girer girmez yavaşlığımın farkına vardım. Düşünmenin sırası değildi. Savaş sırasında düşünmek, sıcak banyo ve masaj kadar büyük bir lükstü. Khumalo'nn nörokimya sisteminin berraklığı bir anda buğulandı ve parçacık tabancamı çekip arkama döndüm.

Ah!

Şok tabancası tren gibi çarpmıştı. Parlak pencerelerinin gözlerimin önünden bir film şeridi gibi geçtiğini gördüm. Bulanık görüntülerin içinde Trepp'in kapının eşiğinde şok tabancasıyla durduğunu gördüm. Kawahara'nın ıskalaması ya da içimde nöral zırh olması ihtimaline karşı tetikte bekliyordu. Sinirleri felç olan elimdeki silahı yere düşürdüm. Ahşap zemin üzerime doğru geldi ve tıpkı babam gibi kafama sertçe vurdu.

"Neden geç kaldınız?" diye sordu Kawahara çok yukarılardan. Bilincimi kaybediyordum. Bu sırada görüş alanıma ince bir el girip yerdeki tabancamı aldı. Bütün uyuşukluğumun içinde diğer eliyle de şok tabancasını kılıfından çıkardığını hissettim.

"İki dakika önce alarm çaldı." Bu, Trepp'in sesiydi. Silahını kılıfına koyup yanıma çöktü. "Sistemi devredışı bırakmak için McCabe'in cesedinin soğuması gerekiyordu. İşe yaramaz güvenliğinizin büyük kısmı hâlâ ana güvertede. Bu kim?"

"Kovacs," dedi Kawahara umursamaz bir tavırla. Masaya doğru ilerlerken parçacık ve şok tabancalarını beline geri soktu. Felce uğrayan gözlerime, her adımında yüzlerce metre yol kat ediyor gibi görünüyordu. Gittikçe ufacık kaldı ve oyuncak bir bebek gibi masasına yaslanarak kontrol paneliyle ilgilenmeye başladı.

Pes etmeyecektim.

"Kovacs mı?" Trepp'in yüzü aniden donmuştu. "Ben sandım ki..."

"Evet, ben de öyle sandım." Masanın üzerinde holografik veriler vardı. Kawahara ekrana iyice yaklaşınca yüzü rengârenk göründü. "Çift kılıfı varmış. Muhtemelen Ortega yardım etmiştir. *Panama Rose*'da daha çok kalmalıydın."

Hâlâ iyi duyamıyordum ve görüşüm de donup kalmıştı ama bilincimi kaybetmiyordum. Bunun betatanatinin yan etkisi, khumalo sisteminin ek bir özelliği ya da ikisinin istenmedik bir kesişimi olup olmadığını bilmiyordum ama *bir şey* bilincimin kaybolmamasını sağlıyordu.

"Etrafta bu kadar polis varken bir suç mahallinde bulunmak beni epey gerdi," dedi Trepp. Elini uzatıp yüzüme dokundu.

"Öyle mi?" Kawahara hâlâ verilerle meşguldü. "Bu manyağın dikkatini ahlaki meselelerle dağıtmak ve gerçek itiraflar beni de pek açmadı. Ben sizin asla... Lanet olsun!"

Sert bir şekilde başını bir yana çevirdikten sonra iyice eğilerek masaya baktı.

"Doğruyu söylüyormuş."

"Ne konuda?"

Kawahara, Trepp'e döndü. "Önemi yok. Yüzüne ne yapıyorsunuz öyle?"

"Üşümüş."

"Lanet olsun, tabii ki üşüyecek." Küfürlü konuşmaya başlaması, Reileen Kawahara'nın şaşırdığının kesin bir göstergesi gibiydi. "Sizce kızılötesinden nasıl geçmiştir? Uyuşturucu etkisinde olduğu gözlerinden bile belli oluyor."

Trepp ayağa kalktı. Yüzünde hiçbir ifade yoktu. "Ona ne yapacaksınız?"

"Sanal boyuta geçecek," dedi Kawahara acımasızca. "Harlan'lı balık kokan kadınla birlikte tabii. Ama bundan önce ufak bir ameliyat yapmamız gerek. Üzerinde kablo var."

Sağ elimi kıpırdatmaya çalıştım. Orta parmağımın son eklemi çok hafif oynadı.

"Tüm bunları yayınlamadığından emin misiniz?"

"Evet, bana söyledi. Her neyse, zaten yayına başlasaydı bunu anında fark ederdik. Bıçağınız var mı?"

Telaşa kapılarak kemiklerime kadar ürperdim. Bu felç halimin geçmeye başladığına dair bir işaret aradım ama bulamadım. Khumalo sinir sistemi hâlâ devredeydi. Kırpıştırma refleksimi kaybettiğim için gözlerimin kuruduğunu hissedebiliyordum. Buğulu gözlerimin ardından Kawahara'nın masasından geri döndüğünü ve elini Trepp'e uzattığını seçebildim.

"Bıçağım yok." Duyduklarımdan emin olamasam da Trepp'in sesi kulağıma isyankâr geliyordu.

"Sorun değil." Kawahara daha uzun adımlar atmaya başladı ve sesi gibi kendisi de gittikçe uzaklaştı. "Ama oldukça iş görecek başka bir şeyim var. Şu bok çuvalını aktarım salonlarından birine taşımak için yardım çağırır mısınız? Galiba yedi ve dokuz müsait. Masanın üzerindeki jakı kullanabilirsiniz."

Trepp kararsızdı. Sanki donmuş merkezî sinir sistemimden küçük bir buz parçasının çözülerek düştüğünü hissettim. Göz kapaklarım yavaşça kapanıp açılınca gözlerim yaşardı. Trepp bunu görünce gerildi.

Sağ elimin parmaklarını kıpırdatıp bükmeyi başardım. Mide kaslarımın da gerilmeye başladığını hissedebiliyordum. Sonunda gözlerimi kıpırdatabildim.

Kawahara'nın sesi belli belirsiz çınlıyordu. Kemerin ardındaki diğer odada olmalıydı. "Geliyorlar mı?"

Trepp'in sesi hissizdi. Bakışlarını benden kaçırdı. "Evet," dedi yüksek sesle. "İki dakikaya burada olurlar."

Kendime geliyordum. Tüm sinirlerim yavaş yavaş canlanıyordu. Titrediğimi ve ciğerlerime nemli havanın yeniden dolduğunu hissedebiliyordum. Bu, betatanatinin etkisini vaktinden önce gösterdiğinin bir kanıtıydı. Uzuvlarım kurşun gibi ağırdı ve elektrik akımlı kalın pamuktan eldivenler takmışım gibi hissediyordum. Kavga edecek halim yoktu.

Sol elim altımdaydı ve vücudumun ağırlığıyla yerle yeksan olmuştu. Sağ elim tuhaf bir açıyla öne doğru uzanmıştı. Bacaklarım beni taşıyamayacak gibiydi. Seçeneklerim sınırlıydı.

"Pekâlâ." Kawahara'nın omzuma dokunup beni temizlenecek bir balık gibi sırtüstü çevirdiğini hissettim. Oldukça dikkatli görünüyordu ve diğer elinde iğne uçlu bir kerpeten vardı. Göğsüme oturdu ve parmaklarıyla sol göz kapağımı açtı. Gözümü kırpmamak için kendimi zor tuttum ve hareketsiz kalmaya çalıştım. Kerpeteni gözüme yaklaştırdı ve yarım santim kadar araladı.

Önkolumdaki kasları gerdim ve nöral sistemim sayesinde Tebbit bıçağını almayı başardım.

Saldırıya geçtim.

Kawahara'nın göğsünü, kaburgalarının tam altını hedeflemiştim ama şok ve betatanatin titremeleri yüzünden ıskaladım ve bıçak sol koluna, dirseğinin altına çarparak kemikten geri sekti. Kawahara acı içinde bağırmaya başlayınca gözümü rahat bıraktı.

Kerpeten elmacık kemiğime çarptı ve yanağımı kesti. Belli belirsiz bir acı hissettim. Kan gözüme kadar fışkırmıştı. Bıçağımı zayıf bir şekilde yeniden salladım ama bu kez Kawahara yana doğru kaçarak hamlemi yaralı koluyla engelledi. Yeniden bağırmasıyla elimdeki bıçak kaydı ve ortadan yok oldu. Kalan son enerjimi sol kolumda toplayarak Kawahara'nın şakağına sağlam bir yumruk indirdim. Kawahara kolundaki yarayı tutarak üzerimden düştü. Bir an bıçağı çok derine saplayarak C-381 tabakasının işaretini bıraktığımı düşündüm. Ama Sheila Sorenson siyanürün birkaç nefes kadar kısa bir sürede etkisini göstereceğini söylemişti.

Kawahara ayaklanıyordu.

"Hâlâ ne bok yemeye bekliyorsunuz acaba?" diye sordu Trepp'e yüzünü ekşiterek. "Şu pisliği vurmayacak mısınız?"

Trepp'in yüzünden tüm gerçekleri okuduğu için son cümlesinde sesi oldukça kısık çıkmıştı. Trepp, kılıfındaki şok tabancasını çıkardı. Öyle yavaş hareket ediyordu ki, belki de bu, o sırada yalnızca Trepp'in farkında olduğu bir gerçekti. Kawahara elindeki kerpeteni bıraktı, parçacık ve şok tabancalarını belinden çıkardı ve ikisini de Trepp'ten önce doğrulttu.

"Seni hain orospu," dedi Kawahara şaşkınlık içinde. Sesinde, daha önce hiç duymadığım bir vurgu vardı. "Uyanmaya başladığını biliyordun değil mi? Senin işin bitti sürtük."

Zar zor olduğum yerde doğruldum ve Kawahara tam tetiklere basacağı sırada üzerine atladım. İki silahın da ateşlendiğini duydum. Gözümün buğulu ucuyla Trepp'in büyük bir çaresizlik içinde silahını kılıfından çıkarmaya devam ettiğini gördüm. O sırada yüzündeki şaşkınlıkla yere yığıldı. Kawahara'ya bir omuz darbesi indirdim ve ikimiz birlikte pencerelere doğru yuvarlandık. Beni vurmaya çalıştı ama iki silahı da yana doğru iterek dengesini bozdum. Yaralı kolunu boynuma doladı. Cama doğru düştük.

Şok tabancası sekerek uzaklaşmıştı ama parçacık tabancasını yakalamayı başardı. Bana doğrulttuğu namluyu beceriksiz bir hamleyle ittim. Öteki elimle Kawahara'nın başına vurmaya çalıştım ama ıskalayarak omzuna vurdum. Şeytanî bir ifadeyle güldü ve yüzüme kafa attı. Burnum, dişlerimi bir kerevize geçiriyormuşum gibi bir hisle kırıldı ve kanlar fışkırmaya başladı. İçimde bir yerde, kanımın tadına bakmak için delice bir arzu duyuyordum. Kawahara üzerime atladı ve vücuduma ağır darbeler indirmeye başladı. Yumruklarından bir iki tanesini engellemeyi başarsam da gücüm artık tükeniyor, kol kaslarım pelteye dönüyordu. Her yerim uyuşmuştu. Kavganın sona erdiğini gören Kawahara'nın yüzündeki vahşi zafer sarhoşluğu gözden kaçacak gibi değildi. Son sıkı darbesini kasıklarıma indirdi. Yerde kıvranmaya başladım.

"Bu sana yeter dostum," dedi ve nefes nefese ayağa kalktı. Saçlarının dağılan zarafetinin altında bu yeni konuşma tarzının ait olduğu yüzü gördüm. Bu gaddar memnuniyeti, Fission City'de su taşıyıcının gri matarasındaki hastalıklı suyu içirdiği kurbanlarının da gördüğü bir ifade olmalıydı. "Sakın kıpırdama."

Vücudum, bana zaten başka bir seçeneğim olmadığını söylüyordu. Boğuluyor gibi hissediyordum. Organizmamı saran kimyasalların ağırlığı ve şok tabancasının nöral istilasıyla dibe çökmüştüm. Kaldırmaya çalıştığım kolum, bağırsaklarında bir kilo kurşun olan bir balık gibi geri düştü. Kawahara gördüğü manzara karşısında gülmeye başladı.

"Evet, bunu hak ettin," dedi ve kanın bluzuna aktığı sol koluna baktı. "Kovacs, bunun bedelini ağır ödeyeceksin."

Trepp'in hareketsiz bedenine doğru yürüdü. "Ve sen, küçük orospu," dedi kaburgalarını tekmeleyerek. Trepp kıpırdamadı. "Bu orospu çocuğu senin için ne yaptı? Önümüzdeki on yıl boyunca seni becereceğine söz mü verdi?"

Trepp cevap vermedi. Sol elimin parmaklarını sıktım ve bacağıma doğru birkaç santim yaklaştırmayı başardım. Kawahara, Trepp'in bedenine son kez baktıktan sonra masaya doğru ilerleyip kontrol paneline dokundu.

"Güvenlik orada mı?"

"Bayan Kawahara." Hava gemisine yaklaşırken Ortega ile konuşan erkek sesiydi bu. "Bir saldırı oldu..."

"Biliyorum," dedi Kawahara yorgun bir sesle. "Son beş dakikadır onunla uğraşıyorum. Neden burada değilsiniz?"

"Bayan Kawahara?"

"O sentetik kıçınızı kaldırmanız ne kadar sürüyor dedim size!"

Kısa bir sessizlik oldu. Kawahara, masaya eğilmiş vaziyette bir süre bekledi. Yukarı doğru uzandım ve elime geçen ilk şeye tutunmaya çalıştım ama gerisin geri düşüverdim.

"Bayan Kawahara, kabininizde alarm durumu yoktu."

"Ah." Kawahara arkasına dönüp Trepp'e baktı. "Tamam. Her neyse, buraya dört kişi yollayın. Dışarı çıkarılması gereken bir çöp var."

"Emredersiniz hanımefendi."

İçinde bulunduğum duruma rağmen yüzümde bir gülümseme oluştu. *Hanımefendi* mi?

Kawahara, yerde gördüğü kerpeteni de alarak geri döndü. "Neye gülüyorsun Kovacs?"

Yüzüne tükürmeye çalıştım ama tükürüğüm ağzımdan zar zor çıkıp çeneme ulaştığında kana karıştı. Kawahara, yüzünde aniden beliren öfkeyle mideme tekme attı. Bu darbesini hissetmemiştim bile.

"Sen," diye başladı söze gaddar bir sesle ama daha sonra vurgusuz, buz gibi bir tonla konuşmasına devam etti, "hayat boyu yetecek kadar bela çıkardın."

Beni yakamdan yakalayıp göz hizasına gelene kadar yukarı çekti. Başım cama doğru düştüğü sırada iyice üzerime çullandı. Sesi biraz olsun yumuşamıştı ve sohbet eder tonda konuşuyordu.

"Katoliklerden, Innenin'deki dostlarından ve acınası çiftleşmeleri sonucu hayata geldiğin o gecekondu hayatının amaçsız zerreciklerinden hiç farkın yok Takeshi. Sen bir insan ham maddesinden daha fazlası değilsin. Daha fazlası olabilir ve Pekin'de bana katılabilirdin ama sen yüzüme tükürdün ve kendini o zavallı varlığına esir ettin. Bize Dünya'dayken de katılıp bu kez tüm insan ırkının dümenini eline alabilirdin. Kovacs, sen sözü geçen bir adam olabilirdin. Bunu anlayabiliyor musun? Önemli bir adam olabilirdin."

"Sanmıyorum," diye mırıldandım sessizce. Camdan aşağı doğru kaymaya başlamıştım. "Bilincim hâlâ yerinde sayılır. Sadece o yerin neresi olduğunu unuttum, o kadar."

Kawahara yüzünü ekşitti ve yeniden yakama yapıştı. "Çok komiksin. Gittiğin yerde buna ihtiyacın olacak."

"*Nasıl öldüğümü sorduklarında,*" dedim, "*kızgın öldüğümü söyleyin.*"

"Quell." Kawahara dibime kadar sokuldu. Doymuş bir aşık gibi neredeyse üzerime çıkmıştı. "Ama Quell hiçbir zaman sanal soruşturmaya tabi tutulmadı, değil mi? Sen kızgın ölmeyeceksin Kovacs. Yalvararak öleceksin. Bir daha ve bir daha. Bir daha."

Elini göğsüme doğru kaydırıp beni cama iyice bastırdı. Kerpetenini kaldırdı.

"Bir aperatif al bakalım."

Kerpeteni gözümün altına batırmasıyla yüzüne kan fışkırması bir oldu. Acı içindeydim. Kerpeten, gözüme çelikten devasa bir sütun gibi görünüyordu. Kawahara aleti derimin içinde iyice çevirince bir şeyin patladığını hissettim. Gördüğüm her şey kırmızıya boyanıp Elliott'ın veri merkezindeki bozuk bir monitör gibi söndü. Diğer gözümle Kawahara'nın kerpetenle birlikte Reese'in kayıt kablosunu da çekip çıkardığını gördüm. Küçük cihazın arka ucundan yanağıma kan damlıyordu.

Elliott'ı ve Reese'i suçlayacaktı. Ortega, Bautista ve daha nicelerinden söz etmeye gerek bile yoktu.

"Bu kadarı yeter," diye geveledim. Tam o sırada bacak kaslarımı çalıştırarak Kawahara'nın beline doladım. Sol elimi cama dayamıştım.

Boğuk bir patlama ve keskin bir çatırtı duyuldu.

Mikro el bombası, çıkarılır çıkarılmaz gücünün yüzde doksanını devreye sokarak patlamayacak şekilde ayarlanmıştı. Geri kalan yüzde on, Khumalo ilik kemiklerimi ve karbonla güçlendirilmiş tendonlarımı etimden ayırdı, bağ dokularımı parçalayarak avucumda bozuk para büyüklüğünde bir delik açtı.

Pencere, nehrin üzerini kaplayan kalın buz tabakası gibi tuzla buz oldu. Sanki her şey yavaş çekimde gerçekleşiyor gibiydi. Sanki içimde bir yarık açılıyor ve ben de bu boşluğun içinde düşüyor gibi hissediyordum. Kabinin içindeki soğuk hava akımını hayal meyal fark ettim. Neler olup bittiğini fark eden Kawahara'nın şaşkınlığı yüzünden okunuyordu ama artık çok geçti. Göğsüme ve başıma vurmaya çalıştıysa da belinden yakalayarak oluşturduğum çemberin içinden kendini sıyıramadı. Elindeki kerpeten elmacık kemiğimi keserek düşerken gözüme girdi ama artık acıyı hissetmiyordum. Betatanatinin iyice azalan etkisini kırıp ortaya çıkan öfke ateşiyle yanıp tutuşuyordum.

Kızgın öldüğümü söyleyin.

Üzerinde debelendiğimiz cam parçası kırılınca kendimizi rüzgârın ve gökyüzünün içinde bulduk.

Düşüyorduk...

Sol kolum, patlamanın etkisiyle felç olmuştu ama soğuk karanlığın içinde yol alırken sağ elimi kullanmayı başardım ve Kawahara'nın ensesindeki diğer el bombasını yakaladım. Altımızdaki okyanusu fark ettim. Başım Bulutlarda gittikçe kayboluyordu. Reileen Kawahara'nın yüzündeki ifade, akıl sağlığını az önce hava gemisinde bıraktığını ispatlar gibiydi. İçeriden mi, yoksa dışarıdan mı geldiğini bilmediğim bir çığlık yankılanıyordu. Etrafımızı çevreleyen havanın ıslığı içinde algımı kaybediyordum. Artık kişisel görüşümün küçük penceresini bulmam imkânsızdı. Düşüş, karşı konulmaz bir uyku gibiydi.

Kalan son gücümle el bombasını ve Kawahara'nın kafatasını göğsüme, bombanın patlaması için yeterli bir güçle bastırdım.

Son umudum, Davidson'ın ekrandan bizi görüyor olmasıydı.

KIRK İKİNCİ BÖLÜM

Adresin Licktown'ı işaret etmesi oldukça ironikti. Ototaksiden iki sokak kuzeyde inip yolun geri kalanını yürüdüm. Sanki kozmosun düzeni benim görmem için gerçekliğin kumaşını deliyor gibi tuhaf bir hisse kapılmıştım.

Aradığım daire U şeklinde inşa edilmiş apartmanların içindeydi. Avluda otların bittiği beton bir iniş pisti vardı. Mutsuz görünen yer ve hava taşıtlarının arasındaki mikrokopter hemen gözüme çarptı. Mikrokopter, kısa süre önce mora ve kırmızıya boyanmıştı. Bir tarafı eğik olsa da burundaki ve kuyruktaki pahalı sensörler ışıl ışıl parlıyordu. Kendi kendime başımı salladım ve apartmanların dışındaki basamaklardan ikinci kata çıktım.

On yedi numaranın kapısını, düşman gözlerle yüzüme bakan on bir yaşındaki bir oğlan çocuğu açtı.

"Evet?"

"Sheryl Bostock ile konuşmak istiyorum."

"Evde yok."

İçimi çektim ve gözümün altındaki yarayı kaşıdım. "Bence bu doğru değil. Mikrokopteri avluda. Sen de onun oğlu Daryl'sın ve üç saat önce gece vardiyasından evine döndü. Ona Bancroft'un kılıfı hakkında konuşmak istediğimi söyler misin?"

"Sen Sia'dan mısın?"

"Hayır, yalnızca konuşmak istiyorum. Bana yardım ederse, karşılığında eline iyi bir para geçecek."

Çocuk birkaç saniye daha yüzüme baktıktan sonra tek kelime etmeden kapıyı kapadı. Annesine seslendiğini duydum. Beklerken sigara içmemek için kendimi zor tuttum.

Beş dakika sonra Sheryl Bostock kapının eşiğinde belirdi. Üzerinde geniş bir kaftan vardı. Sentetik kılıfı oğlundan bile daha suratsızdı ama bu durum tavırlarıyla değil, uyuşuk kas yapısıyla ilgiliydi. En ucuz sentetik modellerindeki küçük kas gruplarının uykudan uyanması biraz zaman alıyordu ve bu kadınınki kesinlikle ucuzluktan alınmış olmalıydı.

"Beni mi görmek istediniz?" diye sordu sentetik sesiyle. "Neden?"

"Ben Laurens Bancroft için çalışan özel bir dedektifim," dedim mümkün olduğunca kibar bir sesle. "PsychaSec'teki işinize dair size birkaç soru sormak istiyorum. İçeri girebilir miyim?"

Çıkardığı belli belirsiz mırıltıdan, muhtemelen daha önce insanların yüzüne kapı kapamayı hiç becerememiş olduğu sonucunu çıkardım.

"Uzun sürmeyecek."

Omuzlarını silkip kapıyı ardına kadar açtı. Yanından geçtim ve en büyük özelliği siyah eğlence konsolu olan düzenli ama döküntü bir odaya girdim. Konsol, karanlık bir makine tanrısı gibi en uzaktaki köşeye konmuş, diğer mobilyalar onun etrafına dizilmişti. Mikrokopterin boyası gibi o da yepyeni görünüyordu.

Daryl ortadan kaybolmuştu.

"Güzel konsol," dedim yanına gidip aleti inceleyerek. "Ne zaman aldınız?"

"Bir süre önce." Sheryl Bostock kapıyı kapayıp odanın tam ortasında durdu. Yüzü yeni yeni ayılıyordu ve ifadesi uykuyla şüphe arasında gidip geliyordu. "Bana ne sormak istiyorsunuz?"

"Oturabilir miyim?"

Hor kullanılmış koltuklardan birini işaret edip kendisi de karşıma oturdu. Kaftanın içinden görünen sentetik eti pembe ve sanaldı. Bir süre kadına bakarak bunu yapmak isteyip istemediğimi düşündüm.

"Eee?" Gergin bir şekilde elini salladı. "Bana ne sormak istiyorsunuz? Beni gece vardiyasından sonra uyandırdığınıza göre umarım bunun için geçerli bir nedeniniz vardır."

"14 Ağustos Salı günü Bancroft ailesinin kılıf mahzenine giderek Laurens Bancroft klonuna bir sprey dolusu hipo madde enjekte etmişsiniz. Bu maddenin ne olduğunu öğrenmek istiyorum Sheryl."

Sonuç, tahmin edebileceğimden çok daha coşkulu oldu. Sheryl Bostock'ın yapay yüz hatları şiddetli bir şekilde seğirdi ve sanki onu copla tehdit etmişim gibi kıvrıldı.

"Bu, alışıldık işlerimin bir parçası," dedi acı çeker gibi. "Klonlara kimyasal yükleme yapma iznim var."

Sanki konuşan bir başkasıydı. Sanki biri ona ne söylemesi gerektiğini ezberletmişti.

"Sinamorfesteron ne?" diye sordum usulca.

Ucuz sentetikler kızarmaz ya da benizleri atmaz ama yüzündeki ifadesi, mesajı kusursuz bir şekilde iletiyordu. Sheryl, sahibi tarafından ihanete uğramış, korku içindeki bir hayvana benziyordu.

"Bunu nereden biliyorsunuz? Kim söyledi?" Sesi gitgide hıçkırığa dönüşüyordu. *"Bunu bilemezsiniz. Kimseye söylemeyeceğine söz vermişti."*

Oturduğu koltuğa gömülerek ağlamaya başladı. Daryl, annesinin ağladığını duyunca yan odadan çıktı, kapının eşiğinde bir an tereddüt ettikten sonra bir şey yapamayacağına ya da yapmaması gerektiğine karar vererek olduğu yerde dikilmeye devam etti ve korku dolu bir yüzle olan biteni izlemeye koyuldu. İç çekmemek için kendimi tutarak Daryl'a baktım. Elimden geldiğince zararsız görünmeye çalışıyordum. Çocuk koltuğa doğru yürüyüp elini annesinin omzuna koydu. Kadın baştan ayağa ürpermişti. Aklımda anılarım canlandı. Yüzümün asıldığını hissedebiliyordum. Anne oğul karşısında gülümsemeye çalıştım ama bu çok saçmaydı.

Boğazımı temizledim. "Ben size zarar vermeyeceğim," dedim. "Sadece öğrenmek istediğim bazı şeyler var."

Sheryl Bostock'ın yaşadığı korkunun içinde söylediklerimi anlayabilmesi biraz zaman aldı. Gözyaşlarını kontrol altına alıp yüzüme bakması ise daha da uzun sürdü. Hemen yanında duran Daryl, şüphe içinde annesinin saçlarını okşuyordu. Dişlerimi sıktım ve on bir yaşımın anılarını aklımdan çıkarmaya çalıştım. Bekledim.

"Oydu," dedi sonunda.

Suntouch House'un denize bakan kanadındaydım ve Curtis sözümü kesti. Öfkesi yüzünden okunuyordu ve ellerini yumruk yapmıştı.

"Sizinle konuşmak istemiyor," dedi hırıldayarak.

"Yolumdan çekil Curtis," dedim. "Yoksa canın yanar."

Kollarını karate yapar gibi kaldırdı. "Size konuşmak istemediğini..."

Tam o sırada dizine tekme atınca ayaklarımın dibine yığıldı. İkinci tekmemle tenis kortlarına doğru birkaç metre yuvarlandı. Ayağa kalkmaya çalıştığı sırada üzerine atladım. Beline tekme atıp saçlarından tutarak başını yukarı doğru kaldırdım.

"Bugün pek havamda değilim," dedim sabırla. "Ve sen benim canımı iyice sıkıyorsun. Şimdi patronunla konuşmaya gideceğim. Yaklaşık on dakika sürecek. Daha sonra buradan gideceğim. Eğer akıllı olur, yolumdan çekilirsen..."

"Seni pislik..."

Saçlarına daha da çok yapışınca bağırmaya başladı. "Curtis, eğer peşimden gelecek olursan seni mahvederim. Beni anlıyor musun? Bugün senin gibi beyinsizlerle harcayacak hiç zamanım yok."

"Bay Kovacs, onu rahat bırakın. Siz hiç on dokuz yaşında olmadınız mı?"

Miriam Bancroft'un sesinin geldiği yere doğru baktım. Ellerini, Sharya haremlerindeki kadınların giysilerini andıran geniş ve kum renkli döpiyesinin ceplerine sokmuştu. Uzun saçları koyu sarı bir kumaşla sarılmıştı ve gözleri güneşte parlıyordu. Birden aklıma Ortega'nın Nakamura hakkında söyledikleri geldi. *Mallarını satmak için yüzünü ve vücudunu kullanıyorlar.* Bunu şimdi daha iyi anlayabiliyordum. Miriam, moda evlerinin kılıflarına sahipti.

Curtis'in saçlarını bıraktım. "Ben onun yaşında böyle aptal değildim," dedim, yalan da olsa. "Ona beni rahat bırakmasını söyler misiniz? Belki sizi dinler."

"Curtis, gidip beni limuzinde bekle. Geç kalmam."

"Acaba..."

"Curtis!" Miriam'ın sesinde şaşkınlık vardı. Sanki Curtis'in ona cevap vereceğini hiç hesaba katmamıştı. Curtis'in yüzü kıpkırmızı oldu ve gözleri dolarak yanımızdan uzaklaştı. Gözden kaybolmasını izlerken ona vurmamın yanlış olduğuna hâlâ ikna olmamıştım. Miriam Bancroft bu düşüncemi yüzümden anlamış gibiydi.

"Şiddet arzunuz belki artık tatmin olmuştur," dedi usulca. "Yoksa hâlâ kendinize bir hedef mi arıyorsunuz?"

"Bunu da kim söyledi?"

"Siz söylediniz."

Miriam'a doğru döndüm. "Ben öyle bir şey hatırlamıyorum."

"Çok şaşırdım."

"Beni anlamıyorsunuz." Açık ellerimi ona doğru kaldırdım. "Ben öyle bir şey *hatırlamıyorum*. Birlikte yaptığımız her şey silinip gitti. Hiçbirini hatırlamıyorum."

Sanki ona vurmuşum gibi geriye çekildi.

"Ama siz," dedi parça parça. "Ben... Siz biraz..."

"Ben aynıyım." Ryker'ın kılıfına baktım. "Beni denizden çıkardıklarında diğer kılıftan geriye pek bir şey kalmamıştı. Bu tek seçenekti. BM dedektifleri bir çift kılıfa daha izin vermediler. Onları suçlayamam. İlkini doğrulamak bile oldukça güç."

"Ama nasıl oldu da..."

"Hangi belleği saklayacağıma karar verdim, öyle mi?" Sakince gülümsedim. "İçeri girip bunu orada konuşalım mı?"

Miriam'ın arkasından ben de seraya girdim. İçeride biri, şehitotu standının altındaki dekoratif masanın üzerine bir sürahi ve uzun bardaklar koymuştu. Sürahi güneş ışığı renginde bir sıvıyla doluydu. Birbirimize bakmadan ve tek kelime etmeden karşılıklı sandalyelere oturduk. Bana hiç teklif etmeden kendisine bir bardak doldurdu. Bu, Miriam Bancroft ve öteki benle aramda olan bitenleri anlatan ufak bir küstahlıktı yalnızca.

"Maalesef çok zamanım yok," dedi dalgın bakışlarla. "Telefonda da söylediğim gibi, Laurens hemen New York'a gelmemi istedi. Beni aradığınızda yoldaydım."

Hiçbir şey söylemeden sadece bekledim. Bardağını doldurduktan sonra ben de kendi bardağımı aldım. Bu hareketim oldukça hatalı olmuş, sakarlığımı açık etmişti. Miriam her şeyi anlamaya başlamıştı.

"Ah, ben..."

"Önemli değil." Arkama yaslandım ve içkimi yudumlamaya başladım. İçimi yumuşak olduğu kadar sertti de. "Nasıl karar verdiğimizi mi merak ediyorsunuz? Kumar oynadık. Taş, kâğıt, makas. Elbette ilk başta saatlerce konuştuk. Bizi New York'taki sanal bir foruma bağladılar. Çözünürlüğü oldukça yüksekti ve oldukça gizli bir forumdu. Hiçbir masraftan kaçınmamışlardı."

Sesimdeki acı tonu ben bile fark etmiştim. Bir an durdum ve içkimden büyük bir yudum aldım.

"Dediğim gibi, uzun uzun konuştuk. Hem de çok uzun. Karar vermek için birçok yöntem düşündük. Bunlardan bazıları uygulanabilirdi ama en sonunda kumara döndük. Taş, kâğıt, makas. Beş parti. Neden olmasın?"

Omuzlarımı silktim ama yeterince küstah görünmeyi becerememiştim. Oynadığımız bu oyun her aklıma geldiğinde tüylerim diken diken oluyordu. Varlığım tehlikedeydi ve ne yapacağıma karar vermeye çalışıyordum. Beş partinin ikisi gitmişti. Kalbim, Jerry'nin Yakın Mesafeleri'ndeki berbat ritim gibi çarpıyordu. Adrenalinden başım dönmüştü. Kawahara ile yüzleşmek bile bu kadar zor olmamıştı.

Son partiyi kaybettiğinde –ben kâğıt, o taştı– ikimiz de ellerimize uzun uzun bakmıştık. Daha sonra o, yüzünde hafif bir gülümsemeyle ayağa kalkmıştı. Baş ve orta parmaklarını başına doğru götürmüş, selam vermekle intihar etmek arasında bir hareket çakmıştı.

"Jimmy'yi gördüğümde iletmemi istediğiniz bir mesaj var mı?"

Tek kelime etmeden başımı iki yana salladım.

"Mutlu bir hayat diliyorum," dedi ve güneşin aydınlattığı odadan çıkıp kapıyı arkasından nazikçe kapadı. İçimden bir ses, son partiyi bilerek kaybettiğini söylüyordu.

Ertesi gün beni yeni kılıfımla buluşturdular.

Miriam Bancroft'un yüzüne baktım. "Şimdi buraya neden geldiğimi merak ediyorsunuzdur."

"Evet, ediyorum."

"Sheryl Bostock ile ilgili bir konu var," dedim.

"O kim?"

İçimi çektim. "Miriam, lütfen. Zaten her şey yeterince zor, daha da zorlaştırmayın. Sheryl Bostock, bildikleri nedeniyle onu öldürmenizden çok korkuyor. Ben buraya beni yanıldığına ikna etmeniz için geldim, ona bunun sözünü verdim."

Miriam Bancroft, gözlerini kocaman açarak bir süre yüzüme baktıktan sonra içkisini yüzüme fırlattı.

"Ukala şey," diye tısladı dişlerinin arasından. "Bu ne cüret? *Bu ne cüret?*"

Gözlerimdeki içkiyi silerek gözlerinin içine baktım. Bir tepkiyle karşılaşacağımı tahmin etmiştim ama bunu beklemiyordum. Saçlarımdaki kokteyli geriye doğru taradım.

"Anlayamadım."

"Buraya gelip tüm bunların sizin için çok zor olduğunu hangi cüretle söyleyebiliyorsunuz? Kocamın şu an yaşadıklarının farkında mısınız siz?"

"Bir düşünelim." Kaşlarımı çatarak ellerimi gömleğime sildim. "Şu anda New York'taki BM Özel Soruşturma departmanının beş yıldızlı misafiri. Ne sanıyorsunuz ki? Boşanmanızdan çok etkileneceğini falan mı? New York'ta genelev bulmak hiç de zor değil."

Miriam Bancroft'un adeta çenesi kilitlendi.

"Çok kötüsünüz," diye fısıldadı.

"Siz de tehlikelisiniz. San Diego'da bir kadını tekmeleyerek çocuğunu düşürten ben değilim. Kocası Osaka'dayken, o haldeyken yattığı ilk kadına neler yapacağını bile bile klonuna sinamorfesteron enjekte eden ben değilim. Yattığı ilk kadın siz olmayacaktınız elbette. Sheryl Bostock'ın korku içinde olmasına şaşmamalı. Şu halinizi görünce, bu kapıdan çıkıp çıkamayacağımı bile merak ediyorum doğrusu."

"Susun artık," dedi derin bir nefes alarak. "Susun. Lütfen."

Sustum. İkimiz de sessizce oturduk. Miriam başını öne eğmişti.

"Bana neler olduğunu anlatın," dedim en sonunda. "Büyük bir kısmını Kawahara'dan dinledim zaten. Laurens'ın neden kendini öldürdüğünü biliyorum..."

"Öyle mi?" Sesi artık sakindi ama hâlâ zehrin izlerini taşıyordu. "Neler biliyorsunuz? Şantajdan kaçmak için kendini öldürdüğünü mü? New York'takiler öyle söylüyor, değil mi?"

"Bu mantıklı bir varsayım Miriam," dedim usulca. "Kawahara onu köşeye sıkıştırdı. 653 sayılı önergeyi reddetmezse cinayetle suçlanacaktı. PsychaSec'teki güncellemeden önce kendini öldürmek tek seçeneğiydi. İntihar kararına karşı çıkmasaydı bu işten yakasını sıyırabilirdi."

"Evet. Siz işin içine dahil olmasaydınız."

Elimi kendimi korumak istercesine salladım. "Bu benim fikrim değildi."

"Peki ya *pişmanlık*?" diye sordu usulca. "Laurens'ın yaptıklarını fark edince ne hissettiğini hiç düşündünüz mü? Ona Rentang'ın Katolik olduğunu, 653 sayılı önerge kızcağızın Laurens'ın aleyhine tanıklık etmesi için onu geçici süre diriltse de aslında hayatını sonsuza dek kaybettiğini söylediklerinde ne hissetmiştir? Silahı kendi boğazına dayayıp tetiği çektiğinde yaptıkları için kendini cezalandırmış olamaz mı? Belki de sizin söylediğiniz gibi *bu işten yakasını sıyırmak* falan istemiyordu."

Bu fikri aklımda evirip çevirerek Bancroft'u düşündüm. Miriam Bancroft'un duymak istediklerini söylemek çok da zor değildi.

"Bu da ihtimal dahilinde tabii," dedim.

Güldü. "Bay Kovacs, bu bir ihtimalden çok daha fazlası. O gece benim de orada olduğumu unutuyorsunuz. Onu merdivenlerden izledim. Yüzünün ifadesini gördüm. Yüzündeki acıyı gördüm. Yaptıklarının bedelini ödedi. Kendini yargılayıp ölüme mahkûm etti. Suçu işleyen adamı yok etti. Şimdi de o suçu hatırlamayan, o suçu *işlememiş* bir adam olarak, omuzlarındaki vicdan azabıyla yaşıyor. Mutlu musunuz Bay Kovacs?"

Şehitotu, sesinin acı yankısını içine hapsetmiş, sessizlik gittikçe ağırlaşmıştı.

"Bunu neden yaptınız?" diye sordum, yeniden konuşmaya niyeti olmadığını fark edince. "Kocanızın ihanetinin bedelini neden Marla Rentang ödemek zorunda kaldı?"

Sanki ondan ruhanî bir gerçeği itiraf etmesini istemişim gibi yüzüme bakıp başını çaresizce iki yana salladı.

"Onu ancak bu şekilde yaralayabilirdim," diye mırıldandı.

Miriam Bancroft'un Kawahara'dan farkı yoktu. O da küçük insanları yapboz parçaları gibi kullanan bir Met'ti.

"Curtis'in Kawahara için çalıştığını biliyor muydunuz?" diye sordum ruhsuz bir sesle.

"Tahmin etmiştim. Çok sonraları." Elini kaldırdı. "Ama emin olamadım. Siz nasıl öğrendiniz?"

"Geriye dönük kanıtlar sayesinde. Beni Hendrix'e götürüp orada kalmamı tavsiye etti. Kadmin, ben içeri girdikten beş dakika sonra Kawahara'nın emirleri doğrultusunda otele geldi. Bu, bir tesadüften çok daha fazlasıydı."

"Evet," dedi mesafeli bir tavırla. "Haklısınız."

"Sinamofesteronu Curtis'e siz mi verdiniz?"

Başıyla onayladı.

"Kawahara vasıtasıyla bulmuştur herhalde. Curtis'i bana yolladığınız gece yüksek doz almıştı. Osaka gezisinden önce klona enjeksiyon yapmayı o mu önerdi?"

"Hayır, Kawahara önerdi." Miriam Bancroft boğazını temizledi. "Birkaç gün önce alışılmışın dışında samimi bir sohbetimiz olmuştu. Şimdi düşününce, her şeyi Osaka'da tasarladığını anlıyorum."

"Evet, Reileen kesinlikle kurnazca davrandı. Laurens'ın onu reddetme şansını bile hesaba katmıştı. Siz de tıpkı bana yaptığınız gibi, Sheryl Bostock'a adaya gelme rüşvetini teklif ettiniz. Ama o benim gibi Miriam Bancroft'un vücuduyla oynamak yerine, onu taşıma ayrıcalığına sahipti. Bir avuç dolusu nakit para ve bir gün geri dönüp yeniden oynayabileceğine dair söz verdiniz. Zavallıcık, otuz altı saat boyunca cennetteydi. Şimdi ise bir meczuptan farksız. Ona gerçekten geri döneceğine dair söz vermiş miydiniz?"

"Ben verdiğim sözü tutarım."

"Öyle mi? O halde bana bir iyilik yapın ve sözünüzü kısa süre sonra tutun."

"Ya geri kalan kısım? Kanıtınız var mı? Laurens'a benim bu meseledeki payımdan söz edecek misiniz?"

Cebimden mat siyah bir disk çıkardım. "Enjeksiyon kaydı," dedim diski havaya kaldırarak. "Sheryl Bostock'ın PscyhaSec'ten çıkıp sizin limuzininizle bir toplantıya giderkenki görüntüleri. Bu toplantının sonu denizde bitmişti. Bu olmadan, kocanızın Marla Rentang'ı kimyasal yardım altında öldürdüğünü kanıtlamanın başka yolu yok. Muhtemelen kocanıza bu enjeksiyonu Kawahara'nın Başım Bulutlarda'da yaptığına karar vereceklerdir. Hiç kanıtları yok ama bu ihtimal işlerine gelir."

"Nasıl anladınız?" Gözleri seranın bir köşesine dalmış, sesi ise kısık ve uzaktı. "Bostock'ı nasıl buldunuz?"

"Büyük ölçüde sezgilerim sayesinde. Beni teleskoptan bakarken gördünüz mü?"

Başıyla onayladı ve boğazını temizledi. "Benimle oynadığınızı düşündüm. Ona söylediğinizi düşündüm."

"Hayır." Küçük bir öfke kıvılcımı hissettim. "Kawahara arkadaşımı hâlâ sanalda tutuyor. Ve onu delirtene kadar işkence yapacağını söylüyor."

Önce bana, daha sonra uzaklara baktı. "Bunu bilmiyordum," dedi usulca.

"Evet, işte böyle." Omuzlarımı silktim. "Teleskop, bana çözümün yarısını vermiş oldu. Kocanız, kendini öldürmeden hemen önce Başım Bulutlarda'daydı. Ben de Kawahara'nın orada çevirdiği tüm pis işleri düşünmeye başladım. Kocanızın kendini öldürmeye teşvik edilip edilmediğini merak ediyordum. Kimyasal olarak ya da bir tür sanal program vasıtasıyla. Böyle şeyleri daha önce görmüştüm."

"Evet, gördüğünüzden eminim." Sesi artık iyice yorgun geliyordu. "Peki neden Başım Bulutlarda yerine PsychaSec'e baktınız?"

"Bilmiyorum. Dediğim gibi, sezgilerimle ilgili olabilir. Belki de gökyüzündeki bir geneleve kimyasal saldırı düzenlemek pek Kawahara'ya göre olmadığı içindir. Bu çok üstünkörü ve çiğ olurdu. O bir satranç oyuncusu, kavgacı değil. Yani, satranç oyuncusuydu. Ya da belki PsychaSec'in güvenlik sistemini aştığım gibi Başım Bulutlarda'nınkini aşamayacağım içindir. Acelem vardı. Hendrix'ten PsychaSec'in arşivlerine ulaşmasını, klonlamanın standart tıbbî prosedürlerini araştırmasını ve pürüzleri yok etmesini istedim. Böylelikle Sheryl Bostock'a ulaştım."

"Akıllıca." Yüzüme baktı. "Peki ya şimdi ne olacak Bay Kovacs? Adalet mi gelecek? Met'ler daha mı çok çarmıha gerilecek yoksa?"

Diski masanın üzerine fırlattım.

"Hendrix içeri sızdı ve PsychaSec'in dosyalarındaki enjeksiyon kaydını sildi. Dediğim gibi, muhtemelen kocanızın Başım Bulutlarda'da enjeksiyon aldığını düşüneceklerdir. En mantıklı çözüm bu. Ah, beni satın alma konusunda söylediklerinizin herhangi bir soruna neden olmaması için beni odamda ziyaret ettiğinizin kayıtlarını da sildik. Öyle ya da böyle, Hendrix'e epey iyilik borçlusunuz. Ara sıra birkaç müşteri yollasanız iyi olur. Çok pahalıya patlamaz. Ben sizin yerinize söz verdim sayılır."

Ona Ortega'nın yatak odası sahnesi hakkındaki fikirlerinden ya da onu ikna etmek için nasıl çabaladığımdan söz etmedim. Zaten neden bana inandığını hâlâ anlamış değildim. Miriam Bancroft'un yüzündeki şaşkınlığı izledim. Masaya uzanıp diski alması yarım dakika kadar sürmüştü. Sıkı sıkı tuttuğu diskin üzerinden bana baktı.

"Neden?"

"Bilmiyorum," dedim surat asarak. "Kim bilir? Belki siz ve Laurens birbirinizi hak ediyorsunuzdur. Belki fantezilerini başka insanlarla yaşayan çapkın bir kocayı sevmeye devam etmeyi hak ediyorsunuzdur. Belki kocanız Rentang'ı kışkırtmayla öldürüp öldürmediğini bilmemeyi hak ediyordur. Belki bütün Met'ler birbirini hak ediyordur. Tek bildiğim, bizler sizi hak etmiyoruz."

Gitmek için ayağa kalktım.

"İçki için teşekkürler."

Kapıya kadar ilerlemiştim ki...

"Takeshi."

...gönülsüz bir şekilde arkama döndüm.

"Öyle bir şey değil," dedi kararlı bir tavırla. "Belki siz bunlara inanıyor olabilirsiniz ama öyle bir şey yok."

Başımı iki yana salladım. "Evet, haklısınız," dedim.

"Peki o zaman neden?"

"Dediğim gibi, bilmiyorum." Hatırlamadığım için mutlu mu olmalıydım, bilmiyordum. Sesimi yumuşattım. "Ama kazanırsam benden bunu yapmamı istedi. Anlaşmanın bir parçasıydı bu. Bana nedenini söylemedi."

Onu şehitotlarının arasında bırakıp seradan çıktım.

SON BÖLÜM

Ember'de okyanus çekilmiş, ıslak kumlar neredeyse *Serbest Ticaret Koruyucu*'nun enkazına kadar yayılmıştı. Enkazın altındaki kayalar, tıpkı geminin fosilleşmiş kalıntıları gibi ortaya çıkmıştı. Martılar üzerine konmuş, birbirlerine çığlık çığlığa bağırıyordu. Kumun üzerinden ince bir rüzgâr esiyor, ayak izlerimizi birbirine katıyordu. Anchana Salomao'nun hologr彩ları indirilmiş, böylece yolun ıssızlığı iyiden iyiye belirginleşmişti.

"Gittiğinizi sanmıştım," dedi yanımda yürüyen Irene Elliott.

"Gideceğim. Harlan transfer izinlerini sürüncemede bırakıyor. Gerçekten geri dönmemi istemiyorlar."

"Burada da istenmiyorsunuz."

Omuzlarımı silktim. "Bu benim için yeni bir durum değil."

Bir süre sessizce yürümeye devam ettik. Irene Elliott ile kendi vücudunun içindeyken konuşmak tuhaf bir histi. Başım Bulutlarda baskınından sonra kısa boylu vücuduna alışmıştım ama bu iri kemikli sarışın kılıf neredeyse benim boyumdaydı ve öteki vücudundaki tavırlarının gizlediği bir güvensizlik duygusu veriyordu.

"Bir iş teklifi aldım," dedi en sonunda. "Mainline d.i.t. şirketinin güvenlik danışmanlığı. Bu şirketi duymuş muydun?"

Başımı iki yana salladım."

"Doğu yakasında oldukça büyükler. Yetenek avcıları iş başındaymış herhalde. BM beni işten çıkarır çıkarmaz kapımı çaldılar. Sözleşmeyi hemen imzalarsam beş bin dolar teklif ettiler."

"Standart uygulama bu şekilde. Tebrikler. Doğuya mı taşınacaksınız, yoksa işi kablolarla size mi aktaracaklar?"

"Muhtemelen, en azından bir süreliğine buradan çalışacağım. Elizabeth'i Bay City'de sanal bir daireye yerleştirdik ve böylece yerel olarak kablolanmak çok daha ucuza gelecek. Beş binin büyük bir kısmı bu işleme gittiği için onu yeniden kılıflamak ancak birkaç yıl sonra mümkün olacak gibi görünüyor." Utangaç bir edayla gülümsedi. "Şu anda zamanımızın çoğunu orada geçiriyoruz. Victor da bugün oraya gitti."

"Victor için bahane bulmanıza gerek yok," dedim nazikçe. "Zaten benimle konuşmak istemeyeceğini tahmin etmiştim."

Gözlerini kaçırdı. "Bilirsiniz, o çok gururludur ve..."

"Önemli değil. Benim hislerimi çiğneyip geçen biriyle ben de konuşmak istemezdim." Durdum ve elimi cebime soktum. "Şimdi aklıma geldi. Size bir şey aldım."

Elimdeki gri çipe baktı.

"Bu nedir?"

"Yaklaşık seksen bin," dedim. "Bu parayla Elizabeth için bir kılıf alabilirsiniz. Eğer seçimini hızlı yaparsa, yıl sonuna kadar kaplanmış olur."

"Ne?" Yüzüme, yapılan şakayı anlamamış bir insan ifadesiyle baktı. "Siz bize... Neden? Bunu neden yapıyorsunuz?"

Bu kez verecek cevabım vardı. O sabah Bay City'den gelirken yol boyunca bunu düşünmüştüm. Irene Elliott'ın elini tuttum ve çipi avucuna bıraktım.

"Çünkü ortalık duruldıktan sonra geride temiz bir şeyin kalmasını istiyorum," dedim usulca. "Aklıma gelince kendimi iyi hissedeceğim bir şey."

Bir süre sessizce yüzüme baktı. Daha sonra bizi ayıran mesafeyi aşarak kollarını boynuma doladı ve martıları korkutacak bir çığlık attı. Yüzüme değen gözyaşlarını hissedebiliyordum ama gülüyordu da. Ben de ona sarıldım.

Öylece kaldığımız ve sonrasındaki kısa bir süre boyunca, kendimi denizden esen meltem gibi temiz hissettim.

Size sunulanı alırsınız, dedi Virginia Vidaura, bir yerlerden. *Bu bazen yeterlidir.*

Transferin beni Harlan Dünyası'na geri götürmesi on bir gün sürdü. Bu sürenin hemen hemen tamamında Hendrix'te haberleri izledim ve otelden çıkacağım için kendimi suçlu hissettim. Reileen Kawahara'nın ölümü hakkında çok az haber yapıldığı için röportajların hepsi korkunç, sansasyonel ve büyük ölçüde asılsızdı. BM özel soruşturma departmanı geri planda duruyordu. 653 sayılı önergenin kabul edilecek olduğuna dair dedikodular en sonunda haklı çıktığında, bu haberin daha önce olan bitenle ilişkisini kurmak çok kolay olmamıştı. Bancroft'un adı hiçbir zaman geçmemişti. Benimki de öyle.

Bir daha Bancroft ile konuşmadım. Harlan'a transfer iznimi ve tekrar kılıf sözleşmemi bana Oumou Prescott getirdi. Beni sözleşmenin bütün maddelerinin karşılıklı olduğuna ikna etti ve Bancroft ailesinin herhangi bir üyesiyle bir daha iletişime geçmemem gerektiğine dair aba altından sopa gösterdi. Prescott'un öne sürdüğü neden, Jack It Up konusunda söylenen yalanlardı. Yere göğe sığdırılamayan sözümü tutmamıştım ama ben işin aslını gayet iyi biliyordum. Başım Bulutlarda'daki saldırı sırasında Miriam'ın nerede olduğu ve ne yaptığı konusu gündeme geldiğinde, soruşturma odasında bunu Bancroft'un yüzünden okumuştum. Met'lerin görgülü insanlar olduğu saçmalığına rağmen, o ihtiyar pislik kıskançlıktan yanıp tutuşuyordu. Hendrix'in silinmiş yatak odası dosyalarını görseydi ne yapardı, merak ediyordum.

Transfer günü Ortega, benimle birlikte Bay City'nin merkezine geldi. Aynı gün Mary Lou Hinchley, Başım Bulutlarda duruşmasında tanıklık yapmak için sentetik bir kılıfa yüklendi. Giriş salonunun merdivenlerindeki kalabalık, katı görünümlü ve siyah giyimli BM'nin asayiş polisine karşı şarkılar söylüyordu. Hepsinin elinde Dünya'ya geldiğim gün gördüğüm holografik pankartlardan vardı. İnsanları yararak aralarından geçtik. Gökyüzünde uğursuz bir grilik vardı.

"Lanet olası palyaçolar," diye homurdandı Ortega, son göstericiyi de dirsek atarak uzaklaştırdıktan sonra. "Polisleri kışkırtırlarsa, bunu yaptıklarına pişman olurlar. O çocukların halka nasıl müdahale ettiklerini çok iyi biliyorum."

Yumruğunu gökyüzüne doğru sertçe sallayan dazlak kafalı genç bir adamın yanından geçtim. Yanındaki adamla birlikte pankart jeneratörü tutuyordu. Sesi boğuktu ve transa geçer gibi bir hali vardı. Ortega'nın yanına ulaştığımda nefes nefeseydim.

"Bu insanların gerçek bir tehdit oluşturabilmesi için yeterince büyük bir organizasyon yok," dedim bağırarak, sesimi duyurabilmek için. "Yalnızca kuru gürültü."

"Bu daha önce polisleri durdurmaya hiç yetmedi. Genel prensipleri gereği birkaç tane kafatası kırarlar. Nasıl bir karmaşa bu böyle..."

"İlerlemenin bedeli bu Kristin. 653 sayılı önergeyi sen istiyordun." Aşağıdaki öfkeli yüzleri işaret ettim. "İşte şimdi aldın."

Yukarıdaki maskeli adamlardan biri sıradan çıktı ve elinde copuyla merdivenlerden inmeye başladı. Ceketinin omuz kısmında kırmızı çavuş arması vardı. Ortega rozetini gösterip kısık sesle bir şeyler söyledikten sonra yukarı çıkmamıza izin verildi. Geçmemiz için yol açan polislerden sonra çift kanatlı bir kapıdan geçerek salona girdik. Kapı mı, yoksa kapıyı tutan asık suratlı nöbetçiler mi daha mekanikti, karar vermek güçtü.

İçerisi sessizdi ve çatıdaki panellerden sızan fırtına ışığında her şey loş görünüyordu. Boş banklara bakıp iç çektim. Hangi dünyada olursanız olun, iyi ya da kötü ne yapmış olursanız olun, her zaman gidişiniz aynı oluyor.

Tek başına.

"Zamana ihtiyacın var mı?"

Başımı iki yana salladım. "Bir ömür bile yetmez Kristin. Daha fazlası gerek."

"Beladan uzak durursan istediğin kadar zamanın olur." Espri yapmaya çalışıyordu. Bu, yüzme havuzundaki bir cesedi hatırlattı. Nasıl göründüğünü hissetmiş olacak ki, hemen sustu. Aramızda bir huzursuzluk vardı ve bu huzursuzluk, beni gerçek zamanlı celse için Ryker'ın vücuduna soktuklarında başlamıştı. Soruşturma sırasında çok meşgul olduğumuz için birbirimizi görememiştik. Dosya kapanıp nihayet evlerimize döndüğümüzde bile bu huzursuzluk sona ermemişti. Yalnızca yapay seviyede tatmin edici birkaç görüşme gerçekleşmişti ama Ryker'ın rehabilite edilip serbest bırakılacağını öğrenince buna bir son verdik. Paylaştığımız sıcaklık, kırılmış bir gemici fenerinin alevleri kadar tehlikeliydi ve bu tehlikeyi kontrol altında tutmaya çalışmak ikimizin de canını yakıyordu.

Dönüp yüzüne gülümsedim. "Beladan uzak durmak mı? Trepp'e de böyle mi söyledin?"

Bu oldukça gereksiz bir söz olmuştu, farkındaydım. Her şeye rağmen, görünüşe göre Kawahara, Trepp'e yalnızca şok tabancasının ucuyla dokunmuştu. Kawahara ile yüzleşmeye gitmeden önce parçacık tabancasının kurşun dağılımını asgari seviyeye getirmiştim. Tabancayı o şekilde bırakmış olmam büyük bir şanstı. BM'nin adlî tıp ekibi Ortega'nın talimatıyla kanıt toplamak için Başım Bulutlarda'ya geldiğinde Trepp ortadan kaybolmuştu. Ortega ve Bautista, *Panama Rose*'a dair tanıklık edeceklerine söz verilerek serbest mi bırakılmıştı, yoksa Trepp polis oraya intikal etmeden önce kaçmış mıydı, bunu bilmiyordum. Ortega bilgi vermek istememişti ve eskisi gibi yakın olmadığımız için ben de istediğimi soramamıştım. Bunu açık açık ilk kez tartışıyorduk.

Ortega kaşlarını çatarak bana baktı. "İkinizi eşit tutmamı mı istiyorsun?"

"Senden bir şey istediğim yok Kristin." Omuzlarımı silktim. "Ama onunla aramda bir fark göremiyorum."

"Böyle düşünmeye devam et. Hiçbir şey değişmeyecek."

"Kristin, zaten hiçbir şey değişmez." Başparmağımla kalabalığı işaret ettim. "Her zaman böyle moronlar vardır ve kendilerine sunulan hazır inançları benimserler. Böylelikle düşünmek zorunda kalmazlar. Kawahara ya da Bancroft ailesi gibi insanlar onları manipüle etmek ve sırtlarından geçinmek için her zaman var olacaklar. Senin gibi insanlar oyunun pürüzsüz devam etmesine çalışacak ve kurallar bozulmayacak. Met'ler kuralları kendileri bozmak istediklerinde, Trepp ve benim gibi insanları kullanacaklar. Gerçekler bunlar Kristin. Yüz elli yıl önce doğduğumda da bu böyleydi, okuduğum tarih kitaplarında da böyle yazıyordu. Değişen bir şey yok. Buna alışsan iyi edersin."

Bir süre yüzüme baktıktan sonra kendi içinde bir karara varmış gibi başını salladı. "En başından beri Kawahara'yı öldürmek istiyordun, değil mi? Bu itiraf numarasını yalnızca benim de ağzımdaki baklayı çıkarmam için düzenledin."

Bu soruyu kendime çok sormuştum ve hâlâ kesin cevabı bulamamıştım. Yeniden omuzlarımı silktim.

"Kristin, o ölmeyi hak etti. Gerçekten ölmeyi. Emin olduğum bir şey varsa, o da budur."

Çatı panellerinden belli belirsiz bir patırtı geliyordu. Yukarı baktığımda cama vuran damlaları gördüm. Yağmur başlıyordu.

"Gitmem gerek," dedim usulca. "Bu yüzü bir daha gördüğünde, içinde ben olmayacağım. O yüzden söylemek istediğin bir şey varsa..."

Ortega ürpermişti. Patavatsızlığım yüzünden kendime kızıp elini tutmaya çalıştım.

"Bak, aramızda geçenleri kimse bilmiyor. Bautista muhtemelen şüpheleniyor ama kimse gerçekten bilmiyor."

"*Ben* biliyorum," dedi keskin bir dille. Elini tutmama izin vermedi. "Ben hatırlıyorum."

İç çekti. "Evet, ben de öyle. Kristin, yaşadıklarımız hatırlamaya *değer*. Ama lütfen bunun hayatının geri kalanını mahvetmesine izin verme. Ryker'ı geri al ve bir sonraki aşamaya geç. Önemli olan bu. Ah, bir şey daha var." Paltomun cebinden buruşmuş bir sigara paketi çıkardım. "Bunu da geri alabilirsin. Artık ihtiyacım yok. Ryker'ın da. Yeniden başlamasın. En azından bana bu kadarını borçlusun. Sigaraya yeniden başlamamasını sağla."

Gözlerini kırpıp aniden yanağımla dudağımın arasında bir yerden öptü. Gözyaşlarının akıp akmadığını görmemek için arkama döndüm ve salonun en uzağındaki kapıya doğru yürümeye başladım. Basamaklardan çıkarken bir kez dönüp arkama baktım. Ortega hâlâ orada duruyordu. Kollarını kendine dolamış, gidişimi izliyordu. Yüzünü tam olarak göremeyecek kadar uzaktaydım.

Bir şey içimi acıtıverdi. Bu öylesine derinlerime gömülmüş bir şeydi ki, onu oradan çıkarmak bütün benliğimi yıkabilirdi. Acı gözlerime çatıya vuran yağmur damlaları gibi doldu.

Onu yeniden derinlerime gömdüm.

Basamakları çıkmaya devam ederken göğsümde yükselen kah-

kahama engel olamadım. Arka arkaya kahkaha patlatmaya başlamıştım.

Bir sonraki aşamaya geç.

Kapı yukarıda, transfer ise hemen ardında bekliyordu.

Kahkaha atmaya çalışarak kapıdan geçtim.

TEŞEKKÜRLER

İlk romanı yazmaya karar vermekle basıldığını görmek arasında büyük bir mesafe var. Bu mesafeyi kat etmek duygusal açıdan oldukça zorlu bir süreç ve bu süreç beraberinde yalnızlığı getirse bile, aynı zamanda, yaptığınız işe sonuna kadar inanmanızı da gerektiriyor. Ben bu yolculuğu, inancımı yitirmek üzereyken bana inandığını hissettiren insanlar sayesinde aştım. *Değiştirilmiş Karbon*'daki hayali teknoloji henüz var olmadığı için, elimde fırsat varken bu dostlarıma teşekkür etmek istiyorum. Çünkü onların desteği olmasaydı, *Değiştirilmiş Karbon* da olmazdı.

Oluş sırasına göre:

Esas malzemeyi ortaya çıkardıkları için Margaret ve John Morgan'a, konuşmaya bile başlamadan sahip olduğu coşku için Caroline (Dit-Dah) Morgan'a, konuşamayacak durumda olduğumuzda dostluğu için Gavin Burgess'a, konuşmak imkânsızken koşulsuz sadakati için Alan Young'a ve ben benimkini neredeyse tüketmişken bana yirmilerini veren Virginia Cottinelli'ye teşekkürler. Çok uzun bir tünelin ucundaki ışık nihayet göründü: *Değiştirilmiş Karbon*'un taslağını bir değil, iki kez okuduğu için editörüm Carolyn Whitaker'a ve Gollancz'dan Simon Spanton'a en sonunda bu kitabı hayata geçirdiği için teşekkürler.

Yol daima ayaklarınızın altında,
Rüzgâr daima arkanızda olsun.